30

MIMI MATTHEWS

Belles of London

Die Wahrheit deiner Worte

Mimi Matthews

BELLES OF LONDON

Die Wahrheit deiner Worte

Roman

Ins Deutsche übertragen von Stephanie Pannen

LYX

LYX in der Bastei Lübbe AG
Dieser Titel ist auch als E-Book und als Hörbuch erschienen.

Die Bastei Lübbe AG verfolgt eine nachhaltige Buchproduktion. Wir verwenden Papiere aus nachhaltiger Forstwirtschaft und verzichten darauf, Bücher einzeln in Folie zu verpacken. Wir stellen unsere Bücher in Deutschland und Europa (EU) her und arbeiten mit den Druckereien kontinuierlich an einer positiven Ökobilanz.

FSC www.fsc.org
MIX
Papier | Fördert gute Waldnutzung
FSC® C014496

Die Originalausgabe erschien 2022 unter dem Titel
»The Belle of Belgrave Square«
bei Berkley, an imprint of Penguin Random House LLC, New York.

This edition published by arrangement with Berkley,
an imprint of Penguin Publishing Group,
a division of Penguin Random House LLC.

Für die deutschsprachige Ausgabe:

Textredaktion: Susanne Kregeloh
Umschlaggestaltung: © Zero Media, München, unter Verwendung
von Motiven von © Lee Avison/Trevillion & © Ildiko Neer/Arcangel
Satz: Greiner & Reichel, Köln
Gesetzt aus der Adobe Caslon
Druck und Verarbeitung: GGP Media GmbH, Pößneck
Printed in Germany
ISBN 978-3-7363-1806-9

1 3 5 7 6 4 2

Sie finden uns im Internet unter lyx-verlag.de
Bitte beachten Sie auch: luebbe.de und lesejury.de

Für meinen Vater Eugene.
Gütig, unerschütterlich, ehrenhaft.
Ein wahrer Held.

Die Aufregung beim Lesen eines Romans wirkt sich so stark auf das Nervensystem aus, dass die einzige Möglichkeit, sich vorübergehend Erleichterung zu verschaffen, darin besteht, sich ins nächste Buch zu stürzen, sobald das erste beendet ist.

– Bekenntnisse und Erfahrungen eines Romanlesers, 1855

1. KAPITEL

London, England
Juni 1862

Julia Wychwood war allein in der Rotten Row, und genau so gefiel es ihr.

Nun ja, nicht ganz allein.

Da war zum einen ihr Reitknecht, Luke Sechs. Und es gab einige wenige bescheiden gekleidete Männer und Frauen, die am Geländer entlanggingen. Doch sonst …

Ja. Allein.

So war es oft um diese frühe Tageszeit – in den ersten Momenten nach Sonnenaufgang, wenn die Luft noch dunstig und kühl war und die aufgehende Sonne hell schien, um den Nebel zu vertreiben. Es gab einige Damen und Herren, die es vorzogen, zu dieser frühen Stunde zu reiten, aber nicht viele. Sicherlich nicht so viele wie am Nachmittag. Dann war die ganze feine Gesellschaft in Scharen unterwegs.

Genau deshalb zog Julia es vor, morgens zu reiten. Da gab es weniger Blicke und Geflüster. Man fühlte sich weniger bewertet.

Sie trieb Cossack zum Galopp an, indem sie ihm das Bein in die Flanke presste. Das war die beste Gangart des großen ebenholzschwarzen Wallachs – ein gleichmäßiger, ruhiger Gang, der sich anfühlte, als säße sie in einem Schaukelstuhl. Sie entspannte sich. Beim Galoppieren verlangte Cossack nichts weiter von ihr, als dass sie einen leichten Kontakt zu den Tandemzügeln hielt. Den Rest erledigte er selbst, was ihr reichlich Zeit zum Träumen ließ.

Oder um zu grübeln.

Sie war nicht nur allein in der Rotten Row. Sie war allein in London.

Ihre drei besten Freundinnen waren nicht in der Stadt, und zwei von ihnen würden nicht vor Sonntag zurückkehren. Damit blieben ihr vier Tage, die sie allein durchstehen musste. Vier unerträgliche Tage, und an jedem davon ein ebenso unerträgliches gesellschaftliches Ereignis.

Julia erwog, sich einfach ins Bett zu legen. Das hatte sie schon des Öfteren getan, um sich vor der Teilnahme an einem Ball oder einem Abendessen zu drücken. Aber nie länger als zwei Tage am Stück. Denn dann würden ihre Eltern darauf bestehen, Dr. Cordingley zu holen – einen abscheulichen Mann, der stets mit einer Lanzette und einer Aderlassschale in der Hand kam.

Der bloße Gedanke daran jagte ihr einen kalten Schauer über den Rücken.

Nein. Eine Krankheit vorzutäuschen würde diesmal nicht funktionieren. Vielleicht für einen Tag, aber nicht für alle vier.

Irgendwie musste sie das durchstehen.

Cossack warf unruhig den Kopf herum, als er in der Ferne etwas erblickte.

Julias behandschuhte Finger verkrampften sich reflexartig um die Zügel. Sie spähte die Row entlang zu dem Reiter, der auf sie zukam. »Ruhig«, murmelte sie Cossack zu. »Es ist nur ein anderes Pferd.«

Ein riesiges Pferd. Größer und schwärzer als Cossack selbst.

Aber es war nicht das Pferd, das Julia in ihrem Damensattel erstarren ließ. Es war der Gentleman, der auf ihm saß: ein streng dreinblickender, vom Kampf gezeichneter ehemaliger Soldat.

Captain Blunt, der Held der Krim.

Als er sich näherte, war ihr Mund plötzlich ganz trocken. Sie war fast versucht, die Flucht zu ergreifen. Aber es gab kein Entrinnen vor ihm. Sie brachte Cossack erst in den Trab und dann in den Schritt.

Sie hatte den Captain schon einmal getroffen. Es war auf Lady Arundells Frühlingsball gewesen. Viscount Ridgeway, ein gemeinsamer Bekannter von ihnen, hatte ihn Julia als einen würdigen Tanzpartner vorgestellt. Unter anderen Umständen wäre die Begegnung vielleicht ganz alltäglich gewesen – ein paar höfliche Worte und eine Runde auf der polierten Tanzfläche.

Stattdessen hatte Julia Captain Blunt wie eine völlige Idiotin angestarrt. Sie hatte nicht mehr atmen können, und das Blut hatte ihr in den Ohren gerauscht. Aus Angst, in Ohnmacht zu fallen, war sie aus dem Ballsaal geflüchtet, während Ridgeway noch dabei gewesen war, sie miteinander bekannt zu machen. Sie sah noch genau vor sich, wie Captain Blunts wie aus Granit gemeißelt wirkende Gesichtszüge zu einer Maske des Unmuts erstarrt waren.

Es war eine der demütigendsten Erfahrungen in Julias Leben gewesen.

Und das wollte etwas heißen.

Für eine Dame, die in Gesellschaft zu Panikattacken neigte, waren Peinlichkeiten an der Tagesordnung. Im fortgeschrittenen Alter von zweiundzwanzig Jahren hatte sie sich schon fast an sie gewöhnt. Doch der Vorfall auf Lady Arundells Ball hatte selbst für sie einen neuen Tiefpunkt dargestellt.

Zweifellos nahm der Captain an, ihr Verhalten hätte etwas mit seinem Aussehen zu tun gehabt.

Blunt war von kräftiger Gestalt. Groß, stark und ungemein breitschultrig. Er war schon rein körperlich ein einschüchternder Gentleman, aber die Narbe in seinem Gesicht verstärkte diesen Eindruck noch. Der tiefe, grausige Schnitt teilte seine rechte Augenbraue und verlief bis hinunter zu seinem Mund, wo er sich in seine Oberlippe eingekerbt hatte. Es rief den Eindruck eines permanenten höhnischen Lächelns hervor.

Eine ziemliche Ironie, dass er als Held gepriesen wurde. Vom Aussehen her schien er jedenfalls nichts Heldenhaftes an sich zu haben. Vielmehr wirkte er in jeglicher Hinsicht wie ein Schurke.

»Miss Wychwood.« Er nahm seinen Kastorhut ab und neigte den Kopf zu einer Verbeugung. Sein Haar war glänzend und rabenschwarz. Es war bis zum Kragen kurz geschnitten und wurde durch ebenso kurze Koteletten ergänzt, die die harten Linien seines Kinns noch betonten. »Guten Morgen.«

Sie wagte kaum, ihm ins Gesicht zu sehen. »Guten Morgen.«

Er antwortete nicht. Nicht sofort. Stattdessen musterte er sie. Julia spürte die Schwere seines Blicks. Es löste einen Sturm von Schmetterlingen in ihrem Bauch aus.

Reite weiter, wollte sie sagen. *Bitte reite einfach weiter.*

Doch das tat er nicht. Er schien es darauf angelegt zu haben, sie in die Enge zu treiben.

Sie vermutete, den Grund dafür zu kennen. Sie hatte sich bei ihm nie für ihr Verhalten auf dem Ball entschuldigt. Es hatte keine Gelegenheit gegeben.

Vielleicht wollte er sie leiden lassen, weil sie ihn in Verlegenheit gebracht hatte?

Sollte das der Fall sein, war Julia bereit, die bittere Medizin zu schlucken. Sie hatte es weiß Gott verdient.

Sie zwang sich, seinem Blick zu begegnen. Die Schmetterlinge in ihrem Bauch drohten zu rebellieren. *Du meine Güte.* Seine Augen hatten die Farbe von Raureif – ein Grau, so kalt und hart, dass ihr ein eisiger Schauer über den Rücken lief. Jeder weibliche Instinkt in ihr schien sie zu warnen: *Lauf,* raunte er. *Lauf so schnell du kannst.*

Aber dies war nicht Lady Arundells Ballsaal.

Sondern der Hyde Park. Hier unter freiem Himmel auf Cossacks Rücken war sie nicht mehr die Person, die sie auf einem Ball oder einer Abendgesellschaft war. Zum einen war sie nicht allein. Sie hatte einen Partner – und zwar einen imposanten. Cossack half ihr durch seine Kraft und seine Statur. Er gab ihr das Gefühl, fast so furchterregend zu sein wie er selbst. Deshalb war sie auf einem Pferd selbstbewusster.

Zumindest war sie das früher immer gewesen.

»Wie geht es Ihnen?«, fragte sie.

»Sehr gut.« Seine Stimme war tief und gebieterisch, mit einem knurrigen Unterton. Die Stimme eines Soldaten. Von der Art, die man, wenn nötig, über ein ganzes Schlachtfeld hinweg hören konnte. »Und Ihnen?«

»Ich genieße unser derzeitiges schönes Wetter«, sagte sie. »Es eignet sich hervorragend zum Reiten.«

Er warf einen kurzen Blick auf ihr Gewand. Es war aus verblasster schwarzer Wolle gefertigt und betonte in keiner Weise die Konturen ihrer Figur. Eher im Gegenteil. Es verbarg ihre Gestalt, so, wie der Netzschleier an ihrem kurzkrempigen Reithut ihr Gesicht verdeckte. Captain Blunts schwarze Brauen zogen sich zusammen, und er runzelte die Stirn.

Julia unterdrückte ein Aufflackern von Verlegenheit. Ihre Kleidung war nicht dazu gedacht, Aufmerksamkeit zu erregen. Sie sollte sie unsichtbar machen. Aber das hatte sie nicht – nicht für ihn.

Die Art, wie er sie ansah … Sie stellte sich vor, dass Hades Persephone so angesehen haben musste, bevor er sie als seine unfreiwillige Braut in die Unterwelt verschleppt hatte.

Und jeder wusste, dass Captain Blunt auf der Suche nach einer Ehefrau war.

Wenn man den umlaufenden Gerüchten Glauben schenkte, war dies sogar der einzige Grund, warum er in die Stadt gekommen war. Er befand sich auf der Suche nach einer willfährigen Erbin, die er auf sein abgelegenes Anwesen in Yorkshire entführen konnte. Ein Anwesen, auf dem es angeblich spukte.

»Reiten Sie oft um diese Zeit aus?«, fragte er.

»Wann immer ich kann«, sagte sie. »Cossack ist froh über die Bewegung.«

»Sie haben ihn gut im Griff.«

Das Kompliment lockerte die Anspannung in ihrer Brust. »Es ist nicht schwer.« Sie streichelte Cossacks Hals. »Er sieht vielleicht imposant aus, aber eigentlich ist er ein Lämmchen. Das sind die großen Kreaturen meiner Erfahrung nach oft.«

Captain Blunts eigenes Reittier stampfte mit seinen riesigen Hufen auf, als wollte es gegen ihre Aussage protestieren.

Sie warf einen interessierten Blick auf das Pferd. Es war gebaut wie ein mittelalterliches Schlachtross, mit breiter Brust, schweren Fesseln, einer dichten wehenden Mähne und einem dicken Schweif. »Wie heißt er?«

»Quintus.«

»Und ist er …«

»Ein Grobian durch und durch«, sagte Captain Blunt. »Manchmal, Miss Wychwood, ist das, was man sieht, genau das, was man bekommt.«

Julia fragte sich, ob das auch auf den Captain selbst zutraf. Konnte er wirklich so bedrohlich sein, wie er aussah? Sie konnte es nicht mit Bestimmtheit sagen. Sie wusste nur, dass er dem

Klatsch und Tratsch der Gesellschaft zufolge durchaus gefährlich war – besonders für heiratsfähige junge Damen.

Doch das entschuldigte nicht, wie sie sich ihm gegenüber auf dem Ball verhalten hatte.

Sie befeuchtete ihre Lippen. »Ich glaube, ich schulde Ihnen eine Entschuldigung.«

Er sah sie unverwandt an.

»Als Lord Ridgeway Sie mir auf Lady Arundells Ball vorstellte …« Sie zögerte. »Vielleicht erinnern Sie sich nicht mehr …«

»Ich erinnere mich«, entgegnete er schroff.

Hitze schoss ihr in die Wangen. »Ja, nun … es tut mir leid, dass ich einfach so weggelaufen bin. Ich fürchte, ich bin nicht in Bestform, wenn ich Fremde treffe.«

»Laufen Sie oft weg, wenn Ihnen jemand vorgestellt wird?«

»Normalerweise nicht, nein. Es sei denn, ich befürchte, in Ohnmacht zu fallen.« Ihre Mundwinkel verzogen sich zu einem reumütigen Lächeln. »Sie hätten es wohl kaum zu schätzen gewusst, mich auffangen zu müssen.«

Hinter seinem eisigen Blick flackerte etwas auf. Eine Emotion, die unmöglich zu lesen war. »Sie kennen mich nicht sehr gut, Ma'am.«

Wäre es ein anderer Gentleman gewesen, hätte Julia ihn vielleicht verdächtigt, mit ihr zu flirten. Aber nicht Captain Blunt. Seine vernarbte Miene war so kalt und ernst wie sein Tonfall.

Ihr Lächeln verblasste. »Nein, in der Tat.« Sie verstärkte ihren Griff um die Zügel. »Aber ich entschuldige mich trotzdem.« Sie neigte den Kopf, während sie Cossack in die entgegengesetzte Richtung lenkte. »Guten Tag, Captain Blunt.«

Er erwiderte ihren Abschiedsgruß nicht. Er sagte gar nichts. Er saß reglos auf seinem Pferd und sah zu, wie sie davonritt.

Julia spürte seinen brennenden Blick in ihrem Rücken. Und diesmal zwang sie sich nicht, tapfer zu sein. Sie tat, was sie tun wollte, seit sie ihn zum ersten Mal erblickt hatte.

Sie drückte ihren Absatz in Cossacks Flanke und ergriff die Flucht.

Jasper war versucht, ihr nachzureiten, ungeachtet der Tatsache, dass sie die Unterhaltung soeben beendet hatte.

Aber nein.

Er hielt Quintus ruhig, während Miss Wychwood davonritt. Sie ließ ihr Pferd einen Moment im Schritt gehen, bevor sie es zu einem schnellen Galopp antrieb. Ihr Sitz war tadellos, und sie hielt die Zügel locker in den Händen. Sie hatte den Ruf, eine gute Reiterin zu sein. Und das musste stimmen, wenn sie ein Pferd beherrschte, das so offensichtlich zu groß für sie war.

Grundgütiger. Sie konnte nicht größer als fünf Fuß und drei Zoll sein. Eine zierliche Dame mit einer sanften Art. Hatte sie niemanden, der ihr ein geeigneteres Reittier aussuchen konnte?

Jasper vermutete, nein.

Es war allgemein bekannt, dass ihre Eltern kränklich waren und zu allen möglichen Marotten neigten. Durch ihr elegantes Stadthaus am Belgrave Square zog ein endloser Strom von Ärzten, Apothekern und einer ständig wechselnden Dienerschaft.

Auch Miss Wychwoods Reitknecht war neu – es war ein anderer als der, der sie vor drei Tagen begleitet hatte. Jasper folgte ihnen in einigem Abstand, während die beiden in der Ferne verschwanden.

Jaspers Stirnrunzeln vertiefte sich.

Er hatte in den letzten Wochen viel über Miss Wychwood

erfahren, genug, um zu wissen, dass es alles andere als einfach werden würde, sie zu heiraten und nach Yorkshire zu schaffen.

Verdammt sei Viscount Ridgeway für diesen Vorschlag.

Jasper verließ den Park und kehrte zu Ridgeways Haus in der Half Moon Street zurück. Es stand zwischen dem Haus einer reichen alten Witwe und dem eines wohlsituierten Anwalts und war eine angesehene, wenn auch nicht mondäne Adresse. Nachdem Jasper Quintus in den Stall gebracht hatte, stieg er die Stufen zur Eingangstür hinauf.

Skipforth, Ridgeways grauhaariger Butler, ließ ihn in die schwarz-weiß geflieste Empfangshalle hinein. »Seine Lordschaft hat um Ihre Anwesenheit in seinem Gemach gebeten«, sagte er, während er Jaspers Hut und Handschuhe entgegennahm. »Er nimmt dort sein Frühstück ein.«

Natürlich tat er das.

Ridgeway stand selten vor zehn Uhr auf, und dann auch nur unter Protest.

Jasper spürte einen Anflug von Verärgerung. Nicht zum ersten Mal bedauerte er, Ridgeways Einladung zum Bleiben angenommen zu haben.

»Soll ich Sie zu ihm bringen, Sir?«, fragte Skipforth.

»Nicht nötig.« Jasper eilte die geschwungene Treppe hinauf in den dritten Stock. Er klopfte kurz an Ridgeways Tür, bevor er eintrat.

Die schweren Vorhänge vor den Fenstern waren zurückgezogen. Das Sonnenlicht strömte herein und gab den Blick frei auf ein weitläufiges, in leuchtenden Rot- und Goldtönen gehaltenes Schlafgemach. Auf der einen Seite des Zimmers, gegenüber seinem ungemachten Himmelbett und dem silbernen Teetablett mit den Resten seines Frühstücks, saß Nathan Grainger, Viscount Ridgeway.

Er saß hingestreckt auf einem Stuhl vor seinem mit Intarsien verzierten Mahagoni-Frisiertisch und hatte die Augen geschlossen, während ihm sein Kammerdiener den Backenbart stutzte.

»Sind Sie das, Blunt?«, fragte er mit einem kurzen Augenblinzeln. »So schnell zurück?«

»Wie Sie sehen. Skipforth sagte, Sie wollten mich sehen?«

»So ist es. Und der Zeitpunkt passt ausgezeichnet. Fennel ist gerade fertig geworden.« Ridgeway entließ seinen Diener mit einer Handbewegung.

Fennel, ein spindeldürrer Kerl mit verschlagener Miene, zog sich sofort in das Ankleidezimmer zurück und schloss die Tür mit einem Klicken hinter sich.

»Ich brauche Ihre Meinung zu einem Pferd, das ich mir bei Tattersalls angesehen habe«, erklärte Ridgeway. »Es sei denn, Sie haben bereits andere Pläne?«

»Nichts, was sich nicht ändern ließe. Wann wollen Sie aufbrechen?«

»Jetzt gleich.« Ridgeway lehnte sich vor und betrachtete seinen frisch gestutzten Backenbart im Spiegel. »Was denken Sie?«

Jasper konnte keinen Unterschied zu Ridgeways sonstigem Aussehen feststellen. »Ich nehme an, er ist kürzer.«

»Ich hatte die Befürchtung, dass der Bart langsam zu voll wirkt. Ich will würdevoll erscheinen, aber schließlich nicht wie der Premierminister aussehen.«

»Ich glaube, diese Gefahr besteht nicht.« Jasper nahm in einem samtbezogenen Ohrensessel in der Nähe des Kamins Platz.

Ridgeway beschäftigte nur so viele Bedienstete, dass es für einen Junggesellen reichte. Sein Haus war dennoch komfortabel und gepflegt – eine deutliche Verbesserung gegenüber dem

Hotel, in dem Jasper nach seiner Ankunft in der Stadt Logis genommen hatte.

Nicht dass er eine große Auswahl an Unterkünften gehabt hätte.

Er hatte weder Familie noch Freunde in London, denen er seine Gesellschaft aufzwingen konnte.

Selbst seine Verbindung zu Ridgeway war bestenfalls dürftig.

Sie hatten sich vor sechs Jahren in Konstantinopel kennengelernt – beide Männer am Tiefpunkt ihres Lebens. Ridgeway war ins Krankenhaus von Skutari gekommen, um die Leiche seines jüngeren Bruders abzuholen, der in der Schlacht gefallen war, die auch den Rest von Jaspers Männern das Leben gekostet hatte.

Jasper war auch in Skutari gewesen, allerdings nicht auf einer Dienstreise, sondern als schwer verletzter Patient, der durch die schweren Wunden in seinem Gesicht fast nicht mehr zu erkennen war – und der einzige Überlebende des Gefechts.

Ridgeway hatte mit ihm gesprochen und versucht, ihn aufzumuntern. Ein vergebliches Unterfangen. Jasper war nicht in der Stimmung gewesen, mit jemandem zu sprechen. Aber später, nach seiner Entlassung aus dem Krankenhaus, hatte Jasper, wenn auch widerwillig, auf einen Brief Ridgeways geantwortet.

Daraus hatte sich eine gelegentliche Korrespondenz ergeben.

Es war keine Freundschaft. Nicht einmal annähernd. Jasper hatte keine Freunde. Und wenn er sich nicht irrte, hatte Ridgeway auch keine. Sie waren lediglich zwei Männer, deren Bekanntschaft sich durch die besonderen Umstände ergeben hatte. Bekannte, die sich respektierten – und manchmal nicht einmal das.

Seit er bei ihm wohnte, fand Jasper Ridgeways Kaltblütigkeit zunehmend abstoßend.

»Warum so mürrisch?« Ridgeway warf ihm einen Blick zu. »Kein Glück mit Miss Wychwood gehabt?«

»Glück hat damit nichts zu tun.«

»Aber Sie haben sie gesehen?«

»Ja«, sagte Jasper. Und das, obwohl sie offensichtlich nicht hatte gesehen werden wollen.

In Anbetracht der tristen, schlecht sitzenden Kleidung, die ihre Figur verhüllt, und dem Hutschleier, der ihr Gesicht verborgen hatte, könnte man meinen, sie hätte Grund, sich zu verstecken. Dass ihr Gesicht und ihr Körper etwas waren, wofür sie sich schämen musste.

Aber das stimmte nicht.

Julia Wychwood war wunderschön.

Das war ihm vom ersten Moment an klar gewesen, als er sie erblickt hatte.

In einer anderen Zeit – in einem anderen Leben – wäre er vielleicht in großer Gefahr gewesen, sein Herz zu verlieren.

Ridgeway bewunderte weiter sein Spiegelbild. »Wo liegt dann das Problem?«

»Das Problem liegt darin«, sagte Jasper, »dass diese ganze Angelegenheit ein wenig berechnender wird, als ich beabsichtigt hatte.«

»Brautwerbung *ist* berechnend. Und die Ehe selbst regelrecht halsabschneiderisch. Wenn man nicht das Zeug dazu hat, sollte man sich besser mit einem dauerhaften Junggesellendasein abfinden.« Ridgeway strich sich mit der Hand über seinen Backenbart. »Was gar nicht schlecht ist, wenn ich so darüber nachdenke. Solange man es sich leisten kann.«

»Was ich nicht kann«, erinnerte Jasper ihn.

Ridgeway zuckte mit den Schultern. »Da haben Sie es.«

»Ja«, sagte Jasper. »Da habe ich es. Und Sie sind absolut nutzlos, wie immer.«

»Das ist unfair. Habe ich Sie nicht mit ihr bekannt gemacht?« Ridgeways Blick begegnete Jaspers im Spiegel. »Sie ist eine Erbin. Eine kränkliche Erbin noch dazu. Folgen Sie meinem Rat, und heiraten Sie die Kleine. Sie wird Ihnen nicht lange zur Last fallen.«

Jaspers Kiefermuskeln spannten sich in einem Anflug von Wut an. Er mochte berechnend sein, aber er war noch nicht so tief gesunken, eine Invalidin zu heiraten und für ihr frühes Ableben zu beten. »Sie sind sich Ihrer Sache sehr sicher.«

Ridgeway zuckte mit den Schultern. »Letzten Monat war sie für ein paar Tage unpässlich. Ich habe gehört, dass der Arzt gerufen wurde, um sie zur Ader zu lassen. Sie ist ohnehin schon ein kreidebleiches Ding. Was meinen Sie, wie viel Blut sie noch zu bieten hat?«

»Sie ist stärker, als sie aussieht.«

»Das können Sie nicht wissen. Sie haben sie nur ein paarmal gesehen.«

»Das reicht mir aus. Ich habe sie reiten sehen. Sie steht noch lange nicht an der Schwelle des Todes.« Jasper hielt inne und fügte hinzu: »Und sie ist nicht kreidebleich.«

»Nein? Wie würden Sie ihren Teint denn sonst nennen? Es ist weder Marmor noch Alabaster. Nicht wie ihre Freundin, Lady Anne.« Ridgeway betrachtete Jasper erneut im Spiegel. »Übrigens, falls Sie auf meinen Rat hören, sollten Sie die Abwesenheit dieser Dame ausnutzen. Wie Sie vielleicht bemerkt haben, bewacht sie ihren kleinen Schützling, wann immer sie in der Stadt ist, wie eine wasserscheue Dogge.«

»Lady Anne hat London verlassen?« Das waren Neuigkeiten. »Für wie lange?«

Ein weiteres Achselzucken. »Ein paar Tage. Sie ist mit ihrer

Mutter nach Birmingham geflüchtet, um sich das junge Medium anzusehen, von dem alle reden. Das behauptet, mit Prinz Albert Kontakt aufgenommen zu haben.«

Jasper presste die Lippen zusammen. Er hatte schon von dem Jungen gehört. Wenn man sich in der feinen Gesellschaft bewegte, war es unmöglich, das Gerede nicht mitzubekommen. Jasper hielt nichts von solchen Geschichten. Genauso wenig wie er dem Spiritismus insgesamt Glauben schenkte. Gespenster und Geister und Verkündigungen aus dem Jenseits – das war alles völliger Unsinn.

Als hätte er in Yorkshire nicht schon genug damit zu tun.

»Ich wundere mich, dass Miss Wychwood ihre Freundin nicht begleitet hat«, sagte er.

»Die Wychwoods mischen sich nicht in solche Dinge ein. Sie haben auf dieser Seite des Grabes schon genug Ärger mit ihrer rapide nachlassenden Gesundheit.« Ridgeway stand abrupt auf. »Apropos, Fennel sagte mir, dass Miss Wychwood heute Abend an Lady Cliffords Hauskonzert teilnehmen wird. Gut, dass Sie die Einladung nicht ausgeschlagen haben.«

Jasper seufzte. Ein Hauskonzert bedeutete einen überfüllten Saal mit der Crème de la Crème der Londoner Gesellschaft. Es bedeutete, dass er Schulter an Schulter mit heiratsfähigen jungen Damen und ihren überheblichen Müttern saß.

»Oder haben Sie es sich etwa anders überlegt?«, fragte Ridgeway.

Das hatte er. Doch das nutzte nichts.

Jasper hatte nicht vor, Ridgeway all seine Zweifel anzuvertrauen. Der Mann wusste bereits zu viel. »Es muss noch eine andere geben, die passen würde.«

»Was?« Ridgeway warf ihm einen strengen Blick zu. »Eine andere Erbin, meinen Sie?«

»Ja«, sagte Jasper. »Genau das. Jemand, der …«

Jemand, der bei seinem Anblick nicht fast in Ohnmacht fiel. Die keine Angst hatte, ihm ins Gesicht zu sehen.

Bei jeder anderen Frau hätte er Abscheu, mochte sie auch noch so diskret gezeigt werden, tolerieren können. Es war eine häufige Reaktion auf sein Aussehen. Aber bei *ihr* konnte er es einfach nicht ertragen.

»Verdammt«, murmelte er vor sich hin. »Das sollte nicht so kompliziert sein.«

»Ist es auch nicht.« Ridgeway griff nach seinem Mantel und zog ihn an. »Sie brauchen eine Erbin ohne Familie oder Beziehungen – niemanden, der zu viele Fragen stellt oder nach Yorkshire reist, um Ihnen hinterherzuschnüffeln. Die einzige Erbin, auf die das zutrifft, ist Julia Wychwood. Wenn Sie sie nicht wollen, können Sie Ihr Hab und Gut auch gleich dem Gerichtsvollzieher überlassen.«

Jasper fuhr sich frustriert durchs Haar. Der Gerichtsvollzieher. Verdammter Mist. So weit würde es doch wohl nicht kommen, oder? Nicht nach allem, was er bereits riskiert hatte, um sich ein neues Leben aufzubauen.

Ridgeway lachte. »Sie sollten Ihren Gesichtsausdruck sehen. Man könnte meinen, Sie seien zu edelmütig, um es durchzuziehen.«

Vor Jaspers innerem Auge materialisierte sich ein Bild von Miss Wychwood. Ihre saphirblauen Augen leuchteten lebhaft hinter ihrem schwarzen Netzschleier.

Ich glaube, ich schulde Ihnen eine Entschuldigung.

Sie hatte ihn damit völlig überrumpelt. Sie hatte ihn verblüfft und entwaffnet.

War sie wirklich die, die sie zu sein schien? Ein kränkliches Mauerblümchen, reif zum Pflücken?

Er begann zu zweifeln. »Vielleicht bin ich das.«

»Pah«, spottete Ridgeway. »Das ist nicht der Mann, von dem

mir mein Bruder während des Krieges geschrieben hat. Der grausame, rücksichtslose, blutrünstige Captain Blunt, der alle seine Männer in ihren Stiefeln erzittern ließ. Sie erinnern sich doch sicher an ihn?«

»Nur zu gut«, entgegnete Jasper grimmig.

»Ach ja? Denn manchmal kommt es mir so vor, als wären Sie gar nicht dieser Mann.«

Jaspers Blick zuckte zu Ridgeway. In seinen Worten schien kein Hintergedanke zu liegen. Keine Andeutung einer Drohung. »Ich mag skrupellos gewesen sein«, antwortete er, »aber nie, wenn es um Frauen ging. Und niemals außerhalb des Schlachtfelds.«

»Mein lieber Freund, das hier ist ein Schlachtfeld«, erwiderte Ridgeway. »Es ist die Londoner Saison.«

2. KAPITEL

Julia saß unbeweglich auf der mit Seidendamast gepolsterten Bank vor ihrem Schminktisch aus geschnitztem Walnussholz, während ihre Zofe Mary ihrem Haar den letzten Schliff gab. Es war eine hübsche Frisur – eine Kaskade festgesteckter Locken am Hinterkopf, die von Dutzenden Haarnadeln und mehreren Spritzern Bandoline gehalten wurden.

Julia bemerkte es kaum.

Sie blätterte in dem kleinen, in Leinen gebundenen blauen Band von *Das Geheimnis der Lady Audley* auf ihrem Schoß, und ihre Aufmerksamkeit war voll und ganz auf die üppige Prosa der Autorin Mrs Braddon gerichtet. Es war ihr egal, dass sie die Geschichte schon unzählige Male gelesen hatte.

»Miss Lucy Graham war mit jener magischen Ausstrahlung gesegnet, mit der eine Frau ihr Gegenüber durch ein Wort oder ein Lächeln zu verzaubern vermag«, las Julia laut vor. Es war eine ihrer Lieblingszeilen im ganzen Buch. »Kannst du dir das vorstellen, Mary?«

»Sie war eine Mörderin, das war sie.« Mary steckte einige Rosenblüten in Julias Frisur. »Daran gibt es nichts zu bewundern.«

»Ja, aber …« Julia begegnete dem Blick ihrer Zofe in dem goldgerahmten Dreifachspiegel, der auf dem Schminktisch stand. »Kannst du dir vorstellen, wie es sein muss, so attraktiv zu sein? So faszinierend für jeden, den du triffst?«

»Das würde nur Ärger bringen, Miss, daran gibt es keinen

Zweifel. Eine Frau hat schon genug zu tun, auch ohne magische Faszinationskräfte zu besitzen.« Mary strich Julia ein verirrtes Haar aus der Stirn. »Und ich wüsste nicht, worüber Sie sich Sorgen machen müssten. Niemand, der Sie sieht, kann Ihre Schönheit leugnen.«

»Auch schöne Frauen können für unattraktiv gehalten werden. Wenn es etwas in ihrem Charakter gibt, das die Leute nicht mögen – eine unvorteilhafte Schüchternheit oder Unbeholfenheit –, dann spielt es keine Rolle, wie schön ihr Aussehen ist. Aber so zu sein wie Lady Audley …«

»Sie haben zu viele dieser Sensationsromane gelesen. Das ist nicht das wahre Leben, wissen Sie.«

Julias Mundwinkel verzogen sich. Sie war nicht beleidigt über die unverschämte Bemerkung. Im Gegensatz zu den anderen Bediensteten des Hauses war Mary schon lange bei ihr. Sie war eine unscheinbare Frau Mitte vierzig, die vor drei Jahren zu Julias erster Saison als Zofe eingestellt worden war. Seitdem hatte sie Julia von ihrer besten und schlechtesten Seite gesehen. Sie kannte alle ihre kleinen Schwächen.

»Gentlemen mögen keine Frauen, die Bücher lesen«, fuhr Mary fort und steckte die letzte Blume in Julias Haar. »Und Sie wollen sich doch in dieser Saison einen Ehemann angeln, nicht wahr?«

»Ja, aber …«

»Es würde mich wundern, wenn Ihnen nicht einer der Herren der Gesellschaft einen Antrag macht, jetzt, wo Sie in voller Blüte stehen.« Mary trat mit einem ermutigenden Lächeln zurück. »Schauen Sie sich nur an.«

Julia warf ihrem Spiegelbild einen pflichtbewussten Blick zu. Ihr schwarzes Haar war ihr aus dem Gesicht frisiert, was die Konturen ihrer Wangen und ihres Kinns, ihren breiten Mund und ihre großen Augen betonte. Sie schimmerten im Kerzenlicht sehr blau, und ihre Haut wirkte durchscheinend und blass. Man hätte sie sogar als strahlend bezeichnen können.

Und es war so viel davon zu sehen.

Der tiefe Ausschnitt ihres Abendkleids aus mazarinblauer schimmernder Seide überließ wenig der Fantasie und entblößte ihren Hals, ihre Schultern und die runde Wölbung ihres Busens.

Mama würde das nicht gutheißen.

Aber Mama war nicht hier. Sie erholte sich noch in Bath. Und Papa hätte genauso gut fort sein können, so selten, wie er aus seinem Zimmer kam.

»Und?«, fragte Mary.

»Es ist wunderschön.« Julia erhob sich von ihrem Platz. Ihr mit Volants besetzter Seidenrock raschelte über ihrer Krinoline. »Ich werde einen Schal brauchen.«

Während Mary auf der Suche nach einem davoneilte, nahm Julia ihre Handschuhe und ihr mit Seidenfransen besetztes Handtäschchen. Sie öffnete den Kordelzugverschluss und ließ ihr Buch hineinfallen. Ein Hauskonzert war kein Ort zum Lesen. Aber es konnte nie schaden, vorbereitet zu sein.

Jasper folgte Ridgeway die Treppe hinunter. Beide waren in schwarze Abendgarderobe gekleidet, die durch helle Seidenwesten und Halstücher akzentuiert wurden. Die Gaslampe in der Empfangshalle war aufgedreht und warf einen diffusen Lichtring über die schachbrettartigen Fliesen.

Skipforth trat aus dem Schatten hervor. »Ein Brief für Sie, Captain Blunt.«

Ridgeway warf seinem Butler einen irritierten Blick zu. »Die Post? Zu dieser späten Stunde?«

»Ein Junge hat ihn gerade aus dem Cavendish Hotel gebracht.« Skipforth reichte Jasper das Schreiben, als dieser die Empfangshalle betreten hatte. »Er scheint fehlgeleitet worden zu sein.«

Jasper nahm den Brief in Augenschein. Die Adresse auf dem Umschlag war in dem unbeholfenen Gekritzel eines Kindes geschrieben worden. Es war sofort zu erkennen.

Charlie.

Jasper hatte ihm gesagt, er solle schreiben, wenn es irgendwelche Schwierigkeiten gab. Und mit Charlie gab es *immer* Schwierigkeiten.

»Einer Ihrer Fehltritte, nehme ich an«, sagte Ridgeway.

Jasper versteifte sich. Die Beschreibung war eine Beleidigung, sowohl für seine eigene Ehre als auch für die der Kinder. Aber sie war nicht unzutreffend, jedenfalls nicht, was die Gesellschaft anging. Sie nahm das Schlimmste von ihm an.

Und genau so musste es auch sein.

»So sieht es aus«, erwiderte er.

Ridgeways Gesichtsausdruck wurde von Sekunde zu Sekunde ungeduldiger. »Müssen wir unseren Ausflug verschieben?«

»Keineswegs. Ich werde den Brief in der Kutsche lesen.«

Ridgeway nickte beifällig. »Guter Mann. Lady Clifford verabscheut Nachzügler bei ihren musikalischen Soireen. Sie behauptet, es würde die Darbietenden stören.«

Jasper griff nach seinem Hut und seinen Handschuhen, bevor er sich Ridgeway anschloss. Auf der von Gaslaternen beleuchteten Straße wartete die Kutsche des Viscounts bereits. Sie war schwarz lackiert, und auf den Türen prangte das goldene Familienwappen. Ein livrierter Lakai klappte den Fußtritt aus.

Ridgeway stieg ohne Hilfe in das Gefährt.

Jasper folgte ihm und nahm den Platz gegenüber seinem Gastgeber ein. Er ließ sich in der Ecke im Schein der Kutschenlampe nieder. Als sich die Pferde in Bewegung setzten, öffnete er das Siegel von Charlies Brief und begann zu lesen.

Sehr geehrter Sir,
das Dach ist wieder undicht. Diesmal ist der Regen Daisy im Kinderzimmer auf den Kopf getropft. Mr Beecham sagt, ich solle Sie nicht belasten und dass Sie wichtigere Dinge im Kopf haben als uns. Aber selbst Sie würden nicht wollen, dass sich Daisy durch Vernachlässigung den Tod holt. Bitte schicken Sie fünfzig Pfund für Reparaturen.
PS: Alfred sagt, ich soll Sie daran erinnern, dass das Dach des Armenhauses nicht undicht war.
Ergebenst,
Charles X.

Jaspers Kiefermuskel begann zu zucken, als er den Brief wieder zusammenfaltete und in die Innentasche seiner Jacke steckte. Er wusste nicht, welcher Teil beleidigender war. War es die Andeutung, er würde die Kinder vernachlässigen? Oder die Behauptung, die Bedingungen im Armenhaus seien besser gewesen, als sie es in Goldfinch Hall waren?

Nein, wurde ihm klar. Weder noch.

Das Beleidigendste war Charlies Unterschrift. *Charles X.* Als wäre er immer noch derselbe unehelich geborene Junge, den Jasper aus dem Armenhaus geholt hatte. Ein verlaustes kleines Ding, das die Buchstaben nicht kannte und kaum in der Lage gewesen war, ein einzelnes X zu kritzeln, das Einzige, was ihm seine ebenfalls analphabetische Mutter beigebracht hatte.

Charlie war damals sechs Jahre alt gewesen und Alfred fünf.

Jasper war damals selbst kaum mehr als ein junger Bursche gewesen. Erst fünfundzwanzig, mit wenig Erfahrung im Umgang mit häuslichen Angelegenheiten. Aber er hatte unter den gegebenen Umständen sein Bestes getan. Er hatte die Jungen in das nahe gelegene Dorf Hardholme zur Schule geschickt. Er hatte dafür gesorgt, dass sie lesen und schreiben lernten.

Es hatte wenig dazu beigetragen, sein Ansehen bei den Jungen zu erhöhen.

Sechs Jahre später war Alfred ihm gegenüber bestenfalls gleichgültig. Charlie hingegen gab Jasper immer noch die Schuld an all dem Übel, das seine Mutter, seine Geschwister und er erlitten hatten.

Zweifellos hatte ihm Dolly in jungen Jahren alle möglichen düsteren Geschichten über den herzlosen Captain Blunt erzählt. Ein böses, gefühlloses Ungeheuer, das seine Geliebte und die drei unehelichen Kinder zum Verhungern und Sterben zurückgelassen hatte, während er in den Krieg gezogen war.

Und Dolly *war* gestorben.

Als Jasper von der Krim zurückkehrte, hatte die Schwindsucht sie fast aufgefressen. Mit allerletzter Kraft war sie nach Goldfinch Hall gereist, die kleine Daisy im Arm, und hatte Jasper aufgefordert, Charlie und Alfred aus dem Armenhaus zu holen, bevor sie starb.

Aufgefordert. Gedroht.

Jasper war versucht gewesen, seinen Plan auf der Stelle aufzugeben. Yorkshire für immer zu verlassen und irgendwo anders wieder neu anzufangen.

Doch natürlich hatte er das nicht getan.

Aber an so etwas wollte er jetzt nicht denken. Nicht an dem Abend, an dem er um eine Braut werben wollte. Ob Miss Wychwood oder eine andere, wusste er noch nicht. Nichts an diesem verdammten Unterfangen verlief so, wie er es geplant hatte.

»Darf ich fragen?«, sagte Ridgeway ausdruckslos.

Jasper blickte stirnrunzelnd zu ihm auf.

»Ihre kleinen Fehltritte. Ich kann mir nicht vorstellen, was einer von ihnen geschrieben haben sollte.«

»Nichts, worüber Sie sich Sorgen machen müssten«, erwiderte Jasper. Die Kutsche rollte durch die belebte Straße, und die Kabine schaukelte, als der Kutscher die Pferde auf den Grosvenor Square lenkte. »Nur eine Erinnerung daran, warum ich hier bin.«

»Eine unangenehme Erinnerung, so wie es aussieht.« Ridgeway seufzte. »Das haben Sie nun davon, dass Sie diese Kinder zur Schule schicken. Ein Alptraum, wenn Sie mich fragen, unangenehme Briefe von seinen Bastarden zu erhalten.«

»Ich erinnere mich nicht, Sie gefragt zu haben.«

Die Kutsche kam vor dem Haus Lady Cliffords zum Stehen. Ein Lakai öffnete ihnen die Wagentür. Auf der Straße standen keine anderen Kutschen in einer Schlange, und auf den Steinstufen, die zum Eingang hinaufführten, wimmelte es nicht von Gästen. Aus den Fenstern des Stadthauses drang flackerndes Licht, begleitet von leisem Klavierklang und Harfentönen.

Ridgeway runzelte die Stirn. »Wir sind spät dran.«

Jasper verließ nach ihm die Kutsche. An der Haustür empfing sie ein Butler und geleitete sie, nachdem er ihnen Hüte und Mäntel abgenommen hatte, nach oben in den Salon.

Die Verbindungstüren zwischen den Räumen waren wie für einen Ball geöffnet worden, so dass ein riesiger Raum für die mehr als hundert anwesenden Damen und Herren entstand. Dutzende von Stühlen und gepolsterten Bänken waren in langen Reihen angeordnet, in einigem Abstand zu einem Podium, auf dem zwei in Seide gekleidete junge Damen ein gefühlvolles Duett auf dem Klavier und der Harfe spielten.

Als eine attraktive blonde Frau in der vierten Reihe die beiden erblickte, winkte sie Ridgeway mit ihrem bemalten Fächer zu.

»Da ist Lady Eastlake«, sagte er. »Wenn Sie mich entschuldigen würden?«

Jasper nickte. Er zog es vor, allein zu sein. Und das war er nie mehr als in einer Menschenmenge. Es gab keine Damen, die auf seine Gesellschaft warteten. Keine, die ihn in London anders kannten als vom Hörensagen. Doch seine Beliebtheit kümmerte ihn nicht. Sein Name verschaffte ihm für seine Zwecke genug Einladungen. Was den Rest anging …

Er kam gut allein zurecht.

Nachdem er den Raum betreten hatte, zog er sich an die hintere Wand zurück. Sie war mit blassgrüner Seide bespannt und mit gleichmäßig verteilten Gas-Wandleuchtern geschmückt. Einige Herren standen hier beisammen, ebenso wie einige junge Damen. Dem Aussehen nach Mauerblümchen. Als Jasper an ihnen vorbeiging, ließen sie schnell den Blick sinken und flüsterten einander etwas zu, sobald sie ihn außer Hörweite wähnten.

»Diese furchtbare Narbe!«, sagte eine von ihnen.

»Haben Sie jemals etwas so Schreckliches gesehen?«, gab ihre Begleiterin mit dramatischem Unterton zurück.

»Und das ist noch nicht mal das Schlimmste. Ich habe gehört, …«

Jasper ging weiter, ließ das Geflüster hinter sich. Er wusste sehr wohl, wie er aussah. Und noch genauer wusste er, was die Leute über ihn sagten. Wie rücksichtslos der berüchtigte Captain Blunt auf der Krim gewesen war.

Der Himmel wusste, dass es stimmte.

Kannte Miss Wychwood diese Gerüchte auch? Sie mussten ihr zu Ohren gekommen sein.

Er hatte sie noch nicht entdeckt. Vielleicht war sie gar nicht hier. Im letzten Monat war sie auf mehreren Veranstaltungen, an denen er teilgenommen hatte, erwartet worden, um dann im letzten Moment abzusagen, weil sie krank geworden oder unpässlich war.

Er ließ seinen Blick über die Menge schweifen. Es hatte seine Vorteile, groß zu sein. Wenn er stand, konnte er leicht über die Reihen der sitzenden Damen und Herren hinwegsehen. Sollte Miss Wychwood hier sein, würde sie nicht inmitten des Publikums sitzen. Und keinesfalls in der ersten Reihe. Sie mochte keine Menschenmengen. Und sie mochte es nicht, die Aufmerksamkeit auf sich zu ziehen.

Nein. Wenn sie hier war, dann in der Nähe des Ausgangs. So konnte sie viel besser entkommen.

Und genau dort entdeckte er sie.

Sie saß auf einem Stuhl in der dritten Reihe von vorne. Zu ihrer Linken waren die offenen Türen des Salons, flankiert von zwei livrierten Lakaien, und zu ihrer Rechten saß der frisch verwitwete Earl of Gresham. Der Earl, ein Gentleman mit buschigem Schnurrbart, der sein fünfzigstes Lebensjahr weit überschritten hatte, sah aus wie ein stämmiger Landjunker. Er beugte sich zu ihr hinüber und flüsterte ihr etwas ins Ohr.

Sie hatte den Kopf gewandt, während sie zuhörte, und präsentierte ihm ihr schönes Gesicht im Profil – die glänzenden ebenholzschwarzen Haare, die dunklen Brauen, die kräftige Linie ihrer geraden Nase, die elegant geformten Wangen und das bezaubernde Kinn.

Jaspers Puls beschleunigte sich in dem Moment, in dem er sie erblickte.

Sie trug ein dunkelblaues Kleid, das die blasse Haut ihres Halses und ihrer sanft gerundeten Schultern freiließ. Ein Kunstwerk aus Seide mit Fransen und Schleifenbändern. Es schimmerte im Licht der Gaslampen. Es erinnerte ihn an die Farbe der mitternächtlichen See. Derselbe Farbton wie ihre Augen.

Es war gänzlich unpassend.

Ganz wie Miss Wychwood selbst.

Je mehr er über sie wusste, desto weniger sah er sie in Goldfinch Hall leben. Noch weniger konnte er sich vorstellen, sie würde jemals für Charlie, Alfred und Daisy die Rolle der Mutter übernehmen.

Als würde sich irgendeine Dame von Rang jemals zu so etwas herablassen.

Er würde sich eine andere wohlhabende Frau zum Heiraten suchen müssen. Eine, die weniger behütet aufgewachsen war. Die weniger kultiviert war.

Weniger schön.

Ihm lief die Zeit davon. Er hatte Charlies Brief nicht gebraucht, um sich daran zu erinnern. Jasper wusste sehr wohl, was auf dem Spiel stand. Die Last seiner Verpflichtungen war allgegenwärtig.

Eine Heirat war die einzige Lösung.

Alles, was er brauchte, war eine geeignete Kandidatin. Jemanden, den er umwerben und schnellstens heiraten konnte. Eine unangenehme Angelegenheit, aber eine notwendige.

Ridgeway kannte sicher noch andere Damen, die ihm gefallen könnten. Bis dahin …

Die Musik endete, und die Menge applaudierte verhalten.

Jaspers Gedanken wurden in die Gegenwart zurückgeholt. Er riss seinen Blick von Miss Wychwood los.

Tod und Teufel!

Hatte er sie angestarrt? Gestarrt und gegrinst wie ein erbärmlicher Köter, den es nach einem Knochen gelüstet? Er verzog sein Gesicht bei der Vorstellung, während er sich gleichzeitig dem kurzen Applaus für die beiden jungen Damen auf dem Podium anschloss.

Sie verbeugten sich und zogen sich lächelnd und mit roten

Wangen zurück. Lady Clifford nahm ihren Platz ein. Sie war für ihr ausgeprägtes Interesse an der Kunst bekannt und veranstaltete immer irgendwelche Musik- oder Theaterabende. Wie viele andere Veranstaltungen der Saison dienten sie vor allem dazu, junge Damen auf dem Heiratsmarkt zu präsentieren.

»Eine gute Leistung von Miss Lydiard und Miss Bingham«, sagte Lady Clifford. »Bei unserem nächsten Auftritt wird uns Miss Rumple mit einem Harfenstück beglücken. Miss Rumple?«

Eine engelsgleiche, ganz in Weiß gekleidete junge Dame betrat das Podium. Sie verbeugte sich kurz, bevor sie sich an die Harfe setzte.

Auf ihren blutarmen Auftritt folgte eine junge Dame nach der anderen, alle kostspielig frisiert und gekleidet. Sie sangen und spielten in Soli und Duetten, boten Lieder auf Deutsch und Italienisch, in Sopran und Alt dar.

Jasper blieb mit vor der Brust verschränkten Armen an der Rückwand des Salons stehen. Von all den jungen Damen sah er keine, die sein Interesse weckte. Hübsch genug waren sie, gewiss, und zweifellos verfügten sie alle über eine ansehnliche Mitgift. Das hätte seine größte Sorge sein müssen. Seine *einzige* Sorge.

Und das war es auch.

Er brauchte Geld, um das Dach von Goldfinch Hall zu ersetzen. Geld, um den jahrelangen Verfall und die Vernachlässigung zu beheben. Wenn es ihm gelänge, das gesamte Anwesen wieder auf den richtigen Weg zu bringen, könnte es sich in fünf Jahren selbst tragen. Alles, was es brauchte, war frisches Kapital.

Was den leidigen Rest der Angelegenheit anging, die Heirat mit einer geeigneten Erbin – einer Dame, die keine Freunde oder Verwandten hatte, die sich einmischen konnten –, so würde er sich einfach zusammenreißen und weitermachen müssen. Er musste die Frau nicht mögen, geschweige denn sich zu ihr hingezogen fühlen. Viele Männer heirateten aus finanziellen Gründen. Das war der Lauf der Welt in der Oberschicht.

Dennoch ließ ihn die Aussicht darauf frösteln.

Während sich die Stimme der aktuellen Interpretin bemühte, mit ihrer überlauten Begleitung mitzuhalten, konnte er nicht umhin, noch einmal in Miss Wychwoods Richtung zu blicken.

Lord Gresham war immer noch da. Seine lüsterne Aufmerksamkeit richtete sich nun auf die Dame zu seiner Rechten. Der Platz links von ihm war leer.

Julia Wychwood war fort.

3. KAPITEL

Julia hatte sich in eine Ecke des leeren Empfangsraums im zweiten Stock zurückgezogen, ihren Roman aufgeschlagen auf dem Schoß. Eine Wandleuchte über ihr warf ihren Schein auf die Worte auf der Buchseite. Beim Lesen entspannte sich Julia, und ihr Puls schlug langsamer. Ihre Umgebung verblasste – der schrille Sopran einer jungen Frau und der Klang des begleitenden Klaviers –, und sie versank in der inzwischen wohlvertrauten Geschichte der Lady Audley.

Kein Beruhigungsmittel hätte mit solcher Effizienz wirken können.

In der Welt eines Romans war sie sicher. Ihre Kehle schnürte sich nicht zu, und ihre Handflächen wurden nicht feucht. Sie konnte die Dinge auf eine Weise erleben, die sie nicht überwältigte.

Natürlich war das nicht ideal.

Sie sollte sich während Lady Cliffords Hauskonzert nicht in einem leeren Raum verstecken. Dennoch bezweifelte Julia, dass irgendjemand ihre Abwesenheit bemerken würde – nicht ihre unaufmerksame Anstandsdame Mrs Major, die sich kurz nach ihrer Ankunft zu ihren Freunden begeben hatte, und auch nicht Lord Gresham – obwohl er den größten Teil der ersten drei Darbietungen damit verbracht hatte, mit Julias Brust zu reden.

Männer redeten immer auf eine Frau *ein*, statt *mit* ihr zu reden.

Normalerweise machte das Julia nichts aus. Wenn sie von

allen Seiten von Fremden umgeben war, fiel es ihr oft schwer, auch nur ein Wort zu formulieren. Ein überheblicher Mann konnte unter solchen Umständen ein Segen sein. Aber Lord Gresham war aus einem bestimmten Grund so anmaßend. Der kürzlich verwitwete ältere Earl suchte eine neue junge Frau, die ihm Erben schenken sollte.

Ein solches Arrangement passte vielleicht zu jemand anderem, aber nicht zu ihr. Wenn sie heiratete – *falls* sie heiratete –, dann bestimmt keinen Mann, der alt genug war, um ihr Vater zu sein. Man musste sich doch nur ansehen, was aus Lady Audley geworden war.

»Das muss ja ein ziemlich interessantes Buch sein, um bei all dem Lärm Ihre Aufmerksamkeit fesseln zu können.«

Julias Kopf zuckte hoch, und ihr Herz begann heftig zu schlagen.

Im Eingang des Empfangsraums stand Captain Blunt. Seine breiten Schultern sprengten fast den Türrahmen. Sein vernarbtes Gesicht lag im Schatten, was es noch unheimlicher erscheinen ließ als sonst – etwas, das sie nicht für möglich gehalten hatte.

Er war nicht alt genug, um ihr Vater zu sein. Tatsächlich konnte er nicht viel älter als dreißig sein.

»Was ist es?«, fragte er.

Julia klappte hastig ihr Buch zu und räusperte sich. »Es ist, ähm, *Das Geheimnis der Lady Audley*.«

»Ah. Ich verstehe.« Er betrat den Raum. Langsam. Mit Bedacht. Als würde er sich einem wilden Pferd nähern, das vor ihm zurückschrecken könnte.

Julia fühlte sich auch wie eines.

Ihr Herzschlag beschleunigte sich, als er näher kam. Instinktiv zog sie sich an die mit Seide tapezierte Wand hinter sich zurück und wünschte, sie könnte sich in Luft auflösen.

Doch das war nicht möglich.

Sie saß in der Falle. Und es war ihre eigene Schuld. Sie war diejenige, die sich ausgerechnet in dieser Ecke versteckt hatte. Jetzt gab es kein Entrinnen mehr.

Er kam vor ihr zum Stehen. »Keine Angst.«

Keine Angst? Er hatte leicht reden, während er wie ein großes Ungeheuer aus einem Märchen über ihr schwebte.

»Ich werde Ihnen nicht das Ende verraten«, sagte er.

Als Julia klar wurde, was er meinte, stöhnte sie innerlich auf. Er sprach nicht von sich selbst. Sondern von dem Buch.

Sie kam sich mehr als nur ein bisschen dumm vor. »Sie könnten es mir gar nicht verderben. Ich habe es schon sechsmal gelesen.«

»Sechsmal?« Seine schwarzen Brauen hoben sich. »Gibt es einen bestimmten Grund dafür?«

»Manche Geschichten werden besser, je öfter man sie liest. Man bemerkt Dinge, die einem beim ersten Mal nicht aufgefallen sind. Und nicht nur das.« Sie zögerte. »Bücher, die man bereits gelesen hat, sind wie alte Freunde. Es ist tröstlich, sie wieder zu lesen.«

Er nickte, wie in einem unausgesprochenen Verständnis. »Und deshalb haben Sie sich aus dem Salon geschlichen? Um einen alten Freund wiederzusehen?«

»Nein. Das ist ... ja.« Sie konnte das Stottern in ihrer Stimme nicht unterdrücken. Ebenso wenig konnte sie eine glaubwürdige Entschuldigung formulieren. Die Wahrheit purzelte ungebremst heraus. »Ich habe mich da drin einsam gefühlt.«

Er warf einen zweifelnden Blick durch den menschenleeren Raum. »Im Gegensatz zu hier draußen?«

»Hier bin ich allein, aber ich bin nicht einsam. Das ist ein Unterschied.«

Hier gab es keine Menschenmassen, die sie aus ihrer Mitte ausschließen konnten. Niemand, der Ängste in ihr auslöste. Ihr das Gefühl gab, unerwünscht oder unwürdig zu sein. Es gab nur sie selbst.

Und jetzt ihn.

»Sie müssen die Geschichte sehr mögen«, sagte er.

»Oh, ich liebe die Geschichte. Sie ist eine meiner absoluten Favoriten.« Ihre behandschuhten Finger strichen unruhig über den Einband des Buches. »Hat sie Ihnen gefallen?«

»Ja. Sehr sogar.«

Sie starrte ihn sprachlos an.

Seine Mundwinkel verzogen sich nach oben. Es war der Anflug eines freundlichen Lächelns, das so schnell verschwand, wie es aufgetaucht war, bevor sein Mund zu seiner charakteristischen, von der Narbe durchzogenen Grausamkeit zurückkehrte. »Sie wirken überrascht.«

»Das bin ich auch. Die meisten Gentlemen würden sich nicht herablassen, einen Roman zu lesen. Und wenn sie es täten, würden sie nie zugeben, dass er ihnen gefallen hat.«

Er zuckte mit den Schultern. »Romane bieten eine leicht zugängliche Flucht vor der Realität des Lebens. Man wäre ein Narr, sie zu ignorieren.« Er warf einen Blick auf den leeren Platz neben ihr. »Darf ich?«

Julias Mund wurde trocken. »Äh … natürlich. Wenn Sie möchten.« Sie schob ihre Volantröcke beiseite und machte ihm auf der seidengepolsterten Bank Platz.

Er ließ sich neben ihr nieder. Die Bank knarrte unter seinem Gewicht protestierend.

Er war ihr nah. *Zu* nah.

Sein Bein berührte ihres. Sie spürte es durch die Barriere ihrer Unterröcke und Krinoline hindurch. Es fühlte sich an, als würden sich ihre nackten Knie berühren. Ihr rasender Puls setzte einen Schlag aus.

Noch nie war sie ihm so nah gewesen. Noch nie hatte sie die Gelegenheit gehabt, seine Größe und Stärke so sehr zu spüren. Die eigentümliche Macht seiner Gegenwart. Sie war gebieterisch. Fast schon bedrohlich. Und warum sollte sie das auch nicht sein? Er war Soldat. Ein gefährlicher Soldat, wenn man den Gerüchten Glauben schenken durfte.

Wenn sie wüsste, was gut für sie war, würde sie aufstehen und schnurstracks zurück in den Salon gehen. Stattdessen blieb sie, wo sie war, nur eine Haaresbreite entfernt von einem der skrupellosesten Männer der jüngeren Militärgeschichte.

Er mochte als Held der Krim bekannt sein, doch der Spitzname wurde nur selten anerkennend ausgesprochen. Captain Blunt war während des Krieges berüchtigt gewesen.

Sie war in die Einzelheiten seines Verhaltens nicht eingeweiht. Damals war sie zu jung gewesen, um die Zeitungsberichte zu lesen. Und jetzt gab es unter den Damen, mit denen sie verkehrte, nur vages Getuschel. Alles, was Julia mit Sicherheit wusste, war, dass sein schlechter Ruf seit seiner Rückkehr nach England noch schlechter geworden war.

Wenn es stimmte, was ihre beste Freundin Lady Anne sagte, dann beherbergte das Spukschloss des Captains in Yorkshire gegenwärtig seine Brut unehelicher Kinder. Ein Skandal. Was für ein Gentleman stellte seine Sünden öffentlich zur Schau? Die Antwort lag auf der Hand: ein Mann, der überhaupt kein Gentleman war.

Wenn er Julia kompromittieren wollte, wäre es ein Leichtes für ihn.

Sie spielte mit dem Gedanken, davonzulaufen, doch als sie zum Captain aufblickte, sah sie, dass er sie mit zielstrebiger Aufmerksamkeit betrachtete.

»Miss Wychwood …«

»Ja?« Ihre Stimme war ein atemloses Flüstern.

»Ich frage mich … was reizt Sie an diesem Roman?«

Julia sah überrascht zu ihm auf. »Sie wollen etwas über *Das Geheimnis der Lady Audley* erfahren?«

»Das will ich.«

Sie gestand sich eine gewisse Enttäuschung ein. Was hatte sie gedacht, was er sagen würde? Etwas Skandalöses?

Etwas Aufregendes?

Wie dumm von ihr. Man könnte meinen, sie hätte sich etwas in dieser Art gewünscht.

»Was ist es in dieser Geschichte, das Ihr Interesse so fesselt?«, fragte er. »Dass Sie sie immer und immer wieder lesen?«

Das war einfach. »Es ist die Art und Weise, wie sie sich verwandelt. Ich fand die Idee schon immer faszinierend.«

Captain Blunt warf ihr einen unergründlichen Blick zu.

»Neuerfindung«, erklärte sie. »Sich in jemand anderen zu verwandeln.«

Seine grauen Augen wirkten eisig. »Zu welchem Zweck?«

Sie befürchtete, dass sie etwas Falsches gesagt hatte, aber sie konnte sich beim besten Willen nicht vorstellen, was. »Natürlich … um glücklicher zu sein.«

»Wie das?«

»Indem man ein anderer Mensch ist«, sagte sie.

»Offensichtlich.«

»Aber Sie wären unter all dem immer noch derselbe Mensch.«

»Ja, aber die Umstände wären anders. Man könnte irgendwo neu anfangen. An einem Ort, an dem man willkommen geheißen und bewundert würde. Wo man das Gefühl hätte, dazuzugehören.«

Captain Blunt wirkte skeptisch.

»Es ist wahr«, beharrte Julia. »Zumindest für Frauen. Bei uns basiert alles auf Äußerlichkeiten. Auf Gerüchten und Anspielungen. Wenn eine Dame einmal einen schlechten Ruf hat, kann sie sich genauso gut ganz aus der Londoner Gesellschaft zurückziehen. Die einzige Möglichkeit ist, sich woanders neu zu erfinden. In Indien oder Amerika oder in irgendeinem Kurort oder sonst wo. Viele Damen haben das getan.«

Er betrachtete sie im Schein der Gaslampe. »Sie haben keinen schlechten Ruf.«

»Ich habe nicht von mir gesprochen.« Sie zog ihre Seidenhandtasche auf und ließ ihr Buch hineinfallen. »Und außerdem«, murmelte sie, »habe ich den Ruf, seltsam zu sein. Das ist fast dasselbe.«

»Seltsam? Inwiefern?«

»Anders. Ungewöhnlich. Ich passe nicht hierher.« Sie zog die Kordel ihres Handtäschchens wieder zu. »Das weiß doch jeder.«

»Ich nicht.«

»Vielleicht haben Sie es nur noch nicht bemerkt.«

Seine Stimme vertiefte sich zu einem heiseren Knurren. »Ich habe alles an Ihnen bemerkt.«

Sie riss beunruhigt die Augen auf. »Haben Sie das? Du meine Güte. Ich weiß nicht, warum Sie das sollten. Ich bin doch völlig uninteressant.«

»Ist das so? Und doch interessieren Sie mich sehr.« Er musterte ihr Gesicht. »Ich frage mich, warum Sie noch nicht verheiratet sind.«

Diese so beiläufig gemachte Aussage war ebenso unverschämt wie unerwartet.

Julia wich vor ihm zurück und erwiderte empört: *»Wie bitte?«*

»Verzeihen Sie meine Impertinenz«, sagte er. »Ich kann nur nicht begreifen, wie Sie noch ungebunden sein können.«

Sie war entrüstet bis ins Mark. »Sie machen sich über mich lustig, Sir.«

»Das tue ich nicht. Ich spreche nur offen. Es steht Ihnen frei, das Gleiche zu tun.«

Ihr Blick war wie gebannt auf seinen gerichtet. Noch nie in ihrem Leben hatte sie offen mit einem Gentleman gesprochen. Jedenfalls nicht mit einem Fremden. Wenn sie die Wahl hatte, sprach sie lieber überhaupt nicht.

Aber was würde es schaden?

Er schien interessiert zu sein. Und sie brauchte sich für nichts zu schämen.

Sie stieß einen unsicheren Atemzug aus. »Wenn Sie es denn wissen wollen – meine Lebensumstände sind kompliziert. Die Gesundheit meiner Eltern ist angegriffen. Und meine eigene ist ebenfalls oft eher mittelmäßig.«

»Sie sind krank?«

»Nicht krank. Man könnte wohl sagen, ich bin … fragil.«

Er betrachtete sie mit festem Blick. »Auf Ihrem Pferd heute Morgen sahen Sie alles andere als fragil aus.«

»Das ist etwas anderes. Cossack macht mich stärker. Ohne ihn werde ich im Allgemeinen als unzureichend angesehen. Außer in einer Hinsicht.« Ihr Puls pochte in ihren Ohren. Eine Stimme in ihrem Kopf mahnte sie, den Mund zu halten. Doch Julia hörte nicht auf sie. »Ich habe eine nicht unbeträchtliche Mitgift.«

Captain Blunt erwiderte nichts. Er sah sie nur unverwandt an, auch wenn die Spannung zwischen ihnen fast greifbar war.

Wider besseres Wissen fuhr sie fort. »Vielleicht haben Sie schon davon gehört?«

»Das habe ich«, gab er zu.

Natürlich hatte er das. Warum sonst sollte er ihr seine Aufmerksamkeit schenken? Das hatte sie von dem Moment an gewusst, als er ihr auf Lady Arundells Ball vorgestellt werden wollte. Trotzdem ließ sein Geständnis Julia enttäuscht zurück.

So viel zu Nervenkitzel und Gefahr.

Der berüchtigte Captain Blunt war, wenn es darauf ankam, nichts weiter als ein gewöhnlicher Mitgiftjäger.

»Ich nehme an, Sie haben auch schon einiges über mich gehört«, sagte er.

Sie konnte es nicht leugnen. »Das habe ich.«

Das Schweigen zwischen ihnen wuchs. Es war zu schmerzhaft, um es zu ertragen.

Abrupt erhob sie sich von der Bank. Captain Blunt war sofort auf den Beinen. Sie trat einen Schritt zurück, in dem vergeblichen Versuch, Abstand zwischen sie zu bringen.

Doch er trat wieder auf sie zu. »Miss Wychwood.«

»Captain Blunt«, sagte sie gleichzeitig.

Er hielt inne, um sie sprechen zu lassen.

Sie zwang sich, fortzufahren, trotz der Beklemmung, die ihre Brust zusammenzog, und der sengenden Röte, die ihren Hals hinaufwanderte und sich in ihre Wangen brannte. »Ich hoffe, Sie werden sich nicht bemühen, mich zu umwerben. Wir passen nicht zusammen.«

Seine grauen Augen blitzten auf. »Glauben Sie nicht?«

»Das tue ich. Ich meine, das weiß ich.« Sie stolperte ein wenig über ihre eigenen Worte. »Ich habe eine beträchtliche Mitgift, das ist wahr, aber kein Geld der Welt reicht ewig. Und wenn Sie es aufgebraucht haben, wären Sie immer noch an mich gebunden.«

Seine Miene verhärtete sich. »Eine Beobachtung, die keinem von uns beiden schmeichelt.«

»Sie wollten offen sprechen.«

»Das habe ich.« Er verbeugte sich steif. »Miss Wychwood.«

»Captain.« Sie neigte ihren Kopf, raffte ihre schweren Röcke und trat den Rückzug an. Während sie den Raum verließ, spürte sie, wie er ihr nachstarrte, genau wie am Morgen im Hyde Park.

Sie beschleunigte ihre Schritte und fühlte sich wieder einmal an Mythen und Märchen erinnert. An düstere, geheimnisvolle Schurken, die junge wehrlose Frauen entführten.

Und Captain Blunt *war* ein Schurke. Das sagten alle.

Und sie tat gut daran, das nicht zu vergessen.

4. KAPITEL

Das Sonnenlicht fiel warm auf Julias Schultern, als sie an dem zierlichen, mit Boulle-Intarsien verzierten Schreibtisch ihrer Mutter saß. Sie tauchte den gespitzten Gänsekiel in das Tintenfass und klopfte den Überschuss ab, bevor sie ein dickes X über das gestrige Datum in ihrem Tagebuch zog.

Nur noch drei Tage bis zur Rückkehr ihrer Freundinnen nach London.

Drei weitere Tage mit gesellschaftlichen Ereignissen, die sie allein bewältigen musste.

Sie legte die Schreibfeder aus der Hand. Als sie heute Morgen ausgeritten war, hatte sie halb erwartet, Captain Blunt wiederzutreffen. Aber er schien ihre Bitte befolgt zu haben. In der Rotten Row war keine Spur von ihm zu entdecken gewesen.

Und sie hatte nach ihm gesucht.

Gesucht und gesucht. Als wäre sie über seine Abwesenheit enttäuscht.

Was überhaupt nicht der Fall war.

Sie war froh, dass er sein Interesse an ihr verloren hatte. Sie war keine frivole Romanheldin, die sich von seiner imposanten Größe und seinen unglaublich breiten Schultern beeindrucken ließ. Von seinem rabenschwarzen Haar mit den hellen Silberfäden an den Schläfen und dem durchdringenden Blick seiner Augen, die so kalt und grau waren wie die Themse im Winter. Wären da nicht sein vernarbtes Gesicht und sein schlechter Ruf gewesen, hätte er beinahe gut ausgesehen.

Beinahe.

Aber dies war kein Roman. In den Armen eines Schurken wartete kein Abenteuer auf sie, sondern nur Ruin, Elend und Schande. Wenn sie in dieser Saison einen Ehemann finden sollte, dann nur unter anständigen Männern. Gentlemen, die keine blutrünstigen ehemaligen Soldaten waren und die nicht mit ihrer Brut unehelicher Kinder in verwunschenen Häusern in Yorkshire lebten, in denen es spukte.

Seltsam. Sie konnte sich nicht vorstellen, dass Captain Blunt eine Mätresse hatte. An ihm war so gar nichts Zärtliches. Nichts furchtbar Romantisches. Obwohl …

Er hatte zugegeben, *Das Geheimnis der Lady Audley* gelesen zu haben.

Sie fragte sich, was Anne wohl dazu sagen würde.

Lady Anne Deveril, die einzige Tochter des verstorbenen Earl of Arundell, war Julias beste Freundin, solange sie denken konnte. Sie waren in jeder Hinsicht gegensätzlich – Anne war kühn, selbstbewusst und eigensinnig, während Julia schüchtern und unsicher war und in Gesellschaft oft keinen Ton herausbrachte. Dennoch passten sie gut zusammen, denn jede von ihnen bot, was der anderen fehlte.

In vielerlei Hinsicht fungierte Anne als Julias Beschützerin. Sie hatte eine fast mütterliche Rolle übernommen, die Julia vor unverschämten Männern und sie selbst vor ihren eigenen Zügellosigkeiten bewahrte. Erst kürzlich, als Julia mit Pralinen und einem Roman in ihrem Bett gelegen und sich mit einer Krankheit vor ihren gesellschaftlichen Verpflichtungen hatte drücken wollen, war es Anne gewesen, die sie überredet hatte, aufzustehen und sich der Londoner Saison zu stellen.

Bis vor zwei Tagen waren sie noch gemeinsam mit ihren Busenfreundinnen Stella Hobhouse und Evelyn Maltravers unterwegs gewesen. Die vier waren ausgezeichnete Reiterinnen, die sich im Sattel wohler fühlten als in einem Ballsaal. Der gemeinsame Ausritt im Park war Julias täglicher Lichtblick. Und was die Abende anging, so machten sogar die Bälle mehr Spaß, wenn ihre Freundinnen dabei waren.

Wären sie doch auch jetzt hier!

Sie alle hatten London am selben Tag verlassen. Evelyn hatte Anne und Lady Arundell nach Birmingham begleitet, um das junge Medium zu sehen. Und Stella hatte ihren Bruder, einen Geistlichen, widerwillig zu einer ökumenischen Konferenz in Exeter begleiten müssen.

Sowohl Stella als auch Anne würden am Sonntag zurückkehren. Evelyn würde erst ein paar Wochen später nach einem kurzen Besuch in ihrem Heimatdorf in Sussex wieder nach London kommen.

Julia vermisste ihre Freundinnen furchtbar. Während ihrer Abwesenheit wusste sie nicht recht, was sie mit sich anfangen sollte. Wie immer unter solchen Umständen, zog sie sich in die Sicherheit ihres Schlafzimmers zurück, in die Wärme ihres Bettes und die vorübergehende Flucht in einen Roman.

Sie erhob sich von ihrem Platz und läutete nach dem Dienstmädchen.

Wenige Augenblicke später trat eine junge Frau mit strengem Gesicht und gestärkter Schürze ein. Jane Sieben, so hieß sie – das siebte Dienstmädchen in dieser Position. Sie hießen alle Jane, so wie alle ersten Lakaien Jenkins, die zweiten Lakaien George und alle Reitknechte Luke hießen. Julias Eltern bestanden darauf, dass es so einfacher war. Trotzdem kam es Julia nie ganz richtig vor.

»Sie haben geläutet, Miss?«, erkundigte sich Jane Sieben.

»Lass die Kutsche vorfahren«, sagte Julia. »Und ruf Mary. Ich muss heute Morgen einige Einkäufe erledigen.«

»Ja, Miss.« Jane Sieben machte einen wackligen Knicks, bevor sie sich zum Gehen wandte.

»Warum sind die Vorhänge geöffnet?« Die schwache, mürrische Stimme von Julias Vater, Sir Eustace, eilte ihm ins Zimmer voraus. Er trat ein, immer noch in seinen Pantoffeln, und trug einen Morgenmantel aus Samt und Seide. Um den Hals hatte er sich als Schutz vor vermeintlicher Zugluft einen dicken Schal gewickelt. »Zieh sie sofort wieder zu, Jane.«

Jane Sieben eilte zum Fenster und schloss die schweren Vorhänge. So tat sie es von Fenster zu Fenster, bis die helle Sonne wieder aus dem Morgenraum verschwunden war.

Julia runzelte die Stirn. »Ich hatte darum gebeten, sie aufzuziehen, Papa.«

Ihr Vater warf ihr einen leidgeprüften Blick zu. »Du bringst mich noch ins Grab, Kind. Und dich selbst auch, wenn du nicht aufpasst. Wieder im Morgengrauen aufgestanden? Auf deinem Pferd ausgeritten?«

»Mir geht es sehr gut«, entgegnete sie. »Und dir? Du musst dich etwas besser fühlen, wenn du aus deinem Zimmer kommst.«

»Es geht mir immer noch schlecht, wie jeder sehen kann.« Er ließ sich mit einem müden Seufzer in einen gepolsterten Sessel sinken. »Ich muss mit Hicks die Quartalsabrechnung durchgehen, auch wenn mich die Anstrengung wahrscheinlich das Leben kosten wird. Du solltest vorsichtshalber Dr. Cordingley rufen lassen.«

Julia ging zu ihrem Vater. Sie ließ sich auf die gepolsterte Ottomane zu seinen Füßen sinken, wobei sich die vollen Röcke ihres blauen Tageskleides bauschten. »Kommt Hicks nicht ohne deine Hilfe zurecht?«

»Ein Mann, der sich nicht selbst um seine Konten kümmert, hat es verdient, dass ihn seine Diener ausrauben. Und das werden sie auch, merk dir meine Worte.« Er brach ab und befahl dem Dienstmädchen, das gerade den Raum verlassen wollte: »Bring mir ein Tonikum, Mädchen! Und eine Decke sowie eine neue Kanne Tee. Und schicke einen der Lakaien herein, um ein Feuer zu machen.«

»Ja, Sir. Auf der Stelle, Sir.« Jane Sieben huschte zur Tür hinaus.

Julias Vater lehnte den Kopf an die gepolsterte Rückenlehne des Sessels. Sein graues Haar war licht, sein bärtiges Gesicht blass vom Mangel an Sonnenlicht. Wären sie sich selbst überlassen, würden er und Mama ihre Tage in völliger Dunkelheit verbringen und ihre verschiedenen Unpässlichkeiten pflegen.

»Solltest du überhaupt auf sein?«, fragte Julia.

»Wie konnte ich bei all dem Lärm anders? Habe ich dir nicht gesagt, du sollst leise auf der Treppe gehen? Wenn du schon darauf bestehst, früh aufzustehen, um zu reiten ...« Er kniff die Augen zusammen. »Wohlgemerkt, ich habe etwas gegen diese Aktivität. Du weißt, dass ich empfindlich auf den Geruch von Pferden reagiere. Denk an die Kopfschmerzen, die ich jedes Mal bekomme, wenn ich mit der Kutsche fahre. Und jetzt stinkt auch noch meine eigene Tochter nach Stall. Eines Tages werde ich Hicks anweisen, dein Pferd zu verkaufen.«

Es war eine alte Drohung. Und eine leere. Trotzdem regte sie sich darüber auf.

»Also wirklich, Papa. Du weißt ganz genau, dass Cossack mir gehört. Ich habe ihn mit dem Geld gekauft, das ich von Tante Elinore geerbt habe. Du hast nicht das Recht, ihn zu verkaufen.«

»Ach nein? Fordere mich nicht heraus, Mädchen. Deine Tante mag dir einen beträchtlichen Teil hinterlassen haben, aber hier bin immer noch ich der Herr – auch wenn ich auf dem Sterbebett liege.«

»Du liegst nicht auf dem Sterbebett. Und du würdest mir nicht meine einzige Freude im Leben rauben. Es ist schon schlimm genug, dass ihr mir einen Hund oder eine Katze verbietet, um meine Einsamkeit zu lindern. Aber mir damit zu drohen, Cossack zu verlieren …«

»Einsamkeit?«, keuchte er. »Pah. Was ist das schon im Vergleich zu meiner Gesundheit und der deiner armen lieben Mama? Du hast keine Ahnung, wie wir leiden.«

Sie hatte keine Lust, mit ihm zu streiten. Schon gar nicht über *dieses* uralte Thema, das zum ersten Mal aufgekommen war, als sie noch am Laufgurt gegangen war. Von Kindheit an hatte sie Tiere geliebt. Die Tatsache, dass ihre Eltern ihr keines erlaubt hatten, war für Julia eine Quelle anhaltender Verbitterung.

»Wenn du deiner Pflicht nachkommen würdest, hättest du keine Zeit, einsam zu sein«, fuhr Papa fort. »Deine Mutter und ich müssen umsorgt werden. Wozu ist eine Tochter sonst da?« Bei dieser Bemerkung bekam er einen Hustenanfall, der die altvertraute Klage, mit der er die meisten seiner Beschwerden beendete, dämpfte: »Hätte ich doch nur einen Sohn bekommen!«

Seine Worte verletzten sie nicht. Dafür hatte Julia sie schon zu oft gehört. Im Haus der Wychwoods beherrschte die Invalidität ihrer Eltern alles. Jeder war ihr untergeordnet, vor allem aber Julia.

Sie nahm die Hand ihres Vaters in ihre. »Das meinst du nicht ernst. Sonst würdest du mich nicht zwingen, eine weitere Saison zu haben.«

»Zwingen!« Er riss seine Hand weg. »Seit wann wird eine junge Dame gezwungen, schöne Kleider zu tragen und Bälle zu besuchen?«

»Du weißt genau, dass ich das nicht mag.«

»Was du magst, hat damit wenig zu tun. Du musst heiraten. Dein Ehemann wird dabei helfen, für uns zu sorgen. Er kann in Zukunft ein Auge auf Hicks haben und deine arme Mutter nach Bath begleiten, wenn ihre Krankheit es erfordert.«

Auch das bekam Julia immer häufiger zu hören. Nach Ansicht ihrer Eltern war ihr zukünftiger Ehemann nur eine weitere Person, die für ihre Pflege zu sorgen hatte. Julias eigenes Glück spielte dabei überhaupt keine Rolle. »Ich glaube nicht, dass ich jemals heiraten werde«, gestand sie.

»Unsinn. Du wirst deine Pflicht tun, und zwar bereitwillig.«

»Ich *tue* bereits meine Pflicht.«

»Nicht, wenn es nach Mrs Major geht. Sie hat heute Morgen einen Bericht geschickt, in dem steht, du hättest dich während des Hauskonzerts gestern Abend zeitweise zurückgezogen.«

»Einen Bericht?«, wiederholte Julia ungläubig. »Das hört sich an, als stünde ich unter Bewährung.«

Seine buschigen Augenbrauen zogen sich zusammen. »Bei deinen Vorlieben wäre das durchaus angezeigt. Warum sonst müsste deine Mutter Mrs Major bitten, auf dich aufzupassen? Sie soll genau ein solches Verhalten unterbinden. Und daran habe ich sie erinnert.«

Genau das hatte Julia erwartet. Ihr Vater liebte es, vom Krankenbett aus Briefe quengelnden Inhalts zu verfassen. Wenn er anwesend war, wurde der zweite Lakai ständig auf Trab gehalten.

»Eine mürrische alte Matrone als Anstandsdame einzusetzen wird mich für Verehrer auch nicht attraktiver machen«, wandte sie ein.

»Ich will zu diesem Thema keine Widerworte mehr hören.«

»Aber, Papa …«

»Es reicht jetzt, Kind.« Schweißperlen sammelten sich auf

der Stirn ihres Vaters. Er zog ein Leinentuch aus seiner Tasche, um sich das Gesicht abzutupfen. »Verschwinde jetzt. Du ermüdest mich, noch bevor ich meine Arbeit getan habe.«

Ihre Schultern sackten in sich zusammen. Es hatte in der Tat keinen Sinn, sich mit ihm zu streiten. Mama und er gewannen immer. Natürlich taten sie das. Schließlich waren sie es, die die ganze Macht hatten.

»Ja, Papa.« Sie erhob sich von der Ottomane und strich ihre Röcke glatt. »Ich gehe ein neues Buch kaufen und komme sofort danach zurück.«

»Das solltest du auch«, sagte er. »Vielleicht brauche ich dich noch.«

Bloxham's Books war ein kleines Geschäft am Ende einer Gasse unweit der Charing Cross Road. Julia war dort eine häufige Besucherin. Allein im letzten Monat war sie auf der Suche nach neuen Romanen drei Mal dort gewesen.

Mr Bloxham war sowohl Buchhändler als auch Verleger. Er erzielte ein regelmäßiges Einkommen aus der Veröffentlichung weniger bekannter Sensationsromane, Abenteuergeschichten und Romanzen. Bücher, geschrieben von Leuten wie J. Marshland oder Mrs Trent-Watkinson. Autoren, von denen ein Großteil der Öffentlichkeit noch nie etwas gehört hatte.

»Sie schreiben sie schnell, und wir drucken sie schnell«, sagte der Verkäufer, während Julia die Regale durchstöberte. »Sie haben zwar keinen großen literarischen Wert, aber sie vertreiben einem angenehm die Zeit.«

Mary folgte ihnen und sah in ihrem schwarzen Stoffkleid und ihrer Haube mürrisch wie eine Krähe aus. Als Zofe war sie verpflichtet, ihre Herrin auf Besorgungen zu begleiten, aber sie machte keinen Hehl aus ihrer Meinung zu Romanen. Sie schien zu glauben, dass sie der Hauptgrund dafür waren, dass Julia noch keinen Erfolg auf dem Heiratsmarkt gehabt hatte.

Julia wusste es besser. Es war nicht das Lesen von Romanen, das ihre lähmenden Ängste verursachte. Das Gegenteil war der Fall. Neben den Ausritten mit Cossack war es das Einzige, was ihr etwas Erleichterung verschaffte.

Sie nahm ein kleines Buch aus einem schmalen mittleren Wandregal. *Das geheime Kind des Adligen.* »Wer sagt denn, dass sie keinen literarischen Wert haben?«

»Die besten Leute der Buchbranche, Miss.« Der Angestellte trat näher heran. Er war ein aufgeweckter junger Mann in einem schlecht sitzenden Anzug, der stark nach billiger Pomade roch. »Die Rezensenten des *Blackwood's Magazine* und die der *Weekly Heliosphere*. Sie werden unsere Titel nicht oft auf ihren Seiten sehen, aber gelegentlich wird einer von ihnen erwähnt, und das nie positiv. Sehen Sie sich nur das neueste Werk von Marshland an. Der Rezensent nannte es ›übermäßig ernsten Schund‹.«

»Das ist aber nicht sehr nett.«

»Nein, in der Tat, Miss. Nicht für Mr Bloxham. Er hat noch hundert Exemplare des Buches, und seit der Rezension in der *Heliosphere* liegen sie in den Regalen wie Blei.«

Julia stellte *Das geheime Kind des Adligen* zurück ins Regal. Sie ging weiter den schmalen Gang hinunter, wobei ihre weiten Röcke die Regale auf beiden Seiten streiften. »So schlimm kann es nicht sein.«

»Haben Sie die Romane von Marshland gelesen?«

»Nicht in letzter Zeit, nein, aber als ich jünger war, habe ich sie verschlungen. Ich zähle *Der Feueropal* immer noch zu meinen absoluten Lieblingsbüchern.«

»Ah, *Der Feueropal.*« Der Verkäufer schwelgte in Nostalgie über den beliebten Sensationsroman. »Es ist bis heute der meistverkaufte Roman von Marshland.«

»Sie veröffentlicht nicht mehr viel, oder?«

»Nicht regelmäßig, nein.«

»Und wenn sie es tut, sind ihre Geschichten nicht mehr so wie früher.«

»Marshlands Stil hat sich verändert, das stimmt«, räumte der Angestellte ein. »Zum Schlechteren, sagen manche.«

»Das kann ich nicht glauben. Ihre Texte sind im Allgemeinen besser als die der anderen.«

»Ja, das stimmt.« Der Verkäufer kam ihr nach, Mary folgte nicht weit hinter ihm. »Aber eine schlechte Kritik schreckt die Leser ab. Die tatsächliche Qualität des Romans spielt keine Rolle. Wenn sich herumspricht, ein Buch sei schlecht, können wir es nicht mehr verkaufen.«

»Tut mir leid, das zu hören.« Julia musterte eines der Bücher, dann ein anderes. Sie wusste nicht, worauf sie Lust hatte. Auf jeden Fall auf einen Liebesroman, aber keinen mit brutalen Ehemännern, aufopferungsvollen Jungfrauen oder gar heimlichen Kindern. Sie wollte etwas Hoffnungsvolleres, mit einer Heldin, an die sie glauben konnte, und einem Helden, der diesen Namen auch verdiente.

Sie stellte ein weiteres Buch wieder ins Regal und kehrte in den vorderen Teil des Ladens zurück. Dort war ein runder Holztisch aufgestellt, auf dem mehrere Exemplare desselben Romans lagen – ein schmaler, in dunkelgrünes Leinen gebundener Band.

Es war das neue Buch von Mrs Marshland.

Julia nahm ein Exemplar in die Hand und betrachtete den in Gold geprägten Titel auf dem Buchrücken. *Der Garten der Tapferkeit.* »Wovon handelt es?«

»Ein Ritter, der aus dem Krieg nach Hause zurückkehrt«, sagte der Verkäufer.

»Spielt es im Mittelalter?«

»In der Tat. Es ist voll von Schwertern und Turnieren und unerwiderter Liebe.«

»Unerwidert? Aber ich dachte, es sei eine Romanze. Romanzen sollten doch ein gutes Ende haben.«

»Das hat es letztendlich auch. Zu gut für die *Heliosphere*. Der Rezensent mochte die romantischen Elemente nicht. Er fand sie kitschig.«

Sie runzelte die Stirn, als sie durch die Seiten blätterte. *Schund. Kitschig.* »Der Rezensent muss ein Mann gewesen sein. Nur ein Mann würde einen Liebesroman auf diese Weise beschreiben.«

Der Verkäufer nickte. »Das ist er, Miss. Er hört auf den Namen Bilgewater.«

Ihr Mund verzog sich. »Meine Güte. Ist das ein Pseudonym?«

»Ich denke schon. Er will wohl verhindern, dass irgendwelche wütenden Autoren vor seiner Tür stehen. Nicht nach dem, was er alles so geschrieben hat. Marshland ist nicht sein erstes Opfer.«

»Die arme Mrs Marshland. Ich bin sicher, dass sie eine solche Kritik nicht verdient hat.« Julia klemmte sich ein Exemplar von *Der Garten der Tapferkeit* unter den Arm. Impulsiv wählte sie drei weitere aus.

Mary trat neugierig heran. »Viermal das gleiche Buch, Miss?«

»Eins für mich und jeweils eins für Lady Anne, Miss Hobhouse und Miss Maltravers.« Julia ging den kurzen Weg zur Kasse in der Nähe des Schaufensters und legte die Bücher in einem unordentlichen Stapel darauf ab. »Das wird mein Geschenk für sie sein, wenn sie nach London zurückkehren.«

Es war nicht ganz uneigennützig. Julia war in der Stimmung für ein bisschen Kitsch. Wenn sie dabei auch noch eine Schriftstellerin unterstützen konnte, umso besser. Außerdem diskutierte sie gern mit ihren Freundinnen über Bücher, und wie sollte sie über *Der Garten der Tapferkeit* diskutieren, wenn Anne, Stella und Evelyn es nicht gelesen hatten?

Der Verkäufer strahlte. »Ausgezeichnet, ausgezeichnet.« Er huschte an die Kasse, um den Gesamtpreis zu errechnen.

Als Julia in ihrem Geldbeutel nach den Münzen für ihre Einkäufe suchte, läutete die Ladenglocke und kündigte die Ankunft eines weiteren Kunden an. Sie warf einen Blick zur Tür.

Und erstarrte.

Ebenso Captain Blunt. Er stand im Eingang, seinen schwarzen Hut in der Hand. In seinem normalerweise nicht zu deutenden Gesichtsausdruck flackerte Überraschung auf.

Wäre diese Überraschung nicht gewesen, hätte Julia vermuten können, dass er ihr hierher gefolgt war. Dass er ihre Wünsche überhaupt nicht respektiert hatte. Dass er sie trotz ihrer Einwände weiter verfolgte.

Aber nein. Ihr Anblick war für ihn ebenso überraschend wie seiner für Julia.

Er erholte sich schnell. »Miss Wychwood.«

»Captain Blunt.« Sie starrte ihn einen Moment lang an, und ihr Herz pochte mit einer seltsamen Mischung aus Angst und Aufregung.

Der Angestellte hüstelte diskret. »Das macht dann ein Pfund sechs, Miss.«

»Was?« Sie drehte sich verwirrt zu ihm um. »Ach ja. Ich bitte um Verzeihung.« Sie schob ihm eine Ein-Pfund-Münze und sechs Shillings über den Tresen.

»Soll ich sie einpacken, Miss?«, fragte er.

»Bitte.«

Captain Blunt trat an die Kasse heran. Sein Blick fiel auf ihren Bücherstapel. Eine seltsame Stille überkam ihn.

»Ja, ich weiß«, sagte sie. »Sie sind für mich und meine Freundinnen. Wir haben bereits ein paar von Mrs Marshlands anderen Werken genossen.«

»Haben Sie das.« Seine Stimme war seltsam flach.

Sie spürte ein Urteil in seinen Worten. »Sie klingen so, als würden Sie sie nicht gutheißen.«

»Ganz im Gegenteil.« Er lehnte sich gegen den Tresen der Kasse. Er trug einen schwarzen Dreiteiler, tadellos geschneidert, aber so schlicht, dass er fast schon asketisch wirkte. An der Vorderseite seiner einreihigen Weste glitzerte eine verblichene goldene Taschenuhrkette. »Marshlands Prosa kann sehr ergreifend sein.«

»Dann haben Sie sie gelesen? Und mochten sie?«

»So weit würde ich nicht gehen«, sagte er. »Aber es würde mich interessieren, was Sie über den Roman denken, wenn Sie ihn gelesen haben.«

»Natürlich. Ich wage zu behaupten, dass ich ihn noch vor heute Abend beendet haben werde.«

Sein Mund verzog sich. Was bei einem anderen Mann vielleicht ein Lächeln gewesen wäre, wirkte wegen seiner Narbe eher wie ein Zähnefletschen. »So schnell?«

Sie lächelte verlegen. »Es ist mir noch nie gelungen, meine Vergnügungen aufzuschieben.«

»Dann hoffe ich, dass es wirklich ein Vergnügen sein wird.«

»Davon gehe ich aus. Die Elemente der Handlung, über die sich die Kritiker beschwert haben, gefallen mir am besten.« Sie hielt inne und erklärte: »Die Romantik.«

Ihre Worte wurden mit Schweigen quittiert.

Peinlichem Schweigen.

Sie spürte einen Anflug von Unsicherheit. Manche Gentlemen lehnten Liebesromane ab. Captain Blunt gehörte jedoch sicher nicht dazu. Bei ihrem gestrigen Gespräch während des Hauskonzerts hatte sie den Eindruck gewonnen, dass er sogar ein gewisses Interesse an diesem Genre hatte.

Wenn sie ihn jetzt ansah, war es schwer zu glauben. Er wirkte so grimmig und furchterregend. Ein Gentleman, unempfänglich für feinere Gefühle. Ein Mann mit Eis in seinen Adern.

Es musste schön sein, nichts zu fühlen. In der Gegenwart des anderen Geschlechts nicht zu stottern oder zu erröten. Sie konnte sich nicht vorstellen, dass Captain Blunt jemals wegen irgendetwas erröten würde. Er schien unverwundbar zu sein.

Sie wünschte, sie könnte dasselbe von sich behaupten.

Die bloße Nähe zu ihm reichte aus, um ihren Magen zum Flattern zu bringen. Ihr Inneres zitterte und bebte.

Genauso hatte sie sich gefühlt, als er sie auf Lady Arundells Ball angesprochen hatte. Damals hatte sie das Gefühl fälschlicherweise für Angst gehalten.

Aber es war keine Angst. Das wurde ihr jetzt sehr zu ihrem Leidwesen klar. Es war etwas anderes. Etwas Schlimmeres.

Es war Anziehung.

Trotz allem, was sie über ihn wusste – trotz der Warnungen ihrer Freundinnen und ihres eigenen Verstandes und Gewissens –, war ihr Körper bereit, den Mann zu *mögen*.

Mehr als mögen.

Sie fragte sich, ob er es auch spürte, dieses leise Summen einer körperlichen Bewusstheit. Es war unmöglich zu sagen. Sein vernarbtes Gesicht war völlig ausdruckslos.

»Sie sind wohl selbst auf der Suche nach einem neuen Buch«, bemerkte sie, weil sie nichts Besseres zu sagen wusste. Die Flachheit dieser Bemerkung fiel ihr in dem Moment auf, als sie sie aussprach. »Aber natürlich sind Sie das. Warum sollten Sie sonst hier sein?«

»Ja, warum sonst?«

Der Angestellte verfolgte ihr Gespräch mit kaum verhohlenem Interesse, während er ihre Bücher in braunes Papier einpackte.

Auch Mary beäugte sie, und ihr breites Gesicht war von Missbilligung gezeichnet. Zweifelsohne würde sie Julia eine Standpauke halten, sobald sie wieder in der Kutsche saßen.

»Ein bestimmtes Buch?«, fragte sie.

Captain Blunt zögerte einen Sekundenbruchteil, bevor er antwortete. »Eine neue Abenteuergeschichte für meinen ältesten Sohn.«

Als ihr klar wurde, was er gerade gesagt hatte, bekam sie vor Verlegenheit rote Wangen. Er redete von seinem Kind. Seinem unehelichen Kind. Einem von vielen, die er auf seinem Anwesen beherbergte.

Julia nahm an, dass sie beleidigt sein sollte. Ein Gentleman würde in Gegenwart einer Dame über solche Dinge nicht sprechen.

Aber sie war nicht beleidigt.

In erster Linie war sie neugierig. »Ihr Sohn mag Abenteuerromane?«

»Das tut er.«

Sie wartete darauf, dass er mehr erzählte. Als er das nicht tat, überwog ihre Neugierde ihre Diskretion. »Wie alt ist er?«

Zum ersten Mal, seit sie ihn kennengelernt hatte, schien sich Captain Blunt unwohl zu fühlen. »Er ist, äh, zwölf.«

»Ihre Einkäufe, Miss.« Der Angestellte schob Julias eingepackte Bücher über den Tresen zu ihr. »Kann ich sonst noch etwas für Sie tun?«

»Danke, nein. Das wäre dann alles.« Sie nahm ihr Paket entgegen, wobei sie sich der Aufmerksamkeit von Captain Blunt bewusst war. Sie warf ihm einen entschuldigenden Blick zu. »Verzeihen Sie meine Neugierde.«

»Verzeihen Sie meine Taktlosigkeit«, erwiderte er.

Etwas an der Ernsthaftigkeit seines Auftretens wärmte ihr das Herz.

Sie wusste, dass sie zu viel in die Sache hineininterpretierte. Dass sie zuließ, dass seine seltsame Anziehungskraft ihre Vernunft überwältigte. Er war nicht nett. Er war nicht gut aussehend.

Und ein Held war er schon gar nicht.

Anne würde ihr nie verzeihen, dass sie solche Gedanken hegte. Sie würde sagen, dass Julia den Captain angesichts seiner völligen Emotionslosigkeit mit dem breiten Pinsel ihrer eigenen Sentimentalität übermalte. Dass sie ihn sich als jemanden vorstellte, der er nicht war.

Aber Anne war nicht hier. Und was konnte eine heimliche Schwärmerei schon schaden? Solange Julia nie darüber sprach. Niemals darauf reagierte.

»Ich verzeihe Ihnen.« Sie drückte ihre Bücher an den Busen und wollte gehen. »Guten Tag, Sir.«

Er verbeugte sich vor ihr. »Guten Tag, Miss Wychwood.«

Julia verließ zusammen mit ihrer Zofe den Laden, wobei sie sich bewusst war, dass Captain Blunt immer noch an der Kasse stand und ihr nachsah. Erst als sich die Ladentür hinter ihr schloss, hörte sie, wie er sich an den Angestellten wandte.

»Holen Sie mir Bloxham«, befahl er barsch. »Und zwar sofort.«

5. KAPITEL

Jasper faltete den Bankwechsel über fünfzig Pfund zusammen mit seinem Brief an Mr Beecham, bevor er den Umschlag versiegelte. Er war gerade dabei, die Adresse zu schreiben, als es an der Tür klopfte.

»Herein«, sagte er.

Es war Ridgeway, bereits für ihre Abendverabredung gekleidet. »Erledigen Sie Ihre Korrespondenz?«

»Angelegenheiten des Anwesens.«

»Zu dieser Stunde? Wie trostlos.«

»In der Tat.« Jasper lehnte sich zurück. Er war noch immer hemdsärmelig. Sein schwarzer Anzug war über einem Stuhl neben dem Bett drapiert.

Es war nicht leicht gewesen, das Geld für die Dachreparaturen aufzutreiben. Er hatte sich nicht getraut, es direkt an Charlie zu schicken. Der Junge war mürrischer und verschlossener, als gut für ihn war. Gott allein wusste, was er mit dem Geld anstellen würde. Die Wahrscheinlichkeit, dass er damit seine beiden Geschwister verschwinden ließ, war genauso groß wie die, dass er jemanden bezahlte, um das Dach von Goldfinch Hall zu reparieren.

Seit Jasper in dem düsteren Armenhaus in York aufgetaucht war, in dem Dolly ihre beiden Söhne abgegeben hatte, hatte Charlie ihn mit Misstrauen betrachtet.

Und der Zustand von Goldfinch Hall hatte nichts an seiner Meinung geändert.

Jasper fand, dass das Anwesen seinen Charme hatte. Es war groß und weitläufig und strahlte eine gewisse verblassende Pracht aus. Ein Ort wie aus einem Schauerroman. Aber solch zweifelhafte Vorzüge waren kein Ersatz für ein dichtes Dach und Dielen, die nicht unter den Füßen verrotteten. Vor ein paar Monaten war Beecham fast in den Tod gestürzt.

Der alte Mann war der einzige Diener, den Jasper dauerhaft beschäftigte. Ein Überbleibsel aus der Vergangenheit. Er war über ein Jahrzehnt lang der Verwalter von Goldfinch Hall gewesen und hatte nach dem Tod von Erasmus Blunt die Stellung gehalten, dem zurückgezogen lebenden Großonkel, der Jasper Goldfinch Hall testamentarisch vermacht hatte.

Hätte der alte Erasmus doch nur auch etwas Geld für den Unterhalt des Anwesens hinterlassen.

Nach dem Fall von Sebastopol hatte sich Jasper Goldfinch Hall im Krankenhaus als Zuflucht vorgestellt. Ein Ort, an dem er Ruhe und Frieden finden konnte, weit weg vom Elend des Krieges. Stattdessen hatte es sich als zusätzlicher Klotz am Bein erweisen.

Wären die Kinder nicht gewesen, hätte er es, ohne mit der Wimper zu zucken, aufgegeben.

Das kam jetzt nicht mehr infrage. Und das nicht nur, weil er an sein Versprechen an Dolly gebunden war, sondern auch durch die Bande der Zuneigung.

Charlie und Alfred konnten in der Tat schwierig sein. Er war zu spät in ihr Leben getreten. Sie hatten ihm immer noch nicht verziehen, dass er sie im Stich gelassen hatte. Aber Daisy war anders. Sie war noch kein Jahr alt gewesen, als er von der Krim zurückgekehrt war. Nun war sie fast sieben und konnte sich mehr nicht an ihre Mutter erinnern. Jasper war der einzige Elternteil, den sie je gekannt hatte.

Das hätte die Dinge zwischen ihnen einfacher machen sollen.

Aber das tat es nicht.

Daisy war ein merkwürdiges Kind. Manchmal schmerzhaft schüchtern, aber mit einem Hang zu wilder Unabhängigkeit. Die Nähstube und das Stickmustertuch waren nichts für sie. Sie kletterte lieber auf Bäume, schwamm im See und schlief auf dem Heuboden der Scheune.

Es war ihm bisher nicht gelungen, sie zu einem geziemenderen Verhalten zu überreden. Was sie brauchte, war der zivilisierende Einfluss einer Frau. Einer Dame, die sie an die Hand nehmen würde.

Männliche Bastarde hatten bereits einen schweren Weg vor sich, aber ein Mädchen würde der Makel der Unehelichkeit ihr ganzes Leben prägen. Das Mindeste, was Jasper tun konnte, war, dafür zu sorgen, dass sie das nötige Rüstzeug hatte, um ein würdiges Leben zu führen – gute Manieren, eine anständige Ausbildung und ein regelmäßiges Einkommen.

Eine wohlhabende Ehefrau würde viel dazu beitragen, diese Dinge zu ermöglichen. Eine Frau, die nicht Miss Julia Wychwood war.

Apropos. »Ich muss einen Anwalt aufsuchen, während ich in der Stadt bin.«

Ridgeways Augenbrauen schossen interessiert in die Höhe. »Ich dachte, Sie hätten einen Mann in York.«

»Piggott ist der Anwalt meines verstorbenen Onkels, nicht meiner.« Jasper hatte ihn nur einmal getroffen. Mr Piggott hatte das Testament von Erasmus Blunt verwaltet. Er war ein alter Mann, der dazu neigte, die Privatangelegenheiten seiner anderen Mandanten auszuplaudern. »Ich brauche einen eigenen Anwalt. Jemanden, der ein wenig Diskretion walten lassen kann.«

»Ich verstehe.«

Jasper hoffte inständig, dass dies nicht der Fall war.

»Ein bestimmtes Fachgebiet?«, fragte Ridgeway.

»Straftaten«, sagte Jasper.

Ridgeways Gesicht war teilnahmslos und verriet kein Zeichen von Überraschung. »Sie könnten es bei meinem Nachbarn Mr Finchley versuchen. Ich kann nicht versprechen, dass er neue Fälle annimmt oder dass er sich überhaupt noch mit kriminellen Angelegenheiten beschäftigt. Aber er war einmal ziemlich berühmt. Er zählte die mächtigsten Gentlemen der Stadt zu seinen Mandanten.«

»Er klingt teuer.«

»Ich wage zu behaupten, dass er es wert ist, sowohl wegen seiner Fähigkeiten als auch wegen seines Schweigens. Der Mann ist ein wahrer Geheimnisträger, auch wenn man es ihm nicht ansieht.«

»Er hat Büros in der Stadt?«

»In der Fleet Street.« Ridgeway hielt inne. »Es ist doch nichts Ernstes, oder?«

»Nichts Ernstes. Nur lästig.« Ein weiteres Hindernis für Jasper, zu heiraten und nach Yorkshire zurückzukehren. Eher ein Gewissenskonflikt als ein tatsächliches Hindernis. Es würde ihn beruhigen, wenn das Problem gelöst werden könnte. »So lästig wie der ganze Rest dieser Angelegenheit.«

»Ich habe Neuigkeiten, die Sie aufheitern könnten«, sagte Ridgeway. »Miss Throckmorton wird heute Abend auf der Abendgesellschaft von Lady Holland sein.«

Jasper warf ihm einen leeren Blick zu.

»Daphne Throckmorton«, konkretisierte Ridgeway. »Die Toffee-Erbin aus Northumberland?«

Jasper rieb sich die Wange. Er erinnerte sich vage daran, dass Ridgeway die junge Frau am Rande erwähnt hatte. »Sie besitzt eine Fabrik?«

»Ganz und gar nicht.« Ridgeway schien von der bloßen Andeutung beleidigt zu sein. »In diesem Fall hätte ich sie nicht vorgeschlagen.«

»Sie ist eine Toffee-Erbin.«

»Natürlich war ihre *Familie* im Handel tätig – da kann man nichts machen, fürchte ich. Aber meinen Quellen zufolge ging das Toffee-Geschäft nach dem Tod ihres Vaters an eine entfernte Cousine über. Miss Throckmorton selbst wurde nur eine Geldsumme hinterlassen. Vierzigtausend Pfund, um genau zu sein.«

Vierzigtausend Pfund.

Das waren zehntausend weniger, als Miss Wychwood wert war. Dennoch keine geringe Summe.

Jasper stand auf, um seinen Mantel zu holen. »Ihre Quelle sind die Burschen in Ihrem Club, nicht wahr?«

Ridgeway leugnete es nicht. »Es werden bereits Wetten darüber abgeschlossen, welcher mittellose jüngere Sohn seine Skrupel überwinden und das Mädchen heiraten wird. Der momentane Favorit ist Aldershott. Er hat nicht einen Shilling in der Tasche. Aber ich setze auf Sie, Blunt. Wenn Sie sich ein wenig anstrengen, können Sie Miss Throckmorton und ihr Vermögen mit Leichtigkeit gewinnen. Frauen lieben Kriegshelden.« Er warf einen misstrauischen Blick auf Jaspers Brief an Beecham. »Allerdings würde ich ihr gegenüber noch nichts von Ihren Fehltritten erwähnen. Die Damen neigen dazu, solche Dinge eher provinziell zu sehen.«

»Zweifellos«, sagte Jasper trocken. Als ob er einer Dame gegenüber die Kinder erwähnen würde. Das tat man einfach nicht. Und doch …

Erst vor ein paar Stunden hatte er ausgerechnet bei Bloxham's mit Miss Wychwood über Charlie gesprochen. Und sie war eine sehr wohlerzogene junge Dame. Die Tochter eines Baronets, um Himmels willen. Er hatte erwartet, dass ihr Gesichtsausdruck und Tonfall den scharfen Biss der Missbilligung annehmen würde.

Beides war nicht der Fall gewesen.

Ganz im Gegenteil.

Jasper erinnerte sich an ihre Reaktion mit vollkommener Klarheit. Ihr überraschtes Gesicht – die blauen Augen aufgerissen und ihre Lippen gespitzt – hatte sich in sein Gehirn eingebrannt. »*Ihr Sohn mag Abenteuerromane?*«, hatte sie gefragt.

Nicht *Ihr Fehltritt* oder *Ihr Bastard* oder eine der anderen wenig schmeichelhaften Umschreibungen, mit denen man Kinder bezeichnet, die außerehelich geboren worden waren. Sondern *Ihr Sohn*.

Jasper konnte sich nicht erinnern, wann jemand Charlie jemals so beschrieben hätte.

»Vierzigtausend Pfund«, wiederholte Ridgeway. »Sie haben doch gehört, was ich gesagt habe, oder?«

Jasper zuckte mit den Schultern und zog seinen Mantel an. »Ich bin ja nicht taub.«

»Sie haben nach einer Alternative zu Miss Wychwood gefragt, und ich habe eine für Sie gefunden. Vielleicht ein bisschen weniger elegant …«

»Als ob mich das interessieren würde«, entgegnete Jasper verärgert.

»Sie müssen mir doch nicht gleich den Kopf abreißen«, sagte Ridgeway. »Alle Gentlemen interessiert so etwas. Eine Frau sollte eine Zierde für den männlichen Stolz sein. Aber mit dem richtigen Anreiz man kann durchaus etwas nachsichtig sein, was das angeht.«

Jasper spürte einen Anflug von Verärgerung. Aber er konnte Ridgeways Logik nicht widersprechen. Das Geld wurde für das Anwesen benötigt. Für Charlie, Alfred und Daisy. Deshalb war Jasper hergekommen. Nicht aus Sentimentalität oder zur

Selbstbestätigung. Und schon gar nicht, weil er sich nach Romantik sehnte.

Es spielte keine Rolle, dass Miss Wychwood bezaubernd und schön war. Dass ihre Augen wie geschliffene Saphire leuchteten, wenn sie über ihre Lieblingsromane sprach – ausgerechnet die von J. Marshland.

Spätestens das sollte Jasper ein eindeutiges Zeichen sein, jeden Gedanken an sie aufzugeben.

Und sie wollte, dass er aufgab. Sie hatte ihm klipp und klar gesagt, er solle ihr nicht nachlaufen. Es weiterhin zu tun würde ihn zu nichts anderem als einem Wüstling machen.

Außerdem musste ein Mann nicht in eine junge Dame verliebt sein, um ihr den Hof zu machen. Die Heirat war ein Geschäftsvorgang. Alles, was man brauchte, war ein notwendiger Anreiz.

Und die vierzigtausend Pfund von Miss Throckmorton waren ein solcher Anreiz.

Julia zupfte an der Reihe perlengroßer Knöpfe am Handgelenk eines ihrer Abendhandschuhe. Sie saß auf einem jadegrünen Samtsofa in Lady Hollands geräumigem Salon neben zwei anderen jungen Damen – Miss Throckmorton und Miss Bingham. Seite an Seite wogten die vollen Röcke ihrer Abendkleider in einem Regenbogen aus amethystvioletter Seide, kornblumenblauem Grosgrain und apfelgrünem Popelin aneinander.

Miss Throckmorton und Miss Bingham hatten sich einander zugewandt und führten ein angeregtes Gespräch. Sie waren beide jünger als Julia. Höchstens neunzehn, wenn sie schätzen sollte, und vom Enthusiasmus ihrer ersten Saison erfüllt.

Julia kannte sie nur ein wenig. Das lag daran, dass sie auf so vielen der gleichen Gesellschaften zu Gast waren. Aber befreundet waren sie nicht. Sie hatte mit den beiden jungen Frauen nichts gemein. Zum einen fühlte sich keine von ihnen auch nur im Geringsten unwohl. Nicht einmal Miss Throckmorton, Erbin eines Vermögens, das ihr verstorbener Vater durch Handel angehäuft hatte. Man sollte meinen, sie sei sich dieser Tatsache schamhaft bewusst. Stattdessen strotzte sie nur so vor Selbstvertrauen und war sowohl in ihrer Rede als auch in ihrem Auftreten völlig souverän.

»Wir waren in Paris einkaufen«, antwortete sie auf eine Frage von Miss Bingham. »Papa hat gut für mich vorgesorgt.«

»Paris!«, seufzte Miss Bingham. »Ich war schon ewig nicht mehr dort. Aber mein Kleid wurde auch in Paris angefertigt.« Sie plusterte ihre Rüschenröcke auf. »Mama hat es extra bestellt.«

Julia strich mit den Händen über die Röcke ihres eigenen Kleides – dunkelviolette Seide, die mit geflochtenen schwarzen Bändern besetzt war. Es war weder besonders schmeichelhaft für ihren Teint noch für ihre Figur. Dafür müsste sie sich einen neuen Schneider suchen. Jemanden wie den Verehrer ihrer Freundin Evelyn, Mr Malik. Seine Entwürfe waren einfach atemberaubend. Wunderwerke aus Schnitt, Stoff und Farbe, die einer Dame wie maßgeschneiderte Handschuhe passten und sie zum Neidobjekt aller machten, die sie darin sahen.

Nicht die beste Wahl für jemanden, der es vorzog, unsichtbar zu sein.

Julia wünschte, sie könnte genau das jetzt sein. Aber es gab keine Gelegenheit, sich irgendwie zurückzuziehen. Ihre Anstandsdame, Mrs Major, hatte sich in der Nähe der Ausgangstüren postiert, um eine Flucht ihres Schützlings zu vereiteln.

Auf Papas Anweisung hin warf sie heute Abend ein Adlerauge auf Julia.

Es war alles ziemlich deprimierend.

»Waren Sie dort, Miss Wychwood?«, fragte Miss Throckmorton.

Julia drehte sich zu ihr um. »Wie bitte?«

»Wir sprachen von Paris«, sagte Miss Bingham. »Miss Throckmorton fragte, ob Sie kürzlich dort waren?«

»War ich nicht«, sagte Julia. »Ich habe London noch nie verlassen.«

»Noch nie?« Miss Throckmorton war verblüfft. Sie war eine hochgewachsene, würdevolle junge Frau mit kastanienbraunem Haar, das zu einem dichten Lockenbüschel hochgebunden war. An ihrem Hals hing eine schimmernde Perlenkette. »Wie kann das sein?«

Julia erklärte: »Meine Eltern mögen es nicht, wenn ich mich zu weit von zu Hause entferne. Sie verlassen selbst nur selten die Stadt, außer um sich in Bath zu kurieren.«

»Sie begleiten sie nicht?«, fragte Miss Throckmorton.

»Oh, sie gehen nie zusammen«, sagte Julia. »Einer bleibt immer zurück, und ich bleibe mit.«

»Miss Wychwoods Eltern sind beide krank«, erklärte Miss Bingham. »Und Miss Wychwood auch, gelegentlich.«

»Wie schade«, murmelte Miss Throckmorton. »Sie sind doch gerade nicht krank, hoffe ich?«

»Sie sehen ein wenig grün um die Nase aus«, stellte Miss Bingham fest.

Das hatte Julia erwartet. Sie hasste es, in einem überfüllten Salon zu sein. Die Umgebung löste schlimmste Ängste in ihr aus. All die Leute, die in Gruppen zusammensaßen, flüsterten und plauderten und geistreiche Bonmots austauschten.

Wie kamen sie nur auf all das? Diese witzigen Bemerkungen

und cleveren Erwiderungen. Lernten sie sie vorher auswendig? Julia konnte sich nicht vorstellen, wie das funktionieren sollte. Jedenfalls nicht für sie. Wenn sie mit einem klugen Fremden konfrontiert wurde, konnte sie sich meistens nicht einmal an ihren eigenen Namen erinnern, geschweige denn an einen amüsanten Fetzen eines einstudierten Dialogs.

»Miss Wychwood?«, fragte Miss Throckmorton mit einer Spur von Verärgerung in ihrer Stimme. »Geht es Ihnen nicht gut?«

»Es geht mir ausgezeichnet. Nur …« Julia warf einen flüchtigen Blick in den Raum. Mrs Major stand immer noch am Ausgang, unbeweglich wie eine Statue. Aber es war niemand in der Nähe der Balkontüren. »Dieser Raum ist ein wenig überfüllt. Wenn Sie mich entschuldigen würden. Ich schnappe nur kurz etwas frische Luft.«

Sie wollte sich erheben, wurde aber durch einen Gentleman aufgehalten, der auf sie zukam.

Es war Viscount Ridgeway.

Er war eine vertraute Gestalt in der Londoner Gesellschaft. Ein gut aussehender Gentleman mit goldblonden Haaren und einer selbstgerechten Ausstrahlung. Die Art von Mann, die sich gerne über Blaustrümpfe und Mauerblümchen lustig machte. Damen wie Julia, die in Gesellschaft unbeholfen und redescheu waren.

Er war es auch, der ihr Captain Blunt vorgestellt hatte.

Ihr Magen zog sich zusammen, und sie ließ sich zurück auf das Sofa sinken.

»Meine Damen.« Lord Ridgeway deutete eine elegante Verbeugung an. »Bitte stehen Sie nicht auf. Ich bin nicht gekommen, um Ihre Unterhaltung zu stören.«

Miss Bingham errötete und klimperte mit den Wimpern. »Und warum *sind* Sie gekommen?«

»Um mich Miss Throckmorton aufzudrängen.« Er sprach mit ihr, als hätten Julia und Miss Bingham aufgehört zu existieren. »Sie sehen heute Abend einfach bezaubernd aus, Ma'am.«

»Ich danke Ihnen«, erwiderte Miss Throckmorton.

»Darf ich Ihnen einen Bekannten von mir vorstellen?« Lord Ridgeway deutete auf jemanden in der Menge. »Lady Holland hat mich darüber informiert, dass er beim Essen Ihr Tischnachbar sein wird.«

»Oh?« Miss Throckmorton folgte Lord Ridgeways Blick.

Das tat Julia auch.

Es war Captain Blunt. Er kam auf sie zu und sah genauso ernst und soldatisch aus wie bei Bloxham's.

Ihr Herz machte einen beunruhigenden kleinen Salto.

Aber wie Lord Ridgeway sah auch Captain Blunt nicht sie an. Sondern Miss Throckmorton.

Während Lord Ridgeway die beiden einander vorstellte, blieb Julia nichts anderes übrig, als hölzern und mit im Schoß verschränkten Händen dazusitzen.

Die Szene, die sich ihr bot, war ihr auf beunruhigende Weise vertraut.

Genau so hatte Lord Ridgeway ihr Captain Blunt auf Lady Arundells Ball vorgestellt. Daraufhin hatte Julia die Flucht ergriffen.

Miss Throckmorton hingegen war vollkommen gefasst. »Es ist mir eine Ehre, Ihre Bekanntschaft zu machen«, sagte sie. »Ich habe natürlich von Ihren Heldentaten gehört. Der Held der Krim, so nennt man Sie doch, nicht wahr?«

»Eine Übertreibung«, entgegnete Captain Blunt. »Ich bin kein Held.« Während er sprach, richteten sich seine eisgrauen Augen auf Julia. Es war nur ein flüchtiger Blick. Ein kurzer Herzschlag der Verbindung – der Anerkennung –, bevor er seine Aufmerksamkeit wieder Miss Throckmorton zuwandte.

Julias Brust zog sich fast schmerzhaft zusammen.

Nein. Er war kein Held. Er war nur ein Mann. Einer, den sie erst gestern Abend gebeten hatte, sich nicht mehr um sie zu bemühen.

Und das tat er jetzt. Offensichtlich.

Es war keine Zurückweisung. Er hat ihren Wunsch respektiert. Ein ehrenwertes Verhalten, wirklich. Es ergab keinen Sinn, dass es sie verletzte.

Sie nahm sich zusammen, während sie sich erneut nach einer Fluchtmöglichkeit umsah. Ihr Blick fiel auf den Earl of Gresham. Er war gerade erst eingetroffen und stand am Eingang zum Salon, wo er mit Mrs Major sprach.

Mrs Major antwortete ihm und befahl Julia mit einem breiten Lächeln zu sich.

Julias Handflächen wurden unter ihren Handschuhen feucht. Sie hegte keine Zuneigung zu Lord Gresham. Er war nicht nur zu alt für sie, er war auch ziemlich unsensibel. Er war die Art von großspurigem Gentleman, der einer Dame immer wieder ins Wort fiel oder darauf bestand, dass sie dieses oder jenes tat.

Er nahm vom anderen Ende des Salons aus direkten Kurs auf sie.

»Miss Wychwood«, sagte er und verbeugte sich. »Ridgeway. Captain Blunt. Die Damen.«

»Gresham«, sagte Ridgeway.

Captain Blunt schenkte Lord Gresham ein steifes Nicken. Er schien nicht erfreut zu sein, den Earl zu sehen.

Julia fragte sich, ob sie sich kannten.

»Sie werden mich entschuldigen, meine Herren.« Lord Gresham reichte Julia die Hand. »Miss Wychwoods geschätzte Anstandsdame hat mir die Ehre erwiesen, sie zum Essen begleiten zu dürfen.«

»In der Tat eine Ehre«, bemerkte Ridgeway.

Captain Blunt sagte nichts. Aber er beachtete Miss Throckmorton nicht mehr, sondern sah Julia stirnrunzelnd an.

Sie ergriff Lord Greshams Hand und ließ sich von ihm aufhelfen. Flucht war Flucht, auch wenn sie in der Gestalt eines langweiligen, herablassenden alten Mannes kam, der einem stets viel zu lange auf den Busen starrte.

»Passen Sie auf, dass Sie Luftzug vermeiden«, sagte Lord Gresham und führte sie davon. »Die Luft heute Abend ist sehr kühl. Ihr Vater hat es ausdrücklich erwähnt.«

Sie warf ihm einen alarmierten Blick zu. »Sie haben mit meinem Vater gesprochen?«

»Ich habe ihn heute Nachmittag am Belgrave Square aufgesucht. Der arme Kerl. Er ist wirklich ein Märtyrer, was seine Gesundheit angeht.«

»Das ist er. Obwohl er heute etwas kräftiger zu sein schien.«

»Ich hätte gesagt, es würde ihm schlechter gehen. Ich habe meinen Leibarzt gebeten, nach ihm zu sehen. In Anbetracht der Umstände ist es das Mindeste, was ich tun kann.«

Bevor Julia fragen konnte, was er meinte, erschien an der Salontür ein Lakai in scharlachroter Livree und verkündete, dass nun das Abendessen serviert wurde.

Lady Holland erhob sich von ihrem Platz. Sie war eine kurvenreiche, dunkelhaarige Witwe in ihren Dreißigern, die gerade ihre Trauerzeit beendet hatte. Der goldene Stoff ihres elegant bestickten Abendkleids glitzerte im Licht der Gaslampen. »Meine Damen und Herren, wenn Sie mir bitte folgen würden.«

Sie führte ihre Gäste in ein hohes, mit Seide tapeziertes Esszimmer. Auf der einen Seite befand sich ein riesiger Marmorkamin. Auf der anderen hatte eine Reihe livrierter Lakaien vor einer großen Anrichte aus Mahagoni Aufstellung bezogen.

Der lange Esstisch war mit Rosen geschmückt und wurde von Kerzenlicht erhellt. Die tanzenden Flammen funkelten in den Kristallpokalen und spiegelten sich in den polierten silbernen Servierschalen wider.

Die Gäste traten in der Reihenfolge ihrer Wichtigkeit ein. Lord Gresham und Julia waren unter den Ersten. Sie warf einen Blick zurück auf die Reihe der Paare hinter ihnen. Am Ende der Schlange stand Miss Throckmorton am Arm von Captain Blunt und schien sich dort bemerkenswert wohl zu fühlen.

Julia verspürte ein merkwürdiges Stechen in ihrer Brust. Was für ein Stechen das war, wusste sie nicht. Es konnte doch wohl keine Eifersucht sein, oder?

Natürlich nicht.

Sie konnte doch nicht eifersüchtig sein, wenn sie es war, die Blunt abgewiesen hatte.

Zumindest glaubte sie das nicht.

»Lady Holland hat darauf geachtet, dass wir in der Nähe des Kamins sitzen.« Lord Gresham manövrierte Julia zu ihrem Platz und zog den Stuhl für sie heraus. »Hier gibt es keinen Luftzug, der Sie stören könnte.«

»Vielen Dank.« Sie setzte sich und ordnete sorgfältig ihre bauschigen Röcke. Der Platz zu ihrer Rechten gehörte Lord Gresham. Und zu ihrer Linken …

Die cremefarbene Tischkarte trug den Namen von Captain Blunt.

Sie hatte kaum Zeit, ihn zu registrieren, da war er schon da, eine große, schroffe Präsenz, die sich materialisierte, als hätte Julia sie heraufbeschworen. Er füllte den Platz neben ihr aus, breit und hochgewachsen und auf eine Art und Weise aufregend, die ihr Herz wild klopfen ließ.

Ihr ohnehin schon zitterndes Inneres vibrierte wie eine Stimmgabel.

Sie warf ihm durch ihre Wimpern einen scheuen Blick zu.

Er erwiderte ihn, ohne zu lächeln. »Miss Wychwood«, sagte er. »Es scheint, dieser Platz gehört mir.«

6. KAPITEL

Julia war keine Verfechterin eng geschnürter Korsetts. Als sie an diesem Abend das Haus verlassen hatte, war ihr Mieder gerade so fest geschnürt, dass sie in ihr Abendkleid passte. Dennoch spürte sie nach einer schier endlosen Folge reichhaltiger Speisen, die Lord Gresham ihr aufgedrängt hatte, wie sich das starre Fischbeinkorsett in ihr Fleisch drückte.

»Wir haben mein Haus am Grosvenor Square für die ganzjährige Nutzung geöffnet«, wandte sich Seine Lordschaft an Julia. »Ich habe vor, nächsten Monat selbst eine Abendgesellschaft zu geben. Vielleicht könnten Sie sich vorstellen, als meine Gastgeberin zu fungieren?«

Der Bissen Roastbeef, den Julia gerade zu schlucken versuchte, blieb ihr im Hals stecken. Hastig spülte sie ihn mit einem Schluck Wein aus ihrem Kristallkelch hinunter.

»Ihre Gastgeberin?« Sie bemühte sich, sich nicht zu verschlucken. »Ich glaube nicht, dass *das* sehr angemessen wäre.«

»Angesichts der Umstände gibt es nichts Angemesseneres.«

Es war das zweite Mal, dass der Earl auf diese mysteriösen Umstände anspielte. Angesichts seines jüngsten Besuchs am Belgrave Square vermutete Julia das Schlimmste.

»Und um welche Umstände handelt es sich? Wenn Sie meinen …« Sie brach ab, als er dem Lakaien ein Zeichen gab, ihr mehr Braten zu bringen.

»Bitte, Lord Gresham. Ich bekomme keinen Bissen mehr herunter.«

»Unfug. Sie müssen aufgepäppelt werden. Wir müssen Sie gesund erhalten, Miss Wychwood.«

Julia erschauderte angesichts der schieren Menge an Essen, die sich bereits auf ihrem Teller befand. Sie hatte zwar einen großen Appetit, aber es war ihr noch nie angenehm gewesen, sich in der Öffentlichkeit vollzustopfen. Wie bei allem, was sie genoss, war es besser, sich in der Abgeschiedenheit ihres Schlafgemachs zu verwöhnen. Dort hatte sie oft eine ganze Schachtel Pralinen vertilgt, dabei im Bett gelegen und einen Roman gelesen.

Aber Lady Hollands vollbesetztes Speisezimmer mit seinem flackernden Kerzenlicht, dem Klirren von Gläsern und dem Hintergrundsummen angeregter Konversation war weit entfernt von Julias Himmelbett am Belgrave Square. Wie konnte sie etwas genießen, wenn so viele Menschen um sie herum waren?

Widerwillig spießte sie ein Stück Kartoffel auf die Zinken ihrer Gabel und hörte Lord Greshams Beschreibungen der Renovierungsarbeiten an seiner Londoner Residenz nur halb zu.

Wenn so ihre Zukunft aussah, wusste sie nicht, ob sie es ertragen konnte. Jahr für Jahr mit einem alternden Adligen verheiratet, würde sie tagaus, tagein unter seiner ständigen Beobachtung stehen.

Und nicht nur unter seiner.

Die gesamte Londoner Gesellschaft würde sie beobachten und beurteilen. Dies war die Essenz des Stadtlebens. Julia wusste das besser als jeder andere. Sie war hier geboren worden und hatte die letzten zweiundzwanzig Jahre jeden Tag als Gefangene im Haus ihrer Eltern verbracht. Eine Ehe stellte ihren einzigen Ausweg dar, und selbst das war nur der Tausch eines Gefängnisses gegen ein anderes.

»Was sagen Sie dazu, Gresham?« Die ältere Dame, die zur Rechten seiner Lordschaft saß, forderte seine Aufmerksamkeit.

Julia atmete auf und war froh über die, wenn auch nur kurze, Verschnaufpause. Sie ließ das nicht gegessene Kartoffelstück zurück auf ihren Teller sinken und wagte einen weiteren Blick auf Captain Blunt.

Während des gesamten Abendessens hatte sie immer wieder das leise Gemurmel seiner tiefen Stimme im Gespräch mit Miss Throckmorton gehört.

Aber jetzt sprach er nicht mit Miss Throckmorton. Wie Lord Gresham war auch die junge Toffee-Erbin mit dem Tischpartner zu ihrer anderen Seite beschäftigt und ließ Captain Blunt vorübergehend in Ruhe.

Der Blick seiner eisgrauen Augen traf den Julias. »Miss Wychwood.«

Ihr Herzschlag beschleunigte sich. »Captain Blunt.«

Einen angespannten Moment lang sagte keiner von beiden ein weiteres Wort.

Julia war die Erste, die das Schweigen brach. Denn entweder das, oder sie riskierte, dass er sich wieder Miss Throckmorton zuwandte. »Das ist eine fröhliche Gesellschaft, nicht wahr?«

»Das ist es.« Er betrachtete sie weiterhin mit demselben ruhigen, abschätzenden Blick.

Sie war davon überzeugt, dass er sie für sehr seltsam halten musste.

Warum er aber ausgerechnet heute Abend zu diesem Schluss kam, konnte sie nicht ergründen.

Bis jetzt hatte sie sich nahezu perfekt benommen. Sie saß im Salon mit den anderen jungen Damen, unterhielt sich bei Tisch und hatte sich nicht ein einziges Mal von ihrer Angst überwältigen lassen.

Noch nicht.

Trotz der klammen Hände und des Zitterns ihres Magens hatte sie ihre unbändigen Nerven unter Kontrolle.

Warum sah er sie dann so an? Warum jagte sein kalter und emotionsloser Blick einen Schauder durch ihr Inneres?

»Haben Sie bei sich daheim, äh, viele solcher Veranstaltungen?«, fragte sie lahm.

»Abendgesellschaften? Nein, Ma'am.«

»Keine?«

»Wir leben in Yorkshire sehr zurückgezogen.«

»*Wir*«, wiederholte sie, bevor sie es sich anders überlegen konnte. Ihre Stimme sank zu einem Flüstern herab. »Sie meinen, Sie und Ihre ... Ihre Kinder?«

Über seinen schweren schwarzen Brauen erschien ein Stirnrunzeln.

Bei Bloxham's hatte er das Thema als Taktlosigkeit bezeichnet. Und das war es auch. Julia *wusste*, dass es das war.

Sie war kurz davor, sich zu entschuldigen, als er sie mit einer Antwort überraschte.

»Ja.« Seine Worte klangen schroff. »Wir sind insgesamt vier. Fünf, wenn man Mr Beecham, den Hausverwalter des Anwesens, mitzählt.«

Julia dachte einen Moment lang über diese Information nach. Der Klatsch und Tratsch in der Gesellschaft ließ vermuten, dass Captain Blunt ein ganzes Haus voll unehelicher Kinder hatte. Ein halbes Dutzend oder mehr. Stattdessen gab es nur drei von ihnen. *Drei.*

Sie nahm an, dass selbst ein uneheliches Kind eine schockierende Zahl war. Ein Gentleman sollte schließlich überhaupt keines haben. Dennoch ...

Drei waren viel angenehmer als sieben oder acht.

»Sind das alles Jungen, Ihre Kinder?«, fragte sie.

Captain Blunt hob seinen Kristallkelch an die Lippen. »Nein. Ich habe zwei Jungen, Charlie und Alfred. Aber mein Jüngstes ist ein Mädchen, Daisy. Sie wird diesen August sieben Jahre alt.«

Julias Mund verzog sich zu einem unwillkürlichen Lächeln.

Es war schwer, sich den furchterregenden Captain Blunt als Vater eines sechsjährigen Mädchens vorzustellen. Sie fragte sich, wie viel Umgang er wohl mit dem Kind hatte. Die meisten wohlhabenden Väter hielten sich weitestgehend von ihren Kindern fern, bis diese älter waren und sich zu benehmen wussten.

»Ich nehme an, Sie haben ein Kindermädchen, das sich um sie kümmert«, sagte sie.

Captain Blunt kippte den Rest seines Weins in einem Schluck hinunter.

»Nichts dergleichen. Wie ich schon sagte, wir sind zu fünft im Haus. Sonst niemand.«

»Keine Bediensteten?«

Zuerst schien er nicht antworten zu wollen. Er stellte sein Glas zurück auf den Tisch. Seine langen Finger verweilten am Stiel.

»Es muss ein großes Haus sein«, sagte Julia.

Seine Schultern versteiften sich, als bereitete er sich darauf vor, eine unangenehme Nachricht zu überbringen. Sein vernarbter Mund verzog sich zu einem grimmigen Ausdruck. »Es ist ein großes Haus, und früher war es sogar prächtig. Aber Diener, die im Haushalt leben, sind schwer zu finden, und mein Anwesen liegt inmitten einer Heidelandschaft, viele Meilen vom nächsten Dorf entfernt. Bei schlechtem Wetter bekommt man wochenlang keine andere Seele zu sehen.«

Sie hob ihren Kelch und nahm einen Schluck. »Das klingt göttlich.«

Ihre Antwort löste ein seltsames Flackern in seinem grauen Blick aus. »Finden Sie?«

»Oh ja. Ein abgelegenes Anwesen im ländlichen Yorkshire, weit weg von aufdringlichen Nachbarn und missbilligenden Dorfbewohnern? Ich kann mir nichts Besseres vorstellen.«

Sie hielt inne. »Ich nehme an, es ist nicht von einem Wassergraben umgeben?«

Seine Lippen zuckten. »Nein, ist es nicht.«

»Und ist es zufällig mit wilden Rosen bewachsen?«

»Ah. Jetzt haben Sie mich erwischt. Es ist tatsächlich überwuchert, aber es ist kein Schloss aus einem französischen Märchen, Miss Wychwood.«

Und ich bin keine Bestie, hätte er sagen können.

Hitze schoss in Julias Wangen. Verlegen setzte sie ihren Wein ab. »Verzeihen Sie mir. Meine Fantasie geht oft mit mir durch.«

»Fantasie ist nichts, wofür man sich entschuldigen müsste.«

Sie lächelte ihn reumütig an. »Das würden Sie nicht sagen, wenn Sie auch nur die Hälfte von dem wüssten, was ich mir den ganzen Tag so vorstelle.«

»Ich würde viel dafür geben, zu wissen, was Sie gerade denken«, sagte er ernst.

Die Wärme in ihrem Gesicht breitete sich nun bis in ihre Körpermitte aus. Ihr Korsett fühlte sich jetzt noch enger an als zuvor. Es machte sie ein wenig atemlos. »Wenn Sie es wirklich wissen wollen …«

»Es wäre mir eine Ehre.«

»Also gut. Ich denke darüber nach, wie wunderbar es sein muss, ein abgeschiedenes Leben auf dem Land zu führen. Morgens aufzuwachen und zu wissen, dass der Tag keinen weiteren Ball, keine Abendgesellschaft und kein Hauskonzert bereithält.«

Der Anflug von Belustigung in seiner Miene verblasste. »Das klingt, als würden Sie das wirklich ernst meinen.«

»Das tue ich. Völlig aufrichtig. Was ziemlich ironisch ist, da ich dazu bestimmt bin, den Rest meines Lebens hier in der Stadt zu verbringen.«

Captain Blunt machte den Eindruck, als hätte er noch mehr zu diesem Thema zu sagen, aber bevor er ein weiteres Wort herausbrachte, wurde ihr Gespräch von Miss Throckmorton unterbrochen.

»Stimmt doch, nicht wahr, Captain?«, fragte sie laut. »Das ist immer so, wenn man mit einem Dampfschiff reist.«

Er warf Julia einen langen, stirnrunzelnden Blick zu, bevor er sich widerstrebend umdrehte, um Miss Throckmorton zu antworten.

Julia blieb sich selbst überlassen und hatte nur die Speisen auf ihrem Teller, um sich zu beschäftigen. Speisen, die von Sekunde zu Sekunde kälter wurde. Sie schob den Rest ihres Roastbeefs missmutig mit der Gabel hin und her.

Lord Gresham schnippte mit den Fingern nach einem Lakaien. »Mehr Soße für Miss Wychwood.«

»Oh nein. Ich kann wirklich nicht …«

»Aber, aber, Miss Wychwood. Sie müssen aufessen.« Die Wangen des Earls waren vom vielen Burgunder gerötet. »Sie werden Ihre Kraft brauchen, um mich nach dem Essen am Klavier zu begleiten. Lady Holland hat mich gebeten, zu singen.«

Julias ohnehin angeschlagene Stimmung wurde noch schlechter.

Es war schon schwierig genug, als Gast hier zu sein, am Tisch oder im Salon zu sitzen, *ja* und *nein*, *bitte* und *danke* sagen zu müssen und dieses höllische Lächeln im Gesicht zu behalten. Aber vor der versammelten Gesellschaft zu stehen?

Auf dem Klavier zu spielen, während alle zuschauten und urteilten?

Sie nahm einen weiteren Schluck Wein, um sich zu stärken.

Das wird eine Katastrophe.

Jasper hatte sich in eine Ecke des Salons zurückgezogen. Seine Aufmerksamkeit war wie die der übrigen Gäste auf Lord Gresham und Miss Wychwood gerichtet. Letztere saß vor dem quadratischen Rosenholzklavier der Hollands, und ihre zartgliedrigen Finger stolperten durch die Begleitung des ungestümen Tenors des Earls.

Sie fühlte sich sichtlich unwohl. Ihr Hals und ihre Wangen waren gerötet, während Lord Gresham neben ihr stand, die Seiten ihrer Noten umblätterte und gelegentlich Fehler in ihrem Spiel mit einem Kopfschütteln bedachte.

Er war ein überheblicher Mann. Ein Tyrann, auch wenn er dies hinter einer Fassade väterlicher Herablassung verbarg. Jasper hatte in seinem Leben genug von seinem Schlag gesehen, um ihn auf den ersten Blick zu durchschauen. Und Gresham hatte das Potenzial, einer der Schlimmsten zu sein.

Sein wahrer Charakter zeigte sich in der Art und Weise, wie er Miss Wychwood beim Abendessen ignoriert und ihren Teller trotz ihrer Einwände hatte nachfüllen lassen. Und nun, indem er sie vor ihrem Publikum in Verlegenheit brachte, indem er darauf bestand, dass sie ein Lied spielte, mit dem sie offensichtlich nicht vertraut war.

Jaspers Wut stieg mit jedem verpatzten Akkord.

Konnte der Mann nicht sehen, dass Miss Wychwood in Gesellschaft schüchtern und nervös war? Dass sie es nicht mochte, wenn man ein Aufheben um sie machte?

Jasper kannte sie noch keinen Monat, wusste es aber genau.

»Die arme Miss Wychwood«, murmelte Miss Throckmorton neben ihm. »Soll ich sie retten?«

Jasper warf Miss Throckmorton einen seltenen Blick der Dankbarkeit zu. »Eine ausgezeichnete Idee.«

Miss Throckmorton stand auf und ging zum Klavier, wobei ihr der Rock um die Beine rauschte. Sie war auf ihre Art eine reizende junge Dame. Elegant und gewandt und absolut selbstsicher. Sie beugte sich zu Miss Wychwood hinunter und sagte ihr etwas ins Ohr.

Sie sprach so leise, dass ihre Worte nicht zu verstehen waren, aber was immer es war, es rief einen Ausdruck der Erleichterung auf Miss Wychwoods Gesicht hervor.

Greshams Gesang geriet ins Stocken. Er warf Miss Wychwood einen strengen Blick zu, als sie sich von der Bank vor dem Klavier erhob, und die beiden jungen Damen sich anschickten, kurzerhand die Plätze zu tauschen.

»Bitte fahren Sie fort«, sagte Miss Throckmorton zu ihm, während sie sich setzte. Sie machte genau da weiter, wo Miss Wychwood aufgehört hatte, und setzte das Lied mit einem Schwall gekonnt gespielter Akkorde fort.

Gresham nahm den Gesang wieder auf, aber die Wolke des Unmuts auf seiner Stirn war nicht zu übersehen. Miss Wychwood hatte ihm nicht gehorcht. Kein verheißungsvoller Auftakt für ihre Beziehung.

Und es *sollte* eine Beziehung werden. So viel erkannte Jasper. Gresham brauchte eine junge Frau, die ihm einen Erben schenkte, und er hatte wohl oder übel ein Auge auf Miss Wychwood geworfen.

Warum sollte er auch nicht?

Miss Throckmorton, Miss Bingham und all die anderen jungen Damen mochten auf Hochglanz poliert sein, doch Julia Wychwood war so schön und unverdorben wie eine Wildrose.

Zweifellos dachte Gresham, er könne sie zähmen. Sie zu einer richtigen Countess formen.

War es das, was sie anstrebte? Die Frau eines wohlhabenden Lords mit Titel zu werden?

Nach ihrem Gespräch beim Essen hatte Jasper Grund, daran zu zweifeln. Und jetzt, da er Miss Wychwood beobachtete, wie sie sich auf der Suche nach einem Sitzplatz durch den überfüllten Salon schlängelte, zweifelte er noch mehr daran. Sie schien kurz davor zu stehen, die Fassung zu verlieren.

Dieser verdammte Gresham.

Als sie an ihm vorbeiging, stand Jasper auf und fing sie ab. »Miss Wychwood«, sagte er mit einer Stimme, die nur für ihre Ohren bestimmt war. »Sie sehen aus, als bräuchten Sie frische Luft.«

Ihre Hände zitterten. »Ja, in der Tat.«

»Erlauben Sie mir, Sie auf den Balkon zu begleiten?«

»Ja, ich …«

»Pst!« Mrs Major drehte sich auf ihrem Sitz herum und blickte sie an. Sie wedelte mit ihrem Lackfächer und forderte Miss Wychwood auf, sich entweder zu setzen oder sich zu entfernen.

Miss Wychwood nahm stumm Jaspers dargebotenen Arm an.

Er führte sie zu der Reihe verglaster Flügeltüren im hinteren Bereich des Salons. Sie waren mit schweren roten Samtvorhängen dekoriert und führten auf einen mit Fackeln beleuchteten Balkon. Er erstreckte sich über die gesamte Länge des Hauses und gab den Blick auf die Gartenanlage darunter frei.

Die Abendluft war kühl und duftete süß nach den preisgekrönten Rosen von Lady Holland und …

Tabak?

Jasper warf einen irritierten Blick nach rechts. Dort standen zwei Gentlemen im Schatten, unterhielten sich und rauchten Zigarren.

Miss Wychwood schien sie nicht zu bemerken. In dem Moment, in dem sie und Jasper durch die Balkontür getreten waren, hatte sie seinen Arm losgelassen und war geradewegs auf den äußersten Rand des Balkons zugegangen. Sie stützte die Hände auf das Geländer und atmete nervös aus.

Ihr Gesicht leuchtete im Fackelschein – die Augenbrauen zusammengezogen und die Lippen zitternd. Einen Moment lang befürchtete Jasper, sie könnte weinen.

Er trat an ihre Seite. »Miss Wychwood …«

»Ich möchte nach Hause«, sagte sie mit ausdrucksloser Stimme.

»Aber natürlich. Ich werde Ihre Anstandsdame holen.« Er machte Anstalten, ins Haus zurückzukehren.

»Nein!« Sie hielt ihn am Ärmel fest. »Nein, bitte. Mrs Major wird mir nicht erlauben, früher zu gehen. Nicht einmal, wenn ich …«

Sie brach ab und schüttelte den Kopf. Ihre Hand sank von seinem Arm und legte sich wieder auf das Geländer. »Spielt keine Rolle.«

Ein Anflug der Frustration zog ihm die Brust zusammen. Er wusste nicht, wie er ihr helfen, sie beruhigen konnte. Nach der Tortur, die sie beim Abendessen und dann im Salon durchgemacht hatte, brauchte sie mehr als nur frische Luft. Sie musste sich sicher fühlen.

»Natürlich wird sie es erlauben«, entgegnete er. »Wenn ich ihr sage, dass Ihnen unwohl ist …«

»Mir ist nicht unwohl. Ich stelle mich nur an.«

Er schnaubte.

»Nein, es ist wahr«, beharrte sie. »Sie können jeden fragen.«

»Das ist nicht nötig«, sagte er. »Ich kann es selbst beurteilen.«

Aus dem Salon drangen erneut mitreißende Klavierklänge und ein doppelt so mitreißender Tenor. Irgendein Idiot musste von Gresham und Miss Throckmorton eine Zugabe verlangt haben.

Miss Wychwoods Finger krümmten sich fest um das Geländer.

Jasper empfand den heftigen Wunsch, sie in seine Arme zu schließen. Um sie vor all dem zu schützen. Sie festzuhalten, bis ihr Atem ruhig war und ihr Zittern aufhörte.

Ein lächerlicher Wunsch.

Er durfte sie nicht umarmen. Nicht hier. Nirgendwo.

Er konnte nichts anderes tun, als ihr seine Nähe anzubieten. So standen sie nur da, Schulter an Schulter, sein Arm nah genug, um ihren zu berühren.

Sie roch nach Lavendelwasser und Kräuterseife. Ein frischer, sauberer Duft. Er haftete ihr an wie ein leises Flüstern, so berauschend weiblich wie alles andere an ihr – die sanften Kurven ihrer blassen Schultern, die funkelnden Juwelen, die ihr seidenes Haarnetz zierten, und ihr überladenes Kleid mit den Rüschen und Bändern und den lächerlich ausladenden Röcken.

Röcke, die sich in diesem Moment gegen sein Bein drängten.

Eine seltsame Wärme breitete sich in ihm aus. Sie vermischte sich mit diesem verdammten Gefühl der Ohnmacht. Es ließ ihn unruhig werden, und ihm wurde unter seinem Halstuch unerträglich heiß.

»Miss Wychwood …« Sein Instinkt verlangte danach, zu handeln.

Sie warf ihm im Fackelschein einen misstrauischen Blick zu.

Ihre Augen waren nicht mehr saphirblau, sondern hatten durch das satte Amethyst ihres Seidenkleides einen violetten Farbton angenommen.

Ein bezaubernder Anblick. Er löste in Jaspers Adern ein sehnsüchtiges Kribbeln aus.

»Ja?«, fragte sie.

Er räusperte sich. »Haben Sie, äh, das Buch ausgelesen?«

»Den Roman von Mrs Marshland?« Ihr Gesicht hellte sich auf. »Ja, das habe ich in der Tat.«

Ein Teil der Anspannung in seinen Muskeln ließ nach.

So konnte er ihr helfen. Nicht, indem er sie festhielt. Nicht, indem er sie irgendwo in Sicherheit brachte. Sondern indem er mit ihr sprach. Indem er sie auf das Thema brachte, das sie am meisten liebte.

»Und was halten Sie davon?«, fragte er.

Sie antwortete, ohne zu zögern. »Ich habe es sehr genossen.«

»Sie stimmen also mit Marshlands Kritikern nicht überein.«

»So ist es wohl. Allerdings weiß ich nicht mehr darüber, was die Kritiker gesagt haben, als der Angestellte bei Bloxham's mir erzählt hat. Irgendetwas darüber, dass die Geschichte Schund sei oder Kitsch?«

Jasper verzog sein Gesicht. »Das fasst es ganz gut zusammen.«

Sie drehte sich zu ihm um. »Sie lesen die Kolumne von Mr Bilgewater in der *Weekly Heliosphere*?«

»Manchmal.«

»Und folgen Sie seinen Empfehlungen?«

»Die Kritiker und ich sind selten einer Meinung, wenn es um populäre Romane geht.« Er betrachtete sie im Schein der Fackeln. »Es interessiert mich mehr, was *Sie* denken.«

Ihre Augen waren groß und arglos, aber der Ausdruck darin

verriet Klugheit. In der Tat lag eine Art ernster Leidenschaft in ihrem Blick. Der Blick einer wahren Liebhaberin der Romantik. »Das sagte ich doch bereits«, erwiderte sie. »Ich habe es genossen. Das sollte offensichtlich genug sein, wenn man bedenkt, wie schnell ich es zu Ende gelesen habe.«

»Was daran hat Ihnen gefallen?«

»So vieles.« Allmählich erwärmte sie sich für das Thema und wurde so lebhaft, wie er sie den ganzen Abend noch nicht gesehen hatte. »Mrs Marshlands Arbeit ist nicht mehr so aufregend wie früher, aber ihre Prosa ist wunderschön. Sie schreibt mit einer solchen Gefühlstiefe. Als hätte sie alles selbst erlebt – die Liebe und die Sehnsucht. Sogar die romantischen Enttäuschungen. Es ist leicht, mit ihr mitzufühlen.«

Ein Anflug heimlichem Stolzes ließ ihn ein wenig aufrechter stehen, eine Spur gerader, während er sich zu ihr vorbeugte und sich nach mehr ihrer wohlwollenden Meinungen sehnte. Er ermahnte sich, vorsichtig zu sein. Es war gefährlich, mit einer Dame über Romantik zu sprechen.

Und nicht nur über Romantik.

»Sie nehmen an, dass J. Marshland eine Frau ist.«

»Natürlich«, sagte sie. »Kein Mann könnte auf diese Weise über die Liebe schreiben.«

»Ich habe allerdings gehört, dass Marshland in Wirklichkeit ein Mann ist.«

Sie wich skeptisch zurück. »Wer behauptet das?«

»Ich habe es irgendwo gelesen«, sagte er vage.

»Wo?«

»Ich kann mich nicht erinnern. Aber es ist trotzdem wahr.«

Sie runzelte die Stirn. »Nun … ich nehme an, es spielt keine allzu große Rolle. Ein guter Schriftsteller ist ein guter Schriftsteller, unabhängig von seinem Geschlecht.«

»Selbst wenn es um die Liebe geht?«, fragte er.

»Wenn er sie selbst erlebt hat, kann er auch darüber schreiben.«

Er legte seine Hand neben ihre auf das Geländer. Fast berührte er ihre. »Und wenn er es noch nicht selbst erlebt hat?«

»Aber das muss er, um so wortgewandt darüber zu schreiben. Wenn er ein Mann ist, dann hat er wohl eine schreckliche Liebestragödie erlebt. Wie sonst könnte er erklären, was Sir Richard fühlt, wenn Lady Elaine sein Angebot ablehnt und einen anderen heiratet?«

»So könnte sich jeder fühlen, dem etwas Wertvolles entglitten ist.«

»Nicht *etwas*«, betonte sie mit der Strenge einer Schullehrerin. »*Eine Frau.* Die Frau, die er sein ganzes Leben lang geliebt hat.«

Jasper musste sich anstrengen, nicht zu lächeln. So schüchtern und romantisch sie auch sein mochte, hatte Miss Wychwood doch einen starken Charakter. »War seine unbeirrbare Treue nicht unglaubwürdig?«

»Nein. Er war ein Ritter, der sich an einen ritterlichen Kodex hielt. Und außerdem ist es ja nur ein Roman.«

»Eine Fantasie also.«

»Leider. Echte Männer gehen für die Liebe nicht so weit. Ich wage zu behaupten, dass manche dieses Gefühl überhaupt nicht kennen.«

Sein Mundwinkel verzog sich. »Sie kennen sich gut aus mit den Herzen der Männer?«

»Nicht persönlich, aber ich kenne viele Damen, die es sind.« Sie hielt inne und gestand: »Wenn man sich in Gesellschaft nicht wohl fühlt, lernt man, eine erstaunlich gute Zuhörerin zu sein. Infolgedessen habe ich schon die entmutigendsten Dinge gehört.«

Das glaubte ihr Jasper sofort. Wenn er eines über Frauen

wusste, dann, dass sie häufig mit einer Offenheit miteinander sprachen, die die meisten Männer zum Erröten bringen würde. »Sie sollten nicht alles glauben, was Sie hören.«

»Oh, das tue ich nicht. Aber ich glaube genug, um zu wissen, dass echte Männer nicht wie die Helden in Romanen sind. Zum einen würden sie einer Frau nicht so lange nachlaufen wie Sir Richard, und das auch noch mit so wenig Hoffnung darauf, dass ihre Gefühle erwidert werden.«

»Nein, in der Tat«, sagte er leise. »Ein echter Gentleman würde die Wünsche einer Dame respektieren und seine Nachstellungen einstellen.«

Einen Moment darauf dämmerte es Miss Wychwood, und sie errötete. Dennoch wandte sie den Blick nicht von ihm ab. Sie sah ihn unverwandt an und ihre Büste hob und senkte sich mit einem zittrigen Atemzug.

»Er würde sie in Ruhe lassen«, murmelte Jasper. »Es sei denn, sie hätte ihre Meinung über ihn geändert.«

Stille breitete sich zwischen ihnen aus. Es gab keine gedämpften Gespräche von den anderen Leuten auf dem Balkon. Keine Musik, die aus dem Inneren des Hauses dröhnte. Nur eine Atmosphäre, die so angespannt war, dass es sich anfühlte, als könne sie jeden Moment reißen und sie beide auslöschen.

Jaspers Herz klopfte wie verrückt. »*Haben* Sie Ihre Meinung geändert?«

Miss Wychwoods verlegener Blick fiel auf seine Hand, die direkt neben ihrer auf dem Geländer lag. »Ich kenne Sie nicht gut genug, um das zu sagen.« Ihre zarten, stockenden Worte waren rau wie Samt. »Aber ich … ich würde Sie gerne kennenlernen.«

Triumph durchströmte ihn. Es war zwar keine lautstarke Billigung seiner Absichten ihr gegenüber, aber es war ein Anfang. »Dann sollen Sie es«, schwor er.

Das Geräusch der sich öffnenden Balkontür hinderte ihn daran, noch etwas zu sagen. Er nahm seine Hand vom Geländer und drehte sich um, um Miss Wychwoods gefürchteter Anstandsdame ins Gesicht zu sehen.

»Miss Wychwood«, sagte Mrs Major in bedrohlichem Tonfall. »Was machen Sie denn hier draußen? Und ohne Ihren Umhang! Sie werden sich den Tod holen.«

»Ich brauchte etwas frische Luft«, antwortete Miss Wychwood. »Captain Blunt hat mir freundlicherweise angeboten, mich zu begleiten.«

»Captain Blunt.« Mrs Majors Aufmerksamkeit verweilte auf seiner Narbe. Ihre Lippen kräuselten sich in unbewusster Abscheu. »Sie haben genug getan, Sir. Ich werde mich jetzt um sie kümmern.«

»Ich vertraue darauf, dass Sie sie nicht vernachlässigen werden, Ma'am«, sagte Jasper.

Mrs Major wurde bei diesem Vorwurf stutzig. »In der Tat. Kommen Sie, Miss Wychwood. Lord Gresham hat nach Ihnen gefragt.«

Während sich Miss Wychwood wieder zu ihrer Anstandsdame gesellte, warf sie Jasper einen Blick zu. »Danke«, sagte sie leise.

Er legte den Kopf schief. »Genießen Sie Ihren morgendlichen Ausritt, Miss Wychwood.«

Sie sah ihn mit großen Augen an.

Mrs Major schob sie durch die Balkontür. »Hinein«, sagte sie. »Und zwar sofort. Seine Lordschaft wartet schon.«

7. KAPITEL

Die Kutsche der Wychwoods rollte die Straßen von Mayfair hinunter, und das Gespann brauner Pferde bewegte sich in gemächlichem Tempo nach Hause zum Belgrave Square. Es war nur eine kurze Strecke von Lady Hollands Residenz hierher, aber lang genug für Mrs Major, um Julia streng Vorhaltungen zu machen.

»Captain Blunt ist nicht die Art von Gentleman, mit der Sie sich abgeben sollten«, erklärte sie von ihrem Platz auf der Bank gegenüber. »Ich hätte gedacht, dass das offensichtlich ist.«

Julia war nicht in der Stimmung, ihre Anstandsdame zu beschwichtigen. Von dem Moment an, als Mrs Major sie mit Captain Blunt auf dem Balkon entdeckt hatte, hatte sie sie herumgeschubst wie eine Stoffpuppe, ohne auf Julias Wünsche zu achten und ohne auch nur einen Funken Mitgefühl für ihre Ängste zu zeigen. »Warum sollte das so sein?«

»Warum? Haben Sie keine Augen im Kopf, Mädchen?«

Julia wickelte sich den hauchdünnen Stoff ihres Seidenschals fester um die Schultern. »Ich nehme an, Sie beziehen sich auf seine Narbe.«

»Unter anderem«, erwiderte Mrs Major.

Die Kutsche rumpelte über ein unebenes Stück Straße und rüttelte sie beide auf ihren Sitzen durch.

»Es ist nicht richtig, einen Menschen nach seinem Aussehen zu beurteilen«, sagte Julia.

Mrs Majors ohnehin schon dünne Lippen wurden noch

dünner. »Es ist nicht nur sein Aussehen. Es ist sein Charakter.«

»Was ist mit seinem Charakter?«

»Es fehlt ihm an den Eigenschaften eines Gentlemans. Sein Verhalten auf der Krim …« Mrs Major hielt kurz inne, um es zu beschreiben. »Im Krieg kann man vieles entschuldigen, aber diese Grausamkeit, diese Kaltblütigkeit. Ein Gentleman hätte sich nicht so verhalten.«

Grausamkeit?

Julia runzelte die Stirn bei diesem Wort. Es war unmöglich, seine Hässlichkeit mit dem Mann in Einklang zu bringen, der heute Abend so mitfühlend und aufmerksam gewesen war. »Ich habe gehört, dass er den Ruf hatte, ziemlich hart zu sein, aber …«

Mrs Major stieß ein spöttisches Schnauben aus. »Sie wissen nicht einmal die Hälfte, mein Mädchen.«

»Das würde ich aber gern.«

»Zweifellos. Aber es ist nicht meine Aufgabe, es zu erzählen.«

»Ich wüsste nicht, warum nicht. Ich weiß bereits von seinen unehelichen Kindern. Was kann denn sonst noch …«

»Miss Wychwood!« In Mrs Majors Tonfall lag eine unmissverständliche Warnung. »Das ist völlig indiskutabel. Wenn Sie nicht aufhören können, über Themen zu plappern, von denen Sie offensichtlich nichts verstehen, sollten Sie besser schweigen.«

Julia klappte der Mund zu. Sie wollte streiten. Sogar ihre Stimme erheben. Aber Mrs Major war nicht ihre Feindin. Sie war auf Wunsch von Mama und Papa hier, tat, was sie wollten, und sie hielt Julia so streng in Schach, als wäre sie selbst ein Armeekommandant. Sie trieb sie direkt in die Arme des Earl of Gresham.

Und es war nicht nur Mrs Major.

Zurück in ihrem Schlafgemach am Belgrave Square, bekleidet mit einem dicken Baumwollnachthemd, das sie vom Hals bis zu den Zehen bedeckte, saß Julia vor ihrem Frisiertisch, während ihr Mary schroff die Haare bürstete.

»Captain Blunt?« Mary zog nachdenklich die Nase kraus. »Doch nicht der mit dem Landhaus voller Bastarde?«

»Kein ganzes Haus«, sagte Julia. »Es sind nur drei. Zwei Jungen und ein kleines Mädchen.«

»*Nur drei,* sagt sie.« Mary schnalzte mit der Zunge. »Hören Sie mir mal zu, Miss. Vergessen Sie diesen Captain Blunt und heiraten Sie Ihren Earl. Sie werden eine große Lady sein. Eine Countess. Ist das nicht ein, zwei Minuten Unannehmlichkeiten pro Nacht wert?«

Julia sah Mary im Spiegel an. »Welche Unannehmlichkeiten?«

Mary nahm den Großteil von Julias Haar in die Hand und bürstete die Haarspitzen. »Das soll Ihnen Ihre Mama sagen. Aber ich sage Ihnen eins: Es ist ein kleiner Preis für Ihre eigene Kutsche, feine Roben und ein großes Haus in der Stadt. *Die Countess von Gresham.* Ich mag, wie das klingt. Wenn man bedenkt, dass ich Ihre Zofe sein könnte. Ich, die Zofe einer Countess!«

»Er hat mich noch nicht einmal gefragt«, wandte Julia ein. »Und es gibt mehr im Leben als Kutschen und Roben.«

»Das sagt sich leicht, wenn man nie ohne gewesen ist.«

Insgeheim gab Julia zu, dass das stimmte. Ihre Welt war außerordentlich klein, alles war reduziert auf einen erdrückenden Teil der feinen Gesellschaft Londons. Eindeutig ein Käfig, aber ein vergoldeter. »Ich muss wohl sehr undankbar klingen.«

»Sie klingen jung, nichts weiter«, sagte Mary. »Hören Sie auf meinen Rat. Sie heiraten Seine Lordschaft. Sie werden ein schönes Leben haben, Bälle und Abendgesellschaften geben und alle Zeitungen darüber schreiben lassen, was Sie getragen haben.«

»Das klingt furchtbar. Ich wollte noch nie … aua!«

Mary zog die versilberte Bürste unsanft durch einen Knoten in Julias Haar. »Verzeihen Sie, Miss, aber es geht nicht darum, was Sie wollen. Der Earl ist ein alter Mann. Er wird Sie noch früh genug als Witwe zurücklassen. Dann können Sie sich aufs Land zurückziehen und so viele Romane lesen, wie Sie wollen.«

Julia warf ihrer so unverblümt redenden Zofe einen verletzten Blick zu. »Also wirklich, Mary. Ich fände es traurig, wenn mein Glück davon abhängen würde, dass jemand stirbt.«

»Davon hängt das Glück der meisten Damen ab.« Mary legte die Bürste beiseite und drehte Julias langes Haar für die Nacht zu einem Zopf. »Es gibt keine Frau, die besser dran ist als eine Witwe. Das sagt meine Mutter auch immer.«

Julia stand auf und griff nach hinten, um ihren Zopf in die Hand zu nehmen. Sie zog ihn über ihre Schulter, flocht ihn rasch fertig und befestigte das Ende mit einer lila Satinschleife. »Ich wage zu behaupten, dass sie recht hat, aber was ist mit all den Gefahren, die in den Jahren zwischen Heirat und Witwenschaft lauern?«

Mary hielt die Kerze in der linken Hand und zog mit der rechten die Steppdecke des Betts zurück. Sie wartete, bis Julia hineingeklettert war.

»Ja, das stimmt. Aber das ist unser Los als Frauen, nicht wahr? An Ihrer Stelle würde ich meinem Glücksstern danken, dass der Earl Gefallen an mir gefunden hat. Er ist besser als die meisten Männer. Und auch reicher.«

Julia ließ sich auf ihre Daunenkissen zurücksinken. Die schweren Vorhänge des Himmelbetts waren bereits an drei

Seiten zugezogen, so dass sich ihr Bett so warm und sicher anfühlte wie die Höhle eines Waldtiers. »Aber was ist mit der Liebe?«, fragte sie. »Was ist mit Romantik?«

»Mit wem? Doch wohl nicht mit diesem Captain Blunt?«

Julias Herz begann rebellisch zu klopfen.

Wenn sie die Augen schloss, konnte sie immer noch die Wärme spüren, die er ausgestrahlt hatte, als er neben ihr auf dem Balkon gestanden hatte. Seine Größe und Stärke. Es war ein bisschen so gewesen wie neben Cossack zu stehen. Dieses tiefe Gefühl von Sicherheit und Geborgenheit, das sich einstellt, wenn man mit einem größeren, stärkeren Tier verbunden ist.

Aber Captain Blunt war kein Tier. Sondern ein Mann.

Ein großer, kräftiger Mann, der sich – wenn sie ihn nicht falsch verstanden hatte – morgen früh mit ihr zu einem Ausritt im Park treffen wollte.

»Ich weiß es nicht«, sagte sie leise.

Mary deckte sie zu. »Sie sind übermüdet, das ist alles. Sie zerbrechen sich den Kopf über Romantik, während Ihnen ein perfekter Gentleman den Hof macht.« Sie zog den Bettvorhang zu und hüllte Julia in Dunkelheit. »Schlafen Sie jetzt. Sie wollen doch morgen auf dem Ball nicht müde aussehen.«

Der Ball.

Julia hatte versucht, nicht daran zu denken.

Es würde ihre dritte abendliche Verpflichtung ohne ihre Freundinnen sein. Ein weiterer Abend, an dem sie sich herausputzen und zur Schau stellen musste, allein und schutzlos, ohne jemanden, der ihr zur Seite stand.

Aber Captain Blunt würde doch auch auf dem Ball sein, oder nicht?

Getröstet durch den Gedanken an ihn, kuschelte sie sich tiefer in ihr Bett.

Durch die sehr reale Möglichkeit, dass er für sie da sein würde. Er war kein Held, das stimmte, aber auch kein Schurke. Vielleicht etwas dazwischen. Jemand, der ihr das Gefühl gab, etwas weniger einsam zu sein.

Jasper zügelte Quintus in dem Moment, als er Miss Wychwood die Rotten Row entlangreiten sah.

Sie trug dasselbe schwarze Reitkleid und denselben Schleierhut wie bei ihrer letzten Begegnung im Hyde Park. Eine unkleidsame Montur, aber eine für sie notwendige. Das verstand er jetzt. Sie wollte nicht gesehen werden.

Denn Unsichtbarkeit bedeutete für sie Sicherheit. Deshalb zog sie die Einsamkeit der Aufregung der Menge vor. Deshalb verschwand sie lieber in leeren Räumen, als sich dort aufzuhalten, wo es Musik, Gesang und Tanz gab.

Allein zu sein war nicht dasselbe wie einsam zu sein, hatte sie gesagt.

Er hatte genau verstanden, was sie meinte. Dennoch …

Grundgütiger.

Noch nie hatte er eine junge Dame getroffen, die so wenig für das Stadtleben geeignet war wie sie.

Was war die Londoner Saison denn anderes als eine Bühne, auf der junge Damen endlos zur Schau gestellt wurden? Hier und dort paradierend, zum Gefallen der interessierten Gentlemen? Es war kein System, das für sensible Frauen geschaffen wurde. Zarte Geschöpfe wie Miss Wychwood, mit ängstlichem Gemüt und romantischem Herzen.

Wie um alles in der Welt sollte sie in einer Umgebung gedeihen, die so bestimmend und einengend war? Wie sollte sie atmen?

Im Grunde wäre es doch ein Segen für Miss Wychwood, wenn er sie heiratete und mit nach Yorkshire nahm.

Zumindest redete er sich das ein, seit sie sich gestern Abend getrennt hatten.

Goldfinch Hall war alles andere als ein Palast, aber wenigstens würde sie dort ein wenig Freiheit genießen können. Und wenn der Preis für diese Freiheit etwas hoch war …

Nun ja.

Das war das Schicksal schöner junger Frauen, die sich in die Hände von Schurken begaben.

»Captain Blunt«, sagte sie und brachte ihren schwarzen Wallach zum Stehen.

Die Sonne schien strahlend von einem wolkenlosen, azurblauen Himmel. Es war ein perfekter Morgen zum Reiten. Folglich waren sie auch nicht die Einzigen auf der Rotten Row. Mehrere Damen und Herren waren unterwegs, was die Privatsphäre, die Jasper sich von diesem Treffen erhofft hatte, unmöglich machte.

Aber in der Not fraß der Teufel Fliegen.

Er war entschlossen, zu nehmen, was er bekommen konnte. »Miss Wychwood. Guten Morgen.« Er deutete eine Verbeugung an. »Wie geht es Ihnen?«

»Sehr gut.«

»Keine Nachwirkungen des gestrigen Abends?«

Sie legte den Kopf schief und lachte atemlos. »Nein, nein. Es sei denn, Sie zählen Scham dazu.«

Er ritt auf sie zu. Ihr Wallach war unfassbar groß, aber neben Quintus hätte er genauso gut ein Zelter sein können. »Weshalb sollten Sie sich denn schämen?«

»Weil ich mich wie ein Dummkopf benommen habe. Sie dachten bestimmt, ich hätte noch nie vor Publikum Klavier gespielt.«

»Ich habe nichts dergleichen gedacht.«

Sie ließ ihren Wallach im Schritt gehen, die Hände fest an den Zügeln. »Was dachten Sie denn?«

Jasper lenkte Quintus neben Cossack und ließ ihn sich dessen Tempo anpassen. Miss Wychwoods Reitknecht folgte ihnen in gebührendem Abstand. »Dass Sie jemanden brauchen, der Ihnen zu Hilfe kommt. Und ich hoffte, ich wäre kein allzu unangenehmer Kandidat.«

»Das waren Sie nicht«, erwiderte sie. »Sie waren perfekt. Ich bin Ihnen so dankbar. Das wollte ich Ihnen noch sagen …«

»Das müssen Sie nicht.« Dankbarkeit war das Letzte, was er von ihr wollte. »Es war mir eine Ehre.«

»Ich kann dennoch dankbar dafür sein.« Sie warf ihm durch das feine Netz ihres Schleiers einen scheuen Blick zu. »Sie sind mir in den letzten Tagen so oft zu Hilfe gekommen.«

Schuld blitzte in seinem Gewissen auf. Es war in seinem Interesse, dass sie gut von ihm dachte. Trotzdem würde er nicht zulassen, dass sie ihn zu etwas machte, was er nicht war. »Vielleicht liegt das daran, dass ich Hintergedanken habe, wenn es um Sie geht.«

Ihre Stimme nahm einen ernsten Tonfall an. »Meine Mitgift, meinen Sie.«

»Unter anderem.«

»Ich bin froh, dass wir offen darüber sprechen können«, sagte sie.

Er neigte den Kopf. Zweifellos wäre es klüger, sie mit schmeichelnden Worten und leeren Versprechungen zu umwerben, aber darin hatte er sich noch nie hervorgetan. Außerdem gab es schon genug Geheimnisse zwischen ihnen – Geheimnisse, die er mit ins Grab nehmen würde. Wenigstens in diesem Punkt konnte er ehrlich zu ihr sein.

Und er *wollte* ehrlich zu ihr sein.

Es war ein gefährliches Verlangen. So etwas hatte er seit sechs langen Jahren nicht mehr gespürt. Dieses verfluchte Verlangen, sich einem anderen Menschen zu offenbaren. Dass sie ihn so kennenlernte, wie er wirklich war.

»Wofür brauchen Sie das Geld?«, fragte sie.

»Für mein Anwesen. Goldfinch Hall.«

Sie lächelte. »Heißt es so?«

»Es ist nach den Stieglitzen benannt, die sich dort jeden Winter versammeln. Es sind Hunderte von ihnen, mit roten Köpfen und leuchtend gelben Flügeln – ein farbenprächtiges Schauspiel. Es ist sehr beeindruckend, sie zu sehen.« Er sah sie an. »Mögen Sie Vögel?«

»Ich liebe alle Tiere«, sagte sie. »Alle.«

Er war nicht überrascht.

»Sie haben Haustiere?«

Sie starrte wieder geradeaus, während sie ritten. »Nur Cossack. Meine Eltern dulden keine anderen. Sie können sie nicht ausstehen.«

Jasper wartete darauf, dass sie etwas ausführlicher wurde, aber sie sagte nichts mehr. Er hatte das Gefühl, dass sie sich davor hütete, einen privaten Groll zu äußern. Vielleicht eine Kritik an ihren exzentrischen Eltern.

Er fragte sich, wie ihr Leben mit ihnen aussah. Sie, ein Einzelkind. Eine Tochter, gefesselt an die Invalidität – sei sie nun real oder eingebildet – ihrer Eltern, dort in diesem imposanten, weiß verputzten Haus am Belgrave Square. Es konnte für sie als Kind kein glückliches Leben gewesen sein.

Und auch jetzt konnte es kein sehr glückliches Leben für sie sein.

»Ich habe während meiner Zeit in Goldfinch Hall mehr über Vögel gelernt, als mir lieb war«, versuchte er die Unterhaltung am Leben zu erhalten. »Wussten Sie, dass sich in Käfigen gehaltene Stieglitzmännchen mit Kanarienvogelweibchen paaren und sogar Nachkommen zeugen können?«

Sie warf ihm einen unsicheren Blick zu. »Ist das wahr?«

»Ich schwöre es.«

»Wie ungewöhnlich.« Ihr sinnlicher Mund verzog sich vor Vergnügen. »Oh, aber das gefällt mir. Die einzigen Vögel, die ich von meinem Fenster aus sehe, sind Krähen.«

»Wie schade.«

»Nicht doch«, entgegnete sie. »Ich habe nichts gegen Krähen. Das sind sehr intelligente Vögel, wissen Sie. Ich habe einmal einen Roman gelesen, in dem die Heldin eine sprechende Krähe als Haustier hatte. Als die Frau starb, war es der Vogel, der die Identität des Bösewichts, der sie vergiftet hatte, aufgedeckt hat. Er hat sogar vor Gericht ausgesagt.«

»Eine ziemlich unwahrscheinliche Begebenheit.«

»Romane müssen nicht realistisch sein, um unterhaltsam zu sein. Einige der aufregendsten Romane, die ich gelesen habe, sind voll absonderlicher Wendungen. Heimlich zur Welt gebrachte Babys, verlorene Erben, vorgetäuschte Todesfälle und Identitätsbetrug.«

Nicht ganz so absonderlich, dachte Jasper grimmig. Nicht, wenn man die Dinge gesehen hatte, die er gesehen hatte. Die Dinge getan hatte, die er getan hatte. In der Tat ließen Elemente seiner Vergangenheit die populäre Belletristik im Vergleich fast zahm erscheinen.

Aber eine junge Dame von Miss Wychwoods guter Erziehung hatte von all dem natürlich keine Ahnung. Für sie war es der Stoff, aus dem Unterhaltung gemacht wurde. »Wie *Das Geheimnis der Lady Audley*«, sagte er.

»Genau so.« Sie zog sanft an den Zügeln ihres Wallachs, um ihn daran zu hindern, Quintus in den Hals zu zwicken. »So wie Sie Goldfinch Hall beschreiben, klingt es wie aus einem Roman. Ich weiß, Sie haben gesagt, es sei kein Schloss aus einem französischen Märchen, aber …«

»Ist es auch nicht. An seinem Zustand ist nichts Romantisches. Als ich von der Krim zurückkam, fand ich es in einem entsetzlichen Zustand vor.« Er verzog sein Gesicht, als er sich daran erinnerte. »Mein Onkel – Gott hab ihn selig – war ein Einsiedler und nicht mehr recht bei Verstand. Er hatte die Felder brachliegen und das Haus verfallen lassen. Es ist ein Wunder, dass es noch steht.«

»Es tut mir leid, das zu hören. Sie müssen enttäuscht gewesen sein.«

»Enttäuscht. Ja.«

Eine Untertreibung.

Er war schockiert gewesen. Am Boden zerstört. Und der Zustand des Anwesens war nur die erste von vielen unangenehmen Überraschungen gewesen, die ihn bei seiner Ankunft in Yorkshire erwartet hatten. Aber es hatte keinen Sinn, zu jammern.

Er hatte seine Entscheidung getroffen und fühlte sich verpflichtet, dabei zu bleiben. Nicht nur für eine Woche oder ein Jahr, sondern für immer. Die Zukunft der Kinder hing davon ab.

»War das Anwesen schon immer in Ihrer Familie?«, fragte sie.

»Nein. Der Großvater meines Onkels hat es Ende des letzten Jahrhunderts gekauft. Bevor er einzog, stand es leer. Das Haus ist sehr vernachlässigt worden.«

»Und Sie haben nun vor, es zu reparieren?«

»Das habe ich. Und zwar nicht aus falsch verstandener Eitelkeit. Ich brauche kein großes Anwesen. Wenn es nach mir ginge, hätte ich es schon längst aufgegeben. Ich tue es für die Kinder. Es ist ihr Geburtsrecht.«

Eine sanfte Brise drückte den schwarzen Netzschleier gegen ihr Gesicht und betonte für einen Moment dessen Konturen. »Manche mögen behaupten, dass uneheliche Kinder kein Geburtsrecht haben.«

Sein Kiefer verhärtete sich reflexartig. »Und sind Sie auch dieser Meinung?«

Sie schien die Frage zu überdenken. »Ich weiß es nicht. Ich habe nie ernsthaft über dieses Thema nachgedacht. Aber ich weiß, wie die Menschen sind und wie unversöhnlich sie gegenüber allem sein können, was nicht ihren Vorstellungen von Anstand entspricht.«

»Ich weiß es auch«, sagte Jasper. »Aber das schmälert nicht meine Verantwortung gegenüber den Kindern. Das Haus gehört ihnen, und das Land dazu auch. Ich werde nicht zulassen, dass es in den Ruin getrieben wird. Nicht, wenn ich einen Weg finden kann, es zu retten.«

»Was ist mit Ihren eigenen Kindern?«, fragte sie.

Er erstarrte im Sattel. »Es *sind* meine Kinder.«

»Ja, das weiß ich. Was ich meine, ist ... Was ist mit den Kindern, die Sie mit Ihrer zukünftigen Frau haben werden?«

Jasper glaubte, einen Hauch von Farbe in ihren Wangen zu erkennen. Es war schwer, das durch ihren verflixten Schleier zu erkennen.

Wenn sie wirklich errötete, konnte er es ihr nicht verdenken. Ihm wurde selbst ein wenig heiß unterm Kragen, jetzt, da er verstand, was sie meinte.

Das war etwas, das er nie in Betracht gezogen hatte. Ein unverzeihliches Versäumnis seinerseits. Natürlich wollte sie eigene Kinder haben. Kinder mit *ihm*.

Und warum sollte er ihr diesen Wunsch nicht erfüllen?

Es gab wenig, was er ihr sonst geben konnte. Das Haus war baufällig. Charlie, Alfred und Daisy waren halb verwildert.

Und schlimmer noch.

Miss Wychwood würde sich damit abfinden müssen, Jasper zum Mann zu haben. Sein großes, vernarbtes, schwerfälliges Selbst in ihrem Haus – und in ihrem Bett.

Tief in seinem Bauch spannten sich seine Muskeln an.

Es war lange her, seit er das letzte Mal mit einer Frau zusammen gewesen war. In Yorkshire gab es dazu keine Möglichkeit. Und bei den seltenen Gelegenheiten anderswo hatte er keinen großen Drang verspürt, sich die Mühe zu machen.

Das Problem bestand darin, dass er ein wenig zu romantisch veranlagt war.

Vielleicht war es das, was er und Miss Wychwood gemeinsam hatten.

»Ich nehme an«, sagte er bedächtig, »dass ein gewisser Teil der Mitgift für die Kinder, die aus unserer Verbindung hervorgehen würden, beiseitegelegt werden muss.«

Sie runzelte die Stirn. »Aber nicht das Anwesen?«

Es war eine berechtigte Frage. Jasper verfluchte sich dafür, dass er sich nicht darauf vorbereitet hatte. Was hatte er denn erwartet? Dass seine zukünftige Frau nicht wollen würde, dass ihre Kinder das einzig Wertvolle, das er besaß, erbten? Dass sie stillschweigend akzeptierte, dass er alles seinen Bastarden überließ?

»Es ist ziemlich kompliziert«, räumte er ein.

»Zweifellos.« Sie verstummte. Das Getrappel der Hufe ihrer Pferde auf dem harten Boden war das einzige Geräusch, das zu vernehmen war. »Lebt die Mutter der Kinder mit ihnen in Goldfinch Hall?«

Jasper konnte ein Zusammenzucken nicht unterdrücken. Ihre Frage war in ihrer Offenheit so erschreckend wie eine scharfe Ohrfeige. Allerdings hätte er die vorgezogen.

Sofort begann sie sich zu entschuldigen. »Verzeihen Sie mir.

Ich hatte angenommen, dass Ihre Kinder alle dieselbe Mutter haben.«

Wenn ihre erste Frage eine Ohrfeige gewesen war, dann war die Schlussfolgerung, die sie aus seiner Antwort zog, so brutal wie ein Kinnhaken.

Grundgütiger. Sie musste ihn für einen entsetzlichen Lüstling halten.

»Haben sie«, sagte er mit fester Stimme. »Ich habe den Anstand noch nicht völlig verloren.«

Es war eine lächerliche Unterscheidung. Das war ihm klar, sobald er es gesagt hatte. Denn was war schon der Unterschied zwischen einer Geliebten und drei davon? Ein Lüstling war ein Lüstling. Der Rest war nur Schönfärberei.

»Und nein«, fügte er hinzu. »Sie wohnt *nicht* bei uns. Sie ist schon lange kein Teil unseres Lebens mehr. Meine Jüngste erinnert sich kaum noch an sie.«

Miss Wychwood wurde wieder still.

Ihr Schweigen machte Jasper nervös. Er hasste es, dass sie dieses Thema besprechen mussten. Hasste es, dass eine wohlerzogene junge Dame wie Miss Wychwood gezwungen war, sich mit etwas so Vulgärem und Unappetitlichem zu beschäftigen.

Dennoch fuhr er fort, obwohl ihm die Worte fast im Halse stecken blieben. »Erlauben Sie mir zu sagen, dass ich niemals eine Dame bitten würde, mit mir in Goldfinch Hall zu leben, wenn ich der Meinung wäre, dass die Situation dort sie demütigen würde.«

»Das habe ich auch nicht angenommen«, sagte Miss Wychwood. Ihre Worte wurden durch die Spur eines Lächelns gemildert.

»Sie finden die Anwesenheit meiner drei Kinder nicht zu skandalös, um sie zu ertragen?«

»Es *ist* skandalös«, räumte sie ein. »Aber ich vermute, dass viele Damen bereit wären, diesen Skandal zu ertragen, wenn es bedeutet, gut zu heiraten und Herrin über ihren eigenen Besitz zu sein.«

Einen Augenblick lang gestattete er sich zu hoffen.

»Gehören Sie zu diesen Damen?«

»Spielt das eine Rolle? Wenn es Ihnen nur ums Geld geht, wage ich zu behaupten, dass jede Erbin ausreichen würde. Wenn nicht ich, dann eine andere. Miss Throckmorton, vielleicht.«

Er konnte es nicht leugnen. Geld war sein Hauptinteresse. Das war es, was ihn überhaupt erst nach London gebracht hatte. Aber es war nicht der Grund, warum er an diesem Morgen hier war.

Beim Aufstehen hatte er nicht an Reichtum gedacht. Nicht mal an Goldfinch Hall. Sondern nur daran, dass er Julia Wychwood wiedersehen würde.

»Miss Throckmorton ist eine beeindruckende junge Dame«, bestätigte er.

»Das ist sie«, erwiderte Miss Wychwood ohne einen Hauch von Bosheit. »Es war sehr gütig von ihr, mir gestern Abend zu Hilfe zu kommen.«

»Wie ich schon sagte, eine beeindruckende junge Dame. Allerdings …«, er warf ihr einen abwägenden Blick zu, »… war sie nicht meine erste Wahl.«

»Das weiß ich.« Sie richtete ihren Reitrock – eine nervöse Geste, die nicht ganz zu ihrer ruhigen Haltung passte. »Was ich nicht verstehe, ist das Warum.«

Süße Worte mochten schwierig für ihn sein, doch die Wahrheit fiel ihm leicht genug. Jasper zögerte nicht, sie auszusprechen. »Sie sind wunderschön.«

Sie legte beide Hände wieder an die Zügel. Ihr Pferd wiegte den Kopf und ließ die Kinnkette seines Pelhams klirren. »Ich fühle mich geschmeichelt, dass Sie so denken. Aber Schönheit ist nicht von Dauer.«

»Ihre Art schon.«

Sie warf ihm einen zweifelnden Blick zu.

Er blickte sie unverwandt an, so ernst, wie er es selten war. »Ich glaube, dass Sie eine schöne Seele haben. Dass Sie eine schöne Seele *sind*. Und ich denke nicht, dass sich das mit dem Alter ändern wird.«

Sie starrte ihn einen Augenblick sprachlos an. Ihr Mund zitterte. »Was für ein schöner Gedanke.«

Er zuckte mit den Schultern. »Es ist die Wahrheit.«

»Ich weiß nicht, was ich sagen soll.«

»Sagen Sie gar nichts«, gab er zurück. »Oder besser noch … erzählen Sie mir etwas über Ihre eigenen Gefühle.«

Ihr Blick wurde misstrauisch. »Was ist mit ihnen?«

»Sie haben gesagt, Sie wollten mich besser kennenlernen. Ich nehme an, dass Sie deshalb jetzt hier sind. Sie müssen gewusst haben, dass auch ich hier sein würde. Um ohne Anstandsdame mit Ihnen sprechen zu können.«

»Ich reite morgens immer um diese Zeit aus. Aber … ja. Ich habe verstanden, was Sie meinten, als wir uns gestern Abend trennten. Ich mag gelegentlich begriffsstutzig sein, aber ich bin keine Närrin.«

»Das sind Sie nicht.« Er runzelte die Stirn. »Und dennoch sind Sie gekommen.«

Sie sah ihn amüsiert an. »Das klingt, als würden Sie mich warnen wollen.«

»Das sollte ich. Vielleicht tue ich es noch.«

»Sie sind sehr wankelmütig, Sir.«

»Ich leide unter Gewissensbissen. Ein unglücklicher Zustand. Ich bemühe mich, ihn zu überwinden.«

Sie lachte.

Dieser Klang löste Sehnsucht in seiner Brust aus. Er merkte zu seinem Unbehagen, wie sehr er es sein wollte, der sie zum Lachen brachte.

»In der Tat sehr unglücklich«, sagte sie. »Wenn man bedenkt, aus welchem Grund Sie in der Stadt sind.«

Das war es wirklich. Ein Mitgiftjäger sollte gewissenlos sein. Rücksichtslos. Eine Rolle, von der jeder gesagt hätte, dass sie perfekt zu Captain Jasper Blunt passte. Und doch …

Bei Julia Wychwood war er nicht rücksichtslos gewesen, im Gegenteil.

Als sie ihn gebeten hatte, ihr nicht mehr den Hof zu machen, war er ihrer Bitte gefolgt. Und dann, gestern Abend, als er sie auf Lady Hollands Balkon leicht hätte kompromittieren können, hatte er es vorgezogen, mit ihr über Liebesromane zu sprechen.

Ausgerechnet J. Marshlands Romane.

»Mein Ziel hat sich nicht geändert«, informierte er sie.

»Dessen bin ich mir bewusst«, sagte sie. »Aber Sie waren immer nur freundlich zu mir. Das ist einer der Gründe, warum ich Sie heute Morgen sehen wollte. Ich hatte noch gar keine Gelegenheit, mich bei Ihnen für die Rettung gestern Abend zu bedanken.«

»Das war keine Rettung. Das war nichts weiter als eine kleine Gefälligkeit.« Jaspers blickte ihr tief in die Augen. Seine Stimme war voll dunkler Verheißung. »Wenn ich Sie rette, Miss Wychwood, werden Sie es wissen.«

8. KAPITEL

Seine Worte ließen Julia den Atem stocken. Sie sollte Angst haben. Jede vernünftige Frau hätte das. Captain Blunt hatte offen zugegeben, eine Erbin heiraten und mit ihrer Mitgift sein Vermögen aufbessern zu wollen. Er machte keine Anstalten, diese Tatsache zu verbergen. Ganz im Gegenteil.

Bisher hatten sie über seine Finanzen, seine unehelichen Kinder und sogar über die Kinder gesprochen, die er mit seiner zukünftigen Frau zeugen würde. Eine Frau, von der er noch vor wenigen Tagen geglaubt hatte, dass sie es sein würde.

Ein unschickliches Gespräch.

Anne würde entsetzt sein. Aber Anne war auch keine leidenschaftliche Leserin von Liebesgeschichten und Sensationsromanen.

Für Julia war an Captain Blunts Plänen nichts besonders Böses. Er war zum Beispiel nicht so wie Sir Percival Glyde, eine der Figuren in Mr Collins' Roman *Die Frau in Weiß*. Sir Percival war oberflächlich betrachtet charmant, hatte dann jedoch eine wehrlose Erbin geheiratet, nur um ihr Vermögen zu stehlen, ihren Tod vorzutäuschen und sie unter falschem Namen in eine Anstalt einzuweisen.

Nicht so Captain Blunt.

Er war von Anfang an ehrlich und aufrichtig zu Julia gewesen. Dafür bewunderte sie ihn, auch wenn sie ihn nicht ganz verstand.

»Ich hoffe, ich muss heute Abend auf dem Ball von Lord

und Lady Clavering nicht gerettet werden«, sagte sie. »Werden Sie dort sein?«

»Natürlich.«

Sie lächelte erleichtert. »Ich muss gestehen, dass ich mich nicht besonders darauf freue. Aber es ist gut zu wissen, dass ein Freund anwesend sein wird.«

Captain Blunts kampferprobtes Gesicht war ohne jede Emotion.

Verspätet wurde ihr klar, was sie gesagt hatte. Sie hatte ihn einen Freund genannt.

Waren sie Freunde? Man würde es nicht vermuten. Nicht, wenn man bedachte, wie er sie jetzt ansah. Aber sie hatte gelernt, dass sein Gesichtsausdruck kein zuverlässiger Indikator für seine Gefühle war. Dafür brauchte sie nur darauf zu achten, was er tat. Und was er sagte.

Er hatte ihr gestern Abend beigestanden, als sie ihn gebraucht hatte. Er hatte ihr zur Seite gestanden und mit ihr über Romane gesprochen, bis sie ihre Fassung wiedererlangt hatte.

Und das war noch nicht alles.

Erst vor wenigen Augenblicken hatte er ihr gesagt, dass sie eine schöne Seele hätte. Dass sie eine schöne Seele *sei*.

Julias Herz quoll vor Freude über, wenn sie daran dachte.

Hatte je irgendein Gentleman etwas auch nur halb so Wunderbares gesagt? Zumindest hatte sie nie Vergleichbares gehört oder gelesen. Es war mit Sicherheit das romantischste Kompliment aller Zeiten.

Und er hatte es zu *ihr* gesagt.

Von so einem Kompliment konnte eine Dame ein Leben lang zehren.

»Sie müssen sich mir gegenüber nicht verpflichtet fühlen«, fügte sie hinzu. »Ich werde sehr gut allein zurechtkommen.«

»Werden Sie in Begleitung Ihrer Anstandsdame sein?«, fragte er.

Ihre beiden Pferde liefen so kameradschaftlich nebeneinander, als wären sie Stallgenossen. Nur Cossacks gelegentliche Versuche, an Quintus zu knabbern, verriet die Neuheit ihrer Bekanntschaft.

Julia nahm die Zügel fester in die Hand. »Leider ja. Meine Eltern haben Mrs Major für alle meine gesellschaftlichen Verpflichtungen dieser Saison engagiert.«

»Sie ist eine hervorragende Beschützerin.«

»Ja, das ist sie. Allerdings musste mein Vater sie bereits ein, zwei Mal an ihre Pflichten erinnern.«

»Sie vergisst sie?«

»Gelegentlich. Auf Gesellschaften hält sie sich lieber bei ihren Freunden auf. Deshalb ist sie ja auch so erpicht darauf, mich an Lord Gresham abzuwälzen.«

Captain Blunt warf ihr einen Blick zu, der schwer zu deuten war. »Lord Gresham hat ein besonderes Interesse an Ihnen.«

»Ich nehme es an.« Julia wusste nicht, was zu diesem Thema noch zu sagen war. Es hatte sich noch keine Gelegenheit ergeben, mit ihrem Vater zu sprechen. Bis dahin konnte sie sich nur auf ihren Verdacht verlassen. Sie hoffte, dass sie sich irrte und dass Papa noch keine Abmachung mit dem Earl getroffen hatte.

Der bloße Gedanke daran reichte aus, um das warme Gefühl in ihr zu vertreiben.

Vor ihnen trabte ein schlanker Herr auf einem kräftigen grauen Jagdpferd auf sie zu. Es war Lord Milburn. Er warf ihnen im Vorbeireiten einen interessierten Blick zu.

Ein siedend heißes Gefühl der Verlegenheit überkam Julia. *Du liebe Zeit!*

Wie lange waren der Captain und sie schon in ihre private

Unterhaltung vertieft? Und wie viele Leute hatten sie dabei beobachtet?

Dank des schönen Wetters wurde der Park immer belebter. Die Herren waren allein oder zu zweit unterwegs, und die Damen ritten in Begleitung ihrer Reitknechte. Als Julia einen Blick zurückwarf, fiel ihr Blick auf ihren eigenen Reitknecht, Luke Sechs. Er runzelte missbilligend die Stirn.

Ihre gute Laune sank weiter. Zweifellos würde er Papa von ihrem Treffen mit Captain Blunt berichten.

»Ich sollte jetzt besser nach Hause«, sagte sie.

Captain Blunt folgte ihrem Blick und nahm mit einem umfassenden Blick sowohl die zunehmende Anwesenheit anderer Reiter als auch den Gesichtsausdruck ihres Reitknechts wahr. »Natürlich. Ich will Sie nicht aufhalten.«

Sie wendete Cossack. »Ich wünsche Ihnen einen guten Tag.«

Er verbeugte sich vor ihr – mit der gleichen steifen, militaristischen Neigung des Kopfes, mit der er sie auch begrüßt hatte. »Guten Tag, Miss Wychwood.«

Sie drückte ihren Absatz in Cossacks Flanke, um möglichst schnell Abstand zwischen Captain Blunt und sich zu bringen. Bis dahin würde sie weiterhin das Opfer wissenden Geflüsters und neugieriger Blicke sein.

Zum Glück war sie verschleiert. Niemand konnte ihr Gesicht erkennen. Nicht, wenn sie in schnellem Tempo ritt. Aber es durfte nicht so aussehen, als würde sie die Flucht ergreifen. Sie achtete darauf, dass Cossack nicht zu schnell lief.

Kaum hatten sie ein paar Schritte zurückgelegt, als sich eine andere Reiterin an ihrer Seite einfand. Eine allzu bekannte blonde Dame auf einer anmutigen kleinen Stute.

Es war die Viscountess Heatherton.

Julias Puls beschleunigte sich in einem Anflug von Besorgnis.

Lady Heatherton war eine der wichtigsten Persönlichkeiten der Londoner Gesellschaft, berühmt sowohl für ihre Schönheit als auch für ihre bösartige und rachsüchtige Art.

Julia hatte sie seit einem Ball in Cremorne Gardens nicht mehr gesehen. Dort hatte Lady Heatherton auf einem der dunklen Spazierwege einen Streit mit Evelyn und ihrem Verehrer Mr Malik vom Zaun gebrochen. Julia war anwesend gewesen, ebenso wie Anne und Stella. Nur durch das Eingreifen von Annes Mutter Lady Arundell hatte verhindert werden können, dass sich der Vorfall zu einem handfesten Skandal ausweitete.

Seitdem hatten sich Julia und ihre drei Freundinnen von der Viscountess ferngehalten. Nicht aus Angst. Sie ließen sich von ihr nicht einschüchtern. Aber wie Anne sagte, gab es keinen Grund, Ihre Ladyschaft zu einem weiteren sinnlosen Angriff zu provozieren, der dem Ruf der Freundinnen nur schaden konnte.

Julia behielt das fest im Hinterkopf. Sie hatte nicht den Wunsch, irgendjemanden zu provozieren. In Wahrheit tat ihr Lady Heatherton ein wenig leid. Jeder wusste, dass ihre Ehe mit dem viel älteren Lord Heatherton eine unglückliche war.

»Miss Wychwood«, sagte Ihre Ladyschaft. »Heute ohne Ihre Freundinnen unterwegs, wie ich sehe.«

»Das bin ich, Mylady. Sie sind zurzeit nicht in der Stadt.«

»Miss Maltravers ebenfalls nicht?« Lady Heathertons Gesicht verzog sich zu einem selbstzufriedenen Lächeln. »So, so. Ich dachte, sie hätte mehr Durchhaltevermögen.«

Julias behandschuhte Finger krampften sich fester um ihre Zügel.

Die Viscountess hegte aufgrund Evelyns Beziehung zu Mr Malik eine besondere Abneigung gegen sie. Julia kannte nicht die ganze Geschichte. Es ging wohl darum, dass Mr Malik einst Lady Heathertons Schneider gewesen war, bevor sie im Streit auseinandergegangen waren. Julia vermutete ein *romantisches* Zerwürfnis. Infolgedessen war Evelyn zu Lady Heathertons erklärter Feindin geworden.

»Miss Maltravers wird zurückkommen«, erklärte Julia. »Sie ist nur für zwei Wochen nach Sussex gefahren.«

»Ach?« Das Lächeln gefror auf Lady Heathertons Lippen.

»Miss Hobhouse und Lady Anne werden auch bald zurückkehren. Ich erwarte sie am Sonntagabend.«

»Und bis dahin sind Sie ganz allein? Beziehungsweise nicht ganz allein.« Lady Heathertons Augen funkelten mit neu erwachter Bosheit. »War das Captain Blunt, mit dem ich Sie gesehen habe?«

Julia wusste nicht, warum die Viscountess diese Frage stellte, obwohl sie die Antwort offensichtlich schon kannte. »Das war er.«

»Faszinierend.« Lady Heathertons blondes Haar schimmerte im Sonnenlicht. Es steckte unter einem silbergrauen Filzhut, der mit schwarzen und weißen Straußenfedern verziert war. Der elegante Hut passte gut zu ihrem enganliegenden Reitkostüm, das ihre schmale Taille betonte. Ihre Ladyschaft war eine bekannte Verfechterin von engen Schnürungen.

Neben ihr fühlte sich Julia völlig unangemessen gekleidet.

»Und mutig von Ihnen«, fügte Lady Heatherton hinzu. »Auf diese Weise mit ihm allein zu sein.«

»Wir waren nicht allein«, sagte Julia. »Nicht mehr als jeder andere, der durch den Park reitet.«

»Ich persönlich wäre ja nervös«, fuhr Ihre Ladyschaft unbeirrt fort, »angesichts der Vorgeschichte dieses Mannes.«

Julia warf ihr einen scharfen Blick zu. »Was meinen Sie? Welche Vorgeschichte?«

»Das wissen Sie nicht?« Lady Heatherton machte eine überraschte Miene. »Eine Schande. Wenn Sie es wüssten, würden Sie seine Gesellschaft nicht riskieren. Nicht ohne Ihre Anstandsdame.«

»Es tut mir leid …« Julias Brauen zogen sich zu einem verwirrten Stirnrunzeln zusammen. »Sind Sie mit Captain Blunt bekannt?«

»Man muss einen Mann nicht kennen, um sich eine Meinung über seinen Charakter zu bilden. Man muss nur seine Ohren offen halten.« Lady Heatherton gab ihrer kleinen Stute einen leichten Schlag mit der Gerte an und trieb sie so in einen schnelleren Schritt.

Julia holte sie auf Cossack leicht ein. »Was genau haben Sie denn gehört?«

»Es steht mir nicht zu, es weiterzuerzählen«, antwortete Ihre Ladyschaft leichthin. »Ich wage zu behaupten, dass Sie schon irgendwann Wind davon bekommen werden.«

Angesichts des beiläufigen Tonfalls Lady Heathertons stieg Wut in Julia auf. Wie konnte sie es wagen, Captain Blunt so leichtfertig zu verleumden? Unbedachte Andeutungen in der Stadt zu verbreiten, um seinen Namen zu beschmutzen – und warum? Weil sie sich langweilte und sich amüsieren wollte?

»Ich verabscheue Gerüchte«, sagte Julia. »Es ist schon schlimm genug, sie hören zu müssen, aber sie auch noch zu wiederholen …«

»Ich habe nichts dergleichen getan.« Lady Heathertons Augen funkelten verärgert. »Und es sind auch keine Gerüchte. Mein Mann war während des Krieges im Außenministerium tätig. Er hat die Depeschen von der Front gelesen. Was ich weiß, habe ich von ihm erfahren.«

»Und worum handelt es sich?«

»Dass Ihr Captain Blunt ein skrupelloser Soldat war, der von den Briten ebenso gefürchtet wurde wie vom Feind.«

Julia schnaubte. »Das ist kein Geheimnis.« Auf diesen Ruf von Captain Blunt war in ihrer Gegenwart oft genug angespielt worden. »Wenn das alles ist, was Sie gehört haben …«

»Da ist noch mehr«, sagte Lady Heatherton.

Julia wappnete sich. »Fahren Sie fort.«

Lady Heatherton senkte ihre Stimme, als sie an einem Herrn auf einem rotbraunen Pferd vorbeiritten. »Laut Heatherton gab Captain Blunt dem Feind kein Pardon. Er war dafür bekannt, Gefangene kaltblütig hinzurichten, statt sie einzusperren.«

Ein eisiger Schauer kroch durch Julias Adern. »Selbst wenn das wahr wäre … es war Krieg. Und wenn sie tatsächlich feindliche Soldaten waren …«

»Es waren nicht nur seine Gegner, die seine Grausamkeit weckten. Sein Verhalten gegenüber seinen eigenen Männern war genauso erbarmungslos. Er ließ sie marschieren, bis sie zusammenbrachen, und peitschte die Aufmüpfigen bis aufs Blut aus, ließ sie von halben Rationen leben und nach Belieben verhungern. Und wie er mit Deserteuren umging! Es gab Hinrichtungen. Brandmarkungen. Grausamkeiten, die man sich nicht vorstellen kann.«

Julia starrte die Viscountess fassungslos an.

»Einmal hat er einen seiner Leutnants fast umgebracht«, fuhr Ihre Ladyschaft mit unverhohlenem Vergnügen fort. »Der in Bücher vernarrte Sohn eines Landpfarrers, wie ich hörte. Er hatte einem sterbenden Gefangenen gegen Blunts ausdrücklichen Befehl Brot gebracht. Blunt revanchierte sich für die Freundlichkeit des Mannes, indem er ihn fast zu Tode auspeitschen ließ.«

Julia schüttelte den Kopf. Sie wollte es einfach nicht glauben. »Das kann nicht wahr sein.«

»Ist es aber. Heatherton sagt, als Sebastopol fiel, hatte der Captain einen regelrechten Gefallen an Brutalität entwickelt. Wie hätte er sonst wohl überleben können?«

Darauf hatte Julia keine Antwort. Ihr Herz klopfte wie ein Schmiedehammer.

»Ist das auch eine Neuigkeit für Sie?« Lady Heatherton lachte grausam. »Sie wissen wirklich nichts über ihn, oder? Dummes Mädchen. Was glauben Sie, warum man ihn den Helden der Krim nennt? Er überlebte einen Hinterhalt, bei dem er im Alleingang eine ganze Patrouille russischer Soldaten tötete. Dafür hat er seinen Namen bekommen. Auch wenn dabei alle seine Männer ihr Leben verloren haben.«

»Das kann nicht stimmen«, sagte Julia erneut, sowohl zu sich selbst als auch zu Lady Heatherton. »Wenn es so wäre, hätte man ihn in der Gesellschaft nicht so willkommen geheißen. Niemand, der etwas auf sich hält, hätte ihm je eine Einladung ausgesprochen.«

»Warum sollten sie nicht? Alles, was er getan hat, geschah mit dem Ziel, unseren Feind zu besiegen.« Viscountess Heathertons Lippen verzogen sich zu einem Lächeln. »Und jetzt hat er es auf Sie abgesehen. Einen naiven Blaustrumpf mit beträchtlicher Mitgift. Wissen Sie, Miss Wychwood, Sie tun mir wirklich leid.«

9. KAPITEL

Später an diesem Vormittag ging Jasper, nachdem er sich bei den Doctors' Commons juristischen Rat eingeholt hatte, die Stufen des Wychwood-Stadthauses am Belgrave Square hinauf. Es war noch nicht einmal eine Woche her, dass Miss Wychwood und er ihre zaghafte Freundschaft begonnen hatten. Nur einige wenige Tage, an denen sie sich unterhalten und einander anvertraut hatten.

Sie hatte seinem Werben nicht eindeutig zugestimmt, sondern nur gesagt, dass sie ihn gern besser kennenlernen würde. Das war nicht gerade eine Ermutigung.

Doch die Zeit drängte.

Charlie, Alfred und Daisy warteten in Yorkshire auf ihn. Jeder Tag, der verging, war ein weiterer, den er fern von ihnen verbrachte. Weit weg von seinen Pflichten auf dem Anwesen. Und ebendiese waren es, die ihn gezwungen hatten, bei der englischen Juristenvereinigung eine Sondergenehmigung einzuholen. Sein Handeln konnte man anmaßend nennen, aber in Anbetracht der knappen Zeit war dieser Schritt notwendig gewesen.

Miss Wychwood würde das gewiss verstehen.

Jasper konnte sich den Luxus, die Dinge weiter hinauszuzögern, nicht leisten. Je eher er mit ihrem Vater sprach, desto besser.

Obwohl der Zeitpunkt für dieses Gespräch, so wie es aussah, vielleicht nicht der günstigste war.

Die Fenster des imposanten weißen Gebäudes waren mit schwarzem Stoff verhängt und der Türklopfer von der Haustür entfernt worden. Es machte den Eindruck eines Hauses, in dem kürzlich jemand gestorben war.

Wie krank war Miss Wychwoods Vater wirklich?

Bisher hatte Jasper Sir Eustace und Lady Wychwood lediglich für ein exzentrisches Paar gehalten. Zwei gelangweilte, reiche Aristokraten, die ihre eingebildeten Krankheiten zu ihrem Lebensinhalt gemacht hatten. Aber vielleicht wurden sie tatsächlich von der einen oder anderen Krankheit geplagt?

Er klopfte an die Eichentür. Einen Moment später wurde sie von einem Lakaien in kanariengelber Livree geöffnet.

Jasper reichte dem Mann seine Karte. »Sagen Sie Sir Eustace, dass ich mit ihm sprechen möchte.«

Der Lakai musterte skeptisch Jaspers schlichte schwarze Aufmachung, als wüsste er nicht recht, wie er ihn einordnen sollte. »Worum geht es, Sir?«

»Um seine Tochter«, antwortete Jasper barsch.

In den Augen des Lakaien leuchtete ein wissendes Glitzern auf. Er führte Jasper in die Empfangshalle, nahm ihm Hut und Handschuhe ab und geleitete ihn dann in einen düsteren Salon, wo er warten sollte, während sich der Lakai erkundigte, ob Sir Eustace zu Hause war.

Natürlich war er zu Hause. Wo sonst sollte er sein? Nur Lady Wychwood war momentan abwesend. Sie weilte in Bath, so hatte Jasper verstanden, um sich zu kurieren.

Er konnte es ihr nicht verübeln, dass sie sich aus dem Staub gemacht hatte.

Dieses Haus war kein einladender Ort. Obwohl es luxuriös eingerichtet war, wirkte es wie ein Krankenzimmer – dunkel und zu warm. Irgendwie erdrückend. Die Art Umgebung, in der sich ein gesunder Mensch unwohl fühlt.

Und Jasper fühlte sich äußerst unwohl, zum einen wegen der bedrückenden Atmosphäre und zum anderen wegen der unglücklichen Erinnerungen an seine Vergangenheit. Er *hasste* Krankenzimmer. Er hasste den Geruch und die sich klebrig anfühlende Hitze. Das Wissen, dass ein Mensch, um den man sich sorgte – den man liebte –, jeden Moment entschwinden konnte. Für immer. So dass man ihn nie wiedersehen würde. Niemals wieder mit ihm sprechen konnte.

Kein Wunder, dass Miss Wychwood hier unglücklich war. Sie war ein strahlender Stern, eine junge lebendige Frau voller romantischer Träume. Sie gehörte nicht in dieses … dieses *Mausoleum*.

Während Jasper vor dem Marmorkamin wartete, zupfte er geistesabwesend an seiner Weste, um eine vermeintliche Falte zu glätten. Es gab keine. Sein schwarzer Dreiteiler saß tadellos, seine Stiefel waren auf Hochglanz poliert, und sein Kinn war frisch rasiert.

In seinen ganzen zweiunddreißig Jahren hatte er sich noch nie einer solchen Aufgabe stellen müssen. Doch sobald er sich dazu entschlossen hatte, war er mit außerordentlicher Sorgfalt an die Sache herangegangen.

Auch wenn er zugeben musste, jetzt mehr als nur ein wenig nervös zu sein.

Fast glaubte er selbst daran, dass es echt war. Dass er ein verliebter Jüngling war, der den Vater einer jungen Dame um Erlaubnis bat, ihr den Hof machen zu dürfen.

Aber er war kein Junge mehr. Und er war nicht verliebt.

Das war er *nicht*.

Es ging um Miss Wychwoods Vermögen. Und wenn er sie auch ein wenig mochte … Nun, umso besser für ihre gemeinsame Zukunft.

Sein Besuch hier war lediglich eine Formalität. Jasper hoffte inständig, dass es schnell gehen würde. Er musste noch diesen Anwalt in der Fleet Street aufsuchen. Und dann war da noch der Ball heute Abend, auf den er sich vorbereiten musste. Er war sich der verrinnenden Sekunden bewusst, die durch das Ticken einer verschnörkelten Bronzeuhr auf dem Kaminsims angezeigt wurden.

Schließlich kehrte der Lakai zurück. »Sir Eustace wird Sie in seinem Arbeitszimmer empfangen. Hier entlang bitte.«

Jasper folgte ihm zu Sir Eustaces Arbeitszimmer, das im hinteren Teil des Hauses lag. Die schweren Fenstervorhänge waren geschlossen, und im Kamin loderte ein Feuer, das den Raum genauso unangenehm warm machte wie den Rest des Hauses. Viel schlimmer noch war, dass es nach Schmalz und Kräutern stank. Ein Brustpflaster, vermutete Jasper, oder irgendeine andere Arznei.

Sir Eustace sah aus, als hätte er diese nötig. Er saß an einem Mahagonischreibtisch und war so blass wie eine Wachspuppe. Er trug einen gesteppten Morgenmantel, dazu eine Mütze und um den Hals einen Schal, um seine Schultern lag eine Decke. »Captain Blunt«, sagte er schwach.

Jasper verbeugte sich. »Sir Eustace.«

»Kommen Sie herein, und nehmen Sie Platz.« Sir Eustace winkte den Lakaien fort.

»Das wäre dann alles, Jenkins.«

Der Diener verließ den Raum und schloss die Tür hinter sich.

Jasper setzte sich auf einen ledergepolsterten Stuhl und blickte Sir Eustace über den Schreibtisch hinweg an. Er erkannte im Gesicht des Mannes keinerlei Ähnlichkeit mit Miss Wychwood. Weder in Form, Farbe noch im Ausdruck. Vielleicht kam sie nach ihrer Mutter?

Oder vielleicht auch nicht.

Ein Porträt an der Wand des Arbeitszimmers zeigte eine elegant gekleidete Frau mit dunklem Haar und aristokratischen Zügen. Lady Wychwood, mutmaßte Jasper. Sie sah Miss Wychwood nicht ähnlicher als der Baronet.

Das warf die Frage auf: Woher hatte Julia Wychwood ihre Schönheit? Ihre Liebenswürdigkeit? Von ihren Eltern jedenfalls nicht. Sie ähnelte ihnen so wenig, dass es sich bei ihr auch um einen Wechselbalg hätte handeln können, der vor ihrer Tür ausgesetzt worden war. Ein Feenkind, das nur bis zu dem schicksalhaften Tag wartete, an dem es von seinem Volk zurückgeholt wurde.

Sie gehörte nicht hierher.

Jasper spürte die Wahrheit nun noch stärker als in dem Moment, als er das Haus zum ersten Mal betreten hatte.

Sir Eustace betrachtete ihn mit einem listigen Ausdruck in den Augen. »Jenkins sagte, Sie seien wegen meiner Tochter gekommen.«

»Das bin ich«, sagte Jasper.

Es war von Anfang an sein Plan gewesen. Um sie zu werben und sie für sich zu gewinnen. Um ihr Vermögen für sich zu beanspruchen. Ridgeway hatte immer wieder betont, dass dies ohne Probleme möglich sei. Miss Wychwood war ein Mauerblümchen. Ein selbsternannter Sonderling, der bereits zwei erfolglose Saisons hinter sich hatte. Sicherlich würde Sir Eustace die Gelegenheit, sie zu verheiraten, nicht ausschlagen.

Aber irgendetwas stimmte nicht.

Es war der Ausdruck in den Augen des Baronets. Dieser scharfsinnige, abwägende Blick, der so gar nicht zu seinem kränklichen Auftreten passte.

Jasper war sofort auf der Hut.

»Ihr Besuch kommt zur Unzeit«, erklärte Sir Eustace. »Ich

war heute schon zu lange auf. Meine Konstitution lässt das nicht zu. Die Aussicht auf den Tod ist ein ständiger Begleiter für mich.«

»Sie haben mein Mitgefühl«, versicherte Jasper ihm.

»Mitgefühl ist eine schlechte Medizin. Aber ich beklage mich nicht. Ich habe mich längst damit abgefunden, dass es mein Schicksal ist, nie zu wissen, welcher Tag mein letzter sein wird.« Sir Eustace stieß einen langen, leidenden Seufzer aus. »Es wurde bereits nach dem Arzt geschickt. Er wird in Kürze hier sein.«

»Ich werde mich bemühen, mich kurz zu fassen. Es sei denn …« Jasper hielt inne. »Wenn es Ihnen lieber ist, dass ich ein anderes Mal wiederkomme …«

»Es gibt keinen Grund, es hinauszuzögern. Mir geht es selten so gut, wie Sie mich jetzt antreffen. Und ich muss gestehen, ich habe Sie erwartet. Es gab Berichte.« Sir Eustace zog ein Tuch aus seiner Tasche. »Sie haben mit meiner Tochter Zeit verbracht.«

»Dieses Privileg hatte ich, ja. Wir sind zu vielen der gleichen Veranstaltungen eingeladen.«

»Und das ist alles? Kommen Sie, Sir. Ich bin zwar die meiste Zeit des Tages ans Bett gefesselt, aber ich erhalte immer noch Nachrichten von verschiedensten Seiten, darunter der Anstandsdame meiner Tochter. Es scheint, als hätten Sie meine Tochter für Ihre Aufmerksamkeit auserkoren.«

Jasper war es nicht gewöhnt, auf diese Weise herausgefordert zu werden. Angesichts seines Rufs würden es die meisten Männer nicht wagen. Aber in der Stimme des älteren Mannes lag unüberhörbar eine gewisse Verärgerung.

Er wusste, dass Jasper seiner Tochter den Hof machte, und war darüber sichtlich unglücklich.

Jasper konnte es ihm nicht verdenken. Jeder Vater, der seine

Tochter liebte, musste zwangsläufig einen starken Beschützerinstinkt entwickeln. »Miss Wychwood ist eine charmante junge Dame. Ich bewundere sie sehr.«

»Charmant?«, gluckste Sir Eustace. »Sie wird mein Vermögen erben. Daraus habe ich nie einen Hehl gemacht. Und Sie … Sie sind ein Ex-Soldat in schwierigen Verhältnissen.«

»Daraus habe *ich* ebenfalls nie ein Geheimnis gemacht«, erwiderte Jasper.

»Das muss ich Ihnen lassen, Captain. Andere Männer würden versuchen, ihre Mittellosigkeit zu verbergen. Aber Sie gehen damit offen und ehrlich um, nicht wahr? Ich frage mich, ob es Ehrlichkeit ist oder eine Art von List? Eine Taktik, um Ihren Feind zu entwaffnen?«

»Ihre Tochter ist nicht mein Feind.«

»Aber Sie leugnen es nicht? Ein Soldat mit Ihrem Charakter. Ein Mann, der daran gewöhnt ist, zu gewinnen – zu bekommen, was er will, koste es, was es wolle.«

In Jaspers Hinterkopf begann ihn eine flüsternde Stimme zu warnen.

Das gleiche verdammte Gefühl, das er immer gehabt hatte, wenn sich in einer Schlacht das Blatt gegen ihn wendete. Es war ein untrügliches Zeichen dafür, dass er sich nicht durchsetzen würde, egal wie sehr er sich anstrengte.

»Ich fürchte, Sie haben auf das Geschwätz der Leute gehört.«

»Man hört so manche Dinge«, gab Sir Eustace zu. Er schnäuzte sich in sein Taschentuch. »Sie haben ein Anwesen in Yorkshire, wie ich höre.«

»Das ist richtig«, sagte Jasper. »Goldfinch Hall.«

»Ist das Ihr einziger Besitz?«

»Es ist ein beachtliches Anwesen.«

»In Yorkshire«, wiederholte Sir Eustace.

»Wie ich bereits sagte.«

»Und das ist es, was Sie vorhaben? Meine Tochter zu heiraten und sie und ihr Vermögen ans andere Ende des Landes zu schaffen?« Sir Eustace gluckste erneut. »Ich bin voreilig. Sie haben noch nicht einmal um ihre Hand angehalten. Aber deshalb sind Sie ja wohl hier, nehme ich an. Um mich um Erlaubnis zu bitten, ihr den Hof machen zu dürfen. Nun, die bekommen Sie nicht.«

Und da war es.

In Anbetracht von Sir Eustaces Verhalten war Jasper von der Ablehnung nicht völlig überrascht. Dennoch erstarrte er eingedenk der gefühllosen Art, mit der der Baronet sie vorgetragen hatte. »Darf ich fragen, warum ich abgewiesen werde?«

Sir Eustace steckte sein Taschentuch wieder ein. »Sie sind für meine Tochter nicht geeignet.«

»Wenn das etwas mit meinen leiblichen Kindern zu tun hat …«

»Ich habe kein Problem mit Ihren Bastarden. Ein Mann muss sich die Hörner abstoßen. Allerdings wäre es ratsam, sie woanders unterzubringen, bevor Sie eine Braut nach Yorkshire bringen. Keine Frau möchte ihr Heim mit den Hinterlassenschaften einer Hure teilen.«

Jaspers Stimme klang kalt. »Was ist dann der Einwand?«, fragte er. »Liegt es an meiner Kriegsvergangenheit?«

Abgesehen von den Kindern war dies das einzig wirklich Verwerfliche an ihm. Seine Vergangenheit. Eine bösartige Vergangenheit, die kein noch so gutes und anständiges Verhalten jemals würde auslöschen können. Er war dazu bestimmt, den Rest seines Lebens dafür zu büßen.

Die Ironie war ihm nicht entgangen.

»Ich habe keine Einwände gegen Ihr Verhalten auf der Krim«, sagte Sir Eustace. »Wäre ich dort Offizier gewesen –

und ich wäre einer von höchstem Rang gewesen, wenn es meine Gesundheit erlaubt hätte –, hätte ich meine Männer ebenfalls mit eiserner Faust regiert. Nur so kann man aus dem gemeinen Pöbel Soldaten machen, nicht wahr? Auspeitschungen und andere Bestrafungen. Wellington selbst hat einmal gesagt, dass ein Mann kein Soldat ist, bevor er nicht fünfzig Peitschenhiebe erhalten hat.«

Jasper war sich vage bewusst, dass sich seine rechte Hand zu einer Faust geballt hatte. Er zwang sich, sie zu entspannen, öffnete einen Finger nach dem anderen und legte die Hand flach auf seinen Oberschenkel. Es war nichts zu gewinnen, wenn er die Beherrschung verlor. Schon gar nicht bei Miss Wychwoods Vater. Wie die meisten Gentlemen, die während des Krieges zu Hause und in Sicherheit geblieben waren, hatte der Baronet keine Ahnung, wovon er sprach.

»Nein, nein«, fuhr Sir Eustace keuchend fort. »Es ist nicht Ihre militärische Vergangenheit, die Sie untauglich macht. Es ist die Wahl Ihres Wohnsitzes. Als würde ich meiner Tochter jemals erlauben, nach Yorkshire zu ziehen! Ihr Platz ist in London. Sie wird von ihrer Mutter und mir hier gebraucht. Wir sind zu krank, um auf sie verzichten zu können. Der Gentleman, den sie schlussendlich heiratet, muss in London wohnen.«

Die Erkenntnis setzte sich langsam durch. Doch Jasper wollte es nicht wahrhaben. »Und das ist Ihre einzige Bedingung?«

Sir Eustace schien darin nichts Ungewöhnliches zu sehen. »So ist es, Sir.«

»Ich hätte gedacht, dass Sie in Anbetracht des Mangels an Bewerbern um die Hand Ihrer Tochter eher bereit wären, auf mein Anliegen einzugehen. Nach zwei erfolglosen Saisons -«

»Da irren Sie sich. Meine Tochter hat in den letzten Jahren mehrere Angebote erhalten. Alle von Gentlemen, die sie von hier wegbringen wollten. Natürlich habe ich sie sofort abgelehnt. Genauso wie ich Sie abweisen muss.« Sir Eustace erhob sich. »Ich habe bereits Lord Gresham meine Erlaubnis gegeben. Sein Haus am Grosvenor Square wird zurzeit renoviert, und er hat mir versichert, das ganze Jahr über in der Stadt zu wohnen. Das passt Lady Wychwood und mir sehr gut.«

Langsam stand Jasper auf. Er spürte eine merkwürdige Taubheit in seinem Inneren. Sie stand in direktem Widerspruch zu seinem aufkeimenden Gefühl der Empörung.

Miss Wychwood war keine Versagerin auf dem Heiratsmarkt gewesen. Sie hätte in den letzten zwei Jahren jederzeit heiraten können.

Verdammt noch mal.

Wusste sie, dass ihr Vater alle Angebote abgelehnt hatte? Hatte sie überhaupt einen Verdacht? Und alles nur, weil er sie hierbehalten wollte, nur einen Steinwurf vom Belgrave Square entfernt.

Und wofür? Um für den Rest ihres Lebens die Krankenschwester zu spielen? Erst für ihre Eltern, dann für einen alten Ehemann?

Jasper kämpfte mit seinem Temperament. »Was ist mit Miss Wychwood? Sie sagen, die Heirat mit Gresham würde Ihnen und Ihrer Frau gut passen, aber was sagt *sie* dazu?«

»Sie ist unsere Tochter. Sie wird ihre Pflicht tun.«

»Sie ist volljährig.«

»In der Tat. Aber wenn sie ohne meine Erlaubnis heiratet, erbt sie nichts von mir. Nicht ein Pfund. Keinen einzigen Shilling.« Sir Eustace betätigte den Klingelzug, um den Diener zu rufen. »Ich wage zu behaupten, dass eine Bettelbraut für Sie nicht mehr so attraktiv ist.«

Jasper stand schweigend da. Seine Gefühle brodelten gefährlich nah unter der Oberfläche. Es gab nichts, was er sagen oder tun konnte. Die Fakten waren unumstößlich. Er brauchte

Miss Wychwoods Vermögen. Es war notwendig für die Kinder. Für das Überleben ihres Anwesens. Es war der einzige Grund, warum er nach London gekommen war. Der Anstoß für alles, was er bisher getan hatte.

Es machte keinen Unterschied, wie es ihm dabei ging. Seine eigenen Gefühle spielten keine Rolle. *Er* war unwichtig. Alles, was zählte, war das Geld.

Ein selbstgefälliges Lächeln glänzte in Sir Eustaces Augen. »Das dachte ich mir.«

10. KAPITEL

Es war kurz vor ein Uhr, als Julia zum Belgrave Square zurückkehrte.

Sie hatte nicht vorgehabt, so lange bei Bloxham's zu verweilen. Und jetzt blieben ihr nur noch ein paar Minuten, um sich für den Nachmittag und die anstehende Empfangsstunde zurechtzumachen.

Normalerweise hätte sie keinen Besucher erwartet. Nicht, solange Anne, Stella und Evelyn nicht in der Stadt waren. Aber heute könnte der Tag sein, an dem jemand kam. Jemand Bestimmtes.

Die Aussicht darauf verbesserte Julias Laune für einen kurzen Moment, doch die verging schnell, als sie sich an die schrecklichen Enthüllungen erinnerte, die Viscountess Heatherton über Captain Blunt verbreitet hatte.

Den ganzen Morgen über hatte sich Julia über diese Information den Kopf zerbrochen. Deshalb war sie einkaufen gegangen, in der Hoffnung, mit dem Kauf eines neuen Romans – oder fünf – ihre Ängste zu vergessen, wenn auch nur für eine Weile.

Aber selbst als sie zum zweiten Mal innerhalb weniger Tage die Regale von Bloxham's durchstöbert hatte, hatte das Wissen um Captain Blunts außergewöhnliche Grausamkeiten während des Krieges weiter an ihr genagt, hatte sie geschmerzt wie ein wunder Zahn. Sie konnte es einfach nicht ignorieren. Beständig fragte sie sich, was für ein Mann so etwas tun würde.

Die Antwort lag auf der Hand: ein Ungeheuer.

Und zwar keine verwunschene Bestie aus dem Märchen. Sondern eine Bestie der unehrenhaften Art, die unaussprechliche Verbrechen beging. Ein Mann, der grausam und herzlos war und kein Erbarmen kannte.

Wenn das, was Viscountess Heatherton sagte, wahr war.

Und genau da lag der Haken.

Lady Heatherton hatte behauptet, die Information stammte von ihrem Ehemann, aber Julia wusste, wie schnell Gerüchte ins Unermessliche wachsen konnten. Sie musste nur daran denken, wie übertrieben die Berichte über die Anzahl der unehelichen Kinder des Captains gewesen waren.

Was, wenn es sich bei den Gerüchten über seine Grausamkeit ebenso verhielt? Wenn sie nichts weiter waren als hässliche Geschichten, die auf einem winzigen Funken Wahrheit beruhten? Sie fragte sich, was dieses Fünkchen Wahrheit in den Erzählungen über Captain Blunts Verhalten sein würde. Etwas, das er irgendwie rechtfertigen konnte, etwas, das sie verzeihen könnte?

Es gab nur einen Weg, das herauszufinden. Sie würde ihn danach fragen müssen.

Allein der Gedanke daran reichte aus, dass ihr Magen einen Salto schlug.

Als sie ihr Schlafzimmer betrat, ließ sie ihre neu erworbenen Bücher aufs Bett fallen. Es waren insgesamt fünf. Fast ein Drittel aller Romane von J. Marshland.

»Ich verstehe immer noch nicht, warum Sie so viele davon kaufen mussten«, brummte Mary, während sie Julia aus ihrem samtbesetzten Kutschenkleid half. Die Straße war staubig und schmutzig gewesen und hatte den Saum verschmutzt. Es musste gereinigt und gebügelt werden.

»Weil«, erklärte Julia, während sie aus ihren schweren Röcken stieg, »Captain Blunt mit den Werken von Marshland vertraut ist. Je mehr ich von ihnen lese, desto mehr haben wir zu besprechen.«

Das war jedenfalls die Idee dahinter gewesen.

Aber nun, da sie die Wahrheit über seine Taten auf der Krim erfahren hatte, wusste nur der Himmel, ob sie jemals wieder mit ihm sprechen wollte.

»Sie haben doch schon Romane von Mrs Marshland gelesen«, sagte Mary.

»Ja, aber nicht alle.« Julia runzelte die Stirn. »Oder seine.« Sie ging zum Waschbecken, wusch sich Hände und Gesicht und trocknete sie mit einem Flanellhandtuch ab. »Captain Blunt besteht darauf, dass Marshland ein Mann ist.«

Mary schnaubte. »Tut er das?« Sie holte ein frisches Nachmittagskleid aus dem Schrank. Es bestand aus weichem, gestreiften Woll-Grenadine mit einem *Imperatrice*-Kragen aus weißem Pikee. Sie half Julia in die Röcke, bevor sie ihr die lockeren Ärmel des Mieders über die Arme zog. »Mir scheint, er spielt mit Ihnen, Miss. Jeder weiß, dass Gentlemen keine Romane lesen. Jedenfalls keine großen Kriegshelden.«

»Das mag schon sein«, gab Julia zu. »Trotzdem *hat* er die Romane von Marshland gelesen – und andere auch. Er könnte nicht so über sie reden, wenn er sie nicht gelesen hätte.«

»Hm.« Mary schloss die kleinen Metallhaken, die Julias Mieder vorne verschlossen. »Er kommt mir gar nicht so vor.«

»Nein, in der Tat. Er sieht zu grimmig aus, nicht wahr? Und vielleicht ist er das auch.«

Julia war sich über nichts mehr sicher, was ihn anging. Sie wusste nur, dass er nett zu ihr gewesen war. Dass er sie in Ruhe gelassen hatte, als sie darum gebeten hatte. Und dass er ihr zu Hilfe gekommen war, als sie ihn gebraucht hatte. Er war nicht zu dreist gewesen und hatte nicht versucht, sich ihr aufzudrängen. Er war sanft gewesen. Fast beschützend.

Natürlich könnte das alles ein Trick sein. Eine ausgeklügelte Falle eines Mitgiftjägers, um sich sie *und* ihr Vermögen zu sichern.

Sie wollte es nicht glauben.

Ein Klopfen ertönte an der Schlafzimmertür. Mary ging zur Tür und öffnete sie einen kleinen Spalt breit. »Was willst du?«

Die Stimme des Ersten Lakaien Jenkins Vier drang durch den Spalt. »Eine Nachricht für Miss Wychwood.«

»Wenn es ein Herrenbesuch ist, sag ihm, dass sie in fünf Minuten unten sein wird«, antwortete Mary säuerlich. »Es wird ihm nicht schaden, zu warten.«

»Kein Besucher«, sagte Jenkins Vier. »Es ist Sir Eustace. Er bittet sie, sofort zu ihm zu kommen.«

»Was ist denn, Jenkins?« Julia ging zur Tür und schloss dabei die beiden obersten Haken an ihrem Mieder. »Der Gesundheitszustand meines Vaters hat sich doch hoffentlich nicht verschlechtert?«

»Das kann ich nicht sagen, Miss, aber der Arzt war gerade da.« Jenkins Vier wich zurück, als Julia ihr Zimmer verließ. Er eilte neben ihr den mit dickem Teppich ausgelegten Flur entlang. »Und Sir Eustace hat ein Telegramm an Ihre Ladyschaft geschickt.«

Besorgt beschleunigte Julia ihre Schritte. »Er hat meiner Mutter telegrafiert?«

»Ja, Miss. Er hat George vor über einer Stunde mit der Nachricht losgeschickt.«

Das Schlafgemach ihres Vaters lag im gegenüberliegenden Flügel des Hauses. Als Julia dort ankam, war sie außer Atem. Sie klopfte leise an, bevor sie eintrat. »Papa?«

Das Zimmer war dunkel und viel zu warm, die Luft schwer vom stechenden Geruch der Salben und Senfwickel.

Ihr Vater lag nicht im Bett, sondern saß vor dem lodernden

Kaminfeuer, das blasse Gesicht von den Flammen beleuchtet. Er war vom Kinn bis zu den Pantoffeln in Decken gewickelt. Auf dem kleinen runden Holztisch neben ihm stand ein halbvolles Glas mit einer gelblichen Flüssigkeit. Julia erkannte es als eines seiner Stärkungsmittel. Eine Patentarznei, die vor allem Morphium enthielt.

»Da bist du ja endlich«, sagte er leise. »Ich hoffe, du hast deinen Einkauf genossen.«

Der unausgesprochene Vorwurf versetzte ihrem Herz einen Stich. Zweifelsohne hatte er genau das beabsichtigt. »Wie ich höre, hast du Dr. Cordingley kommen lassen?«

»Nicht Cordingley. Dr. Hurt.«

»Dr. *Hurt?*« Julia hatte noch nie von diesem Mann gehört. »Das ist aber kein sehr vielversprechender Name für einen Arzt.«

»Mach dich nicht lächerlich. Er behandelt Gresham. Ein ausgezeichneter Mann. Der Earl hat ihn mir persönlich empfohlen.«

»Wie zuvorkommend von ihm.« Julia drückte eine Hand auf die wächserne Stirn ihres Vaters.

Er zuckte vor ihr zurück. »Lass das. Man hat sich bereits um mich gekümmert. Hurt sagt, ich soll für den Rest der Woche in meinem Zimmer bleiben. Er kommt heute Abend wieder, um nach mir zu sehen.«

»Was fehlt dir denn?« Sie ließ sich auf der Kante des Stuhls ihm gegenüber nieder. Die Polsterung war vom Feuer erhitzt und wärmte sie bis in die Unterröcke und Krinoline hinein. »Ist es dein Herz, Papa?«

»Ich wünschte, es würde aufhören zu schlagen und meinem Leiden ein Ende setzen«, brummte er.

Instinktiv lehnte sie sich zu ihm vor. »Das darfst du nicht sagen.«

Mit gereizter Miene wich er abermals vor ihr zurück. »Tu nicht so, als seiest du besorgt. Wenn dir etwas an meiner Gesundheit läge, wärst du hier bei mir und würdest nicht zu deinem eigenen Vergnügen durch die Stadt flanieren.«

»Ich war nur in Charing Cross. Du hast mich nicht gebraucht. Und ich habe nicht gedacht ...«

»*Du hast nicht gedacht*«, unterbrach er sie. »Welche Überraschung.«

Julia zwang sich, ruhig zu bleiben. Es war nicht leicht. Sie mochte es nicht, wenn man sie ungerechtfertigterweise schalt. Ihr Instinkt drängte sie, sich zu verteidigen. Aber sie wollte sich nicht mit ihrem Vater streiten. Nicht, wenn er sich in diesem Zustand befand. »Hast du Mama wirklich ein Telegramm geschickt?«

Seine drahtigen Brauen zogen sich zusammen. »Die Dienerschaft hat getratscht, nicht wahr? Wer von ihnen war es? Ich dulde kein Hinterhofgeschwätz. Nicht in meinem Haus.«

Julia wusste das nur zu gut. Ihr Vater hatte schon so manches Dienstmädchen und so manchen Lakaien entlassen, weil er den fadenscheinigsten Verdacht hatte, dass sie Geschichten herumerzählten. Die lange Krankheit hatte ihn anfällig für Paranoia gemacht. »Die Dienerschaft hat nicht getratscht, Papa.«

»Nein? Was haben sie sonst noch zu dir gesagt? Lügen, würde ich wetten.«

»Rege dich bitte nicht auf. Es hieß nur, der Arzt sei gekommen und dass du George zum Telegrafenamt geschickt hättest.«

Beschwichtigt lehnte er sich zurück. »Mir blieb ja wohl keine andere Wahl, oder? Ich muss über die Situation mit Gresham nachdenken. Du brauchst jemanden, der dich vor den Fängen der Mitgiftjäger rettet, bis der Earl endlich auf den

Punkt kommt. Ich bin nicht gesund genug, um es selbst zu tun. Ich wünschte, ich hätte einen Sohn!«

Ein Gefühl der Vorahnung überkam sie. Dasselbe bedrohliche Gefühl, das über sie gekommen war, als Lord Gresham erwähnt hatte, dass sie eines Tages Gastgeberin einer seiner Abendgesellschaften sein könnte. »Was hat Lord Gresham damit zu tun? Ich weiß, dass er dich besucht hat, aber …«

»Wie es sich für einen Gentleman gehört, der ein Interesse an dir hat.« Die wachsbleiche Hand ihres Vaters tauchte aus dem Kokon seiner Decken auf, um einen Schluck aus dem Glas mit dem Tonikum zu trinken. »Er ist ein ausgezeichneter Mann, dieser Gresham.«

»Er ist ein *alter* Mann«, entgegnete Julia, bevor sie ihre Zunge im Zaum halten konnte.

Verärgerung blitzte in den Augen ihres Vaters auf. »Stimmt genau. Eine junge Frau braucht einen erfahrenen Ehemann, der sie an die Hand nimmt.«

Ehemann.

Ihr stockte der Atem. »Willst du damit sagen … hat der Earl etwa um meine Hand angehalten?«

»Noch nicht, aber er hat es vor.« Ihr Vater kippte den Rest seines Tonikums in großen, lauten Schlucken hinunter. »Bis dahin habe ich ihm die Erlaubnis erteilt, dir den Hof zu machen. Er kommt heute Abend her, um dich zum Ball zu begleiten.«

Sie schüttelte den Kopf. »Nein, Papa.«

»*Nein*, sagst du?« Ein Anflug von Zorn verdunkelte sein Gesicht. »Du vergisst dich, Mädchen.«

»Nicht ohne Grund.« Sie faltete die Hände auf ihrem Schoß und versuchte, ihren panischen Herzschlag zu ignorieren. »Ich mag ihn nicht. Nicht auf diese Weise. Wir passen überhaupt nicht zusammen.«

»Was weißt du schon davon?«

»Ich kenne mich«, sagte sie. »Und ich weiß genug über ihn, dass ich mich unwohl fühle.«

Sie wusste, dass Lord Gresham arrogant und überheblich war und seine Frau im Kindbett verloren hatte.

Es gab Gerüchte über die Notlage der verstorbenen Countess. Es hieß, Gresham hätte die arme Frau in einem ständigen Zustand der Schwangerschaft gehalten, weil er unbedingt einen Erben wollte, selbst wenn sie dabei sterben würde.

Und genau das war geschehen.

Deshalb war Gresham in London auf der Suche nach einer neuen Gemahlin. Einer *jungen* Frau.

»Blödsinn«, sagte ihr Vater. »Diese Dinge sind Männersache. Ich entscheide, wer zu dir passt. Und ich sage, Gresham wird gut passen. Er hat ein Haus am Grosvenor Square. Ganz in der Nähe von hier.«

Julia schüttelte protestierend den Kopf. Man hatte sie in einen weiteren Käfig gesteckt. In einen noch kleineren als den, in dem sie sich jetzt befand. Einmal verheiratet, würde es kein Entrinnen mehr geben, nicht bevor Lord Gresham gestorben war.

Oder sie selbst.

»Du verstehst nicht«, beharrte sie. »Ich könnte mich nie dazu durchringen …«

»Wenn du irgendwelche mädchenhaften Befürchtungen hast, wird deine arme liebe Mama sie zerstreuen. Ich habe ihr befohlen, noch heute aus Bath zurückzukehren.«

Ihre Mutter würde nach Hause kommen?

Diese Aussicht trug nicht dazu bei, Julias Befürchtungen zu zerstreuen.

Ihre Mutter konnte in ihrer Gebrechlichkeit genauso tyrannisch sein wie ihr Vater. Beide waren überzeugt, dass Kinder ihren Eltern absoluten Gehorsam schuldeten. Dass der einzige Zweck einer Tochter darin bestand, ihren Eltern zu dienen. Aber im Gegensatz zu ihrem Vater, der Julia in dem Moment wegschickte, in dem sie ihm zu streitsüchtig wurde, schreckte ihre Mutter nicht davor zurück, ihre Befehle mit einem harten Kniff in die Wange oder einer Ohrfeige durchzusetzen.

»Morgen früh ist sie wieder zu Hause«, sagte er. »Dann kannst du mit ihr über das Thema sprechen.«

»Was ist mit heute Abend?«, fragte Julia. »Ich möchte nicht mit Lord Gresham auf den Ball gehen. Ich würde lieber mit Mrs Major hingehen. Entweder so oder gar nicht.«

»Es reicht.«

»Eigentlich würde ich es sogar vorziehen, zu Hause zu bleiben.«

»*Schluss jetzt.* Ich bin zu krank, um mir dein Gekreische anzuhören. Mein Herz tut mir weh, und mein Kopf dröhnt. Wenn du wüsstest, wie sehr ich leide, würdest du mich nicht so quälen. Geh jetzt und lass mich in Ruhe.«

Julia stand mit unsicheren Beinen auf. »Auch mir tut das Herz weh, Papa«, sagte sie leise. »Wenn du mich zwingst, Lord Gresham zu heiraten, fürchte ich, dass es brechen wird.«

»Pah. Du und dein romantisches Geschwätz.« Er zog seine Hand wieder in den Schutz seines Deckenkokons zurück. »Fort mit dir, bevor du mich in ein frühes Grab schickst.«

11. KAPITEL

Während der Londoner Saison gab es viele Gastgeberinnen, die den Erfolg eines Balls daran festmachten, wie viele Gäste sie in die Enge ihres Hauses stopfen konnten, wie Sardinen in einer Büchse. Zu Julias großem Unbehagen war Lady Clavering eine von ihnen.

Im prächtigen, von Gaslampen beleuchteten Ballsaal der Claverings, dessen hohe Decke wie ein wolkenverhangener Himmel bemalt war, befanden sich weit über vierhundert Personen. Paare wirbelten harmonisch über den polierten Holzboden, Herren in unauffälliger Abendgarderobe und Damen in extravaganten Kleidern, deren mit allerhand Schleifen geschmückte Röcke über riesigen Krinolinen schwebten.

Die Musik des Orchesters dröhnte vom Podium herab, und in der Luft lag der Duft von Parfüm und Pomade. Diejenigen, die nicht tanzten, säumten sitzend und stehend die Wände. Mauerblümchen und Matronen gleichermaßen, die sich neugierig umschauten, miteinander flüsterten und sich mit ihren Fächern Luft zufächelten.

Julia hatte sich noch nie so erdrückt gefühlt. Während sie sich in Lord Greshams Armen über das Parkett bewegte und ihr Bestes gab, um eine Polka zu tanzen, fiel es ihr schwer zu atmen.

Der Earl hatte es nicht leichter. Ungeschickt führte er sie durch das Gedränge der Tänzer und trat dabei immer wieder auf die Röcke der einen oder anderen Dame.

»Verzeihung«, keuchte er. Auf seiner Stirn standen Schweißperlen. »Ziemlich eng, nicht wahr?«

»Es ist völlig überfüllt«, sagte Julia. »Wir müssen nicht zu Ende tanzen.«

»Unsinn.« Mit neuem Elan zerrte er sie durch den Raum. »Ich bin so fit wie ein Mann, der halb so alt ist wie ich.«

Julia biss die Zähne zusammen. Das war ihr zweiter Tanz an diesem Abend. Noch einer, und sie konnten der Welt auch gleich ihre Verlobung verkünden. Dies würde dem Earl offensichtlich nicht ungelegen kommen.

Er hatte bereits gut gelaunt in seiner Kutsche gesessen, als er sie abgeholt hatte. Dann hatte er sich an ihre Hand geklammert und während der gesamten Fahrt vom Belgrave Square auf ihr Dekolleté eingeredet.

Die ihnen gegenübersitzende Mrs Major hatte nur selbstgefällig gelächelt, so zufrieden mit ihrem Erfolg, eine vorteilhafte Partie arrangiert zu haben, dass sie sowohl das Verhalten des Earls als auch seinen alkoholisierten Zustand geflissentlich ignoriert hatte.

Ein Zustand, der im Laufe des Abends nur noch schlimmer geworden war.

Von der Hitze des Ballsaals ausgedörrt, hatte sich Lord Gresham einem nicht enden wollenden Nachschub an Punsch gewidmet, der von Lakaien auf silbernen Tabletts durch den Saal getragen wurde.

Er war nicht betrunken. Noch nicht. Aber seine Wangen waren gerötet, und er hielt Julia mit plumper Kraft fest umklammert. Sie konnte sich nicht von ihm losreißen.

Je mehr sie zappelte, desto fester hielt er sie.

Eine düstere Vorahnung darauf, wie ihr gemeinsames Leben aussehen würde.

Julia hatte es noch nicht akzeptiert, aber sie erkannte die

Zeichen. Die Schlinge, die sich um ihren Hals gelegt hatte, würde sich bald zuziehen. Oder vielleicht hatte sie es längst getan, und Julia begann erst jetzt, das ganze Ausmaß ihrer Gefangenschaft zu erkennen. Sie sah keine Möglichkeit zur Flucht. Nicht einmal Captain Blunt gab ihr noch irgendeine Hoffnung. Zum einen war da seine Vergangenheit, mit der sie sich auseinandersetzen musste. Und zum anderen war er nicht einmal anwesend. Zumindest schien es so.

Was nicht unbedingt heißen musste, dass er nicht zum Ball gekommen war.

Die schiere Dichte der Menschenmenge machte es unmöglich, irgendjemanden ausfindig zu machen. Unablässig strömten die Gäste von einem Raum zum nächsten, verstopften die Flure und ergossen sich dann in den Salon, das Kartenzimmer oder auf die Terrasse.

Julia wünschte, sie hätte genauso viel Freiheit. Wenn sie sie hätte, würde sie auf der Stelle in den Garten flüchten. In die Dunkelheit und die frische Abendluft. Sie würde erst stehen bleiben, wenn sie allein wäre. Bis Lord Gresham und Mrs Major und all die anderen zu weit weg waren, um sie zu fangen.

»Miss Wychwood?«, erkundigte sich Lord Gresham lautstark.

Sie blinzelte, um ihre Aufmerksamkeit wieder auf den Earl zu richten. »Bitte verzeihen Sie. Was haben Sie gesagt?«

»Ich sagte, Sie müssen mir den Walzer reservieren.«

Julia schreckte bei dieser Aussicht zurück.

Zum Glück war die Musik zu Ende, bevor sie etwas erwidern musste. Seine Lordschaft ließ sie los und verbeugte sich. Es war nur eine kurze Atempause. Nur ein flüchtiger Moment der Freiheit, bevor er wieder ihren Arm ergriff und sie vom Parkett führte.

»Es ist der letzte Tanz, bevor das Essen serviert wird«, sagte er. »Wir sitzen natürlich zusammen.«

»Oh nein. Ich kann weder ans Tanzen noch ans Essen denken. Nicht, bevor ich nicht ein wenig Luft geschnappt habe.« Sie versuchte, ihm ihren Arm zu entziehen, es war ein vergebliches Unterfangen. »Wenn Sie mich bitte entschuldigen würden.«

»Keinesfalls.« Er verstärkte seinen Griff. »Wenn Sie darauf bestehen, in den Garten zu gehen, werde ich Sie natürlich begleiten – und das mit Vergnügen.« Er schob sie in Richtung der Terrassentür. »Ich habe Ihnen ein oder zwei Worte unter vier Augen zu sagen.«

Jasper begleitete Miss Throckmorton zu einem Platz am Rande des Ballsaals.

Die Polka zu tanzen hatte ihre Gesichtszüge belebt. Sie sah mit ihren geröteten Wangen sehr hübsch aus. An ihr war ganz und gar nichts zu beanstanden. Jeder Gentleman würde sich geehrt fühlen, mit ihr zu tanzen. Ihr Erfrischungen zu bringen oder sie zum Essen zu begleiten.

Zum gefühlt hundertsten Mal rief er sich diese Tatsache ins Gedächtnis.

»Wie ernst Sie aussehen«, bemerkte Miss Throckmorton, als sie sich setzte. »Tanzen Sie nicht gern?«

»Gern genug, um Lady Claverings Einladung anzunehmen«, sagte er.

Welche andere Wahl blieb ihm denn?

Sein Besuch bei Sir Eustace hatte ihm einen vernichtenden Schlag versetzt. Beim Verlassen des Hauses am Belgrave Square hatte Jasper das Gefühl gehabt, einer Patrouille feindlicher Soldaten gegenübergestanden zu haben. Nur hatte er dieses Mal nicht gesiegt. Diesmal hatte der Feind ihm einen gründlichen und gnadenlosen Tritt verpasst.

Er war auf die Straße getreten und hatte kaum registriert, dass ein Lakai ihm etwas hinterherrief, als er aufgewühlt in Richtung Half Moon Street davongeeilt war. Er war bereits auf halbem Weg zum Piccadilly gewesen, als ihm aufgefallen war, dass er seine Handschuhe vergessen hatte.

Das war noch das geringste seiner Probleme gewesen.

In Ridgeways Haus zurückgekehrt, hatte Jasper sich in sein Zimmer zurückgezogen, so grüblerisch und mürrisch wie ein abgewiesener Liebhaber, bis er sich – durch bloße Willenskraft – zusammengerissen und wieder seiner Aufgabe gestellt hatte.

Er war nach London gekommen, um eine Erbin zu finden. Nicht um sein eigenes Glück zu finden. Sondern um der Kinder willen. Und für das Anwesen. Er hatte in dieser Angelegenheit keine Wahl.

Wenn Julia Wychwood für ihn unerreichbar war, mussten eben Miss Throckmorton und ihr Vermögen herhalten.

Doch das hatte ihn nicht davon abgehalten, die Menge nach Miss Wychwood abzusuchen.

Während der Polka hatte er einen Blick auf sie erhascht. Sie hatte mit dem Earl of Gresham getanzt. Ihr Gesichtsausdruck war verschlossen gewesen, als hätte sie sich in sich selbst zurückgezogen. An einen geheimen Ort mit Büchern und Pferden und endlosen Weiten grüner Landschaften. Irgendwo weit weg von dem überwältigenden Gedränge in London.

Das geht dich nichts mehr an.

Er durfte sich nicht einmischen. Jasper straffte die Schultern und konzentrierte sich wieder auf die Dame, die vor ihm saß.

»Aber amüsieren tun Sie sich nicht«, stellte Miss Throckmorton fest. »Das sieht man deutlich.«

»Ich trage meine Gefühle selten zur Schau, Ma'am«, erwiderte er.

»In der Tat. Das ist Teil Ihres Charmes. Dennoch … man fragt sich, warum Sie gekommen sind.« Sie öffnete ihren bemalten Fächer und wedelte ihn nachdenklich vor ihrem Gesicht. »Sicherlich nicht meinetwegen.«

Er konnte ihr nicht antworten. Nicht wahrheitsgemäß. Stattdessen zwang er sich zu einem Lächeln, wobei er sich sicher war, dass es eher wie eine schmerzhafte Grimasse aussehen musste. »Darf ich Ihnen ein Glas Punsch bringen?«

Miss Throckmortons Lächeln ließ nach. »Danke, gern. Ich bin völlig ausgetrocknet.«

Er verabschiedete sich von ihr. In der Nähe der Terrassentür hielt sich ein Lakai mit einem Tablett Punschgläser auf. Jasper machte sich auf den Weg zu ihm und konnte nicht umhin, sich auf der Suche nach Miss Wychwood noch einmal in der Menge umzusehen.

Wie immer war seine Größe ein Vorteil. Er entdeckte sie fast auf Anhieb.

Sie trug ein stahlblaues Kleid, das ihre cremefarbenen Schultern freiließ, und wurde soeben von Lord Gresham durch eine der Terrassentüren aus dem Saal geführt. Sie warf einen leicht verzweifelten Blick zurück in den Ballsaal. Gresham zerrte sie gnadenlos mit sich hinaus, offensichtlich gegen ihren Willen.

Jede Faser in Jaspers Körper schlug Alarm.

Meine Güte. Was hatte Gresham vor?

Er begann ihnen zu folgen und vergaß dabei alle Gedanken an Miss Throckmorton und ihr Glas Punsch.

Ein hochgewachsener Herr in tadellos geschnittener Abendgarderobe versperrte ihm plötzlich den Weg. »Blunt. Ich dachte doch, dass Sie es sind.«

Jasper warf dem Mann einen verwirrten Blick zu. Es war Felix Hartford, der Enkel des Earl of March, ein wohlhabendes Mitglied der vornehmen Gesellschaft und einer von Jaspers wenigen Bekannten in der Stadt.

Wobei *Bekanntschaft* vielleicht übertrieben war.

Jasper war mit ihm noch weniger vertraut als mit Ridgeway. »Hartford. Ich wusste gar nicht, dass Sie hier sind.«

»Das wundert mich nicht. Es ist unmöglich, in diesem Gedränge jemanden zu finden.«

»Stimmt.« Jasper blickte an ihm vorbei zu den Terrassentüren. »Entschuldigen Sie mich. Ich muss mich um etwas kümmern.«

Hartford folgte seinem Blick. »Ein Stelldichein?« Er grinste. »Da bin ich aber überrascht.«

Jasper warf dem Mann einen bösen Blick zu. »Es ist kein Stelldichein. Wenn Sie es unbedingt wissen müssen, Gresham hat Miss Wychwood nach draußen gebracht. Sie schien von der Idee nicht gerade begeistert zu sein.«

Hartfords Augenbrauen zogen sich missbilligend zusammen. Es war allgemein bekannt, dass er ein besonderes Interesse an Lady Anne hatte. In welchem Ausmaß, wusste Jasper nicht. Die gesamte Beziehung der beiden schien aus langen Blicken und spitzen Bemerkungen zu bestehen. Als wären die beiden in eine Art privaten Kleinkrieg verwickelt.

Man könnte fast glauben, dass sie Feinde waren, wäre da nicht die Tatsache, dass Hartford Lady Anne bei jeder sich bietenden Gelegenheit einen Dienst erwies.

Und Miss Wychwood war Lady Annes Busenfreundin.

»Ist das so?« Hartford schob sich an Jasper vorbei. »Nun, Blunt? Worauf warten wir noch?«

Der weitläufige Garten der Claverings war für die Sünde angelegt worden. Strategisch platzierte Fackeln beleuchteten die geschwungenen Pfade, ließen aber auch viele schattige Ecken und Winkel, die sich perfekt für mitternächtliche Schäferstündchen eigneten. Gedämpftes Lachen und das Rascheln von Stoff begleiteten das Plätschern des Wassers, das aus einem großen Marmorbrunnen in einer abgeschiedenen Lichtung floss, die von Statuen und gepflegten Buchsbaumhecken umgeben war.

Lord Gresham führte Julia zu einer der geschwungenen Marmorbänke am Fuß des Brunnens und drängte sie, sich zu setzen.

Julia blieb standhaft. Sie hatte genug davon, herumgeschubst und herumgezerrt zu werden. »Ich wünschte, Sie würden aufhören, mich zu bedrängen.«

»Jetzt ist nicht die Zeit für falsche Scham, Mädchen. Setzen Sie sich, damit ich mit Ihnen reden kann. Kommen Sie. Ich setze mich neben Sie …«

Sie versuchte, sich aus seinem Griff zu befreien. »Bitte lassen Sie mich los. Ich meine es ernst, Sir.«

»Miss Wychwood, Sie zwingen mich, so unverblümt zu sein.« Er fasste sie an beiden Armen. »Ich brauche eine Ehefrau, die mir einen Erben schenkt. Und Ihr Vater hat mir versichert, dass Sie diejenige sind, die diese Rolle ausfüllen kann.«

»Das bin ich nicht, das versichere ich Ihnen.«

»Das werde ich selbst beurteilen.« Sie spürte seinen nach Alkohol stinkenden Atem unangenehm warm auf ihrem Gesicht. »Sie müssen wissen, dass ich Sie unbeschreiblich hinreißend finde. Ich mag nicht mehr so jung sein, wie ich einmal war, aber seien Sie versichert, dass ich keine Schwierigkeiten haben werde, meine ehelichen Pflichten …«

»Lord Gresham, *also wirklich.*« Julia drückte sich gegen ihn und war entsetzt über die Dinge, die er zum Ausdruck brachte. Sie waren keine Überraschung. Aber sie zu hören – und zu wissen, wie kurz davor sie stand, sich seinem Verlangen beugen zu müssen – ließ ihren Magen protestieren. »Sie gehen zu weit.«

Der Earl hörte ihr gar nicht mehr zu. »Meine Liebste …« Er versuchte sie zu küssen. »Sie zwingen mich dazu, energisch zu werden.«

»Gleichfalls.« Der kleine Absatz ihres Seidenpantoffels landete mit einem befriedigenden Knirschen auf seinem Fuß.

»Argh!« Lord Gresham ließ sie los. Stöhnend hüpfte er auf einem Bein über die Lichtung. »Verdammt und zugenäht!«

»Das haben Sie sich selbst zuzuschreiben, Sir«, sagte sie steif. Sie wich vor ihm zurück und schaute sich auf der dunklen Lichtung nach dem besten Fluchtweg um. »Ich habe Sie mehrfach darum gebeten, mich gehen zu lassen.«

»Miss Wychwood!« Captain Blunt tauchte aus dem Gebüsch auf.

Seine schwarz-weiße Abendgarderobe, so unaufdringlich und zivilisiert, stand in krassem Gegensatz zu dem gefährlichen Funkeln in seinen eisgrauen Augen. »Geht es Ihnen gut?«

Ihr ohnehin schon rasender Puls beschleunigte sich zu einem Galopp. »Captain Blunt. Was machen *Sie* denn hier?«

Kurz nach dem Captain trat auch Felix Hartford aus dem Buschwerk.

Julia wich einen weiteren Schritt zurück.

Sie kannte Mr Hartford schon fast ihr ganzes Leben lang, aber ihre Beziehung war keineswegs freundschaftlicher Natur. Er hatte sich immer mehr für Anne als für sie interessiert – ein Interesse, das sich in rasiermesserscharfen Bemerkungen äußerte, die Annes Temperament immer wieder zum Kochen brachten.

Als Julia ihn jetzt sah, war sie sich nicht sicher, ob er gekommen war, um ihr zu helfen. Nicht bevor er sich jetzt Lord Gresham in den Weg stellte.

»Was hat das zu bedeuten, Sir?«, schimpfte der Earl.

»Das Gleiche könnte ich fragen.« Mr Hartford packte den älteren Mann an der Jacke. »Eine wehrlose junge Dame verschleppen? Und das in Ihrem zweifelhaften Zustand?«

Lord Gresham riss sich von ihm los. »Sie haben wirklich Nerven, Hartford. An meinem Zustand gibt es nichts auszusetzen.«

»Sie riechen wie eine Schnapsbrennerei.«

Seine Lordschaft nahm die Farbe einer reifen Tomate an. »Ich mag durch den Punsch ein wenig den Kopf verloren haben, aber …«

Captain Blunt ging auf den Earl zu, und sein Gesichtsausdruck hatte etwas Brutales an sich.

In diesem Moment konnte Julia sich ihn leicht als Hades, den Gott der Unterwelt, vorstellen.

Oder als gnadenlosen Soldaten, grausam und unbarmherzig bis ins Mark.

Sie erschauerte.

Captain Blunt bemerkte es. Sein Gesicht verdunkelte sich wie eine Gewitterwolke. »Wenn Sie ihr wehgetan haben …«

»*Ich?* Ihr *wehtun?*« Lord Gresham war entrüstet. »Sie sind es, der ihr Angst macht, Blunt, nicht ich. Miss Wychwood und ich haben eine Abmachung. Der Vater des Mädchens …«

»Ihr Vater soll verdammt sein«, sagte Captain Blunt. »Sie haben kein Recht …«

»Ganz im Gegenteil. Ich habe jedes Recht.« Lord Gresham warf Julia einen gekränkten Blick zu. »Sagen Sie es ihm, Miss Wychwood.«

Julia sah Captain Blunt an. »Es war ein Missverständnis«,

sagte sie. »Das ist alles. Ich möchte lieber keine Szene machen.«

»Ganz recht.« Mr Hartford ergriff Lord Greshams Arm. »Ich begleite Sie zu einer Kutsche. Sie können sich morgen bei Lady Clavering entschuldigen.«

Der Earl rührte sich nicht. »Was ist mit Miss Wychwood?«

Mr Hartford blickte zu Julia. »Soll ich Ihre Anstandsdame holen?«

»Oh nein.« Sie wich zurück, bis sie spürte, wie die Bank gegen den Rücken ihrer Röcke drückte. »Bitte rufen Sie nicht Mrs Major. Das würde die Situation nur verschlimmern. Ich komme hier schon zurecht. Ich brauche nur einen Moment, um mich zu sammeln.«

»Ich werde bei ihr bleiben«, sagte Captain Blunt.

Julia sah ihn überrascht an. Ihr Herz setzte einen Schlag aus.

Mr Hartford nickte. »Sehr gut, aber bleiben Sie nicht zu lange. Die Leute werden reden.« Damit führte er Lord Gresham von der Lichtung und ließ Julia und Captain Blunt allein im Mondlicht zurück.

Völlig allein.

Nur das Knistern der Fackeln und das Plätschern des Brunnens durchbrach die Stille zwischen ihnen.

Julia ließ sich auf die Marmorbank sinken. Tief atmete sie die kühle Nachtluft ein und wünschte sich, dass sich ihr rasender Herzschlag wieder beruhigen würde.

Captain Blunt blieb am Rande der Lichtung stehen. Eine große, bedrohliche Bestie, die sie genauso finster anblickte, wie sie es mit Lord Gresham getan hatte.

Aber nein.

In seinem Blick lag nun etwas anderes. Etwas ebenso Beunruhigendes.

»Sie haben mir nicht geantwortet«, sagte er.

Sie presste eine Hand auf ihre fest geschnürte Taille. »Wie bitte?«

»Geht es Ihnen gut?«, fragte er erneut.

»Ich … ja, aber … ich kriege keine Luft mehr.«

Er kam näher. »Kann ich etwas für Sie tun?«

»Nein. Alles in Ordnung«, sagte sie. »Geben … geben Sie mir nur eine Minute.«

Er begann, vor ihr auf und ab zu gehen, während sie ihre Gedanken sammelte. Seine große Gestalt war sichtlich angespannt.

Sie musterte ihn verstohlen und spürte dieselbe beunruhigende Anziehungskraft, die sie schon bei ihren anderen Begegnungen empfunden hatte. Wie seltsam. Er war kein klassisch gut aussehender Mann. Sein Antlitz war zu düster. Seine Züge zu rau und hart. Es gab überhaupt keine Weichheit oder Sanftheit in seinem Gesicht.

Nirgends, außer vielleicht in der Form seines Mundes.

Seine Lippen wölbten sich mit einer vagen Sinnlichkeit. Die leiseste Andeutung von Zärtlichkeit, die durch den Verlauf seiner Narbe für immer getrübt wurde.

Zuvor hatte sie Angst vor ihm gehabt. Doch nun …

Nun fragte sie sich, wie es wohl wäre, ihn zu küssen.

Ein skandalöser Gedanke. Sie gab Lord Gresham die Schuld dafür. Hätte er nicht versucht, sich ihr aufzudrängen, würde sie jetzt gar nicht über Küsse nachdenken.

»Ich bin dankbar, dass Sie und Mr Hartford rechtzeitig gekommen sind«, sagte sie, als sie sich wieder einigermaßen gefangen hatte.

Captain Blunt warf ihr einen finsteren Blick zu. Offenbar hatte sie etwas Falsches gesagt. »Ich wünschte, ich wäre früher gekommen.«

»Ich bin froh, dass Sie überhaupt gekommen sind«, sagte sie aufrichtig.

Er runzelte die Stirn. »Wie sind Sie bloß auf die Idee verfallen, mit ihm in den Garten zu gehen?«

»Ich konnte mich kaum weigern. Nicht, wenn er mich so fest umklammert und mit sich zieht. Er ist größer als ich, falls Sie es noch nicht bemerkt hast. Und er ist ein Earl.«

»Sind Sie sicher, dass er Ihnen nicht wehgetan hat?«

»Nein. Er hat mich nur ein wenig erschreckt. Jetzt geht es mir wieder gut.«

»Bis zu Ihrer nächsten Begegnung mit ihm.« Captain Blunts Kiefermuskel zuckte. »Wird es eine weitere geben?«

Die Vorstellung ließ Julia erschauern. Sie hatte nicht den geringsten Wunsch, Lord Gresham je wiederzusehen. Aber unter den gegebenen Umständen zählten ihre eigenen Wünsche nur wenig. Nicht, wenn sie im kompletten Gegensatz zum unnachgiebigen Willen ihrer Eltern standen.

Du liebe Güte. Mama würde morgen früh nach Hause kommen. Und wer wusste schon, was dann passieren würde? Julia hoffte, dass Annes Rückkehr am nächsten Tag ihre Ängste etwas lindern würde. Aber selbst Anne – ihre liebste Freundin auf der ganzen Welt – hatte unmissverständlich erklärt, dass Julias beste Chance, dem Belgrave Square zu entkommen, in einer Heirat bestand. Tatsache war, dass Anne trotz all ihrer glühenden Ansichten in vielerlei Hinsicht ebenso sehr eine Gefangene ihrer Familie war wie Julia.

Eine entmutigende Wahrheit.

»Ich weiß es nicht«, sagte sie.

»Sie sollten sich weigern, ihn wiederzusehen«, riet Captain Blunt.

»Sie glauben, ich hätte eine Wahl?«

»*Jeder* hat eine Wahl.«

»Gesprochen wie ein Mann«, sagte Julia leise. Mit unruhigen Händen ordnete sie die voluminösen Röcke ihres Ballkleides. »Wenn Sie sich mit Damen meines Ranges auskennen würden, wüssten Sie, dass unsere eigenen Vorlieben keine Rolle spielen. Nicht, wenn es um die Ehe geht.«

Captain Blunt antwortete nicht. Er ging nur weiter auf und ab und murmelte dabei etwas vor sich hin. »Ich wusste, dass er so etwas versuchen würde. Von dem Moment an, als ich ihn mit Ihnen gesehen habe …«

Sie sah ihn überrascht an. »Sie haben uns heute Abend zusammen gesehen?«

»Heute Abend. Und bei Lady Cliffords Hauskonzert. Und dann noch einmal bei Lady Hollands Abendgesellschaft. Ich wusste, dass er der Typ Mann ist, der …«

»Ich war mir nicht bewusst, dass …«

»Natürlich nicht«, sagte er barsch. »Ihre Meinung über ihn muss sich nach der Ihres Vaters richten. Und wenn Ihr Vater ihn gutheißt …«

Julia warf Captain Blunt einen wachsamen Blick zu. »Was wissen Sie darüber?«

»Ich weiß, dass Sie etwas Besseres verdient haben.« Er hielt inne und fügte hinzu: »Und ich weiß, dass Gresham eine Tracht Prügel verdient.«

Sie lächelte unwillkürlich. »Er kann keinen Zweifel an Ihrer Meinung über ihn haben. Ich habe Sie noch nie so grimmig gesehen wie bei Ihrem Auftauchen auf dieser Lichtung.«

Er lachte freudlos auf. »Dann können Sie sich glücklich schätzen.«

»Ich hätte nicht gedacht, dass Sie *so* aussehen können. Als würden Sie einen Mann in Stücke reißen wollen.«

»Ich war Soldat, Miss Wychwood. Einer, der nicht für sein angenehmes Gemüt bekannt war.«

Ihr Gesichtsausdruck wurde ernster. »Ja. Das habe ich gehört.« Sie ließ die Hände sinken, ihre Finger krümmten sich um die Kante der Marmorbank. »Erst heute Morgen, als ich den Park verließ, erzählte mir jemand die schrecklichsten Geschichten über Ihre Zeit auf der Krim.«

Er blieb stehen und drehte sich zu ihr um. Sein Blick blieb an ihrem haften, aber er sagte nichts. Gab nichts zu.

Ein Schauer des Unbehagens ließ Julia zögern. Sie erwog, das Thema fallen zu lassen. Welchen Unterschied machte es schließlich? Sie beide würden ohnehin nicht heiraten. Aber sie wollte es wissen. Sie *musste* es wissen.

»Ich frage mich, wie viele dieser Geschichten wahr sind«, sagte sie.

Captain Blunt schien seltsam ungerührt. »Sehr wahrscheinlich alle.«

Sie starrte ihn an. »Aber … Sie wissen doch gar nicht, was diese Person gesagt hat, oder wie schrecklich es gewesen sein könnte.«

»Das muss ich nicht wissen. Wenn die Taten, die Sie beschrieben haben, brutal, grausam und völlig unmenschlich waren, habe ich sie wahrscheinlich irgendwann begangen.« Sein vernarbter Mund verzog sich zu einem grausamen Lächeln. »Ich habe es Ihnen gesagt, Miss Wychwood. Ich war kein sehr netter Mann.«

12. KAPITEL

Die feinen Härchen in Julias Nacken richteten sich auf. Sie hatte nicht erwartet, dass Captain Blunt das Verhalten zugeben würde, das Lady Heatherton ihm vorgeworfen hatte.

Vielleicht hatte er den Kern der Anschuldigungen nicht ganz verstanden?

»Sie können diese Dinge nicht getan haben«, sagte sie.

Seine schwarzen Brauen hoben sich ein wenig. »Haben Sie mir nicht zugehört, Miss Wychwood? Ich leugne nichts.«

»Aber Sie wissen nicht, dass …«

»Was hat Ihnen diese Person erzählt? Dass ich ein Ungeheuer bin? Ich gebe es zu. Freiwillig.« Ein Hauch von Verbitterung färbte die Stimme des Captains. »Sie wünschen doch sicher keine Einzelheiten.«

Julia runzelte die Stirn. Sie wusste nicht, welche Antwort sie von ihm erwartet hatte, aber es war nicht dieses vernichtende Schuldbekenntnis. Es war zu offen. Zu schamlos.

Irgendetwas daran war nicht richtig.

Es war dieser Hauch von Verbitterung. Das, und noch etwas anderes. Ein seltsames Funkeln eiserner Entschlossenheit in seinen Augen, als wäre er ein Mann, der bereitwillig – fast resolut – ein Verbrechen gesteht, das er nicht begangen hat.

»Ah. Das tun Sie doch, wie ich sehe«, sagte er. »Wo soll ich anfangen? Damit, dass ich Gefangene, die zu fliehen versuchten, hinzurichten pflegte? Oder wie ich mit Feigheit und Ungehorsam in unseren eigenen Reihen umgegangen bin?«

Er blieb vor ihr stehen. Seine Haltung wirkte streitlustig.

Sie wich vor ihm zurück und klammerte sich an der Bank fest.

»Es gab Auspeitschungen. Brandmarkungen. Andere Bestrafungen – ebenso kreativ wie grausam. Natürlich habe ich darauf bestanden, die Strafen selbst auszuführen.« Er kam noch näher, seine Beine streiften ihre Röcke. »Die Deserteure habe ich manchmal erschossen, je nach meiner Stimmung. Und bei kleineren Vergehen …«

»Sie brauchen es mir nicht zu sagen«, brachte sie schließlich hervor. »Ich will es nicht wissen.«

»Ach nein? Verzeihen Sie mir. Ich hatte den Eindruck, Sie wären neugierig.«

»Nein. Das heißt, das bin ich, aber nur, weil … weil ich nicht glauben kann …« Julia hatte Mühe, das Schlimmste auszusprechen. Die Anschuldigung, dass er seine Männer nicht nur übermäßig hart bestraft hatte, sondern auch ungerecht gehandelt hatte. Unchristlich. »Ist es wahr, dass Sie einen Soldaten fast zu Tode geprügelt haben, weil er einem sterbenden Gefangenen Brot gab?«

Captain Blunt wurde so still wie eine der Statuen im Garten der Claverings. Ein seltsamer Ausdruck blitzte in seinem Gesicht auf. »Wer hat Ihnen das gesagt?«

Julia sah keinen Grund, ihm etwas vorzumachen. »Viscountess Heatherton. Sie behauptet, ihr Mann habe während des Krieges Frontberichte gelesen.«

»Hat er das.« Captain Blunt sah sie durchdringend an. »Was hat Ihre Ladyschaft noch über diesen unglückseligen barmherzigen Samariter erzählt? Hat sie Ihnen seinen Namen genannt?«

Julias Herz klopfte wie verrückt. »Nein. Nichts dergleichen. Sie sagte nur, er sei der in Bücher vernarrte Sohn eines Landpfarrers gewesen.«

»In Bücher vernarrt.« Captain Blunt schnaubte. »Ja, ich nehme an, das war er.«

»*War?*« Ihre Stimme sank zu einem besorgten Flüstern. »Sie haben ihn nicht umgebracht, oder?«

»Nein, ich habe ihn nicht umgebracht. Aber er ist trotzdem tot. Schade. Sie hätten ihn gemocht.«

»Warum sagen Sie das?«

»Er war ein Träumer. Er liebte Romane – er las und schrieb sie.« Captain Blunts Gesichtsausdruck wurde nachdenklich. »Und er war ein tapferer Bursche. Edelmütig, könnte man sagen. Trotzdem war er nicht für den Soldatenberuf geschaffen.«

»Wie ist er gestorben?«

»In demselben Gefecht, bei dem auch der Rest meiner Männer ums Leben kam. Er wurde von einem Scharfschützen ins Gesicht geschossen.«

Julia musste sich anstrengen, um nicht zusammenzuzucken.

Captain Blunt verzog sein Gesicht. »Verzeihen Sie mir. Das hätte ich nicht sagen sollen.«

»Dieser arme Mann. Das klingt furchtbar.«

»Das war es auch. Alles davon. Ich wünschte, ich könnte es vergessen.«

Sie war sich nicht sicher, aber sie glaubte, in den Worten des Captains einen Hauch von Reue zu erkennen. »Tut es Ihnen leid?«

»Dass er tot ist?«

»Das oder … irgendetwas davon?«

Er ließ sich neben ihr auf die Bank sinken, so nah, wie er es im Vorzimmer während Lady Cliffords Hauskonzert gewesen war. »Jeden Tag, jede Stunde, tut es mir mehr leid, als ich es ausdrücken kann.«

Julia merkte, dass sie den Atem angehalten hatte. »Sie bereuen Ihr Verhalten? Das ist wohl ein Anfang, nehme ich an.«

»Meine Reue ist nichts Neues, Miss Wychwood. Ich hatte viele Jahre Zeit, mich mit meiner Vergangenheit zu arrangieren. Sechs lange Jahre, seit ich nach England zurückgekehrt bin.«

Er sah sie im Fackelschein ernst an. »Ich möchte Ihnen sagen – und Sie müssen mir glauben –, dass ich als völlig anderer Mensch von der Krim zurückgekommen bin. Seitdem tue ich alles, um das Unrecht der Vergangenheit wiedergutzumachen.«

Sie blickte zu ihm auf, und in ihren Adern regte sich die Wärme des Mitgefühls. »Der Krieg hat Sie verändert?«

»Völlig.« Sein Gesicht lag im Halbschatten der flackernden Flammen, so dass er wie ein Mann aussah, der zwischen den Mächten des Lichts und der Dunkelheit gefangen war. »Glauben Sie, dass sich Menschen ändern können?«

»Das tue ich«, sagte sie. »Ich … ich möchte es.«

»Dann glauben Sie es. Ich bin nicht mehr der Mann, der ich damals war. Dieser Mensch – der Soldat, über den Sie diese Geschichten gehört haben – ist tot.«

»Und an seiner Stelle?«

»Jemand anderes. Jemand, der sich sehr bemüht, unter extrem schwierigen Umständen das Richtige zu tun.«

Julias Mitgefühl für ihn wuchs. Sie begann zu verstehen.

Das war der Grund, warum er sich für die Erziehung seiner unehelichen Kinder einsetzte. Dafür, ihr Zuhause zu reparieren und ihr Geburtsrecht wiederherzustellen. Er war kein Schurke, der die Gesellschaft damit verspotten wollte. Sondern ein gänzlich veränderter Mann voller Reue, der versuchte, Wiedergutmachung zu leisten.

»Brauchen Sie deshalb eine geeignete Dame an Ihrer Seite?«, fragte sie.

»Ja«, sagte er. »Genau deshalb.«

Der Brunnen hinter ihnen plätscherte leise.

Und Julia wusste – sie *wusste* es einfach –, dass diese Dame nicht sie war. Nicht, weil sie es ihm gesagt hatte, sondern weil er es selbst herausgefunden hatte. Deshalb war er im Ballsaal nicht zu ihr gekommen. Warum er nicht aufgetaucht war, um einen Tanz mit ihr zu fordern, oder ihr angeboten hatte, ihr ein Glas Punsch zu bringen.

Er hatte zugegeben, dass er sie gesehen hatte. Wenn er ihre Gesellschaft gewollt hätte, wäre er zu ihr gekommen. Nichts hätte ihn davon abhalten können. Aber er hatte es nicht getan. Erst als er sich verpflichtet gefühlt hatte, sie vor Lord Gresham zu retten.

Diese Erkenntnis hätte eigentlich ausreichen müssen, aber ein kleiner verletzlicher Teil von ihr wollte es unbedingt bestätigt haben.

»Wie lange sind Sie schon hier?«, fragte sie. »Auf dem Ball, meine ich.«

»Seit halb elf.«

»Ich habe Sie nicht gesehen. Waren Sie im Kartenzimmer?«

Er sah sie an. In seinem Blick lag etwas Unerklärliches. »Ich war bei Miss Throckmorton.«

Julia hatte es bereits geahnt. Und sie hatte ihm in der Tat nichts vorzuwerfen. Sie hatte ihm deutlich zu verstehen gegeben, dass sie nicht zusammenpassten. Hatte ihn gebeten, sie nicht weiter zu verfolgen. Dennoch …

Sein Geständnis traf sie wie ein Schlag.

Erst gestern Abend hatte sie ihm gestanden, dass sie ihn besser kennenlernen wolle. Und er hatte ihr versprochen, dass sie das tun würde.

Was hatte seine Meinung geändert?

War es etwas, das sie heute Morgen während ihres Ausritts gesagt hatte? Eine törichte Bemerkung oder eine unbeholfene Geste?

Oder war es nur die Tatsache, dass Miss Throckmortons Mitgift höher war als ihre eigene?

Julia wusste nicht genau, wie viel die wohlhabende Toffee-Erbin wert war, aber es musste eine beträchtliche Summe sein, um Captain Blunt zu verführen. Er hatte keinen Hehl daraus gemacht, dass Geld sein Hauptanliegen war.

»Das dachte ich mir schon«, sagte sie und zwang sich zu einem Lächeln. In solchen Momenten blieb einer Dame nicht viel außer ihre Würde. Julia war entschlossen, daran festzuhalten. »Ich mag sie. Sie passt viel besser zu Ihnen, als ich es je könnte.«

»Miss Wychwood«, begann Captain Blunt mit tiefer Stimme. »Meine Bewunderung für Sie …«

Sie zuckte innerlich zusammen. »Bitte nicht. Sie müssen nichts sagen. Ich bin weder traurig noch enttäuscht. Ich bin glücklich, verstehen Sie? Es genügt mir zu wissen, dass wir Freunde sind und dass Sie Ihr Leben zum Besseren wenden konnten. Wie könnte ich mit diesem Wissen je traurig sein?«

»Ich hoffe, wir *sind* Freunde«, sagte er.

Ihr Lächeln schwankte. Sie wusste nicht, wie lange sie es noch aufrechterhalten konnte. »Ja. Das sind wir.« Sie erhob sich von der Bank. Der Impuls zu fliehen stieg in ihr auf. »Nochmals danke, dass Sie mir zu Hilfe gekommen sind.«

Er stand auf und sah sie stirnrunzelnd an, als wollte er noch etwas sagen. Zweifellos eine freundliche Bemerkung, um ihren verletzten Stolz zu besänftigen.

Sie wollte fliehen und sich die Demütigung ersparen. Doch das konnte sie nicht. Wie erstarrt wartete sie darauf, dass er sprach.

»Es tut mir leid wegen Gresham«, sagte er schließlich. »Und es tut mir leid, dass Sie mich so sehen mussten. Grimmig, sagten Sie. Ich …« Er brach ab, um dann unwirsch fortzufahren: »Ich will nicht, dass Sie Angst vor mir haben.«

»Ich habe keine Angst vor Ihnen. Nicht mehr.« Das hatte sie nicht. Ganz im Gegenteil. »Was ihr grimmiges Aussehen angeht … nun, das war für einen guten Zweck.«

Er blickte auf sie herab. »Den besten.«

Julias Wangen begannen zu brennen. Sie war sich ihrer Umgebung sehr bewusst. Sie standen allein auf einer mondbeschienenen Lichtung. Nicht einmal in ihren Träumen hätte sie sich eine romantischere Umgebung vorstellen können.

»Noch nie hat jemand meine Ehre verteidigt«, gestand sie.

»Nein? Als ich ankam, haben Sie sie gerade selbst hervorragend verteidigt.« Er lächelte. »Es kam mir gemein vor, den Mann niederzuschlagen, nachdem Sie ihn schon verwundet hatten.«

Sie runzelte sorgenvoll die Stirn. »Ich hoffe, ich habe ihn nicht zu sehr verletzt. Er hat nur versucht, einen Kuss zu stehlen.«

»*Nur.*« In den Augen von Captain Blunt loderten Flammen. »Sie müssen etwas gegen die Freiheiten einzuwenden gehabt haben, die er sich Ihnen gegenüber herausgenommen hat, um so zu reagieren, wie Sie es getan haben.«

»Nicht gegen die Freiheiten. Ich hatte etwas gegen den Mann einzuwenden.« Ein wenig verlegen erklärte sie: »Ein erster Kuss ist wichtig. Das ist etwas, an das sich eine Frau ihr ganzes Leben lang erinnert. Mir wäre es lieber, wenn meiner nicht mit Lord Gresham wäre.«

Captain Blunt sah sie einen scheinbar endlosen Moment lang schweigend an. Dann: »Haben Sie jemand anderen im Sinn?«

Schmetterlinge flatterten in ihrem Bauch umher, stiegen in ihre Brust auf und ließen ihr Herz vor romantischer Erwartung beben.

Einer *unvernünftigen* Erwartung.

Dachte er, was sie dachte? Aber das musste er doch, wenn er sie so ansah. Er *musste* es.

Er machte einen halben Schritt auf sie zu. Ihre Seidenröcke drängten sich um seine Beine. »Haben Sie?«, fragte er.

»Das wäre nicht angemessen«, sagte sie. »Sie gehören zu Miss Throckmorton.«

Er kam noch näher. Sein Kopf beugte sich, und seine Stimme klang rau. »Ich gehöre zu niemandem.«

Sie schluckte schwer. »Ich auch nicht. Noch nicht.«

»Nun denn.« Er strich mit den Fingerknöcheln über ihr Kinn. Die sanfte Liebkosung ließ ihren Körper vor Sehnsucht erzittern. »Wollen Sie, dass ich Ihr Erster bin?«

Sie ließ sich in seine Berührung treiben und wiegte sich ihm fast gegen ihren Willen entgegen. Die Antwort ihres Körpers war deutlich genug. *Ja. Ja!*, schien er zu singen und streckte sich mit jeder Faser nach ihm aus.

Aber es war ihr Verstand, der die Kontrolle hatte.

Zumindest im Moment noch.

Sie befeuchtete ihre Lippen. Diese unbewusste Handlung fesselte Captain Blunts ganze Aufmerksamkeit. »Ja.« Sie gestand es sowohl ihm als auch sich selbst gegenüber ein. »*Ja.* Aber Sie müssen sich nicht verpflichtet fühlen …«

Sein Mund presste sich auf ihren und verschluckte das, was von ihren Worten übrig war.

Julia stieß ein gedämpftes Stöhnen aus – eine Mischung aus Überraschung und Genuss.

Oh, Himmel.

Seine Lippen waren genauso sinnlich, wie sie es sich vorgestellt hatte. Sie schmiegten sich stark und suchend an die ihren, um ihr eine Reaktion zu entlocken.

Sie beugte sich dem verlockenden Druck.

Es war mehr als ein erster Kuss. Es war ein Eingeständnis.

Eine körperliche Bestätigung ihrer unausgesprochenen Anziehungskraft füreinander. Etwas Rohes und Ehrliches, durchdrungen von einer unterschwelligen, seelenerschütternden Leidenschaft.

Er war weder besonders sanft noch verführerisch. Im Gegenteil, sein Kuss war von einer gewissen männlichen Rücksichtslosigkeit geprägt. Es erinnerte an den Soldaten, der er gewesen war. Ein Mann, der gewohnt war, sich zu nehmen, was er wollte. Sich gegen alle Widerstände durchzusetzen. Er hätte sie leicht überwältigen können, wenn er das gewollt hätte.

Er tat es nicht.

Dennoch war sie von ihm überwältigt. Die Narbe an seiner Lippe, die Wärme seines Körpers und die Wölbung seiner behandschuhten Finger, die ihr Gesicht umschlossen, machten sie zu einer Gefangenen ihrer Gefühle.

Mit zitternden Knien hob sie ihre Hand, um sich schwach an das Revers seiner schwarzen Abendjacke zu klammern. Ihre Berührung schien ihn wieder zur Besinnung zu bringen.

Er beendete den Kuss und atmete ein, zwei Mal tief ein, als hätte er – wie sie – Schwierigkeiten, genug Luft in seine Lunge zu bekommen. »Nun?«, murmelte er und legte seine Stirn sanft an ihre. »War das ein erster Kuss, der es wert ist, sich an ihn zu erinnern?«

Julia atmete zitternd ein und nahm seinen berauschenden Duft in sich auf – Bergamotte-Rasierseife, sauberes Leinen und die Herbheit warmer Männerhaut. Ihr eigener Körper war am Glühen, ihr Gesicht errötet. *Meine Güte.* Captain Blunt hatte sie geküsst! Ihr erster Kuss.

Und ihr letzter.

Tränen schossen ihr in die Augen. Es war töricht, so emotional zu sein. Aber welche Frau wäre das nicht, wenn sie einen solchen Kuss mit einem solchen Mann geteilt hätte?

»Ich werde mich daran erinnern, solange ich lebe«, sagte sie.

»Das werde ich auch, Miss Wychwood«, erwiderte er leise. »Das werde ich auch.«

13. KAPITEL

Das Problem mit einem unvergesslichen Kuss war, dass die Erinnerung daran schon nach erstaunlich kurzer Zeit nicht mehr ausreichte. Kaum war Julia in ihr Zimmer am Belgrave Square zurückgekehrt, wurde sie von dem Gedanken überwältigt, das Erlebnis zu wiederholen.

Ihr törichtes Herz konnte nicht akzeptieren, dass es nie wieder geschehen würde.

Denn das würde es nicht.

Es durfte nicht sein.

Von nun an gehörten alle Küsse Captain Blunts allein Miss Throckmorton.

Als Julia vor ihrem Schminktisch saß, den Kopf gebeugt, damit ihr Mary die Haare bürsten konnte, bohrte sich eine überwältigende Eifersucht in ihre Seele. Sie war dieses Gefühl nicht gewöhnt.

Es lag nicht in ihrer Natur, auf jemanden eifersüchtig zu sein. Nicht auf junge Damen, die hübscher waren als sie oder die mehr erlebt hatten. Sie war stolz darauf, eine gute Freundin zu sein. Sie freute sich aufrichtig für diejenigen in ihrem Bekanntenkreis, die mehr Glück hatten als sie selbst.

Aber nicht jetzt. Nicht in diesem Moment.

»Sie sind so still heute Abend«, bemerkte Mary. »Und ich dachte, Sie würden gar nicht aufhören können, mir vom Ball zu erzählen.« Erneut strich sie Julia mit der Bürste durchs Haar. »Sie sind doch wohl nicht wirklich krank, oder?«

»Ich weiß es nicht«, sagte Julia. Sie fühlte sich auf jeden Fall schlecht.

Das hatte sie jedenfalls Mrs Major gesagt.

Nachdem sie sich von Captain Blunt im Garten verabschiedet hatte, war Julia auf der Suche nach ihrer Anstandsdame ins Haus zurückgekehrt. Sie hatte Mrs Major am Rande des Ballsaals gefunden, in heller Aufregung über Lord Greshams Abreise.

»Was für ein Wirbel«, hatte sie gesagt. *»Der Earl hat zu viel getrunken. Er ist mit einer Droschke nach Hause gebracht worden.«*

»Ich würde auch gerne nach Hause gehen«, hatte Julia gesagt. *»Mir geht es gar nicht gut.«*

In der Familie Wychwood gab es keine überzeugendere Äußerung, als eine, die auf einen schlechten Gesundheitszustand hindeutete. Sogar Mrs Major war hellhörig geworden. Der Earl hatte ihnen seine Kutsche zur Verfügung zurückgelassen. Also hatte sie keine Zeit verschwendet, Julia direkt dort hineinzuverfrachten und zum Belgrave Square zurückzubringen.

Dort angekommen, hatte Mrs Major Julia in die Empfangshalle begleitet, um ihrem Vater eine Nachricht zu schreiben. Währenddessen hatte sie sich lautstark über Lord Greshams Trunkenheit, Julias Gesundheitszustand und die Aussicht gegrämt, dass Sir Eustace Mrs Major für beides verantwortlich machen würde.

Alle Bediensteten hatten sie gehört.

»Sie sind wirklich blass«, stellte Mary fest, als sie die versilberte Bürste beiseitelegte. »Kann ich Ihnen etwas bringen? Eine Tasse Schokolade? Oder etwas warme Milch?«

»Es gibt nichts, was Sie für mich tun können«, sagte Julia düster. »Es sei denn …«

Wieder einmal dachte sie an Miss Throckmorton und ihr grenzenloses Vermögen.

War *das* der Grund, warum Captain Blunt sie Julia vorgezogen hatte? Nicht wegen Julias persönlicher Schwächen, sondern ihrer finanziellen?

Es gab nur eine Möglichkeit, das herauszufinden.

»Es sei denn, Sie können in Erfahrung bringen, wie viel Miss Daphne Throckmorton wert ist«, sagte sie.

Marys Brauen schossen in die Höhe. »Diese Toffee-Erbin, von der alle reden?«

Julia war nicht überrascht, dass Mary von ihr gehört hatte. Als dienstälteste Bedienstete im Wychwood-Haushalt war Mary stolz darauf, genau zu wissen, was in Mayfair gerade los war.

»Hmm. Ich nehme an, das könnte ich wohl.« Sie warf ihr einen fragenden Blick zu. »Warum wollen Sie das wissen?«

»Weil«, sagte Julia, »ich mich dann vielleicht besser fühle.«

Oder auch nicht.

So oder so würde sie die Wahrheit erfahren.

»In Ihrem Zustand brauchen Sie keine Informationen.« Mary betrachtete Julias Gesicht im Spiegel. »Was Sie brauchen, ist ein Bett. Oder einen Arzt. Wollen Sie wirklich nicht, dass Jenkins einen holt?«

»Nein. Keine Ärzte.« Julia wartete nicht darauf, dass ihre Zofe ihr Haar flocht. Nicht mal darauf, dass sie die Bettdecke zurückschlug. Sie erhob sich von ihrem Schminktisch, kletterte auf die Matratze, schlüpfte unter die Decke und vergrub den Kopf in ihrem Kissen.

Mary folgte ihr. Sie hatte die Stirn in ungewohnte Sorgenfalten gelegt. »Was ist los, Miss? Es hat doch nichts mit dem Earl zu tun, oder? Ich habe gehört, dass er ziemlich angeheitert war.«

»Das kann man so sagen.«

»Hat er sich Freiheiten herausgenommen?«

Julia antwortete nicht.

Mary schnalzte missbilligend mit der Zunge und schüttelte den Kopf. »Es gibt Männer, die durch Alkohol töricht werden. Man darf nicht zu hart mit ihnen ins Gericht gehen.«

»Welche Rolle spielt das schon?«, brummte Julia. »Er könnte der betrunkenste Mann der Christenheit sein, aber wenn er mir einen Heiratsantrag macht, müsste ich ihn trotzdem heiraten.«

»Sie werden eine Countess sein«, erinnerte Mary sie.

»Ich will aber keine Countess sein.«

»Was wollen Sie dann? Den ganzen Tag in diesem Zimmer bleiben, im Bett liegen und Ihre Romane lesen?« Mary warf einen abschätzigen Blick auf den Stapel von Marshland-Romanen auf Julias Nachttisch. »Noch mehr davon, und die Leute werden sagen, dass Sie eine Exzentrikerin sind.«

»Das sagen sie doch bereits.«

»Wollen Sie, dass sie noch Schlimmeres sagen?«

Julia drehte sich auf den Rücken. »Was ich will, ist ein Gentleman, der mich liebt wie ein Held in einer Geschichte. Jemand, der sich nicht um meine Mitgift oder meinen Stammbaum schert oder darum, ob ich ihm einen Erben schenken kann oder nicht. Ich will einen Gentleman, der mich so nimmt, wie ich bin, selbst wenn ich nichts als meine Leibwäsche hätte.«

Mary schnaubte. »Sie können Ihr Leben nicht mit einem dieser Romane vergleichen. Habe ich Ihnen das noch nie gesagt? Nichts davon ist echt.«

»Ich weiß, dass es nicht echt ist. Wenn es so wäre, hätte ich nicht fast drei Saisons ertragen, nur um einen Antrag von einem Mann wie Lord Gresham zu erhalten. Und jetzt muss ich ihn annehmen, weil Papa darauf besteht.«

Und weil mich sonst niemand will.

Gegen ihren Willen verschwamm ihre Sicht vor Tränen.

»Ich glaube, ich bin wirklich krank. Bitte lass mich allein, Mary.«

In Abwesenheit ihrer Freundinnen hatte Julia bisher darauf verzichtet, sich krankzustellen, um ihrer Verantwortung zu entgehen. Es war eine unhaltbare Ausrede.

Aber morgen früh würde Mama zurückkehren. Und dann war da noch Lord Greshams Antrag, mit dem sie sich auseinandersetzen müsste. Und als ob das nicht schon genug wäre, sollte es ein Picknick im Richmond Park geben. Jeder, der etwas auf sich hielt, würde dabei sein. Ganz sicher auch Miss Throckmorton. Und wenn sie dort war, würde Captain Blunt nicht weit sein.

Julia konnte ihn nicht erneut sehen. Nicht nach diesem Kuss. Es war einfach zu viel.

Lieber blieb sie sicher und geborgen im Bett, versteckt hinter den dichten Vorhängen ihres Himmelbettes.

Wenn der Preis für diese Sicherheit ein Besuch des widerwärtigen Dr. Cordingley war, dann sei es so.

Am nächsten Morgen wurde Julia nicht von ihrer Zofe, sondern von ihrer Mutter geweckt.

Lady Wychwood saß auf der Bettkante und war in ein schwarzseidenes Kutschenkleid gekleidet, als wäre sie gerade erst vom Bahnhof gekommen.

Ihre Mutter starrte sie mit einem so strengen Blick an, dass Julia versucht war, die Augen wieder zu schließen und sich schlafend zu stellen.

Mamas Gesicht, das einst als gut aussehend gegolten hatte, war längst von Unzufriedenheit und Gebrechen gezeichnet. Ihre Haut war fahl, und ihre Augen tränten – eine Folge des

Kampferöls, mit dem sie die Schmerzen in ihren Gliedern zu lindern versuchte.

»Endlich wach«, sagte sie in einem Ton tiefer Missbilligung. »Ich wünschte, ich hätte den Luxus gehabt, heute Morgen lange zu schlafen.«

Julia machte keine Anstalten, sich aufzusetzen. Sie blieb einfach im Bett liegen, ihr weißes Baumwollnachthemd zerknittert und ihre langen, offenen Haare wirr um die Schultern.

Mamas Blick verengte sich. »Du hast nichts zu deiner Verteidigung zu sagen? Nun gut. Dann hörst du mir zu.«

Julia drehte sich der Magen um. Die Vorträge ihrer Mutter konnten genauso düster sein wie die ihres Vaters.

»Meine Reise hat mich überfordert«, sagte Mama. »Ich muss mich in mein Zimmer zurückziehen, bevor ich einen bleibenden Schaden davontrage. Aber dies sollst du wissen: Dein Vater mag dein starrköpfiges Getue toleriert haben, aber ich werde das nicht tun. Wenn ein so erlauchter Gentleman wie der Earl of Gresham Interesse an dir bekundet, wirst du deine Pflicht tun. Oder du wirst die Konsequenzen dafür zu spüren bekommen.«

Ein seltenes Aufflackern von Trotz stieg in Julias Brust auf. »Dann trage ich lieber die Konsequenzen.«

Mamas Augen funkelten auf. »Undankbare Göre! Wenn ich daran denke, wie sehr ich gelitten habe, um dich auf die Welt zu bringen. Wie ich meine Gesundheit und fast mein Leben geopfert habe. Nur damit du dich mir nun auf diese Weise widersetzt? Weißt du nicht, was du mir schuldest? Was du deinem armen Vater schuldest? Dass ich ein so undankbares Kind in die Welt gesetzt haben soll!«

»Warum hast du es denn getan?«, fragte Julia. »Du hättest Papa nicht heiraten müssen. Du hattest ein eigenes Vermögen.«

»Ich habe meine Pflicht getan«, erwiderte ihre Mutter barsch. »Ich habe getan, was meine Familie von mir verlangt hat. Und das solltest du auch.«

Julia betrachtete ihre Mutter schweigend. Mama war erst siebzehn gewesen, als sie sich mit Papa verlobt hatte, dem verwöhnten einzigen Sohn einer wohlhabenden Familie, der Jahrzehnte älter war als seine junge Braut und zu langwierigen Krankheitsanfällen neigte.

Nach Julias Geburt schien sein immerwährender schwacher Gesundheitszustand auf ihre Mutter abzufärben.

Julia konnte sich kaum an eine Zeit erinnern, in der Mama nicht Opfer von Fieberkrämpfen, Schwächeanfällen oder Schüttelfrost gewesen wäre. Die Liste ihrer Krankheiten war im Laufe der Jahre länger geworden, was dazu geführt hatte, dass sie viel Zeit allein in ihrem Zimmer verbrachte oder sich in einem luxuriösen Hotel in einem der mondänen Kurorte verkroch.

Als Julia älter war, hatte sie sich oft gefragt, ob ihre Mutter ihre schlechte Gesundheit nur als Vorwand nutzte, um sich ihre Privatsphäre und Unabhängigkeit zu sichern. Sie und Papa hatten kein weiteres Kind bekommen. Sie hatten getrennte Schlafzimmer und führten weitgehend getrennte Leben. Es war fast, als wäre Mama Witwe. Und Papa konnte sich nicht beklagen, nicht wenn seine eigene Gesundheit in einem so prekären Zustand war – obwohl er regelmäßig das Fehlen eines männlichen Erben bejammerte.

Frauen hatten im Leben so wenig Macht, ihr Schicksal selbst zu bestimmen. Julia hatte es immer wieder am eigenen Leib erfahren.

Sie erlebte es in diesem Moment.

Wenn ihr das Vortäuschen einer Krankheit auch nur einen Bruchteil der Freiheit bieten konnte, die es ihrer Mutter gegeben hatte, sah Julia keinen Grund, warum sie das nicht nutzen sollte.

»In diesem Zustand kann ich meine Pflicht nicht erfüllen«, sagte sie. »Ich bin nicht in der Lage, irgendetwas zu tun.«

Mama presste ihre Lippen zu einer schmalen Linie zusammen. »Jungfräuliche Nerven, kein Wunder.«

»Das ist es nicht.«

»Was ist es dann? Mrs Major behauptet, du hättest dich gestern Abend unwohl gefühlt, aber sie hat nicht gesagt, worüber du genau klagst.«

»Mein Bauch tut weh«, sagte Julia. »Und ich habe Schmerzen in der Brust.« Das zumindest stimmte. Ihr Herz fühlte sich an, als hätte ein Elefant darauf herumgetrampelt. »Ich brauche ein paar Tage Ruhe, um mich zu erholen.«

Mamas Gesichtsausdruck wurde nachdenklich. »Deine Augen sind wirklich ein wenig geschwollen. Und deine Nase ist rot. Dr. Cordingley hat mich vor der Gefahr gewarnt, die unausgeglichene Körpersäfte für die Schleimhäute darstellen.«

Die einzige Gefahr, der Julia ausgesetzt war, bestand in übermäßigem Weinen. Sie hatte sich letzte Nacht in den Schlaf geweint. Um ehrlich zu sein, war ihr auch jetzt ein wenig zum Heulen zumute. Aber sie hatte genug von ihrem Selbstmitleid. Genug davon, Captain Blunt nachzutrauern.

Wenn sie nur mit einem ihrer Bücher allein sein könnte, würde sich die Welt schon wieder einrenken.

»Hast du Fieber?« Mama drückte ihren Handrücken auf Julias Stirn. Sie zog ihn zurück und runzelte die Stirn. »Ich bin selbst so fiebrig, dass ich es kaum fühlen kann.« Sie stand auf. »Ich werde den Arzt rufen.«

Julias Puls beschleunigte sich vor Besorgnis. Es war eine Sache, abstrakt über den Aderlass nachzudenken. Aber angesichts der unmittelbar bevorstehenden Möglichkeit begann ihre Gelassenheit zu schwanken. »Ich brauche Dr. Cordingley nicht. Ich brauche nur ein paar Tage im Bett.«

»Unsinn«, erwiderte Mama. »Nach einem guten Aderlass wird es dir besser gehen.«

Tatsächlich fühlte sich Julia nach einem guten Aderlass nicht besser. Sie fühlte sich schwach, schwindlig und völlig unfähig, sich gegen Dr. Cordingleys rückständige Ansichten über die Lesegewohnheiten von Frauen zu wehren.

»Romane sind die Wurzel allen Übels, merken Sie sich meine Worte«, sagte er, während er seinen Schröpfschnepper wegpackte. Das achteckige Messinggehäuse des schrecklichen Instruments beherbergte einen Mechanismus mit gefederten Klingen, die die Haut einritzten. Es war effizienter als eine Lanzette und ermöglichte einen größeren Blutfluss.

Und diesmal war sehr viel Blut geflossen. Nach der Prozedur war Julia kaum noch in der Lage, ihren bandagierten Arm aus der mit Blut gefüllten Schale zurück auf das Bett zu heben.

»Das Lesen von Romanen führt zu einem Wärmeüberschuss des Körpers«, fuhr Dr. Cordingley fort. »Fieber, Herzklopfen und so weiter. Das kann beim weiblichen Geschlecht nicht zugelassen werden. Bei jungen Damen wie Ihrer Tochter müssen die Leidenschaften eher unterdrückt als angeregt werden.«

Mama saß auf einem Stuhl in der Nähe der Tür und presste sich ein Spitzentaschentuch auf den Mund. Sie nickte zustimmend. »Wie Sie meinen, Herr Doktor.«

Dr. Cordingley warf einen verächtlichen Blick auf den Stapel von Romanen auf Julias Nachttisch. »Sie täten gut daran, diese und alle anderen Romane in ihrem Besitz zu entsorgen.«

»Das werde ich«, sagte Mama.

»Nein«, protestierte Julia schwach. »Das darfst du nicht. Sie gehören mir.«

»Ihre Eltern werden tun, was nötig ist, Miss Wychwood«, erwiderte Dr. Cordingley streng.

»Sie gehören *mir*«, wiederholte Julia. »Ich habe sie mit meinem *eigenen* Geld gekauft.«

»Es ist egal, wer sie gekauft hat«, entgegnete Mama. »Wenn der Doktor sagt, dass du sie nicht mehr lesen darfst, wirst du sie auch nicht mehr lesen, und damit Schluss.«

Dr. Cordingley lächelte selbstgefällig. »Es ist so, wie ich es Ihnen gesagt habe, Lady Wychwood. Das Lesen von Romanen verpestet den Körper und verdirbt den Geist. Wundert es Sie noch, dass sich Ihre Tochter in einem so traurigen Zustand befindet?«

»Wird Ihre Behandlung ausreichen, um sie zu heilen, Doktor?«, fragte Mama.

»Für den Anfang.« Dr. Cordingley klappte seine lederne Arzttasche zu. »Ich empfehle einen zweiten Aderlass, um ihre Körpersäfte wieder ins Gleichgewicht zu bringen.«

Mama schien von diesem Vorschlag nicht beunruhigt zu sein. Sie vertraute Ärzten blind. »Wann?«

»In einer Stunde.«

Julia hatte Mühe, Luft zu holen, um zu widersprechen. Ihr Zimmer war brütend heiß. Mary war damit beauftragt worden, das Feuer zu schüren. Obwohl die Zofe in der Nähe des Kamins stand, war ihr Gesicht kreidebleich. Sie wusste so gut wie Mama, dass Julia noch nie zwei aufeinanderfolgenden Aderlässen hintereinander unterzogen worden war.

»Mama«, sagte Julia schwach.

»Sei still, Kind«, schalt ihre Mutter. »Herr Doktor? Darf ich Ihnen eine Erfrischung anbieten?«

»Sie sind äußerst liebenswürdig, Mylady.«

Mama erhob sich von ihrem Stuhl. »Sie werden verstehen, dass ich mich nicht zu Ihnen gesellen kann. Meine Gesundheit hat sich so sehr verschlechtert, dass ich fürchte, ich habe nicht die Kraft dazu.«

»Sie sind direkt aus Bath angereist?« Dr. Cordingley ging zu ihr hinüber und schenkte nun ihr seine volle Aufmerksamkeit. »Davon hätte ich Ihnen entschieden abgeraten.«

»Ich habe nur dem Befehl meines Mannes gehorcht«, sagte Mama. »Zu meinem eigenen Nachteil.« Sie öffnete die Tür und ging hinaus, ohne einen weiteren Blick in Julias Richtung zu verschwenden.

»Sie sind eine pflichtbewusste Ehefrau, Mylady, und eine fürsorgliche Mutter. Erlauben Sie mir, Sie zu untersuchen? Vielleicht kann ich Ihnen etwas verschreiben, um Ihnen zu helfen.« Der Arzt blickte wieder zu Mary. »Kümmere dich um deine Herrin, Mädchen. Ich komme in einer Stunde für die nächste Behandlung wieder.«

Die Tür schloss sich hinter ihnen beiden.

Julia spürte, wie sich die schwere Luft bewegte, als sich Mary neben sie stellte.

»Oh, Miss.« Marys sonst so nüchterne Stimme zitterte vor Unsicherheit. »Wenn Sie nur so tun, als ob, dann schwöre ich …«

»Mary …« Julia sah ihre Zofe an. »Lass das nicht zu.«

Mary warf fast die Hände in die Luft. »Was kann ich schon tun? Er ist der Arzt. Er muss doch wissen, wovon er spricht.« Sie beschäftigte sich hektisch mit der Bettdecke. »Mit diesen Romanen hat er aber schon recht. Das Gleiche habe ich Ihnen doch schon Dutzende Male gesagt, nicht wahr?«

Julia schaffte es nicht, etwas zu erwidern. Sie war zu müde. Zu müde von all dem.

Das letzte Mal, als Dr. Cordingley sie zur Ader gelassen hatte, war es zwar anstrengend gewesen, aber sie hatte es mit Bravour überstanden. Nach nur wenigen Stunden hatte sie sich wieder im Bett aufrichten und einen wunderbaren Roman lesen können, in dem es um ein verschwundenes Testament, einen ehrenwerten Straßenräuber und eine mutige Jungfrau auf der Flucht gegangen war. Verglichen mit dem Vergnügen, das ihr die Romanze der Hauptfiguren bereitet hatte, war ihr Blutverlust nicht besonders wichtig gewesen.

Aber sie hatte nicht mit Dr. Cordingley gerechnet.

Sie hatte nicht gewusst, dass bei weiteren Aderlässen die Menge der entnommenen kostbaren Flüssigkeit über jedes erträgliche Maß hinaus ansteigen würde.

Was, wenn sie der Behandlung erliegen würde? Was, wenn sie sterben sollte?

In ihrem benommenen Zustand wusste sie nicht, wie viele ihrer Ängste echt und wie viele ein Produkt ihrer überbordenden Vorstellungskraft waren.

Vielleicht hatte sie *wirklich* zu viele Romane gelesen.

»Miss?«, sagte Mary. »Haben Sie mich nicht gehört?«

Julia öffnete die Augen, ohne genau zu wissen, wann sie sie geschlossen hatte. Sie fühlte sich, als würde sie aus einem Fiebertraum erwachen. »Wie bitte?«

»Ich sagte, dass ich etwas über die Toffee-Erbin in Erfahrung gebracht habe. Sie wollten wissen, wie viel sie wert ist. Die Antwort lautet vierzigtausend Pfund. Und ich musste nicht einmal das Haus verlassen, um das herauszufinden.«

»Wie …?«

»Sie werden es nicht glauben. Erinnern Sie sich an Florence? Das Dienstmädchen, dem Sir Eustace letzten Monat gekündigt hat? Die früher Jane hieß? Sie ist jetzt Stubenmädchen in der Green Street, in genau dem Haus, in dem Miss

Throckmorton wohnt. Die Köchin hat vor nicht einmal zwei Tagen mit ihr Tee getrunken. Sie war es, die es mir erzählt hat.«

Natürlich erinnerte sich Julia an ihr früheres Dienstmädchen. Jane Sechs hatte man sie genannt. Papa hatte sie entlassen, weil sie getratscht hatte. Aber es war nicht die Information, die Mary weitergegeben hatte, die sich in Julias Kopf festsetzte. Sondern die Tatsache, dass der Name der jungen Frau Florence war. Das hatte Julia nicht gewusst.

Das Wissen löste Bedauern in ihr aus.

Welches Recht hatten Mama und Papa, den Bediensteten ihre Namen zu stehlen? Und warum hatte Julia nicht gegen diese Praxis rebelliert?

Sie hatte nichts dagegen gesagt. Keine Stellung bezogen.

Sie hatte ihren Eltern aus demselben Grund zugestimmt, aus dem sie sich immer an deren Anordnungen hielt – teils aus kindlichem Gehorsam, teils aus Angst. Die Welt war kein freundlicher Ort für junge Damen, die schüchtern und verletzlich waren. Damen, die in Gesellschaft Angst empfanden. Julia hatte immer geglaubt, sie sei zu Hause am sichersten.

Aber das war sie nicht.

Vielleicht war sie es nie gewesen.

Und wenn sie nicht einmal hier sicher war, wo dann? Sie hatte niemanden. Keine Verwandten, die sie aufnehmen konnten. Nicht einmal ihre Freundinnen konnten ihr helfen. Jedenfalls nicht auf nennenswerte Weise. Anne, Stella und Evelyn hatten ihre eigenen Probleme.

Julia würde ihren Kampf selbst ausfechten müssen. Eine entmutigende Aussicht. Aber nicht unmöglich. Sie hatte eine vage Vorstellung, wo sie anfangen könnte.

»Vierzigtausend Pfund«, murmelte sie. Es war eine großzügige Summe für eine Mitgift, aber nicht so hoch, wie Julia befürchtet hatte. Ihr fielen die Augen zu, und ihr Puls verlangsamte sich in der drückenden Hitze des Zimmers. »Ich frage mich, ob er das weiß …«

14. KAPITEL

Am Tag nach dem Ball der Claverings machte sich Jasper in Begleitung Lord Ridgeways auf die einstündige Reise zum Richmond Park. Lady Desmond veranstaltete dort ein Picknick, und die Gäste sollten bis Mittag eintreffen. Ein Großteil der eleganten Gesellschaft würde anwesend sein, darunter auch Miss Throckmorton.

»Gott sei Dank ist das Wetter gut«, bemerkte Ridgeway, als sie aus seiner Kutsche stiegen. »Beim letzten Picknick, an dem ich teilnahm, blieb uns nur eine halbe Stunde zum Essen, bevor es zu regnen begann. Ein verflixtes Ärgernis. Und ich war auch noch mit meinem offenen Zweispänner gekommen.« Er klopfte mit seinem silberbeschlagenen Spazierstock gegen die geschlossene Karosserie der Kutsche. »Lektion gelernt.«

Als sie die Tore passierten, breitete sich das Gelände des Parks vor ihnen aus. Das ehemalige königliche Jagdrevier hatte einen Umfang von fast zehn Meilen und war mit uralten Bäumen, glitzernden Wasserläufen und friedlich auf den grünen Hängen grasenden Hirschen übersät.

Jasper setzte sich den Hut auf. Er trug einen schwarzen Anzug, so wie er es immer tat. Damit war er in der Minderheit. Die meisten der anwesenden Herren trugen Sakkos und Hosen mit auffallendem Karomuster. Die Damen hingegen waren in zartes Weiß und Pastellfarben gehüllt, mit fließenden Röcken und weiten glockenförmigen Ärmeln. Jasper ließ den Blick über die Menge gleiten.

Sie war nicht hier.

»Versuchen Sie, nicht so enttäuscht auszusehen«, mahnte ihn Ridgeway leise, als sie weitergingen. »Die Damen werden es Ihnen übel nehmen.«

Jasper warf ihm einen finsteren Blick zu.

Er war in einer gefährlichen Stimmung. Seit er gestern Abend vom Ball zurückgekehrt war, hatte er nicht mehr klar denken können. Unfähig zu schlafen oder auch nur zu atmen, ohne dass die erdrückende Last seiner unglücklichen Situation auf ihm lastete.

Es war unerträglich.

Als er an diesem Morgen aufgestanden war, hatte er Quintus gesattelt und war eine Runde durch den Hyde Park geritten. Er hatte sich eingeredet, nicht darauf zu hoffen, Miss Wychwood zu sehen. Und doch hatte er in der Rotten Row nach ihr Ausschau gehalten. Sie war nicht da gewesen.

Und auch zu diesem Picknick war sie nicht gekommen.

Eine Tatsache, wegen der er am liebsten vor Enttäuschung gebrüllt hätte.

Verflucht noch mal.

Was hatte er sich gestern Abend nur dabei gedacht? Sobald er gewusst hatte, dass ihre Mitgift für ihn unerreichbar war, hätte er jeden Gedanken an sie verwerfen müssen. Jahrelang hatte er sich darin geübt, zu vergessen. Darin, sein Herz gegen jedes zärtliche Gefühl zu verhärten.

Und dann hatte er sie im Mondlicht gesehen. Er hatte neben ihr gestanden und zugehört, wie sie ihm sagte, dass sie noch nie geküsst worden war. Jede Vernunft hatte ihn verlassen.

Er hatte nicht vorgehabt, sie zu küssen. Und als er es getan hatte, hatte er nicht vorgehabt, mit so leidenschaftlicher Hingabe bei der Sache zu bleiben. Aber in dem Moment, als er seinen Kopf zu ihr heruntergebeugt hatte, war von all seiner hart erkämpften Entschlossenheit nichts mehr übrig gewesen.

Zu weich und sinnlich waren ihre Lippen gewesen, die sich in zitternder Erwartung unter den seinen leicht geöffnet hatten. Ihr Atem hatte sich süß mit seinem vermischt und in diesem Moment – *Grundgütiger* – hatte er etwas empfunden, das dem Himmel sehr nahekommen musste.

Doch jetzt war es vorbei. Miss Wychwood wusste das genauso gut wie er. Wenn nicht, wäre sie heute Morgen im Hyde Park gewesen.

Sie wäre jetzt hier.

Ein lachhafter Teil von ihm hatte gehofft, dass sie es sein würde.

Während er über die sonnenhelle Landschaft blickte, fragte er sich, wie er vorgehen würde, wenn die Dinge anders wären.

Wenn *er* anders wäre.

Er hatte die letzten sechs Jahre vergeblich damit verbracht, sich genau das zu fragen. Das Leben, das er führte, war jetzt sein eigenes, auf Gedeih und Verderb. Das Leben eines Ex-Soldaten, der mit einem bankrotten Anwesen und drei unehelichen Kindern belastet war. Tatsache war, dass er, hätte er die Wahl, es nicht ändern würde, selbst wenn er es könnte.

Wäre er nicht nach Yorkshire gegangen, wären Charlie und Alfred noch immer im Armenhaus. Nach Dollys Tod wäre auch Daisy dort gelandet. Die Lebenserwartung von Waisenkindern an solchen Orten war nicht der Rede wert. Alle drei wären höchstwahrscheinlich eines frühen Todes gestorben.

Nein. Jasper konnte seine Entscheidung nicht bereuen. Von dem Moment an, als er Goldfinch Hall betreten hatte, war er an das Gebot der Ehre gebunden gewesen. Ob es ihm gefiel oder nicht, er kannte seine Pflicht.

»Mir ist nur die Meinung einer einzigen Dame wichtig«, sagte er.

»Richtig. Miss Throckmorton wird sicher irgendwo hier sein. Ah. Da ist sie ja, am Teich mit Miss Bingham.« Ridgeway machte sich auf den Weg zu den Damen. »Wir sollten uns beeilen. Aldershott ist den beiden auf den Fersen. Vielleicht hat er endlich beschlossen, dass er den Makel ertragen kann, dass ihre Mitgift nicht aus altem Geld stammt, sondern aus durch Handel erworbenem Gewinn.«

»Sie würde gut daran tun, ihn zu akzeptieren.« Jasper schritt neben Ridgeway über das Gras. Eine warme Brise wehte über die Ufer des Teichs und weckte den Duft von Heidekraut und blühendem Mädesüß. »Er ist jung, wohlerzogen und unbelastet. Alles, was ihm fehlt, ist ein Vermögen.«

»Alles, was *Ihnen* fehlt, ist ein Vermögen«, erwiderte Ridgeway.

Als ob Jasper das nicht wüsste. Im Moment war sein Geldmangel die Ursache für alles, was in seiner Welt falsch lief. Würde es ihm nicht an Geld mangeln, könnte er tun und lassen, was er wollte. »Daraus folgt nicht, dass Miss Throckmorton bereit sein wird, mir ihr Geld zu geben. Sie hat kein besonderes Interesse an meinen Aufmerksamkeiten gezeigt.«

»Nein? Dafür sieht sie aber oft zu Ihnen herüber. Zugegeben, nicht so oft wie Miss Wychwood. Aber ein Mann kann nicht alles haben.«

Oder überhaupt etwas, dachte Jasper verbittert.

Ridgeway warf ihm einen strengen Blick zu. »Grübeln Sie etwa? Ich muss gestehen, dass Ihnen das nicht besonders gut zu Gesicht steht. Sie haben schon wenig genug, was für Sie spricht.«

»Ich grüble nicht«, erwiderte Jasper säuerlich. Zumindest versuchte er, es nicht zu tun, und scheiterte kläglich, daran hatte er keinen Zweifel. Seine Laune war zu schlecht, sein Herz zu schwer. Er bereute, dass er gekommen war. Er war nicht in der Stimmung für diese kaltblütige Scharade.

»Gut. Denn bei Miss Throckmorton haben Sie ausgezeichnete Chancen. Sie tut zwar so, als hätte sie den Luxus der Wahl, aber sie ist genauso erpicht darauf, den Bund der Ehe zu schließen, wie Sie selbst. Für jemanden aus dem Geldadel wäre ein Gentleman Ihres Formats ein wahrer Gewinn. Sie müssen sich nur einigermaßen sympathisch machen …«

»Ja. Das sagten Sie bereits.« Jasper hatte absolut keine Lust, sich irgendjemandem gegenüber angenehm zu verhalten. Aber er wusste, wie besonders abweisend er in solch düsterer Stimmung wirkte. Noch abschreckender als ohnehin schon. Als sie sich Miss Throckmorton und den anderen näherten, bemühte er sich, seine Gesichtszüge zu glätten.

Miss Throckmorton und Miss Bingham knieten auf einer Decke unter einem Baum am Ufer und packten einen Picknickkorb aus. Aldershott hatte soeben bei ihnen Platz genommen. Er war ein blonder Gentleman von schmaler Statur und mit einem eckigen Gesicht.

»Blunt. Ridgeway«, begrüßte er die beiden Männer steif. »Sie denken doch wohl nicht daran, sich uns anzuschließen?«

»Doch, bitte«, sagte Miss Throckmorton. »Ich habe genug für alle mitgebracht.«

»Sind Sie schon beim Essen?«, fragte Ridgeway.

»Nein, natürlich nicht. Wir beanspruchen nur unseren Platz. In einer halben Stunde werden die besten Plätze vergeben sein. Lady Desmond hat halb Mayfair eingeladen.«

»Prächtig«, sagte Ridgeway. »Ich bevorzuge ein wenig Bewegung vor dem Mittagessen. Kommen Sie, Miss Bingham. Wollen wir einen Spaziergang um den Teich machen?«

Miss Bingham kicherte. »Oh ja. Unbedingt.« Sie nahm Ridgeways Hand und ließ sich von ihm aufhelfen. »Es macht Ihnen doch nichts aus, Miss Throckmorton?«

»Ganz und gar nicht. Ich wage zu behaupten, dass wir alle einen Spaziergang gebrauchen können, um unseren Appetit anzuregen.«

Miss Throckmorton stand ohne Hilfe auf. Sie nahm ihren Sonnenschirm aus zarter Spitze und öffnete ihn. »Wenn es Ihnen nichts ausmacht, meine Herren?«

Jasper bot ihr seinen Arm an. Sie schob ihre Hand darunter, während sie Ridgeway und Miss Bingham folgten. Aldershott begleitete sie an Miss Throckmortons anderer Seite.

Der Teich war einer von vielen im Richmond Park. Er wurde von einer Quelle gespeist und spiegelte auf seiner ruhigen Oberfläche die üppigen Azaleen und Rhododendren wider, die ihn umgaben und deren leuchtende Blüten allmählich verblassten, während der Frühling unaufhaltsam auf den Sommer zusteuerte.

Alte Eichen spendeten sporadisch Schatten entlang des breiten Weges, der um das Gewässer herumführte. Sie hatten die Hälfte des Weges plaudernd hinter sich gebracht, als Miss Bingham sich zu Jasper und Aldershott umwandte, die ihre Freundin flankierten, und die beiden stirnrunzelnd ansah.

»Ich verabscheue ungerade Zahlen«, sagte sie. »Wie schade, dass Miss Wychwood zu krank war, um zu kommen. Wäre sie hier, hätten wir perfekt zusammengepasst.«

Jasper erstarrte fast auf der Stelle, nur mit Mühe gelang es ihm, weiterzugehen. Obwohl er innerlich aufgewühlt war, klang seine Stimme glaubwürdig ruhig. »Miss Wychwood ist krank?«

Miss Throckmorton gab einen leisen Laut des Mitgefühls von sich. »Schrecklich krank, anscheinend. Es ist wirklich furchtbar. Ich wusste, dass sie gebrechlich ist, aber ich hatte keine Ahnung, dass es so ernst um sie steht.«

Diesmal blieb Jasper tatsächlich abrupt stehen. Und sein Herz schien mit ihm stehen zu bleiben. Seine bisherige Gelassenheit löste sich in Luft auf. »Was meinen Sie damit? Wie ernst ist es denn?«

Miss Throckmorton zog ihre Hand von seinem Arm und wandte sich zu ihm. Ridgeway und Miss Bingham waren ebenfalls stehen geblieben und gesellten sich jetzt zu ihnen.

»Miss Bingham und ich haben sie heute Morgen am Belgrave Square aufgesucht«, erklärte Miss Throckmorton. »Ich hatte gehofft, sie würde uns in den Park begleiten. Aber gerade als ich die Hand hob, um an die Tür zu klopfen, ging diese auf, und ein Mann in einem altmodischen Gehrock kam heraus.«

»Dr. Cordingley«, sagte Miss Bingham schaudernd.

Ridgeway runzelte die Stirn. »Dieser alte Vampir?«

»Er hat noch nie einen Patienten getroffen, der keinen Aderlass benötigen würde«, bemerkte Aldershott wenig hilfreich. »Die ältere Generation schwört auf ihn.«

Miss Throckmorton neigte ihren Sonnenschirm, um ihr Gesicht besser zu beschatten.

»In der Tat. Er hat uns erzählt, dass er Miss Wychwood heute Morgen zwei Mal hintereinander behandelt hat und dass sie nicht in der Lage sei, jemanden zu empfangen.«

Jasper starrte Miss Throckmorton an. *Zwei Aderlässe hintereinander?* Ein Gefühl eisiger Vorahnung überkam ihn.

»Er wirkte sehr ernst«, fügte Miss Bingham hinzu. »Ich schwöre, ich habe Miss Wychwoods Blut an seinem Ärmel gesehen. Es war furchtbar.«

Ridgeway sah Jasper an. Dann seufzte er. »Wenn Sie uns entschuldigen würden, meine Damen. Aldershott.«

Jasper hörte es kaum. Er marschierte bereits durch den Park.

Ridgeway holte ihn ein. »Verdammt noch mal, Blunt.«

»Versuchen Sie nicht, mich zurückzuhalten«, warnte Jasper.

»Sie wovon zurückhalten? Was haben Sie denn vor? Wenn sie so krank ist, wie man sagt …«

»Das ist sie nicht. Und wenn sie es ist, dann nur, weil sie sie dazu gemacht haben. Ihre Eltern verstehen nicht …«

»Natürlich, aber Sie verstehen es. Obwohl Sie Miss Wychwood erst seit zwei Monaten kennen. Eigentlich weniger, wenn man die Gelegenheiten außer Acht lässt, bei denen sie sich vor Ihrem Anblick gefürchtet hat und wie ein verängstigtes Kaninchen geflüchtet ist, sobald Sie ihren Weg kreuzten.«

»So ist es nicht mehr. Sie …« Jasper unterbrach sich und starrte Ridgeway finster an. »Warum zum Teufel muss ich mich vor Ihnen rechtfertigen?«

»Weil ich der einzige Freund bin, den Sie haben.« Ridgeway hielt mit ihm Schritt, während er über den Rasen, durch die Tore und zu der Reihe wartender Kutschen auf der Straße eilte. »Ist Ihnen nicht in den Sinn gekommen, dass ihre Eltern vielleicht am besten wissen, was gut für sie ist?«

Jasper warf ihm einen sardonischen Blick zu.

»Nein. Natürlich nicht.« Ridgeway seufzte erneut. Seine Kutsche war nur noch ein paar Meter entfernt. Der Kutscher hatte die Pferde bereits abgeschirrt und führte sie über das Gras. »Spannen Sie sie wieder an, Rufus. Captain Blunt kehrt nach Mayfair zurück.«

»Das ist nicht nötig.« Jasper hatte nichts dagegen, eine Mietdroschke oder einen Omnibus zu nehmen. Ein Transportmittel war so gut wie das andere. Hauptsache, er kam so schnell wie möglich an sein Ziel. »Ich werde einen anderen Weg zurückfinden.«

»Ja, denn es ist ja auch der Inbegriff von Heldentum, in einer gemieteten Droschke vor dem Haus einer Dame anzukommen.«

Zähneknirschend wartete Jasper, dass Ridgeways Kutscher das Gefährt wieder bereit machte. »Das ist kein Heldentum. Sondern Egoismus. Es ist für meinen eigenen Seelenfrieden.« Teilweise stimmte das sogar. Er würde nicht ruhen können, bis er wusste, dass es ihr gut ging.

»Was auch immer der Grund sein mag … es liegt nicht in Ihrem besten Interesse. Und auch nicht im Interesse Ihrer Bastarde. Das wissen Sie doch, oder?«

Jasper wusste es. Grundgütiger, und wie er es wusste. »Ich will nur nach ihr sehen. Mich vergewissern, dass es nicht so schlimm ist, wie Miss Throckmorton sagt.«

»Sir Eustace und Lady Wychwood werden Sie wohl kaum hereinbitten.«

»Davon gehe ich aus«, gab Jasper grimmig zu. »Aber wenn deren bisheriger Gesundheitszustand ein Hinweis ist, werden sie ans Bett gefesselt sein. Es sind die Diener, an denen ich vorbeikommen muss. Angesichts der hohen Fluktuation in deren Reihen kann ich mir jedoch nicht vorstellen, dass sie ihrer Herrschaft gegenüber sehr loyal sind. Eine anständige Bestechungssumme sollte mir Zutritt zu jedem Zimmer des Hauses verschaffen.«

Ridgeways Augen leuchteten vor Anerkennung. »Und das, wenn man bedenkt, dass Sie einmal gegen Rücksichtslosigkeit gegenüber Frauen waren.«

Jasper steckte die Hände in die Taschen und begann, ungeduldig auf und ab zu gehen, während der Kutscher die Pferde anspannte. Vielleicht war es ja wirklich rücksichtslos. Aber wenn, dann für einen guten Zweck.

Er hatte auf der Krim Männer an Blutverlust sterben sehen. Starke Männer, die aufgrund von Kampfwunden oder

Fieber am Boden lagen und von irgendeinem wohlmeinenden Quacksalber ausgeblutet wurden, der damit nichts weiter erreichte, als ihnen die letzten Reste ihres Lebens zu entziehen.

Miss Wychwood war kein Soldat. Sie war nicht stark. Nicht so stark wie ein Mann. Wenn Cordingley wirklich zwei Aderlässe durchgeführt hatte ... Jaspers Brust zog sich schmerzhaft zusammen. Er hatte sie gerade erst gefunden. Eine Frau, die seine Seele ansprach. Sein geheimes Selbst. Nicht das Monster, für das ihn alle hielten, sondern den Mann, der er wirklich war. Es war eine Sache, sie um der Kinder willen aufzugeben. Aber dass sie krank war oder Schlimmeres ...

Die Aussicht darauf versetzte ihm einen Stich hilfloser Qualen. Sie fraßen sich wie Säure durch seine eiserne Selbstbeherrschung.

Er konnte die Vorstellung nicht ertragen, sie zu verlieren.

»Haben Sie denn eine anständige Bestechungssumme?«, fragte Ridgeway.

»Bei mir? Nein. Ich muss ...«

»Hier.« Ridgeway zog seine Geldbörse hervor, nahm eine Handvoll Scheine heraus und reichte sie an Jasper weiter. »Diese Summe sollte ausreichen. Besonders in Verbindung mit Ihrer bedrohlichen Präsenz.«

Jasper faltete die Scheine und steckte sie stirnrunzelnd in eine Innentasche seines Mantels.

»Ich weiß wirklich nicht, warum Sie sich meinetwegen so ins Zeug legen.«

»Meinem Bruder zuliebe«, sagte Ridgeway. »Offensichtlich.«

Jasper erinnerte sich gut an Ridgeways Bruder. Rupert Grainger war ein schlaksiger junger Mann mit einem breiten Lächeln und einem ansteckenden Lachen gewesen – Eigenschaften, die verblasst waren, je länger er auf der Krim geblieben war. Er war in dem Gefecht beim Fall von Sebastopol gefallen. Ein leichter Tod im Vergleich zu der Hölle, die er als Soldat unter dem gnadenlosen Captain Blunt durchlebt hatte.

»Ich war kein Freund Ihres Bruders«, sagte Jasper.

Ridgeway sah ihn unverwandt an. »In seinen Briefen stand etwas anderes.«

Jasper erstarrte, als sich die Bedeutung von Ridgeways Worten in sein Gehirn bohrte.

Grundgütiger. War das möglich? Hatte der Viscount irgendwie die Wahrheit herausgefunden?

Noch vor einem Monat hätte die bloße Andeutung Jaspers Welt in ihren Grundfesten erschüttert. Er wäre beunruhigt gewesen oder hätte vielleicht sogar Angst gehabt.

Doch nicht heute.

In Wahrheit empfand er nur ein vages Gefühl der Erleichterung.

»Wie lange wissen Sie es schon?«, fragte er.

»Ich weiß gar nichts«, sagte Ridgeway. »Aber ich habe es fast von Anfang an vermutet.«

»Und trotzdem haben Sie sich mit mir angefreundet. Warum …«

»Habe ich doch gerade gesagt. Meinem Bruder zuliebe. Und um meiner selbst willen, nehme ich an. Es amüsiert mich zu beobachten, wie Sie sich durch diesen Sumpf navigieren, in den Sie sich selbst manövriert haben.« Ridgeway wischte ein Staubkorn von seinem Ärmel. »Ich frage mich, ob sich das alles gelohnt hat?«

»Vielleicht«, sagte Jasper. »Wenn ich sie haben kann.«

»Dann müssen Sie sich Miss Wychwood auf jeden Fall holen«, erwiderte Ridgeway. »Keiner wird Sie aufhalten. Wer würde es wagen? Sie sind der berühmt-berüchtigte Held der Krim.«

15. KAPITEL

Im schwach beleuchteten Inneren des Wychwood-Hauses am Belgrave Square war es genauso erdrückend schwül wie bei Jaspers letztem Besuch. Lange Schatten fielen über die Eingangshalle und verdunkelten die geschwungene Eichenholztreppe, die in die oberen Stockwerke führte. Es war erst früher Nachmittag, aber das war nicht zu merken. Nicht, wenn die Fenster verhangen und das Gaslicht heruntergedreht war.

Wieder hatte Jasper den Eindruck, ein Haus zu betreten, in dem ein Mensch gestorben war. Dies trug nicht dazu bei, die starke Besorgnis zu lindern, die ihn während der Fahrt zurück nach Mayfair begleitet hatte.

Er folgte dem gelb livrierten Lakaien der Wychwoods die Treppe hinauf.

Es war derselbe Diener, der ihm beim letzten Mal die Tür geöffnet hatte – ein lebenserfahrener Mann mittleren Alters.

Ein Mann, der jetzt um einige Pfund reicher war.

Jasper hatte erwartet, jemanden bestechen zu müssen. Jedoch nicht erwartet hatte er, *wie* wirksam das Geld sein würde. Zwei Zehn-Pfund-Noten genügten, und der Lakai hätte ihm wahrscheinlich sogar verraten, wo das Silber aufbewahrt wurde.

»Dr. Cordingley hat noch nie jemanden aus der Familie bei einem seiner Besuche gleich zwei Mal zur Ader gelassen«, sagte er. »Nicht, seit ich hier bin. Und Lady Wychwood und Sir Eustace sind zu krank, um darüber zu wachen. Beide haben sich in ihre Betten in den gegenüberliegenden Flügeln des

Hauses zurückgezogen. Um Miss Wychwood kümmert sich deren Zofe Mary.«

»Ist die Zofe jetzt bei ihr?«, fragte Jasper.

»Das ist sie.« Der Lakai führte ihn durch einen mit Teppich ausgelegten Flur. »Sie soll den Arzt rufen, wenn es Miss Wychwood schlechter geht. Es wird ihr gar nicht gefallen, dass ich Sie herbringe.«

Jasper war es ziemlich egal, was der Zofe gefiel oder nicht. Als der Lakai an die große, holzgetäfelte Tür von Miss Wychwoods Schlafzimmer klopfte, wartete Jasper schweigend.

Die Tür öffnete sich einen Spalt. »Was gibt es denn?«

»Ein Gentleman ist gekommen, um Miss Wychwood zu sehen.«

»Sieht sie aus, als würde sie Besucher empfangen?«, erwiderte die Zofe säuerlich und machte Anstalten, die Tür wieder zu schließen.

Jasper stellte einen Fuß in den Spalt. Die Zofe verdrehte bei seinem Anblick die Augen. »Mary, nicht wahr?«

»Ja, Sir. Captain Blunt, Sir.« Als er eintrat, wich sie ein paar Schritte zurück in den Raum. »Sie dürfen hier nicht sein. Das gehört sich nicht.«

Hinter ihr stand ein großes Himmelbett. Die blauen Damastvorhänge waren halb zugezogen und verbargen die Person, die darin lag, vor seinem Blick.

Jaspers Herz klopfte wie verrückt. »Zweifellos. Aber jetzt bin ich hier. Und ich werde nicht gehen, bevor ich sie gesehen habe.«

Mary stellte sich ihm kurz in den Weg. Wie der Lakai war sie eine Angestellte mittleren Alters. Eine vernünftige Angestellte. Sie schien nicht vorzuhaben, das Haus zusammenzuschreien. »Sie werden ihren Ruf ruinieren«, warnte sie. »Sollte jemand davon erfahren …«

»Dann sorgen Sie am besten dafür, dass es niemand erfährt.« Jasper ging um sie herum.

Das Schlafzimmer war nicht so dunkel wie der Rest des Hauses. Sonnenlicht schimmerte durch die Lücken in den Vorhängen, und in einem Marmorkamin knisterte ein Feuer. Die mit Seide bedeckten Wände schimmerten im Licht der Flammen. Desselben Lichtes, das auch auf die halb geschlossenen Vorhänge des Himmelbetts fiel.

Als Jasper es erreichte, blieb er stehen.

Hinter den schweren Vorhängen des Himmelbetts schlief, von einer Steppdecke bedeckt und auf einen Berg Kissen gestützt, Julia Wychwood. Ihr offenes Haar fiel ihr in wirren ebenholzfarbenen Wellen um die Schultern.

Plötzlich spürte er einen Kloß im Hals.

Er hatte sie noch nie mit offenem Haar gesehen. Nie hätte er gewagt, es sich auch nur vorzustellen. Ein solcher Anblick war dem Ehemann einer Dame vorbehalten.

Oder ihrem Liebhaber.

Er war sich bewusst, dass er keines von beiden war.

Das zu wissen – es zu akzeptieren – machte seine Anwesenheit umso ungebührlicher.

Er sollte nicht hier sein, um sie in diesem hilflosen Zustand zu sehen. Nicht, wenn sie dem nicht zustimmen konnte. Nicht, wenn ihre Augen geschlossen waren, die schwarzen Wimpern dunkle Schatten auf ihre blassen Wangen warfen.

Und blass *war* sie, totenblass. Ihr schönes Gesicht wirkte in seiner Ruhe fast wächsern. Das Weiß ihres schlichten Baumwollnachthemdes wirkte im Vergleich geradezu lebhaft.

»Ist sie …« Seine Stimme verlor sich.

»Sie ruht sich aus«, sagte Mary mit einem strengen Unterton. »Lassen Sie sie besser in Ruhe. Wenn Sir Eustace oder Lady Wychwood wüssten …«

Jasper brachte die Zofe mit einem Blick zum Schweigen. Der Lakai hatte gesagt, Sir Eustace und seine Frau befänden sich in anderen Flügeln des Hauses. Keiner von beiden würde erfahren, dass Jasper hier war. Nicht, solange die Dienerschaft sich mit Bemerkungen zurückhielt.

»Komm, Mary«, mischte sich der Lakai ein. »Lass dem Mann einen Moment.«

Mary warf dem Lakaien einen Blick zu, der einen Obstgarten hätte verdorren lassen. Dennoch ging sie zu ihm, stellte sich neben ihn vor die geschlossene Tür. Den Blick unverwandt auf ihre Herrin gerichtet, begannen die beiden miteinander zu flüstern. Ihre Worte drangen nur bruchstückhaft an Jaspers Ohren.

»… indem du ihn hierher bringst?«, fragte die Zofe.

»… keine Romantik in deiner Seele?«, gab der Lakai zurück.

»… ist keine Romantik. Sondern Irrsinn. Nur ein Narr …«

Jasper ignorierte die beiden. Neben Miss Wychwoods Bett stand ein kleiner Sessel. Er nahm darauf Platz und musterte ihr Gesicht. Sie zeigte keine Anzeichen eines körperlichen Leidens. Nichts außer der Blässe ihrer Haut und dem schwachen Schweißglanz auf ihrer Stirn, der die feinen Strähnen am Haaransatz befeuchtete.

Doch das war nicht genug, um ihn zu beruhigen.

Ihre Arme lagen auf der Bettdecke, einer lang ausgestreckt, der andere leicht gebeugt über ihrer Körpermitte. Die langen Rüschenärmel ihres Nachthemds verdeckten jeden Hinweis auf Dr. Cordingleys Behandlung. Aber zu wissen, dass es sie gab – dass sie auf so barbarische Weise geschnitten und verletzt worden war –, zerrte an Jaspers Seele.

Sanft ergriff er ihre Hand. Sie war warm, seidenweich und so unglaublich klein im Vergleich zu seiner. Ein Anflug von Beschützerinstinkt verstärkte seinen Griff.

Miss Wychwoods Lider zuckten leicht, dann öffnete sie langsam die Augen. Sie blickte zu ihm auf und runzelte verwirrt die Stirn. »Captain Blunt«, murmelte sie. »Sind Sie es wirklich?«

»Ja«, sagte er.

Und mit einem Mal spürte er, wie unangemessen es war, hier zu sein.

Grundgütiger. Was musste sie denken? Aufzuwachen und sein zernarbtes Gesicht über sich schweben zu sehen? Ausgerechnet in ihrem Schlafgemach. Ein Zimmer, in das kein Gentleman, der nicht mit ihr blutsverwandt oder verheiratet war, es je wagen würde einzutreten. Nicht einmal, wenn eine Dame an der Schwelle des Todes stand.

Aber sie lag nicht im Sterben.

Das sah er jetzt. Sie war nur ausgelaugt und schwach. Sie brauchte dringend die erholsame Kraft des Schlafes, so wie ihre Zofe es gefordert hatte.

Und was hatte er getan?

Er war in halsbrecherischer Geschwindigkeit hierher geeilt und hatte sich wie eine verzweifelte Figur aus einem Groschenroman mithilfe von Bestechung in ihr Zimmer geschlichen.

»Verzeihen Sie mir«, sagte er unwirsch. »Ich hörte, Sie seien krank. Ich musste einfach kommen.«

»Ich bin nicht krank. Nur … müde.«

»Natürlich. Ich lasse Sie jetzt weiter ausruhen.« Er erhob sich vom Sessel und lockerte seinen Griff, in der Erwartung, dass sie ihre Hand zurückziehen würde. Sie tat es nicht. Ganz im Gegenteil. Ihre Finger legten sich mit einem Vertrauen um seine, das ihn völlig entwaffnete.

»Bitte gehen Sie nicht«, flüsterte sie.

Seine Brust zog sich vor Rührung zusammen. Er sank zurück in seinen Sitz. »Das werde ich nicht. Nicht, wenn Sie es nicht wollen.«

Sie war still, die Augenlider schwer, während er ihre Hand hielt. Er glaubte schon, sie wäre wieder eingeschlafen, als sich ihre Wimpern hoben und sie zu etwas an seiner Rechten sah.

Jasper folgte ihrem Blick zu dem runden Nachttisch. Er war mit Büchern bestückt. Insgesamt fünf Stück, die in vertrautes grünes Leinen gebunden waren. Er hätte sie beim Eintreten sehen können, wäre seine Aufmerksamkeit nicht ausschließlich auf Miss Wychwood gerichtet gewesen.

Als er die Bücher jetzt betrachtete, überkam ihn das seltsame Gefühl, dass alles seine Richtigkeit hatte. Es war, als hätte die Hand des Schicksals über Zeit und Raum hinweg nach ihm gegriffen und ihn in diesen Augenblick gebracht. Einen Moment lang hätte er fast an das Schicksal geglaubt.

»Meine Romane von J. Marshland«, sagte sie.

»Das sehe ich.« Er wandte sich wieder zu ihr. Irgendwie gelang ihm ein Lächeln. »Haben Sie sie schon gelesen?«

»Noch nicht. Nach Dr. Cordingleys Besuch ... war mir nicht besonders danach, ein Buch in der Hand zu halten.«

Jaspers Gesichtsausdruck wurde nüchterner. »Warum haben Ihre Eltern ihn gerufen?«

Sie zuckte kaum merklich mit den Schultern. »Ich sagte, es ginge mir schlecht. Es war nichts Ernstes, aber ...«

»Er hat Sie zur Ader gelassen. Zwei Mal.«

»Er denkt, ich lese zu viele Romane.« Sie warf einen reumütigen Blick auf den Bücherstapel auf ihrem Nachttisch. »Vielleicht tue ich das.«

»Niemand, der bei Verstand ist, glaubt, dass das Lesen von Romanen bei Frauen Krankheiten fördert«, erwiderte Jasper wütend. »Nicht mehr.«

Zugegeben, es war einst ein weit verbreiteter Glaube gewesen. Allerdings beruhte dieser eher auf der Annahme, das Lesen von Romanen würde eine Frau von ihren häuslichen

Pflichten abhalte, als auf der Befürchtung, dass ihr der Inhalt des Romans tatsächlich schaden würde. Das hatte Ärzte, Quacksalber und Verfasser dubioser medizinischer Traktate nicht davon abgehalten, alle möglichen Krankheiten – geistige wie körperliche – auf die Überreizung durch ein gutes belletristisches Werk zurückzuführen.

»Dr. Cordingley glaubt fest daran«, sagte sie. »Und meine Eltern würden einem Arzt nie widersprechen. Sie würden ihm erlauben, alles mit mir zu machen, was er will. Egal, ob ich widerspreche oder nicht.«

»*Haben* Sie widersprochen?«

»Ja.«

Jaspers Schultern spannten sich an. Er musste sich anstrengen, seinen Griff um ihre Hand nicht noch zu verstärken.

»Ich fürchte, meine Situation ist unhaltbar geworden«, sagte sie. »Das ist sie schon seit Langem, nur war ich zu dumm, um es zu erkennen.« Sie runzelte die Stirn. »Ich wünschte, ich hätte es getan. Dann hätte ich mehr Zeit gehabt.«

Er blickte sie finster an. »Sagen Sie doch nicht so etwas. Sie haben noch jede Menge Zeit. Sie liegen doch nicht im Sterben.«

Sie lächelte schwach. »Nein, natürlich nicht. Ich meinte nur … Ich dachte, ich hätte noch Zeit, bevor ich mich entscheiden muss, was ich als Nächstes tun soll. Und ich *muss* etwas tun. Eine Dame kann sich nicht ihr ganzes Leben lang einfach von der Strömung mitreißen lassen. Nicht, wenn sie ein gewisses Maß an Glück finden will.« Ihr Blick traf auf seinen. »Ich möchte so gerne glücklich sein.«

Sein Herz schmerzte vor unerwiderter Zuneigung zu ihr. Sie ließ seine Stimme heiser klingen. »Was würde Sie denn glücklich machen?«

Sie antwortete nicht, sondern sah ihn nur an.

Und wie sie ihn ansah.

Jasper umfasste ihre Hand mit beiden Händen und führte sie an seine Lippen. »Miss Wychwood …«

»Sie sind in meinem Schlafgemach, Captain Blunt. Mein Name ist Julia.«

Julia.

Es war die größte Intimität, die sie ihm gestatten konnte. Fast so groß wie der Kuss, den sie sich auf dem Ball gegeben hatten. Jemanden bei seinem Vornamen zu nennen, bedeutete, ihn so zu kennen, wie ihn nur seine engsten Freunde und Familienmitglieder kannten.

Er gewährte ihr das gleiche Privileg, jedenfalls soweit es ihm möglich war. Er wünschte, es könnte mehr sein. »Jasper.«

»Jasper.« Ihr Mund verzog sich zu einem Lächeln. »Das wusste ich nicht. Abgesehen von den Gerüchten über den Krieg weiß niemand etwas über Sie.«

»Gott sei Dank.« Es war schon schlimm genug, dass Ridgeway die Wahrheit vermutete. Jasper konnte es sich nicht leisten, dass noch jemand das tat. Nicht einmal sie.

Sie musterte sein Gesicht. »Aber Sie haben sich seither verändert. Zum Besseren. Das haben Sie mir selbst gesagt. Sie sind nicht mehr grausam. Sie sind nicht unfreundlich.«

»Ich gebe mir große Mühe, es nicht zu sein.«

»Können Sie das versprechen? Dass Sie jetzt ein anderer Mensch sind?«

Jasper spürte ihre Frage ebenso sehr, wie er sie hörte. Er wusste nicht, ob er lachen oder weinen sollte. »Mein liebes Mädchen, das kann ich Ihnen mit absoluter Sicherheit versprechen.«

»Gut«, sagte sie. »Gut.«

Ein flüchtiges Lächeln huschte um seine Mundwinkel. »Ist mein geläuterter Charakter so wichtig für Sie?«

»Das ist er. Weil es mich dazu veranlasst, Sie etwas Persönliches zu fragen.« Ihre Finger legten sich sanft um seine. »Ich habe mich gefragt ... ob Sie mich vielleicht heiraten würden?«

Jasper starrte sie an. Er wusste nicht, was er erwartet hatte, aber *das* war es nicht gewesen. Die Frage traf ihn wie der Schlag eines Preisboxers auf die Brust. Er konnte sich nicht bewegen. Nicht sprechen. Er konnte sie nur verblüfft ansehen, weil er sicher war, dass er sich verhört haben musste.

Sie sprach mit derselben ernsten Stimme weiter: »Ich weiß, dass Sie eine Vorliebe für Miss Throckmorton haben. Sie müssen denken, dass ihre Mitgift höher ist als meine. Aber das ist sie nicht. Ich erhalte hunderttausend Pfund bei meiner Heirat. Das ist mehr als doppelt so viel wie ihre. Wussten Sie das?«

Er hatte es nicht gewusst. Ridgeway hatte gesagt, Julia erwarte bei ihrer Heirat fünfzigtausend Pfund, nicht hunderttausend. Doch es machte so oder so keinen Unterschied. Ohne die Erlaubnis ihres Vaters würde Jasper nichts davon bekommen.

Diese Tatsache hätte ihr Gespräch jetzt und hier beenden müssen. Aber während er an Julias Bett saß und ihre Hand hielt, konnte er nur daran denken, dass er sie haben wollte.

Und warum sollte er auch nicht, wenn sie sich ihm auf diese Weise anbot?

Sie war so süß. So wunderschön. Wie eine verzauberte Prinzessin in einem Märchen lag sie da, die weichen Lippen erwartungsvoll geöffnet, und wartete auf den Kuss der wahren Liebe, um den Zauber zu brechen.

Er war nicht für sie bestimmt. Sie verdiente jemand Besseren. Jemanden, der sanfter und freundlicher war. Einen Mann, der sich ihr vollkommen hingeben konnte, ohne finstere Geheimnisse oder eine düstere Vergangenheit.

Jasper war sich sehr bewusst, dass er in dieser Geschichte der Bösewicht war, nicht der Held. Das hätte ihn aufhalten sollen. Und vielleicht hätte es das auch, wenn er edler gewesen wäre.

Aber er war nicht edel.

Er war müde und verbittert – so gottlos verbittert über die Ungerechtigkeit all dessen.

Nach allem, was er erlitten und geopfert hatte. Das Schicksal konnte nicht so grausam sein, ihm seinen Herzenswunsch anzubieten und zu erwarten, dass er ihn ablehnte.

»Wussten Sie es?«, fragte sie erneut.

Er antwortete ihr nicht, sondern stellte stattdessen eine Gegenfrage: »Was, wenn es kein Geld gäbe?«

Sie runzelte die Stirn. »Wie meinen Sie das?«

»Genau das.« Er verzichtete darauf, Einzelheiten zu nennen. Die Falschheit ihres Vaters war das Letzte, was sie im Moment hören wollte. Ihre Eltern hatten sie schon genug betrogen. »Was wäre, wenn Sie überhaupt keine Mitgift hätten? Wenn Sie sich keine Diener, keine schönen Kleider und keine Kutschen leisten könnten? Was, wenn es nur mich gäbe?«

»Nur Sie?« Sie klang von dieser Vorstellung nicht im Geringsten abgeschreckt.

Jasper spürte eine Welle lächerlicher Hoffnung in sich aufsteigen. Er zwang sich, ruhig zu bleiben. Keinesfalls durfte er vorschnelle Entscheidungen treffen. »Und die Kinder«, fügte er hinzu. »Und ein Haus, das allmählich bis auf die Grundmauern auseinanderfällt.«

»Und wenn schon.« Sie drückte seine Hand. »Das Geld ist mir egal. Nicht, solange ich meine Bücher lesen kann und einen sicheren Ort habe, an dem ich meinen Kopf betten kann. Das ist es, was ich will. Sicherheit. Ich möchte nie wieder Angst haben.«

»Jeder hat vor irgendetwas Angst. Das liegt in der Natur des Menschen.«

»Sie haben keine Angst.«

»Doch, das habe ich.« Er fürchtete sehr, dass er auf ihren leichtsinnigen Vorschlag eingehen würde. »Es ist nicht klug, mich in Versuchung zu führen, Julia. Es könnte sein, dass Ihnen nicht gefallen wird, was dann passiert.«

»Ich bin kein Kind mehr. Bald werde ich dreiundzwanzig sein. Eine alte Jungfer. Und …« Sie zögerte, und ihre Lippen bebten. »Ich fühle mich in diesem Haus nicht mehr sicher. Ich möchte unbedingt von hier fort.«

Er nahm ihre Worte in ernstem Schweigen auf. Es waren nicht nur ihre Worte, die ihn überzeugten. Sondern das Beben ihrer Lippen. Und ihre Hand, die fest geschlossen um seine lag. Er konnte sich ihr nicht widersetzen.

»Nun gut«, sagte er.

Sie atmete aus. »Sie werden mich heiraten?«

»Das werde ich.«

Tränen stiegen ihr in die Augen. Sie bemühte sich sichtlich, die Fassung zu bewahren. »Ich habe Bedingungen.«

Er spürte einen Anflug von Zärtlichkeit für sie. »Ah.«

»Vielleicht hätte ich sie vorher erwähnen sollen?«

»Vielleicht.« Er strich mit seinen Lippen über ihre Fingerknöchel. »Wie lauten sie?«

»Erstens, dass Sie versprechen, niemals meine Lektüre einzuschränken.«

»Abgemacht. Was noch?«

»Cossack muss als mein Reitpferd mitkommen. Und Sie müssen mir versprechen, dass ich auch eine Katze und einen Hund haben darf. Mehr als einen, wenn ich will. Und dass sie mit mir im Haus bleiben dürfen. Sogar in meinem Zimmer.«

»Bedingungen akzeptiert. Ist das alles?«

Ihre Wangen färbten sich – ein zarter Hauch von Damastrosa, der so schwach war, dass er ihm vielleicht entgangen wäre, wenn er sie nicht so aufmerksam angesehen hätte. »Ich möchte, dass wir mit der Vollziehung der Ehe warten.«

Wie durch ein Wunder gelang es ihm, sein Gesicht ausdruckslos zu halten. »Für wie lange?«

Ihre Verlegenheit war ihr deutlich anzumerken. »Ein oder zwei Monate. Bis wir uns besser kennen.«

Sein Nacken wurde ganz heiß. Dies war kein Gespräch, das man mit einer Dame führen sollte. Nicht einmal mit seiner zukünftigen Ehefrau. Aber er hatte ihr versprochen, dass sie offen mit ihm reden konnte. Also tat er es ebenfalls.

»Das ist oft die beste Art, sich kennenzulernen«, sagte er.

Das Rot ihrer Wangen verdunkelte sich. »Das mag durchaus sein, aber ich würde trotzdem lieber warten. Ich wünsche mir, dass Sie richtig um mich werben. Doch dafür ist keine Zeit mehr, da ich so bald wie möglich heiraten möchte.«

»Wie bald?«

»Am liebsten wäre es mir noch heute. Dass wir nach Gretna Green fahren könnten wie Lord Worth und Lady Elizabeth in *Der Feueropal.*«

Der Titel war nicht unter denen, die auf ihrem Nachttisch lagen, aber er erkannte ihn trotzdem. Es handelte sich um einen weiteren Liebesroman von J. Marshland. Eines seiner frühesten Werke und bei Weitem das beliebteste.

Jasper runzelte die Stirn. »In Gretna Green gibt es keine Eheschließungen am selben Tag mehr. Was wir brauchen, ist ein Pfarrer – und eine spezielle Lizenz.«

Letztere befand sich immer noch in seiner Brieftasche. Sie lag dort seit gestern Morgen, nachdem er sie sich bei der Juristenvereinigung besorgt hatte. Aber es gab keinen Grund, sie jetzt darüber zu informieren.

»Könnten Sie …«

»Ich werde es arrangieren. Aber bevor ich das tue …«, er hielt inne, »habe auch ich noch ein paar Bedingungen.«

Ihr Blick wurde misstrauisch. »Was für Bedingungen?«

Er war sehr sachlich. Es spielte keine Rolle, dass sie gerade über Brautwerbung und Vollziehung der Ehe gesprochen hatten. »Ich habe eine Vergangenheit«, sagte er. »Einiges davon kennen Sie bereits. Den Rest behalte ich lieber für mich. Sie dürfen mir keine Fragen über meine Eltern oder über meine Zeit vor dem Krieg stellen.«

Sie sah aus, als wolle sie etwas einwenden, aber sie tat es nicht. »Ich verspreche es.«

Jasper fuhr mit brutaler Offenheit fort: »Es gibt noch andere Dinge, die ich für mich behalten möchte. Arbeit, die ich tue, die geheim bleiben muss. Deshalb bleibt die Tür meines Arbeitszimmers immer verschlossen. Sie dürfen es niemals betreten.«

Sie riss die Augen auf. Er konnte sich gut vorstellen, was sie sich jetzt vorstellte. Dass er ein aufregendes Doppelleben als Verbrecher oder als Spion für die Krone führte.

Die Wahrheit war leider nicht so lukrativ.

»Das werde ich nicht«, versprach sie. »Doch die Arbeit, die Sie tun … sie ist doch nicht schändlich, oder?«

»Nein«, versicherte er. »Sie tut niemandem weh.«

Und sie half auch niemandem. Jedenfalls nicht in letzter Zeit. Aber das musste sich ändern. Ohne eine reiche Braut, die ihm den Weg ebnete, würde die Last wieder einmal ganz auf Jaspers Schultern liegen. Wenn er nicht etwas an seiner Vorgehensweise änderte, würden seine junge Familie und er bald noch schlechter dastehen als jetzt.

»Sonst noch etwas?«, fragte sie.

»Ja. Die Kinder. Sie sind ein bisschen wild. Ein bisschen …

schwierig. Es kann sein, dass sie sich nicht sofort mit Ihnen anfreunden. Und möglicherweise erzählen sie Dinge über ihre Mutter, die Sie verärgern könnten. Ich halte die Kinder nicht davon ab, über sie zu sprechen, denn ich möchte nicht, dass sie das Gefühl haben, sie dürften es nicht.«

»Ich würde nie von ihnen erwarten, dass sie es unterlassen. Nicht meinetwegen. Ich weiß, ich bin nicht …« Sie brach ab und etwas Unerklärliches lag in ihrem Gesicht. Vielleicht ein kurzes Aufflackern von Unsicherheit oder auch Resignation. »Das heißt, ich weiß, dass unsere Ehe keine Liebesbeziehung sein wird. Ich verlange keine Sonderbehandlung.«

Jasper konnte sich nicht erklären, was er gesagt hatte, um sie zu dieser Antwort zu bewegen. Warum sollte er sie nicht besonders behandeln? Sie würde seine Ehefrau werden. Die Ehefrau, die er sich selbst ausgesucht hatte. Die Frau, die er am meisten auf der Welt wollte.

»Ich werde mich bemühen, dazuzugehören«, fuhr sie in demselben zögerlichen Tonfall fort. »Ich hoffe, dass es mir gelingen wird. Aber wenn ich es nicht schaffe …«

»Sie werden dazugehören.« Er strich ihr eine feuchte Haarsträhne aus der Stirn. »Sie werden zu mir gehören.«

Wieder begann ihr Mund zu zittern.

Er konnte nicht widerstehen. Er beugte sich über sie und küsste ganz sanft ihre Lippen. Als er den Kopf wieder hob, lächelten ihre blauen Augen.

»Ich komme mir fast vor wie Dornröschen«, gestand sie.

»Nur, dass Sie nicht schlafen«, sagte er. »Sie sind hellwach.«

»Natürlich bin ich das. Ich will ja schließlich nichts verpassen.«

Seine Mundwinkel verzogen sich nach oben. »Wenn das so ist …« Er ließ ihre Hand los und erhob sich von seinem Platz, um sie mitsamt der Steppdecke in seine Arme zu nehmen.

»Du liebe Güte!«, keuchte sie. »Was in aller Welt …?«

»Captain Blunt!«, flüsterte Mary scharf. »Legen Sie sie sofort wieder hin.«

»Es geht ihr nicht gut, Sir«, sagte jetzt der Lakai. »Das dürfen Sie nicht.«

Jasper ignorierte die beiden. Sein Blick blieb fest auf Julia gerichtet. »Sie haben mir gesagt, dass Sie sich hier nicht mehr sicher fühlen.«

»Tue ich auch nicht.« Ihre Arme legten sich um seinen Hals. »Aber das erklärt nicht, was Sie hier tun.«

»Ist das nicht offensichtlich? Ich rette Sie.«

16. KAPITEL

Julia lehnte den Kopf an Jaspers Schulter. Er war so stark – so fest und entschlossen – und trug sie so mühelos, als wäre sie federleicht.

Sie war immer noch benommen vom erlittenen Blutverlust. Ihre Augenlider waren schwer, und sie konnte sich nicht so gut konzentrieren wie sonst. Das Geschehen um sie herum nahm sie wahr wie einen verschwommenen romantischen Traum.

Jasper gab den Dienern knappe Befehle – für das Packen von Julias Taschen und das Abholen von Cossack aus den Ställen. Jenkins gehorchte sofort und verließ eilig den Raum. Auch Mary fügte sich schließlich.

Julia vermutete, den Grund dafür zu kennen.

Mary war bei Dr. Cordingleys zweitem Besuch an diesem Morgen dabei gewesen. Sie hatte neben dem Bett gestanden, die Lippen missbilligend zusammengepresst. Danach war sie es gewesen, nicht Mama, die Julias Stirn abgetupft hatte.

»Es ist einfach nicht richtig«, hatte sie dabei gemurmelt, *»dass Ihre eigene Mutter Sie diesem Mann überlässt.«*

Mary kritisierte selten etwas, was Mama und Papa taten. Aber dieses Mal war Dr. Cordingley zu weit gegangen, und das mit Mamas ausdrücklicher Zustimmung. Vielleicht war das der Grund, warum Mary die Tür nicht verriegelt hatte, als Jasper aufgetaucht war, und auch nicht Julias Eltern informiert hatte.

Nicht, dass sie ihn hätten aufhalten können.

Julia hatte das Gefühl, dass sich niemand auf der Welt Jasper Blunt in den Weg stellen konnte, sobald er sich zu etwas entschlossen hatte.

Sie schlang die Arme fester um seinen Nacken.

»So viel wie möglich«, sagte er zu Mary, während sie Kleider in ein paar Reisetaschen und einen alten Lederkoffer stopfte. »Sie wird nicht den Luxus haben, zurückkehren zu dürfen.«

Jenkins betrat das Zimmer und sagte mit gedämpfter Stimme zu Jasper: »Miss Wychwoods Pferd wird soeben aus dem Stall geführt, Sir.«

»Ausgezeichnet.« Jasper trug Julia zur Tür.

Jenkins, der ihnen vorausging, öffnete sie leise und schaute in den Korridor hinaus, bevor er Jasper das Zeichen gab, dass die Luft rein war.

Dann trug Jasper Julia die Treppe hinunter.

Julia dachte, dass sie sich eigentlich schämen sollte. Ihr Haar war offen, zudem trug sie nur ihr Nachthemd, dessen lange Ärmel ihre Bandagen verbargen. Aber Jasper hatte darauf geachtet, ihre Würde zu wahren. Er hatte die Bettdecke um sie gewickelt und schützte sie so vor möglichen Blicken, als er die Eingangshalle durchquerte.

»Ich fühle mich in diesem Haus nicht mehr sicher«, hatte sie zu ihm gesagt. *»Ich möchte unbedingt von hier fort.«*

Und er hatte ihr zugehört. Er hatte ihr zugehört und sie verstanden.

Er hatte recht damit, wenn er sagte, dass er sie rettete. Julia glaubte nicht, dass sie einen weiteren Besuch von Dr. Cordingley überleben würde.

Jenkins eilte neben ihnen her. »Ich habe Ihre Handschuhe, Sir. Sie haben sie bei Ihrem letzten Besuch vergessen.«

»Er ist jetzt nicht an seinen Handschuhen interessiert«, schnauzte Mary, die Julias Taschen die Treppe hinunterschleppte. »Kümmere dich um die Tür. Und dann komm her und nimm die Taschen.«

Jenkins beeilte sich, die Haustür zu öffnen, und blieb zurück, als Jasper Julia aus dem Haus trug.

Auf der Straße wartete die glänzende schwarze Kutsche mit dem livrierten Diener auf dem Kutschbock und einem Lakaien, der den Schlag öffnete und den Stufentritt ausklappte, als er Jasper erblickte.

Binnen Sekunden saßen Julia und Jasper sicher im Kutscheninneren. Er hielt sie auf seinem Schoß und drückte sie fest an seine Brust. Seine Oberschenkel fühlten sich unter der dünnen Barriere ihrer Bettdecke und ihres Nachthemds so fest und muskulös an wie sein ganzer Körper.

Du meine Güte.

Mit großen Augen schaute sie zu ihm auf. Er hatte sie tatsächlich in ihrer Leibwäsche mitgenommen. Nicht im übertragenen Sinne, wie sie es Mary noch vor ein paar Tagen gesagt hatte, sondern wortwörtlich.

»Und das am helllichten Tag«, murmelte Julia. »Ein echter Skandal.«

Jaspers graue Augen funkelten amüsiert auf. »Sie werden mich jetzt wohl heiraten müssen, Ma'am.«

»Fahren wir direkt zu einer Kirche?«

Seine Miene wurde ernst. Plötzlich sah er aus wie ein rücksichtsloser Soldat während eines Feldzuges. »Nein«, entgegnete er. »Zum Haus von Lord Ridgeway.«

Das Zimmer im dritten Stock des Stadthauses von Lord Ridgeway war hell und luftig. Die Vorhänge waren geöffnet, um die Nachmittagssonne hereinzulassen. Es roch nach Zitronenpolitur, Waschsoda und Bienenwachs. Der Duft war ein Trost für Julia. In einem Raum, der so frisch und sauber roch, konnte sicher nichts Verwerfliches passieren – selbst wenn es sich um ein Zimmer in einem Junggesellenhaushalt handelte.

Sie setzte sich, einen Stapel Kissen im Rücken, im Bett weiter auf, um besser sehen zu können, was Mary tat.

Jasper hatte die Zofe angewiesen, sie zu begleiten, worüber diese alles andere als erfreut war. Sie murrte vernehmlich, während sie Julias Kleidung in den Reisetaschen neu ordnete, Unterröcke faltete sowie Mieder und Unterwäsche zusammenlegte.

»Es ist alles zerknittert und zerknüllt«, schimpfte sie. »Das hat man davon, wenn man die Sachen wahllos in die Koffer stopft. Wenn er mir fünf Minuten gegeben hätte, um es ordentlich zu falten …«

»Wir hatten keine fünf Minuten«, sagte Julia. »Wir mussten sofort los.«

»Warum? Um Sie hierher zu verschleppen? In das Haus eines Junggesellen?« Mary schnaubte. »Und dabei sind Sie ein so wohlerzogenes Mädchen.«

»Es ist nur vorübergehend. Bis er eine Heiratslizenz besorgt hat.«

»An einem Samstag? Pah. Er hätte Sie besser in Ihrem Bett gelassen, sicher im eigenen Haus.«

Julia sah ihre Zofe fragend an. »War ich denn sicher dort? Und was, wenn meine Mutter wieder Dr. Cordingley gerufen hätte? Was wäre dann aus mir geworden?« So, wie es aussah, würde sie wahrscheinlich Tage brauchen, um sich zu erholen. Bis dahin würde sie den Menschen um sie herum nur zur Last fallen, vor allem Jasper.

Marys Lippen verzogen sich zu einer sturen Linie. Sie war zu verärgert, um zuzugeben, dass Julia recht hatte. »Er hätte

Sie wirklich nicht in Ihrem Nachthemd auf die Straße tragen dürfen.«

»Ich war in eine Decke gehüllt«, erinnerte Julia sie. »Ich hätte genauso gut ein Wäschebündel sein können. Außerdem hat mich niemand gesehen.«

Aber das stimmte nicht ganz.

Zwar hatte niemand außer Mary, Jenkins, dem Kutscher und dem Lakaien ihre Flucht vom Belgrave Square gesehen, doch ihre Ankunft in der Half Moon Street war nicht unbemerkt geblieben. Als die Kutsche des Viscounts Ridgeway vor seinem Stadthaus vorgefahren war, hatte zeitgleich noch eine Kutsche vor dem Haus nebenan gehalten. Und deren Insassen waren in dem Moment ausgestiegen, als Jasper Julia die Steinstufen zu Lord Ridgeways Haustür hinaufgetragen hatte.

Julia hatte nur einen einzigen Blick erhaschen können, auf einen Herrn mit Brille und eine hübsche Dame mit kastanienbraunem Haar, das zu Flechten frisiert war. Die beiden hatten Jasper ganz unverhohlen angestarrt.

Ohne die Hintergründe zu kennen, hätte es tatsächlich so aussehen können, als entführte er gerade eine hilflose junge Frau, die er unter Drogen gesetzt, gefesselt und in eine Steppdecke eingewickelt hatte. Julia hatte in einem Roman einmal eine ähnliche Geschichte gelesen, allerdings hatte es sich um einen Teppich und nicht um eine Steppdecke gehandelt. Die junge Frau in der Geschichte war erst aufgewacht, als ihr Verführer und sie bereits auf halbem Weg nach Calais gewesen waren. Zu diesem Zeitpunkt war ihr Schicksal bereits besiegelt gewesen. Was ihr eigenes Schicksal anging, war Julia etwas zuversichtlicher.

Kaum dass Jasper Ridgeways Haus betreten hatte, war sie von ihm in eines der Schlafgemächer getragen worden. Er hatte sich nicht lange genug dort aufgehalten, um sie zu verführen.

Nachdem er sie auf das Bett gelegt hatte, war er sofort gegangen und hatte sie Marys Obhut überlassen.

»Das gehört sich einfach nicht«, beharrte Mary. Diese Worte waren zu einem ständigen Spruch geworden. »Und dass ich hier bin, macht es auch nicht richtiger.«

Julia seufzte. So kurz die Fahrt auch gewesen sein mochte, hatte sie sie doch überfordert. Sie fühlte sich völlig erschöpft, und ihr Atem ging flach. »Ich muss mich ankleiden.«

»Das hat keinen Sinn. Sie können sich genauso gut auch schlafen legen.« Mary zog einen einzelnen hellen französischen Ziegenlederhandschuh aus einer der Reisetaschen. »Wie ärgerlich. Ich war mir sicher, dass ich beide eingepackt habe.«

Julia runzelte die Stirn. Der Handschuh erinnerte sie an etwas, das sie seltsam gefunden hatte. »Mary?«

»Hm?«

»Als wir das Haus verließen, versuchte Jenkins, Captain Blunt ein Paar Handschuhe zu geben. Er sagte, er hätte sie bei seinem letzten Besuch zurückgelassen.«

Mary wühlte weiter in der Tasche. Sie sah absichtlich nicht auf.

»Wissen Sie etwas darüber?«, fragte Julia.

»Was für einen Unterschied macht das denn? Wenn man bedenkt, wo wir jetzt sind …«

»Mary.« Julia schlug einen schärferen Ton an. »Hat Captain Blunt mich vor heute schon einmal am Belgrave Square aufgesucht?«

Mary ließ die Reisetasche stehen und kam widerwillig zum Bett. Ihre Miene war ernst. »Wenn ja, dann macht es auch keinen Unterschied. Nicht mehr.«

»Er hat es also getan.« Julia musterte das Gesicht ihrer Zofe. »Wann?«

Mary schnaubte. »Gestern, als wir in dieser Buchhandlung in Charing Cross waren. Jenkins erwähnte es beiläufig, als wir zurückkamen.«

»Warum hast du es mir nicht gesagt?«

»Weil mich das nichts angeht. Und Sie wissen, wie Sir Eustace über Klatsch denkt.«

»Es ist doch sicher kein Klatsch, mir zu sagen, dass ich einen Besucher hatte.« Julia lehnte sich verwirrt in die Kissen zurück. »*Warum* war er da?«

Mary zuckte mit den Schultern. »Um Ihren Vater zu sehen. Genauso wie die anderen Gentlemen, die vorstellig geworden sind.«

Julia gefror das Blut in den Adern. Einen Moment lang konnte sie nicht atmen. »Es gab noch andere?«

»Jetzt sind Sie verärgert. Ich habe doch gesagt …«

»*Mary* …«

»Ja, es gab andere. Nicht viele. Ein paar im Laufe der letzten Jahre, das ist alles. Nicht der Rede wert.«

Während sie sprachen, hallte der Klang der Türglocke durch das Haus. Knarrende Schritte ertönten auf der Treppe, als ein Diener der Aufforderung, zu öffnen, nachkam. Kurz darauf waren Männerstimmen in der Eingangshalle zu hören. Julia beachtete nichts von alledem. Ihr Blick wich nicht von Marys Gesicht. »Wer?«

Mary warf einen Blick zur Tür, bevor sie zugab: »Ein alter Squire aus Cork, ein der Spielsucht verfallener Bursche mit Pickeln im Gesicht und zwei weitere Taugenichtse mit leeren Taschen, die an Ihrer Mitgift interessiert waren.«

Insgesamt vier Gentlemen? Vier, die um die Erlaubnis gebeten hatten, ihr den Hof machen zu dürfen?

Oder hatten sie vielleicht sogar um ihre Hand angehalten?

»Das hat mir Papa nie gesagt«, sagte Julia leise.

»Warum sollte er auch, wenn er sie abgewiesen hat? Es hätte Sie nur aufgeregt.«

»Ich hatte ein Recht, es zu erfahren. Die ganze Zeit über dachte ich, dass mich niemand will. Und die ganze Zeit über wusstest du es besser …«

»Die wollten nicht *Sie*«, sagte Mary. »Sondern Ihre Mitgift. Ihr Vater hat Sie nur beschützt.«

Julia drehte sich der Magen um. Hatte Jasper deshalb zugestimmt, mit ihr durchzubrennen? Weil er bereits um ihre Hand angehalten und Papa ihn abgelehnt hatte?

Ihr blieb keine Zeit, weiter über diese Möglichkeit nachzudenken.

Es klopfte. Mary wandte sich ab und eilte zur Tür. Sie war offensichtlich dankbar für die Unterbrechung.

Es war Jasper. Aber er war nicht allein. Als Mary zurücktrat, um ihm Einlass zu gewähren, betrat er das Schlafzimmer in Begleitung einer völlig fremden Person. Einer Dame, um genau zu sein. Derselben Dame mit dem kastanienbraunen Haar, die Julia auf der Straße gesehen hatte.

Sie trug ein schlichtes, aber elegantes Kutschenkleid und wirkte sehr respektabel.

»Miss Wychwood«, sagte Jasper, »das ist Mrs Finchley. Sie und ihr Mann wohnen nebenan. Mrs Finchley? Miss Wychwood. Wie Sie sehen können, wird sie nicht gegen ihren Willen festgehalten.«

»Miss Wychwood.« Mrs Finchley schien Julias gesamte Situation mit einem Blick zu erfassen. »Ich entschuldige mich für die Einmischung. Sie können sich vermutlich vorstellen, was ich dachte.«

Julia zog die Bettdecke fester um ihre Taille. Sie wünschte, sie hätte sich die Zeit genommen, sich anzukleiden oder wenigstens ihr Haar zu kämmen und zu flechten.

Aber Mrs Finchley schien sie nicht zu verurteilen. In ihrem blaugrünen Blick lag nichts als Besorgnis.

Das half Julia, sich zu beruhigen. »Ich hatte mich schon gefragt, ob Sie vielleicht etwas Ungewöhnliches vermuten. Genau so etwas kam nämlich in einem Roman vor, den ich einmal gelesen habe. Der Bösewicht war ein heimtückischer Franzose, der eine junge Erbin in einen Teppich eingewickelt hat.«

Mrs Finchley kam näher ans Bett heran. »Ist das der, in dem die Heldin entführt und über den Ärmelkanal gebracht wird?«

Julia begann zu strahlen. »Ja! Aber das ist wohl eine gängige Handlung. Reiche Erbinnen werden in Romanen immer von Schurken entführt.«

»Und Mrs Finchley möchte sich vergewissern, dass ich keiner von denen bin«, ergriff Jasper das Wort. »Wenn Sie nichts gegen ihre Anwesenheit einzuwenden haben, lasse ich Sie beide allein, um mich mit ihrem Mann zu unterhalten.«

»Gewiss.« Julia schenkte Mrs Finchley ein zaghaftes Lächeln. »Setzen Sie sich doch.«

Jasper betrachtete Thomas Finchley in dem mit Aubusson-Teppichen ausgelegten Salon. Er war ein schlanker Mann mittlerer Größe, mit braunem Haar und hellblauen Augen hinter einer silbernen Brille. Ein unscheinbarer Kerl.

Zumindest könnte man das glauben.

Aber Jasper war nicht dumm.

Er hatte Finchley auf den ersten Blick durchschaut. Er erinnerte Jasper an gewisse Raubtiere, denen er in fremden Gefilden begegnet war, deren äußere Gewöhnlichkeit nichts weiter als Tarnung war, um ihre tatsächliche Gefährlichkeit zu verbergen.

»Sie sind natürlich der Anwalt«, sagte Jasper. Eben jener Anwalt, den er in der Fleet Street hatte aufsuchen wollen. Derjenige, dessen Rat er brauchte, um sich zu beruhigen. Er deutete auf einen Stuhl. »Ridgeway hat Sie erwähnt.«

Finchley setzte sich. Er wirkte völlig entspannt. »Ich habe auch schon von Ihnen gehört. Bei Ihrem Ruf ist es schwer, das nicht zu tun.«

Jasper nahm ihm gegenüber auf dem Sofa Platz. »Ich würde nicht alles glauben, was ich höre.«

»Das tue ich selten.« Finchley sprach im Plauderton, genau wie er es getan hatte, als ihn Skipforth ins Haus gelassen hatte. Als wäre es die normalste Sache der Welt, an der Tür eines Junggesellenhaushalts vorstellig zu werden, um mit der jungen Dame zu sprechen, die in eine Steppdecke gewickelt hereingetragen worden war. »Meiner Erfahrung nach ist die Wahrheit oft viel komplexer als Gerüchte.«

Jasper fragte sich, welche Gerüchte Finchley zu Ohren gekommen waren. In London wurde sowohl über Jaspers Heldentum als auch über seine Brutalität geflüstert. Ersteres wurde oft genug in seiner Gegenwart erwähnt, aber was das Letztere anging, hatte noch niemand gewagt, ihn direkt darauf anzusprechen. Niemand außer Julia.

Er war sich ihrer Anwesenheit schmerzlich bewusst, schwach und verletzlich nach ihrem zweifachen Aderlass. Am liebsten hätte er die Finchleys an der Tür abgewiesen. Doch kam ihr Besuch auch zu einem unpassenden Zeitpunkt, so war er dennoch nicht ganz unwillkommen.

Nachdem Jaspers Werbung um Julia am Vortag von Sir Eustace abgewiesen worden war, hatte Jasper von seinem geplanten Besuch in der Fleet Street abgesehen, weil er nicht in der Stimmung dazu gewesen war. Und auch heute hatte es den Anschein gehabt, als gäbe es keine Gelegenheit dazu.

Aber nun war Finchley wie durch ein Wunder hier.

Jasper hatte fest vor, das Beste aus dessen Anwesenheit zu machen. »Ziemlich kompliziert, um genau zu sein. Sowohl in meinem als auch in Miss Wychwoods Fall.«

»Daran zweifle ich nicht«, erwiderte Finchley. »Dennoch können Sie die Bedenken meiner Frau sicher verstehen.«

Jasper hatte Finchley nicht für einen Mann gehalten, der unter dem Pantoffel seiner Frau stand. »Ich hoffe, Sie wird sich nicht allzu lange oben aufhalten. Miss Wychwood ist nicht in der Verfassung, um verhört zu werden.«

Finchley sah ihn gleichmütig an. Hinter seiner freundlichen Art verbarg sich stahlharte Entschlossenheit. »Ist sie denn in der Verfassung, einer Heirat zuzustimmen?«

Jasper versteifte sich bei dieser Andeutung. »Natürlich ist sie das.«

»Sie können sich gewiss vorstellen, wie das alles aussieht. Eine unverheiratete Dame aus guter Familie, die in ein Haus getragen wird, in dem gleich zwei Junggesellen wohnen.«

»Ridgeway ist nicht hier.«

»Wann erwarten Sie ihn zurück?«

»Ich habe keine Ahnung«, sagte Jasper. »Nicht in absehbarer Zeit.«

Julia war nicht in Gefahr, dem Viscount zu begegnen. Ohne den Besuch der Finchleys wären Jasper und sie vielleicht schon gar nicht mehr hier. Es würde nicht mehr lange dauern, bis ihre Abwesenheit am Belgrave Square bemerkt werden würde. Ihre Eltern würden sich nicht sofort in Bewegung setzen, nicht bei ihrer schlechten Gesundheit, aber wahrscheinlich würden sie jemanden hinter ihr herschicken. Wer auch immer es sein würde. Bedienstete? Der Friedensrichter? Ein eilig angeheuerter Privatdetektiv?

Jasper war zuversichtlich, dass er alle Eindringlinge würde

abwehren können, aber je mehr Leute in die Angelegenheit verwickelt waren, desto größer war die Gefahr eines Skandals. Und was für einen Skandal würde es geben, wenn die feine Gesellschaft erst einmal erfuhr, dass er eine hilflose Erbin entführt hatte.

Er musste Julia aus London fortbringen. Er musste sie heiraten und so schnell wie möglich nach Goldfinch Hall bringen. Dort konnte sie sich ausruhen und wieder zu Kräften kommen. Wenn schon nicht im Luxus, so doch zumindest in Sicherheit, frei vom gefährlichen Einfluss ihrer Eltern und den bedrückenden Aufmerksamkeiten Lord Greshams. Jeder Moment, den er mit Finchley im Salon verbrachte, war vergeudet.

Es sei denn, Jasper konnte das Gespräch auf juristische Fragen lenken.

In Anbetracht von Finchleys Verdacht war das schwer zu bewerkstelligen.

»Weiß Ridgeway von Ihren Plänen?«, fragte er.

»Es gibt keinen Plan«, sagte Jasper, »außer dem Wunsch, Miss Wychwood zu helfen. Sie befindet sich in einer unmöglichen Situation.«

»In solchen Fällen kann die Heirat ein brauchbarer Ausweg sein. Ich missbillige das nicht.«

Jasper bedachte den Anwalt mit einem eisigen Blick. »Ihre Zustimmung macht keinen Unterschied. Miss Wychwoods und meine Angelegenheiten gehen Sie nichts an.«

Finchley lächelte nur. »Ich befasse mich mit den Notlagen aller Menschen in unmöglichen Situationen. Eine Berufskrankheit.«

»Miss Wychwood ist nicht Ihre Mandantin. Sie wären ihr nicht von Nutzen. Was sie braucht, ist ein Ehemann. Jemanden, der sich um sie kümmert und sie beschützt. Es gibt sonst niemanden, der diese Aufgabe übernehmen könnte.«

Verständnis zeichnete sich auf Finchleys Gesicht ab. »Sie sorgen sich um sie.«

Jasper fühlte einen seltenen Anflug von Verwundbarkeit. Es war gefährlich, etwas so sehr zu wollen, wie er Julia Wychwood wollte. Es drohte, ihn unvorsichtig zu machen, ihm seine sorgfältig gefertigte Rüstung zu nehmen und ihn völlig wehrlos zurücklassen. »Ich betrachte mich als ihren Freund«, sagte er.

»Und sie empfindet das Gleiche für Sie, nehme ich an.« Finchley runzelte die Stirn. »Ich weiß ein wenig über Miss Wychwoods familiäre Situation. Eine unglückliche, gewiss, aber … sind Sie sicher, dass dies die Dinge nicht eher noch schlimmer macht?«

»Sie ist am Belgrave Square nicht mehr sicher.«

»Und Sie können für ihre Sicherheit sorgen?«

»Das kann ich«, sagte Jasper. »Und das werde ich.« Noch nie in seinem Leben war er sich einer Sache so sicher gewesen.

Finchleys Gesichtsausdruck wurde nachdenklich. »Sie haben recht, es geht mich nichts an. Aber wenn Sie meinen Rat wünschen …«

Jasper stieß ein humorloses Lachen. »Ich bezweifle, dass ich ihn mir leisten kann. Ridgeway sagte mir, dass Sie die mächtigsten Männer Londons zu Ihren Mandanten zählen.«

»Vielleicht früher mal«, sagte Finchley. »Ich habe vor Kurzem den Tätigkeitsschwerpunkt meiner Kanzlei geändert.«

Jasper gestand sich ein Aufflackern von Neugierde ein. »Eine Gewissenskrise?«

Finchleys Mund verzog sich zu einem Schmunzeln. »So etwas in der Art. Aber warum? Brauchen Sie einen Anwalt?«

»Ich habe einen Anwalt. Einen Burschen in York, der sich mit meinen Immobilienangelegenheiten beschäftigt.« Seine nächsten Worte wählte Jasper mit Bedacht. »In strafrechtlichen Fragen ist er nicht sehr bewandert.«

»Ich verstehe«, sagte Finchley. Es entstand eine längere Pause. »Benötigen Sie einen Rat in einer strafrechtlichen Angelegenheit?«

Jasper stand abrupt auf. Er ging zum kalten Kamin und stellte seinen Stiefel auf den Rand des leeren Rostes. Er schwieg einen langen Moment, während er überlegte, wie er den Kern seines Dilemmas am besten vermitteln konnte.

Finchley bedrängte ihn nicht.

Jasper spürte, dass sich der Mann mit Warten auskannte. Er spürte auch, dass er ihm vertrauen konnte.

Ein seltsames Gefühl.

Vertrauen war etwas, das Jasper nicht so leicht schenkte. Aber Ridgeway hatte gesagt, Finchley sei ein guter Geheimnisträger. Ein Mann, der die Vertraulichkeiten seiner Mandanten bewahrte.

»Das kommt darauf an«, sagte Jasper schließlich. »Ich habe eine Frage. Eine hypothetische. Aber ob ich sie stelle, hängt davon ab, wie loyal Sie gegenüber Ihren Mandanten sind.«

»Sobald ich für sie arbeite, ist meine Loyalität absolut«, antwortete Finchley. »Genauso wie mein Vertrauen.«

Jasper drehte sich um. »Erstreckt sich dieses Vertrauen auf ...«

»Auf alles, Captain Blunt. Vorausgesetzt, das kriminelle Verhalten liegt in der Vergangenheit.« Finchley studierte sein Gesicht. »Wir sprechen doch von kriminellem Verhalten, nicht wahr?«

Jasper dachte an die Kinder. An Dollys Gesicht vor all den Jahren, als sie mit Daisy auf dem Arm vor der Tür gestanden hatte. »Ich nehme an, manche würden es so nennen«, sagte er. »Andere vielleicht eher Gerechtigkeit.«

In Finchleys Blick hinter den Gläsern seiner Brille funkelte echtes Interesse. »Eine faszinierende Unterscheidung. Eine, über die ich selbst schon mehr als ein Mal nachgedacht habe.« Er nickte langsam und kam zu einem Entschluss. »Also gut. Ich übernehme Ihren Fall.«

17. KAPITEL

Nach Mrs Finchleys Besuch fiel es Julia schwer, nicht die Augen zu schließen und einzuschlafen. Sie hatte überhaupt keine Kraft mehr. Die kleinste Anstrengung ermüdete sie. Aber sie konnte nicht weiter in ihrem Nachthemd bleiben. Nicht im Haus von Lord Ridgeway.

Sie stand auf, sobald sich Mrs Finchley verabschiedet hatte. Mary half ihr beim Waschen und Anziehen und murmelte die ganze Zeit etwas über den Skandal und die Schande der Situation.

Als ob Julia nicht wissen würde, dass ihr Ruf auf dem Spiel stand. Wäre sie nicht so müde, hätte sie Gefahr laufen können, sich aufzuregen.

Doch so, wie die Dinge lagen, konnte sie Jasper relativ gelassen begrüßen, als dieser ins Zimmer zurückkehrte. Sie trug ein weiches Tageskleid aus violett gefärbter Wolle, ihr Haar war gebürstet und im Nacken mit einem Seidennetz frisiert, und sie lag genauso gegen die Kissen gestützt, wie er sie verlassen hatte.

Er runzelte die Stirn. »Sie sind noch blasser als vorhin«, sagte er. »Ich hoffe, Mrs Finchley hat Sie nicht allzu sehr aufgeregt?«

»Ganz und gar nicht.« Julia hatte die Frau des Anwalts als sehr nett empfunden – obwohl die Dame einige ziemlich gezielte Fragen gestellt hatte. Angesichts der Umstände verständlich, fand Julia. »Sind sie und ihr Mann wieder weg?«

»Das sind sie, Gott sei Dank.« Jasper musterte sie mit einem Ausdruck, der gleichzeitig beschützend und besitzergreifend wirkte. »Sie haben sich angekleidet.«

Schmetterlinge tanzten in ihrem Bauch. *Du liebe Güte.* Wie er sie ansah.

»Ich fand, dass es so besser ist«, erwiderte sie. »Die Anstrengung hat mich ziemlich erschöpft, fürchte ich.«

»Das kann ich sehen.«

Als er sich dem Bett näherte, beschleunigte sich ihr Herzschlag. Er sah so finster und abweisend aus. So unempfänglich für jedwede Sentimentalität. Und doch …

Dies war derselbe Mann, der sie im Garten der Claverings so leidenschaftlich geküsst hatte. Derselbe Mann, der sie in seine Arme genommen und wie ein Ritter in weißer Rüstung vom Belgrave Square weggetragen hatte.

Er warf einen Blick auf die Kante des Betts. »Darf ich?«

Ihr Herz setzte einen Sprung aus. »Ja, natürlich.«

Als er sich neben sie setzte, senkte sich die Matratze unter seinem Gewicht. »Eines muss ich wissen: Sind Sie sicher, dass Sie das immer noch wollen?«

Julia war sich bewusst, dass ihre Zofe in der Nähe war. Doch das hinderte sie nicht daran, ehrlich zu antworten. »Das bin ich.«

Wie von einem verborgenen Magneten angezogen, beugte er sich zu ihr. Seine Stimme klang jetzt tiefer. »Und bin *ich* immer noch das, was Sie wollen?«

Sie starrte zu ihm auf. Keiner von ihnen hatte dem anderen irgendetwas versprochen. Keine Liebeserklärungen, nicht einmal Zuneigungsbekundungen. Aber gestern Morgen hatte er ihr gesagt, dass sie unter all den anderen Erbinnen auf dem Heiratsmarkt seine erste Wahl gewesen war.

Eine zweifelhafte Ehre. Schließlich war er ein Mitgiftjäger.

Dennoch musste es ihn Überwindung gekostet haben, es zuzugeben, da er wusste, dass sie sich ihm entziehen konnte.

Das Mindeste, was sie tun konnte, war, ihre eigenen Gefühle zu gestehen.

»Das sind Sie«, antwortete Julia. »Ich hätte keinem x-beliebigen Gentleman einen Heiratsantrag gemacht.«

Etwas loderte in seinen Augen auf.

Am liebsten hätte sie einen Moment lang in der Hitze dieses Blicks geschwelgt. Sich in dem Wissen gesonnt, dass es ihn sichtlich freute, zu hören, dass sie ihn wollte.

Stattdessen fühlte sie sich, wie jeder wahrhaftige Narr, gezwungen, fortzufahren. »Ich frage mich nur, warum Sie mir nicht gesagt haben, dass Sie gestern meinen Vater aufgesucht haben.«

Und schon erlosch das Feuer in seinen Augen. Sein Blick war wieder so kühl und unlesbar wie das Eis auf der Oberfläche eines zugefrorenen Teiches. Darunter lauerte etwas Gefährliches. Was es war, konnte sie nicht sagen. Aber die Tatsache, dass er plötzlich wieder so unerreichbar wirkte, ließ sie vor ihm zurückweichen.

»Leugnen Sie es?«

»Ich habe keinen Grund, es zu leugnen«, erwiderte er schroff. »Es ist kein Geheimnis.«

Julia war selbst bei vollen Kräften nicht gut im Streiten. Jetzt, da sie schwach vom Blutverlust war, fühlte sie sich dem noch weniger gewachsen. Sie konnte nur darauf warten, dass er es von sich aus erklärte, in der Hoffnung, dass er sich dazu entschließen würde, ihr gegenüber ehrlich zu sein.

Sie sah ihn in stummer Erwartung an.

Ein Muskel in Jaspers Wange zuckte. »Ich habe ihn um Erlaubnis gebeten, Ihnen den Hof machen zu dürfen. Er hat mich abgewiesen. Mehr gibt es nicht zu sagen.«

»Oh.« Sie wurde wieder still.

»Wollen Sie sich nicht nach seinen Gründen erkundigen?«

»Ich vermute, ich kenne sie bereits«, sagte sie.

Bei ihrem letzten Gespräch mit ihrem Vater hatte er die günstige Lage von Lord Greshams Haus zum Belgrave Square erwähnt. »Ganz in der Nähe von hier«, hatte er es genannt. Als ob die Distanz zu ihrem Haus das Einzige wäre, was bei einem zukünftigen Ehemann zählte. Und für ihn war es das wahrscheinlich auch. Natürlich würde er nicht zulassen, dass sie von jemandem umworben wurde, der sie aus London wegbringen würde.

»Ich hätte es erwähnt«, sagte Jasper, »aber es hat sich keine Gelegenheit ergeben.«

»Sie hätten es mir gestern Abend im Garten der Claverings sagen können.«

»Zu welchem Zweck?«

»Es hätte erklärt, warum Sie mich nicht gleich zu Beginn des Abends aufgesucht haben. Warum Sie sich plötzlich Miss Throckmorton zuwandten. Das war der Grund, nicht wahr? Weil mein Vater Ihren Antrag abgelehnt hat?«

»Das ist richtig«, räumte er ein.

Sie war ein wenig enttäuscht. Sie hatte ihn nicht für die Art Mann gehalten, die vor einer Herausforderung zurückschreckt. »Sie hätten seine Erlaubnis nicht gebraucht. Ich bin volljährig. Ich kann heiraten, wen ich will.«

»So ist es. Womit wir in unserer jetzigen Situation wären.« Jasper sah ihr unverwandt in die Augen. »Ich frage Sie noch einmal: Wollen Sie mich immer noch heiraten?«

Sie biss sich auf die Lippen.

»Bevor Sie antworten, sollte ich Sie warnen, dass es nicht mein letzter Fehler gewesen sein wird, meinen Besuch bei Ihrem Vater zu verschweigen. Wenn Sie Ihr Schicksal an das meine binden, müssen Sie sich von der Erwartung von Perfektion verabschieden.«

»Ich erwarte keine Perfektion.« Sie bezweifelte, dass diese Eigenschaft bei ihr selbst oder bei anderen existierte. »Und ich will Sie immer noch heiraten.«

Der Muskel in seiner Wange entspannte sich. Es war ein subtiler Hinweis auf seine Erleichterung.

Hatte er tatsächlich gedacht, sie würde ihre Meinung ändern? Nur weil er ihr nicht gesagt hatte, dass er Papa aufgesucht hatte?

So unvernünftig war sie nicht.

Das Versäumnis *hatte* sie ein wenig verletzt, aber es änderte nichts an ihrer Meinung über ihn. Er war ein guter Mann, dessen war sie sich sicher.

Und welcher Gentleman enthielt seiner Frau außerdem nie etwas vor? Es war zwar ärgerlich, aber keineswegs überraschend. Nach Julias begrenzter Erfahrung existierte zwischen verheirateten Menschen selten Ebenbürtigkeit.

Eine Frau konnte höchstens darauf hoffen, einen Mann zu heiraten, der freundlich und verständnisvoll war und der – wenn sie Glück hatte – auch noch ihr Herz höherschlagen ließ.

Jasper besaß diese Eigenschaften in Hülle und Fülle.

»Wie geht es nun weiter?«, fragte sie ihn.

Als Antwort nahm er ihre Hand in die seine. Seine Berührung war fest, aber sanft. Viel sanfter, als man es von einem so kräftigen Mann erwarten würde. Als hielte er etwas unendlich Kostbares in seiner Hand. »Ich habe einen Plan«, sagte er. »Wenn Sie damit einverstanden sind, können wir sofort aufbrechen.«

Sie hatte nicht erwartet, dass er sie um ihre Zustimmung bitten würde. Niemand hat sie jemals um etwas gebeten, schon gar nicht daran, an ihr eigenes Glück zu denken. Die Tatsache, dass er es tat – besonders jetzt, da die Dinge so angespannt waren und jede Sekunde zählte –, bewegte sie über alle Maßen.

Ihre Finger schlossen sich um seine, genau wie vorhin, als er in ihrem Schlafzimmer am Belgrave Square ihre Hand ergriffen hatte. »Was schwebt Ihnen vor?«

»Es gibt eine kleine Kirche in Camden, in der wir uns trauen lassen können. Danach fahren wir nach King's Cross. Gegen vier Uhr wird ein Zug nach York abfahren. Ich hoffe, dass wir dann in diesem Zug sitzen werden.« Sein Blick blieb an ihrem haften. »Ist das für Sie akzeptabel?« Julia nickte. »Ja. Nur …«

»Was?«

Sie warf ihm einen entschuldigenden Blick zu. »Ich muss mich vielleicht ein bisschen auf Sie stützen.«

Sein Gesichtsausdruck wurde sanfter. »Was glauben Sie, wofür ich da bin?«

Wärme strömte durch ihre Adern. Es gab tausend Dinge, die sie hätte sagen können – tausend Gefühle, die darauf warteten, ausgedrückt zu werden –, aber bevor sie eine Antwort formulieren konnte, hatte Jasper bereits ihre Hand losgelassen, war aufgestanden und ging zur Tür.

»Ich werde die Kutsche rufen lassen«, sagte er.

»Warten Sie!«, rief Julia besorgt. »Was ist mit Cossack?«

»Er kommt zusammen mit Quintus nach. Ich werde Anweisungen für Ridgeway hinterlassen.«

Erleichtert atmete Julia auf. Sie hätte wissen können, dass Jasper einen Plan haben würde. »Danke.«

Ein Hauch von einem Lächeln umspielte seine vernarbten Lippen. »Sie können mir danken, wenn wir es aus London herausgeschafft haben.« Er öffnete die Tür. »Ihre Zofe soll Ihre Sachen bereitmachen.«

»Ich komme nicht mit«, sagte Mary.

Julias Blick zuckte zu ihrer Zofe. Sie stand mit verschränkten Armen am hölzernen Waschtisch, das Gesicht von mürrischer Entschlossenheit gezeichnet. Julia kannte diesen Blick. Sie verspürte eine ungute Vorahnung. »Würden Sie uns bitte einen Moment allein lassen?«, bat sie Jasper.

Er runzelte die Stirn. »Wir brechen in einer Viertelstunde auf.«

»Mit deiner Zofe oder ohne sie.«

Er hätte es genauso gut laut sagen können. Die Bedeutung des Unausgesprochenen war offensichtlich und blieb in der Luft hängen, noch nachdem er die Tür hinter sich geschlossen hatte. Erst als er gegangen war, richtete Julia ihre volle Aufmerksamkeit auf Mary. »Das meinst du nicht ernst, oder?«

Mary wirkte nicht, als würde sie scherzen. »Doch, das tue ich. Ich werde London nicht verlassen.«

»Aber warum? Du hast mich bis hierher begleitet …«

»Ich hatte keine große Wahl, oder? Nicht, wenn Captain Blunt Befehle erteilt, als wäre er unser vorgesetzter Offizier.« Mary ging zu einer der Reisetaschen und stopfte die obersten gefalteten Kleidungsstücke weiter in deren geräumiges Innere, bevor sie sie schloss. »Gott möge mir vergeben, dass ich Sie mit einem solchen Mann allein lasse. Aber wie man sich bettet, so liegt man eben, Miss.«

»Sag das nicht«, erwiderte Julia. »Das passt nicht zu dir. Nicht, wenn du weißt, wie mein Leben daheim war.«

»Sie hätten sich ein besseres Leben aufbauen können, wenn Sie Lord Gresham geheiratet hätten. Aber Sie wollen ja nicht auf mich hören. Und jetzt sehen Sie sich an, wo Sie sind – und mit wem. Es steht mir eigentlich nicht zu, das zu sagen, aber jemand muss Sie warnen. Sie werden mit diesem Mann unglücklich werden. Warten Sie es nur ab. Mit der Zeit werden Sie sehen, dass ich recht habe. Wenn er Sie erst einmal in seiner

Gewalt hat, weit weg von Ihrer Familie und Ihren Freunden, werden Sie Ihre Entscheidung bereuen.«

Die Worte ihrer Zofe machten Julia fassungslos. Sie fühlte sich wie eine Sterbliche, die von einer Gottheit verdammt wurde. Jeder Satz, den Mary sagte, war wie ein Messer, das Julias eigene Ängste und Unsicherheiten ans Tageslicht brachte. Aber sie hatte ihre Entscheidung getroffen und war fest entschlossen. Niemand würde sie jetzt noch davon abbringen, diesen Weg zu gehen, weder Mary noch sonst irgendjemand.

»Zumindest war es dann *meine* Entscheidung«, sagte sie. »Meine eigene Wahl, in guten wie in schlechten Zeiten. Nicht etwas, das eine andere Person für mich ausgewählt hat.«

»Es gibt Menschen, die nicht in der Lage sind, Dinge für sich selbst zu entscheiden. Und auch nicht in der Lage, auf sich selbst aufzupassen.« Mary stapfte zu der anderen Reisetasche. Sie nahm einen Unterrock heraus, faltete ihn neu und legte ihn zurück in die Tasche. »Wie wollen Sie zurechtkommen, ohne dass ich Ihnen beim Anziehen helfe? Ihnen die Haare bürste und Ihre Kleider reinige und bügle?« Sie schloss die Tasche. »Glauben Sie, Captain Blunt hätte in seinem Spukhaus ein Dienstmädchen, das weiß, wie man mit Terpentin Fettflecken aus einem feinen Seidengewebe entfernt?«

»Nein«, gab Julia zu. »Ich glaube nicht, dass Captain Blunt überhaupt Bedienstete hat.«

Mary erbleichte vor Entsetzen. »Grundgütiger! Am liebsten würde ich Ihre Eltern holen, damit die Sie wieder nach Hause schaffen. Sie haben ja keine Ahnung, worauf Sie sich da einlassen.«

»Wenn du mitkämst …«

»Ich werde London nicht verlassen«, wiederholte Mary nachdrücklich. »Wenn Sie mit ihm gehen, Miss, dann allein.«

Das war eindeutig ein Ultimatum. Doch statt nachzugeben, verspürte sie Trotz in sich aufsteigen. Sie war nicht hilflos. Nicht mehr als jede andere Dame, die auf eine Zofe angewiesen war, die ihre Haare frisierte, ihr Korsett schnürte oder die Haken am Rücken ihres Kleides schloss. Dennoch ... Die Aussicht, ohne Mary abzureisen, ließ Julias Herz beben.

War dies, wie es enden musste? Ein sauberer Bruch mit ihrem alten Leben? Ohne eine Freundin, die ihr zur Seite stand, sollte sie ihr neues Leben beginnen?

Aber Mary war nicht ihre Freundin.

Trotz all ihrer Schelte, der Ratschläge und ihrem offenen Ohr für Julias Probleme war Mary eine bezahlte Angestellte. Eine Dienerin, geschickt zwar, aber dennoch eine Dienerin.

Und von diesem Moment an war sie nur noch ein Überbleibsel von Julias Vergangenheit, zusammen mit dem schönen Haus, den teuren Kleidern und dem glänzenden Vierspänner.

Julia weigerte sich, um irgendetwas davon zu trauern.

Was sie in Yorkshire erwartete, war vielleicht weder elegant noch luxuriös. Es könnte schwer werden. Aber es würde echt sein. Und es würde ihr gehören.

»Wenn du so denkst«, sagte sie, »kannst du gehen. Ich halte dich nicht auf.«

Mary blieb neben dem Bett stehen. »Es ist noch nicht zu spät, Ihre Meinung zu ändern.«

Julia würdigte die Aussage mit keiner Erwiderung. Ihr Entschluss stand fest. »Würdest du mir bitte meine Handtasche holen?«

Mary gehorchte stumm und reichte Julia das kleine bestickte Täschchen mit dem seidenen Kordelzug.

Julia öffnete es und nahm ein paar Geldscheine heraus. »Das sollte reichen, um dich durchzubringen, während du dir eine neue Stelle suchst.« Sie streckte Mary die Scheine entgegen.

»Wenn meine Eltern sich weigern, dir eine Empfehlung zu schreiben, werde ich dir eine schicken. Du brauchst mir nur nach Goldfinch Hall in Yorkshire zu schreiben.«

»Goldfinch Hall?« Mary runzelte die Stirn, als sie das Geld entgegennahm. »Das klingt gar nicht nach einem Spukhaus.«

»Nein, das tut es nicht. Und, Mary?«

»Ja, Miss?«

Julia hob entschlossen ihr Kinn. »Ich werde nicht allein sein.«

18. KAPITEL

Julia hatte sich ihre Hochzeit oft ausgemalt. Es war schwer, das nicht zu tun, wenn man romantisch veranlagt war. Der Bräutigam war ungewiss gewesen – sie hatte nie ein bestimmtes Gesicht des Mannes im Kopf gehabt –, aber ihr Traum von dem Tag selbst war immer glasklar gewesen.

Natürlich würde die Zeremonie in einer Kirche stattfinden. Ein schöner, heller Raum, in den durch hohe Glasfenster das Sonnenlicht hereinfiel. Ein freundlicher Pfarrer mit rosigen Wangen und einem Lächeln würde am Ende des Gangs neben Julias namenlosem, gesichtslosem zukünftigen Ehemann stehen, und sie würde auf die beiden zugehen, gekleidet in weißen Satin, mit einem Schleier aus Honiton-Spitze und einem Strauß Orangenblüten.

»Wie Königin Victoria«, hatte Anne trocken bemerkt, als Julia es ihr einmal beschrieben hatte.

Als Lord Ridgeways Kutsche von der kleinen, unscheinbaren Kirche in Camden mit ihrem windschiefen Tor und dem überwucherten Friedhof fortfuhr, konnte Julia nicht umhin, sich zu fragen, was ihre beste Freundin wohl von der enttäuschenden Zeremonie gehalten hätte, an der sie gerade teilgenommen hatte.

Es war ganz und gar nicht wie in ihrem Traum gewesen.

Die Kirche war dunkel und trostlos gewesen, der Pfarrer fürchterlich missgelaunt, weil er beim Tee gestört worden war, und die Zeremonie selbst – bei der zwei ungepflegt wirkende

Diener des Pfarrers anwesend gewesen waren – hatte weniger von Romantik als von Zweckmäßigkeit gezeugt.

Dennoch bedauerte Julia nichts von alledem.

Von dem Moment an, als Jasper darauf bestanden hatte, sie die Treppe von Lord Ridgeways Haus hinunter und in die wartende Kutsche zu tragen, war er alles gewesen, was man sich nur wünschen konnte. Ein freundlicher und fürsorglicher Bräutigam, auch wenn er sie nicht geküsst hatte, als sie zu Mann und Frau erklärt wurden, und auch wenn er jetzt neben ihr saß und so böse dreinschaute wie der Pfarrer, als er aus dem Gebetsbuch vorgelesen hatte. Sie lehnte ihren Kopf an seine Schulter und zerdrückte dabei den Flieder, der ihre modische Haube schmückte.

»Geht es dir gut?«, fragte er unwirsch. Sie waren übereingekommen, sich nach der Trauung zu duzen. Die Intimität dieser Ansprache war immer noch ungewohnt.

»Ja, danke«, sagte sie. »Ich bin nur furchtbar müde.«

Als die Kutsche durch die Straße rollte und sie gegeneinander stieß, legte er den Arm um sie. »Wir sind nicht mehr weit von King's Cross entfernt. Wenn wir erst mal im Zug sitzen, kannst du die ganze Fahrt bis York schlafen.«

Julia antwortete nicht. Das Sprechen schien ihr zu anstrengend zu sein. Erst als der Wagen vor dem belebten Bahnhof anhielt, meldete sich ein leiser Zweifel in ihr. »Du glaubst doch nicht, dass es *wirklich* ein schlechtes Omen war, oder?«

Jasper brauchte nicht zu fragen, was sie meinte.

Bei der Unterzeichnung des Registers hatte sie versehentlich ihren neuen Namen verwendet: *Julia Blunt.* Der griesgrämige Pfarrer hatte ihn sofort durchgestrichen und ihr befohlen, mit ihrem Mädchennamen zu unterschreiben. Julia hatte das getan, aber nicht bevor einer der Diener etwas gemurmelt hatte: *»Ein schlechtes Omen.«*

»Du bist doch wohl nicht abergläubisch?«, fragte Jasper.

»Normalerweise nicht«, antwortete sie. »Aber man möchte sein Eheleben nicht unter einer Wolke beginnen.«

»Heute gibt es keine Wolken«, sagte er.

Julia wartete in der Kutsche, während er die Fahrkarten besorgte und einen Gepäckträger auftrieb, der sich um ihre Koffer kümmerte. Während sie aus dem Fenster blickte, sah sie, dass er recht hatte. Der Himmel war klar und wolkenlos. Es war ein so helles Blau, dass ihr fast die Augen wehtaten.

Sie brauchte keine Angst zu haben. Dies war ein Abenteuer. Das Abenteuer, von dem sie ihr ganzes Leben lang geträumt hatte. Die Zweifel, die sie hatte, kamen wahrscheinlich nur daher, dass sie von Dr. Cordingleys Behandlung so erschöpft war.

Dem Himmel sei Dank für Jasper.

Er trug sie nicht aus der Kutsche, aber er legte einen starken Arm um ihre Taille und stützte sie, als sie den überfüllten, rauchgeschwängerten Bahnsteig überquerten, um in den Erste-Klasse-Wagen zu steigen.

Ihr Abteil war leer. Und es war ziemlich luxuriös, mit glänzend polierter Holzvertäfelung, Teppichboden, Fensterläden und Regalen über den Köpfen, um ihr Gepäck zu verstauen.

»Müssen wir es mit anderen Passagieren teilen?«, fragte Julia, als Jasper sie zu einem der dick gepolsterten Sitze führte. Es gab insgesamt vier davon, ein Paar auf jeder Seite.

»Das bezweifle ich. Um diese Tageszeit fahren nicht viele Leute nach Yorkshire.« Er setzte sich neben sie. »Betrachte es als Hochzeitsgeschenk. Ich glaube nicht, dass wir in nächster Zeit wieder Erster Klasse reisen werden.«

Draußen durchbrach ein schriller Pfiff den Lärm auf dem Bahnsteig. Der Schaffner rief etwas Unverständliches, dann setzte sich der Zug mit einem gewaltigen Ruck in Bewegung.

Julias Magen krampfte sich zusammen. Sie war noch nie

schneller unterwegs gewesen als auf einem galoppierenden Pferd im Hyde Park. Der Zug war bedeutend schneller. Er ratterte in einer Wolke aus Rauch und Dampf aus dem Bahnhof und gewann mit jeder Sekunde an Geschwindigkeit.

Schnell lag King's Cross weit hinter ihnen.

Jasper nahm seinen Hut ab, knöpfte seinen Mantel auf und machte es sich auf seinem Platz bequem.

Julia wartete, bevor sie es ihm gleichtat. Erst als die Gefahr, dass noch ein Fremder ihr Abteil betrat, unwahrscheinlich erschien, wagte sie es, ihre Haube abzunehmen. Ihre Frisur war völlig zerdrückt. Verirrte Strähnen hatten sich aus ihrem seidenen Haarnetz gelöst und kräuselten sich in ihrem Gesicht. Mit zitternder Hand strich Julia sie aus ihrer Stirn.

»Ich bin noch nie Erster Klasse gereist«, gestand sie. »Oder überhaupt irgendeiner Klasse. Das ist das erste Mal, dass ich in einem Zug sitze.«

Jasper sah sie stirnrunzelnd an. »Warum hast du nichts gesagt?«

»Ich habe angenommen, du könntest es dir denken.« Sie wandte sich wieder dem Fenster zu. »Ich bin noch nie aus London herausgekommen. Bis jetzt bin ich stets nur in meiner Fantasie gereist.«

Draußen peitschte die Landschaft in beängstigendem Tempo vorbei, und das geschäftige Treiben Londons wich rasch einer immer größer werdenden Leere. Bis zu einem gewissen Grad hatte sie es angenommen. Die Außenbezirke und das Umland waren logischerweise weniger belebt als das Herz der Stadt. Dennoch erzitterte ihr Inneres nicht nur durch die Bewegung des Zugs, als sie die vertraute Landschaft entschwinden sah.

Sie senkte den Blick und zog ein Buch aus ihrer Handtasche, weil sie sich nach dem Trost seiner Seiten sehnte.

Jasper erstarrte. Der Ausdruck seines vernarbten Gesichts war nicht zu deuten.

»Ein weiterer Marshland-Roman.«

Julia fühlte Unsicherheit in sich aufsteigen. Eine frisch verheiratete Frau auf ihrer ersten Reise allein mit ihrem Mann sollte wohl keinen Roman lesen. Die beiden sollten Händchen halten und kuscheln, sich vielleicht sogar küssen und ihr privates Abteil voll ausnutzen.

Aber Jasper und sie hatten nicht aus romantischer Zuneigung geheiratet. Er brauchte ihr Vermögen, um sein Anwesen zu reparieren, und sie brauchte seinen Namen, um sich ihre Freiheit zu erkaufen. Das war zusammengefasst ihre Vereinbarung. Es spielte keine Rolle, dass er sie im Garten der Claverings geküsst hatte. Oder dass er heute wie ein verliebter Mann an ihr Bett geeilt war, ihre Hand gehalten und seine Lippen auf ihre Fingerknöchel gepresst hatte.

Er liebte sie nicht.

Und was sie für ihn empfand, war wahrscheinlich mindestens so sehr von ihren eigenen romantischen Sehnsüchten angetrieben wie von der Realität.

Sie hatte keine Lust, sich zum Narren zu machen.

»Du sprichst seinen Namen immer so aus, als würdest du ihn nicht gutheißen«, sagte sie.

Jaspers kalte graue Augen waren nicht zu deuten. »Ich missbillige ihn nicht. Ich frage mich nur, warum du so viele Bücher auf einmal von ihm gekauft hast.«

»Weil ich in den letzten Jahren nicht mehr so viel von ihm gelesen habe. Und weil du dich für seine Arbeit interessierst. Ich dachte, ich sollte das nachholen, damit wir etwas haben, über das wir reden können.«

»Es gibt andere Dinge, über die wir reden können«, sagte Jasper gereizt und verstummte, als sie ihren Roman aufschlug und zu der gefalteten Seite blätterte, die die Stelle markierte, an der sie aufgehört hatte.

Sie hatte gestern Abend vor dem Schlafengehen mit der Lektüre begonnen und war erst durch die ersten paar Kapitel gekommen. Bis jetzt war es eine ergreifende, wenngleich auch ziemlich temporeiche Geschichte voller Liebe, Verlust und unerwiderter Sehnsucht. Die perfekte Lektüre, um ihre aufgewühlten Nerven zu beruhigen.

»Ich dachte, du wolltest etwas schlafen?«, sagte Jasper nach einer Weile.

»Ich kann nicht«, antwortete sie. »Noch nicht. Dafür bin ich viel zu aufgeregt.«

Eine Untertreibung.

Julia saß neben ihrem neuen Gatten in einem Zug, der rasant auf ihr ebenfalls neues Leben zuraste, und fühlte sich am Rande einer Panik. Sie wusste nichts über Männer, außer dem, was sie in Büchern gelesen hatte. Sie hatte keine Ahnung, wie man eine Ehefrau oder eine Mutter war.

»Wegen unserer Hochzeit?«, fragte Jasper leise, so sanft wie seine Berührung, als er zuletzt ihre Hand gehalten hatte.

»Ein wenig«, gab sie zu und blickte von ihrem Buch auf. »Ich hoffe, die Kinder werden mich mögen.«

»*Ich* mag dich«, sagte er.

Sie sah ihm in die Augen und bekam Herzklopfen. »Du hast keine Zweifel?«

»Wenn ich welche habe, dann nicht wegen dir.«

Sie zögerte mit der Frage. »Was dann?«

Er runzelte die Stirn. »Bis heute war ich nur ein Mal in meinem Leben wirklich egoistisch. Die Dinge sind nicht so gelaufen, wie ich es erwartet hatte.«

Julia verstand nicht. »Willst du damit sagen, dass es egoistisch war, mich zu heiraten?«

»Natürlich war es das«, antwortete er. »Wie ich gerade sagte: Ich *mag* Sie, Mrs Blunt. Und die Kinder werden dich auch mögen, wenn sie dich erst mal kennengelernt haben.«

Ihre innere Anspannung ließ etwas nach. Es war das erste Mal, dass er sie mit ihrem neuen Namen angesprochen hatte. Das war ziemlich beruhigend.

Das Haus am Belgrave Square war weder warm noch einladend – es war nicht einmal sicher –, aber es war ihr Zuhause gewesen. Es hinter sich zu lassen fühlte sich an, als würde sie in einem Boot sitzen, das von seiner Verankerung losgerissen worden war und hilflos auf einem stürmischen Meer umhertrieb.

Aber sie trieb nicht hilflos umher.

Sie gehörte jetzt zu Jasper. Er war ihr Ehemann. Ihr Anker.

Auch wenn sie nicht Hals über Kopf ineinander verliebt waren, fühlte sie sich doch sicher und gewollt.

»Ich mag dich auch«, sagte sie aufrichtig. »Mehr als jeden anderen Gentleman, den ich kenne.«

Er ließ ein kurzes, schiefes Lächeln aufblitzen. Ohne seine Narbe hätte es fast jungenhaft wirken können. Die Art von Lächeln, von der man Herzklopfen bekam. »Praktisch«, sagte er, »da wir doch verheiratet sind.«

Ihr ging das Herz auf. Sie saßen nebeneinander und waren sich bereits sehr nahe. Ihr Arm an seinem, ihr Rock an seinem Bein, der Saum ihres Rocks eng an einem seiner Stiefel. Während sie las, rückte sie noch näher an ihn heran und ließ sich von der muskulösen Stärke seiner großen Präsenz trösten.

Er legte seinen Arm um Julia und zog sie an sich. Seine Aufmerksamkeit war immer noch auf ihr Buch gerichtet. »Warum hast du so viele Romane von Marshland, die du nachholen musst?«

»Ich habe eine Zeit lang aufgehört, ihn zu lesen.«

»Aus einen bestimmten Grund?«

»Ich weiß es nicht«, sagte sie. »Manchmal treibt man zeitweise von Autoren weg.«

Das war unvermeidlich, wenn man bedachte, wie groß das Angebot an Romanen war. Es gab immer etwas Neues zu entdecken – einen neuen Autor, eine neue Geschichte. Aber bei Marshland war es etwas Bestimmtes, das sie andere Wege hatte gehen lassen. »Ich glaube, es hatte mit dem letzten Buch zu tun, das ich von ihm gelesen habe. Das, das erschien, als ich achtzehn war. Ich glaube, es hieß *Die verschollene Erbin*.«

»Was war daran falsch?«

»Nichts Bestimmtes. Eher ein Gefühl. Es war anders als Marshlands vorherige Werke – ernst und sogar ein wenig traurig. Ich glaube, damals habe ich Geschichten bevorzugt, die spannender waren.«

»Und jetzt? *Der Garten der Tapferkeit* hat dir doch gut gefallen.«

»Ja. Es war außerordentlich ergreifend.« Sie blätterte in ihrem Buch. »Ich wünschte, ich hätte nie damit aufgehört, Marshland zu lesen. Ich hatte vergessen, wie sehr er sich von anderen Autoren unterscheidet.«

»Inwiefern?«

»Zum einen ist er nicht annähernd so produktiv. Früher erschienen seine Romane mit einer gewissen Regelmäßigkeit, aber in den letzten Jahren sind seine Veröffentlichungen auf ein Rinnsal geschrumpft. Und sie haben sich verändert. *Die verschollene Erbin* und *Der Garten der Tapferkeit* haben nichts mehr mit seinen früheren Werken zu tun, die ich als Mädchen gelesen habe.«

»Vielleicht ist er erwachsen geworden.«

»Vielleicht. Das mag der Grund sein, warum ich eine Zeit lang aufgehört habe, ihn zu lesen. Ich liebe seinen Stil, aber im

Vergleich zu Mrs Braddon und Mrs Trent-Watkinson scheint seinen Geschichten etwas zu fehlen.«

Jasper schwieg einen Moment. Dann fragte er: »Was denn?«

»Ich weiß es nicht. Ich habe sie nicht gründlich studiert. Aber ich denke, dass es den Geschichten von Marshland vielleicht an Abenteuern fehlt.«

»*Der Garten der Tapferkeit* handelt von einem Ritter auf einer Suche. Ist das nicht abenteuerlich?«

»Es ist zu realistisch. Die Leute lesen Sensationsromane nicht wegen des Realismus. Sie wollen Nervenkitzel und Gefahr.«

Jasper zog eine Grimasse. »Mörderische Bigamistinnen, die Leute in Brunnen stoßen?«

»So etwas in der Art.« Julia blätterte weiter. »Aber ich muss sagen, Marshlands romantische Gefühle übertreffen bei Weitem alle anderen Autoren, die ich in letzter Zeit gelesen habe.«

»Ich bin froh, dass er auch etwas richtig machen kann«, sagte Jasper trocken.

»Die Reden, die Sir Richard in *Der Garten der Tapferkeit* zu Lady Elaine hielt, waren so schön. Auch in diesem Roman drückt sich der Held, Colonel Lawrence, in den herzergreifendsten Worten aus.« Sie blickte vorübergehend abgelenkt zu ihm auf. »Meinst du, Marshland sagt solche Dinge zu seiner eigenen Frau?«

Jasper sah sie unverwandt an. »Ist das denn etwas, das eine Ehefrau hören will?«

Sie errötete. »Ich wage zu behaupten, dass sie es will, wenn ein Ehemann es ernst meint. Und wir haben über Mr Marshland gesprochen, nicht über dich und mich.«

»Richtig.« Er zog sie näher an sich heran. »Was das angeht, spart sich das der arme Narr zweifellos für seine Romane auf.«

»Ich hoffe nicht. Was für eine Verschwendung wäre es, solche Dinge für sich zu behalten. Wenn er wirklich so empfindet, meine ich. Und wenn er verheiratet ist. Vielleicht ist er ja ein mürrischer alter Junggeselle.«

»Apropos Ehe …« Seine Hand strich beruhigend über ihren Arm. »Hast du dich schon daran gewöhnt, oder bist du immer noch nervös deshalb?«

»Es ist ein bisschen besser.« Ein unangenehmer Gedanke kam ihr in den Sinn. »Hast du dir deshalb mein sinnloses Geschwätz angehört?«

»Es ist nicht sinnlos«, sagte er. »Deine Meinung ist mir wichtig. Ich bin dankbar, sie zu jedem Thema zu hören.«

Das war bei Weitem eines der wunderbarsten romantischen Dinge, die je jemand zu ihr gesagt hatte. Fast so romantisch wie seine Worte, sie sei eine schöne Seele. Oder als er sie geküsst und ihre Hand gehalten hatte. In der Tat schien es, als hätte er ihr in der kurzen Zeit, die sie ihn kannte, ein halbes Dutzend romantischer Momente geschenkt – ein Lächeln, eine Berührung, eine unwirsch geäußerte Empfindung. Wie Edelsteine, von denen jeder kostbarer war als der andere.

Seufzend schmiegte sie sich an seine Schulter. Der Roman lag noch immer aufgeschlagen auf ihrem Schoß.

Der Zug ratterte weiter. Der Rhythmus der Räder und das regelmäßige Kreischen des Metalls lullten Julia ein und ließen sie fast in den Schlaf sinken.

Es verging einige Zeit, bis sie schließlich spürte, wie Jasper ihr das Buch aus den Händen nahm und zuklappte. Der goldgeprägte Titel und der Name des Autors auf dem Stoffeinband verschwammen vor ihrem müden Blick.

Die Rückkehr des Helden von J. Marshland

Es war das Letzte, was sie sah, bevor ihr die Augen zufielen. »Ich frage mich, wofür das J steht«, murmelte sie.

Jasper antwortete ihr nicht. Zumindest glaubte sie, dass er es nicht tat. Aber während die Erschöpfung ihren Geist und ihren Körper einhüllte und sie in die Vergessenheit zog, war sie sich sicher, dass sie ihn ganz leise eine Antwort in ihr Ohr flüstern hörte.

»Es steht für James.«

19. KAPITEL

Wie versprochen, ließ Jasper seine neue Braut den ganzen Weg nach York schlafen.

Er hätte ebenfalls schlafen können, wenn er ihr gegenüber nicht so einen starken Beschützerinstinkt verspürt hätte. Das war kein neues Gefühl. Er kannte es, seit er am Belgrave Square zu ihr ans Bett geeilt war. Dieser unbändige Wunsch, sie zu beschützen und zu verteidigen. Sie in Sicherheit zu bringen. Er hätte nicht gedacht, dass er noch stärker werden könnte.

Doch da hatte er sich geirrt.

Als der schlecht gelaunte Pfarrer der kleinen Kirche in Camden sie zu Mann und Frau erklärt hatte, hätte er genauso gut eine magische Beschwörungsformel aussprechen können. Die Worte hatten eine verblüffende und unmittelbare Wirkung gehabt, die nicht nur die Stärke von Jaspers Gefühlen für seine neue Braut verstärkt, sondern auch die Zusammensetzung seine Seele selbst verändert zu haben schien.

Als er neben ihr im Abteil der Ersten Klasse saß, sie in seiner Armbeuge wiegte und die kostbare Berührung ihres Kopfes an seiner Schulter spürte, war er sich der großen Verantwortung bewusst, die er ihr schuldete.

Sie gehörte jetzt zu ihm, sowohl vor dem Gesetz als auch im Geiste. Seine eigene egoistische Entscheidung. Eine, die überhaupt nichts mit dem Anwesen oder den Kindern oder irgendetwas anderem zu tun hatte, das vor oder nach dem Krieg gekommen war.

Es spielte keine Rolle, dass es so nicht angefangen hatte. Dass es ihre Mitgift gewesen war, nicht ihre Schönheit oder ihre Liebenswürdigkeit oder gar ihr Romangeschmack, die sein Interesse geweckt hatten.

Das alles lag nun weit hinter ihnen.

Als sie in York ankamen, weckte er sie auf, kurz bevor sie umsteigen mussten. Sie war immer noch blass und schwach. Er nahm an, dass es mehrere Tage dauern würde, bis sie nach dieser Tortur wieder bei Kräften war. In der Zwischenzeit begnügte sie sich damit, sich auf ihn zu stützen, und er war geradezu schamlos froh, ihr in Dutzenden von kleinen Dingen zu helfen – indem er ihr die Bänder ihrer Haube unter dem Kinn band oder ihre Hand hielt und ihre Taille umschloss, während er sie zu einem anderen Zug und in ihr Abteil führte.

Als sie Malton erreichten, war es bereits dunkel und viel zu spät, um noch weiterzufahren. Hardholme hatte keinen Bahnhof. Den Rest ihrer Reise mussten sie mit der Kutsche zurücklegen – selbst im günstigsten Fall eine lange und beschwerliche Fahrt, die man am besten nicht nach Sonnenuntergang unternehmen sollte. Vor allem, wenn es keinen Vollmond gab, der den Weg beleuchtete.

Sie wurden am Bahnhof von schlechtem Wetter empfangen. Der bisher wolkenlose blaue Himmel war von Dunkelheit und strömendem Regen abgelöst worden.

Jasper suchte ihnen am Droschkenstand eine Kutsche. »Wir werden uns für die Nacht einquartieren«, sagte er, während er Julia hineinhalf. »Irgendwo in der Nähe.«

»Wir müssen keine Pause einlegen«, sagte sie. »Ich fühle mich kräftig genug für die Weiterfahrt.«

»Aber ich nicht.« Er kletterte hinter ihr hinein und schloss die Tür hinter sich. Dann klopfte er gegen das Dach, um dem Kutscher das Zeichen zum Losfahren zu geben. »Die Straße nach Hardholme kann tückisch sein. Es ist besser, gleich morgen früh loszufahren.«

»Werden wir in einem Hotel übernachten?«

»Leider nichts so Luxuriöses. Es gibt ein Gasthaus außerhalb der Stadt, direkt an der Landstraße. Ich habe dort schon einmal übernachtet. Es ist sauber, und sie servieren ein anständiges Essen.«

Es war eine kleine Einsparung, aber eine notwendige. Er hatte für ihre Bahntickets bereits mehr als nötig ausgegeben. Er bedauerte die Entscheidung nicht. Dank der Ersten Klasse hatte sich Julia in ihrem eigenen Abteil ausruhen und die Privatsphäre genießen können. Aber in Zukunft würden sie den Gürtel enger schnallen müssen.

Er hoffte, dass sie nicht zu enttäuscht war. Wenn es so sein sollte, konnte er es nicht erkennen. Das Kutscheninnere war dunkel, und es gab keine Lampe, die ihr Gesicht hätte beleuchten können.

Bei dem Wetter brauchte der Kutscher eine gute halbe Stunde, um den Gasthof zu erreichen. Es schüttete wie aus Eimern, was den heute ungewöhnlich belebten Hof in einen morastigen Sumpf verwandelte. Jaspers Stiefel quietschten im Schlamm, als er aus der Kutsche sprang.

Er versuchte erst gar nicht, Julia durch den Schlamm zu führen. Stattdessen hob er sie in seine Arme und trug sie ins Gebäude.

Julia klammerte sich an seinen Hals. »So viel zu deinem wolkenlosen Himmel.«

Der unausgesprochene Gedanke war klar: *Vielleicht war es doch ein schlechtes Omen.*

Als Jasper Julia im rauchgeschwängerten Vorraum absetzte, fragte er sich, ob sie nicht vielleicht doch recht hatte. Im Gasthaus wimmelte es nur so von Menschen. Ein Chaos von Stimmen und klirrenden Gläsern drang aus dem kleinen Speisesaal.

Als der Gastwirt endlich auftauchte, teilte er Jasper mit, dass sie ausgebucht seien.

»Der Regen kam so unerwartet, dass die Reisenden direkt von der Straße hereinkamen«, erklärte der Mann in einem starken Yorkshire-Dialekt. »Es gibt nur noch ein Zimmer auf dem Dachboden, und das ist nur für einen einzigen Gast geeignet.«

Julia klapperte mit den Zähnen.

»Wir nehmen es«, sagte Jasper.

Er veranlasste, dass ihr Gepäck hinaufgetragen wurde, und bestellte das Abendessen, das in einer halben Stunde serviert werden sollte. Julia war nicht in der Lage, im Speisesaal Platz zu nehmen, und er wollte sie nicht dieser Menge ungehobelter Menschen aussetzen.

Das hinderte sie jedoch nicht daran, neugierig zu sein. Während Jasper mit dem Gastwirt sprach, hielt sie seinen Arm umklammert und schaute sich mit großen Augen um.

»Ich war noch nie außerhalb Londons«, hatte sie ihm gesagt.

Er konnte sich nicht vorstellen, wie das alles auf sie wirken musste. Erst die Bahnfahrt und die Kutsche und jetzt das. Eine belebte Herberge am Rande einer abgelegenen Landstraße in North Yorkshire.

Dazu kam noch die Tatsache, dass sie jetzt einen Ehemann hatte, und er hätte es ihr nicht verübelt, wenn sie einen erneuten Panikanfall bekommen hätte.

Aber das tat sie nicht.

Im Gegenteil, sie schien außerordentlich gut gelaunt, was die ganze Sache anging.

»Jasper«, sagte sie, als der Wirt ihnen einen Schlüssel brachte.

Er beugte sich zu ihr vor. »Was gibt es?«

Ihre Stimme senkte sich zu einem schüchternen Murmeln. »Ich bin mir nicht sicher, ob ich in der Lage bin, vier Stockwerke hochzusteigen.«

»Das kommt ja auch überhaupt nicht infrage.«

Sie biss sich auf die Lippen. »Aber du kannst doch nicht ...«

»Bitte sehr, Sir«, sagte der Gastwirt. »Der Junge hat das Gepäck in Ihr Zimmer gebracht und Feuer gemacht. Alles ist bereit für Sie.«

Jasper nahm den Schlüssel entgegen, dann hob er seine Braut noch einmal in die Arme. Sie gab einen gedämpften Laut des Protests von sich und vergrub ihr Gesicht in seiner Halsbeuge, als er sie die Treppe hinaufzutragen begann.

»Keine Sorge«, flüsterte er ihr zu. »Ich versichere dir, dass es mir nichts ausmacht. Ganz im Gegenteil.«

»Es ist mir peinlich«, flüsterte Julia zurück. »Was müssen die anderen denken?«

»Sie werden denken, ich sei ein eifriger Ehemann mit seiner hübschen Braut.«

Sie stöhnte verlegen.

Er sagte es nicht aus Höflichkeit. Denn es war wirklich nicht schwer, sie die Treppe hinauf zu ihrem Dachzimmer zu tragen. Im vierten Stock angekommen, fand er eine einzige Tür am Ende eines kurzen Ganges. Er musste sich ducken, um Julia hindurchzutragen, und verlor dabei seinen Hut. Erst als sie sicher drinnen waren und die Tür hinter ihnen geschlossen und verriegelt war, setzte er sie ab.

Das Zimmer war zwar aufgeräumt, aber selbst für die Verhältnisse einer bescheidenen Pension lächerlich klein. Die Schatten, die die Flammen des frisch entfachten Feuers warfen, zuckten über den Lattenboden, den abgenutzten Sessel am Kamin und den Waschtisch in der Ecke, auf dem eine zerbrochene Porzellanschüssel und ein Krug standen.

In der Mitte des Raums stand ein Bett mit einem alten Eisengestell. Mit sauberen Laken und einer Patchworkdecke bezogen, war es kaum groß genug für einen ausgewachsenen Mann, geschweige denn für diesen Mann und seine Frau. Es sei denn, das Paar schlief mit einem besonderen Maß an Vertrautheit miteinander.

Jasper runzelte die Stirn.

Verdammter Mist. Dies war seine Hochzeitsnacht. Eine Nacht, die er in diesem Bett verbringen sollte, um seine Braut zu entjungfern.

Aber dazu würde es nicht kommen. Nicht jetzt. Das hatte er ihr versprochen. Dennoch …

Das Bett stellte eine fast höhnische Erinnerung dar.

Julia hatte es noch nicht bemerkt. Nachdem er sie abgesetzt hatte, stützte sie sich mit gebeugtem Kopf und den behandschuhten Fingern flach auf seiner Brust einen Moment lang an ihn, um sich zu orientieren. Ihr Busen hob und senkte sich schnell, als wäre sie es gewesen, die die Treppe hinaufgestiegen war und nicht er.

Blutverlust machte einen kurzatmig. Daran erinnerte sich Jasper aus eigener Erfahrung. Der Säbelhieb in sein Gesicht hatte stark geblutet. Nach dem Scharmützel war er mit Hunderten anderer verletzter und sterbender Soldaten auf ein Schiff verfrachtet worden und hatte die kurze Reise von Sewastopol nach Konstantinopel hinter sich gebracht, atemlos und schwach, immer wieder das Bewusstsein verlierend, um dann mit hohem Fieber in einem Krankenhausbett in Skutari zu erwachen.

Er wusste nicht, wie viel Blut der Arzt Julia genommen hatte, aber er konnte sich gut vorstellen, wie sie sich fühlen musste.

»Ganz ruhig«, murmelte er, während er die Schleife unter ihrer Haube öffnete. Er nahm sie ihr ab und warf sie zusammen mit seinem Hut auf das Bett. Ihr Mantel folgte, dann ihre Handschuhe. Ohne ein Wort unterwarf sie sich seinen Handgriffen. »Möchtest du dich setzen oder hinlegen?«

»Erst setzen«, sagte sie. »Dann hinlegen.«

Ein Lächeln umspielte seinen Mund. »Also beides.«

Der Sessel war nur ein paar Schritte entfernt, aber Julia machte keine Anstalten, dorthin zu gehen. Sie schien sich nur ungern von ihm trennen zu wollen.

Er strich ihr mit der Hand über das zerzauste Haar und strich es ihr aus dem Gesicht. Es war eine von Dutzenden kleineren Freiheiten, die er sich ihr gegenüber bereits herausgenommen hatte – ebenso zärtlich wie besitzergreifend.

Es hätte genügen sollen.

Aber dies war der erste Moment, in dem sie allein waren. Wahrhaftig allein.

Es waren keine Diener in der Nähe. Keine anderen Reiter in der Rotten Row, keine anderen Gäste, die auf einem Balkon rauchten oder am Rande eines dunklen Gartens plauderten. Zum ersten Mal hatte er sie ganz für sich allein, in einem Schlafgemach, hinter einer sicher verschlossenen Tür.

Und sie war seine Frau.

Er legte seine Hand um ihr Gesicht und hob es zu seinem. Ihre Haut war samtig warm, ihre blauen Augen leuchteten hell im Schein des Feuers. »Julia.« Seine Stimme klang rau. »Ich habe vor, mein Versprechen an dich zu halten, mit der Vollziehung unserer Ehe zu warten. Aber es ist unsere Hochzeitsnacht und …«

Ein Hauch von Rosarot kroch ihren Hals hinauf in ihr Gesicht. »Ja?«

Langsam streichelte er ihre errötende Wange mit dem Daumen. »Ich möchte dich küssen.«

Ihre Lippen bebten. Sie gab ihm keine Erlaubnis. Nicht mit

Worten. Aber ihre Arme wanderten nach oben, um sich um seinen Nacken zu legen.

Hitze strömte durch seine Adern, als er die weiche Kurve ihrer Hand auf der bloßen Haut seines Nackens spürte. Sie zog ihn an sich. Mehr Ermutigung brauchte er nicht. Er beugte den Kopf und begann, sie leidenschaftlich zu küssen.

Ihre Finger griffen fest in sein Haar.

Und alles in ihm – von seinem Herzen über seine Lunge bis hin zu seiner Seele, die nun für alle Ewigkeit mit der ihren verbunden war – zog sich vor Verlangen zusammen. Einem so starken Verlangen, dass er es fast nicht ertragen konnte.

Er schlang seine Arme um sie, einen um ihre Taille und einen um ihre Schultern, und drückte ihren zierlichen Körper von ihren Brüsten bis zu ihren Knien an sich. Ihre Röcke bauschten sich um seine Beine und umschlossen sie.

In seinem Hinterkopf schrillten die Alarmglocken und mahnten ihn, vorsichtiger mit ihr umzugehen, sie nicht mit seiner Größe zu erdrücken oder mit der Kraft seiner Leidenschaft zu überwältigen.

Doch Julia zeigte keine Anzeichen, sich von seiner Leidenschaft abschrecken zu lassen. Sie reckte sich ihm auf Zehenspitzen entgegen. Ihr Atem vermischte sich, als sie seinen Kuss mit weichen, halb geöffneten Lippen erwiderte. Es brachte sein Blut auf die gleiche Weise in Wallung, wie es das im Garten der Claverings getan hatte.

Sie war zwar unerfahren, jedoch geschickt. Es lag eine natürliche Sinnlichkeit in der Art, wie sie ihn berührte und ihre Lippen mit einem süßen, suchenden Druck auf seinen bewegte.

Es war die reinste Qual, den Kuss zu unterbrechen. Selbst während er es tat, hielt er sie weiter in der gleichen festen Umarmung. Seine Lippen glitten über ihr Kinn, ihre Wange und ihre Schläfe.

»Meine Liebste«, murmelte er. »Du musst mir sagen, wenn ich dir wehtue.«

Ihre Finger lösten sich aus seinem Haar. »Du tust mir nicht weh.«

»Bist du sicher?«

»Ziemlich sicher.« Sie ließ ihre Hände auf seine Schultern gleiten. »Ich wünschte, du könntest mich für immer so halten.«

Ein heiseres Lachen stieg in seiner Kehle auf. Es hätte auch ein Stöhnen sein können. Er lehnte seine Wange an ihre Stirn. »Führe mich nicht in Versuchung.«

Ausnahmsweise war Julia dankbar, dass sie erschöpft war. Wäre sie nicht bis auf die Knochen müde, wäre sie vielleicht vor Verlegenheit gestorben.

Beleuchtet von einer kleinen Öllampe auf dem Nachttisch, schien das Bett das gesamte kleine Dachgeschosszimmer auszufüllen. Wohin sie auch blickte, es war da. Es ließ sich nicht vermeiden, ebenso wenig wie das Dilemma, das sie erwartete, wenn es an der Zeit war, sich hinzulegen.

Würden sie zusammen darin schlafen? Oder würde sich Jasper auf den Boden legen? Und nach diesem Kuss …

Gütiger Himmel.

Sie hatte doch nicht unwissentlich die Bedingungen ihrer Vereinbarung geändert, oder? Indem sie ihn so leidenschaftlich küsste, hatte sie ihm nicht die Erlaubnis für mehr gegeben?

Nicht, dass er ihre Erlaubnis gebraucht hätte.

Eine Ehefrau gehörte in jeder Hinsicht ihrem Mann. Ihr Geld. Ihr Körper ebenfalls. Selbst ihre Kinder – falls sie jemals welche haben sollte – würden nicht ihr gehören. Nicht in den Augen des Gesetzes. Einmal verheiratet, wurden Mann und

Frau zu einer Person. Und rechtlich gesehen war diese Person der Ehemann.

In dem Moment, in dem sie in der kleinen Kirche in Camden ihr Jawort gegeben hatte, hatte Julia im Grunde aufgehört zu existieren.

Sie konnte sich nur vorstellen, was Anne wohl dazu sagen würde. In der Tat hallte Annes Stimme immer häufiger in Julias Kopf nach.

Was hast du getan? Hast du nicht einen Moment lang daran gedacht, dass du vielleicht vom Regen in die Traufe gerätst?

Es fiel Julia schwer, jetzt nicht daran zu denken, obwohl ihr frisch angetrauter Gatte so freundlich war.

Sie aßen allein in ihrem Zimmer an einem kleinen Tisch, der vor dem Kamin stand. Obwohl Jasper ihr eifrig das Fleisch servierte und ihr Glas nachfüllte, war er größtenteils schweigsam. Julia war es ebenso. Die Erinnerung an ihren Kuss war spürbar präsent. Ein dritter Gast an ihrem Tisch, der jede Hoffnung auf ein normales Gespräch verhinderte.

Schließlich war die Spannung nicht mehr zu ertragen.

Sie legte ihre Gabel ab. »Jasper …«

»Ich frage mich«, sagte er, »ob wir nicht vielleicht schon über den Punkt der Vornamen hinaus sind.«

Ihre Aufmerksamkeit wurde für einen Moment abgelenkt. »Du möchtest nicht, dass ich dich Jasper nenne?«

Er zuckte mit den Schultern. Es wirkte übertrieben beiläufig.

Julia konnte sich des Eindrucks nicht erwehren, dass seine Bemerkung alles andere als das war. »Wie soll ich dich denn nennen?«

»Die Möglichkeiten sind grenzenlos.« Methodisch faltete er seine Serviette und legte sie neben seinem Teller ab. »Wie sprechen sich deine Eltern an?«

»Gar nicht«, sagte sie freimütig. »Nicht, wenn sie es verhindern können. Und wenn sie es tun, ist es selten direkt.« Sie zögerte, bevor sie fortfuhr. »Mein Vater nennt meine Mutter ›deine arme liebe Mama‹ und meine Mutter nennt ihn ›deinen armen Vater‹. Das würde in unserem Fall kaum passen.«

Jaspers Mundwinkel zuckten amüsiert. »Jedenfalls noch nicht.«

Julia drohte zu erröten. Aber sie ließ sich nicht ablenken. »Gefällt dir mein Name nicht?«

»Dein Name ist wunderschön. Er gefällt mir sehr gut.«

Ihre Augenbrauen zogen sich zusammen. »Dann … ist es *dein* Name, den du nicht magst?«

»Ich muss gestehen, das es so ist. Mir wäre es lieber, wenn du mich anders nennen würdest.«

Ihr Blick wurde neugierig. »Du meinst einen Kosenamen? Oder soll ich einen ganz anderen Namen auswählen?«

»Ein Kosename wird genügen.« Er lockerte sein schwarzes Halstuch. Er hatte bereits seine Jacke abgelegt, als sie sich zum Essen gesetzt hatten. Eine weitere Erinnerung an ihre neu gewonnene Intimität. In Hemdsärmeln und der schwarzen Weste wirkte er noch größer und kräftiger als je zuvor.

»Gibt es einen, der dir lieber ist?«, fragte sie.

»Ich möchte, dass du etwas aussuchst.« Wieder dieser übertrieben beiläufige Tonfall. Als würde seine Bitte überhaupt nichts bedeuten. Als wäre es nur eine Laune.

Julia verstand ihn nicht. »Ein Name ist wichtig. Das ist mir kürzlich klar geworden. Er ist ein Teil der Identität eines Menschen. Man kann ihn nicht einfach wegnehmen und ihn in jemand anderen verwandeln.«

Seine Finger verharrten auf dem Knoten seines Halstuchs. Er sah sie eindringlich an.

»Meine Eltern haben alle unsere Diener umbenannt«, erklärte sie. »Das ist doch nicht richtig, ein Mädchen Jane zu nennen, wenn sie eigentlich Florence heißt? Es mag wie eine Kleinigkeit erscheinen, aber wenn jemand einem die Identität wegnimmt, was bleibt einem dann noch?«

»Ich dachte, du wärst fasziniert von der Idee, dass Menschen sich neu erfinden.«

»Nur wenn sie es aus freien Stücken tun.«

»Nun, das tue ich«, sagte er. »Und es ist keine Neuerfindung. Sondern ein Privileg der Ehe.« Endlich hatte er den Knoten des Halstuchs gelöst. Der Kragen seines weißen Leinenhemds klaffte auf und gab den Blick auf seinen Hals frei.

Ihr Blick fiel kurz auf dieses entblößte Stück nackter Haut. Wie sein Gesicht wirkte auch sie im Schein des Feuers wie Bronze. Als Julia den Blick wieder zu seinen Augen hob, stellte sie fest, dass er sie beobachtete. Sie befeuchtete ihre Lippen. »Ich nehme an, ich könnte dich mit *mein Lieber* oder *Liebster* anreden, wenn du nichts dagegen einzuwenden hast.«

Sein Blick wankte nicht, aber sein Kehlkopf bewegte sich durch ein Schlucken.

»Ist das in Ordnung?«, fragte sie.

»Für den Moment«, sagte er.

Sie lächelte. »Wie willst du mich nennen?«

»Ich habe mich noch nicht entschieden. Vielleicht muss ich experimentieren, um herauszufinden, was am besten zu dir passt.«

»Du kannst mich weiterhin Julia nennen, wenn du willst. Ich habe keine Einwände. Im Gegensatz zu dir mag ich meinen Namen sehr.« Es gelang ihr nicht, ein Gähnen zu unterdrücken. Schnell legte sie eine Hand vor den Mund. »Oh, ich bitte um Verzeihung!«

Er lächelte. »Du hättest schon vor Stunden im Bett sein sollen. Bist du fertig mit Essen?«

»Bin ich.« Erneut wanderte ihr Blick zum Bett. Seit Jasper und sie sich hingesetzt hatten, hatte sie bestimmt drei Dutzend Blicke auf das verflixte Ding geworfen. Sogar während des Essens war es da gewesen und hatte sich am Rande ihres Blickfeldes abgezeichnet.

Seine tiefe Stimme riss sie aus ihren Gedanken. »Du wolltest etwas sagen, bevor ich dich unterbrochen habe?«

Julia warf ihm einen reumütigen Blick zu. »Es gibt nur ein Bett.«

»Stimmt«, stimmte er ernst zu. »Und das wirst natürlich du nehmen.«

»Wo wirst du schlafen?«

»Auf dem Boden. Oder vielleicht auf diesem Sessel.«

Beides sah nicht sehr einladend aus. Der Boden war aus hartem Holz, der Teppich stark abgenutzt. Der Sessel war kaum besser. Der Bezug war fadenscheinig, und die Federn und die Polsterung schienen schon lange den Geist aufgegeben zu haben.

»Du wirst dich furchtbar unwohl fühlen«, sagte sie.

»Ich habe schon an schlimmeren Orten geschlafen.« Er stand auf. »Und nein. Ich werde nicht darüber reden, wo.« Er kam um den Tisch herum und reichte ihr seine Hand.

Sie ergriff sie und spürte seine kräftigen Finger. Seine Haut war warm und leicht rau von der Arbeit. Sie rieb sich auf die köstlichste Weise an ihrer Hand. Ein zarter Wonneschauer durchfuhr ihr Innerstes.

Du liebe Güte. Er war ihr *Ehemann*. Sie waren *verheiratet*.

Als er ihr aufhalf, kam ihr ein gefährlicher Gedanke. »Wir könnten es teilen.«

Jaspers Hand schloss sich reflexartig um ihre. Das war der einzige Hinweis, dass er ihre Worte überhaupt gehört hatte. Es gab keine anderen Anzeichen – weder in seiner Stimme noch in seinem Gesichtsausdruck. Sein Tonfall war völlig ruhig. »Meine Liebste, schlägst du vor, dass wir miteinander schlafen?«

20. KAPITEL

Jasper kannte die Antwort, bevor Julia sie aussprach. Er wusste nicht, warum er sich die Mühe gemacht hatte, zu fragen. Natürlich hatte sie nicht vorgeschlagen, dass sie ihre Ehe vollziehen sollten. Und selbst *wenn* sie es getan hätte, hätte er ihr nicht gehorcht. Nicht, wenn sie vor Erschöpfung so schwach war, dass sie kaum die Augen offen halten konnte.

»Ich befürchte, ich werde sofort eindösen«, antwortete sie unbefangen. »Und ich habe einen tiefen Schlaf. Du brauchst keine Sorge zu haben, mich zu stören.«

»Dann werde heute Nacht wohl nur ich ruhelos sein.«

»Weil das Bett so klein ist? Ich glaube nicht, dass es allzu unangenehm sein wird. Nicht im Vergleich zum Schlafen auf dem Boden.«

»›Unangenehm‹ ist nicht das Wort, mit dem ich es beschreiben würde.« Er sah sie einen Moment lang stirnrunzelnd an. »Nun gut«, sagte er schließlich. Wenn er sich schon quälen wollte, konnte er sich auch gleich ganz der Sache widmen. »Soll ich dich allein lassen, damit du dich umziehen kannst?«

»Was das angeht …« Ihre Wangen röteten sich vor Verlegenheit. »Ich fürchte, ich habe mich noch nie ohne die Hilfe einer Zofe ausgezogen. Nicht mehr, seit ich begonnen habe, ein Korsett zu tragen.«

Jasper ging das Herz auf.

So war also die Ehe. Er stand mit seiner Braut in einem winzigen Zimmer in einem Gasthaus und hörte zu, wie sie von ihren Schwierigkeiten beim Entkleiden erzählte. Das war ein Thema, das keine Dame jemals in gemischter Gesellschaft ansprechen würde. Doch nur ein paar gemurmelte Worte des Pfarrers, schon waren Jasper und Julia Ehemann und Ehefrau und es herrschte höchste Vertrautheit.

Es war schwer, sich davon nicht berühren zu lassen.

»Möchtest du, dass ich dir helfe?«, bot er an.

Das Rot ihrer Wangen wurde dunkler. »Wenn es dir nichts ausmacht.«

»Du wirst mich anweisen müssen.« Er versuchte, seine Stimme beiläufig zu halten und scheiterte kläglich. »Ich bin es nicht gewohnt, feine Damen zu entkleiden.«

Mit unsicheren Fingern berührte sie die Vorderseite ihres Mieders. Ihr Zustand war schon bei der Abreise aus London geschwächt gewesen, aber nach den Strapazen der langen Reise war ihre verbliebene Kraft zu einem Schatten verblasst. Sie würde nicht mehr lange durchhalten.

»Ganz unten gibt es Innenhaken«, sagte sie. »Ich kann sie selbst lösen, aber …«

»Lass mich.« Er schob ihre Hände sanft beiseite. »So geht es schneller.«

Ein Irrtum.

Er brauchte sogar entsetzlich lange. Seine großen Hände kämpften mit den filigranen Verschlüssen. Und er war von ihrer sinnlichen weiblichen Gestalt abgelenkt. Jeder gelöste Haken spreizte die beiden violetten Hälften ihres Mieders ein wenig mehr auf und gab einen weiteren Blick auf die üppige Wölbung ihres Busens frei, der von einem spitzenbesetzten Leinenhemd und einem passenden Korsett verborgen wurde.

Als Jasper es endlich geschafft hatte, stand ihm der Schweiß auf der Stirn.

Grundgütiger! Es war die reinste Folter.

Dennoch ließ er sich nicht beirren, streifte ihr das Mieder von den Schultern und half ihr aus den Ärmeln. Dann sah er sie – die beiden Verbände, die fest um ihre Unterarme gewickelt waren.

Sorge breitete sich wie ein Feuersturm in ihm aus und verdrängte alle anderen Gefühle. Nur Wut gesellte sich dazu.

Sie verschränkte ihre Arme hinter dem Rücken. »Es ist nicht so schlimm, wie es aussieht.«

»Lass mich mal sehen.« Jasper hielt ihr die Hand hin. Er war erleichtert, als Julia sie, wenn auch widerwillig, ergriff. »Ich werde dir nicht wehtun.«

»Das weiß ich.« Sie erlaubte ihm, ihren rechten Arm zu untersuchen. »Aber du brauchst kein großes Aufheben um mich zu machen. Mir wäre es lieber, du würdest es nicht tun.«

»Natürlich mache ich ein großes Aufheben um dich. Du bist schließlich meine Frau.« Er untersuchte ihre Verbände. »Was hat der Schurke benutzt? Eine Lanzette?«

»Einen Schröpfschnepper.«

Jasper schnaubte, während er ihren linken Arm ergriff, der stärker bandagiert war als ihr rechter. Fragend blickte er zu ihr auf.

»Es wollte nicht aufhören zu bluten«, sagte sie.

Er wurde so wütend, dass er die Worte kaum herausbekam, ohne zu knurren. »Wo waren deine Eltern?«

»Sie waren schon auf ihren Zimmern. Nur Mary war bei mir. Und natürlich Dr. Cordingley.«

Jasper konnte nicht verstehen, wie ihre Mutter und ihr Vater es zulassen konnten, dass sie einer solchen schändlichen Tortur ausgesetzt wurde. »Du musst sehr krank gewesen sein, dass sie den Mann gerufen haben.«

»Ich war nicht krank«, sagte Julia leise. Es waren die gleichen Worte, die sie in ihrem Zimmer am Belgrave Square gesagt hatte.

Er warf ihr einen scharfen Blick zu. »Was?«

»Ich war nicht krank. Ich brauchte nur etwas Zeit für mich allein, mit meinen Büchern. Und ich bekomme nur dann etwas Privatsphäre zugestanden, wenn es mir schlecht geht. Also … habe ich gesagt, dass ich krank bin. Deshalb wurde Dr. Cordingley herbeigerufen.«

Als Jasper begriff, was sie ihm gerade gesagt hatte, wusste er nicht, ob er amüsiert oder entsetzt sein sollte. »Du hast das schon mal gemacht.«

»Manchmal.« Ihre Wangen waren knallrot. »Oft«, ergänzte sie. »Es ist nicht so schlimm, wie es klingt.«

»Du hast dich von ihm ausbluten lassen, damit du im Bett bleiben und einen Roman lesen konntest?«

»Bei dir klingt das ziemlich unvernünftig.«

»Julia …« Er brach ab. »Mein Gott.«

Sie zog ihre Hand aus seinem Griff. »Und ich habe Dr. Cordingley nichts machen *lassen*. Ich habe ihn nie darum gebeten, zu kommen. Meine Eltern sind diejenigen, die ihn gerufen haben. Das ist der Preis, den ich zahlen muss, um in Ruhe gelassen zu werden. In der Vergangenheit schien es das wert zu sein.«

»Heute offensichtlich nicht.«

»Nein. Heute nicht.«

Jasper wollte noch mehr zu diesem Thema sagen, aber Julia war nicht in der Lage, es zu hören. Ihr Gesicht war im Schein des Feuers so blutleer und blass wie am Morgen, als er sie am Belgrave Square aufgesucht hatte.

Jasper fasste sofort einen Entschluss.

Er hob sie hoch und trug sie zum Bett. Sie wollte protestieren, aber er brachte sie mit einem Blick zum Schweigen, als er sie auf der Matratzenkante absetzte. »Mir hätte klar sein müssen, dass all das zu anstrengend für dich sein würde. Hätte ich bei unserer Ankunft einen klaren Kopf gehabt, hätte ich dich gezwungen, direkt zu Bett zu gehen.«

»Gezwungen«, erwiderte sie neckend. »Also wirklich, Jasper.«

Er warf ihr einen finsteren Blick zu, während er sich hinunterbeugte, um ihre Stiefel aufzuschnüren.

»Mein Liebster«, korrigierte sie sich.

»Schon besser.« Er zog ihr die Stiefel aus und griff dann unter ihre Röcke, bis er den seidenen Strumpfhalter über ihrem rechten Knie fand.

Julia schnappte empört nach Luft. »*Was tust du da?*«

»Ich ziehe dir die Strümpfe aus.«

»Das geht nicht.« Sie drückte gegen seine Schultern. »Ich meine es ernst. Das kann ich selbst machen.«

Seine Finger krümmten sich um die Rückseite ihres Knies. »Lass es mich tun«, sagte er. »Bitte.«

Sie hielt seinem Blick stand. Schließlich runzelte sie die Stirn. »Also gut.« Mit resigniertem Seufzen legte sie sich zurück aufs Bett. »Wenn du darauf bestehst.«

Jasper unterdrückte ein Lächeln. Man könnte meinen, er sei kurz davor, sie zu verführen.

Doch dem war nicht so.

Er wollte sie natürlich. Wie könnte er das nicht? Sie hatte ihm erlaubt, sie zu leidenschaftlich zu küssen, und sie hatte seinen Kuss rückhaltlos erwidert. Aber das hatte nichts an ihrer Abmachung geändert.

Er wollte sie nicht auf diese Weise. Nicht, wenn sie schwach und hilflos und gerade ihr ganzes Leben auf den Kopf gestellt worden war. In diesem Raum, in diesem Moment, war es undenkbar, sie zu verführen. Er musste beständig und verlässlich für sie sein. Sie musste wissen, dass er sich um sie kümmern würde.

»Was hat deine Zofe denn genau jeden Abend getan«, fragte er, während er ihren Strumpf über ihr wohlgeformtes rechtes Bein hinabrollte. »Hat sie dir alles ausgezogen?«

»Nicht alles.« Julias Stimme zitterte, während er sie weiter entkleidete. »Das meiste kann ich selbst. Außer die schwer zugänglichen Knöpfe und Haken.«

»Heute Abend kannst du es nicht.«

»Nein«, gab sie zu. »Aber normalerweise schon. Mary hat nur bei den schwierigen Stellen geholfen.«

Jasper zog ihr den anderen Strumpf aus. Es kostete ihn einige Mühe, nicht an ihrem Bein zu verweilen. Ihre Waden waren muskulös vom Reiten, ihre Knöchel so schmal, dass er sie mit seinen Fingern umschließen konnte. Und ihre Füße waren zart gewölbt, blass und klein genug, um sie in einer Hand zu wiegen.

Er räusperte sich. »Ist das alles?«

»Sie hat mir die Haare gebürstet.«

»Das kannst du nicht selbst?«

»Nein, so war es nicht. Es war ein Ritual, das wir hatten – einer meiner Lieblingsmomente des Tages.« Sie atmete scharf ein, als er seine Arme um sie legte und seine Finger zu den Verschlüssen auf der Rückseite ihres Rocks wanderten.

»Beschreibe es mir«, sagte er und versuchte, sie abzulenken.

»Ich saß immer an meinem Frisiertisch. Mary löste die Haarnadeln und begann dann mit dem Ausbürsten. Hundert Striche, sagte sie gerne, aber es waren nie so viele.« Julia schwieg einen Moment, bevor sie zugab: »Diesen Teil meines alten Lebens werde ich am meisten vermissen.«

»Warum?«

»Es gab mir das Gefühl, dass sich jemand um mich sorgte. Und es hat mir immer geholfen, gut einzuschlafen.«

Während sie sprach, zog ihr Jasper den Rock, die Unterröcke und die Krinoline über Hüften und Beine hinunter. Als Nächstes kam der Korsettüberzug dran, dann das Korsett selbst mit seiner Reihe stabiler Metallhaken an der Vorderseite.

Ihr Atem ging schneller, als er es abstreifte.

Er selbst hatte das Gefühl, gar nicht mehr zu atmen. Die Luft staute sich in seiner Brust, und sein Puls pochte vor unterdrückter Sehnsucht. Bis jetzt war er zielgerichtet geblieben. Rücksichtsvoll. Aber bei Gott, er war schließlich nicht aus Stein.

Als er fertig war, trug sie nur noch ihr kurzärmeliges Batisthemd und die passende lange Unterhose. Es war ein züchtiges Ensemble, obwohl sie sich zweifellos so entblößt fühlte wie noch nie in ihrem Leben.

»Willst du so schlafen, wie du bist?«, fragte er und erkannte kaum den Klang seiner eigenen Stimme wieder. »Oder möchtest du lieber ein Nachthemd?«

»Gern ein Nachthemd. Es ist eines in der braunen Tasche.«

Er holte es für sie heraus. Es war dasselbe Nachthemd, das sie heute Morgen bei ihrer Rettung getragen hatte. Ein weißes Baumwollkleid mit Rüschen. Noch nie hatte er etwas Keuscheres gesehen.

»Könntest du jetzt das Zimmer verlassen?«, fragte sie, als sie es ihm abnahm. »Oder dich wenigstens … umdrehen.«

Er tat es. Während er vor dem Feuer stand, hörte er das Rascheln weicher Kleidungsstücke und das Geräusch ihres beschleunigten Atems. »Bist du sicher, dass du meine Hilfe nicht brauchst?«

»Nein, danke.«

Er wartete noch eine Weile, bevor er erneut nachfragte.

»Ja, ja«, sagte sie. »Ich bin jetzt fertig.«

Er drehte sich wieder zu ihr um. Es war nicht das erste Mal, dass er sie in ihrem Nachthemd sah. Aber sie hatte nicht nur ihre Kleidung gewechselt. Sondern auch ihr Haar gelöst. Nun fiel es in dichten, ebenholzfarbenen Strähnen locker über die Schulter.

Während Jasper sie von der anderen Seite des Zimmers betrachtete, fühlte er ein verwirrendes Gefühlschaos. Nicht nur Verlangen nach einer schönen Frau, sondern auch Zuneigung, Mitgefühl und ein zutiefst männliches Verlangen, sie zu besitzen.

»Soll ich dir die Haare bürsten?«, fragte er impulsiv.

Sie blinzelte. »Würdest du das tun?«

Sein Mund verzog sich zu einem plötzlichen Lächeln. »Warum nicht?«

Als sich Julia auf der Bettkante niederließ, anstelle eines Morgenmantels einen Kaschmirschal um sich gewickelt, wurde ihr bewusst, dass es etwas ganz anderes war, sich von ihrem Ehemann das Haar bürsten zu lassen als von ihrer Zofe.

Zum einen hatte sie nicht damit gerechnet, wie zittrig und atemlos sie sich dabei fühlen würde. Und sie hatte sich bereits ziemlich zittrig und atemlos gefühlt, nachdem Jasper ihr beim Ausziehen geholfen hatte.

Er hatte ihr das Korsett abgenommen, um Himmels willen. Und er hatte ihre nackten Beine und sogar ihre nackten Füße berührt.

Schmetterlinge wirbelten durch ihren Bauch, wenn sie nur daran dachte.

Unter anderen Umständen hätte all das sie unendlich beschämt, doch Jasper hatte nichts getan, was ihre Verlegenheit noch vergrößert hätte. Er war gleichzeitig sanft und ungemein effizient gewesen. Genauso wie jetzt.

Während er neben ihr saß und mit der Bürste durch ihr Haar strich, wurde Julia plötzlich von einem nagenden Schuldgefühl geplagt.

Ihr frisch angetrauter Gatte mochte ein Mitgiftjäger und ihre Verbindung eine Zweckehe sein, aber er war immer noch ein Mann, und dies war immer noch seine Hochzeitsnacht. Zweifellos hatte er nicht damit gerechnet, dass er sie mit der Pflege einer Invalidin verbringen würde.

»Ich bin nicht immer so gebrechlich«, informierte sie ihn.

Jasper fuhr mit den Bürstenstrichen fort. »Das ist mir klar.«

»In ein oder zwei Tagen werde ich wieder ich selbst sein.«

»Das denke ich auch, vorausgesetzt, du bekommst genug Ruhe.«

Von einem plötzlichen Verdacht geplagt, sah sie ihn an. »Du wirst doch nicht darauf bestehen, dass ich im Bett bleibe, oder?«

Seine Miene war ernst. »Wenn es nötig ist, damit du dich erholst.«

Das war nicht die Antwort, die sie sich erhofft hatte.

»Das wird es nicht.« Sie drehte sich wieder um, damit er weiter bürsten konnte. »Morgen bin ich schon wieder viel stärker. Du wirst schon sehen.«

Er nahm eine dicke Strähne ihres Haares in die Hand. Seine Finger strichen über ihre Ohrmuschel.

Die Berührung ließ Julias Herz schneller schlagen.

Er saß schräg neben ihr. Sie musste sich nur gegen seine Brust lehnen. Und dann …

Wenn sie Glück hatte, würde er sie in die Arme nehmen und sie so halten, wie er es vor dem Essen getan hatte. Eine erdrückende, alles verzehrende Umarmung. Sie hatte sich dadurch so sicher gefühlt. So gewollt.

Es war ein Gefühl, das sie gerne wiederholen wollte.

»Keine Eile«, sagte er.

Ihr Herz setzte vor Schreck einen Schlag aus. Einen Moment lang war sie fast davon überzeugt, dass er ihre Gedanken gelesen hatte. *Wie töricht.* Natürlich redete er von ihrer Genesung. »Doch«, antwortete sie. »Die Kinder sollen nicht wissen, dass ich krank war.«

»Warum nicht?«

»Weil ich einen guten ersten Eindruck machen will.« Sie würden jetzt ihre Familie sein. Es war ihr ein großes Anliegen, sie nicht zu enttäuschen. »Ich möchte, dass sie gut von mir denken.«

»Julia …« Die Bürste blieb auf ihren Haaren liegen. »Wenn du einen herzlichen Empfang erwartest …«

Sie drehte sich erneut zu ihm um. »Sollte ich das besser nicht?«

Jaspers vernarbtes Gesicht schimmerte schemenhaft im schwachen Schein der Öllampe auf dem Nachttisch. »Ich habe dir gesagt, dass die Kinder wild sind. Sie können ganz schön anstrengend sein. Besonders die Jungen.«

»Charlie und Alfred.« Sie erinnerte sich, dass er ihre Namen bei Lady Hollands Abendgesellschaft erwähnt hatte. »Du sagtest, Charlie ist zwölf, oder?«

»Das ist er. Alfred ist ein Jahr jünger.«

Sie senkte den Kopf, als er mit dem Bürsten weitermachte. »Ich weiß nicht viel über Jungen in diesem Alter. Keine meiner Freundinnen hat Brüder, außer Miss Hobhouse. Und ihrer ist älter als sie, nicht jünger.«

»Jungen sind nicht so kompliziert. Nicht, wenn man über ihre Widerspenstigkeit und schlechten Manieren hinwegsehen kann.«

»Wie können sie schlechte Manieren haben, wenn du ihr

Vater bist? Ich hätte gedacht, du hättest sie zu perfekten kleinen Soldaten geformt.«

Er schnaubte. »Wohl kaum. Meine Erfahrungen auf der Krim fallen bei Charlie und Alfred nicht ins Gewicht.«

»Was ist mit Daisy?«

»Sie ist auf ihre Art auch wild.« Jasper entwirrte geduldig einen Knoten in Julias Haaren. »Alle drei müssen zivilisiert werden.«

Julia hatte einen beunruhigenden Gedanken. »Du erwartest doch nicht von mir, dass *ich* sie zivilisiere, oder?«

Ein schiefes Lächeln klang in seiner Stimme. »Du kannst es nur versuchen.«

»Ich möchte ihnen lieber eine Freundin sein.«

»Ich hoffe, das wirst du«, sagte er.

Sie begann sich zu entspannen und seufzte zufrieden, während die Bürste durch ihr Haar fuhr. Er hatte einen stärkeren Strich als Mary. Es war außerordentlich angenehm.

»Du kannst das sehr gut«, bemerkte sie.

»Ich bin froh, dass du so denkst.«

»Hast du das schon mal gemacht?«

»Oft. Ich bringe Daisy regelmäßig ins Bett und helfe ihr morgens beim Anziehen. Sie mag es nicht so sehr, wenn man ihr das Haar bürstet, wie andere Damen, die ich kenne.«

Etwas an seiner Aussage fiel ihr auf. »Gab es noch andere?«

Er sagte nichts.

»Gab es?«, fragte sie erneut.

Er hörte zu bürsten auf. Das war Antwort genug.

Julia stellte überrascht fest, dass sie eifersüchtig war. Sie drehte sich um und sah ihn an. Und irgendetwas in seinem Gesicht verriet ihr, dass es keine *anderen* gegeben hatte, sondern nur eine. *Eine* andere Frau, mit der er auf genau die gleiche Weise intim gewesen war.

In ihrer Brust kämpfte Eifersucht mit Neugierde. »Wer war sie?«, fragte sie. Aber sie fürchtete, dass sie die Antwort bereits kannte. Natürlich seine Geliebte. Die Mutter seiner drei Kinder. Nach dem Alter der Kinder zu urteilen, war Jasper schon seit Jahren mit dieser Frau zusammen.

Er bestätigte ihren Verdacht weder, noch stritt er ihn ab. Stattdessen legte er ihre Haarbürste beiseite, erhob sich vom Bett und stellte sich vor den Kamin.

Schlimmer und schlimmer.

»Du kannst es mir sagen«, sagte sie. »Ich werde nicht eifersüchtig sein.« Das war natürlich eine Lüge. Sie war bereits eifersüchtig.

Er blickte sie über die kurze Distanz hinweg an, hinter ihm die Flammen. »Du hast keinen Grund dazu. Es ist schon lange her.«

Sie betrachtete ihn im Schein des Feuers. »Hast du sie sehr gemocht?«

»Das tat ich«, gab er zu. »Ich habe sie geliebt.«

Julias Magen krampfte sich zusammen. Da hatte sie ihre Antwort. Er war in seine Geliebte verliebt gewesen. Vielleicht liebte er sie immer noch.

Es geschah Julia recht, weil sie danach gefragt hatte.

Ihr lief ein Schauer über den Rücken. Sie zog ihren Schal fester um ihre Schultern. Wenn sie vernünftig wäre, würde sie ihn nicht noch mehr fragen. Aber wie immer siegte ihre Neugierde. »Was ist passiert?«

Er zuckte mit den Schultern. »Sie ist gestorben.«

Jegliche Erleichterung, die Julia angesichts dieser Enthüllung empfunden hätte, wurde von echtem und sofortigem Mitgefühl überschattet. »Oh, mein Liebster«, sagte sie leise. »Das tut mir so leid.«

Etwas flackerte in seinen Augen auf. Eine Emotion, die sie

nicht deuten konnte. »Das muss es nicht«, sagte er. »Ich habe dir doch gesagt, dass es schon lange her ist.«

»Es tut mir trotzdem leid. Wenn du sie geliebt hast …«

»Das liegt in der Vergangenheit. Ich hätte es nicht erwähnen sollen.« Er kam auf sie zu. »Du frierst.«

Sie stand auf, die Enden ihres Schals fest in den Händen. »Ja, das tue ich. Es ist höchste Zeit, dass ich zu Bett gehe.«

Er streckte die Hand nach ihr aus.

»Nein, nein.« Sie wich vor ihm zurück. »Ich komme schon zurecht. Du musst dich um dich selbst kümmern. Ich wage zu behaupten, dass du genauso müde bist wie ich.«

Sie gab ihm keine Gelegenheit, ihr zu widersprechen. Hastig schlug sie die Tagesdecke zurück, kletterte ins Bett und schlüpfte unbeholfen unter die Laken. Der verblichene Bezug war weich an ihrer Wange, als sie ihr Gesicht in das Kissen vergrub. Sie war fest entschlossen, nicht hinzusehen, während sich Jasper entkleidete.

Falls er sich entkleidete.

Im Zimmer war es bis auf das gelegentliche Knistern des Feuers still geworden. Sie spürte seine Anwesenheit in der Nähe des Bettes, wo er immer noch stand, als wolle er etwas sagen.

Oder etwas tun.

Nervosität stieg in ihr auf. Die Matratze war tatsächlich klein. Und Jasper Blunt war ein großer Mann. Er war fast einen Kopf größer als sie und bestimmt vierzig Kilo schwerer. Davon war sie überzeugt. Noch vor wenigen Augenblicken hatte sie jeden Zentimeter seines kräftigen, muskulösen Körpers gespürt, als er sie in seinen Armen gehalten und geküsst hatte.

Und jetzt würde er neben ihr schlafen.

Du liebe Güte.

Du liebe Güte.

Sie wartete darauf, dass er etwas sagte, doch das tat er nicht. Stattdessen zog er sich auf die andere Seite des Zimmers zurück. Die Dielen knarrten unter seinen Füßen. Mit der Zeit hörte sie, wie er sich auszog. Erst seine Stiefel, dann alles andere – so stellte sie es sich jedenfalls vor.

Doch als er endlich zu ihr ins Bett kam, öffnete sie die Augen und sah, dass er noch immer Hemd und Hose trug. Sie erhaschte einen Blick auf sein offenes Leinenhemd, bevor er die Öllampe ausschaltete.

»Du bist ja immer noch angezogen«, sagte sie leicht enttäuscht.

»Das bin ich.« Er kletterte neben ihr ins Bett. Die ohnehin schon durchgelegene Matratze sackte unter seinem Gewicht noch mehr durch.

Julia musste sich an ihrer Seite des Bettes festhalten, um nicht gegen ihn zu rollen. Eine vergebliche Mühe. In Sekundenschnelle waren sie sich so nahe, wie sie es bei ihrer Umarmung gewesen waren.

Sie lagen sich in der vom Feuer erhellten Dunkelheit praktisch Nase an Nase gegenüber.

Ihr Herz hämmerte so stark, dass es ihr den Atem raubte. »Ich hoffe, es wird nicht zu unangenehm für dich.«

»Das wird es so oder so.«

»Warum?«

»Weil ich mein Versprechen dir gegenüber halten will.«

Sie schenkte ihm ein unsicheres Lächeln. »Ist es so schwer, mir zu widerstehen?«

»Meine Liebste«, sagte er ernst, »du hast ja keine Ahnung.«

21. KAPITEL

Julia schob den Vorhang zurück und spähte aus dem regennassen Fenster der Mietdroschke. Draußen goss es noch immer in Strömen, und Yorkshire war nur eine verschwommene Weite aus stürmischem Himmel und unheimlichen leeren Landschaften. Sie waren seit fast drei Stunden unterwegs und inzwischen mehr als fünfzehn Meilen von dem Gasthaus außerhalb Maltons entfernt.

»Ist es noch weit?«, fragte sie.

»Noch eine Stunde«, sagte Jasper. Er saß ihr in einem schlichten Gehrock, unter dem er einen schwarzen Anzug trug, in der Kutsche gegenüber, seine Miene war ausdruckslos. Seit sie das Gasthaus verlassen hatten, schien er entschlossen, Abstand zwischen sie zu bringen.

Julia konnte sich keinen Grund dafür denken. Hatte sie etwas Falsches gesagt oder getan? Oder machte er sich einfach nur Gedanken, wie es sein würde, mit einer Ehefrau im Schlepptau nach Hause zurückzukehren?

Auch sie machte sich Gedanken. Allerdings hatte ihre Unruhe nichts damit zu tun, dass sie ihre Ehe bereute. Letzte Nacht hatte sie in ihrem schmalen Dachbodenbett neben ihm so fest geschlafen wie noch nie in ihrem Leben. Es war eine völlig neue Erfahrung gewesen – und das nicht nur, weil er ein Mann war. Sie hatte noch nie mit jemandem ein Bett geteilt. Selbst als kleines Mädchen hatte keines der ständig wechselnden Kindermädchen bei ihr geschlafen. Und Julia hatte nie die Erlaubnis erhalten, eine ihrer Freundinnen bei sich übernachten zu lassen oder bei einer von ihnen eine Nacht zu verbringen.

Mit Jasper in einem Bett zu schlafen hatte sich anfangs skandalös angefühlt. Er war so groß – so männlich. Es war unmöglich gewesen, sich auch nur einen Zentimeter zu bewegen, ohne ihn zu berühren. Aber die Erschöpfung hatte schnell jeden Gedanken an Schüchternheit oder Peinlichkeit verdrängt. Sie war eingeschlafen, sobald sie die Augen geschlossen hatte.

Danach erinnerte sie sich kaum noch an etwas. Nur an die Gefühle, die es ausgelöst hatte. Sie hatte sich wunderbar warm und vollkommen geborgen gefühlt.

Im Morgengrauen war sie in einem leeren Bett aufgewacht. Ihr Ehemann war ein Frühaufsteher. Er hatte bereits halb angekleidet vor dem Waschtisch gestanden und sich rasiert. Einen Moment lang hatte sie ihn aus der Wärme des Betts heraus beobachtet, völlig fasziniert von einem so privaten männlichen Ritual.

Doch ihr Spionieren hatte nicht lange gedauert.

Allzu bald hatte er es bemerkt, und ihre Blicke hatten sich im Spiegel getroffen. Er hatte mit dem Rasieren innegehalten, und es waren angespannte Sekunden vergangen, bis er das Wort ergriffen hatte. *»Ich habe Frühstück bestellt«*, hatte er gesagt. *»Wenn du einverstanden bist, würde ich gern in einer Stunde aufbrechen.«*

Sie hatte sich die zerzausten Haare aus dem Gesicht gestrichen und sich durch den plötzlichen Stimmungswandel unsicher gefühlt. *»Natürlich. Ich werde nicht lange brauchen, um mich zu waschen und anzuziehen.«*

Während die schlecht gefederte Kutsche sich durch den Schlamm kämpfte und sie in ihrem Sitz durchschüttelte, fragte sich Julia erneut, was geschehen war, um sein Verhalten ihr gegenüber zu ändern.

Vielleicht begriff er erst jetzt, dass er sie nun am Hals hatte. Dass er nicht nur ihr Vermögen bekommen hatte, sondern auch sie, bis dass der Tod sie scheiden würde.

Sie erinnerte sich noch einmal daran, dass sie ihn nicht wegen irgendwelcher romantischer Gefühle geheiratet hatte. Sondern um der bedrückenden Atmosphäre Londons und der unvermeidlichen Verlobung mit Lord Gresham zu entkommen. Jaspers einsam gelegenes Anwesen würde eine Zuflucht für sie sein. Ein Ort, an dem sie endlich aufatmen konnte.

Dafür musste sie sich nur mit den Kindern verstehen – und ein Minimum an Haushaltsführungskompetenz an den Tag legen. Das war das Mindeste, was von einer Ehefrau erwartet wurde.

Julia ließ die Hand sinken und lehnte sich zurück. Sie hatte sich heute Morgen selbst angezogen und es sogar geschafft, ihre Haare zu ordnen. Hoffentlich würde sie die erste Musterung der Kinder bestehen.

»Bist du sicher, sie wissen, dass wir kommen?«, fragte sie.

»Das sollten sie«, entgegnete Jasper. »Ich habe Ridgeways Butler ein Telegramm nach Hardholme schicken lassen. Mit etwas Glück hat Beecham es inzwischen erhalten.«

»Wie weit ist das Dorf von Goldfinch Hall entfernt?«

»Fünf Meilen schlechter Straße. Mit der Kutsche ist es schwierig, aber ein Pferd und ein Reiter können es selbst bei diesem Wetter schaffen. Mr McCready vom Telegrafenamt wird jemanden geschickt haben.«

»Fünf Meilen sind keine so große Entfernung«, sagte sie. »Es wundert mich, dass du keine Bediensteten findest.«

»Es ist nicht nur die Entfernung, die die Leute davon abhält, eine Anstellung in Goldfinch Hall anzunehmen.«

Sie sah ihn fragend an.

»Da ist zum einen mein Ruf«, erklärte er. »Und die fehlende Legitimation der Kinder. Und dann ist da noch das Haus selbst.«

Sie wartete darauf, dass er fortfuhr, doch er schwieg wieder. Er starrte sie lieber mürrisch an, statt ihre Neugierde zu befriedigen.

In den ersten Tagen ihrer Bekanntschaft hätte sie das vielleicht abgeschreckt. Damals war sie vor ihm entsetzt zurückgewichen, sobald er in ihre Richtung blickte. Aber jetzt nicht mehr, da sie etwas über den Mann wusste, der sich hinter seinem grimmigen, harten Äußeren verbarg.

»Lady Arundell behauptet, dass es dort spukt«, informierte sie ihn. »Und sie ist nicht die Einzige, die das sagt.«

Ein finsterer Ausdruck legte sich auf sein Gesicht.

Julia ließ sich nicht beirren. »Ist es wahr?«

»Es ist wahr, dass Goldfinch Hall einen gewissen Ruf hat.«

Sie schaute ihn erwartungsvoll an.

Widerwillig fuhr er fort: »Ursprünglich gehörte es einer Familie von Royalisten, die während des Bürgerkriegs hingerichtet wurde. Dem örtlichen Aberglauben zufolge wandeln einige von ihnen immer noch auf dem Gelände umher.«

»Hast du sie jemals gesehen?«

»Fragst du mich ernsthaft, ob es in Goldfinch Hall Geister gibt?«

Sie verzog einen Mundwinkel. »Und? Gibt es welche?«

Jaspers Antwort überraschte sie. »Ja. Aber nicht die Art Geister, die du dir vorstellst.«

Julia war so gespannt, als hätte er gerade ein neues Kapitel eines Sensationsromans aufgeschlagen. »Was meinst du damit? Welche Art von Geistern denn sonst?«

»Alte Sünden werfen lange Schatten«, erwiderte er. »Wenn

die Atmosphäre in Goldfinch Hall beunruhigend ist, kannst du das darauf zurückführen, jedoch nicht auf die Präsenz von Geistern.«

Ihre gespannte Neugier schwand. Offensichtlich wollte er ihr keine unterhaltsame Schauergeschichte erzählen. Seine düsteren Empfindungen waren nur allzu erkennbar. Sie betrachtete ihn verwundert. »Das klingt, als wärest du dort unglücklich.«

Er blickte sie unverwandt an. Ein unwirsches Eingeständnis strafte seine ernste Miene Lügen: »Ich bin nicht unglücklich. Nicht jetzt, da du mit mir nach Hause kommst.«

Seine Worte setzten sich in ihr fest und wärmten sie wie ein frisch aus dem Feuer kommendes Kohlenstück.

Ihr Lächeln kehrte langsam zurück. »Ich glaube dir.«

»Das kannst du auch«, sagte er. »Wenn schon sonst nichts.«

»Es geht also nicht *nur* um meine Mitgift?«

Er lachte freudlos. »Wenn es so wäre, wären wir jetzt nicht hier.«

»Ach nein?« Julias Lächeln verriet Neugier. »Ich dachte, das wäre die wichtigste Eigenschaft deiner zukünftigen Ehefrau – die Höhe ihrer Mitgift.«

»Die Höhe spielt keine Rolle, wenn sich dein Vater weigert, sie mir zu geben.«

Sie starrte ihn an. »Mein Vater hat dich *abgewiesen?*«

»Darüber haben wir doch gestern gesprochen.« Er musterte sie stirnrunzelnd. »Erinnerst du dich nicht?«

»Natürlich erinnere ich mich.« *So* krank war sie nicht gewesen. »Du hast nichts über meine Mitgift gesagt.«

»Ich nahm an, dass es offensichtlich sei. Ohne die Erlaubnis deines Vaters gibt es überhaupt kein Geld. *Keinen einzigen Shilling*, hat er gesagt, glaube ich.« Jasper verzog sein Gesicht. »Nicht gerade die schmeichelhafteste Erfahrung meines Lebens. Aber er hat es auf jeden Fall sehr klar ausgedrückt.«

Julia erinnerte sich an die Frage, die Jasper ihr gestern Abend gestellt hatte. *»Was, wenn es kein Geld gäbe?«*, hatte er gefragt. *»Was, wenn es nur mich gäbe?«*

Sie hatte diese Worte und deren Bedeutung nicht verstanden. Sie hatte sich längst damit abgefunden, dass sie außer ihrer Mitgift nichts hatte, was für sie sprach. Dass sie allein nicht gut oder würdig genug war. Es schien eine unumstößliche Tatsache zu sein. Als Reaktion darauf hatte sie drei Jahre lang erfolglose Verteidigungsmechanismen aufgebaut.

Doch allmählich dämmerte ihr die Wahrheit.

Sie wagte nicht, sie zu glauben. »Willst du damit sagen, dass ... du mich ohne die Hoffnung geheiratet hast, mein Vermögen zu erhalten?«

»Das habe ich.«

»Aber was ist mit dem Haus? Mit den Kindern? Du brauchst Geld für Reparaturen und ...«

Er zuckte mit den Schultern. »Ich werde einen anderen Weg finden. Es wird nicht leicht sein, das weiß ich, aber ...« Ein reumütiges Lächeln umspielte seine vernarbten Lippen. »Ich musste dich haben.«

Julia schüttelte ungläubig den Kopf. Ihr fehlten die Worte. Sie war von dieser Enthüllung und all dem, was sie bedeutete, zu verblüfft, um darauf reagieren oder auch nur atmen zu können.

Er hatte sie wirklich so genommen, wie sie war. Nur mit ihrem Nachthemd bekleidet und überdies auch noch mittellos. Ihr Vermögen hatte nichts mit seinem Handeln zu tun. Es ging nur um sie. Weil er sie gewollt hatte. Weil er sich nur um ihrer selbst willen für sie entschieden hatte.

Ein Ansturm von Gefühlen schnürte ihr die Kehle zu.

»Oh.« Das Wort kam in einem gebrochenen Flüsterton heraus. »Oh, ich hatte keine Ahnung. Ich dachte ... ich dachte, du wolltest nur mein Geld.«

Er runzelte die Stirn. »Wie zum Teufel kommst du denn darauf?«

»Du hast es selbst gesagt. Dass du unbedingt eine reiche Erbin heiraten musst. Ich wusste, dass du wieder interessiert sein würdest, sobald du erfährst, dass meine Mitgift höher ist als die von Miss Throckmorton. Deshalb habe ich es ja auch erwähnt, als ich dir einen Antrag machte.«

Jasper sah regelrecht entsetzt aus und war ein wenig erbleicht.

Plötzlich sprang er auf. Der Boden der Kutsche schwankte unter ihm, als er sich neben Julia setzte. Er nahm ihre Hände fest in seine. »Julia …« Er blickte sie eindringlich an. »Sag nicht, du hättest gedacht, wir würden reich sein.«

»Wir *sind* reich.«

Er hob ihre Hand und küsste sie. »Ja«, gab er zähneknirschend zu, »ich nehme an, das sind wir. Reich an Segnungen. Und wir haben unsere Gesundheit und …«

»Ich habe von dem Geld gesprochen«, unterbrach sie ihn. »Wir sind reich an Geld.«

Jasper erstarrte, und sein Blick schien sie zu durchbohren.

»Meine Mitgift beträgt insgesamt hunderttausend Pfund«, erklärte sie, »aber nur fünfzigtausend davon stammen von meinen Eltern.« Ihr Kinn hob sich mit einem Anflug von Stolz. »Die anderen fünfzigtausend gehören mir.«

Jasper hatte keine Ahnung gehabt. Nicht die geringste Vermutung. Er versuchte zu begreifen, welche Diskrepanz zwischen der Mitgift, die Julia angeblich wert war, und der Summe lag, die eben von ihr genannt worden war.

Eine Diskrepanz von fünfzigtausend Pfund.

Er fühlte sich, als hätte sie ihm einen Schlag direkt in den Magen versetzt. Ein ebenso verheerender Schlag wie der, als sie ihm einen Heiratsantrag gemacht hatte. So süß und zierlich seine Ehefrau auch sein mochte, verfügte sie doch über das tödliche Repertoire eines Faustkämpfers.

Es kam ihm in den Sinn, dass er etwas falsch verstanden hatte. Was nicht weiter verwunderlich wäre, nicht nach der unruhigen Nacht, die er gehabt hatte. Mit Julia neben sich hatte er kaum ein Auge zugetan.

Obwohl sie immer äußerst schüchtern wirkte, war seine Frau im Schlaf das komplette Gegenteil. Kaum war sie gestern Abend eingenickt, hatte sie sich an ihn geschmiegt und seine Wärme gesucht. Mehrmals in der Nacht hatte sie ihren Arm um ihn geschlungen, ihren Kopf an seine Brust gelegt und einmal, sehr zu seinem Entsetzen, hatte sich sogar ihr Bein zwischen seine geschoben.

Sie war in seinen Armen so weich und weiblich gewesen. Mit üppigen Kurven, seidigem Haar und zart duftender Haut.

Er war den Großteil der Nacht so schmerzhaft erregt gewesen, dass er nicht mehr klar denken konnte.

Als er im Morgengrauen aufgestanden war, hatte er sich in einer teuflischen Stimmung befunden. Sein Versprechen ihr gegenüber zu halten war von Anfang an nicht einfach gewesen. Aber nach *dieser* Erfahrung war es nahezu unmöglich. Er wollte sie wie verrückt – körperlich, emotional. Auf jede erdenkliche Art und Weise.

Und doch, so nah sie ihm auch gewesen war, so nah er auch hoffte ihr sein zu können, gab es gewisse Dinge, die er vor ihr geheim halten musste. Er wusste mit trauriger Gewissheit, dass er auf grundsätzliche Weise dazu bestimmt war, ein Fremder für sie zu bleiben.

Die Erkenntnis dieser Tatsache hatte ihn so mürrisch gemacht wie einen verwundeten Bären.

Und nun auch noch das.

»Sagtest du fünfzigtausend Pfund?«, fragte er.

Sie nickte. »Meine Großtante Elinore hat mir das Geld hinterlassen. Sie ist jung verwitwet und war ohne eigene Kinder. Ich glaube, sie hatte Mitleid mit mir.«

»Fünfzigtausend Pfund«, wiederholte er ungläubig.

»Sie hatte *großes* Mitleid mit mir«, ergänzte Julia. »Als ich ein kleines Mädchen war, hat sie eine kurze Weile bei uns gewohnt. Meine Eltern haben mich während ihres gesamten Besuchs nicht aus meinem Bett gelassen, und ich wurde mit Blutegeln und Senfpflastern behandelt. Tante Elinore hat sich mit ihnen darüber gestritten. Ich habe sie nie wieder gesehen. Sie starb im folgenden Jahr. Und ich erfuhr, dass sie mir ihr ganzes Geld vererbt hatte. Es liegt bei der Hoares Bank in der Fleet Street, wo auch mein Vater seine Konten hat. So habe ich Cossack gekauft. So kaufe ich all die Dinge, die mir wichtig sind.«

Er starrte sie weiter an. Dabei hielt er ihre Hand immer noch in seinen. Würde sie nie aufhören, ihn zu überraschen? »Julia …«

»Es ist nicht so viel wie hunderttausend Pfund, ich weiß. Aber es ist immer noch eine beträchtliche Summe. Da gibt es andere junge Damen auf dem Heiratsmarkt, deren Mitgift nicht mehr als zehn- oder zwanzigtausend Pfund beträgt, und sie gelten trotzdem als gute Partie. Aber fünfzig …«

»Das ist enorm«, sagte er.

Sie runzelte leicht die Stirn. »Ist es genug für deine Zwecke?«

Er küsste noch einmal ihre Hand und hielt sie an seinen Lippen. »*Du* bist genug für meine Zwecke. Auch ganz ohne das Geld.«

Ihr Gesichtsausdruck entspannte sich. Sie zog ihre Hand aus seiner und berührte sanft seine Wange.

Die schüchterne Liebkosung sandte einen Hitzeschub durch sein Inneres.

Sie sah ihm in die Augen. »Noch vor einem Moment hätte ich dir nicht geglaubt. Aber du meinst es wirklich ernst, oder?«

»Das tue ich«, sagte er heiser.

»Du wolltest mich wirklich um meiner selbst willen.«

»Ich will dich immer noch.« Er senkte seinen Kopf und eroberte ihre Lippen.

Sie versenkte ihre Finger in seinem Haar, während er sie mit wilder Zärtlichkeit küsste – sanft, intensiv und doch viel zu kurz.

Die Kutsche rumpelte über einen Stein auf der schlammigen Straße.

Als sie sich voneinander lösten, lachte Julia atemlos auf. »Ich fürchte, dieses Gefährt ist für solche Aktivitäten zu schlecht gefedert.«

»Eine Schande.« Er strich ihr eine verirrte Haarsträhne aus dem Gesicht und schob sie zurück unter ihre mit Krepp gefütterte Strohhaube. »Wir werden unsere Küsse auf heute Abend verschieben müssen.«

Ihre Wangen färbten sich rosa. »Dazu habe ich eine Frage.«

Er legte seinen Arm um sie und zog sie an sich. »Darüber, wie wir uns küssen?«

»Nein. Nicht genau das.« Sie schmiegte sich an seine Seite. »Ich habe mich nur gefragt, ob wir uns ein Schlafzimmer teilen werden?«

Die Frage brachte sein Blut noch mehr in Wallung. Es kostete ihn Mühe, einigermaßen gleichgültig zu antworten. »Ah.« Er tat, als würde er darüber nachdenken. »Würdest du gern ein Zimmer mit mir teilen?«

Ohne zu zögern, antwortete sie: »Ja.«

»Die meisten Damen möchten lieber ihre Privatsphäre haben.«

»Ich genieße meine Privatsphäre. Und ich hoffe, ich werde viel davon haben. Aber nachts …« Sie schob einen Arm um seine Körpermitte. »Ich habe so fest geschlafen, als du neben mir lagst, Liebster.«

Liebster.

Sein Herz setzte einen Schlag lang aus.

Julia fuhr fort, ohne zu bemerken, was sie in ihm bewirkte. »So fest wie noch nie. Ich weiß nicht, warum, aber ich fühle mich bei dir so sicher. Wie ein Lämmchen in Gesellschaft eines sehr großen Hütehundes.«

Er verschluckte sich an einem heiseren Lachen. »Grundgütiger.«

»Ich wusste nicht, dass es möglich ist, sich jemals so zu fühlen. Ich möchte dieses Gefühl nicht gleich wieder aufgeben, nachdem ich es gefunden habe.«

»Na gut«, sagte er. »Wenn es das ist, was du willst.«

»Es macht dir nichts aus?«

Jede Nacht mit ihr zu schlafen und sie nicht haben zu können? Das klang nach purer Folter. Aber in diesem Moment hätte er ihr einfach alles gegeben, was sie wollte. Alles – sogar sein eigenes Leben, wenn sie es verlangt hätte. Sogar all seine Geheimnisse, auch wenn ihn das zerstören könnte.

»Es macht mir nichts aus«, sagte er. »Ich will es auch.«

Eine Stunde später passierten sie Hardholme bei strömendem Regen, der von allen Seiten zu kommen schien. Sie fuhren weitere fünf Meilen über eine verlassene unebene Straße, die sich durch die North York Moors zog, dann tauchten in der Ferne die hohen Eisentore von Goldfinch Hall auf.

Jasper zog den Vorhang zurück, damit seine Frau sie sehen konnte. »Da ist es. Ist das schauerlich genug für dein romantisches Empfinden?«

Julia lehnte sich zu ihm hinüber, um einen besseren Blick zu erhaschen, und stützte dabei eine Hand auf seinen Oberschenkel. »Meine Güte. Wie unheimlich die Tore aussehen! Und sie stehen auch noch offen.« Sie sah ihn wieder an. »Meinst du, das bedeutet, dass Mr Beecham und die Kinder im Haus auf uns warten?«

»Möglicherweise.« Oder es konnte bedeuten, dass die letzte Person, die hindurchgegangen war, es versäumt hatte, sie zu schließen. Goldfinch Hall beherbergte eine wahre Ansammlung von Wilden, darunter auch Daisy. Jasper konnte sich gut vorstellen, dass die Tore während seiner gesamten Abwesenheit offen gestanden hatten.

Sie lehnte sich zurück. Ihre Miene verriet ihre Nervosität. »Ich wünschte, ich hätte Zeit gehabt, um Geschenke für die Kinder zu besorgen.«

»Deine Anwesenheit wird Geschenk genug sein«, entgegnete er galant.

Sie warf ihm einen amüsierten Blick zu. »Wenn du das denkst, erinnerst du dich aber nicht gut an deine eigene Kindheit. Ein neues Spielzeug oder ein Buch bedeutet für ein Kind die Welt.«

»Sie haben Bücher«, sagte er.

Wenn sie nur wüsste, wie viele.

Ein Teil von ihm konnte es kaum erwarten, es ihr zu zeigen. Diesen abgelegenen, verfallenden Ort, der bald ihr Zuhause sein würde, mit ihr zu teilen. Einen Ort, an dem sie bis ans Ende ihres gemeinsamen Lebens bleiben würde.

»Man kann nie zu viele Bücher haben«, sagte sie. »Das ist eine Tatsache.«

Er erwiderte nichts.

Julia bemerkte das Ausbleiben seiner Antwort nicht. Sie war zu sehr damit beschäftigt, ihre Röcke zu richten und ihr Haar zu glätten.

Er beobachtete sie aufmerksam und prägte sich ein, was sie in ihrer nervösen Anspannung tat.

Doch sie musste sich keine Sorgen machen. Sie trug ein Kutschenkleid aus lobelienblauer Seide, ihr ebenholzfarbenes Haar wurde von einem schwarzen, mit Samt besetztem Netz gehalten, und sie sah so wunderschön aus wie immer. Es war eine Schönheit, die wie ein Leuchtfeuer von ihr ausging, die unabhängig war von äußerlichem Tand, und die jeden wärmte, der das Glück hatte, in ihre Nähe zu kommen.

Sie wärmte ihn, sogar jetzt. Obwohl er genau wusste, was ihn erwartete.

Aber er konnte seine Freude nicht länger unterdrücken.

Die Kutsche folgte der vertrauten Kurve und fuhr die abschüssige Auffahrt entlang. Es war dieselbe Kurve, um die Jasper vor sechs Jahren gebogen war, als die Zukunft noch mit scheinbar endlosen Möglichkeiten vor ihm gelegen hatte.

Erneut zog er den Vorhang zurück. Das große, steinerne Haus ragte vor einem schiefergrauen Himmel auf und war ihm jetzt so verhasst wie ein Märchenschloss dem Wesen, das dazu verflucht war, in seinen Mauern zu leben.

»Da ist es«, sagte er grimmig. »Goldfinch Hall.«

22. KAPITEL

Julia hielt sich an Jaspers Hand fest, als er ihr aus der Kutsche half. Es fiel ihr schwer, nicht mit offenem Mund dazustehen und auf das Haus zu starren.

Das monströse Gebäude war aus Granit errichtet, der an einigen Stellen so stark verwittert war, dass es aussah, als läge das Mauerwerk in ewigem Schatten. Ein Gewirr dorniger Wildrosen kletterte an der hohen Fassade empor und überwucherte die Rundbögen der Fenster und Türen auf eine seltsam unheimliche Weise. Zwischen all den Blättern und Dornen waren einige vom Regen zerzauste Blüten zu sehen, deren Blätter so rot leuchteten wie frisch vergossenes Blut.

Kein Wunder, dass die Leute bei diesem Anblick glaubten, vor einem Spukhaus zu stehen. Mit seiner imposanten Fassade und seiner verfallenen Pracht schien es aus einem Schauerroman zu stammen. Alles war düster, verfallen und geheimnisumwittert. Ein Schloss, auf dem der Fluch einer bösen Fee lastete. *Um Himmels willen.* Es gab sogar einen Turm!

Julia hielt sich an Jaspers Arm fest, als er sie im Regen über die morastige Einfahrt und dann die moosbewachsenen Steinstufen hinauf zur Haustür führte. Oben erwartete sie im Schutz eines Mauervorsprungs ein älterer Herr. Seine Augen funkelten und zeugten von Klugheit. Er hatte einen üppigen weißen Bart – ein auffallender Kontrast zu seinem kahlen Schädel. Neben ihm stand ein Knabe – jung und schlank, mit einem zerzausten Schopf schwarzer Haare und einem finsteren Blick, der wirkte, als sei er ihm ins Gesicht gemeißelt worden.

»Meine Liebste«, sagte Jasper, »das ist Mr Beecham. Und dieser junge Mann ist Charlie.« Er legte Julia eine Hand auf den Rücken. »Beecham, Charlie. Das ist meine Frau. Ich hoffe, ihr werdet sie willkommen heißen.«

»Mrs Blunt.« Mr Beecham verbeugte sich. »Willkommen auf Goldfinch Hall.«

»Mr Beecham.« Julia neigte den Kopf. »Ich freue mich, Ihre Bekanntschaft zu machen.« Mit einem Lächeln wandte sie sich Charlie zu. »Und ich bin sehr erfreut, dich kennenzulernen. Dein Vater hat mir schon so viel von dir erzählt.«

Die Gesichtszüge des Jungen verhärteten sich. »Er hat uns nichts über Sie erzählt.«

»*Charlie.*« In Jaspers Stimme lag eine unmissverständliche Warnung.

Charlie ignorierte sie. Ohne ein weiteres Wort stürmte er ins Haus.

Jasper spannte sich an, als würde er ihm folgen wollen.

Julia drückte seinen Arm. »Alles in Ordnung.«

Jaspers Kiefermuskel zuckte. Es war ganz offensichtlich nicht in Ordnung. Jedenfalls nicht, was ihn betraf. »Wo sind Alfred und Daisy?«

Mr Beecham wirkte verlegen. »Davongelaufen, Sir. Ich habe seit dem Frühstück keinen von beiden mehr gesehen.«

Jaspers ohnehin schon düstere Miene verfinsterte sich noch mehr. Ohne ein weiteres Wort geleitete er Julia zum Eingang. Die Tür aus wettergegerbtem Holz schwang an knarrenden Eisenscharnieren zurück und öffnete sich zu einer mit Schieferplatten ausgelegten Empfangshalle.

Mr Beecham schloss sich ihnen an. »Wir hatten noch keine Gelegenheit, nach jemandem zu schicken, um das Leck im Kinderzimmer zu reparieren«, sagte er mit leiser Stimme zu Jasper. »Ich habe Ihren Brief erst gestern Abend erhalten. McCreadys Junge hat ihn zusammen mit Ihrem Telegramm abgegeben. Ich war völlig überrascht, denn ich hatte Charlie gesagt, dass er Sie nicht belästigen soll, solange Sie in der Stadt sind.«

»Daisy schläft doch wohl hoffentlich nicht mehr im Kinderzimmer?«

»Ich habe sie im Nebenraum untergebracht. Dort regnet es nicht herein, und er ist weniger feucht. Es könnte gut sein, dass sie dort dauerhaft bleibt. Selbst mit dem Geld, das Sie geschickt haben, werden die Reparaturen …«

»Darüber können wir später sprechen«, unterbrach Jasper ihn.

»Ja, natürlich«, erwiderte Mr Beecham. »Sie werden nach der Reise müde sein und eine Erfrischung brauchen.«

Während die beiden Männer miteinander sprachen, ließ Julia den Blick durch die Empfangshalle schweifen.

Auf der rechten Seite führte eine beunruhigend steile Treppe in die oberen Stockwerke. Zur Linken befand sich ein gemauerter Torbogen, der in eine Art Salon führte. Nachdem Jasper Julia ihre Haube, das Cape und ihre Handschuhe abgenommen und sich seines vom Regen bespritzten Gehrockes entledigt hatte, führte er sie in diesen Raum und vor einen riesigen Marmorkamin.

Er war tief in die Wand eingelassen und ebenso breit wie hoch. Es war der größte Kamin, den Julia je gesehen hatte. Das lodernde Feuer in seinen unergründlichen Tiefen vertrieb ihr in Rekordzeit die Kälte aus den Gliedern.

Der Rest des Raumes war weniger imposant. Auf jeden Fall hatte er nichts besonders Romantisches an sich. Er war angemessen, wenn auch nicht besonders elegant eingerichtet, mit einem schlichten Teppich, gepolsterten Sofas und Stühlen und schweren Gardinen vor den hohen Fenstern.

»Ich habe eine kleine Mahlzeit für Sie vorbereitet«, sagte Mr Beecham, der ihnen gefolgt war. Er wies auf einen niedrigen Holztisch vor dem Sofa. Dort stand ein Tablett, darauf ein Teller mit Sandwiches, nicht zueinander passenden Porzellantassen, einer silbernen Zuckerdose und einem Keramikkrug mit Milch. »Ich hole den Tee aus der Küche. Und es gibt Kuchen, der bald fertig sein sollte.«

Julia ließ sich auf das Sofa sinken und war dankbar für die Gelegenheit, sich auszuruhen. »Backen Sie, Sir?«

»Ja, das tue ich, Mrs Blunt«, bestätigte Mr Beecham. »Es handelt sich um eines meiner Hobbys. Allerdings habe ich kaum Zeit dafür, während ich mich um die Kinder kümmere.«

Jasper blieb vor dem Feuer stehen. Sein Haar war feucht, und der helle Schein der Flammen in seinem Rücken betonte seine silbernen Schläfen. »Sie sollten dir helfen.«

»Sie helfen, wenn sie es wollen«, entgegnete Beecham. »Obwohl ich zugeben muss, dass es einfacher war, als die Jungs noch in der Schule waren.«

Julia warf Jasper einen fragenden Blick zu. »Sie gehen nicht mehr zur Schule?«

Jaspers Stirnrunzeln vertiefte sich. »Bis vor drei Monaten haben sie das noch getan. Der Schulleiter hat jedoch kürzlich darum gebeten, sie nicht mehr hinzuschicken.«

»Ich hole das heiße Wasser«, sagte Beecham schnell und verschwand aus dem Zimmer.

Julia bemerkte seinen Weggang kaum. Sie sah Jasper fragend an. »Warum? Ist etwas passiert?«

Jasper seufzte tief. Er verließ seinen Platz vor dem Kamin, um sich neben sie zu setzen. »Ich hatte gehofft, wir hätten ein paar Stunden Atempause, bevor wir uns mit diesem ganzen

Elend auseinandersetzen müssen. Ich hätte wissen können, dass das zu viel verlangt ist.«

»Wir müssen nicht jetzt darüber reden, wenn du es nicht möchtest.«

»Ich möchte es nicht. Aber du wirst es irgendwann ohnehin erfahren – wie von den anderen Missetaten. Die Jungen haben eine Vorliebe dafür, in Schwierigkeiten zu geraten, und der Schulleiter Mr Filbert ist sehr streng. Zu Beginn des letzten Schuljahres hat Charlie dessen Stuhl mit Klebstoff präpariert.«

»Oh nein.«

»Oh doch. Und das ist noch nicht mal das Schlimmste. Filbert setzte sich während einer langen Unterrichtsstunde hin. Als er wieder aufstand, riss sein Hosenboden.«

Julia presste die Lippen zusammen, um sich das Lachen zu verkneifen. Ein erstickter Laut entschlüpfte ihr dennoch.

»Nicht doch.« In Jaspers Augen funkelte für einen kurzen Moment Heiterkeit auf. »Wir können uns über so ein Verhalten nicht amüsieren.«

»Nein, natürlich nicht«, sagte sie so ernst, wie sie konnte.

Die Erheiterung in Jaspers Miene verblasste. »Es ist schon schlimm genug, auf welche Weise Charlie dich begrüßt hat.« Er fuhr sich durchs Haar. »Grundgütiger. Ich könnte ihm die Ohren langziehen.«

»Solltest du ihn suchen gehen?«, fragte sie.

»Das werde ich, sobald er sich beruhigt hat.«

»Er schien furchtbar wütend zu sein.«

»Nicht mehr als sonst.«

»Er muss alles andere als glücklich darüber sein, dass du mich geheiratet hast.«

»Es hat nichts mit dir zu tun«, erwiderte Jasper. »Es geht um mich. Ich habe dich ja gewarnt, dass die Vergangenheit lange Schatten wirft.«

Julia wartete darauf, dass er näher darauf einging und erklärte, welche vergangenen Ereignisse Charlie so wütend gemacht hatten. »Noch ein Geheimnis, von dem du lieber nichts verraten würdest?«, fragte sie, als er weiterhin schwieg.

Sein Mund verzog sich zu einem Lächeln. »So etwas in der Art.«

»Ich kann warten«, sagte sie. »Schließlich haben wir noch unser ganzes Leben lang Zeit.«

Sein Blick verweilte auf ihrem Gesicht. »Das haben wir, nicht wahr?« Er hob die Hand und strich zart über ihr Kinn. Es war eine unendlich sanfte Liebkosung. Fast so sanft wie die Worte, die folgten. »Wie geht es dir, meine Liebste? Wenn du dich erschöpft fühlst, musst du es mir sagen.«

Seine Berührung entwaffnete sie, so wie sie es immer tat. »Ich *bin* erschöpft«, gab sie zu. Die stundenlange Kutschfahrt von Malton hierher war anstrengend gewesen, und sie fühlte sich von ihrem Aderlass noch schwach.

»Möchtest du dich etwas hinlegen?«

»So früh am Morgen? Nein, nein«, lehnte sie ab. »Eine Tasse Tee und ein Stück Kuchen werden mich schnell wieder auf die Beine bringen.«

»Ich wüsste noch etwas, was das tun könnte.« In seinen Augen blitzte etwas Verschmitztes auf. »Sollen wir damit warten, bis du etwas gegessen hast?«

Augenblicklich war ihr Interesse geweckt. »Auf keinen Fall«, sagte sie. »Was ist es? Sag schon.«

»Ich kann es dir nicht sagen, sondern nur zeigen.« Er stand auf und reichte ihr die Hand.

Sie erlaubte ihm, ihr aufzuhelfen. Noch nie hatte sie ihn so zufrieden mit sich selbst gesehen. Es verlieh seinen strengen Gesichtszügen etwas Jungenhaftes. Eine Spur von Verletzlichkeit, die ihr das Herz stahl.

Egal wie erschöpft sie war, in diesem Moment war sie davon überzeugt, ihm bis ans Ende der Welt folgen zu können.

Glücklicherweise war es nicht weiter als bis in die Empfangshalle. Von dort aus führte er sie einen Korridor entlang zur Rückseite des Hauses, durch einen hohen steinernen Torbogen, der zu einer großen Holztür führte.

Er stieß sie auf.

Ein vertrauter Geruch strömte ihr entgegen. *Bücher.* Sie erkannte ihn sofort – was ihr die Überraschung etwas verdarb.

Zumindest dachte sie das.

Doch als Jasper sie in den Raum schob, war der Anblick, der sich Julia bot, nicht nur ein Bücherzimmer oder eine Bibliothek. Es war etwas ganz anderes.

Es war das Paradies.

»Oh«, flüsterte sie. »Ach du meine Güte.«

Bücherregale erstreckten sich zwei Stockwerke hoch, jedes einzelne zum Bersten vollgepackt. Aber nicht mit den großen, in Leder gebundenen Bänden, die man normalerweise in einer gut ausgestatteten Privatbibliothek findet. Nicht mit teuren Büchern über Kunst oder klassische Geschichte oder trockenen Werken über Landwirtschaft, Viehzucht oder Wirtschaft.

»Das sind Romane«, sagte sie erstaunt. »Das sind alles Romane.«

Jasper stand hinter ihr, während ihr Blick über die Regale schweifte. »Nicht alles. Das wäre in einer Bibliothek dieser Größe unmöglich. Aber eine ganze Reihe davon. Hauptsächlich dreibändige Werke und Fortsetzungsromane.«

Julia war erstaunt. »Wie konntest du so viele sammeln?«

»Sie sind günstig. Ich fing an, sie zu kaufen, als ich noch ein kleiner Junge war. So habe ich mein ganzes Taschengeld ausgegeben. Als ich das Anwesen erbte, entdeckte ich, dass mein Onkel eine ähnliche Leidenschaft hatte – auch wenn sein Geschmack eher in Richtung Schauerromane als zu Abenteuergeschichten oder Romanzen tendierte. Seine Romane machen den größten Teil der Sammlung aus.«

Im schummrigen Licht, das durch die Fenster der Bibliothek fiel, konnte Julia einige Titel wiedererkennen, sah aber auch viele andere, die sie nicht kannte.

»Hast du sie alle gelesen?«, fragte sie.

»Die meisten davon, und einige davon sogar zwei Mal.« Jaspers Arm legte sich um ihre Taille. Sein Atem war warm an ihrer Schläfe. »Was denkst du?«

Sie legte ihren Arm um seinen und lehnte sich mit dem Rücken an seine harte Brust. »Ich denke«, sagte sie fast feierlich, »dass ich ernsthaft in Gefahr bin, mich in dich zu verlieben.«

Ihre Worte ließen Jasper kurz erstarren. Er wusste, dass sie nur scherzte. Es waren die Bücher, die sie liebte, nicht ihn. Dennoch ließ er zu, dass die Wärme dieses Gefühls in seine Seele eindrang. Einen flüchtigen Moment lang füllte sie die Leere in ihm aus und machte ihn ganz.

Aber es hielt nicht lange an.

Denn fast sofort löste sich Julia aus seinen Armen, um die Bücherregale zu inspizieren. »Ich wünschte, Anne und Stella könnten das sehen. Und Evelyn auch. Wir alle lieben Romane.«

»Vielleicht kannst du sie mal einladen.«

Sie warf ihm einen Blick über die Schulter zu. »Du hättest nichts dagegen?«

Er zuckte mit den Schultern. »Nicht, wenn sie nichts dagegen haben.«

Während Julia weiter die Regale durchstöberte, fragte sich Japser, ob ihr überhaupt schon in den Sinn gekommen war, dass ihre Freundinnen sie vielleicht nicht hier besuchen wollten. Dass sie sich durch die Heirat mit ihm ebenso aus deren Gesellschaft ausgeschlossen hatte wie aus der ihrer Eltern und der feinen Gesellschaft Londons.

Mit abwesendem Blick glitten ihre Finger über die Rücken einer Reihe von Büchern. »Ich muss Anne schreiben. Sie wird heute Abend wieder in London eintreffen. Der Himmel weiß, was ihr dort dann zu Ohren kommen wird.«

Jasper konnte es sich nur zu gut vorstellen.

Zu diesem Zeitpunkt würden Sir Eustace und Lady Wychwood bereits von der Flucht ihrer Tochter erfahren haben. Bald würde sich die Nachricht in den feinen Kreisen wie ein Lauffeuer verbreiten. Es ließ sich nicht geheim halten, nicht, da die Dienerschaft der Wychwoods sowie Ridgeways Personal in Julias Entführung eingeweiht war.

Zweifellos hatte ihre Zofe Mary nach ihrer Rückkehr zum Belgrave Square alles ausgeplaudert.

Jasper rechnete fest damit, dass er innerhalb von vierzehn Tagen mit den Folgen konfrontiert werden würde. Die einzige Frage, die sich ihm stellte, war, wie sich diese Konsequenzen darstellen würden.

Er folgte Julia in einigem Abstand. »Im Schreibtisch liegen Papier und Tinte. Schreib, wem immer du willst. Ich sorge dafür, dass der Brief aufgegeben wird.«

Das schien ihre Bedenken zu zerstreuen – zumindest für den Moment. »Danke«, sagte sie.

»Natürlich.«

Sie nahm weiter seine Sammlung in Augenschein, bis sie stehen blieb, um einen Roman aus einem der Regale zu ziehen. »*Der verfluchte Schleier.*«

»Eine schaurige Geschichte über eine Braut, die in einer verwunschenen Ruine gefangen gehalten wird.« Er nahm ihr das Buch aus der Hand und stellte es ins Regal zurück. »Nicht die beste Geschichte, um dein neues Leben hier zu beginnen.«

Sie sah ihn nachdrücklich an. Eine stumme Erinnerung an sein Versprechen, sie nicht am Lesen zu hindern.

»Ich habe nicht gesagt, dass du es nicht lesen *darfst*«, sagte er. »Nur, dass es vielleicht kein guter Anfang ist.«

Julia setzte ihre Inspektion fort, kam aber nicht weiter als bis zum nächsten Regal, als sie abrupt stehen blieb und ihre Aufmerksamkeit von einer langen Reihe von Büchern gefesselt wurde – insgesamt fünfzehn von ähnlicher Größe und Form. »Das sind die Romane J. Marshland.«

Jasper verstummte. »Äh, ja. Das sind sie.«

Sie ließ den Blick über das Regal wandern »Aber … du hast Titel von ihm, von denen ich noch nie gehört habe.« Sie zog einen Roman heraus und schlug ihn auf, um das Impressum zu betrachten. »Dieser hier wurde 1848 veröffentlicht.«

»Der erste Roman von Marshland, glaube ich.«

Sie sah zu ihm auf. »Hast du alle seine Romane?«

»Überrascht dich das?«

»Ein wenig. Ich wusste, dass du viel von ihm kennst und eine entschiedene Meinung zu seinem Stil hast, aber ich hätte nie gedacht, dass du so ein ausgesprochener Bewunderer seiner Arbeit bist.«

»Ich würde mich nicht als Bewunderer bezeichnen. Nicht mehr, als ich die Werke von Mrs Braddon oder Mr Collins bewundere. Ich genieße das Lesen, und wenn ein Autor eine gute Geschichte erzählen kann …« Er zuckte mit den Schultern.

»Hast du alle Romane von Mrs Braddon?«

»Nein«, gab er zu.

»Was ist mit denen von Mr Collins? Oder von Mr Dickens?«

Jasper verstummte. Ein Teil von ihm begann zu zweifeln, ob es klug gewesen war, sie hierher zu bringen. »Ich fürchte«, sagte er vorsichtig, »ihre Romane sind nicht so billig wie die von Marshland.«

Die Antwort schien sie zu befriedigen.

»Das stimmt wohl.« Sie stellte den ersten Roman zurück ins Regal und griff nach einem anderen.

Er hielt ihre Hand sanft zurück. »Du willst doch nicht, dass der Tee kalt wird.«

»Aber es gibt noch so viel mehr zu sehen!«

»Erst der Tee.« Er zog ihren Arm unter seinen und führte sie hinaus. »Die Romane laufen schon nicht weg.«

Nach dem Tee trug Jasper das Gepäck in ihr Schlafzimmer. Julia begleitete ihn und sah sich mit lebhaftem Interesse im Raum um, während er ihre beiden Reisetaschen abstellte und dann den Rest der Sachen hereinbrachte.

Das Zimmer wirkte behaglich und einer Ehefrau durchaus angemessen. Dafür hatte Jasper gesorgt. Seit er Goldfinch Hall in Besitz genommen hatte, war der größte Teil seines kleinen Einkommens dafür verwendet worden, die Räume, die die Familie regelmäßig nutzte, wohnlich zu gestalten. Sein eigenes Schlafzimmer und die Zimmer von Daisy, Beecham und den Jungen waren alle gut ausgestattet, mit neuen Matratzen, Vorhängen und neuer Bettwäsche sowie einem frischen Anstrich.

Das Mobiliar war noch dasselbe wie zu Erasmus Blunts Zeiten. Große Mahagonitruhen, Kleiderschränke und im Fall von Jaspers Schlafgemach ein prächtiges Himmelbett, in dessen Pfosten und Rahmen einst Engel und Putten geschnitzt worden waren. Deren Konturen waren jedoch von der Zeit abgetragen worden, so dass die jetzt leeren Gesichter und die sich windenden Gliedmaßen den Anschein von Kreaturen erweckten, die im Todeskampf schrien.

Julia schien die Schnitzereien leicht beunruhigt zu betrachten.

»Wir können das Bett ersetzen«, sagte Jasper.

»Nicht nötig. Nur …« Sie strich mit einer Fingerspitze über einen der Engel. »Wird dieser arme Mann etwa gefoltert?«

»Ich wage zu behaupten, dass er sich in religiöser Ekstase befinden soll.«

Sie hob die Brauen. »Meine Güte. Das scheint nicht besonders angenehm zu sein.«

Jasper hievte ihre Reisetaschen und ihren Schrankkoffer auf die Bank am Fußende des Bettes. Er fühlte sich ein wenig schuldig, dass Julia kein Dienstmädchen hatte, das ihr beim Auspacken half. Sie sollte sich nicht zu sehr anstrengen.

»Ich muss die Kinder finden«, sagte er. »Aber danach helfe ich dir beim Auspacken.«

Sie ließ die Hand sinken, wandte sich zu ihm um und lehnte sich gegen die Matratze, so dass sich die weiten Röcke ihres blauen Kleides zu einer Seite hin aufbauschten. »Was glaubst du, wo sie sind?«

»Bei diesem Wetter? Wahrscheinlich irgendwo im Haus. Sobald ich sie gefunden habe, bringe ich sie her, um sie dir vorzustellen.«

»Oder du lässt sie von selbst zu mir kommen.«

»Ich würde es vorziehen, so anzufangen, wie wir auch weitermachen wollen. Außerdem«, fügte er gereizt hinzu, »wenn wir auf ihre Initiative warten wollen, müssen wir vielleicht bis zum Jüngsten Gericht warten.«

Ihr Blick glitt kurz zu etwas hinter ihm, und ihr Mund verzog sich flüchtig zu einem Lächeln. »Nun gut«, stimmte sie zu. »Ich freue mich darauf, sie richtig kennenzulernen. Vor allem Daisy.«

»Ich werde sie für dich finden«, versprach er.

Damit verabschiedete er sich und ging den leeren Korridor entlang.

Er hatte nicht erwartet, ausgerechnet an dem Tag, an dem er mit seiner neuen Braut nach Hause kam, erst mal seine Kinder einsammeln zu müssen. Zweifellos hätte er aber genau das tun sollen. Obwohl die Kleinen wussten, warum er nach London gereist war, schien keiner von ihnen an seiner Mission besonders interessiert zu sein. Das lag mit Sicherheit an all diesen Büchern über böse Stiefmütter.

Ridgeway würde sagen, es sei Jaspers eigene Schuld, weil er darauf bestanden hatte, dass die Kinder lesen lernten.

Jasper hoffte inständig, dass ihre Neugier sich während seiner Abwesenheit nicht auf sein Arbeitszimmer erstreckt hatte.

Dieser Gedanke ging ihm vorrangig durch den Sinn, als er die gewundene Steintreppe hinaufstieg, die in das vierte Stockwerk und zum Turm führte. Am oberen Ende des Treppenabsatzes befand sich eine schwere verriegelte Tür. Eine Tür, zu der nur Jasper den Schlüssel hatte.

Er schob diesen in das Schloss und drehte ihn herum, was ein metallisches Knirschen verursachte. Die Tür schwang auf und gab den Blick auf den düsteren Raum frei, in dem Jasper den Großteil seiner sechs Jahre in Goldfinch Hall verbracht hatte.

Im Zimmer sah alles so aus, wie er es verlassen hatte. Es gab einen stabilen Holzschreibtisch, auf dem sich die Kassenbücher stapelten, ein gläsernes Tintenfass in einem Messinghalter und ein Stapel Blätter, beschwert mit einem Stein, den er bei einem Heidespaziergang gefunden hatte.

Von den Büchern, die die Wände säumten, schien keines zu fehlen. Und keine der verschlossenen Schreibtischschubladen war aufgebrochen worden.

Bis jetzt hatten die Kinder die Unantastbarkeit seines Arbeitszimmers respektiert. Dennoch war es immer der erste Ort, an dem Jasper nach dem Rechten sah, wenn er von einem Besuch in Malton oder York zurückkehrte, da er sich nie ganz sicher war, ob er ihn eines Tages nicht doch durchwühlt vorfinden würde.

Doch nicht dieses Mal.

Er war außerordentlich vorsichtig gewesen. Vor seiner Abreise nach London hatte er seine geheimsten Unterlagen im Schreibtisch eingeschlossen. Das Arbeitszimmer war ordentlich und aufgeräumt, ohne das übliche Durcheinander – die überall verstreut liegenden vollgekritzelten Seiten, die vielen Romane mit Eselsohren und die Briefstapel.

Zufrieden verließ Jasper das Zimmer und schloss die Tür hinter sich ab.

Charlie und Alfred versteckten sich wahrscheinlich im Ostflügel. Und Daisy war entweder bei ihnen oder verbarg sich irgendwo in einem Schrank.

Jasper machte sich auf den Weg, die Kinder zu finden.

»Du kannst jetzt herauskommen«, sagte Julia.

Die Tür des großen Mahagonischranks öffnete sich langsam und knarrend. Ein kleines Gesicht lugte heraus, dann stieg eine kleine Gestalt aus dem Schrank. Es war ein Mädchen, das ein fleckiges Kittelkleid aus Baumwolle trug. Sein Haar, so schwarz wie das von Charlie, war zu einem Zopf geflochten. Auch ihr schmales Gesicht erinnerte Julia an den Jungen. Das Mädchen musterte Julia unverhohlen.

»Du musst Daisy sein«, sagte Julia. »Wie geht es dir?«

Das kleine Mädchen schwieg. Aber es kam näher und betrachtete eingehend, wie von einer unwiderstehlichen Neugierde angezogen, Julias Gesicht und ihr Kleid.

»Bist du schon lange in dem Schrank gewesen?«

»Seit die Kutsche angekommen ist«, sagte Daisy. In ihren Worten lag eine Sachlichkeit, die an den Ton erinnerte, den Jasper so oft anschlug. Als hätte sie sich ihn zum Vorbild genommen – derselbe ernste Ton und dasselbe Verhalten.

»Das kann nicht besonders bequem gewesen sein«, bemerkte Julia.

Daisy zuckte mit den Schultern. Eine weitere Geste, die an Jasper erinnerte, ebenso wie der ernste Ausdruck ihres schmutzigen Gesichts. »Ich mag kleine Räume.«

Julia konnte nicht anders, als von dem Mädchen verzaubert zu sein. »Versteckst du dich oft in Schränken?«

»Manchmal.« Daisy kam noch näher an das Bett heran. »Kommst du aus London?«

»Richtig. Dein Vater und ich sind den ganzen Weg hierher mit dem Zug gereist. Es war furchtbar aufregend.«

Daisy schien nicht besonders beeindruckt zu sein. »Wirst du jetzt hier wohnen? In Vaters Zimmer?«

»Das werde ich«, sagte Julia. »Ist das in Ordnung?«

Daisy legte eine Hand auf die Tagesdecke und runzelte die Stirn. »Du bist *nicht* meine Mutter.«

Julias Lächeln wurde schwächer. »Nein. Nein, natürlich nicht. Ich würde mir niemals anmaßen …«

»Meine Mutter hatte goldenes Haar«, informierte sie Daisy.

»Hatte sie? Wie reizend.« Julia wusste nicht, was sie darauf sonst noch erwidern sollte.

Sie hatte in ihrem Leben noch nicht viele Kinder kennengelernt. In der Londoner Gesellschaft wurden die Jüngsten abgesondert und durften sich weder bei Abendgesellschaften noch auf Bällen blicken lassen. Während der Reise nach Yorkshire hatte sich Julia Gedanken darüber gemacht, wie Jaspers Nachwuchs sie aufnehmen würden.

Zu diesem Zeitpunkt war sie noch zuversichtlich gewesen, dass es ihr mit Freundlichkeit gelingen würde, die Kinder für sich einzunehmen.

Diese Zuversicht schwand von Sekunde zu Sekunde.

»Sie *war* reizend«, erklärte Daisy. »Vater hat sie sehr geliebt.«

Julias Lächeln drohte ganz zu verschwinden. Mit aller Willenskraft zwang sie sich, es beizubehalten. Jasper hatte sie gewarnt, dass die Kinder offen über ihre Mutter sprachen. Julia wollte sich durch diese Tatsache nicht verletzen lassen.

Dennoch schmerzte es.

Natürlich hatte er die Mutter seiner Kinder geliebt. Das hatte er gestern Abend noch gesagt. Und auch wenn er es nicht zugegeben hatte, war der Beweis seiner Wertschätzung für diese Frau in all seinen Handlungen präsent. Warum sonst hätte er die Sorge für die drei unehelichen Kinder übernommen, die sie ihm geboren hatte? Warum sonst hatte er vor, ihnen seinen gesamten Besitz zu vermachen?

Natürlich aus Liebe. Aus Liebe zu seiner schönen, goldhaarigen Mätresse.

»Natürlich hat er das«, sagte Julia. »Und ich bin mir sicher, dass er es immer noch tut.«

»Das stimmt«, entgegnete Daisy selbstbewusst. Sie legte die Hand auf eine der Reisetaschen, ihre kleinen Finger zupften an einem verirrten Faden. »Ich kann sie dir zeigen.«

Julia blinzelte. »Deine *Mutter?*«

Daisy nickte so ernst wie ein kleiner Richter. »Sie ist hier.«

Julia stellten sich die Nackenhaare auf, und sie bekam am ganzen Körper Gänsehaut »Ich verstehe nicht …«

»Sie ist draußen«, sagte Daisy. »Sie schläft im Garten.«

23. KAPITEL

Jasper fand Charlie und Alfred im Ostflügel des Schlosses, in den ehemaligen Räumen der Dienerschaft. Die feuchten Zimmer warteten mit abblätternden Wänden, verrottenden Dielen und verschimmeltem Mobiliar auf, das mit staubbedeckten, längst vergilbten Laken bedeckt war.

Jasper wagte es nicht, über die Schwelle zu treten. Der Fußboden konnte nicht mehr als das Gewicht eines Kindes tragen. Genau deshalb hatten sich die Jungen diesen Raum ausgesucht.

»Euren Verstecken fehlt es langsam an Kreativität«, sagte Jasper und lehnte sich mit einer Schulter gegen den Türrahmen. »Das ist der erste Ort, an dem ich gesucht habe.«

Charlie und Alfred saßen in der Fensternische und spielten Karten.

»Nicht der erste Ort«, bemerkte Charlie leise.

Jasper ignorierte die Bemerkung. Die Jungen wussten, dass er, wenn es um sein Arbeitszimmer ging, niemandem traute. Er machte es immer zu seiner ersten Station, wenn er von seinen Reisen zurückkehrte, und selbst dann, wenn er nur nach Hardholme geritten war.

»Und ich nehme an, Daisy hockt in einem der Küchenschränke?« Alfreds Lippen zuckten.

»Nein?« Jasper gab sich Mühe, seine Ungeduld zu verbergen. »Wo denn dann?«

»Sie ist im Schrank in deinem Schlafzimmer«, antwortete Alfred.

Jasper spannte sich an. *Grundgütiger!* Was hatte der kleine Teufel vor? Wollte sie etwa herausspringen und Julia zu Tode erschrecken?

Aber nein.

Jetzt erinnerte er sich an den flüchtigen Blick, den Julia über seine Schulter geworfen hatte, und an das Lächeln, das kurz darauf über ihr Gesicht gehuscht war. Sie musste Daisy dabei entdeckt haben, wie sie ihnen hinterherspionierte. Kein Wunder, dass Julia betont hatte, wie sehr sie sich darauf freute, das kleine Mädchen kennenzulernen.

Zu wissen, wo sich die Kinder aufhielten, hätte Jasper eigentlich beruhigen müssen. Aber das tat es nicht.

Die Jungen waren berüchtigt für ihre unbedachten Bemerkungen. Und Daisy war auch nicht besser. Gott allein wusste, mit welchen Geschichten sie ihre neue Stiefmutter erschreckte.

»Gibt es noch etwas, das ihr beichten wollt?«, fragte Jasper die beiden. »Stehen noch mehr Überraschungen an?«

Die Jungen setzten schweigend ihr Kartenspiel fort.

»Das ist jetzt wirklich der denkbar schlechteste Zeitpunkt für euren Trotz«, sagte Jasper.

Charlie legte eine Karte ab. »Was kümmert es uns, was *sie* denkt.«

Jasper konnte seine Gefühle in gewisser Weise nachvollziehen. Als kleiner Junge war Charlie von seiner eigenen Mutter in einem Armenhaus zurückgelassen worden. Der Verrat hatte ihn tief verletzt. Selbst jetzt, nach sechs Jahren in Jaspers Obhut, wies Charlie immer noch lieber jeden zurück, als zu riskieren, am Ende erneut verletzt oder weggestoßen zu werden.

»Ihr kennt sie nicht«, sagte Jasper. »Würdet ihr sie kennen, sie würde euch gewiss gefallen.«

Charlie schnaubte nur, aber Alfred warf einen vorsichtigen Blick in Jaspers Richtung.

Der ein Jahr jüngere Alfred folgte oft dem Beispiel seines älteren Bruders. Oft, aber nicht immer.

»Sie ist eine ausgezeichnete Reiterin«, fuhr Jasper fort. »Ihr Wallach wird im Laufe der Woche eintreffen. Ich verlasse mich darauf, dass ihr mich in dieser Hinsicht unterstützen werdet.«

»Wie?«, fragte Alfred.

»Wenn ich zu beschäftigt bin«, erklärte Jasper, »wird einer von euch sie bei ihren Ausritten begleiten müssen.«

»Auf wem? Musket?« Charlie stieß ein weiteres spöttisches Schnauben aus. Musket war der alte Wallach, den sie zum Ziehen des offenen Einspänners hatten. Nur selten strengte er sich an, schneller als im Trott zu laufen.

»Musket könnte nicht mithalten«, sagte Jasper.

»Du würdest uns auf Quintus reiten lassen?« Nun gab Alfred nicht mehr vor, sich für das Kartenspiel zu interessieren.

»Natürlich«, sagte Jasper. »In Begleitung meiner Frau – vorausgesetzt, ihr schafft es, euch ihr gegenüber höflich zu verhalten.«

Charlie runzelte die Stirn. »Wer will schon auf diesem großen Trampel reiten?«

»Ich vielleicht«, sagte Alfred. »Wenn ich mit ihm galoppieren darf.«

»Das hängt ganz von deinem Verhalten ab.« Jasper drückte sich vom Türrahmen weg. »Ich erwarte euch beide noch vor dem Abendessen unten im Salon – gewaschen, ordentlich angezogen und wohlerzogen.« Er warf Charlie über die Entfernung hinweg einen unerbittlichen Blick zu. »Du und ich werden uns nach dem Essen über deinen Fehltritt unterhalten.«

Mit dieser Ankündigung zog sich Jasper zurück und überließ es den Jungen, sich über seine unerbittliche Selbstherrlichkeit zu beklagen.

Sollen sie das doch tun. Besser, als von ihnen für wankelmütig gehalten zu werden.

Von Anfang an hatte er sich darum bemüht, ihnen gegenüber konsequent aufzutreten. Ein Mann, auf den sie sich verlassen konnten – an einem Tag genauso wie am nächsten. Das war es, was sie brauchten, kein Übermaß an Zuneigung oder eiserner Disziplin. Sie mussten sich sicher und geborgen fühlen.

Es war das Gleiche, was Julia von ihm brauchte. Nicht seine Liebe, sondern seinen Schutz. Seine Standhaftigkeit und Stärke.

Als er in ihr gemeinsames Schlafgemach zurückkehrte, stand sie vor dem offenen Kleiderschrank und legte einen gefalteten Rock auf eines der hohen Regale. Einige ihrer Kleidungsstücke hatte sie bereits sorgfältig weggeräumt. Sie lagen in bunten Stapeln aus Seide, Wolle und Musselin in den unteren Regalfächern.

Jasper sah sich im Raum um. »Ist Daisy nicht hier?«

Julia sah ihn seltsam ausdruckslos an. »Sie *war* hier.«

»Wo ist sie hin?«

»Nach unten, glaube ich.« Ihr Tonfall war genauso wenig zu deuten wie ihre Miene.

Jasper hatte ein mulmiges Gefühl. Er schloss die Tür hinter sich. »Ich nehme an, sie hat etwas Unpassendes gesagt.«

Julia drehte sich zu ihm um. »Nichts, wovor du mich nicht gewarnt hast.«

»Sie hat von ihrer Mutter gesprochen?«

»Das hat sie.« Julia ging zum Fenster. Dort stand, gerahmt von den schweren Fenstervorhängen aus gemustertem Damast, eine Bank. Sie ähnelte jener, auf der die Jungen im Dienstbotenzimmer Karten gespielt hatten. Sie setzte sich darauf, der Regen prasselte laut gegen die Fensterscheiben. »Wie war ihr Name?«

Das mulmige Gefühl, das Jasper beschlichen hatte, wurde zu einem bleiernen Gewicht auf seinem Herzen.

Das war kein Gespräch, das er so kurz nach ihrer Ankunft erwartet hatte. Aber wie so vieles in seinem verfluchten Nachkriegsdasein war auch diese unangenehme Realität unvermeidlich. Er konnte nur darauf hoffen, dass er Julia nicht verletzte, wenn er ihr einen kleinen Teil der Wahrheit anvertraute.

Als er sich ihr langsam näherte, war er sich der Tatsache bewusst, dass es bereits zu spät sein könnte. Dass die Kränkung vielleicht schon geschehen war. »Ihr Name war Dolly Carvel.«

»Liegt sie in deinem Garten begraben?«

Grundgütiger! Das hatte Daisy ihr erzählt?

Nicht, dass es nicht der Wahrheit entsprechen würde.

»Ja, so ist es«, sagte Jasper.

»Ich verstehe.«

Er setzte sich neben sie, weit genug entfernt, um ihr in die Augen sehen zu können. »Das tust du nicht«, erwiderte er. »Es ist unmöglich, dass du das verstehst.«

Sofort war ihm klar, dass er das Falsche gesagt hatte.

Julias wunderschönes Gesicht verhärtete sich, und Röte überzog ihre Wangen. »Ich bin nicht völlig unwissend, weißt du. Auch wenn ich noch nie irgendwo war oder etwas getan habe. Und auch wenn du der erste Gentleman bist, den ich geküsst habe.«

»Das ist nicht das, was ich …«

»Du hast sie geliebt. Das hast du mir gestern Abend im Gasthof gesagt.«

Wie bitte?

Jasper öffnete den Mund, um es zu leugnen, schloss ihn dann aber. Verspätet erinnerte er sich an das Geständnis, das er ihr gemacht hatte, während er ihre Haare gebürstet hatte.

Grundgütiger. Sie war davon ausgegangen, dass er von seiner Mätresse gesprochen hatte.

Natürlich hatte sie das angenommen.

Er war zu sehr in seinen schmerzhaften Erinnerungen gefangen gewesen, um es zu erkennen. Und jetzt war es zu spät. Es gab keine Möglichkeit mehr, ihren Irrtum zu korrigieren. Nicht ohne mehr preiszugeben, als er konnte. Aber er musste etwas sagen.

»Ich habe nie gemeint …«

»Mir war nur nicht klar«, fuhr Julia ungeachtet seiner Proteste fort, »dass es die Art von großer Leidenschaft war, die Heathcliff für Cathy empfunden hat. Etwas, das über den Tod eines Menschen hinausgeht.«

Jasper verkniff sich ein Lachen, das äußerst unpassend gewesen wäre. »Das hier ist nicht *Sturmhöhe.* Wenn es irgendein Roman wäre, dann …« Er bemühte sich, einen vergleichbaren Titel zu finden und scheiterte. »Verdammt noch mal, Julia, das ist das wahre Leben! Daran ist nichts Romantisches.«

»Als ob ich das nicht wüsste.« Sie verschränkte die Arme und lehnte sich zurück, als wollte sie einen noch größeren Abstand zwischen sie bringen. »Du hättest mich trotzdem vorbereiten können. Die bloße Vorstellung …«

»Ich habe dich gewarnt, dass die Kinder unpassende Dinge sagen würden«, sagte er. »Und du hast versprochen – *versprochen* –, dass du mich nicht nach meiner Vergangenheit fragst. Das war Teil unserer Abmachung.«

Ihre Augen funkelten gekränkt. »Ich *frage* dich gar nichts.«

Er fuhr sich mit der Hand über das Kinn, hin- und hergerissen zwischen seinen Geheimnissen und dem starken Wunsch, den Schmerz zu vertreiben, den ihr Blick verriet. Ein Blick, der ihm sagte, dass sie sich ihres Platzes hier, in seinem Haus oder in seinem Herzen, nicht mehr sicher war.

Aber es war nicht nur das.

Die Wahrheit war, dass er es ihr sagen wollte. Er wollte ihr so sehr alles sagen. Frustration stieg in ihm auf und verdrängte die letzten Reste von Vorsicht.

»Also gut«, sagte er schließlich. »Wenn du etwas über Dolly wissen willst, erzähle ich dir von Dolly.«

Julias Magen zog sich vor Angst zusammen, während sie darauf wartete, dass Jasper weitersprach. Es fiel ihr unglaublich schwer, ihn nicht mit Fragen zu bestürmen. Aber sie erkannte die Gefährlichkeit seiner Stimmung.

Unter größter Anstrengung gelang es ihr, schweigend abzuwarten.

Schließlich begann er: »Als ich vor sechs Jahren von der Krim zurückkehrte, kam ich mit der Absicht hierher, mich niederzulassen. Ich erholte mich immer noch von meinen Verletzungen und war … nicht ganz ich selbst. Beecham war hier und kümmerte sich um das Haus. Aber ansonsten war ich allein. Bis etwa einen Monat nach meiner Ankunft plötzlich Dolly vor meiner Tür stand, mit einem zehn Monate alten Säugling auf dem Arm. Sie sagte mir …«

Julia wartete darauf, dass er fortfuhr, aber er tat es nicht. Er schien nicht zu wissen, wie. »Warum zögerst du?«

»Weil das …«, sagte er, »was ich dir gleich erzählen werde, mich noch monströser erscheinen lassen wird als alles, was du bisher über mich gehört hast.«

Ihr Herz begann schneller zu schlagen. »Es kann nicht schlimmer sein als das, was ich von Lady Heatherton gehört habe.«

»Es ist schlimmer«, erwiderte er nur.

Regentropfen flossen in Rinnsalen über das Fensterglas und verdeckten den Blick auf den überwucherten Garten. Ein Garten, in dem laut Daisy ein weißer Marmorengel das Grab von Jaspers geliebter Mätresse anzeigte.

Als Jasper weitersprach, hatte seine Stimme einen rauen Unterton, als würde er etwas zugeben, das zu beschämend war, um es auszusprechen. »Dolly sagte mir, dass sie Charlie und Alfred ein Jahr zuvor im Armenhaus abgegeben hatte und dass sie Daisy nun, da sie entwöhnt war, ebenfalls dorthin bringen würde.«

Das Armenhaus?

Julia gefror das Blut in den Adern. »Das verstehe ich nicht.«

»Dolly hatte sich und die Kinder mit … mit Prostitution über Wasser gehalten. Damit war es vorbei, als sie an Schwindsucht erkrankte. Als sie hierherkam, stand sie bereits an der Schwelle des Todes.«

Julia erblasste.

»Sie flehte mich an, Charlie und Alfred zurückzuholen«, sagte Jasper. »Und sie bat mich, auch Daisy aufzunehmen. Also tat ich das. Dolly blieb ebenfalls eine Zeit lang hier. Es wäre grausam gewesen, den Kindern so kurz vor dem Ende die Anwesenheit ihrer Mutter zu verweigern. Sie starb binnen eines Monats. Die Kirchenvertreter in Hardholme weigerten sich, sie zu beerdigen. Diese Dorfbewohner sind ein ziemlich frommer Haufen und haben es nicht besonders mit gefallenen Frauen. Deshalb habe ich Dolly hier begraben.«

Julia starrte ihn an, und alles begann, sich zu drehen. Auch ihr Herz war in Aufruhr. »Wie konnte sie in solche Umstände geraten? Ihr wart doch so lange zusammen. Und das konnte auch nicht sehr lange her sein, wenn man Daisys Alter bedenkt. Hast du nicht für sie gesorgt?«

»Das habe ich nicht.«

»Warum nicht?« Sie versuchte erfolglos, nicht vorwurfsvoll zu klingen. »Du bist der Vater ihrer Kinder.«

»Viele Gentlemen versäumen es, für die Sprösslinge zu sorgen, die sie außerhalb der Ehe zeugen. Das ist keine Entschuldigung, aber …« Sein Kiefermuskel zuckte. »Vor dem Krieg hatte ich eine andere Denkweise. Ich war ein völlig anderer.« So hatte er es ihr im Garten der Claverings gesagt. Und das hatte Julia geglaubt. Sie wollte es immer noch verzweifelt glauben.

Sie studierte sein Gesicht. »Und doch … hast du sie nicht aufgesucht, als du zurückkamst. Dolly musste zu dir kommen. Wenn du dich wirklich geändert hast, warum hast du die Dinge mit ihr nicht in Ordnung gebracht?«

Er runzelte die Stirn und senkte den Blick. »Es ging mir eine Zeit lang nicht gut. Ich war … verwirrt.«

»Und während all der Zeit waren die Jungen im Armenhaus? Und Dolly starb an Schwindsucht?« Julias Brust brannte vor unterdrücktem Schmerz. Die Wahrheit ließ ihren Ehemann in der Tat wie ein Monster klingen. »Oh Jasper.«

Er zuckte zusammen. Erst heute Morgen hatte sie ihn *Liebster* genannt.

»Du kannst mir nicht verzeihen«, sagte er tonlos. Es war keine Frage.

»Ich habe kein Recht, dir zu verzeihen. Denn ich war es nicht, der du Unrecht getan hast. Sondern deine Kinder. An ihnen musst du es wiedergutmachen.«

Er sah sie an. Seine frostgrauen Augen brannten wie von einem wütenden Licht. »Ich *mache* es ja wieder gut. Seit Dolly vor meiner Tür stand, habe ich alles versucht, um die Dinge wieder in Ordnung zu bringen. Manchmal scheint es, als würde ich für den Rest meines Lebens büßen müssen. Du kannst Beecham fragen, wenn du mir nicht glaubst.«

»Ich glaube dir.«

Er atmete aus. »Nun, das ist wenigstens etwas.«

Julia spürte ein Aufflackern von Schuldgefühlen. Hatte sie überreagiert? Hatte sie zu hart geurteilt? Die Vergangenheit war nun einmal die Vergangenheit. Sie hatte kein Recht, ihn dafür zu tadeln, nicht, wenn er so offensichtlich sein Bestes tat, um den Schaden wiedergutzumachen.

Und er hatte natürlich recht.

Feine Herren hatten im Allgemeinen nicht die Angewohnheit, sich um ihre unehelichen Kinder zu kümmern. Jedenfalls nicht, dass es Julia bewusst gewesen wäre. Genau das hatte die Londoner Gesellschaft ja so an Jaspers Verhalten gestört – sein Wunsch, Charlie, Alfred und Daisy zu beherbergen und zu kleiden, als seien sie seine ehelichen Kinder. Das war höchst unüblich. Jedenfalls unter anständigen Leuten.

Jasper tat es hingegen schon seit sechs Jahren. Aus Liebe zu seiner Mätresse, hatte Julia gedacht. So bewundernswert das auch war, hatte es sie geschmerzt, es anzuerkennen.

Aber *hatte* er Dolly geliebt?

Er hatte es behauptet, aber sein Verhalten in der Vergangenheit ließ das Gegenteil vermuten. Denn hätte er sie wirklich geliebt, wie hätte er sie dann einem solchen Schicksal überlassen können? Auch seine Kinder hätte er in diesem Fall doch wohl nicht im Stich gelassen.

Es war alles zu schrecklich.

Julia konnte nichts davon mit dem Mann, den sie heute kannte, in Einklang bringen. Einem Mann, der ihr zu Hilfe geeilt war, sie geheiratet und ohne Hoffnung auf eine Mitgift in Sicherheit gebracht hatte. Ein Mann, der ihr das Haar bürstete, sie im Arm hielt und sie mit solch leidenschaftlicher Zärtlichkeit küsste. Ein Mann, der Romane las, um Himmels willen!

Das war kein Mann, der die grausamen Dinge hätte tun können, die Lady Heatherton beschrieben hatte. Die noch grausameren Dinge als die, die Jasper ihr gerade gestanden hatte.

Julia rieb sich die Schläfen. Sie bekam Kopfschmerzen.

»Du bist erschöpft«, sagte er.

Sie hob den Blick. Wie lange hatte sie dagesessen und grimmig vor sich hin gegrübelt? »Es tut mir leid. Meine Gedanken spielen verrückt. Ich kann einfach nicht aufhören, mich zu fragen …«

»Kein Wort mehr über die Vergangenheit«, sagte er nachdrücklich. »Das kann nichts Gutes bringen. Von diesem Moment an halten wir uns an unsere Abmachung.«

Sie sträubte sich gegen seine Anweisung. Wie sollte sie es unterlassen, über die Vergangenheit zu sprechen, wenn diese ihr ganzes Leben hier durchdrang?

Aber genau dem hatte sie vor der Hochzeit zugestimmt. Dass sie ihn nicht nach seiner Zeit vor dem Krieg fragen würde. Und niemals sein Arbeitszimmer betreten würde. Das waren keine unangemessenen Einschränkungen. Nicht mehr als die Einschränkungen, die Blaubart seiner neuesten Frau auferlegt hatte.

Ein beunruhigender Gedanke. Und ein ungerechter noch dazu.

Jasper war nicht Blaubart. Bestimmt nicht. Und sie hatte es ihm *versprochen*. Man konnte eine Ehe nicht mit einem Wortbruch beginnen.

Sie nickte zögernd. »Also gut.«

Er erhob sich. »Willst du dich etwas hinlegen? Es ist noch viel Zeit bis zum Abendessen.«

»Vielleicht sollte ich das.« Sie war von der Reise wirklich ziemlich erschöpft. Probleme schienen immer schlimmer zu sein, wenn man gegen die Erschöpfung ankämpfte. In Zeiten wie diesen waren ein Bett und ein gutes Buch im Allgemeinen das beste Rezept für ihren Seelenfrieden.

Sie stand auf und strich mit nervöser Hand ihre Röcke glatt. Ihr noch nicht zu Ende gelesener Marshland-Roman *Die Rückkehr des Helden* auf dem Nachttisch schien ihr zuzuwinken.

»Brauchst du Hilfe beim Ausziehen?«, bot Jasper an, als sie zum Bett ging.

Sie ging an ihm vorbei. »Nein, danke«, lehnte sie schnell ab. »Das schaffe ich schon.«

Sein Verhalten wurde sofort förmlich. »Natürlich.« Er verbeugte sich. »Ich lasse dich jetzt allein.«

Bevor Julia noch etwas sagen konnte, war er fort. Sie blieb neben dem Himmelbett mit den so grausig anmutenden Schnitzereien stehen und war sich schmerzlich bewusst, dass sich zwischen ihrem Ehemann und ihr eine Kluft aufgetan hatte.

Es lag nun an ihr, diese Kluft zu überbrücken. Jasper war ein zu anständiger Mann, um noch einmal von sich aus darauf einzugehen.

Anständig. Ehrenhaft. Heldenhaft.

Nicht wie der Captain Blunt von vor sechs Jahren.

Konnte ein Krieg einen Menschen wirklich so sehr verändern? Konnte er einen Mann wirklich von einem Schurken in einen Helden verwandeln?

Sie wollte es glauben.

Sie *musste* es glauben.

24. KAPITEL

Jasper verbrachte die nächsten Stunden damit, mit Beecham die Kassenbücher durchzugehen. Eine zutiefst deprimierende Tätigkeit. So hatte er sich seinen ersten Tag zu Hause nicht vorgestellt. Er hatte gedacht, er würde ihn in Julias Gesellschaft verbringen. Aber es sollte nicht sein. Nicht jetzt, da sie die Wahrheit über Dolly und die Kinder kannte.

Es war natürlich nicht die ganze Wahrheit, aber genug, um Jasper in ein durch und durch verachtenswertes Licht zu rücken. Er war nicht nur ein Hurenbock, der mit seiner Mätresse drei Kinder gezeugt hatte, er war ein Schurke, der diese Kinder fast hätte verhungern lassen. Ein skrupelloses Ungeheuer, das dafür gesorgt hatte, dass die Kinder im Armenhaus gelandet waren, weil er sie auf niederträchtigste Weise vernachlässigt hatte.

Es handelte sich um unverzeihliche Verbrechen. Jasper hatte gewusst, dass Julia irgendwann davon erfahren würde. Mit den Kindern im Haus war das unvermeidlich gewesen.

Doch er hatte nicht erwartet, dass er gleich am Tag ihrer Ankunft gezwungen sein würde, ihr die schmutzigen Details zu enthüllen.

Egal wie lange er lebte, er würde nie den Ausdruck entsetzter Enttäuschung auf ihrem Gesicht vergessen. Als hätte er jeden romantischen Tagtraum, den sie über ihn gehegt hatte, mit Füßen getreten und durch etwas ersetzt, das Abscheu nahekam.

Wenn Japser nur daran dachte, wurde ihm schlecht.

Und wie sie vor ihm zurückgeschreckt war, als er angeboten hatte, ihr beim Ausziehen zu helfen. Als könnte sie den Gedanken nicht mehr ertragen, dass er sie berührte.

Ihre Reaktion hatte ihn zu förmlicher Höflichkeit getrieben. Grundgütiger, er hatte sich sogar vor ihr verbeugt, bevor er gegangen war. Eine steife, militaristische Geste, die völlig im Widerspruch zu der Intimität stand, die sich zwischen ihnen entwickelt hatte.

Sollte es von nun an immer so sein? Eine kalte, förmliche Ehe ohne jeden Anflug von Zuneigung?

Sie war jetzt in ihrem Schlafgemach und schlief vermutlich. Er missgönnte ihr die Erholung nicht. Wenn er sich nicht dagegen sträuben würde, den überfürsorglichen Ehemann zu spielen, hätte er darauf bestanden. Nach ihrer Tortur brauchte sie so viel Ruhe, wie sie nur bekommen konnte.

Und *er* musste sich konzentrieren.

Während er mit Beecham im Büro saß und der unablässige Regen gegen das Fenster prasselte, gelang es Jasper, einen Zeitplan für die Durchführung der ersten größeren Reparaturen aufzustellen. Er hatte vor, seine Pläne mit Julia zu besprechen, aber nicht heute. Und auch nicht morgen.

Es würde Zeit und Geduld brauchen, um ihr Vertrauen zurückzugewinnen. Die gleiche Geduld, die er auch bei den Jungen hatte aufbringen müssen. Allmählich wurde er ein Meister darin.

Um halb fünf zog sich Beecham zurück, um mit den Vorbereitungen für das Abendessen zu beginnen. Jasper blieb im Büro und beendete einen Brief an seinen Anwalt in York. Er war gerade dabei, Piggotts Adresse auf den Umschlag zu schreiben, als Daisy den Kopf durch die Tür steckte. Sie trug ein Kittelkleid und hatte ihr schwarzes Haar zu einem Zopf geflochten, der sich aufzulösen begann.

Jasper legte die Feder aus der Hand ab und drehte sich um. »Komm her.« Daisy durchquerte den kleinen Raum und stellte sich in einer reumütigen Haltung vor ihn, die sie schon unzählige Male zuvor eingenommen hatte.

Er betrachtete sie stirnrunzelnd. »Du hast Unfug gemacht, habe ich gehört.«

»Habe ich nicht.«

»Hast du dich im Kleiderschrank versteckt, anstatt deine neue Stiefmutter auf zivilisierte Weise zu begrüßen?«

»Habe ich nicht«, protestierte sie erneut. »Ich wollte ihr nur das Grab meiner Mutter zeigen.«

Nur. Als wäre das irgendeine Kleinigkeit.

»Hast du nicht daran gedacht, dass sie sich darüber aufregen würde?«

»Es hat sie nicht aufgeregt. Sie *will* es sehen. Sie hat gesagt, sie würde mit mir kommen, wenn der Regen aufhört.«

Jasper verzog innerlich das Gesicht. Ihm gefiel die Vorstellung, dass Julia Dollys Grab besuchen würde, ganz und gar nicht. Und sie *würde* es tun, das wusste er. Sie würde alles tun, um sich bei den Kindern beliebt zu machen.

»Was hast du ihr noch erzählt?«, fragte er.

»Nur, dass Mutter schön war. Und dass sie goldenes Haar hatte. Und dass du sie mehr als alles andere geliebt hast.«

Jasper seufzte. »Daisy … Was soll ich nur mit dir machen?«

»Aber es stimmt doch, nicht wahr?« Ihre Stirn zog sich in Falten. »Du hast Mutter am meisten geliebt.«

»Wir brauchen niemanden am meisten zu lieben«, sagte Jasper. »Die Liebe ist groß genug, um alle zu umfassen.«

Das war etwas, das sein Vater immer von der Kanzel aus gesagt hatte. Eine heuchlerische Aussage, wenn man bedachte, wie der Mann seine eigene Familie behandelt hatte, aber dennoch eine, die Jasper im Gedächtnis geblieben war.

»Das gilt auch für deine Stiefmutter«, fügte er hinzu.

Daisys Blick wurde trotzig. »Sie ist sehr schön.« Es klang fast wie ein Vorwurf.

»Sie ist liebenswürdig«, erwiderte Jasper. »Liebenswürdigkeit ist wichtiger als Schönheit.« Er strich mit der Hand über Daisys Haar und zupfte liebevoll an ihrem Zopf. »Viel wichtiger.«

»Hast du sie deshalb geheiratet?«

»Ja«, sagte er. »Als ich nach London ging, war ich fest entschlossen, die liebenswürdigste Frau der Welt zu finden. Und als ich sie fand, habe ich sie auf der Stelle geheiratet und zu dir gebracht.«

»Sie ist nicht meine Mutter.«

»Nein. Aber sie wird dir eine Freundin sein. Und sie wird dich sehr liebhaben, wenn du sie lässt. Ich glaube, sie wurde geschaffen, um sich um Menschen wie dich und mich zu kümmern.«

Daisy schien das zögerlich zu erwägen. Obwohl sie von Jasper mit Beechams nicht unbedeutender Hilfe aufgezogen worden war, fiel es ihr oft genauso schwer wie ihren Brüdern, anderen Menschen zu vertrauen.

»Hast *du* sie lieb?«, fragte sie.

»Das habe ich. Ich mag sie außerordentlich gern, genau wie dich. Und ich bin froh, dass ihr beide so gut miteinander auskommen werdet.«

Daisys Unterlippe begann zu zittern. »Sie hat mich nicht gemocht.«

Und da war er. Der Kern ihrer Ängste.

Jasper zog sie an sich und umschlang ihren zarten Körper mit seinen Armen. Sie lehnte sich an ihn, und eine kleine Hand klammerte sich in seine Weste.

Sie war weder ein besonders hübsches Kind noch von respektabler Abstammung. Sie war sonderbar. Eine Ausgestoßene, wie auch die Jungen Ausgestoßene waren. Bei ihren seltenen Ausflügen nach Hardholme hatten die Frauen des Dorfes Daisy eher verächtlich angeschaut, als dass sie ihr in die Wangen gekniffen und ihr eine Süßigkeit angeboten hätten.

Jasper hatte sein Bestes getan, um das wiedergutzumachen. Aber er war nur ein Mann, und dazu noch einer, der in der Dorfgemeinschaft so wenig willkommen war wie die Kinder selbst.

Was Daisy brauchte, war eine Mutter.

»Gib ihr eine Chance«, sagte er in ihr Ohr. »Mehr verlange ich nicht von dir.«

Daisys Antwort war ein gedämpftes und sehr widerstrebendes Flüstern. »Ich versuche es, Papa.«

Julia saß an dem abgenutzten Eichenholztisch im großen Speisesaal von Goldfinch Hall und machte sich daran, das Stück Hammel auf ihrem Teller klein zu schneiden. Doch das zerkochte Fleisch widersetzte sich jeder Anstrengung.

»Wenn ich darf«, sagte Jasper von seinem Platz neben ihr. Er zog ihren Teller zu sich herüber und schnitt das Hammelfleisch schnell in mundgerechte Stücke, so wie er es zu Beginn der Mahlzeit auch für Daisy getan hatte.

Julia murmelte einen Dank. Er war übermäßig höflich zu ihr gewesen, seit sie an diesem Abend aus ihrem Zimmer gekommen war. Fast zu höflich. Als wollte er sich davor hüten, zu viel vorauszusetzen. Das Ergebnis war ein sehr förmliches Abendessen.

Die Anwesenheit der Kinder trug nicht dazu bei, die kühle Atmosphäre aufzutauen.

In sauberer Kleidung und mit frisch geschrubbten Gesichtern saßen sie still auf ihren Plätzen und konzentrierten sich ganz auf ihre Teller mit Fleisch, Kartoffeln und gekochtem Gemüse.

War es Julias Anwesenheit, die sie schweigen ließ? Oder verhielten sie sich immer so bei den Mahlzeiten?

Sie konnte es mit nichts vergleichen, da sie noch nie mit Kindern gegessen hatte. Sie wusste nicht recht, wie sie reagieren sollte. Es war alles so fremd und neu. Sogar der Speisesaal mit seinen wasserfleckigen Tapeten und dem qualmenden Kamin sorgte dafür, dass sie sich völlig fehl am Platz fühlte.

Seit sie die Treppe heruntergekommen war, wurde sie von Angst geplagt. Von der gleichen Panik, die sie verspürte, wenn sie an einer eleganten Abendgesellschaft teilnahm. Ohne Jasper als ihren Anker fühlte sie sich wieder losgelöst und trieb verzweifelt auf offener See umher, auf der Suche nach einem sicheren Hafen.

Im Moment schien ihr das Schlafgemach die verlockendste Option zu sein.

Aber dieses Mal würde sie nicht weglaufen. Sie konnte den Gedanken nicht ertragen, was die Kinder von ihr denken könnten, wenn sie es tat. Es wäre nicht gut, wenn sie ihre Stiefmutter für eine ängstliche kleine Maus hielten, die sich beim ersten Anzeichen von Unbehagen in ihr Mauseloch zurückzog.

Julia war fest entschlossen, mutig zu sein.

»So langsam glaube ich, du hast das einzige scharfe Messer am Tisch«, bemerkte sie fröhlich, als ihr Jasper den Teller zurückreichte. Es sollte eine harmlose Bemerkung sein, um die unangenehme Stille zu brechen.

Doch die Wirkung, die sie auf die Runde hatte, kam überraschend.

Jasper runzelte die Stirn. Mr Beecham erblasste. Daisy starrte sie an. Und beide Jungen schienen sich sofort anzuspannen.

»Verzeihen Sie, Ma'am«, sagte Mr Beecham. »Ich hätte Ihnen eines der geschärften geben sollen, aber ich bin so daran gewohnt, den Kindern das Besteck hinzulegen.«

»Die Jungen bekommen keine scharfen Messer?«, fragte sie.

»Nicht mehr«, sagte Charlie, bevor Jasper oder Mr Beecham antworten konnten. »Sie wurden nach unserem Messerwurfwettbewerb im letzten Jahr alle weggesperrt.«

Alfred zeigte stolz auf einen weißen Strich an seinem Ohrläppchen. »Ich habe immer noch eine Narbe davon.«

Julias Brauen schossen in die Höhe. »Dein Bruder hat ein *Messer* nach dir geworfen?«

»Sie haben sich gegenseitig mit Messern beworfen«, sagte Jasper. »Ein unglücklicher Vorfall.«

Sie sah zwischen den beiden Jungen hin und her. »Aber … warum?«

»Wir haben in einem Roman davon gelesen«, erklärte Alfred. »Ein Messerwurfmeister und sein Rivale hatten einen Wettkampf.«

»Der Erste, dessen Blut fließt, war der Verlierer«, erklärte Charlie.

Alfred grinste vergnügt. »Das heißt, ich habe gewonnen.«

Mr Beecham erschauderte bei der Erinnerung an das Geschehen. »Ich war entsetzt, als ich sah, was sie da trieben. Captain Blunt musste den Arzt aus Hardholme herbeirufen.«

»Für Alfred *und* für Beecham.« Charlie schob sich eine Gabel voll Kartoffeln in den Mund. »Es hat sie beide umgehauen.«

Alfred nickte. »Beecham hat der Schlag getroffen. Er wäre fast gestorben.«

»Das reicht jetzt«, mahnte Jasper. »Wir müssen das nicht alles noch einmal durchleben.«

Julia hatte keine Ahnung gehabt, dass der Umgang mit Jungen so anstrengend sein konnte. »Was für ein erschreckendes Ereignis.«

»Eines von vielen.« Jasper sah den Jungen in die Augen. »Wir sind nicht stolz auf uns, oder?«

»Nein, Sir«, antworteten Alfred und Charlie gleichzeitig. Ihre Antwort kam schnell, wenn auch nicht ganz überzeugend.

»Du gerätst doch wohl nicht in solche Schwierigkeiten, oder, Daisy?«, fragte Julia das kleine Mädchen.

Daisy hielt dabei inne, ihren Becher mit beiden Händen an den Mund zu heben. Sie stellte ihn vorsichtig auf dem Tisch ab und sah zu Jasper, als würde sie ihn um Erlaubnis bitten, offen sprechen zu dürfen.

Er nickte ihr leicht zu.

Sie richtete sich ein wenig auf. »Ich habe mein neues Kleid zerrissen, als ich auf einen Baum geklettert bin.«

»Du meine Güte«, sagte Julia. »Ich hoffe, ihr konntet es flicken?«

»Mr Beecham hat das Loch wieder zugenäht.«

»Ach ja? Das war nett von ihm.« Julia warf einen genauso nervösen Blick zu Jasper wie zuvor Daisy. Doch anders als bei seiner Tochter gab Jasper Julia keinen Hinweis, wie sie reagieren sollte. Vielmehr bedachte er sie mit einem seiner nicht zu deutenden Blicke.

»Nähst du selbst gern?«, fragte sie Daisy.

»Nein«, antwortete Daisy.

»Was macht ihr dann gerne?« Julia bezog die Jungen in ihre Frage mit ein. »Wie vertreibt ihr euch die Zeit, wenn ihr nicht in der Schule seid?«

Charlie bohrte seine Gabel in ein Stück Hammelfleisch. »Man kann viel unternehmen, wenn es nicht regnet.«

»Wir gehen oft raus in die Heide«, sagte Alfred. »Und wir

haben einen Teich. Er ist so groß wie ein See. Darin kann man stundenlang schwimmen.«

»Ich würde ihn gerne sehen«, sagte Julia.

Charlie kniff misstrauisch die Augen zusammen. »Können Sie schwimmen?«

»Nein«, gestand sie. »Ich fürchte, ich weiß nicht, wie man schwimmt. Ich habe noch nie auf dem Land gelebt.«

»Ich kann es dir beibringen«, bot Jasper an.

Ihre Blicke trafen sich. Und Julia spürte einen Funken von … etwas.

Das ängstliche Zittern in ihrem Magen verwandelte sich in das zarte Flattern von Schmetterlingsflügeln.

»Danke«, sagte sie. »Sehr gern. Das heißt … wenn es nicht zu viel Mühe macht.«

»Es wäre mir ein Vergnügen.«

Julia hatte das deutliche Gefühl, dass er es ernst meinte. Eine leichte Röte schlich sich auf ihre Wangen. Sie musste sich anstrengen, den Moment nicht in die Länge zu ziehen.

Sie wandte ihre Aufmerksamkeit wieder den Kindern zu. »Ich hoffe, wir werden viel Zeit im Freien verbringen, wenn das Wetter besser ist.«

»Hier in Goldfinch Hall gibt es nicht nur Spaß und Spiel, Ma'am. Nicht einmal, wenn die Sonne scheint.« Mr Beecham füllte sein Glas aus der Karaffe mit verwässertem Wein nach. »Die Jungen haben vormittags Unterricht. Wir lesen Platon, nicht wahr, Jungs?«

»Das ist besser, als wenn Mr Filbert uns jeden Tag zwingt, in der verflixten Bibel zu lesen«, brummte Charlie.

»Charlie«, mahnte Jasper.

»Aber das hat er«, mischte sich Alfred ein. »Charlie und mich mehr als alle anderen. Er hat uns gehasst.«

»Filbert ist ein strenger Bursche«, bemerkte Mr Beecham.

»Er wäre ein besserer Pfarrer als Schulmeister geworden, aber dafür hat er nicht die nötige Bildung gehabt.«

Julia reichte Mr Beecham ihr Glas, damit er es nachfüllen konnte. »Das erinnert mich an mein altes Kindermädchen Nanny Plum. Immer, wenn sie sich über mich geärgert hat, ließ sie mich stundenlang in der Ecke des Kinderzimmers sitzen und aus einer alten Bibel lesen. Das hielt sie für eine Strafe.«

»Es *ist* eine Strafe«, sagte Charlie.

»Ganz und gar nicht«, erwiderte Julia. »Die Bibel kann so spannend sein wie ein Roman, wenn man weiß, wo man suchen muss. Sie ist voll von unzähligen spannenden Geschichten.«

Alfred war skeptisch. »Ich habe noch nie eine gelesen.«

»Oh doch«, fuhr Julia fort. »Lass mich mal sehen. Da gibt es die Geschichte von Daniel in der Löwengrube. Und die von Samson und Delila – obwohl sie die Frauen in einem eher schlechten Licht erscheinen lässt. Dann ist da noch die Geschichte von Josef und seinem bunten Mantel. Das ist mein persönlicher Favorit. Sie ist voll von Ungerechtigkeit, Rache, geheimen Identitäten und einem spektakulären Triumph am Ende. Es gibt sogar prophetische Träume. Ziemlich aufregend, muss ich sagen.«

Charlie rümpfte ungläubig die Nase. »Diese Geschichten stehen in der *Bibel?*«

»Das tun sie, und noch viele mehr. Ich kann sie dir zeigen, wenn du willst. Und wenn wieder jemand versucht, das Lesen der Bibel als Strafe einzusetzen, bist du fein raus.«

Alfreds Mundwinkel verzogen sich zu einem Grinsen. »Das würde Mr Filbert nicht gefallen.«

Julia lächelte ihn an und widmete sich wieder dem Essen.

Jasper warf ihr einen seltsamen Blick zu. »*Stundenlang?*«, wiederholte er. »Wie alt warst du?«

»Nicht viel älter als Daisy.« Julia schnitt sich mit ihrem

stumpfen Messer ein weiteres Stück gekochte Karotte ab. »Und Nanny Plum war nicht die Schlimmste von ihnen. Eines Tages«, sie warf den Kindern einen unheilverkündenden Blick zu, »werde ich euch von Nanny Bracegirdle erzählen.«

»War sie gemein zu dir?«, fragte Daisy.

»Gemein nicht.« Julia senkte ihre Stimme zu einem vertraulichen Flüstern. »Aber sie hatte einen Schnurrbart.«

Die Jungen brachen in schallendes Gelächter aus.

»Damen haben keine Schnurrbärte, nicht wahr, Papa?«, fragte Daisy Jasper.

Jasper verschluckte sich an seinem Wein.

»Möchte jemand Kuchen?«, erkundigte sich Mr Beecham, bevor Jasper antworten konnte. »Es ist noch genug vom Tee übrig.«

Daisy war sofort abgelenkt. »Ich! Kann ich auch Sahne haben?«

»Darf ich«, sagte Jasper leise.

»Darf ich Sahne haben?«, verbesserte sich Daisy.

»Ich wüsste nicht, was dagegen spricht.« Beechams Stuhl schrammte über den Steinboden zurück, als er aufstand. »Es ist genug für alle da.«

Später am Abend, während Jasper den Kindern Gute Nacht sagte, wusch sich Julia und zog ihr Nachthemd an. Sie saß bereits auf dem Bett, auf einen Stapel Kissen gestützt, als er zurückkam. Er zögerte einen Moment in der Tür und beobachtete, wie sie sich die Haare zu einem Zopf flocht. »Möchtest du nicht, dass ich sie dir bürste?«

Ihre Hände verharrten auf den drei Strähnen, die sie miteinander verflocht.

Ihr Herz machte einen seltsamen kleinen Purzelbaum. »Das musst du nicht tun.«

»Du hast mir gesagt, dass du an deinem alten Leben am meisten vermissen würdest, dass dir deine Zofe jeden Abend die Haare bürstet.«

»Du bist nicht meine Zofe«, betonte sie.

»Nein, das bin ich nicht. Ich bin dein Mann.« Er streifte seine Jacke ab und löste den Knoten seines Halstuchs.

Hitze stieg in Julias Wangen. Sie war nicht so müde wie letzte Nacht im Gasthof. Da war sie von der Reise und dem Blutverlust zu erschöpft gewesen, um die Intimität eines Mannes, der sich vor ihr entkleidete, voll zu genießen. Aber nicht jetzt.

Jetzt war sie hellwach und war sich jeder von Jaspers Bewegungen überdeutlich bewusst.

Nachdem er sein Halstuch abgenommen hatte, fädelte er seine Taschenuhr aus der Weste und legte sie auf die Kommode aus Mahagoni, die am Fenster stand. Es folgten seine Manschettenknöpfe, als Nächstes warf er seine Weste über die Lehne desselben Ohrensessels, über den er seine Jacke gehängt hatte. Nun trug er nur noch sein Hemd und eine schwarze Wollhose.

Ihr Mund wurde trocken, als er seine Stiefel auszog.

Es war ihre eigene Schuld. Sie war diejenige, die gefragt hatte, ob sie sich ein Zimmer teilen konnten.

Sie erinnerte sich daran, dass er es auch gewollt hatte. Und was auch immer in den letzten Stunden geschehen war, er schien es immer noch zu wollen.

Er holte ihre Haarbürste von der Frisierkommode. Seiner Kommode. Vorhin, als sie ausgepackt hatte, war es ihr anmaßend vorgekommen, ihre Sachen dort abzustellen.

Die wenigen Sachen, die sie hatte.

Mary hatte nicht alles eingepackt. Die Reisetaschen und der Schrankkoffer waren prall gefüllt, jedoch hauptsächlich mit Julias Kleidern, Hüten und Schuhen.

Sie hatte weder eine Lotion noch Puder dabei. Und auch kein Parfüm, abgesehen vom einer Flasche Lavendelwasser.

Das alles war ziemlich entmutigend.

Jasper kam zum Bett und hielt die Bürste hoch. »Also?«

Als Antwort gab sie ihre Bemühungen auf, ihr Haar zu flechten, und drehte sich, um Platz für ihn zu machen.

Die Matratze knarrte unter seinem Gewicht, als er sich hinter sie setzte. Er war ihr gefährlich nahe. Näher noch als gestern Abend. Und diesmal gab es keinen Kaschmirschal als Barriere zwischen ihnen. Da war nur Jasper – groß und warm in ihrem Rücken.

Er griff in ihr Haar und fuhr mit den Fingern hindurch. Sie hörte, wie er tief einatmete. »Wie schön es ist.«

Sie schwieg. Nicht, weil sie nichts zu sagen hatte, sondern weil es ihr so schien, als sei er kurz davor, noch etwas zu sagen.

Aber er sprach nicht weiter, sondern begann damit, ihr Haar zu bürsten.

Sie schloss genießerisch die Augen. »Danke.«

»Für das Kompliment?«

»Ja. Und das Bürsten. Es fühlt sich himmlisch an.«

»Ich danke *dir*«, sagte er. »Du hast dir beim Essen sehr viel Mühe mit den Kindern gegeben. Dafür bin ich dir sehr dankbar.«

»Ich hoffe, ich war nicht zu albern, als ich ihnen von Nanny Plum und Nanny Bracegirdle erzählte.«

»Ganz und gar nicht. Es hat sie sehr amüsiert.«

Aber ihn scheinbar nicht. Julia spürte eine unterschwellige Anspannung in seiner Haltung. Als hätte ihn etwas an ihrem Gespräch beim Abendessen beunruhigt.

»Hast du dich schon immer in das Lesen von Geschichten geflüchtet?«, fragte er.

»Solange ich mich erinnern kann«, sagte sie. »Wie hast du Romane bei Lady Cliffords Hauskonzert noch genannt? *Eine leicht zugängliche Flucht vor der Realität des Lebens?*«

Genau das waren sie für sie gewesen. Eine Flucht. Ein Tor zu einer anderen Welt. Ein Ort, an dem sie ohne Panik oder Furcht Romantik und Abenteuer erleben konnte – selbst wenn diese Erfahrung nur in ihrer Vorstellung stattfand.

»Ja, das habe ich gesagt«, bestätigte er. »Aber das ist nicht *alles*, was Romane sind.«

»Was noch?«

Er fuhr mit der Bürste durch ihr Haar – ein langer, tiefer Strich vom Ansatz bis zum Ende ihrer üppigen Locken. Julia schmolz dahin. Marys Bürstenstriche hatten noch nie diese Wirkung gehabt. Noch nie hatte sich Julia so warm und wohlig gefühlt, als könnte sie bei jeder Berührung vergehen.

»Geschichten wie die, die wir in Romanen lesen, helfen uns, die menschliche Existenz zu verstehen«, sagte er. »Sie lehren uns Einfühlungsvermögen. Auf diese Weise sind sie mehr als eine Flucht *vor* der Welt. Sie sind eine Hilfe, um *in* der Welt zu leben. Um zu besseren, mitfühlenderen Menschen zu werden.«

Julia runzelte die Stirn. So hatte sie es noch nie betrachtet. »Ist es das, was das Lesen von Romanen bei dir bewirkt hat? Hat es dich einfühlsamer gemacht?«

»Das hat es.« Erneut strich er mit der Bürste durch ihr Haar. »Und dich auch, nehme ich an. Vielleicht bist du deshalb so anders als deine Eltern.« Seine tiefe Stimme kitzelte an ihrem Ohr. »Sie waren es nicht, die dich großgezogen haben. Es waren Romane und Märchen.«

Sie lächelte, auch wenn ihr bei seinen heiseren Worten ein Schauer über den Rücken lief. »Genauso gut könnte man sagen, dass ich mit Schauerromanen aufgewachsen bin. Und was für ein Vorbild gibt Varney der Vampir bitte ab? Oder gar Sweeney Todd?«

Er lachte leise. »Gutes Argument.«

Ihr Lächeln verblasste, während er weiter bürstete. »Apropos Einfühlungsvermögen ... ist Mr Beecham für den gesamten Haushalt zuständig?«

»Grundgütiger, nein. Er ist zu alt für die schweren Arbeiten. Er kümmert sich nur um das Kochen und die leichte Hausarbeit. Und er unterrichtet die Jungen, jetzt da sie aus der Schule geflogen sind.«

»Und was ist mit der Wäsche?«

»Die mache ich.«

Sie warf ihm einen erschrockenen Blick zu. »*Du?*«

»Warum nicht? Das ist wäre viel zu anstrengend für Beecham – all das Bücken und Schrubben. Und es ist ja nicht so, dass ich keine Erfahrung mit dieser Arbeit hätte. Jeder gute Soldat weiß, wie man seine Kleidung wäscht und bügelt.«

Sie runzelte die Stirn. »Meine Güte. Daran habe ich nie gedacht.«

Er schenkte ihr ein schiefes Lächeln. »Ich habe festgestellt, dass es besser ist, sich selbst versorgen zu können. Es zahlt sich nicht aus, sich zu sehr auf andere zu verlassen. Man weiß nie, wann sie wieder weg sind und man auf sich allein gestellt ist.«

Julia senkte leicht den Kopf, damit Jasper mit dem Bürsten weitermachen konnte. Sie hoffte, dass er nicht auf ihre eigene Notlage anspielte. Sie glaubte nicht, dass er das tat. Jasper neigte nicht zu bissigen Bemerkungen oder gemeinen Anspielungen.

Nein. Jetzt war es ihr klar. Er musste von sich selbst gesprochen haben.

War er von den Menschen in seinem Leben enttäuscht worden? War da niemand gewesen, der ihm geholfen oder ihn unterstützt hatte?

Sie hatte das Gefühl, dass dem so war. Dass er sich an das Alleinsein gewöhnt hatte, auch wenn er in diesem Zustand nicht ganz zufrieden war. Was hatte er noch in der Kutsche zu ihr gesagt?

Ich bin nicht unglücklich. Nicht jetzt, da du mit mir nach Hause kommst.

Sie erinnerte sich mit einem Anflug von Traurigkeit an seine Worte. Was auch immer er in der Vergangenheit getan hatte – er hatte es nicht verdient, an diesem abgelegenen Ort leben zu müssen, einsam und ohne Freunde.

Aber sie wollte sich deswegen nicht schuldig fühlen. Schließlich hatte sie nichts getan, um sein Schicksal zu verursachen. Sein Leiden hatte er selbst verursacht.

»Kümmerst du dich auch um die Stallungen?«, fragte sie.

»Wir haben keine Stallungen«, sagte er. »Keine richtigen jedenfalls. Wir haben keine Kutschpferde und keine geschlossene Kutsche. Nur Quintus und Musket.«

»Und jetzt Cossack«, erinnerte sie ihn. »Wann, glaubst du, wird Lord Ridgeway die Pferde bringen lassen?«

»Ich denke, noch diese Woche. Bis dahin müssen wir uns auf Musket und den Einspänner verlassen. Beecham kann morgen damit nach Hardholme fahren, um deinen Brief an Lady Anne aufzugeben und alles, was wir sonst noch brauchen, bei Taggert's zu besorgen.«

»Ich muss auch an meine Bank in London schreiben«, sagte Julia. »Ich denke, das hätte ich schon längst tun sollen. Du brauchst so schnell wie möglich Zugang zu meinem Geld.«

»Daran wollen wir im Moment nicht denken.«

»Haben wir etwas Wichtigeres zu bedenken?«

»Ja«, antwortete er. »Uns.«

Sie drehte sich auf dem Bett zu ihm um. Ihre Blicke trafen sich wie beim Abendessen. Nur dass sie jetzt nichts als ihr Nachthemd trug und er nur Hemd und Hose. Sie waren entblößt und verletzlich. Zwischen ihnen schien so etwas wie elektrische Spannung zu fließen. Sie spürte es in ihrer Seele – ein beunruhigendes Beben der Sehnsucht.

»Ich will um dich werben«, sagte er. »So wie du es vor der Hochzeit von mir verlangt hast.«

Sie schüttelte verwirrt den Kopf. »Ich habe nicht …«

»Oh doch. Du hast gesagt, du bräuchtest ein, zwei Monate, um mich besser kennenzulernen. Du hast gesagt, du wolltest umworben werden.« Er legte die Haarbürste beiseite und umfasste mit seiner großen Hand ihre Wange und ihr Kinn. »Und genau das habe ich vor«, sagte er. »Ich will um dich werben und dich für mich gewinnen, und wenn du bereit bist, wollen wir unsere Ehe hier in diesem Bett vollziehen.«

Hitze durchfuhr ihren Körper. »Das ist … das ist ja alles schön und gut, aber nach dem, was du mir heute über Dolly und die Kinder erzählt hast … ich bin mir nicht sicher, ob ich mich dazu durchringen kann …«

Seine Hand legte sich fester auf ihre Wange. »Das weiß ich«, sagte er grob. »Du hältst mich für ein Ungeheuer. Aber ich verspreche dir …«

»Kein Ungeheuer, nein. Nur … nicht für den Gentleman, für den ich dich bislang gehalten habe.«

Er starrte auf sie herab. »Hast du wirklich geglaubt, ich sei jemand Besseres?«

»Ja«, sagte sie. »*Ja.*« Sie sah ihm tief in die Augen, über die frostige Oberfläche hinweg zu der unergründlichen Wärme darunter. »Wenn ich dich so ansehe, dann sehe ich keinen Mann, der all diese Dinge hätte tun können. Ich sehe jemand anderen. Jemanden, der ehrenhaft und gut ist. *Das* ist der Mann, mit dem ich meinen ersten Kuss teilen wollte. Der Mann, mit dem ich irgendwann auch ein Bett teilen könnte.«

Ein Gefühlsausbruch blitzte in seinem Gesicht auf. Doch bevor ihn Julia richtig erfassen konnte, war er wieder verschwunden. »Ich bin dieser Mann«, sagte er.

»Jasper …«

»Ich *bin* dieser Mann.« Seine Stimme war rau, und er beugte seinen Kopf zu ihrem. »Und ich werde dein Vertrauen zurückgewinnen, egal wie lange es dauert.«

Ihre Entschlossenheit wankte angesichts der abgrundtiefen Aufrichtigkeit seiner Worte. Sie wünschte, sie könne sich ihm hingeben. Dass sie alles vergessen könnte, was er ihr gestanden hatte. Aber das konnte sie einfach nicht. Keine anständige Frau konnte das.

»Es könnte eine Weile dauern«, sagte sie ehrlich.

»Ich kann warten.« Ein grimmiges Lächeln umspielte seine vernarbten Lippen. »Ich habe viel Übung darin.«

25. KAPITEL

Jasper saß über seinen Schreibtisch gebeugt, den Kopf in eine Hand gestützt, und starrte auf das vollgekritzelte Blatt Papier vor sich.

Mit finsterer Miene strich er einen weiteren Satz durch. Von seinem Federkiel tropfte ein Tintenklecks auf Papier. *Verflucht noch mal.* Es war das dritte Mal, dass er die gleiche Formulierung benutzte, um etwas zu beschreiben.

Er wurde langsam nachlässig.

Es war drei Tage her, dass sie nach Yorkshire zurückgekehrt waren. Drei lange Tage, an denen er morgens allein in seinem Studierzimmer gearbeitet und nachmittags und abends seiner Frau den Hof gemacht hatte. Und Letzteres war es, was alle seine bisherigen Gewohnheiten aus dem Gleichgewicht gebracht hatte.

Gedanken an Julia durchdrangen jede seiner wachen Stunden. Und auch die meisten seiner nicht wachen. Nachts lag er neben ihr im Bett und versuchte, einen Anschein von Gelassenheit zu bewahren, während sie sich im Schlaf an ihn schmiegte. Allmählich hatte er das Gefühl, den Verstand zu verlieren. Heute Morgen hatte er sich so schnell gewaschen und angezogen, dass ihm erst am Frühstückstisch auffiel, dass er sowohl seine Taschenuhr als auch den Schlüssel zu seinem Studierzimmer einzustecken vergessen hatte. Und das alles nur, weil er unbedingt hatte vermeiden wollen, dass er noch im Zimmer war, wenn sie erwachte. Oder sich gar in seinen Armen wiederfand. Er war gezwungen gewesen, ins Schlafzimmer zurückgehen, um das Vergessene zu holen, und hatte dabei Julia bei ihrer Morgenwäsche überrascht.

Sie hatte erschrocken zu ihm aufgeschaut, den tropfenden Schwamm in der Hand und ihr Nachthemd bis zur Taille hinuntergezogen.

Die Tür war hinter ihm zugefallen, und Jasper hatte wie ein großer verwirrter Trottel dagestanden, der gerade einen Schlag auf den Kopf bekommen hatte.

Er hatte einen Moment gebraucht, sich wieder zu fassen, dann hatte er rasch den Blick abgewandt. »Bitte entschuldige. Ich hätte anklopfen sollen, aber …« Er zwang sich, nicht hinzusehen, während sie ihre Blöße bedeckte. »Ich wollte dich nicht wecken.«

»Willst du etwas von mir?«, hatte sie gefragt.

»Nein. Überhaupt nicht.« Er hatte sich zusammengenommen und war zur Kommode geschlendert. Während er seine Taschenuhr und den Schlüssel eingesteckt hatte, war er sich die ganze Zeit über bewusst gewesen, dass sie ihn beobachtete. »Bitte entschuldige«, murmelte er noch einmal, bevor er sich verabschiedete. »Ich werde einen Paravent besorgen.«

Jasper hatte diese Begegnung während des ganzen Morgens immer wieder in seinem Kopf durchgespielt. *Ich werde einen Paravent besorgen. Grundgütiger.*

Ein Wandschirm würde sein Problem nicht lösen. Nichts würde das, außer sie endlich zu haben. Und von diesem Ziel war er weit entfernt.

Er hatte lediglich erreicht, dass sie ihm eine Chance gab. Eine Gelegenheit, sie zu umwerben. Ihr zu zeigen, wer er wirklich war, auch wenn er es ihr nicht sagen konnte.

Und er hatte versucht, es ihr auf Dutzende verschiedener Arten zu zeigen. Er redete mit ihr und hörte ihr zu, begleitete sie jeden Nachmittag mit den Kindern auf den Hof und bürstete ihr jeden Abend die langen, rabenschwarzen Locken.

Er setzte seine Feder ab und fuhr sich mit beiden Händen durchs Haar.

Wie sollte er eine sanftmütige Lady davon überzeugen, sich einem Ungeheuer hinzugeben? Ihr Herz – und ihren Körper – einem Mann zu schenken, dessen Ruf so schwarz und unrettbar war wie der von Hades persönlich?

Ein wahrer Schurke hätte sie sich einfach genommen. Zuneigung konnte später kommen. Vielleicht sogar Liebe.

Aber Jasper glaubte nicht, dass es so funktionieren würde. Nicht mit Julia. Das wirkliche Leben war schließlich weder eine Sage noch ein Märchen.

Er erhob sich von seinem Stuhl und ging zu dem hohen, schmalen Turmfenster.

Der rechteckige Spalt gab keinen Blick auf die umgebende Landschaft frei, sondern nur auf den Himmel. Heute war er klar, und die Sonne brannte so hell wie seit Montag nicht mehr. Vom Nebel und der Feuchtigkeit, die sie bei ihrer Ankunft am Sonntag begrüßt hatten, war nichts mehr zu sehen.

Ein Blick auf seine Taschenuhr verriet ihm, wie spät es war: halb eins. Die Jungen sollten bald mit dem Unterricht fertig sein.

Er verließ sein Arbeitszimmer, schloss die Tür hinter sich ab und machte sich auf den Weg nach unten.

Julia kam im selben Moment aus dem Salon, als er in den Flur trat. Als sie ihn erblickte, blieb sie stehen und errötete bis zu den Haarwurzeln.

Auch ihm schoss die Hitze in die Wange.

Verdammter Mist.

Er war kein Knabe mehr. Sondern ein Mann von zweiunddreißig Jahren, der schon längst nicht mehr rot werden sollte.

Aber sie war seine Ehefrau. Eine Ehefrau, deren üppig geformten Körper er im Schlaf gehalten hatte. Eine, die er vor nicht einmal vier Stunden in einem höchst aufregenden Zustand gesehen hatte: mit bis auf die Hüften heruntergezogenem Nachthemd und entblößtem Busen, so perfekt proportioniert wie die Skulptur einer griechischen Göttin.

Er musste schlucken. »Äh, guten Morgen.«

»Guten Morgen.« Sie verschränkte die Hände vor sich. »Oder besser gesagt, guten Tag. Es ist fast ein Uhr.«

»Richtig.« Er durchquerte den Flur, um ihr Gesellschaft zu leisten. Sie sah unerträglich hübsch aus in ihrem schlichten weißen Kleid mit dem violetten Band um die Taille. Weich und anschmiegsam. Er vermutete, dass sie kein Korsett trug.

Ohne eine Zofe, die ihr zur Seite stand, hatte sie sich selbst um ihre Morgentoilette kümmern müssen. Notgedrungen waren so einige Bekleidungsbestandteile nach und nach auf der Strecke geblieben. Das Ergebnis war ein fließenderer, schlichterer Kleidungsstil, der ihr weitaus besser stand als die allzu eng geschnürte Silhouette ihrer Tage in London. Und auch ihr Haar war schöner als in der Stadt. Es war nicht mehr gezwungen, sich einer strengen Frisur zu unterwerfen, sondern wurde zu einem lockeren Dutt zurückgesteckt oder wurde von einem seidenen Netz gehalten.

Die Unvollkommenheit stand ihr gut. Machte sie noch betörender. Wie eine wilde Rose, die in einer Hecke blüht.

Als sie seinen Blick bemerkte, strich sie sich mit den Händen über ihre Röcke. »Ich weiß, ich sehe fürchterlich zerknittert aus. Mary hat immer meine Kleider gebügelt. Ich weiß nicht, wie ich es selbst machen soll. Noch nicht.«

»Ich kann das für dich machen.«

»Oh nein«, wandte sie schnell ein. »Das kann ich nicht verlangen. Du hast schon genug zu tun.« Sie sagte nicht, womit er genug zu tun hatte.

Bislang war seine Arbeit für sie ein Geheimnis geblieben. Getreu ihrer Abmachung hatte Julia ihn nie gefragt, was er jeden Morgen im Turm machte – obwohl sie ganz offensichtlich neugierig war.

Nur einmal hatte sie es beiläufig erwähnt, und er hatte vage von Immobilienangelegenheiten gesprochen. Das war im Großen und Ganzen zutreffend. Alles, was er bei seiner Arbeit verdiente, würde in den Unterhalt des Anwesens fließen.

Falls er jemals wieder etwas verdiente.

Nach dem heutigen Morgen hatte er reichlich Anlass, an seinen Fähigkeiten zu zweifeln.

»Ich werde einfach lernen müssen, mich selbst um meine Kleidung zu kümmern«, sagte Julia. »Nicht nur, wie man sie bügelt, sondern auch, wie man die Flecken behandelt. Das ist es, was sich als schwierig erweisen könnte.«

Die Lösung lag auf der Hand. »Du brauchst eine neue Zofe.«

»Vielleicht wäre eine Haushälterin, die auch kochen kann, ausreichend?«, schlug sie vor. »Und ein Dienstmädchen, das ihr bei der Hausarbeit hilft?«

»Wie ich sehe, hast du schon darüber nachgedacht.« Er war nicht überrascht. Es war klar gewesen, dass es nicht lange dauern würde, bis die Tochter eines Baronets in Goldfinch Hall den tiefgreifenden Mangel an Personal spürte. Das wirkte sich auf alles aus, von den Mahlzeiten bis zur Lieferung des Wassers, mit dem sie sich heute Morgen gewaschen hatte.

»Das habe ich«, bestätigte sie. »Aber wir können es uns doch jetzt leisten?«

»Es ist nicht nur eine Frage des Geldes. Die Diener, an die du denkst, müssten erst einmal davon überzeugt werden, hier zu arbeiten. Das ist angesichts des Rufs des Hauses – und meines eigenen – nicht so einfach, wie du vielleicht denkst.«

»Aber es ist auch nicht unmöglich. Nicht jetzt, da du respektabel verheiratet bist.«

»Apropos …« Er kam näher. Seine große Gestalt überragte ihre zierliche. Er war sich jeder Veränderung ihres Atems bewusst. »Wie hast du dich heute beschäftigt?«

»Ich habe *Die Rückkehr des Helden* ausgelesen.«

»Ah. Und wie lautet dein Urteil?«

»Es war nicht so abenteuerlich, wie ich es mir gewünscht hätte. Aber es war voller sympathischer Figuren und wirklich sehr romantisch.« Sie runzelte nachdenklich die Stirn. »Da war nur eine Stelle, die mich beunruhigt hat.«

Jasper war sofort hellwach. »Welche Stelle?«

»Die, an der Colonel Fulham zusammen mit anderen Verwundeten in einen Karren geladen wird.«

»Was ist damit?«

»Ich frage mich, wie man ihn mit einem gewöhnlichen Soldaten verwechseln konnte.«

Die Antwort war für Jasper offensichtlich genug. »Er war schwer verletzt, und es herrschte Chaos. Ohne sein Pferd oder seinen Mantel …«

»Ich bin mir nicht sicher, ob das glaubhaft ist. Nicht, wenn man seinen Rang bedenkt.«

»Ob glaubhaft oder nicht, es ist eine Tatsache. Nach einer Schlacht werden viele Fehler gemacht.«

Julia sah ihn neugierig an. »War es nach dem Fall von Sebastopol auch so?«

»Schlimmer. Man konnte uns kaum auseinanderhalten. Wir hatten alle lange Bärte.«

Ihr Mundwinkel verzog sich nach oben. »Du auch?«

»Alle, bis auf den letzten Mann.« Er warf ihr einen amüsierten Blick zu. »Hast du nie Soldaten gesehen, die nach Hause zurückkehren?«

»Ein paar«, sagte sie. »Ihr Bartwuchs war beträchtlich, aber ich wusste nicht, dass das ein typisches Merkmal ist. Ich dachte, es sei nur eine persönliche Vorliebe.«

»Es war eine Notwendigkeit. Die Winter auf der Krim sind teuflisch kalt. Und Rasierseife war schwer zu bekommen. *›Lass die Natur dein Diener sein.‹* Das hat einer meiner vorgesetzten Offiziere immer gesagt. Wir waren alle froh, uns einen Bart wachsen lassen zu können. Gesichtsbehaarung hält einen Mann warm.«

Sie musterte seinen Gesichtsausdruck. »Ich kann mir dich nicht mit einem Bart vorstellen.«

Ihr Blick brachte sein Blut in Wallung. »Ich mag es nicht besonders, einen zu haben.«

»Da bin ich aber froh.« Ein leichtes Erröten färbte ihre Wangen. »Ich mag nämlich auch keine Bärte.«

Er blickte auf sie herab und wollte sie in diesem Moment so sehr küssen, dass er einen Schritt zurückweichen musste. Er räusperte sich. »Ist Daisy da?«

»Sie ist in die Scheune gegangen. Es scheint, dass sie jeden Tag eine gewisse Zeit für sich braucht. Ich versuche, ihr diese Zeit zu geben.«

»Das versuche ich auch«, sagte er. »In Maßen. Zu viel Zeit für sich allein ist nicht gut für ein Kind ihrer Veranlagung.«

»Sie braucht einen Spielkameraden«, stimmte Julia ihm zu. »Jemanden, der in ihrem Alter ist. Ihre Brüder sind zu alt, um sie einzubeziehen. Sie haben ihre eigenen Spiele.«

»Heute nicht. Heute gehen wir alle zum Teich.«

Julia begann zu strahlen. »Jetzt?«

»Sobald uns Beecham etwas zum Mittagessen eingepackt hat. Wir werden essen und schwimmen.«

»Oh, herrlich. Aber …« Ein Hauch von Unsicherheit schwang in ihrer Stimme mit. »Bist du sicher, dass du es nicht langweilig finden wirst, mich zu unterrichten?«

»Langweilig? Grundgütiger, nein.« Er nahm ihre Hand. »Ich habe mich schon den ganzen Morgen darauf gefreut.«

In Zeitschriften hatte Julia schon oft Geschichten über Damen gelesen, die in den mondänen Badeorten Margate oder Scarborough schwimmen gingen. Die abgebildeten Frauen trugen schwere Badeanzüge aus Wolle, geschnürte Segeltuchpantoffeln und Kappen aus Ölzeug über dem Haar. Sie wurden in hölzernen Badekabinen auf das Meer hinausgefahren, die sie dort im Schutz eines Baldachins verließen, um ins Wasser zu steigen.

Das alles geschah in aller Sittsamkeit, weit weg von den Blicken der Menschen des anderen Geschlechts.

Nicht so heute.

Zum einen sah der Teich am Rande der Heide ganz anders aus als das, was Julia auf den Skizzen von Küstenlandschaften gesehen hatte. Er lag einsam und wirkte urtümlich, war umgeben von ausladenden Bäumen und einer Fülle von Schmielengras, dessen zarte Blütenköpfe sich in der schwachen Brise bewegten.

Zum anderen hatte Julia keinen Badeanzug dabei. Jasper hatte gesagt, sie bräuchte keinen. Sie würde in ihrer Unterbekleidung schwimmen, so wie Daisy.

Und eine Trennung der Geschlechter kam nicht infrage. Sie würden alle zusammen im Wasser sein, wobei Jasper und die Jungen noch weniger anhatten als sie und Daisy. Kaum waren sie in Sichtweite des Teiches, rannten Charlie und Alfred los und zogen sich dabei bis auf die Unterhose aus.

Julia wandte den Blick ab.

»Du musst nicht schüchtern sein«, sagte Jasper, der neben ihr ging und den Korb mit ihrem Picknick auf einer Schulter trug.

Statt des gewohnten schwarzen dreiteiligen Anzugs war er mit einer Hose aus Bedford-Cord und einem locker sitzenden Leinenhemd bekleidet, dazu trug er ein Paar alter Stiefel. Wäre da nicht die furchterregende Narbe und die stolze, aufrechte Haltung, die seine Jahre beim Militär verrieten, hätte er fast wie ein Landjunker ausgesehen.

Fast.

Daisy folgte ihren Brüdern Richtung Wasser. Sie trug ein sauberes Kittelkleid und hatte ihre dunklen Haare geflochten und hochgesteckt.

»Es fühlt sich unschicklich an«, sagte Julia, als das kleine Mädchen außer Hörweite war. »Sich in Gesellschaft auszuziehen.«

»Du bist nicht in Gesellschaft«, entgegnete Jasper. »Du bist mit deiner Familie zusammen. Und wir sind hier auf dem Land. Hier draußen macht man sich über solche Dinge keine Gedanken. Wer sollte das auch tun? Hier gibt es keine Fremden.«

Ihre Familie.

Das waren sie, nicht wahr? Jasper, Charlie, Alfred und Daisy. Sogar Mr Beecham, der mehr wie ein alter Freund als ein Diener wirkte.

Julia hatte drei Tage in ihrer Gesellschaft verbracht, und allmählich wuchs ihr Selbstvertrauen.

Am Anfang war sie überfordert gewesen. Nicht nur, dass sie sich jetzt ohne ein Dienstmädchen oder eine Wäscherin selbst versorgen musste, sie hatte zudem auch noch die Bürde, die Herrin von Goldfinch Hall zu sein.

Aber was für eine Herrin war sie schon?

Sie wusste nicht, wie man einen Haushalt führte. Schon gar nicht einen ohne Personal. Wie sollte sie sich da hervortun?

Aber der Haushalt schien auch ohne ihre lenkende Hand zu funktionieren. Die Männer waren erstaunlich selbstständig. Die Kinder ebenfalls.

Die Jungen hatten sie immer noch nicht ganz akzeptiert. Sie tröstete sich damit, dass sie auch Jasper noch nicht ganz akzeptiert zu haben schienen. Nur Daisy sah ihn wirklich als Vater an. Sie nannte ihn gelegentlich sogar Papa, wenn sie sich überhaupt zu sprechen traute. Sie war ein ruhiges, aufmerksames Kind, das sich größtenteils selbst genügte.

Charlie und Alfred stellten das genaue Gegenteil dar. Sie waren laut und ungestüm und konnten selbst die Geduld eines Heiligen auf die Probe stellen.

Von beiden war Charlie der Schwierigere. Er war ein launischer Junge, manchmal wütend und mürrisch, und er benahm sich, als hasste er Jasper. Dann wiederum war er gelegentlich höflich, sogar verspielt, lachte über einen Scherz oder grinste über eine Geschichte aus ihrer gemeinsamen Vergangenheit.

Jasper ertrug das alles mit einem beeindruckenden Maß an Geduld.

Aber schließlich hatte er gesagt, er sei ein geduldiger Mann.

Auf sie wartete er ja auch, nicht wahr? Er umwarb sie.

Julia konnte seine Bemühungen nicht übersehen. Nie bedrängte er sie. Er hatte nicht einmal mehr versucht, sie zu küssen. Nicht seit dem Tag, an dem sie in Goldfinch Hall angekommen waren. Aber er war da – freundlich und fürsorglich, und er wollte sie so sehr. Sie konnte es spüren, das Verlangen, das er nach ihr hatte. Eine Verbindung zwischen ihnen, die nach den Ereignissen des heutigen Morgens noch stärker geworden war.

Der bloße Gedanke daran ließ sie erschauern.

Die Art und Weise, wie er sie angesehen hatte, als sie halb entkleidet vor ihm am Waschbecken gestanden hatte. In diesem Moment hatte es sich angefühlt, als wäre alle Luft zum Atmen aus dem Raum gesaugt worden. Als könnte sie ihre Lunge vor lauter Atemnot nicht mehr ausdehnen.

Es war ihr peinlich gewesen. Natürlich war es das. Aber beunruhigenderweise hatte sie noch etwas anderes empfunden. Ein warmes, köstliches Kribbeln, das ihren Bauch sich zusammenziehen und eine Gänsehaut auf ihrer nackten Haut entstehen lassen hatte.

Hätte Jasper sie in diesem Moment geküsst, wäre sie mit Sicherheit in Flammen aufgegangen.

Vor ihnen sprangen die Jungen mit einem lauten Platschen in den Teich. Alfred verschwand unter der schimmernden Oberfläche, um ein paar Meter weiter wieder aufzutauchen. Charlie schwamm mit weit ausholenden Armbewegungen hinter ihm her.

»Hast du ihnen das Schwimmen beigebracht?«, wollte Julia von Jasper wissen.

»Das habe ich.«

»Wer hat es dich gelehrt?«

Er zögerte einen Moment, bevor er antwortete. »Mein Vater.«

Julia wusste, dass es besser war, nicht weiter zu fragen. Seine Eltern waren tabu. Das hatte er klargestellt, bevor er ihren Antrag angenommen hatte.

Sie dürfen mir keine Fragen über meine Eltern oder über meine Zeit vor dem Krieg stellen.

Vielleicht war er mit seiner Mutter und seinem Vater nicht gut ausgekommen. Vielleicht war ihm die Erinnerung an sie genauso zuwider wie seine Erlebnisse auf der Krim.

»Wenn man es lehren nennen kann«, fügte er grimmig hinzu.

Sie blickte zu ihm auf und war überrascht, dass er bereit war, noch etwas zu diesem Thema zu sagen. »Was meinst du?«

»Als ich ein Junge war, hat er mich vom Pier geworfen. Ertrinken oder schwimmen, das war seine Philosophie. Das kann man wohl kaum Unterricht nennen.« Jasper blieb stehen, um den Picknickkorb auf einem schattigen Fleckchen Gras unter einem der Bäume abzustellen, die sich zum Wasser hin neigten. »Wirklich eine Schande. Die Strömung war an diesem Tag ziemlich stark.«

»Was hast du gemacht?«

»Ich wäre fast ertrunken. Und dann, nachdem ich den größten Teil des Sees geschluckt hatte, konnte ich mich retten.« Ein reumütiges Lächeln umspielte seinen Mund. »Tut mir leid. Das ist keine schöne Geschichte, um deinen ersten Tag im Wasser zu beginnen.«

Aber das war nicht der Grund, warum sie ihn stirnrunzelnd ansah. »Ich dachte, du wolltest nicht über deine Vergangenheit sprechen.«

»Will ich auch nicht.« Seine Brauen zogen sich zusammen. »Das heißt, ich sollte nicht. Aber manchmal, wenn wir zusammen sind ... habe ich den Drang, dir Dinge zu erzählen, die ich nicht erzählen sollte.«

»Warum solltest du nicht, wenn du es willst? Es kann nicht schaden, wenn wir uns gegenseitig unsere Geheimnisse anvertrauen.«

Sein Lächeln wurde breiter. »Hast du denn Geheimnisse, meine Liebste?«

»Einige«, antwortete sie, auf ihre Würde bedacht. »Jede Dame hat welche. Aber nicht so viele wie *du*, würde ich wetten.«

»Nicht alle Geheimnisse, die ich hüte, sind meine.« Dann rief er Daisy zu: »Nicht mit deinen Schuhen ins Wasser!«

»Tu ich nicht!« Daisy trat vom Ufer zurück. »Sie sind nur ein bisschen nass.«

»Komm und zieh dich um«, sagte Jasper. »Zeig deiner Stiefmama, dass sie keine Angst zu haben braucht.«

Daisy rannte zu Julia zurück. »Hast *du* Angst?«

»Nicht, solange ich dich und deinen Papa in der Nähe habe«, sagte Julia.

»Hier gibt es überhaupt nichts, wovor man Angst haben müsste«, sagte Jasper. »Der Teich ist ganz sicher.«

»Ich hab dort mal eine Schlange gesehen.« Daisy breitete ihre Arme aus. »Sie war so groß.«

Julia erbleichte. »Es gibt doch keine Schlangen im Wasser, oder?«

»Gibt es nicht.« Jasper warf Daisy einen strengen Blick zu. »Keine Lügengeschichten mehr.«

»Aber ich hab wirklich eine gesehen«, beharrte Daisy, während Jasper ihr aus ihrem Kittelkleid half. Sie legte ihm eine Hand auf die Schulter, während er sich bückte, um ihr die winzigen Stiefel auszuziehen. »Und einen Frosch, und eine Eidechse. Und einmal ein großes Krokodil.«

»Ein Krokodil? In North Yorkshire?« Julias Augenbrauen schossen in die Höhe. »Du meine Güte. Ich frage mich, wie es den weiten Weg vom ägyptischen Nil hierher geschafft hat?«

»Mit dem Dampfschiff natürlich«, sagte Jasper. »Und dann mit der Eisenbahn.«

»Mit der Eisenbahn!«, wiederholte Daisy vergnügt.

Julias Mund verzog sich zu einem Lächeln. Das Lachen des kleinen Mädchens war ansteckend.

Als wäre das nicht schon genug, um ihr Herz zu erfreuen, war da noch die Art, wie Jasper mit seiner Tochter umging. Er war konsequent und geduldig. Manchmal streng, aber letztendlich liebevoll. So war er zu allen dreien. Ein Mann, auf den sie sich verlassen konnten.

Ein *guter* Mann.

Julia konnte sich täglich von dieser Tatsache überzeugen. Es entging ihr nie.

Jasper stand auf. »Also gut«, sagte er und blickte auf Daisy hinunter. »Keine Dummheiten mehr. Schwimmen ist eine ernste Angelegenheit. Du kennst die Regeln. Bleib in der Nähe deiner Brüder, und wage dich nicht weiter als bis zur geschwärzten Eiche. Ist das klar?«

»Ja, Papa.«

Er drehte sie in Richtung Teich. »Geh schon.«

Kaum hatte er sie losgelassen, begann sie zu rennen und sprang mit dem gleichen Elan ins Wasser wie ihre Brüder. Während sie zu ihnen schwamm, riefen die beiden ihr fröhlich zu und bespritzten sie mit Wasser.

Jasper erhob seine Stimme. »Charlie, Alfred, passt auf eure Schwester auf!«

Und die Jungen antworteten wie aus einem Munde: »Ja, Sir!«

Julia beobachtete das Geschehen, während sie die versteckten Haken an der Vorderseite ihres Mieders öffnete.

Jasper drehte sich wieder zu ihr um. »Sie hat eine lebhafte Fantasie. Normalerweise versuche ich nicht, sie davon wegzubringen.«

»*Fantasie ist nichts, wofür man sich entschuldigen müsste*«, erwiderte sie. »Das hast du mir bei Lady Hollands Abendgesellschaft gesagt. Erinnerst du dich?«

»Ich erinnere mich an alles, was wir je zueinander gesagt haben.«

Ihre Wangen wurden warm. »Das ist sehr schmeichelhaft.«

Er zuckte mit den Schultern. »Nur die Wahrheit.« Sein

Blick fiel kurz auf die Vorderseite ihres Mieders. Sie hatte es fast bis zur Taille geöffnet. »Brauchst du Hilfe?«

»Nein, danke. Das schaffe ich schon.« Sie konzentrierte sich auf das Ausziehen und versuchte zuerst, die Intensität seines Blickes zu ignorieren, und dann die Tatsache, dass er sich ebenfalls entkleidete.

Während sie aus ihren Röcken und Unterröcken schlüpfte, warf sie ihm einen unauffälligen Seitenblick zu.

Er hatte bereits die Stiefel ausgezogen und sein Hemd abgestreift.

Ihr stockte der Atem. Noch nie hatte sie ihn ohne Hemd gesehen – oder überhaupt einen Gentleman.

Er war unfassbar groß und kräftig. Breite Schultern, harte Muskeln und sonnengebräunte Haut. Der Inbegriff roher männlicher Kraft, ähnlich wie die griechischen Friese und Skulpturen im Britischen Museum.

Eine davon ganz besonders: der halb liegende Dionysos. Sie erinnerte sich daran, wie sie ihn einmal zusammen mit Anne bewundert hatte. Sie beide hatten mit großen Augen auf den nackten Oberkörper des Gottes gestarrt. Jedes Detail seiner muskulösen Brust war in perfektem Relief gemeißelt gewesen.

Jaspers nackter Brustkorb war ebenso stark ausgeprägt wie bei dieser Skulptur, aber da endeten die Ähnlichkeiten. Anders als beim marmornen Dionysos war die Haut ihres Gatten von Narben durchzogen. Erhabene Narben, die jener in seinem Gesicht ähnelten. Dann waren da noch andere, klein und zusammengezogen, als wäre er dort verbrannt worden.

»Schusswunden«, sagte er.

Julia sah ertappt zu ihm auf. Sie hatte ihn angestarrt wie ein dummes Schulmädchen. »Du wurdest angeschossen?«

»Mehrere Male.« Seine Hände waren an der Vorderseite seiner Hose und knöpften sie auf, als wäre es eine ganz alltägliche

Sache. »Ich hatte das Pech, immer wieder in die Nähe von verirrten Kugeln zu kommen. Zum Glück ist noch keine so tief eingedrungen, dass die Chirurgen sie nicht entfernen konnten.«

»War das auf der Krim?«

»Ja. All diese Narben …« Er hielt inne. »Tut mir leid. Ich weiß, es ist nicht schön anzusehen.«

»Nein. Es … du bist …« Sie befeuchtete ihre Lippen, die mit einem Mal ganz trocken geworden waren. »Es gefällt mir sehr gut.«

Sein Mund verzog sich zu diesem schiefen jungenhaften Lächeln, das ebenso selten wie mächtig war.

Die Auswirkung auf ihre Konstitution war unmittelbar. Ihr Magen zog sich zusammen, und ihr Herz überschlug sich, bis sie aufgeregt und atemlos war und sich nichts sehnlicher wünschte, als sich ihm sofort in die Arme zu werfen.

Ein törichter Gedanke.

Die Kinder waren in Sichtweite, und sie war nicht in der Verfassung, jemanden zu umarmen. Schließlich trug sie nur ihr Unterhemd und ihre Unterhose. Die Sonne wärmte ihre Haut durch die dünne Stoffschicht hindurch, und sie fühlte sich geradezu nackt.

»Vergiss deine Stiefel und Strümpfe nicht«, sagte Jasper.

»Ich habe sie nicht vergessen.« Sie bückte sich, um ihre Halbstiefel aufzuschnüren, ohne darauf zu achten, dass ihr Unterhemd am Hals offen stand. Sie brauchte länger als sonst. Es war, als hätte sie plötzlich zwei linke Hände. Bis sie ihre Beine und Füße entblößt hatte, hatte sie sich schon weiß Gott wie lange vorgebeugt.

Als sie sich wieder aufrichtete, sah sie, dass Jasper sie anstarrte. Auf seinen Wangenknochen zeichnete sich eine gewisse Röte ab.

Ein Anflug von Verlegenheit ließ sie zögern. »Was ist los?«

Er musste schlucken. »Nichts.«

Ihr Blick huschte kurz nach unten. Er hatte seine Reithose bereits ausgezogen und trug nichts außer einer Flanellunterhose. Sie hatte das Gefühl, schockiert sein zu müssen, doch das Kleidungsstück war keineswegs unanständig, sondern sah tatsächlich eher zweckmäßig aus. Es reichte ihm bis zu den Knien und hatte eine mit kleinen Knöpfen geschlossene überlappende Front.

Sie biss sich auf die Unterlippe.

Wenn man bedachte, dass er noch vor einer Woche ein Fremder für sie gewesen war. Und jetzt waren sie hier. Nicht nur verheiratet, sondern standen auch noch in ihrer Unterwäsche im Freien. Sie wusste nicht, ob sie lachen oder in Ohnmacht fallen sollte.

»Bist du bereit?«, fragte er.

»Ich denke schon.« Zusammen gingen sie zum Ufer des Teiches. Die Kinder planschten in der Nähe, ohne sich um Julias Scham oder Unsicherheiten zu scheren. »Ist das Wasser sehr kalt?«

»Ich finde es raus.« Jasper ging vor ihr ins Wasser.

Da entdeckte sie es. Es war ein Anblick, der dafür sorgte, dass ihr Herz nicht mehr wild klopfte und ihr Magen nicht mehr zitterte. Es war sein Rücken – breit und muskulös wie der Rest seines Körpers. Auch er war vernarbt. Aber nicht mit Schnitten wie im Gesicht und auf der Brust, und auch nicht mit Einschusslöchern. Diese Narben waren gleichförmig, eine nach der anderen, als wären sie mit demselben Werkzeug immer und immer wieder gemacht worden.

Julia hatte so etwas noch nie gesehen, aber irgendwie erkannte sie es sofort als das, was es war. Man hatte ihn ausgepeitscht.

Sie konnte es nicht begreifen.

Wer um alles in der Welt hätte es gewagt, den berüchtigten Captain Blunt auszupeitschen?

26. KAPITEL

Das Wasser ging Jasper erst bis zur Taille, dann bis zur Brust und verbarg seine Narben vor Julias Blicken. Erst dann drehte er sich wieder zu ihr um.

»Jetzt bist du dran«, sagte er. »Die Temperatur ist perfekt.«

Sie konnte nur mit Mühe die Fassung bewahren. »Ich komme.«

Sie tauchte einen Zeh in das Wasser. Es war kühl, aber nicht unerträglich kalt. Sie machte es so, so wie er es getan hatte, und tauchte langsam und bedächtig ein, während sie sich auf den Weg zu der Stelle machte, wo er stand. Ihre Zähne klapperten, alle Gedanken an die Peitschenspuren auf seinem Rücken waren vergessen. »Es ist eiskalt!«

»Das wird nicht lange so bleiben«, sagte er. »Nicht, wenn du dich bewegst.«

Sie ging noch ein paar Schritte weiter. Der unebene Grund des Teiches war unter ihren Füßen glitschig. Als sie tiefer ging, begann der Saum ihres Unterhemdes hochzusteigen. Sie schlug eine Hand darüber. »Oh, das ist ja furchtbar«, murmelte sie. »Ich glaube, es gefällt mir überhaupt nicht.«

»Du schwimmst ja noch nicht einmal.« Seine großen Hände schlossen sich um ihre Taille. Er zog sie an sich, während er weiter in den Teich zurücktrat. »Hier. Wir gehen weiter rein.«

Sie klammerte sich an seine Schultern. »Ich kann den Boden nicht mehr spüren!«

»Ich habe dich. Ich lasse dich nicht untergehen.«

»Das hoffe ich ja wohl«, warnte sie ihn. »Wenn ich in diesem Teich ertrinke ...«

»Du wirst nicht ertrinken.«

»... werde ich zurückkommen und dich heimsuchen.«

Er grinste. »*Sei immer bei mir – nimm jede Gestalt an, die dir gefällt – treib mich zum Wahnsinn.*«

Ihre Finger gruben sich in seine Muskeln. »Du hast gesagt, das hier ist nicht wie *Sturmhöhe*.«

»Gott sei Dank. Ich mag dich viel lieber lebendig.« Langsam führte er sie ins tiefe Wasser.

Allmählich gewöhnte sie sich an die Temperatur. Es war sogar recht angenehm. Perfekt, genau wie er gesagt hatte. Schimmernde Sonnenstrahlen wurden von der dunklen Oberfläche des Teiches reflektiert und wärmten ihr feuchtes Haar und Gesicht. Sie bewegte ihre Beine und fühlte sich seltsam schwerelos.

»Du schwebst«, sagte Jasper.

»Tue ich nicht. Du hältst mich aufrecht.«

Seine Hände an ihrer Taille lockerten sich. »Das bist du, nicht ich. Siehst du? Der menschliche Körper schwimmt im Wasser.«

Sie klammerte sich noch fester an ihn. »Wenn das so ist, wie erklärst du dir dann, dass so viele Menschen im Meer ertrinken?«

»Du wirst nicht ertrinken«, wiederholte er. »Solange du daran denkst, nicht in Panik zu geraten.«

In der Mitte des Teichs planschten die Jungen und riefen sich etwas zu. Daisy trieb sie mit schrillem Gelächter an.

Ihr Anblick ermutigte Julia. Wenn die Kinder so unerschrocken waren, wie konnte sie da Angst haben?

Allmählich lockerte sie ihren Griff um Jaspers Schultern.

Er war ein geduldiger Lehrer, der ihr zeigte, wie sie mit den

Beinen strampeln und die Arme bewegen konnte und wie sie auf dem Rücken treiben konnte, wenn sie müde war. Nach kurzer Zeit konnte sie bereits eine kurze Strecke zu ihm paddeln. Als sie ihn erreichte, klammerte sie sich lachend an seine Schultern.

Seine Arme legten sich um ihre Taille. Sein Haar war nass, und Wassertropfen klebten an seinem Gesicht. Er lächelte sie an, sichtlich stolz auf ihre kleine Leistung.

Sie klammerte sich an ihn und atmete schwer. »Jasper …«

Sein Lächeln verblasste. Jedes Mal, wenn sie seinen Vornamen benutzte, war es eine Erinnerung an die Distanz zwischen ihnen.

Sie konnte nichts dafür. Es wäre unaufrichtig gewesen, ihn so kurz nach den Enthüllungen über seine Vergangenheit wieder *mein Liebster* zu nennen. Schon gar nicht jetzt, wo Julia die unglückliche Vorahnung hatte, dass noch mehr Enthüllungen auf sie zukommen würden.

»Woher hast du die Narben auf deinem Rücken?«, fragte sie.

Sein Lächeln verschwand. Aber er verstellte sich nicht. »Ich wurde ausgepeitscht.«

»Auf der Krim?« Sie sah ihn verwirrt an. »Aber … wer würde es wagen?«

Ein Anflug von Belustigung überzog sein Gesicht angesichts ihrer Naivität. »Jeder hat einen Vorgesetzten.«

»Ich kann mir nicht vorstellen, dass du einen hast. Keinen, der mutig genug ist, dich auszupeitschen.«

»Tapferkeit hat damit nichts zu tun. Auspeitschungen sind ein Teil des Lebens in der Armee. Während meiner Zeit auf der Krim wurden sie häufig angeordnet, oft für die kleinsten Vergehen.«

Sie zögerte, bevor sie ihn daran erinnerte: »Du hast selbst einige davon angeordnet.«

Er leugnete es nicht. »Es gibt viele, die diese Strafe für gerechtfertigt halten.«

Julia bezweifelte das nicht. Es war der Grund, weshalb Jasper nicht aus der feinen Gesellschaft verbannt worden war. Deshalb hatte man ihn in London als Held willkommen geheißen, trotz der Gerüchte über seine grausame Vergangenheit. Dennoch fragte sie: »Wer?«

»Vor allem alte Soldaten und Politiker. Frag einen von ihnen nach Auspeitschungen und Brandmarkungen, und sie werden sagen, dass solche Bestrafungen notwendig sind, um die Ordnung in der Truppe aufrechtzuerhalten. Vielleicht haben sie recht. Ich weiß es nicht mehr.«

»Warum wurdest du ausgepeitscht?«, fragte sie.

»Ungehorsam.«

»Wer hat das getan? War es ein Major oder ein Oberst oder sonst jemand?«

»Es war ein böser Mann, ungeachtet seines Ranges. Wahrscheinlich der böseste Mann, dem ich je das Pech hatte, zu begegnen.«

»Wer …«

»Keine weiteren Fragen.« Jasper warf ihr einen Blick zu, der genauso streng war wie der, den er Daisy zugeworfen hatte, bevor sie ins Wasser gegangen war. »Ich meine es ernst. Meine Vergangenheit ist ein Gift. Davon gibt es hier in Yorkshire schon genug. Ich habe keine Lust auf noch mehr davon.«

Ihre Hände glitten in seinen Nacken und glätteten als unausgesprochene Entschuldigung sein nasses Haar. »Es tut mir leid. Ich weiß, ich habe versprochen, nicht zu fragen. Aber das war vorher.«

»Vor was?«

»Bevor du mein warst«, sagte sie.

Seine Brauen zogen sich zu einem besorgten Stirnrunzeln

zusammen. Als hätte sie etwas gesagt, mit dem er nicht so recht etwas anzufangen wusste. »Julia …«

Sie strich ihm mit sanften Fingern über den Nacken. »Ich möchte alles über dich wissen.«

Er beugte seinen Kopf zu ihr und unterwarf sich ihren sanften Liebkosungen, wie sich ein großer Löwe seiner Gefährtin unterwerfen würde. »Kann das hier nicht genug sein?«

»Vielleicht«, sagte sie. »Irgendwann.« Und dann überraschte sie sowohl ihn als auch sich selbst, indem sie ihre feuchten Lippen auf die seinen presste.

Seine Arme schlossen sich um ihre Taille.

»Sie küssen sich!«, rief Daisy.

Die Jungen johlten vor Lachen.

Julia unterbrach den Kuss sofort und lachte verlegen. »Ich habe vergessen, dass wir ein Publikum haben.«

Jasper schien das nicht zu kümmern. Sein Blick war fest auf sie gerichtet. »Wofür war das denn?«

Ihr Mund verzog sich zu einem Lächeln. »Ich nehme an, ich wollte dich an etwas erinnern.«

»Woran?«

»Dass du mir gehörst, natürlich.«

Er lachte heiser. »Das werde ich so schnell nicht vergessen.« Seine Finger krümmten sich um ihre Taille. »Aber bitte erinnere mich daran, wann immer dir danach ist.«

»Ist Vater schon im Turm?«, fragte Alfred, als Julia am nächsten Morgen das Esszimmer betrat. Er und Charlie saßen bereits am Tisch und aßen ihr Frühstück. Neben ihnen standen eine Teekanne und Tassen, der Marmeladentopf und ein halbleerer Toastständer.

Julia ging zur Anrichte und holte sich einen Teller. Mr Beecham hatte die Angewohnheit, das Essen in Silberschalen zu servieren. Es gab in diesem Haushalt keine feste Frühstückszeit, doch wenn man zu lange wartete, bekam man unweigerlich kalte Eier und klumpiges Porridge.

Daher hatte sich Julia angewöhnt, schon vor halb neun aufzustehen, um in den Genuss einer warmen Mahlzeit zu kommen. Es war eine ganz andere Erfahrung als am Belgrave Square, wo ihr das Frühstück jeden Morgen auf einem Tablett ans Bett gebracht worden war.

»Ich glaube, ja«, sagte sie, während sie ihren Teller füllte. »Er beginnt immer recht früh mit der Arbeit, nicht wahr?«

In der Tat hatte sie ihren Frischangetrauten seit ihrer Ankunft nicht ein einziges Mal morgens gesehen. Wenn sie aufwachte, war er immer schon aus ihrem Bett – und ihrem Zimmer – verschwunden. Manchmal vermutete sie, dass er nicht unbedingt länger als notwendig in ihrer Gesellschaft sein wollte.

»*Arbeit*«, erwiderte Charlie schnaubend. »Wenn man es so nennen kann.«

»Wie denn sonst?« Julia trug ihren Teller an den Tisch.

»Er ist ein Fälscher«, sagte Charlie.

Ein Fälscher?

Julia, die sich gerade einen Stuhl herangezogen hatte, erstarrte. »Warum in aller Welt sagst du das?«

»Weil es stimmt.« Charlie aß weiter. »Was macht er sonst den ganzen Tag im Turm, wenn die Tür verschlossen ist? Das muss doch gegen das Gesetz sein.«

»Es stimmt«, beteuerte Alfred. »Das sagen alle.«

Julia setzte sich. »Wer ist alle?«

»Die Jungs in der Schule«, sagte Charlie.

»Und einige Leute aus dem Dorf«, fügte Alfred hinzu.

Julia spürte eine heiße Welle der Wut über die Ignoranz der Dorfbewohner. Sie bemühte sich, ihr Temperament zu zügeln. »Euer Vater ist kein Fälscher. Und ihr solltet nicht auf die Verleumdungen anderer Leute hören. Vor allem dann nicht, wenn es sich um eure eigene Familie handelt.«

Die Jungen verstummten und aßen weiter, nicht ohne sich gegenseitig wissende Blicke zuzuwerfen.

Später an diesem Morgen, als sie an Daisys Seite durch den überwucherten Garten hinter dem Haus spazierte, dachte Julia mit Unbehagen über das Gespräch nach.

Ein Fälscher.

Wenn das stimmte, hätte Jasper es nicht nötig gehabt, eine Erbin zu heiraten. Seine kriminellen Fähigkeiten hätten ausgereicht, um sein Vermögen aufzubessern.

Außerdem hatte er ihr, als sie ihm einen Antrag gemacht hatte, versichert, dass er in nichts Schändliches verwickelt sei. Er hatte gesagt, dass seine geheime Beschäftigung niemandem schade.

Dennoch machte sie sich weiter Gedanken darüber.

Er war jeden Morgen im Turm, oft bis weit nach Mittag. Was um Himmels willen tat er, das eine solche Einsamkeit, eine solche Geheimhaltung erforderte?

Vielleicht war er ein Spion im Dienste von Königin Victoria.

Oder vielleicht befand sich in seinem Arbeitszimmer ein Labor und er betrieb wichtige wissenschaftliche Forschungen.

Julia hatte alle Möglichkeiten in Betracht gezogen, bis hin zu der, dass er sich jeden Morgen einschloss, um ungestört lesen zu können. Wenn das der Fall war, konnte sie ihm kaum einen Vorwurf machen. Auch sie selbst war das ein oder andere Mal bis zum Äußersten gegangen, um sich in Ruhe ihren Romanen hingeben zu können.

»Es ist da hinter den Bäumen«, sagte Daisy und hüpfte weiter. »Siehst du die Flügel des Engels?«

Julia hob eine Hand, um ihre Augen abzuschirmen. Die Sonne schien heute genauso hell wie an den drei Tagen zuvor. Das ideale Wetter für einen Besuch des inoffiziellen Friedhofs von Goldfinch Hall.

Zumindest hatte Daisy das behauptet, als Julia sie nach dem Frühstück aus ihrem Zimmer geholt hatte.

Julia hatte keine andere Wahl gehabt, als in den Ausflug einzuwilligen. In Wahrheit hatte sie keine Lust, der letzten Ruhestätte von Dolly Carvel Respekt zu zollen. Die würde sie wohl niemals haben. Doch Dolly war nicht nur Jaspers langjährige Mätresse gewesen. Sondern auch die Mutter der Kinder und damit eine sehr wichtige Person, ob lebend oder tot.

»Ja«, sagte Julia. »Ich sehe sie.«

Am unteren Ende des Gartens, wo der Boden eben war, lag Dollys Grab unter dem Stamm einer Erle. Die Äste boten einen natürlichen Schutz für den Marmorengel mit seinen ausgebreiteten Flügeln.

»Er wacht über sie.« Daisys Stimme war leise und voller Ehrfurcht. »Ist das nicht schön?«

»Das ist es.« Julia folgte Daisy zum Grab. Die Erde war an einigen Stellen noch feucht von den starken Regenfällen am Samstag und Sonntag. Julia war sich bewusst, dass das Gras den gefältelten Saum ihres Popelinerocks befleckte, als sie hindurchging.

In ihrem Brief an Anne hatte sie sich über ihre Probleme mit der Wäsche beklagt. Es war ein langer Brief gewesen – mehr als vier Seiten –, aber kein allzu intimer. Julia hatte kein

Wort über ihre aufkeimenden Gefühle für Jasper verloren. Und sie hatte nichts über die blaubartartigen Einschränkungen geschrieben, die er ihr auferlegt hatte.

Anne würde es nicht verstehen. Sie hatte Jasper von Anfang an nicht gemocht. Und sie hätte keine Geduld mit der Vereinbarung, die Julia mit ihm getroffen hatte.

Was hat er zu verbergen?, würde Anne fragen. *Was ist so furchtbar, dass er es vor dir geheim halten muss?*

Julia tröstete sich damit, dass Anne keine Ahnung von Ehemännern hatte. In den fünf Tagen ihrer Ehe hatte Julia selbst nur wenig gelernt. Dennoch war sie ihren unverheirateten Freundinnen um Längen voraus.

Sie wusste, was es hieß, einen Mann zu küssen. Jede Nacht mit ihm im Bett zu schlafen und zu spüren, wie sich seine Kraft gegen ihre Sanftheit presste, während er sie in einer starken Umarmung hielt. Sie wusste, was es bedeutete, zu einem Mann zu gehören und das Gefühl zu haben, dass er absolut zu ihr gehörte – ungeachtet seiner Vergangenheit oder seiner Geheimnisse oder der Zweifel, die sie vielleicht noch ihm gegenüber hegte.

Und es gab mehr als nur ein paar, die sie quälten.

Die Kinder waren in dieser Hinsicht nicht gerade hilfreich. Neben den Bemerkungen der Jungen, Jasper sei ein Fälscher, und Daisys ständigen Bemerkungen, Jasper habe ihre Mutter mehr geliebt als irgendjemanden sonst auf der Welt, fiel es Julia ein wenig schwer, Fuß zu fassen.

»Jetzt schläft sie die ganze Zeit«, sagte Daisy, die über Dollys Grab stand.

Julia sah sie an. »Hat deine Mutter früher sehr viel geschlafen?«

Daisy nickte düster.

Julia sprach sie nicht weiter darauf an. Jasper hatte erwähnt, dass Dolly in ihrem letzten Monat schwer krank und völlig entkräftet gewesen war. Natürlich musste sie sehr viel Zeit schlafend im Bett verbracht haben. Aber Julia hatte keine Ahnung, woher Daisy das wissen sollte. Das kleine Mädchen war zum Zeitpunkt des Todes ihrer Mutter kaum ein Jahr alt gewesen.

Daisy kniete sich hin und entfernte die abgebrochenen Zweige und verstreuten Blätter, die sich auf dem Grab angesammelt hatten.

Julia warf einen letzten reumütigen Blick auf ihren sauberen Rock, kniete sich neben sie ins Gras und half ihr.

»Meine Mutter war die netteste, liebenswürdigste und schönste Dame der Welt«, erklärte Daisy ihr – nicht zum ersten Mal. »Sie hat mich sehr geliebt.«

»Da bin ich mir sicher.«

»Hat dich deine Mutter auch geliebt?«

Julia wischte den getrockneten Matsch von der gemeißelten Tafel am Fuß der Skulptur. Darauf waren Dollys Name und ihr Todesdatum eingraviert. »Ich weiß es nicht«, antwortete sie ehrlich.

»Ist sie auch tot?«, fragte Daisy.

»Nein. Sie lebt in London.«

Daisy runzelte die Stirn. »Vermisst du sie?«

»Nein, ich fürchte nicht. Meine Mutter war nicht sehr nett zu mir. Sie war überhaupt nicht wie deine Mutter.«

Daisys Blick fiel auf Dollys Grab. »Charlie sagt, sie war nicht nett.«

Julia erstarrte. »Ach ja?«

»Sie hat mich gekniffen und meinen Arm verletzt. Charlie hat gesagt, ich hätte einen so großen Bluterguss gehabt.« Daisy deutete auf eine große Stelle in der Nähe ihres Ellbogens. »Ich habe ganz lange geweint.«

»Tut mir leid, das zu hören.« Julia wählte ihre nächsten Worte mit Bedacht. »Vielleicht ist es deiner Mutter da nur sehr schlecht gegangen?«

Der Gedanke schien Daisy Trost zu spenden. »Sie war *sehr* krank.« Sie hielt inne. »Kneifst du Leute, wenn es dir schlecht geht?«

»Ich kneife die Leute überhaupt nicht. Ich würde sie lieber umarmen und küssen, wenn sie mich lassen.«

Daisys Unterlippe begann ein bisschen zu zittern.

Julia legte ihren Arm um Daisys schmale Schultern und zog sie an sich. Sie umarmte das kleine Mädchen kurz, aber innig. »So«, sagte sie und drückte ihr einen Kuss auf die Stirn, bevor sie Daisy wieder losließ. »Das ist das Schlimmste, was du von mir erwarten kannst.«

Daisy umklammerte Julias Hand und hielt sie für den Rest der Zeit, die sie am Grab knieten, fest.

Julia war gerührt. »Möchtest du jetzt zurück ins Haus gehen und einen Tee trinken?«

Daisy schüttelte den Kopf.

»Sollen wir noch eine Weile bleiben? Wir können ein paar Blumen für deine Mama suchen. Ich glaube, ich habe in der Gartenlaube ein paar Rosen gesehen.«

Wieder schüttelte Daisy den Kopf. Sie zog Julia dicht an sich heran und flüsterte ihr ins Ohr: »Ich habe ein Geheimnis.«

Julia riss die Augen auf. »Wirklich? Wie aufregend.«

»Ich kann es dir zeigen«, sagte Daisy und sprang auf.

»Wenn du willst.« Julia erhob sich ebenfalls und ließ sich von dem kleinen Mädchen ziehen, zurück durch den Garten und die Einfahrt hinunter, die sich vor dem zerbröckelnden Stallgebäude schlängelte.

Sie war sich nicht ganz sicher, ob das hier eine weitere unangenehme Überraschung sein würde. So ähnlich wie die Einladung, Dollys Grab zu besuchen. Aber sie war entschlossen, fröhlich zu bleiben – selbst als Daisy sie in die dunkle Scheune zog.

Wenn es an irgendeinem Ort in Goldfinch Hall spukte, dann mit Sicherheit hier. Die Luft war seltsam kühl, und der Geruch des Verfalls war noch ausgeprägter als im verrottenden Ostflügel von Goldfinch Hall.

Das Sonnenlicht fiel durch Löcher im Dach auf einen mit altem Stroh bedeckten Boden. Unter dem noch intakten Teil der Decke befanden sich mehrere leere Kisten. Von Musket war keine Spur zu entdecken. Er musste irgendwo draußen auf der Weide sein.

»Hier hinten.« Daisy lief los. »Auf dem Heuboden.«

Julia folgte ihr zögernd. Als sie die klapprige Holzleiter hinaufstiegen, ertönte ein leises Miauen vom Dachboden darüber.

Julias Angst vor Geistern war wie weggeblasen. »Ach du meine Güte«, flüsterte sie. »Kätzchen!«

27. KAPITEL

Jasper betrat den verlassenen Stall und fand seine Frau auf der wohl antiquiertesten Leiter der Christenheit stehend. Daisy blieb sicher auf dem Boden und hielt die wackeligen Beine der Leiter fest.

»Es sind insgesamt sechs«, rief Julia hinunter. »Drei gestreifte, zwei schwarze und eine mit orangefarbenen Flecken.«

»Die will ich haben!«, rief Daisy zurück und rüttelte in ihrer Begeisterung an der Leiter. Das alte Holz gab ein unheilvolles Ächzen von sich.

Julias Fuß rutschte von der Sprosse. »Oh!«

Bevor sie fiel, war Jasper zur Stelle und fing sie gekonnt in seinen Armen auf.

Sie klammerte sich an seinen Hals und blickte erstaunt zu ihm auf. »Jasper! Dem Himmel sei Dank. Einen Moment lang fürchtete ich, ich würde fallen und mich verletzen.«

Jasper starrte sie an, und sein Herz drohte ihm aus der Brust zu springen. Wenn sie gestürzt wäre, wenn sie sich etwas getan hätte …

Die Aussicht darauf reichte aus, um sein Temperament zum Überkochen zu bringen.

»Warum kletterst du da bloß hoch?«, schnauzte er sie an. »Siehst du nicht, wie gefährlich das ist? Du hättest dir dein verdammtes Genick brechen können!«

Daisys Lächeln verschwand. »Es war meine Schuld. Ich habe ihr gesagt, sie soll hochklettern.«

»Es ist *nicht* Daisys Schuld«, sagte Julia. »Ich bin aus eigenem Antrieb auf die Leiter gestiegen. Da oben sind Kätzchen. Hast du das gewusst?« Ihre Hände glitten zu seinen Schultern. »Ach, lass mich doch runter. Und hör auf, mich so finster anzuschauen. Es ist nichts passiert. Ich bin völlig in Sicherheit.«

Widerwillig setzte er sie auf dem strohbedeckten Boden ab. Das Miauen von Kätzchen durchbrach die Stille. Es war wie eine Erklärung für ihr waghalsiges Verhalten.

»Kätzchen?«, stieß er hervor. »Wir haben doch nicht einmal eine Katze.«

»Sie ist wild«, sagte Daisy. »Von der Heide. Julia sagt, wir können sie zähmen.«

»*Julia?*«

Daisy errötete. »Sie sagte, ich darf sie so nennen.«

»Das stimmt.« Julia legte eine beruhigende Hand auf Daisys schmalen Rücken. »Und wir werden *versuchen*, sie zu zähmen. Ich kann nicht versprechen, dass es klappt.«

»Wir geben ihr Käse und Milch, nicht wahr?« Daisy warf Julia einen erwartungsvollen Blick zu. »Dann können wir die Katzenmama und ihre Jungen behalten.«

»Ich hoffe es«, sagte Julia. »Wenn dein Papa nichts dagegen hat.«

Jasper fuhr sich mit der Hand durch die Haare. »Ich habe etwas dagegen, dass ihr beide auf einer verrotteten Leiter auf einen verrotteten Heuboden klettert. Der ganze Stall könnte jeden Moment zusammenstürzen.«

»So gefährlich kann es nicht sein«, sagte Julia. »Du hältst Quintus doch hier, oder nicht?«

»Natürlich nicht. Er ist in einem Nebengebäude auf der anderen Seite von Goldfinch Hall untergebracht. Dort wird auch Cossack bleiben. Das wollte ich dir gerade sagen.« Er führte sie aus dem Stall zurück in den Hof. »Die Pferde sind da.«

Julia begann zu strahlen. »Was? Wann?«

»Jetzt gerade. Ridgeways Reitknecht hat sie eben gebracht. Er ist seit Sonntag unterwegs und ist in Etappen gereist.« Jasper wandte sich an Daisy. »Lauf nach Goldfinch Hall und sag deinen Brüdern Bescheid. Sie können kommen, sobald sie mit dem Unterricht fertig sind.«

Daisy war weg wie der Blitz.

Julia machte Anstalten, ihr zu folgen.

Jasper ergriff ihre Hand und brachte sie vor ihm zum Stehen.

Sie warf ihm einen verwirrten Blick zu.

»Jage mir bitte nicht noch mal so einen Schreck ein«, sagte er.

Ihr Gesichtsausdruck wurde weicher. »Ich wollte dir keinen Schreck einjagen. Ich wollte nur unbedingt die Kätzchen sehen.«

»Offensichtlich. Und deshalb hast du alle Vorsichtsmaßnahmen vergessen, die ich dir gesagt habe.« Er erinnerte sie erneut: »Es gibt Teile dieses Anwesens, die abgerissen und neu gebaut werden müssen. Bis dahin musst du darauf achten, sie zu meiden. Wenn dir etwas zustößt …«

»Mir geht es gut. Selbst wenn ich gefallen *wäre* …«

»Nicht«, sagte er unwirsch. »Du hast keine Ahnung, was der Gedanke, dich zu verlieren, in mir auslöst.«

Auf Julias Gesicht zeichnete sich Verständnis ab. »Ich habe dir wirklich einen Schreck eingejagt, oder?« Sie verschränkte ihre Finger mit seinen. »Tut mir leid, mein Liebster. Ich werde in Zukunft vorsichtiger sein, das verspreche ich.«

Mein Liebster.

So hatte sie ihn seit ihrer Hochzeitsnacht nicht mehr genannt. Seitdem hatte er versucht, sich dieses Privileg wieder zu verdienen. Und nun schien er es endlich geschafft zu haben.

Er führte ihre Hand an seine Lippen und drückte ihr einen rauen Kuss auf die Knöchel. Lieber hätte er ihre Lippen geküsst. Aber dies war weder die Zeit noch der Ort für solche Intimitäten. »Das hoffe ich«, sagte er. »Ich vertraue darauf, dass du auf dich aufpasst – und auf Daisy.«

»Daisy ist nicht in Gefahr. Sie kennt das ganze Anwesen inund auswendig. Sie hat es mir gezeigt.«

»Etwas Spezielles?«, fragte er und reichte ihr seinen Arm.

Julia nahm ihn und begleitete ihn in gemächlichem Tempo die unebene Auffahrt entlang. »Wir haben das Grab ihrer Mutter besucht.«

»Natürlich.« Jasper konnte nicht verhindern, dass ein Anflug von Bitterkeit seine Worte einfärbte. Es schien, als ob jeder Fortschritt, den er mit seiner Braut machte, dazu verdammt war, durch ständige Erinnerungen an die Vergangenheit zunichtegemacht zu werden. »Ich nehme an, Daisy hat dir eine Menge erzählt.«

»Das hat sie.« Julia ging einige Schritte schweigend beben ihm her, bevor sie fragte: »War die Mutter der Kinder nicht gut zu ihnen?«

»Nicht auf die übliche Art. Sie musste an ihr eigenes Überleben denken. Alles andere war zweitrangig.«

»Ich frage nicht, ob sie die Kleinen vernachlässigt hat. Ich frage, ob sie grausam war.«

Ah. Also *hatte* Daisy geredet.

Jasper warf Julia einen nachdenklichen Blick zu. »Du musst einen ziemlichen Eindruck auf Daisy gemacht haben, dass sie sich dir so anvertraut.«

»Ich mag sie«, sagte sie. »Das tue ich wirklich. Ich möchte so sehr, dass sie mich mag.«

»Das tut sie. Sie findet dich außerordentlich schön.« Sein Mund verzog sich zu einem flüchtigen Lächeln. »Da ist sie nicht die Einzige.«

Als Dank für das Kompliment drückte Julia seinen Arm.

Aber sie ließ sich nicht ablenken. »Also, war ihre Mutter grausam?«

Vor ihnen teilte sich die Auffahrt in zwei getrennte Wege. Der erste führte zur Vorderseite von Goldfinch Hall. Der zweite schlängelte sich auf der gegenüberliegenden Seite in einiger Entfernung zu den Nebengebäuden, in denen derzeit die Pferde untergebracht waren.

Jasper führte Julia den zweiten Weg entlang. Sein Mund war zu einem grimmigen Ausdruck verzogen. »Manchmal«, sagte er. »Vor allem gegen Ende. Sie gab ihnen die Schuld an vielem, was in ihrem Leben schiefgelaufen war. Ich habe mein Bestes getan, um sie von ihr fernzuhalten.«

Julia runzelte die Stirn. »Und doch hast du sie hier mit aller Ehrfurcht begraben, als wäre sie eine Heilige.«

Grundgütiger. Sah es denn so aus?

Dolly Carvel war keine Heilige gewesen. Als sie vor sechs Jahren zum ersten Mal in Goldfinch Hall auftaucht war, hatte sie Jasper eher für einen Teufel gehalten. Es stimmte, er *hatte* sie hier begraben, und er *hatte* ihr Grab mit einem Engel gekennzeichnet. Aber das war nicht zu ihrem Wohl gewesen. Er hatte es für Charlie, Alfred und Daisy getan.

»Welchem Zweck würde es dienen, die Erinnerung der Kinder an sie zu zerstören?«, fragte er.

»Eine falsche Erinnerung, wie es scheint«, sagte Julia.

Jasper konnte die Tatsache nicht bestreiten. »Wenn die Kinder über Dollys Grausamkeiten nachdenken wollen, können sie das tun. Aber ich werde nicht derjenige sein, der sie an ihre Fehler erinnert.«

»Ist es dir wirklich lieber, sie machen sie zu einer fiktiven Gestalt?«

»Wenn es das ist, was sie vorziehen«, sagte er. »Zweifellos ist es besser so.«

Julias weiter Seidenrock berührten sein Bein. »Kann eine Lüge jemals besser sein als die Wahrheit?«

Innerlich zuckte er zusammen. »Manchmal, ja. Ich glaube, das kann sie. Wenn es für eine gute Sache ist.«

»Trotzdem ist es eine Lüge«, wandte sie ein. »Ich bin nicht davon überzeugt, dass Lügen jemals eine gute Idee sind. Nicht mal, wenn man es gut meint.« Sie hielt inne. »Aber es geht mich ja auch nichts an, oder?«

»Du bist meine Frau. Natürlich geht es dich etwas an. Aber ich vertraue darauf, dass du in dieser Angelegenheit auf mich hören wirst.«

»Mach dir keine Sorgen. Ich würde mir nie anmaßen, die Mutter der Kinder vor ihnen zu kritisieren. Es ist offensichtlich, dass sie sie verehren. Ich weiß, dass du sie auch gernhattest. Das musst du ja auch, wenn du so viele Jahre mit ihr zusammen warst.«

Verdammter Mist. Wie waren sie nur auf dieses Thema gekommen?

Es gab nichts, was Jasper sagen konnte, ohne als Schurke dazustehen. Wenn er die Wahrheit sagte, nämlich dass er sich nie für Dolly interessiert hatte, würde er wie ein Schuft klingen. Und wenn er log und sagte, er hätte es getan, klang es, als würde er seine Gefühle für seine Frau verraten. So oder so würde Julia schlecht von ihm denken.

»Müssen wir ständig über die Vergangenheit reden?«, fragte er mit finsterem Blick.

»Ich kann nicht so tun, als hättest du vorher kein Leben gehabt.«

Das stimmte. Wie sollte sie das auch, mit den Kinder im Haus und Dollys Grab im Garten? Jede Ecke des Anwesens erinnerte Julia an die ruchlose Geschichte des berüchtigten Captain Blunt. Und Jasper konnte nichts dagegen tun.

Die einzige Lösung bestand darin, vorwärts zu gehen.

»Ich mache mir mehr Sorgen um das Leben, das ich jetzt habe«, sagte er. »Wir sollten über die Zukunft sprechen.«

»Also gut.« Sie warf ihm einen vorsichtigen Blick zu. »Was ist damit?«

In diesem Moment hätte er ihr alles sagen können. Über seine Gefühle sprechen oder darüber, was er sich für ihre Ehe erhoffte. Aber der Zeitpunkt passte nicht. Nicht, wenn sie gerade über seine Beziehung zu Dolly gesprochen hatten.

»Ich habe, äh, an die Pachthäuser gedacht«, sagte er stattdessen.

»Die Pachthäuser?«

»Sie benötigen eine Menge Arbeit. Vor allem neue Dächer. Ich dachte, damit könnten wir beginnen, sobald wir deine fünfzigtausend Pfund in der Hand haben.«

Sie hob ihren Rock, als sie den Weg verließen und über die Wiese gingen. »Du hast mein Geld seit dem Tag, an dem wir hier angekommen sind, nicht mehr erwähnt.«

Er verzog sein Gesicht. »Ich habe oft genug darüber nachgedacht«, gab er zu. »Es ist verlockend, alles auf einmal verbessern zu wollen. Aber wir müssen strategisch vorgehen. Wenn die Pachthäuser instand gesetzt sind, können wir Leute einstellen, die sich um die Felder und das Vieh kümmern. Sie werden uns schließlich ein Einkommen bringen. Was das Haus betrifft, so müssen wir Bauarbeiter beauftragen, die den Verfall beurteilen und das Dach reparieren. Sobald das erledigt ist …«

»Du sprichst ständig von *uns* und *wir*. Als ob du meine Meinung dazu hören wolltest.«

»Das tue ich«, sagte er ernst. »Das ist jetzt dein Zuhause. Ich möchte, dass du hier glücklich wirst.«

Die Wölbung ihres Busens berührte seinen Arm, als sie an seiner Seite ging. »Ich glaube, das kann ich.«

Sein Puls beschleunigte sich. Es war sein persönlicher Traum. Dass sie hier bei ihm Zufriedenheit finden würde. Dass sie ihre Ehe nicht bereute. »Kannst du das, Liebste?«

Ihre Wangen nahmen einen vertrauten rosigen Schimmer an. Dieselbe diffuse Aquarellröte, die immer dann erschien, wenn sie über Intimes sprachen. »Ich glaube schon«, sagte sie. »Ich habe immer noch vor vielen Dingen Angst, mehr als mir lieb ist, aber es ist nichts im Vergleich zu dem, was ich in der Stadt empfunden habe.«

»Was für Dinge?«, fragte er.

»Die Kinder zu enttäuschen. *Dich* zu enttäuschen.«

Er lachte heiser auf. »Das könntest du nicht einmal dann, wenn du es darauf anlegen würdest.«

Sie warf ihm einen vielsagenden Blick zu. »Ich weiß, dass das nicht wahr ist. Wenn es so wäre, würdest du unser Bett nicht jeden Morgen mit solcher Eile verlassen.«

Er starrte sie an.

Was zum Teufel?

Glaubte sie wirklich, dass er sie jeden Tag bei Tagesanbruch verließ, weil er in irgendeiner Weise von ihr *enttäuscht* war? Der Gedanke war so lächerlich weit von der Wahrheit entfernt, dass er gelacht hätte, wenn er nicht so fassungslos gewesen wäre.

Sie waren nur noch wenige Meter von dem Nebengebäude entfernt. Es blieben ihnen nur wenige Sekunden der Privatsphäre.

»Julia«, begann er. »Ich …«

Das schrille Wiehern eines Pferdes durchbrach seine Worte.

Julias Augen leuchteten auf. Sie ließ seinen Arm los. »Das ist Cossack!«, rief sie, raffte ihre voluminösen Röcke und rannte los.

Julia wiegte Cossacks großen Kopf in ihren Händen und drückte Küsse auf seine samtige Nase. Er schien bei guter Gesundheit zu sein und hatte die lange Reise aus London gut überstanden. Er wieherte leise mit bebenden Nüstern vor sich hin, während sie ihm zuflüsterte, wie sehr sie ihn vermisst hatte.

Der Stallknecht, der die Pferde geliefert hatte, stand vor dem Nebengebäude, das ihnen als provisorischer Stall diente. Er war ein freundlicher Mann mittleren Alters, mit aschblondem Haar und einer breiten, muskulösen Statur. »Er hat sich auf der Reise gut benommen, Ma'am«, sagte er. »Er hat nie Theater gemacht, auch nicht in den Gasthöfen, in denen wir auf dem Weg Halt gemacht haben.«

»Er war schon immer sehr brav.« Julia umarmte Cossacks Hals und war sich vage bewusst, dass sie dabei das Mieder ihres Kleides beschmutzte. »Schon seit er ein Fohlen war.«

»Nicht so wie der da.« Der Reitknecht warf Quintus einen scharfen Blick zu. Jaspers riesiger schwarzer Hengst war bereits auf eine Koppel in der Nähe gelassen worden, wälzte sich im Gras und rieb sich an Hals und Kopf, als wolle er an einer Stelle kratzen, die er nicht ganz erreichen konnte. »Der war ganz schön anstrengend.«

»Er hat ein heikles Temperament«, sagte Jasper. »Wie alle übergroßen Grobiane.«

Julia lächelte ihren Mann an. »Er ist froh, zu Hause zu sein.«

»Zweifelsohne. Abgesehen von einem gelegentlichen Ausritt nach Hardholme kann er hier tun und lassen, was er will.« Jasper legte Julia eine Hand in den Rücken, während er sich an den Reitknecht wandte. »Sie wollen sicher vor Sonnenuntergang zurück sein, wenn Ihr Gespann ausgeruht ist.«

Der Reitknecht war in einer vierrädrigen offenen Kutsche nach Goldfinch Hall gefahren, die von einem Paar kastanienbrauner Pferde gezogen wurde. Sie waren nichts Besonderes, aber solide Tiere, die offensichtlich mit Sorgfalt ausgewählt worden waren.

»Was das betrifft, Sir, so hat Lord Ridgeway gesagt, ich solle Ihnen das hier geben.« Der Reitknecht zog einen zerknitterten Brief aus der Innenseite seines braunen Stoffmantels.

Stirnrunzelnd brach Jasper das Wachssiegel und begann zu lesen. Während er das tat, kamen Charlie, Alfred und Daisy zu ihnen hinunter.

»Famos!«, rief Alfred aus, als er Cossack sah. »Er ist fast so groß wie Quintus!«

»Darf ich ihn streicheln?«, fragte Daisy.

»Du darfst«, sagte Julia. »Charlie? Würdest du dich für mich um ihn kümmern? Ich bin sicher, dass er gerne grasen würde, während ihr ihn alle kennenlernt.«

Charlie richtete sich stolz auf. Er nahm Julia das Führseil aus der Hand und ging mit Cossack weiter hinaus auf die Wiese. Alfred und Daisy folgten ihnen, wobei Alfred die ganze Zeit plapperte.

Julia richtete ihre Aufmerksamkeit wieder auf Jasper. Sein Gesichtsausdruck löste Besorgnis in ihr aus. »Was ist los?«

Er reichte ihr den Brief. »Es scheint, als hätte Ridgeway uns ein Hochzeitsgeschenk gemacht.«

Julia las die kurze Notiz schnell selbst durch.

Blunt,
ich habe Ihre Pferde für die Reise Plimstock anvertraut. Er ist ein anständiger Bursche und ein fähiger Reitknecht, wenn auch im Moment nicht für London geeignet. Sein Lohn ist für ein Jahr im Voraus bezahlt. Bitte nehmen Sie ihn zusammen mit der Kutsche und den beiden Füchsen als Hochzeitsgeschenk an.
Mit freundlichen Grüßen etc.
Ridgeway

Julia sah zu dem offenbar Plimstock heißenden Reitknecht und den beiden Pferden, die neben Quintus auf der Koppel grasten.

»Gibt es einen bestimmten Grund, warum Sie London verlassen müssen?«, fragte Jasper den Mann.

»Jawohl, Sir«, sagte Plimstock. »Ich stamme aus Yorkshire. Meine Süße wohnt in Malton. Sie steht in den Diensten des dortigen Gutsherrn. Wir wollen heiraten, sobald wir eine Wohnung gefunden haben. Lord Ridgeway sagte, Sie könnten uns ein Cottage zur Verfügung stellen.«

Jaspers Stirnrunzeln vertiefte sich. »Hat er das?«

Julia wartete, bis sie wieder allein waren, um zu fragen: »Bist du mit Lord Ridgeway unzufrieden?«

Jasper ging neben ihr die Auffahrt zum Haus entlang. Die Sonne schimmerte in den dichten schwarzen Strähnen seines Haares. Er trug keinen Hut und nicht einmal einen Mantel. Nur eine schwarze Hose und eine schlichte schwarze Weste, die Hemdsärmel hochgekrempelt, so dass seine muskulösen gebräunten Unterarme zum Vorschein kamen. Seine Aufmachung ließ vermuten, dass er direkt von seiner Arbeit im Turm kam.

Was auch immer das für eine Arbeit sein mochte.

»Nicht mehr als sonst«, sagte er. »Das war außerordentlich großzügig von ihm. Und ich kann nicht behaupten, dass wir von einem zusätzlichen Paar Hände nicht profitieren würden – genau wie von einem zusätzlichen Paar Pferde.«

»Was ist es dann?«

»Wenn wir sie alle unterbringen und ernähren sollen, können wir nicht länger warten, bis wir Zugang zu deinem Erbe haben.«

Sie nickte. Bislang war ihr Brief an die Bank unbeantwortet geblieben. Das war ein ominöses Zeichen. Sie hatte schon geahnt, dass weitere Maßnahmen erforderlich sein würden. »Wie willst du vorgehen?«

»Ich werde mit einem Anwalt sprechen«, sagte er. »Ich habe einen Mann in York. Mr Piggott. Er ist nicht meine erste Wahl, aber für den Moment muss er ausreichen.«

»Gibt es jemanden, den du vorziehen würden?«

»Mr Finchley in London schien mir äußerst kompetent. Und rücksichtslos. Wenn es Probleme geben sollte, brauchen wir genau so einen Anwalt.«

»Rechnest du mit Schwierigkeiten?«

»Angesichts des Schweigens deiner Bank? Und ob. Dein Vater kam mir nicht wie ein Mann vor, der sich so leicht geschlagen gibt.«

»Stimmt. Das tut er nicht.« Nicht, dass Julia jemals zuvor ungehorsam gewesen wäre. Dazu hatte es keinen Grund gegeben. Ihre eigenen Ängste und Unsicherheiten hatten sie am Belgrave Square genauso gefangen gehalten wie die Regeln, die ihre Eltern aufgestellt hatten. Sich ihnen zu widersetzen hätte damals bedeutet, sich über ihre eigenen Wünsche hinwegzusetzen.

Sie war zu verängstigt gewesen, zu unsicher in Bezug auf ihren eigenen Wert, um ihr Recht auf Glück einzufordern. Vor Jasper waren die einzigen guten Enden, die sie je erwogen hatte, die in Romanen gewesen.

Seit ihrer Flucht aus London hatte sie nicht mehr allzu oft an ihre Eltern gedacht. Sie war zu sehr damit beschäftigt gewesen, wieder zu Kräften zu kommen und sich an ihr neues Leben zu gewöhnen. Aber jetzt dachte sie an sie – Papa, eingewickelt in seinen Deckenkokon, und Mama, deren Augen vom Kampferöl trieften.

Sie fühlte sich schuldig, weil sie sie im Stich gelassen hatte. Das alles vermischte sich mit ihren Gefühlen von Wut und Schmerz darüber, wie sie sie behandelt hatten.

»Ich muss nach York«, sagte Jasper, als sie sich den Eingangsstufen näherten.

»Wann?«

»Eher früher als später.« Er sah über diese Aussicht nicht gerade erfreut aus. »Wenn ich gleich morgen früh aufbreche, bekomme ich den ersten Zug aus Malton. Bis zum Abend werde ich zurück sein. Möglicherweise sogar früher.«

Julia stieg neben ihm die moosigen Stufen hinauf. »Nimm dir so viel Zeit, wie es dauert.«

»Und dich über Nacht hier allein lassen?« Er warf ihr einen finsteren Blick zu. »Das will ich nicht.«

»Ich werde nicht allein sein. Ich habe Mr Beecham und die Kinder bei mir. Und jetzt auch noch Mr Plimstock. Ich werde vollkommen sicher sein.«

Er hielt ihr die Haustür auf, und sie ging vor ihm hinein. In der Empfangshalle war es dunkler und kühler, und die Schatten glitten über ihre Gesichter, als sich die Tür hinter ihnen schloss.

Jasper sah sie an. »Du wirst allein sein«, sagte er. »In unserem Bett.«

Die Erkenntnis jagte ihr einen Schauer über den Rücken. Ohne sich dessen bewusst zu sein, wich sie zurück, bis sie die Steinmauer hinter sich spürte. »Nur für eine Nacht.«

»Auch eine einzige Nacht ist ohne dich zu lang.« Er stand so nah vor ihr, dass sich ihre Röcke gegen ihre Beine drückten. »Du irrst dich, weißt du.«

»Worin?«

»Ich verlasse dich nicht jeden Morgen, weil ich unzufrieden mit dir bin. Ich gehe, weil ich nicht die Kraft habe, auch nur eine Sekunde länger durchzuhalten. Noch mehr gemeinsame Zeit in unserem Bett, und ich würde das hier machen, wenn du aufwachst.« Er beugte den Kopf und gab ihr einen leidenschaftlichen Kuss.

Julia bekam weiche Knie. Instinktiv griff sie nach ihm, und er nahm sie fest in die Arme. »Oh«, murmelte sie. »Oh, das wusste ich nicht.«

Sie spürte, wie er lächelte und sich seine vernarbten Lippen mit köstlicher Reibung über ihre eigenen bewegten.

»Jetzt weißt du es«, sagte er und küsste sie erneut.

Sie schlang ihre Arme um seinen Hals, und ihr Mund ergab sich seinem mit einem lustvollen Seufzen.

Gab es etwas Herrlicheres, als von Jasper Blunt gehalten und geküsst zu werden? Wenn ja, konnte sie es sich nicht vorstellen. Nicht einmal davon träumen. Er hatte ihre kühnsten Vorstellungen übertroffen.

Und dies war nur ein kleiner Vorgeschmack auf ihre eheliche Intimität.

Es sollte noch mehr kommen. Sie brauchte es nur zu sagen, und er würde sie sich in jeder Hinsicht zu eigen machen.

Das einzige Hindernis war ihr eigenes Gewissen.

Und dabei handelte es sich um kein geringes Hindernis. Wenn sie ihrem Verlangen nachgab, musste sie mit der Tatsache leben, dass sie sich einem Mann mit einer notorisch bösen Vergangenheit hingegeben hatte. Einem Mann, der immer noch Geheimnisse hatte, die er nicht preisgeben wollte. Vielleicht sogar noch schlimmere Geheimnisse.

Würde es das wert sein? Ihr Herz und ihre Prinzipien, ihre Zukunft für ein paar Momente des Vergnügens in seinen Armen zu riskieren?

Er vertiefte ihren Kuss, und einen schwindelerregenden Moment lang glaubte sie fast, dass es das sein würde.

Doch nein.

Ihre Finger schoben sich in seine Haare. »Warte«, hauchte sie. »Warte, warte.«

Sein Mund verharrte auf ihrem. Es folgte eine angespannte

Pause, als würde er seine Sinne sammeln, dann richtete er sich langsam und höchst widerwillig auf und lockerte seinen Griff um sie. »Verzeih. Ich vergesse manchmal, was für ein Grobian ich bin.« Er sah sie besorgt an. »Habe ich dir wehgetan?«

»Nein, nein. So zerbrechlich bin ich nicht.« Ihre Wangen erröteten. Sie ließ die Stimme sinken. »Ich mag es, wenn du mich hältst und so wild küsst.«

Seine grauen Augen funkelten. »Ach ja?«

»Es ist furchtbar aufregend.« Mit einer Art Besitzerstolz glättete sie die Vorderseite seiner Weste mit ihren Händen. »Vielleicht sollte ich das nicht zugeben.«

»Ganz im Gegenteil.« Er neigte seinen Kopf an ihren, und auch seine tiefe Stimme wurde zu einem vertraulichen Murmeln. »Du musst mir alles sagen, was dir gefällt.«

Ihr Magen zog sich zusammen.

Ihr wurde bewusst, dass sie sich in der Empfangshalle befanden, nicht in ihrem Schlafgemach, und dass es mitten am Tag war, nicht in der dunklen Nacht.

Was ihre anderen Bedenken anging, brauchte sie an diese nicht erinnert zu werden.

»Es würde mir gefallen«, sagte sie vorsichtig, »wenn wir weniger Geheimnisse voreinander haben könnten.«

28. KAPITEL

Jaspers Körper war bereit gewesen, sein Blut pulsierte warm, und seine Muskeln waren angespannt von aufkeimender Erregung. Er hatte Julia wieder küssen wollen. Hätte er die Gelegenheit gehabt, hätte er sie hochgehoben und ins Bett getragen, um ihr zu zeigen, wie wenig enttäuscht er von der Wahl seiner Braut war.

Aber nicht jetzt.

Ihre Worte dämpften seine Leidenschaft so effektiv, als hätte sie einen Eimer kaltes Wasser über ihm ausgegossen.

Er starrte sie an. »*Keine Geheimnisse mehr?* Julia, du hast mir versprochen ...«

»Ich habe nicht gesagt, überhaupt keine mehr«, korrigierte sie ihn. »Ich sagte, weniger Geheimnisse. Das ist ein Unterschied.«

»Wir haben vereinbart ...«

»Ich weiß, was wir vereinbart haben. Aber du kannst doch nichts dagegen haben, einige deiner Geheimnisse mit mir zu teilen. Jetzt nicht mehr, da wir verheiratet sind.«

Überraschenderweise empfand er einen Anflug von Wut. Er wäre vor Julia zurückgewichen, hätte sie ihn nicht so unerbittlich an der Weste festgehalten. »An welche meiner Geheimnisse hast du gedacht?«, fragte er. »Und auf welche deiner eigenen Bedingungen bist du im Gegenzug bereit, zu verzichten? Soll ich dir verbieten, die Kätzchen zu behalten? Dich beim Lesen einschränken oder ...«

»Sei nicht albern. Du weißt, auf welche meiner Bedingungen ich zu verzichten bereit bin.« Sie errötete und trat dicht vor ihn. »Ich will mit dir *zusammen* sein.«

Seine Brust zog sich zusammen. Sein Zorn verrauchte. An seine Stelle trat eine so starke Sehnsucht, dass es ihm die Kehle zuschnürte. Er nahm ihre Hände in seine und drückte sie fest. »Dann *sei* mit mir zusammen. Vergiss meine Geheimnisse. Sie haben nichts damit zu tun, was wir füreinander empfinden.«

»Aber das haben sie«, beharrte sie sanfter, aber mit ernster Stimme. »Ich kann mich dir nicht hingeben, wenn ich nicht weiß, wer du wirklich bist.«

Jasper zuckte zusammen. Zum Teufel mit dem kalten Wasser. Diesmal fühlte er sich, als hätte sie ihm direkt eins mit dem Eimer übergezogen. Er zog seine Hände zurück, während er zugleich zu spüren glaubte, dass ihm das Blut in den Adern gefror. »Du weißt, wer ich bin. Du kennst meine schlimme Vergangenheit.«

»Aber ich weiß zum Beispiel nicht, was du den ganzen Tag im Turm treibst.« Sie legte ihre Hand auf seine Brust und glättete die Falten, die ihr fester Griff in seine Weste verursacht hatte. »Einige der Dorfbewohner haben das Gerücht in Umlauf gebracht, dass du ein Fälscher seist.«

»*Ein was?*«

»Die Jungen haben ihre Schulkameraden das sagen hören. Und sie scheinen ihnen zu glauben. Denn auch sie haben keine andere Erklärung dafür, dass du dich jeden Morgen im Turm einsperrst.«

Jasper runzelte die Stirn. »Hardholme wird von Narren bevölkert, die den ganzen Tag nichts Besseres zu tun haben, als sich über andere das Maul zu zerreißen. Die Jungen wissen genau, dass sie nicht alles glauben sollen, was sie dort hören.« Er riss sich von ihr los. Es kostete ihn all seine Kraft, dies zu tun.

Julia sah ihn entsetzt an. »Jetzt bist du wütend auf mich.«

»Ich bin nicht wütend.« Er fuhr sich durchs Haar. »Wenn du es unbedingt wissen musst … Ich bin verdammt versucht, dir zu geben, was du willst.« Er starrte sie an und wollte sie so sehr, dass es schmerzte, sie anzusehen. »Sag mir, ist es das einzige Geheimnis, das du von mir verlangst? Ein Beweis, dass ich da oben keine Dokumente fälsche?«

»Ich glaube nicht, dass du ein Fälscher bist«, sagte sie. »Und ich *verlange* gar nichts.«

Er schnaubte. Wäre sie eine andere, würde er sie der Erpressung beschuldigen. Eines seiner Geheimnisse im Austausch für das Recht, mit ihr zu schlafen? Ein skrupelloser Handel.

Aber Julia war nicht irgendeine berechnende Delila. Sie war seine Frau. Seine süße, verletzliche – und jungfräuliche –, romantische kleine Frau.

Eine Lady, die, nachdem sie von seinem Tun auf der Krim und seiner noch schlimmeren Geschichte mit Dolly und den Kindern gehört hatte, allen Grund für den Verdacht hatte, er wäre ein Schurke. Und ihr Verdacht war gar nicht so abwegig.

Doch vielleicht …

Vielleicht gab es einen Weg, wie er sie zufriedenstellen konnte, ohne alles andere zu gefährden. Ein weiterer Teil der Wahrheit, der Situation angepasst und befreit von der dunkleren Wahrheit, zu der er gehörte.

Jasper gefiel das nicht. Nichts davon. Aber welche andere Wahl blieb ihm schon?

»Ich kann jetzt nicht darüber nachdenken«, sagte er. »Nicht, wenn mir diese Reise nach York im Kopf herumschwirrt.«

Sie sah ihn ernst an. »Natürlich. Das muss an erster Stelle stehen.«

Entschlossen ging er wieder auf sie zu und nahm ihr Gesicht in seine Hände. »*Du* stehst an erster Stelle«, sagte er. »*Du.*« Er küsste sie leidenschaftlich. »Und was alles andere angeht … das besprechen wir, wenn ich morgen Abend wieder da bin.«

Als Julia am Morgen aufwachte, war Jasper bereits fort. Es überraschte sie nicht, denn gestern hatte nichts geklärt werden können. Sie vermutete eher, dass sie die Situation noch verschlimmert hatte.

Sie verließ das Bett und ging zum Waschtisch.

Im Porzellankrug befand sich noch ein wenig von dem Wasser für Jaspers Morgenwäsche. Es war nicht mehr warm.

Sie seufzte. Entweder musste sie sich mit kaltem Wasser waschen oder Mr Beecham oder eines der Kinder bitten, heißes Wasser aus der Küche zu holen. Eingedenk dieser Möglichkeiten fröstelte sie lieber ein wenig, als Umstände zu machen.

Die Sonne schien durch die Damastvorhänge, als sie das Wasser in die Schüssel füllte. Aus dem Augenwinkel sah sie etwas Metallisches glitzern. Nachdem sie den Krug zurückgestellt hatte, drehte sie sich um und sah zu ihrer Überraschung Jaspers Schlüssel und Taschenuhr auf der Kommode am Fenster liegen. In seiner Eile hatte er sie vergessen. Es war nicht das erste Mal, dass das geschehen war.

Als ob sie noch mehr Beweise dafür brauchte, dass er nicht länger als nötig bei ihr sein wollte!

Aber nein. Er verließ sie nicht so abrupt, weil er ihre Gesellschaft unangenehm fand. Das Gegenteil war der Fall. Das hatte er gestern zugegeben. Es fiel ihm immer schwerer, ihr zu widerstehen.

Jeder andere Mann hätte sein Versprechen längst gebrochen. Entweder das, oder er hätte versucht, sie zu überreden.

Jasper hatte nichts davon getan.

Ein weiterer Beweis dafür, dass er ein guter und anständiger Mann war. Ein Mann, der sein Möglichstes tat, um sich an die Bedingungen zu halten, die sie ihm gestellt hatte. Nachdem sie sich gewaschen und angezogen hatte, frisierte sie sich und bändigte ihr Haar in einem feinen Seidennetz. Dann machte sie sich auf den Weg nach unten ins Esszimmer.

Dort saßen Charlie und Alfred mit Mr Beecham am Tisch. Ihre Teller waren bereits mit Rührei, Toast und Würstchen gefüllt. Vor Daisy, die mit am Tisch saß, stand eine Schale mit Porridge.

Mr Beecham erhob sich, als Julia eintrat. Seine Leinenserviette hielt er in der Hand. »Mrs Blunt. Guten Morgen.«

»Guten Morgen, Mr Beecham. Charlie, Alfred.« Julia lächelte Daisy an. »Du bist heute aber früh aufgestanden, meine Süße.«

»Ich wollte Vater verabschieden«, sagte Daisy.

»Und hast du das?« Julia nahm sich einen Teller von der Anrichte.

»Nein«, erwiderte Daisy traurig. »Er war schon weg, als ich aufgewacht bin.«

»Er wird heute Abend zurück sein.« Mr Beecham setzte sich wieder. »Vielleicht auch früher, wenn sich seine Angelegenheiten in York schnell erledigen lassen.«

Julia nahm sich eine Portion Rührei. »Ich denke, es wird uns seltsam vorkommen, dass er nicht hier ist, sei es auch nur für diesen einen Tag. Aber ich nehme an, dass wir alle genug zu tun haben, um uns zu beschäftigen.«

»Ganz recht, Ma'am.« Mr Beecham breitete seine Serviette wieder auf seinem Schoß aus. »Charlie, Alfred und ich haben heute Unterricht, der uns beschäftigen wird, nicht wahr, Jungs? Und Miss Daisy wird sich uns heute wieder mit ihrer Fibel anschließen.«

Es war nicht ungewöhnlich, dass Daisy das tat. Da es für sie weder eine Gouvernante noch ein Kindermädchen gab, nahm sie oft am Unterricht der Jungen teil und las in ihrer Fibel, während ihre Brüder mit Mr Beecham an schwierigeren Themen arbeiteten.

»Wir sollten heute Morgen keinen Unterricht haben«, sagte Charlie.

Julia warf ihm einen Blick zu, während sie ein Würstchen auswählte. »Warum nicht?«

»Wir haben jetzt eine Kutsche«, antwortete Charlie.

Was wie eine unlogische Schlussfolgerung wirkte, wurde ihr sofort von Alfred erklärt. »Wir sollten nach Hardholme fahren. Bei Taggert's gibt es Süßigkeiten.«

Daisy wurde sofort hellhörig. »Ich will Süßigkeiten!«

Als Julia an den Tisch zurückkehrte, tauschte sie einen Blick mit Mr Beecham.

»Hätte Captain Blunt etwas dagegen, wenn wir nach Hardholme fahren?«

Mr Beecham runzelte die Stirn. »Das weiß ich nicht genau, Ma'am.«

»Nimmt er die Kinder oft mit ins Dorf?«, fragte sie und setzte sich.

»Nicht regelmäßig, nein.«

»Er brauchte uns nicht mitzunehmen«, sagte Charlie. »Wir waren während der Schulzeit dort untergebracht.«

»Ihr seid in der Schule geblieben?« Julia griff nach der Teekanne. »Das wusste ich nicht.«

»Mr Filbert nimmt Internatsschüler von den umliegenden Gütern auf«, erklärte Mr Beecham. »Es war einfacher für die Jungs, dort zu bleiben, als sie jeden Tag zehn Meilen mit dem Einspänner fahren zu lassen. Das hätte Musket nicht geschafft.«

»Aber jetzt haben wir eine Kutsche«, sagte Charlie erneut. »Mit zwei kräftigen Pferden.«

Alfred nickte eifrig. »*Und* einen Kutscher. Er kann uns fahren.«

Julia runzelte unschlüssig die Stirn. Sie hatte nicht vorgehabt, in nächster Zeit ins Dorf zu gehen. Schon gar nicht ohne Jaspers Begleitung. Die Aussicht, Fremden zu begegnen und angestarrt zu werden, während man über sie tuschelte, reichte aus, um ihren Magen vor Angst verkrampfen zu lassen.

Aber sie war nicht mehr dieselbe Person, die sie in London gewesen war. Sie war nicht mehr Julia Wychwood. Sie war Mrs Julia Blunt. Eine völlig andere Frau.

War das nicht immer schon ein Traum von ihr gewesen? An einem fremden Ort neu anzufangen? Sich völlig neu zu erfinden – jemand zu sein, der selbstbewusst ist?

Es war eine verlockende Vorstellung gewesen.

In der Realität wirkte dieser Gedanke nicht mehr ganz so verlockend.

Dennoch …

»Es wäre vielleicht ganz nett, ein wenig einkaufen zu gehen«, räumte sie ein. »Gibt es in Hardholme einen Tuchhändler?«

»Es gibt einen *Laden*«, antwortete Mr Beecham. »Orrick's Emporium. Es wird von Mr Orrick und seiner Frau geführt. Sie haben Seide und Wolle und eine Auswahl an Handschuhen und Bändern und dergleichen.«

»Süßigkeiten gibt es bei Taggert's«, wiederholte Alfred. »Die Pfefferminzbonbons sind in einem Glas auf der Theke.«

»Was ist mit einem Schneider?«, fragte Julia.

Charlie verzog misstrauisch das Gesicht. »Wozu brauchen wir *den?*«

Julia warf einen vielsagenden Blick auf seine und Alfreds Kleidung. Ihre Jackenärmel und Hosenbeine waren viel zu kurz. Bei Daisy sah es auch nicht besser aus. Sie hatte fast jedes Kleidungsstück, das sie besaß, befleckt oder zerrissen.

»Wann habt ihr drei das letzte Mal neue Kleidung bekommen?«, fragte Julia.

Beecham antwortete an ihrer Stelle: »Das war letzten Herbst, Ma'am. Captain Blunt hat sich selbst darum gekümmert. Es ist nicht seine Schuld, dass die Jungs wie Unkraut wachsen.«

»Es ist niemandes Schuld, außer die von Mutter Natur, wage ich zu behaupten.« Julia nippte an ihrem Tee. In ihrem Geldbeutel befand sich ein ansehnliches Sümmchen. Mehr als genug, um die Kinder – und sich selbst – mit dem Nötigsten auszustatten. »Also gut«, sagte sie. »Wir gehen ins Dorf, und ich kaufe euch sogar ein paar Süßigkeiten, aber nur, wenn ihr zustimmt, euch neue Kleidung zu kaufen.«

Alfreds Begeisterung löste sich in Luft auf. »In Orrick's Emporium?«

»Natürlich im Orrick's«, erwiderte Charlie.

»Im Dorf mögen sie uns nicht«, ließ sich Daisy mit leiser Stimme vernehmen.

»Ist das so?« Julias Zweifel verwandelten sich in feste Entschlossenheit. »Das werden wir ja sehen.«

Das Dorf Hardholme war so trostlos, wie sein Name vermuten ließ. Es lag am Rand der Heide und bestand aus einer einzigen Hauptstraße mit einer Handvoll Läden, von denen die meisten offensichtlich schon bessere Tage gesehen hatten. Unter ihnen schien Orrick's Emporium noch das florierendste zu sein. Es hatte ein kunstvoll bemaltes Schild und ein großes Schaufenster, in dem auf Stapeln gerüschte Sonnenschirme, Lederhandschuhe in verschiedenen Farben und zwei flotte Strohhauben ausgestellt waren.

Julia strich ihre blauen Seidenröcke glatt, nachdem Mr Plimstock ihr aus der Kutsche geholfen hatte. Vor ihrem Aufbruch von Goldfinch Hall hatte sie eines ihrer Reisekleider angezogen, wobei es ihr sogar gelungen war, ohne Hilfe ihr Korsett anzuziehen, denn bei diesem ersten Ausflug ins Dorf sollte ihr Aussehen tadellos sein.

Die Kinder stiegen hinter ihr aus, Charlie und Alfred eifrig, Daisy mit ängstlichem Blick.

»Es wird nicht allzu lange dauern«, informierte Julia Plimstock, während sie Daisys Hand nahm.

Plimstock trat zu den Pferden. »Ich warte so lange wie es dauert, Mrs Blunt, machen Sie sich deshalb keine Gedanken.«

Das Taggert's befand sich zwei Geschäfte weiter als Orrick's Emporium. Eine Dorfbewohnerin mit tristem Kleid und Haube verließ mit ihren Einkäufen soeben den Laden. Julia nahm ein paar Shillings aus ihrem Geldbeutel und gab sie den Jungen. »Lauft vor und holt euch ein paar Süßigkeiten. Daisy und ich werden im Emporium sein. Ihr könnt dann zu uns kommen.«

Charlie und Alfred stürmten zum Laden. Die Tür des Ladens schepperte, als die beiden eintraten, und schwang hinter ihnen zu.

Julia nahm sich einen Moment Zeit, um Daisy zu beruhigen. »Du brauchst keine Angst zu haben. Ich werde nicht zulassen, dass jemand hier unfreundlich zu dir ist.«

Daisy sah sie zweifelnd an.

»Einkaufen kann außerordentlich viel Spaß machen«, versprach Julia. »Warte es nur ab.«

Kaum hatte sie die Worte ausgesprochen, wurde die Tür des Taggert's aufgerissen, und Alfred und Charlie wurden auf die Straße gestoßen. Sie ruderten heftig mit den Armen, um das Gleichgewicht zu halten und nicht zu fallen.

Hinter ihnen stand ein großer Mann in der Tür, dessen Haare und Schnurrbart vor Pomade glitzerten. Sowohl sein Auftreten als auch die um seine Taille gebundene Schürze verrieten, dass es sich um den Besitzer des Ladens, Mr Taggert höchstpersönlich, handelte.

»Bleibt ja draußen, ihr Rüpel!«, brüllte er. »Ich habe euch schon einmal gesagt, dass ich euch Unruhestifter nicht in meinem Laden dulde.«

Julia starrte den Ladenbesitzer empört an. »Ich bitte um Verzeihung!« Sie ging auf ihn zu und zog Daisy hinter sich her. »Was hat das zu bedeuten?«

Der Ladenbesitzer schaute sie verdutzt an. Doch er fasste sich sofort wieder und schien jetzt ihre gepflegte Wortwahl und die Eleganz ihrer Londoner Kleidung zu registrieren.

Er deutete eine entschuldigende Verbeugung an. »Verzeihen Sie die Störung, Ma'am. Diese Gören sind eine wahre Plage. Erst letzten Monat ...« Er verstummte, als sein Blick auf Daisy fiel. Seine freundliche Miene verschwand. »Ist das nicht auch eine von Blunts ...«

»Wie können Sie es *wagen?*« Julia hatte noch nie in ihrem Leben einen Menschen zur Rede gestellt. Sie hatte nie den Mut dazu gehabt. Egal, um welche Ungerechtigkeit es gegangen war, ihre Courage hatten sie immer im Stich gelassen. Aber nicht heute. Glühende Empörung stieg in ihr auf. »Für wen halten Sie sich, Sir, dass Sie Hand an meine Kinder legen?«

Er starrte sie an. »*Ihre* Kinder?«

»Sie haben mich verstanden.« Julia streckte ihre Hand nach den Jungen aus. »Charlie, Alfred. Kommt her.«

Die Brüder eilten an ihre Seite und erlaubten ihr, schützend den Arm um sie zu legen. Ihre Gesichter waren so ausdruckslos wie die professioneller Kartenspieler. Man sah ihnen nicht an, dass sie gerade eben noch grob auf die Straße geworfen worden waren.

Hinter dem Ladenbesitzer tauchte eine misstrauisch dreinblickende Frau in einer Schürze auf. »Und wer bitte sind Sie, Madame?«, fragte sie schnippisch.

Julia richtete sich zu ihrer vollen Größe auf. Die nicht mehr als fünf Fuß und drei Zoll betrug. Aber in diesem Moment fühlte sie sich so gebieterisch wie Lady Arundell persönlich. »*Ich* bin Mrs Blunt, und diese Kinder befinden sich in meiner Obhut. Wie kann dieser Mann es wagen, Hand an sie zu legen?«

Die Frau starrte sie überrascht an. »Ich hab doch gesagt, dass sich Captain Blunt eine Frau gesucht hat«, zischte sie Mr Taggert zu.

Mr Taggert brachte sie mit einer Handbewegung zum Schweigen. »Ich bitte um Verzeihung, Mrs Blunt«, sagte er zu Julia. »Aber wenn Sie diese Knaben so gut kennen würden wie ich …«

»Ich kenne sie absolut ausreichend, vielen Dank. Und wenn ihr Geld nicht gut genug ist, um es in Ihrem Laden auszugeben, dann werde ich meines mit Sicherheit auch woanders ausgeben.«

Julia drehte sich mit den Kindern zur Kutsche um. Erst da bemerkte sie, dass sie ein Publikum von gaffenden Dorfbewohnern auf sich gezogen hatten. Die Frau mit der Einkaufstasche stand glotzend am Straßenrand, neben ihr noch eine andere Frau. Einer der Ladenbesitzer hatte sich aus seinem Geschäft zu ihnen gesellt. Weiter vorn stand ein Mann im Anzug vor der Tür von Orrick's Emporium. Noch ein Ladenbesitzer. Vielleicht Mr Orrick selbst.

Julia drehte sich der Magen um. Sie hatte nicht vorgehabt, bei ihrem ersten Besuch im Dorf ein solches Spektakel zu veranstalten. Im Gegenteil, sie hatte gehofft, einen guten Eindruck zu machen.

Der Mann vor dem Emporium betrachtete sie misstrauisch.

Sie machte sich so groß, wie sie konnte. »Mr Orrick, nehme ich an?«

Er verbeugte sich. »Mrs Blunt.«

Julia schlug denselben vornehmen Tonfall an, den sie auch in einem Salon in Mayfair verwenden würde. »Ich hoffe, der Service in Ihrem Emporium entspricht eher dem, was ich in London gewohnt bin.«

»*London!*«, rief einer der Umstehenden in einem ehrfürchtigen Unterton.

Mr Orrick verbeugte sich erneut, noch tiefer als zuvor. »Ich werde mich bemühen, Sie zufriedenzustellen, Ma'am.« Damit trat er zurück und hielt die Tür auf, damit Julia und die Kinder seinen Laden betreten konnten.

Einige Stunden später kehrten Julia und die Kinder nach Goldfinch Hall zurück, bepackt mit so vielen Schachteln, dass sie sie kaum tragen konnten. Die beiden Jungen waren immer noch in Hochstimmung, weil Julia ihrem Peiniger entgegengetreten war. Sogar Daisy strahlte und freute sich über die bunten Stoffe, Bänder und den zierlichen kleinen Sonnenschirm, den Julia für sie gekauft hatte.

»Wo soll ich die hinstellen?«, fragte Charlie und hielt mit seinem Kinn den Stapel Kartons in Schach, den er trug.

»Ihr könnt sie nach oben bringen«, entgegnete Julia und folgte den Kindern in die Eingangshalle. Sie nahm ihren Hut ab und zog die Handschuhe aus. »Bringt alles erst mal in mein Schlafzimmer. Ich werde sie durchsehen, wenn wir unseren Tee getrunken haben.«

Alfred trottete hinter seinem Bruder die Treppe hinauf. Er hatte Mühe, zwei Hutschachteln und einen kinnhohen Stapel von in Papier und Schnur eingewickelten Stoffen zu jonglieren.

Mr Beecham kam die Treppe herunter. »Na so etwas. Haben Sie etwa das ganze Emporium aufgekauft?«

»Keineswegs«, entgegnete Julia. »Aber die Kinder haben alle neue Unterwäsche, Strümpfe und Handschuhe bekommen, und wir haben eine Menge Stoff für neue Kleider ausgesucht. Jetzt müssen wir nur noch einen guten Schneider finden.«

Julia nahm Daisy die Haube ab, bevor sie die Kleine in den Salon führte. »Wir sind erschöpft, nicht wahr, Daisy?«

Daisy schenkte Mr Beecham ein breites Lächeln, das ihre Zahnlücken enthüllte. »Ich habe einen neuen Sonnenschirm und ein neues Nachthemd. Und eine neue Haarbürste hat mir Julia auch gekauft.«

»Ach ja? Wie großzügig von ihr.« Mr Beecham zog die Vorhänge im Salon auf. »Sie haben jetzt bestimmt einen Tee nötig.«

Julia setzte sich auf das Sofa. »Wenn es nicht zu viele Umstände macht.«

»Ganz und gar nicht, Ma'am.« Mister Beecham entfernte sich. Er kam kurz darauf mit dem Tee zurück, zu dem es Brot mit Marmelade sowie herzhaftes Gebäck gab.

Eine Viertelstunde später gesellte sich Alfred mit einem schuldbewussten Gesichtsausdruck zu ihnen. Er ließ sich auf einen Stuhl neben Mr Beecham plumpsen, während ihm Julia den Tee einschenkte.

»Wo ist Charlie?«, fragte sie.

Alfred nahm die Teetasse und wich ihrem Blick aus. »Oben.«

»Er versucht doch nicht etwa, die Sachen wegzuräumen?«

Alfred zuckte mit den Schultern. »Ich weiß es nicht.«

Julia runzelte die Stirn. Sie wusste, dass Charlie hungrig war, hatte er sich doch auf der Rückfahrt von Hardholme darüber beklagt. Sie konnte sich nicht vorstellen, dass er jetzt auf Tee und Gebäck verzichtete, um die Einkäufe auszupacken. »Ich hoffe, das tut er nicht«, sagte sie. »Sein Tee soll doch nicht kalt werden.«

Als eine weitere Viertelstunde ohne eine Spur von Charlie vergangen war, beschlich Julia ein ungutes Gefühl. Sie stellte ihre Teetasse ab und erhob sich von ihrem Platz. »Ich werde hinaufgehen und nachsehen, wo Charlie bleibt.«

Als sie den Salon verließ, folgte ihr Alfreds besorgter Blick. Das trug keineswegs dazu bei, Julias Verdacht zu zerstreuen.

Als sie die Treppe zu ihrem Schlafgemach hinaufstieg, konnte sie sich einer gewissen Enttäuschung nicht erwehren. Nach ihrem Ausflug ins Dorf hatte sie geglaubt, die Jungen hätten begonnen, sie zu akzeptieren. Aber vielleicht war es dafür noch zu früh.

Als sie ihr Zimmer erreichte, stand die Tür einen Spalt breit offen. Alle Kisten, die sie eingekauft hatten, lagen ziemlich unordentlich auf dem Bett.

»Charlie?« rief Julia, als sie eintrat.

Sie erhielt keine Antwort.

Sie ließ den Blick durch den Raum schweifen. Genau wie heute Morgen fiel ihr ein Funkeln ins Auge – Sonnenstrahlen, die durch die Fenster auf Jaspers Taschenuhr fielen. Sie sah genauer hin.

Und erstarrte. Die Taschenuhr lag immer noch auf der Kommode – nur die Uhr.

Jaspers Schlüssel war verschwunden.

29. KAPITEL

Mit gerafften Röcken eilte Julia die steinerne Wendeltreppe hinauf, die zu Jaspers Arbeitszimmer führte. Hier war ihr alles neu. Trotz ihrer Neugier war sie noch nie die Treppe zum Turm hinaufgestiegen. Sie hatte es nicht gewagt, sich über die Bedingung hinwegzusetzen, die Jasper an ihre Ehe geknüpft hatte.

Die Tür meines Arbeitszimmers in Goldfinch Hall bleibt immer verschlossen. Sie dürfen es niemals betreten.

Bilder von Blaubarts Burg schwirrten ihr im Kopf herum, als sie den obersten Treppenabsatz erreichte. Wie zuvor in ihrem Schlafgemach stand auch hier die Tür einen Spalt breit offen. Ihr Herz klopfte wie verrückt, als sie die Schwelle überschritt, weil sie keine Ahnung hatte, was sie erwartete.

Doch es war kein grausiger Anblick. Nicht im Entferntesten das, was Blaubarts Frau erblickt hatte. Es war nur ein düsterer, spärlich möblierter Raum mit einem großen Holzschreibtisch, einem Ledersessel und einer Wand mit Bücherregalen. Die Schubladen des Schreibtisches waren aufgerissen worden. Darauf lagen Papiere verstreut.

Charlie stand vor dem Schreibtisch, hielt eine der Seiten in der Hand und versuchte, sie im spärlichen Licht, das durch ein hohes Fenster fiel, zu lesen.

»Charlie! Leg das weg!« Julia ging eilig zu ihm. »Du weißt, dass du hier nicht sein darfst!«

Er blickte zu ihr auf. »Es ist nichts Privates. Nur irgendein Unsinn über einen Kerl namens Colonel Dryden und eine Krankenschwester namens Eloise.«

Julia zog ihm das Papier vorsichtig, um es nicht zu zerreißen, aus der Hand. »Raus«, sagte sie. »Ich will nicht, dass dein Vater dich hier findet.«

»Sind das Leute, die er aus dem Krieg kannte?«, fragte Charlie.

»Wenn ja, dann geht es uns nichts an.« Sie gab Charlie einen kleinen Schubs in Richtung Tür. »Meine Güte, was hast du für ein Durcheinander angerichtet. Was in aller Welt hast du denn hier zu finden gehofft?«

»Was auch immer es ist, das er geheim zu halten versucht. Ich dachte, es muss etwas Schreckliches sein.« Charlie warf einen entrüsteten Blick auf die Papierstapel auf dem Schreibtisch. »Aber die ganze Zeit über hat er nur seine dämlichen Memoiren geschrieben!«

»Ja, ja, wirklich sehr enttäuschend«, versuchte Julia ihn zu trösten, auch wenn sie insgeheim eine überwältigende Erleichterung verspürte. »Das Leben ist kein Schauerroman, weißt du«, sagte sie so sehr zu Charlie wie zu sich selbst. »Manchmal sind die Geheimnisse der Menschen wirklich ganz gewöhnlich und unkompliziert.«

»Ich dachte, er sei ein Verbrecher.«

»Ich weiß, was du dachtest.« Sie warf ihm einen sanft tadelnden Blick zu. »Dein Vater ist nicht mehr derselbe, der er vor dem Krieg war. Es mag dir schwerfallen, ihm zu vertrauen, aber ich hoffe, dass du ihm wenigstens eine Chance geben würdest, nach all den Jahren.«

»Ist das der Grund, warum du ihn geheiratet hast? Weil du denkst, dass er sich geändert hat?«

»Ich glaube, das hat er. Menschen können sich ändern, wenn sie es wirklich wollen. Manchmal braucht es nur etwas Zeit.

Es ist klug, skeptisch zu sein, aber es ist auch in Ordnung, ab und zu ein bisschen Vertrauen zu haben.« Sie drängte Charlie aus dem Zimmer. »Geh jetzt und trink deinen Tee. Ich komme nach, wenn ich hier aufgeräumt habe.«

Charlie blieb auf der Schwelle stehen. Sein Gesicht war von plötzlicher Sorge gezeichnet. »Du wirst es ihm doch nicht sagen, oder?«

»Ich denke, das sollte ich wohl.«

»Er wird mich wahrscheinlich schlagen.«

Das bezweifelte Julia stark. Wenn überhaupt, würde Jasper enttäuscht sein. Charlie hatte sein Vertrauen missbraucht. Das war bedauerlich. Ihre Beziehung brauchte wirklich keine zusätzlichen Belastungen. »Vielleicht braucht er es nicht zu erfahren«, sagte sie. »Soweit ich das beurteilen kann, hast du ja keinen wirklichen Schaden angerichtet.«

Charlie ließ erleichtert die Schultern sinken. »Danke. Es … es tut mir leid, ich …«

»Geh und trink deinen Tee«, sagte Julia erneut. »Na los.«

Er schenkte ihr ein seltenes Lächeln, bevor er die Treppe hinunterlief. Seine Schritte verhallten in der Ferne.

Mit einem Seufzen kehrte Julia an Jaspers Schreibtisch zurück. Seine Memoiren. Mehr nicht. Seiten über Seiten Erinnerungen an den Krieg in Jaspers krakeliger Handschrift.

Sie sammelte die Blätter ein und versuchte, sie nicht zu lesen. Dennoch fielen ihr beim Ordnen der Seiten Satzfragmente ins Auge. Die Namen Colonel Dryden und Eloise. Erwähnungen von Kanonenrauch und ein mit Leichen übersätes Schlachtfeld in Belgien.

Waterloo.

Das einzelne Wort sprang ihr von der Seite entgegen. Das war es, was Jasper beschrieben hatte. Nicht den Krimkrieg, sondern die Napoleonischen Kriege.

Das ergab keinen Sinn. Die Schlacht von Waterloo lag fast fünfzig Jahre zurück, lange bevor Jasper überhaupt geboren war.

Sie erlaubte sich, noch ein wenig weiterzulesen und ließ ihren Blick erst über einen Absatz, dann über einen anderen schweifen. Es gab nicht nur Beschreibungen der Nachwehen der Schlacht, sondern auch Dialoge. *Romantische* Dialoge.

Gütiger Himmel. Es handelte sich gar nicht um Jaspers Memoiren. Sondern um einen Roman!

Sie ließ sich in seinen Ledersessel sinken und las weiter.

Sie verspürte ein seltsames Gefühl der Vertrautheit. Irgendetwas an der Struktur der Erzählung. Die Art, wie die Sätze in eleganter Harmonie zusammenflossen. Es war in seiner Schönheit fast lyrisch. Und die beschriebenen Gefühle! Sie waren ergreifend und zu Herzen gehend – und äußerst vertraut.

Und langsam dämmerte ihr eine Erkenntnis.

Sie legte die losen Blätter beiseite und holte den Rest des Manuskripts aus der offenen Schublade des Schreibtischs. Sie blätterte es durch, und ihr Herz begann in Erwartung dessen, was sie finden würde, schneller zu schlagen.

Und da war es schließlich, ungeordnet zwischen den übrigen Seiten, ein Deckblatt in Jaspers unverkennbarer Handschrift.

Wiedersehen in Waterloo
von J. Marshland

Die Wahrheit traf sie wie ein Schlag, der ihr den Atem raubte.

Um Himmels willen.

Jasper *war* James Marshland.

Die restlichen Beweise waren leicht zu finden. Sie lagen genau hier, zusammen mit dem Manuskript. Die Korrespondenz zwischen Jasper und Mr Bloxham. Belege über Vorschüsse, Tantiemen und schwindende Verkaufszahlen.

Julia wusste nicht, wie lange sie dasaß, um alles zu lesen.

Sie war erstaunt, dass sie nicht schon früher darauf gekommen war.

Im Nachhinein war alles so offensichtlich, angefangen mit Jaspers Besuch bei Bloxam's, wo sie zufällig gehört hatte, dass er Mr Bloxham sprechen wollte, bis hin zu seinen Fragen an sie über Marshlands Romane.

Es schauderte sie, als sie sich an die Dinge erinnerte, die sie gesagt hatte. Die Kritik, die sie an Marshland geäußert hatte. Grundgütiger! Was musste Jasper gedacht haben?

Kaum war Julia diese Frage in den Sinn gekommen, ertönte ein Knarren auf der Türschwelle, gefolgt von Jaspers tiefer Stimme. Julia zuckte erschrocken zusammen.

»Würdest du mir erklären, was du hier machst?«

Jasper wusste bereits, was sie in seinem Arbeitszimmer machte. Es war mehr als offensichtlich. Sie las sein verfluchtes unfertiges Manuskript. Einen Roman, der am ersten des nächsten Monats bei Bloxham erscheinen sollte.

Und es war keines von Jaspers besseren Werken.

Er war nicht in der Stimmung für eine Konfrontation. Nicht heute Abend. Nicht, bevor er sich frisch gemacht und umgezogen hatte. Er hatte noch keine Gelegenheit dazu gehabt. Bei der Rückkehr von seiner Reise nach York war er müde und gereizt gewesen. Er hatte seine Familie im Salon vorgefunden, wo alle bei Marmeladenbroten und kaltem Tee zusammengesessen hatten.

Alle bis auf Julia.

Es hatte nicht viel gebraucht, bis Alfred gesagt hatte, wo sie war. »Sie ist im Turm.«

Und als hätte diese Enthüllung Jasper nicht schon genug schockiert, hatte Charlie noch eines draufgesetzt, indem er eingestand, welche Rolle er bei dem Geschehenen gespielt hatte.

»Es ist meine Schuld«, hatte er gesagt. »Ich habe den Schlüssel genommen und bin auf eigene Faust reingegangen. Bitte sei nicht wütend auf Julia. Sie ist nur geblieben, um das Chaos aufzuräumen, das ich mit deinen Papieren angerichtet habe.«

Aber das war nicht alles, was Julia getan hatte.

Sie starrte ihn erschrocken an, die blauen Augen groß wie Untertassen. »Jasper. Du bist wieder da.«

»Wie du siehst.« Er betrat den Raum und schloss die Tür hinter sich. »Du hast meine Frage nicht beantwortet.«

»Ah ja. Was das angeht …« Sie befeuchtete ihre Lippen. »Bitte entschuldige. Ich weiß, dass ich nicht hier sein sollte, aber du hast deinen Schlüssel zurückgelassen, und ich fürchte, meine Neugierde …«

»Es hat keinen Sinn, Charlie zu schützen«, sagte Jasper streng. »Er hat bereits gestanden, was er getan hat.«

Sie blinzelte. »Hat er das? Wie mutig von ihm.«

»Ja, das war es wohl. Ich vermute, er hat versucht, dich vor mir zu schützen.« Die bloße Vorstellung ließ Jasper erschauern. Als wäre er ein unberechenbarer Grobian, der seiner eigenen Frau etwas antun würde! »Aber das tut nichts zur Sache.«

Sie hob fragend die Brauen. »Sondern?«

»Du bist noch hier«, sagte er. »Und du räumst nicht Charlies Unordnung weg. Du liest meine privaten Unterlagen.«

Julia erhob sich aus seinem Sessel, legte die Manuskriptseiten auf den Schreibtisch und schob sie zu einem ordentlichen

Stapel zurecht. Ihre Bewegungen waren präzise, als würde sie sich Zeit nehmen, die richtigen Worte zu finden.

Jaspers Herz schlug wie verrückt, als er auf ihre Antwort wartete. Sie war diejenige, die im Unrecht war. Sie hatte seine Regeln gebrochen. Sein Vertrauen missbraucht. Aber dennoch war es Jasper, der sich fühlte, als hätte er ein Verbrechen begangen.

Er hatte ihr etwas Wichtiges vorenthalten. Etwas, das so sehr ein Teil von ihm war, wie sie selbst es wurde.

»Warum hast du mir nicht gesagt, dass dein Künstlername James Marshland ist?«, fragte sie.

Sein Künstlername.

Natürlich würde sie das denken.

Vielleicht war die Situation doch nicht so schlimm, wie er befürchtet hatte.

Er kratzte sich verlegen im Nacken. Dort war noch Ruß vom Bahnhof in Malton. Der Bahnsteig war völlig verdreckt gewesen, und er war es jetzt auch. Er fühlte sich deutlich im Nachteil.

»Es ist kompliziert«, sagte er.

»Nicht komplizierter als für jeden anderen Autor von romantischen Romanen, so viel ist klar. Die meisten Frauen, die Romane schreiben, tun dies unter einem Pseudonym. Ich denke nicht, dass es bei einem Gentleman anders ist. Schon gar nicht bei einem mit deinem Ruf. Aber das habe ich nicht gefragt.« Sie hielt seinem Blick stand. »Ich wollte wissen, warum du es mir nicht gesagt hast.«

Er seufzte schwer. »Ich wollte es dir sagen.«

Sie wirkte skeptisch.

»Es ist die Wahrheit.« Das hier hätte eigentlich sein Geständnis werden sollen. Das Geheimnis, das er ihr verriet, um ihrer Ehe etwas Normalität zu verleihen. Er hatte einen Großteil der Rückreise von York damit verbracht, sich zu überlegen, wie er es ihr am besten erklären konnte.

Doch das alles spielte nun keine Rolle mehr.

»Warum hast du es nicht getan?«, fragte sie. »Du hättest es am Tag unserer Hochzeit tun können. Wir haben im Zug über deine Romane gesprochen. Du hättest es mir leicht sagen können.«

»Daran ist nichts Leichtes«, erwiderte er. »Das Schreiben ist etwas sehr Persönliches für mich. Etwas Privates, das nur mir gehört.« Er ging zu seinem Schreibtisch, sammelte den Rest seines Manuskripts ein, legte es zurück in die Schublade und knallte sie zu. »Ich mache das schon, seit ich ein kleiner Junge war. Es ist nichts, was ich jemals mit jemandem teilen wollte.«

»Ich verstehe.«

Er drehte sich wieder zu ihr um. »Nein, das tust du nicht. Ich sehe es dir an. Du bist gekränkt.«

»Nicht gekränkt, nein, aber ... ich wünschte, du hättest mich nicht immer weiter meine Meinung über deine Bücher äußern lassen, als ob wir über einen Fremden reden. Wenn ich daran denke, was ich gesagt habe ...«

»Ich habe dir doch gesagt, dass ich deine Meinung schätze.«

»Ich wünschte, du hättest mein Vertrauen ein wenig mehr geschätzt«, sagte sie. »Dass du dich mir anvertraut hättest.«

Halb sitzend, halb gegen die Schreibtischkante gelehnt betrachtete er Julia mit einem Stirnrunzeln. Er wusste nicht, was er sagen könnte, um die Dinge wieder in Ordnung zu bringen. Im wirklichen Leben war er selten so wortgewandt wie die Helden in seinen Romanen. Je stärker er etwas empfand, desto weniger konnte er es in Worte fassen. Bei Julia hatte er sich zunehmend auf Murren und Knurren beschränkt.

»Weiß es sonst noch jemand?«, fragte sie.

»Niemand weiß davon.«

»Mr Bloxham muss es wissen. Deshalb warst du doch an jenem Tag in seinem Laden, nicht wahr? Um etwas über deine Romane zu besprechen?«

»Richtig.« Es war ihm gelungen, dem Mann fünfzig Pfund im Voraus auf die Einkünfte für *Der Feueropal* abzuringen. »Aber du irrst dich. Er weiß nicht, dass es meine Bücher sind. Für ihn bin ich nur der Stellvertreter des Autors.«

Julias Ausdruck des Zweifels blieb bestehen. »Er weiß nicht, dass du James Marshland bist?«

Jasper schüttelte den Kopf. »Als er mein erstes Buch kaufte, korrespondierten wir per Post. So war es auch bei meinen folgenden Romanen. Erst nach meiner Rückkehr aus dem Krieg habe ich ihn persönlich aufgesucht.«

Ihm war keine Wahl geblieben. Keine andere Möglichkeit, die Bezahlung für seine früheren Werke zu regeln oder über den Verkauf künftiger Werke zu verhandeln.

Julia stellte sich vor ihn. Ihre Röcke drängten sich gegen seine Beine. »Schämst du dich für die Geschichten, die du schreibst?«

»Nein.«

»Das musst du auch nicht. Du schreibst wunderschön. Und das sage ich nicht nur, weil ich deine Frau bin. Das habe ich dir schon gesagt, als ich noch nicht wusste, dass die Marshland-Romane in Wirklichkeit von dir sind.«

»Ja, das hast du.« Als er es jetzt hörte, verspürte er erneut die gleiche lächerliche Freude, die er damals empfunden hatte. »Du hast keine Ahnung, was es mir bedeutet hat.«

»Und trotzdem hast du es geheim gehalten?« Sie studierte sein Gesicht. »Warum? Ich hätte dich nicht dafür verurteilt. Es hätte mich sogar dazu gebracht, dich noch mehr zu mögen.«

Sie mochte ihn also doch.

Auf einer gewissen Ebene hatte er es bereits gewusst. Es war offensichtlich in der Art, wie sie seinen Arm hielt, wenn sie zusammen spazieren gingen. Wie sie ihn um Rat und Anerkennung bat. Wie sie in seiner Umarmung dahinschmolz.

Sie ließ zu, dass er ihre Hände in seine nahm und sie sanft hielt. Ein starkes Gefühl der Verbundenheit brachte sein Blut in Wallung. Er erinnerte sich eindringlich, wie er sie gestern in der Eingangshalle geküsst hatte.

Aber es waren nicht ihre Küsse, die er jetzt wollte. Sondern etwas anderes. Mehr.

Er wollte, dass sie ihn kannte. *Wirklich* kannte.

Ein vergeblicher Wunsch.

Es war ein zu großes Risiko damit verbunden, nicht nur für ihn. Das wusste er. Dennoch wünschte er sich nichts sehnlicher.

Er zog sie zwischen seine Beine. Seine Stimme wurde rau vor unterdrückter Emotion. »Mein Vater mochte keine Romane. Ich musste mein Schreiben vor ihm verbergen. Es war immer ein Geheimnis für mich. Der intimste Teil von mir. Ich hatte nie das Bedürfnis, ihn mit jemandem zu teilen.«

»Aber du teilst ihn doch. Es gibt zahllose Leser, die deine Geschichten bewundern. Sie wären froh, dich zu kennen. Wenn du wolltest, könntest du so berühmt sein wie jeder andere gefeierte Autor.«

»Das will ich nicht. Es ist das Schreiben, das ich liebe, nicht der Ruhm. Ich war nie daran interessiert, in Kaffeehäusern angehimmelt zu werden oder in Hörsälen Vorträge zu halten. Ich ziehe Anonymität vor.«

»Sogar denen, die dich lieben?«

Er schnaubte. »Das war bis jetzt kein großes Thema.«

Bis jetzt.

Die beiden Worte hingen zwischen ihnen. Er hatte nicht vorgehabt, sie auszusprechen. Aber sobald er es getan hatte, konnte er ihre Wahrheit ebenso wenig leugnen wie den ganzen Rest. Es war einfach eine Tatsache.

Er war nicht mehr allein – eine verfluchte Figur in der Geschichte eines anderen Mannes. Er hatte jetzt jemanden nur für sich. Eine Frau, in die er sich irgendwo zwischen Belgrave Square und Yorkshire tief und unwiderruflich verliebt hatte.

Diese Erkenntnis sorgte dafür, dass sich sein Herz und seine Lunge zusammenzogen, so dass er kaum noch atmen konnte.

»Ich will dir nicht fremd sein«, sagte er.

»Dann sei es nicht.« Ihre schmalen Finger verschränkten sich mit seinen. »Lass mich ein wenig an deinem Leben teilhaben. Lass mich einige deiner Geheimnisse teilen.«

Er beugte seinen Kopf zu ihrem. »Alles, was ich habe … alles, was ich bin … gehört dir.«

30. KAPITEL

Es blieben nicht mehr viele Stunden, bis es Zeit war, sich zurückzuziehen, aber jeder Augenblick schien sich ewig hinzuziehen. Julias Blick blieb immer wieder an Jasper hängen. Während des Abendessens und in den langen Stunden danach, als sie sich pflichtbewusst in den Salon zurückzogen, um Tee zu trinken und mit den Kindern über die Ereignisse des Tages zu sprechen.

Julia konnte sich auf nichts davon konzentrieren. Weder auf Jaspers Besuch bei Mr Piggott noch auf ihren eigenen, nicht gerade idealen Ausflug nach Hardholme. Ihre Gedanken wurden völlig von der schwelenden Spannung beherrscht. Das erregende Schimmern der Gewissheit, dass sie mit Jasper, wenn sie sich endlich in ihr Zimmer zurückziehen konnten, ins Bett gehen und er sie endlich wahrhaftig zu seiner Frau machen würde.

Sein Geständnis im Turm hatte ihre letzten Zweifel daran ausgeräumt. Bevor er nach York abgereist war, hatte sie ihm ihre Bedingungen gestellt. Und nun hatte er sie erfüllt. Er hatte ihr seine Geheimnisse verraten. Es gab keinen Grund mehr, ihm diese eine Sache zu verweigern.

Schließlich begleitete sie Jasper, um den Jungen gute Nacht zu sagen und Daisy ins Bett zu bringen. Dann ließ sich Julia mit klopfendem Herzen von ihm in ihr Schlafzimmer führen.

Dort angekommen, verlor er keine Zeit, sie in seine Arme zu nehmen.

Sie drängte sich an ihn, und ihre Finger glitten durch sein Haar, während sich seine Lippen auf ihre pressten. Sie waren heiß und suchend, küssten sie nicht nur, sondern schmeckten sie. Ein berauschendes Gefühl. Es brachte ihr Inneres zum Schmelzen und ließ ihre Knie weich werden.

Seine Arme zogen sie in eine innige Umarmung.

Und endlich war sie nicht mehr nervös. Sie fühlte sich völlig entspannt. Und doch gleichzeitig atemlos. Unfähig, etwas anderes zu tun, als ihn zu halten und seinen Kuss zu erwidern.

Wenn es das bedeutete, intim zu sein, brauchte sie keine Angst davor zu haben. Jasper war stark und selbstsicher. Er hatte die Situation vollkommen unter Kontrolle.

Zumindest dachte sie das.

Nur einen Moment später löste er den Kuss. Sein Atem kam in rauen Stößen. In seinen grauen Augen loderte ein Feuer.

Sie legte ihre Hand auf sein Kinn.

Er drehte sein Gesicht in ihre Handfläche und drückte ihr einen Kuss auf.

Es war eine kleine Geste. Fast scheu im Vergleich zu den Küssen, die sie miteinander geteilt hatten. Die Süße dieses Kusses hallte in ihr nach und durchflutete sie mit einer seltsamen Wärme. Alles fühlte sich auf einmal zu eng und einschränkend an. Ihr Korsett. Ihr Kleid. Ihre eigene Haut. Sie war so ruhelos wie ein wilder Vogel.

Er beugte seinen Kopf zu ihrem, rieb sich an ihrer Wange und hauchte sanfte beruhigende Küsse auf ihre Lippen. »Du hast gesagt, du wolltest mit mir zusammen sein. Ist das immer noch so?«

»Ja.«

»Ich will es auch.« Er streichelte mit seiner großen Hand über ihren Rücken. »Aber wir haben noch Zeit. Ich will dich nicht drängen.«

»Ich fühle mich nicht gedrängt. Ich fühle mich ungeduldig.«

Sein Mund verzog sich zu einem Lächeln. »Was soll ich dagegen tun?«

Sie warf ihm einen ungeduldigen Blick zu. »Das weißt du nicht?«

Er lachte heiser auf. »Ich weiß es«, versicherte er ihr. »Du auch?«

Sie versteifte sich. Sollte sie etwas wissen? Keine der anderen jungen Damen in ihrem Bekanntenkreis wusste etwas. Jedenfalls nicht, dass es ihr bewusst gewesen wäre. Das war ein Wissen, das von der Mutter an die Tochter weitergegeben werden sollte – zumindest hatte Mary das behauptet. Julia bezweifelte, dass sich ihre eigene Mutter die Mühe gemacht hätte. Wahrscheinlich hätte sie die Angelegenheit Julias zukünftigem Ehemann überlassen.

Julia spürte einen Anflug von Erleichterung, dass sie dieses Gespräch mit Jasper und nicht mit dem Earl of Gresham führte. »Man hat mir die Einzelheiten nicht mitgeteilt«, sagte sie. »Meine Zofe erwähnte allerdings …« Sie hielt abrupt inne, zu verlegen, um fortzufahren.

»Was hat sie erwähnt?« Jaspers Lippen berührten ihre Schläfe. »Flüstere es mir ins Ohr, Liebste.«

Julia senkte ihre Stimme. Ihre Wangen waren knallrot. »Sie sprach von ein oder zwei Minuten Unbehagen.«

Jaspers Hand beruhigte sich auf ihrem Rücken. »Ah. Das.«

Sie zog sich zurück und sah ihn beunruhigt an. »Stimmt das?«

Er runzelte die Stirn und schien seine Worte vorsichtig zu wählen. »Das erste Mal ist vielleicht nicht ganz angenehm für dich.«

»Warum nicht? Liegt es an unserem Größenunterschied?«

»Grundgütiger, nein. Es ist nicht … Das heißt, es sollte

nicht …« Kaum sichtbar im Schein der Öllampe kroch eine Röte seinen Hals hinauf. »Was ich damit sagen will, ist … ich werde vorsichtig mit dir sein. Sanft. Das weißt du doch, nicht wahr? Ich würde dir um nichts in der Welt wehtun.«

Julias Anspannung ließ ein wenig nach. »Ich weiß«, sagte sie. »Ich vertraue dir.«

Sie schien das Richtige gesagt zu haben. Die stillschweigende Erlaubnis für Jasper, das Kommando zu übernehmen.

Und das tat er auch.

Er zog sie an sich und küsste sie erneut. Immer wieder küsste und berührte er Julia, bis sie ihre Schüchternheit vergaß. Ihre Bedenken über seine Vergangenheit und ihre Sorgen über die Zukunft. Bis sie warm und geschmeidig in seinen Armen lag.

Als sie beide entkleidet im Bett lagen, fühlte sich Julia wie von Leidenschaft überflutet. Jegliches Unbehagen wurde schnell durch das Gefühl sinnlicher Nähe ersetzt. Als teilten sie den gleichen Atem, den gleichen Herzschlag. Er war ein Teil von ihr geworden.

Es war keineswegs unangenehm. Aber auch nicht völlig angenehm. Es war roh und elementar – ein Moment, der in seiner Verbundenheit so stark war, dass ihr die Tränen in die Augen stiegen.

Noch nie in ihrem Leben war sie einem anderen Menschen gegenüber so verletzlich gewesen. So völlig offen und entblößt. Und Jasper war die ganze Zeit bei ihr, genauso verletzlich wie sie selbst und genauso sehr auf zärtliche Beruhigung angewiesen.

Sie gab sie ihm instinktiv. Sie küsste ihn, hielt ihn fest und umarmte seinen großen Körper mit ihrem eigenen.

Eine lange Weile später, als sie sich gesättigt in den Armen lagen, fiel Julia nichts ein, was sie sagen konnte, was diesem Erleben gerecht werden würde.

Jasper hatte diese Schwierigkeit nicht. »Ich liebe dich.«

Sie starrte ihn im schwindenden Licht an. »Was?«

»Ich sagte, ich liebe dich«, wiederholte er. »Du bist nicht verpflichtet, es zu erwidern.«

Die Emotionen schnürten ihr die Kehle zu. Sie schluckte schwer. »Jasper …« Sie spürte, wie er zusammenzuckte.

Oh nein. Sie hatte seine unerklärliche Abneigung gegen seinen Vornamen vergessen.

Zu schade. In diesem Moment fühlte es sich richtig an, ihn Jasper zu nennen. Was könnte intimer sein? Persönlicher? Ein Name war wichtig. Das hatte sie ihm selbst gesagt.

»Mir ist klar, dass du noch nicht bereit bist«, sagte er. »Wie auch, nach dem, was du über meine Vergangenheit erfahren hast? Aber ich möchte, dass du weißt, dass ich trotz deiner Zurückhaltung …« Er strich ihr eine feuchte Haarsträhne aus dem Gesicht. »Du hast mein Herz, ganz und gar.«

Wäre sie nicht schon glühend vom Liebesakt gewesen, hätten seine Worte sie noch mehr entbrannt. »Habe ich zurückhaltend gewirkt?«

»Nein, das hast du nicht. Aber körperliche Leidenschaft ist leicht. Liebe ist etwas ganz anderes.«

»*Lieb' ist ein Markstein, in der Erd' gegründet, den kein Sturm erschüttern kann*«, zitierte sie aus einem ihrer Lieblingssonette von Shakespeare. »Ja, ich weiß, was Liebe ist.«

»Aus eigener Erfahrung?« Er stellte die Frage beiläufig. Zu beiläufig.

»Nein, das nicht. Ich war noch nie verliebt. Ich habe es mir immer nur vorgestellt.«

»Was hast du dir denn vorgestellt?«

»Kleinigkeiten. Blumen und Pralinen. Einen Mann, der mir einen Valentinsgruß schickt oder mir ein Gedicht schreibt.«

»Ein Gedicht.«

»Du magst keine Gedichte?«

»Genug, um zu wissen, dass ich sie nicht selbst schreiben sollte.«

Lächelnd ließ sich Julia wieder in seine Arme fallen. Er zog sie an sich und stützte sein Kinn auf ihren Kopf.

In diesem Moment konnte sie leicht glauben, dass sie ihn liebte.

Sie war versucht, es ihm zu sagen, nicht nur um ihrer selbst willen, sondern auch um seinetwillen. Sie wollte nicht, dass er dachte, er sei unwürdig oder dass sie ihn für seine Vergangenheit bestrafte.

Aber sie sagte es ihm nicht.

Die Wahrheit war, dass sie nicht wusste, *was* sie fühlte.

Als sie so bei ihm lag, in seinen Armen, waren ihre Gefühle so verschlungen, wie es ihre Körper waren.

Und schlimmer noch.

Sie konnte nicht umhin, daran zu denken, dass er einst so mit einer Frau zusammengelegen hatte, mit Dolly Carvel. Und das nicht nur ein Mal, sondern viele, viele Male.

Eine deprimierende Erinnerung. Sie drohte, an Julias Glück zu nagen. Doch sie weigerte sich, es zuzulassen. Ungeachtet Jaspers Vergangenheit gehörte er in diesem Moment ganz ihr.

Einige Zeit später wachte Julia auf, weil die Matratze leise ächzte, als Jasper aus dem Bett stieg. Als er nicht zurückkam, setzte sie sich auf und strich ihr Haar zurück. Das Zimmer war kalt und dunkel, und auf ihrer nackten Haut bildete sich eine Gänsehaut.

Grundgütiger. Sie hatte kein Nachthemd an.

Ein Anflug von Unsicherheit ließ sie die Bettdecke über ihren nackten Oberkörper ziehen. »Wie spät ist es?«

»Beinahe Mitternacht.« Jasper richtete sich vor dem Kamin auf, in dem er Feuer gemacht hatte. Der Schein der Flammen vertrieb die Dunkelheit und umgab Jaspers Gestalt. Er trug seinen Morgenmantel, sein schwarzes Haar war zerzaust. »In diesem Zimmer zieht es furchtbar, wenn das Wetter umschlägt. Ich wollte nicht, dass dir kalt ist.«

»Ich würde nicht frieren, wenn du nicht aufgestanden wärst«, sagte sie. »Komm zurück ins Bett.«

»Gleich.« Er ging zu seiner Jacke, die über der Lehne eines Stuhls hing. Er griff in eine Innentasche und holte einen dicken Umschlag heraus. »In der ganzen Aufregung des Abends habe ich das hier völlig vergessen. Hier ist ein Brief für dich.«

»Vom Anwalt?«

Er kehrte zum Bett zurück. »Von Lady Anne.«

»Anne hat mir geschrieben?« Julia war jetzt hellwach, als sie den Umschlag nahm.

Jasper zündete die Öllampe am Bett an. »Er lag auf dem Postamt bereit. Er scheint zunächst fehlgeleitet worden zu sein.«

Julia betrachtete den Umschlag. Er war in London gestempelt worden, keine zwei Tage nach ihrer überstürzten Eheschließung. »Sie muss sofort geschrieben haben, als sie von unserer Hochzeit gehört hat.«

Das bedeutete, dass Anne ihn abgeschickt hatte, bevor sie Julias Brief erhalten hatte.

Ein Anflug von Angst ließ sie zögern, bevor sie das Siegel brach. Anne schimpfte gerne mit ihr, und wenn sie es für gerechtfertigt hielt, auch in den schärfsten Worten. So sehr sich Julia auch freute, von ihrer Freundin zu hören, so wenig gefiel ihr der Gedanke an Annes Tadel.

Jasper legte sich neben sie und drückte ihr einen Kuss auf die nackte Schulter. »Lies ihn ruhig. Es macht mir nichts aus.«

»Ich muss gestehen, dass ich sehr neugierig bin.« Julia zog die Bettdecke fester unter die Arme, öffnete den Brief und begann zu lesen.

Meine liebste Julia,
du dumme kleine Gans. Was hast du dir da nur eingebrockt? Ich habe dich heute Morgen am Belgrave Square aufsuchen wollen, nur um von deinem kranken Vater zu erfahren, dass du vor nicht einmal zwei Tagen mit dem berüchtigten Helden der Krim durchgebrannt bist. Kann das wahr sein? Hast du den Mann wirklich geheiratet, und das auf so überstürzte Weise? Ich hätte wissen müssen, dass das passiert. Er ist dir seit seiner Ankunft in London nachgestiegen. Wir haben es alle gesehen. Ich mache mir Vorwürfe, dass ich nicht früher eingegriffen habe. Hätte ich ihn zur Rede gestellt, hätte ich es vielleicht verhindern können, aber selbst ich – mit all meinem Misstrauen – habe den Kerl unterschätzt. Wer konnte ahnen, dass er so skrupellos sein würde, dich einfach zu entführen? Und das auch noch von deinem Krankenbett!
Dein Vater sagt, du wärst inzwischen in North Yorkshire und lebtest unter Wilden. Ich wage es nicht zu glauben. Du bist viel zu gut, um einer solchen Schurkerei ausgesetzt zu sein. Ich fürchte, es könnte sich negativ auf deine Konstitution auswirken. Ich kann nicht einmal sicher sein, dass du diesen Brief sehen wirst. Wahrscheinlich liest Captain Blunt deine Post und sortiert alles aus, was deinen Willen zur Flucht ermutigen könnte. Es liegt in seinem Interesse, dir das Gefühl zu geben, dass du allein und ohne Freunde bist.
Sei tapfer, meine Liebste. Du bist nicht ohne Freunde. Du hast mich und Stella und Evie. Und auch wenn wir nicht viel Macht haben, um die Dinge wieder in Ordnung zu bringen, vertraue darauf, dass ich alles tun werde, um genau

das zu erreichen. Ich habe schon einige Ideen in petto. In der Zwischenzeit schreibe mir bitte sofort und versichere mir, dass du in Sicherheit bist.
In herzlicher Freundschaft,
Anne

»Unangenehme Neuigkeiten?«, fragte Jasper.

Julia warf ihm einen reumütigen Blick zu. »Sie glaubt, du hättest mich entführt.«

Jasper schien nicht überrascht zu sein. »Ist das alles?«

Julia faltete die Seiten des Briefes langsam wieder zusammen und steckte sie in den Umschlag zurück. »Sie macht sich Sorgen um mich. Ich werde ihr noch einmal schreiben müssen, um sie zu beruhigen. Sie scheint zu glauben, dass ich beim ersten Anzeichen von Schwierigkeiten wie Glas zerbreche.«

»Vielleicht kennt sie dich nicht so gut, wie sie glaubt.«

»Sie weiß, wer ich in London war.« Eine ängstliche kleine Maus, deren Nase stets in einem Buch steckt. Eine junge Lady, die nicht bereit war, sich ihren Eltern zu widersetzen, selbst wenn sie dafür ihre Träume, ihre Wünsche, sogar ihr Leben selbst aufgeben musste.

Die Erinnerung daran beschämte Julia.

Es war ja nicht so, dass ihre Eltern sie geschlagen oder ohne Essen und Trinken in ihr Zimmer gesperrt hätten. Sie hatte keinen guten Grund gehabt, sich nicht gegen sie zu wehren. Keinen außer ihrer eigenen Angst und ihrem mangelnden Selbstwertgefühl.

»Diese Person bist du nicht mehr«, sagte Jasper.

»Jedenfalls komme ich mir nicht mehr so vor«, sagte sie. »Vielleicht ist es so, dass die Dinge auf dem Land einfacher sind?«

»Einfacher? Hier?« In seinen Augen blitzte ein Hauch von

Belustigung auf. »Das behauptest du ernsthaft? Nach dem Tag, den du hinter dir hast?«

Julia bemühte sich, nicht das Gesicht zu verziehen. Beim Abendessen hatten die Kinder und sie Jasper von ihrem turbulenten Abstecher nach Hardholme erzählt. »Es ist leicht, für jemand anderen tapfer zu sein.«

»Nein, ist es nicht«, sagte er. »Es ist einfacher, nichts zu tun. Ein Auge zuzudrücken. Viele Menschen tun das, sogar die größten und stärksten von uns.«

»Das konnte ich wohl kaum tun, als jemand die Kinder misshandelt hat. Sie haben sich darauf verlassen, dass ich sie beschütze.«

»Und das hast du getan. Auf bewundernswerte Weise.«

»Es wäre mir lieber, wenn ich nicht so eine Szene gemacht hätte. Ich hatte Daisy einen schönen Einkaufstag versprochen.« Ihr Blick wanderte schuldbewusst zu dem Stapel Kartons, der auf der Bank am Ende des Bettes stand. Sie hatte sie immer noch nicht ausgepackt. »Ich fürchte, ich habe zu viel eingekauft, um das wiedergutzumachen.«

»Ich wollte schon fragen … hast du es auf meine Rechnung setzen lassen?«

Sie biss sich auf die Lippe. Sie hatten vorhin keine Gelegenheit gehabt, über die Finanzen zu sprechen, auch nicht über Jaspers Besuch beim Anwalt. In ihrem ersten Moment allein waren sie sich in die Arme gefallen und hatten jeden Gedanken an Geld vergessen.

Aber jetzt nicht mehr.

Jetzt wurde ihnen die Realität ihrer Situation schlagartig wieder bewusst.

»Einen Teil davon«, sagte sie. Es war immer respektabler, mit einem Kredit zu bezahlen als mit Bargeld. »Den Rest habe ich mit meinem eigenen Geld gekauft.«

Er hob fragend die Brauen.

»Ich bin es gewohnt, viel Bargeld für Bücher, Haarbänder und andere Dinge bei mir zu haben«, erklärte sie.

»Jetzt nicht mehr so viel, würde ich wetten.«

»Nein, in der Tat. Es wird von Tag zu Tag weniger.« Sie zögerte kurz, bevor sie weitersprach. »Hat dir Mr Piggott gesagt, wann wir den Rest meines Geldes erwarten können?«

»Er setzt die Dinge in Bewegung.«

»Wie?«

»Für den Anfang schickt er ein Telegramm an die Bank, und ein förmliches Schreiben wird folgen. Ich habe ihm eine Kopie unserer Heiratsurkunde gegeben und ihn angewiesen, sich mit Mr Finchley in Verbindung zu setzen, falls es irgendwelche Schwierigkeiten geben sollte.«

Sie nickte und hoffte inständig, dass es keine nennenswerten Probleme geben würde. »Soll ich etwas unternehmen?«

»Nein, nichts.« Er beugte den Kopf und hauchte einen Kuss auf ihr Ohr. »Außer ...«

Ein zarter Wonneschauer lief ihr über den Rücken. »Was?«

Er küsste ihren Hals. »Ich frage mich, ob du bereit wärst, mein Manuskript zu lesen?«

Julias Mund verzog sich zu einem Lächeln.

Er hatte sein Schreiben als den privatesten Teil seiner selbst bezeichnet. Und jetzt bot er ihr an, ihn mit ihr zu teilen. Eine fast so wichtige Geste wie sein Liebesgeständnis zuvor.

»Es wäre mir eine Ehre«, sagte sie. »Wann soll ich anfangen?«

»Nicht gerade jetzt in diesem Augenblick.«

Wärme durchströmte ihre Adern. »Hast du etwas anderes im Sinn?«

Er nahm sie in die Arme. »Das habe ich tatsächlich.«

31. KAPITEL

Die nächsten drei Tage vergingen in einem Wirbelwind von Aktivitäten. Morgens, wenn die Kinder im Unterricht waren, begab sich Julia in Jaspers Turmzimmer, um sein Manuskript zu lesen. Jasper begleitete sie und schritt, während sie las, vor den Bücherregalen auf und ab wie ein eingesperrter unruhiger Löwe.

Am Nachmittag des dritten Tages, es waren noch immer einige Seiten zu lesen, wurde Julia samt Manuskript in den Garten geschickt. Dort ließ sie sich unter einer Erle auf einer alten Decke nieder und las weiter, während Jasper die Reitstunde der Kinder mit Plimstock beaufsichtigte.

Alfred saß auf Quintus, Daisy hingegen auf Cossack und gewöhnte sich an Julias Damensattel. Charlie führte den schwarzen Wallach am Rande des überwucherten Gartens hin und her und ermahnte seine kleine Schwester, nicht so sehr zu zappeln und aufrecht zu sitzen.

Jasper überließ die drei schließlich der Obhut des Reitknechts. Er durchquerte den Garten und gesellte sich zu Julia. »Bist du immer noch nicht fertig?«

»Leider nicht.« Sie schob ihre Röcke beiseite, um ihm neben ihr Platz zu machen.

Er ließ sich auf der Decke nieder. Sein Hemdkragen stand offen, und ihr Blick huschte über die nackte Haut, die er freigab. Dort hatte sie ihn gestern Abend geküsst, während sie miteinander geschlafen hatten.

Er hingegen ließ sich nicht durch Erinnerungen an ihre ehelichen Intimitäten ablenken.

»In London hast du behauptet, du könntest ein Buch in nur wenigen Stunden durchlesen«, sagte er.

»Kann ich auch«, entgegnete sie, »wenn man mich ungestört lesen lässt.«

Das war in den letzten Tagen nicht möglich gewesen. Nicht mit den Kindern und all den Anforderungen des Haushalts. Sie musste mit Cossack ausreiten, Briefe schreiben und mit Daisy die Kätzchen besuchen. Tatsächlich wurde Julias Aufmerksamkeit ständig in ein Dutzend verschiedene Richtungen gelenkt.

Jasper war eifersüchtig auf jeden Moment, den sie nicht mit ihm verbrachte.

Es kostete ihn viel Mühe, Julia nicht abzulenken. Sie nicht so oft zu berühren, wie er es gerne getan hätte. Seit sie ihre Ehe vollzogen hatten, konnte er nicht aufhören, sie zu berühren, sowohl in ihrem Bett als auch außerhalb.

Er wurde unersättlich.

Wurde. Von wegen. Als ob er sich nicht schon längst in einen liebestollen Wahnsinnigen verwandelt hätte. In einen besessenen Narren, der ständig die Wange seiner Frau streichelte, ihre Hand küsste oder eine verirrte Haarsträhne in ihre Frisur zurücksteckte.

»*Ich liebe dich*«, hatte er zu ihr gesagt, nachdem sie sich das erste Mal geliebt hatten. »*Du bist nicht verpflichtet, es zu erwidern.*«

Aber er sehnte sich danach, dass sie es sagte. Er wollte ihre Liebe genauso sehr wie alles andere von ihr – ihre Freundschaft, ihren Respekt, ihre Anerkennung.

Warum sonst hatte er sie gebeten, sein verdammtes Manuskript zu lesen?

Als sie endlich die letzte Seite umblätterte, wurde er ganz still und machte sich auf das Schlimmste gefasst. »Und?«

Sie hob ihren Blick zu ihm. »Es ist ziemlich gut.«

Ziemlich gut. Ein schwaches Lob. Sie hätte genauso gut sagen können, es sei Schund.

»Aber nicht so gut wie *Der Feueropal*«, schloss er. Sein bestverkauftes Werk. Und auch eines seiner ältesten, das er noch vor dem Krieg geschrieben hatte.

»Es ist anders«, sagte sie. »Ein bisschen ernster.«

»Ah.«

»Das ist nichts Schlechtes.«

»Nein. Aber es ist genau das, was du über *Der Garten der Tapferkeit* gesagt hast. Und wir wissen beide, wie gut sich das verkauft hat.« Jasper erhob sich von der Decke.

»Sind es nur die Verkaufszahlen, die dir Sorgen machen?«, fragte sie.

»Ganz ehrlich? Ja.« Er war auf seine Tantiemen angewiesen. Zusammen mit seiner Soldatenrente war das seine einzige Einnahmequelle.

Zugegeben, es war nicht genug, um das Dach zu reparieren oder den verrottenden Ostflügel, um die Pachthäuser oder den Pferdestall zu erneuern, aber es reichte, um die Familie zu ernähren und zu kleiden. Es reichte, um Beechams bescheidenes Gehalt zu zahlen und die Risse zu flicken, wie sie sich auftaten.

Ungeachtet der Tatsache, dass Jasper Julias fünfzigtausend Pfund zu erwarten hatte. Er wollte sich nicht darauf verlassen. Nicht nach seinem Treffen mit Piggott.

Der alte Anwalt hatte Jasper nicht gerade Vertrauen eingeflößt. Bei der Besprechung ihres Vorgehens war Piggott ebenso unsicher gewesen wie Jasper selbst.

»*Sir Eustace könnte natürlich eine beträchtliche Verzögerung herbeiführen, wenn er das wollte*«, hatte Piggott gewarnt. »*Da er der Vater Ihrer Gattin ist, in London wohnt und in der vornehmen Gesellschaft einen guten Ruf genießt, werden ihm die Bank und die Gerichte wohlgesonnen sein.*«

Jasper hatte York in schlechter Stimmung verlassen. Die letzten Tage mit Julia hatten viel dazu beigetragen, seine Gemütslage wieder zu verbessern, aber in Momenten wie diesen, wenn er mit der Tatsache konfrontiert wurde, dass er möglicherweise einen weiteren literarischen Misserfolg zu verkraften hatte, sank seine Laune erneut.

»Wenn dieses Manuskript so schlecht abschneidet wie *Der Garten der Tapferkeit*, entgehen mir nicht nur mögliche Tantiemen, sondern ich verliere vielleicht sogar meinen Verleger.« Er reichte Julia die Hand.

Sie klemmte sein Manuskript unter einen Arm und ließ sich von ihm aufhelfen. »Mr Bloxham hat bisher alle deine Bücher veröffentlicht. Ich sehe keinen Grund, warum er dich jetzt aufgeben sollte.«

»Er leitet keine wohltätige Einrichtung. Er erwartet, dass sich die Romane, die er veröffentlicht, auch verkaufen. Wenn das bei meinen nicht der Fall ist, hat er keinen Grund, meine Bücher weiter zu drucken. Es spielt keine Rolle, wie viel Geld ich ihm in der Vergangenheit eingebracht habe.«

Sie schnaubte missbilligend. »Man sollte meinen, er würde etwas mehr Loyalität zeigen.«

Ein unfreiwilliges Lächeln zupfte an Jaspers Mund. Sie war auf seiner Seite. Sie würde *immer* auf seiner Seite sein. So viel hatte er seit ihrer Heirat über sie gelernt. Er mochte nicht ihre Liebe haben, noch nicht, aber er hatte ihre absolute Loyalität.

Er legte seinen Arm um ihre Taille, während sie zum Haus zurückgingen. Sie war weich und anschmiegsam, ohne ein Korsett, das sie einschränkte. »Sogar du hast meine Bücher eine Zeit lang im Stich gelassen, Liebste«, erinnerte er sie.

»Ich war noch sehr jung.«

Er vergrub sein Gesicht in ihrem Haar, das sie zu einem geflochtenen Dutt zurückgesteckt hatte. Es war glatt und duftete süß. Es duftete ebenso so gut wie gestern Abend, als sie es gelöst und ein wildes Knäuel aus ebenholzfarbenen Wellen ihre nackten Schultern umspielt hatte. »Du bist immer noch sehr jung.«

»Mach dich nicht über mich lustig. Du weißt, als ich mich wieder deinen Romanen zugewandt habe, tat es mir leid, dass ich sie jemals aufgegeben habe.«

»Der Rest meiner Leser ist nicht so erleuchtet. Wenn sie meine Bücher aufgeben, gehen sie einfach zu einem besseren Autor über.«

Julia umfasste seine Hand an ihrer Taille. »Es gibt niemanden, der besser ist als du.«

Sein Herz verkrampfte sich. »Daran werde ich dich eines Tages erinnern.«

»Du wirst mich nicht erinnern müssen«, erwiderte sie.

Er drückte ihr einen Kuss auf die Schläfe. Die widerspenstigen Hecken am Rande des Gartens schirmten sie fast vollständig ab. Einer der wenigen Vorteile, wenn man sich keinen Gärtner leisten konnte.

Sie lehnte sich an ihn, sein Manuskript schützend an ihren Busen gepresst. »Ich bin selbst keine Schriftstellerin, aber ich habe mehr Romane gelesen, als ich zählen kann. Wenn du willst, kann ich dir ein paar allgemeine Ratschläge geben.«

»Ich bevorzuge die spezielle Art.«

»Und du wirst es mir nicht übel nehmen?«

»Wie könnte ich? Ich weiß doch bereits, dass du meine Geschichten für unspannend hältst.« Er warf ihr einen Seitenblick zu. »Sogar die mit Rittern. Oder die, die auf rauchverhangenen belgischen Schlachtfeldern spielen.«

»Es gibt verschiedene Arten von Spannung«, führte sie aus. »Dass du in deinen neuesten Werken so viel Historisches verarbeitest, ist faszinierend, aber es sind Romane, keine Geschichtsbücher. Die meisten von uns, die in Läden wie Bloxham's einkaufen, wollen nicht gebildet werden. Sondern begeistert.«

»Ja, ich weiß. Vorgetäuschte Tode, Bigamie und Mord.« Er schüttelte den Kopf. »Solche Themen wecken einfach nicht mein Interesse.«

»Früher schon. Deine alten Romane sind alle äußerst spannend.«

»Vielleicht bin ich einfach darüber hinaus, Nervenkitzel zu bieten.«

Julia warf ihm einen vielsagenden Blick zu. »Das bezweifle ich stark.«

Er grinste. »Also gut«, sagte er. »Sag mir, was an dieser Geschichte deiner Meinung nach geändert werden sollte.«

32. KAPITEL

Die folgende Woche war die idyllischste, die Julia je erlebt hatte.

Wenn sie nicht gerade mit den Kindern oder Mr Beecham zusammen war – um sich um das Haus zu kümmern, auf Cossack zu reiten oder die Kätzchen zu besuchen –, sprach sie mit Jasper über seinen Roman.

Er schien ihre Meinung zu schätzen, ganz gleich, wie seltsam manche ihrer Ideen klingen mochten. Und sie waren wirklich seltsam, das erkannte sogar sie.

Sie konnte auf ein ganzes Leben voll an Lektüre zurückgreifen. Alles, von Sensationsromanen über Abenteuer bis hin zu Schauergeschichten. Sie teilte alles mit ihm und erfreute sich an den Gesprächen, die sie miteinander führten, oft unterbrochen von Küssen und Umarmungen und einmal – obwohl sie errötete, wenn sie sich daran erinnerte – von einem Liebesakt in seinem Turmzimmer.

»Wie soll das gehen?«, hatte sie naiv gefragt, als er sie in die Arme genommen hatte. *»Es gibt nicht einmal ein Bett.«*

»Dafür braucht man kein Bett«, hatte er geantwortet. *»Ich zeige es dir.«*

Wenn sie jetzt darüber nachdachte, während sie frisiert und für den Tag gekleidet in der Bibliothek saß, befürchtete Julia, dass sie sich in eine liederliche Person verwandeln würde. Erst heute Morgen war sie so lange mit ihrem Mann im Bett geblieben, dass sie das Frühstück verpasst hatten. Sicherlich hatte der ganze Haushalt mitbekommen, was sie taten.

Das hatte sie auch Jasper gegenüber erwähnt, als er ihr beim Anziehen geholfen hatte. Als Antwort darauf hatte er nur seine Finger in ihr Haar geschoben und sie ein weiteres Mal leidenschaftlich geküsst.

Manchmal brachte dieser Mann sie zur Verzweiflung.

Jetzt gerade saß er, den Kopf in die Hand gestützt, am Schreibtisch in der Bibliothek und schrieb. Sein Federkiel kratzte über die Seite. Normalerweise arbeitete er nicht in der Bibliothek. Er zog die Privatsphäre seines Arbeitszimmers vor. Aber die Hitze war heute drückend und der Turm mit seinen hohen, schmalen Fenstern nicht gerade für hohe Temperaturen geeignet.

In der Bibliothek war es angenehmer. Ihre Fensterfront ging auf den Garten hinaus und bot einen Blick auf die spielenden Kinder. Die Jungen, die vom morgendlichen Unterricht befreit waren, spielten mit Stöcken eine Schlacht nach, während Daisy um sie herumging, die Hände rang und traurig aussah.

»Ich glaube, sie tut so, als wäre sie die Heldin in ihrem kleinen Stück«, bemerkte Julia. »Und die Jungen sind zwei Rivalen, die sich um ihre Gunst duellieren.«

Jasper blickte auf und runzelte die Stirn. »Wie bitte?«

»Nichts«, sagte sie. »Bitte verzeih. Ich wollte dich nicht stören.« Jasper brauchte Ruhe zum Schreiben. Julia musste sich ständig daran erinnern, ihn nicht abzulenken.

Auch die Kinder musste sie deshalb ständig ermahnen, und gelegentlich sogar Mr Beecham.

Seit Jasper und sie nach unten gekommen waren, schien alle zehn Minuten einer von ihnen an der Bibliothekstür zu klopfen – die Jungen fragten, ob sie mit den Pferden ausreiten dürften, Daisy erkundigte sich, ob sie schwimmen gehen dürfe, und Mr Beecham bot an, eine Erfrischung zu bringen.

Kein Wunder, dass Jasper den Turm vorzog.

Genau dieser Gedanke ging ihr durch den Sinn, als ein weiteres Klopfen die Ruhe ihres Mannes störte.

Mr Beecham steckte seinen Kopf herein. »Entschuldigen Sie, Captain Blunt. Könnte ich Sie kurz unter vier Augen sprechen, Sir?«

»Kann das nicht warten?«

»Leider nein.«

Jasper legte mit einem Seufzer die Feder aus der Hand. Er stand von seinem Schreibtisch auf und warf Julia einen entschuldigenden Blick zu, während er zur Tür ging. »Es wird nicht lange dauern.«

Mr Beecham zog sich zusammen mit Jasper zurück. Die Tür fiel hinter ihnen zu.

Es gab immer noch vieles, was Julia über die Abläufe auf dem Anwesen nicht wusste. All die kleinen Krisen, die jeden Tag passierten. Irgendetwas verlangte jederzeit Jaspers Aufmerksamkeit.

Was war es jetzt? Die Kinder konnten es nicht sein. Sie spielten immer noch draußen. Und das Dach ebenfalls nicht, denn der Regen hatte aufgehört.

Wahrscheinlich hatte es etwas mit Geld zu tun.

Julia mochte nicht daran denken. Nicht, wenn ihr eigenes Vermögen in London festsaß und sie im Moment keine Möglichkeit hatte, an es heranzukommen.

Jasper hatte ihr das nie vorgeworfen, aber sie wusste, dass es ihn dazu brachte, seinen neuesten Roman zu überarbeiten. Er wollte unbedingt, dass dieses Buch sich besser verkaufte als sein vorheriges.

Julia hatte noch nichts von seinen Änderungen gelesen. Sie wusste nicht einmal, welche ihrer Vorschläge er umgesetzt hatte – wenn überhaupt. Er erlaubte ihr nicht, das Manuskript zu lesen, bevor es fertig war.

Dennoch hatte Julia volles Vertrauen in die Arbeit ihres Mannes. Sie hoffte nur, dass Kritiker wie Mr Bilgewater es nicht in der Presse verreißen würden, bevor die Öffentlichkeit die Gelegenheit hatte, es selbst zu beurteilen.

Als Jasper nach fünf Minuten noch nicht zurück war, erhob sie sich von ihrem Platz und schlenderte zu dem Bücherregal, in dem alle seine Romane standen. Sie fuhr mit dem Finger die Buchrücken entlang und fragte sich nicht zum ersten Mal, wie ein Mann, der etwas so atemlos Spannendes wie *Der Feueropal* geschrieben hatte, Bücher wie *Der Garten der Tapferkeit* und *Wiedersehen in Waterloo* verfassen konnte.

Auf der Zugfahrt von London hatte sie Jasper darauf aufmerksam gemacht, dass sich Marshlands Romane verändert hatten.

»Vielleicht ist er erwachsen geworden«, hatte er gesagt.

Das war sicherlich möglich. Trotzdem … es war schwer, die alten und neuen Werke übereinzubringen.

Und nicht nur das.

Manchmal fiel es ihr schwer zu glauben, dass derselbe Mann, der seine Kinder im Stich gelassen hatte und so grausam zu seinen Soldaten gewesen war, heimlich Romane schreiben konnte. Geschichten voller Romantik, Heldentum und Abenteuer, in denen die Liebe den Sieg davontrug und das Gute schließlich über das Böse triumphierte.

Aber schlechte Männer schrieben oft gute Bücher, nicht wahr? Man denke nur an Mr Dickens, der seine Frau so abscheulich behandelt hatte, dass sie gezwungen war, ihn zu verlassen. Und doch wurden seine Bücher von vielen geliebt.

Vielleicht war es bei Jaspers Büchern genauso. Zu seinen grausamsten Zeiten hatte er Geschichten voller Güte geschrieben. Geschichten, die sie immer noch liebte, obwohl sie von seiner Vergangenheit wusste.

Sie wollte eben eines der Bücher herausnehmen, um es sich anzusehen, als die Tür der Bibliothek aufging. Sie lächelte und stellte den Roman zurück ins Regal. »Na endlich. Ich dachte schon, Mr Beecham würde dich gar nicht mehr gehen lassen.« Sie drehte sich um und sah Jasper in der Tür stehen. Der Ausdruck seines vernarbten Gesichts war so undeutbar, wie er es in London oft gewesen war. Ihr Lächeln verblasste. »Was ist los? Ist etwas passiert?«

Er schloss die Tür hinter sich. »Plimstock war auf dem Postamt in Hardholme. Er hat einen Brief von meinem Anwalt mitgebracht.«

Ihr Puls beschleunigte sich. »Mr Piggott hat geschrieben? Gibt es Neuigkeiten über mein Geld?«

»Das hat er. Aber es ist nicht …« Jasper verstummte und fuhr sich mit der Hand durchs Haar. »Es ist nicht gut, fürchte ich.«

Das hatte sie bereits vermutet, so ausdruckslos wie seine Miene gewesen war. Es laut auszusprechen, machte es auch nicht angenehmer. »Was schreibt er?«

Jasper nahm kein Blatt vor den Mund. »Die Bank hat dein Geld gesperrt, während dein Vater die Rechtmäßigkeit unserer Ehe prüfen lässt.«

Julia starrte ihn an. Sie musste sich verhört haben. Es ergab keinen Sinn. »Was soll das heißen? Natürlich sind wir verheiratet. Du hast Mr Piggott unsere Heiratsurkunden gegeben, nicht wahr?«

»Das habe ich.«

»Wo liegt dann das Problem?«

Jasper antwortete nicht.

Das Schweigen setzte Julias ohnehin schon angespannten Nerven noch mehr zu. Sie ging zum nächststehenden Stuhl und stützte sich auf dessen Rückenlehne. »Du machst mir Angst.«

»Es tut mir leid. Das wollte ich nicht.« Er kam zu ihr, blieb aber einige Schritte weit entfernt stehen. »Vielleicht solltest du dich besser hinsetzen.«

Sie tat es sofort, denn ihre Knie drohten nachzugeben. »Was genau hat Mr Piggott mitgeteilt? Wenn mein Vater sich weigert, die Gültigkeit unserer Ehe anzuerkennen …«

»Er weigert sich nicht.« Jasper ging zum Kamin, dort hielt er inne, wandte sich zu Julia um. Sein Kiefer war starr vor Anspannung. »Nicht so richtig.«

»Das verstehe ich nicht.«

»Er wird es akzeptieren. Er hat sogar zugestimmt, mir deine fünfzigtausend Pfund unverzüglich zu überweisen. Unter einer Bedingung.«

Ihr Mund war so trocken, dass sie kaum ein Wort herausbrachte. »Und die wäre?«

»Du musst nach London zurückkehren. Du musst wieder bei deinen Eltern in ihrem Haus am Belgrave Square wohnen. Wenn du dich weigerst, hat er geschworen, meine Vergangenheit zu erforschen und mich als Schurken zu entlarven. Er wird mich der Täuschung und des Betrugs beschuldigen und argumentieren, du wärst nicht zurechnungsfähig. Mit anderen Worten, er hat vor, uns beide zu verleumden und dein Vermögen für immer zu blockieren. Schlimmer noch, er will, dass wir eine zusätzliche hohe Summe ausgeben müssen, um seine Anschuldigungen vor Gericht zu bekämpfen. Eine Summe, von der er genau weiß, dass ich sie nicht habe.«

Julias Magen zitterte unkontrolliert. Einen Moment lang befürchtete sie, ihr würde schlecht werden. »Ich verstehe.«

Jaspers Kiefermuskel zuckte. »Ja, ich glaube, das tust du.«

Ihre Eltern wollten sie zurück. Zurück in dieses Haus und in dieses Zimmer. Zurück auf Abruf. Nicht, weil sie sie liebten oder schätzten, sondern weil Papa zu verwöhnt und quengelig war, um seine Tochter einfach so gehen zu lassen. Sie kam sich wie eine Närrin vor, dass sie das jemals geglaubt hatte.

»Mein Vater hat kein Recht, sich in meine Geldangelegenheiten einzumischen«, sagte sie.

»Dein Geld liegt auf der Bank deines Vaters.«

»Die Bank gehört ihm nicht.«

»Er ist einer ihrer wichtigsten Kunden. Sie haben guten Grund, ihn zu unterstützen. Und er erhebt diese Anschuldigungen auch nicht unüberlegt. Er hat eine angesehene Anwaltskanzlei damit beauftragt – Birchall, Crawley und Micklethwait. Piggott sagt, sie seien dafür bekannt, dass sie sich mit ihren Gegnern jahrelang vor Gericht herumstreiten. Bis es zu einem Urteil kommt, ist das Geld, um das gestritten wird, komplett in Gebühren aufgegangen.«

»Wie in Mr Dickens' *Bleak House*«, sagte sie mit leiser Stimme. »Jarndyce gegen Jarndyce.«

»So in etwa.« Jaspers graue Augen hatten die Farbe von Raureif angenommen. Julia hatte keine Ahnung, was er dachte. Der letzte Rest von Wärme war aus ihnen verschwunden.

Sie verschränkte die Hände im Schoß, um das Zittern zu stoppen. »Was schlägst du vor, was wir jetzt tun sollen?«

»Ich hätte gedacht, es wäre offensichtlich.«

War es aber nicht, nicht für sie. »Du schlägst doch wohl nicht vor, dass ich nach Hause zurückkehre?«

Jaspers Blick richtete sich auf sie. Er sah nicht mehr kalt und distanziert aus. Sondern wütend. »*Dies* ist dein Zuhause.«

»Aber mein Vermögen …«

»Zum Teufel mit deinem Vermögen.« Er kam zu ihr und ließ sich vor ihrem Stuhl auf die Knie sinken. »Wenn ich zwischen dir und deinen fünfzigtausend Pfund wählen muss, ist meine Wahl klar. Dein Vater kann das Geld haben und damit zur Hölle fahren.«

Seine Worte hätten sie beruhigen sollen.

Aber das taten sie nicht.

»Was ist mit *meiner* Entscheidung?«, fragte sie.

Der Brief von Mr Piggott hatte Jasper zutiefst verunsichert. Als er im Salon stand und ihn durchlas, erkannte er sofort die darin liegende Gefahr für ihr Leben hier. Die drohende Gefahr für die Kinder und ihn selbst.

Und nicht nur für sie vier.

Er musste jetzt auch an seine Frau denken. Allein die Vorstellung, sie zu verlieren, sie aufzugeben, ließ ihm das Blut in den Adern gefrieren. Als er die Ausführungen des Anwalts zu Ende gelesen hatte, war das Papier, auf dem diese Worte geschrieben waren, in Jaspers Faust zerknüllt. Es hatte ihn schier übermenschliche Anstrengung gekostet, seine Wut unter Kontrolle zu bringen.

Und jetzt das.

Er starrte Julia völlig entgeistert an. »Welche Entscheidung?«

»Es sind *meine* fünfzigtausend Pfund«, sagte sie. »Ich werde sie nicht an meinen Vater abtreten.«

»Denkst du denn, ich will das?«, erwiderte er. »Es ist Piggott, der dazu rät. Er glaubt, dass dies der einzige Weg ist, um deinen Vater dazu zu bringen, uns in Ruhe zu lassen. Wenn wir ihm das Geld nicht überlassen, wird er sich in unsere Privatangelegenheiten einmischen, bis …«

»Lass ihn.«

»Was?«

»Lass ihn«, sagte sie wieder. »Was kümmert uns seine Verleumdung? Ich weiß bereits über deine schlimme Vergangenheit. Und es ist ja wohl auch nicht so, als wären die Kinder davon überrascht.«

Er schüttelte den Kopf. Sie verstand es nicht. Das würde sie nie, nicht ohne die ganze Wahrheit zu kennen. Das war etwas, was er nicht mit ihr teilen konnte. Weder jetzt noch in Zukunft.

»Nein«, sagte er. »Das kommt nicht infrage.«

»Meine Tante Elinore hat das Geld mir hinterlassen, nicht meinem Vater. Und wir brauchen es, nicht wahr? Wir haben unsere Pläne für das Dach und für die Pachthäuser …«

»Nichts davon ist jetzt wichtig. Nicht, wenn …«

»Wie kannst du das sagen, wenn es der einzige Grund ist, warum du nach London gekommen bist? Du brauchtest eine Erbin.«

»Ich habe dich in dem Glauben geheiratet, du seist mittellos.«

»Ja, aber …«

»Das alles ist völlig nebensächlich!« Erregt ging er hin und her. »Wenn dein Vater darauf besteht, in meiner Vergangenheit herumzuschnüffeln, wird kein Geld der Welt ausreichen, um das wieder ins Lot zu bringen.«

Sie riss erschrocken die Augen auf. Nie zuvor hatte er seine Stimme gegen sie erhoben.

Er wandte sich von ihr ab und ging zurück zum Kamin, wobei er sich wie ein fürchterlicher Unmensch fühlte. »Hör mir zu.« Er bemühte sich, seinen Tonfall zu mäßigen. »Ich schlage das nicht leichtfertig vor. Ich weiß, was das Geld bedeuten könnte. Aber keine Summe der Welt ist wichtiger als das Wohlergehen unserer Familie. Wenn wir einen Rechtsstreit daraus machen, könnte uns das ruinieren.«

Es könnte *alles* ruinieren.

Das hatte er von Anfang an gewusst. Aus diesem Grund

hatte er seine Suche nach einer Frau auf Ladys beschränkt, deren Verwandte keine Fragen stellen würden. Ridgeway hatte behauptet, die Wychwoods seien so eine Familie. Invalide Exzentriker, die darauf bedacht waren, ihre unscheinbare Tochter mit jedem respektablen Gentleman zu verheiraten, der sie haben wollte.

Aber das war ganz und gar nicht der Fall.

Nichts an Julia war so, wie es schien, am allerwenigsten ihre kränklichen Eltern, die – wie sich herausstellte – nichts anderes wollten, als ihre Tochter so nah wie möglich bei sich zu haben, selbst auf Kosten ihres eigenen Glücks.

»Kostet es wirklich so viel?«, fragte sie. »Dass sich Mr Piggott den Versuchen meines Vaters widersetzt?«

»Piggott hat keine Chance gegen Birchall, Crawley und Micklethwait. Wir müssten jemand Besseren engagieren. Jemanden, der teurer ist.«

»Was ist mit Mr Finchley? Du hast gesagt, er wäre deine erste Wahl, wenn …«

»Das ist keine Option«, sagte Jasper. »Nicht nur wegen des Geldes. Sondern auch wegen des schlechten Rufs, den es mit sich bringen würde. Ich kann das den Kindern nicht zumuten. Es tut mir leid, aber das ist mein letztes Wort zu diesem Thema.«

Schmerz blitzte in ihren Augen auf. Sie brauchte einen Moment, um sich zu sammeln. »Natürlich möchte ich die Kinder nichts Unangenehmem aussetzen, aber … ich habe meine Rechte. Ich kann nicht zulassen, dass sie mir jemand einfach wegnimmt. Weder mein Vater.« Sie hielt inne, bevor sie hinzufügte: »Noch du.«

Jasper biss die Zähne zusammen. Er presste seine Faust auf den Kaminsims und hasste sich für das, was er tun musste. »Wie willst du diese Rechte durchsetzen?«, fragte er. »Du hast nicht die Mittel, dir einen eigenen Anwalt zu nehmen, und ich habe nicht die Absicht, dir einen zu finanzieren.«

Sie erstarrte. Innerhalb weniger Minuten waren sie von Verbündeten zu Gegnern geworden. »Ich werde mich erneut an die Hoares Bank wenden, und zwar in aller Deutlichkeit.

»Ja, das wird das Problem bestimmt lösen«, erwiderte er ironisch. »Ein scharf formulierter Brief.«

Unbeirrt fuhr sie fort: »Und meinem Vater schreibe ich ebenfalls. Ich kann nicht glauben, dass er einen Skandal heraufbeschwören würde. Er missbilligt den Gedanken an Klatsch und Tratsch. Außerdem braucht er mein Vermögen nicht. Wenn wir es aufgeben, gibt es keine Garantie, dass er seinen Kurs ändert.«

»Richtig, die gibt es nicht«, räumte Jasper ein. »Aber wenn die Alternative darin besteht, dass seine Privatdetektive in der Vergangenheit herumwühlen …«

Ein Klopfen am Bibliotheksfenster unterbrach ihn.

Charlie stand vor der Scheibe, hinter ihm Alfred und Daisy.

Jasper ging zum Fenster und öffnete es. »Was ist denn?«

»Da kommt jemand die Auffahrt hinauf«, sagte Charlie. »Ein großer Vierspänner.«

Julia stand auf und kam zu ihnen. Dabei presste sie eine Hand auf ihr Zwerchfell.

Das war das einzige Zeichen dafür, wie sehr sie durch das vorangegangene Gespräch verunsichert war.

»Ist es jemand aus dem Dorf? Der Pfarrer oder …«

»Es ist nicht der Pfarrer«, sagte Alfred. »Er fährt eine grüne Kutsche.«

»Und er kommt nie zu Besuch«, fügte Charlie hinzu.

Daisy ging kein Risiko ein. Bei der ersten Erwähnung des mürrischen Dorfpfarrers rannte sie los, in Richtung der Bäume am Ende des Gartens.

Alfred zögerte einen Moment, bevor er ihr nacheilte.

»Grundgütiger«, murmelte Jasper. »Man könnte meinen, wir hätten noch nie richtigen Besuch gehabt.«

»Charlie, du bleibst doch, oder?«, fragte Julia. »Mr Beecham könnte uns Tee bringen.«

Charlie schnaubte. »Ich werde nicht mit irgendeinem Fremden Tee trinken. Es ist mir egal, wer es ist.« Damit rannte er seinen Geschwistern hinterher.

Jasper blickte zu Julia. »Es scheint, als wären wir auf uns gestellt.« Er bot ihr seinen Arm an.

Sie nahm ihn schweigend und ein wenig steif an.

Als er mit ihr in die Halle hinausging, um ihren unerwarteten Besuch zu begrüßen, verspürte er einen scharfen Stich der Reue. Seine Geheimnisse auf lange Sicht zu bewahren bedeutete, Julia zu verletzen. Das gefiel ihm überhaupt nicht, aber es war besser als die Alternative.

»Bitte sei nicht unzufrieden mit mir«, sagte er leise.

»Ich bin nicht unzufrieden«, sagte sie. »Sondern wütend.«

Jasper sah sie überrascht an. *Wütend?*

Doch das war sie. Er sah es in ihren Augen. Er hatte nicht nur ihre Gefühle verletzt, er hatte das Unmögliche getan. Er hatte ihren Zorn geweckt.

Wäre er nicht derjenige, der ihre Wut zu spüren bekam, hätte er darüber gestaunt. Julia in Wut zu sehen, war ein besonderer Anblick.

Ihm blieb keine Zeit, etwas zu erwidern, denn Beecham öffnete bereits die Eingangstür von Goldfinch Hall. Ein Vierspänner blieb am Fuße der moosbewachsenen Eingangsstufen stehen. Im gleichen Moment öffnete sich die Tür und eine Dame in einem schwarzen Reisekleid aus Samt stieg aus, ohne fremde Hilfe in Anspruch zu nehmen. Sie hob den Kopf und sah zu ihnen hinauf. Ihre aristokratischen Züge wurden von einer schwarzen Trauerhaube und goldenen Haaren umrahmt.

Julias Hand glitt von Jaspers Arm. »Anne!«

33. KAPITEL

Julia kam Anne auf halbem Weg die Stufen entgegen und umarmte ihre Freundin begeistert. »Du bist gekommen! Aber wie …«

»Bitte entschuldige«, murmelte Anne und drückte Julia einen Moment fest an sich, bevor sie ihre Freundin wieder losließ. »Es gab keinen anderen Weg.«

Julia erkannte sofort das Verbrechen, für das ihre beste Freundin um Vergebung bat.

Anne war nicht allein gekommen. Ein großer gut aussehender Herr in einem karierten Anzug folgte ihr aus der Kutsche … ausgerechnet Mr Hartford! Noch überraschender war die in schwarzen Krepp gekleidete Dame, der er aus der Kutsche half.

Es war Annes Mutter, die Countess von Arundell.

Julia verbeugte sich mit einem Knicks. »Lady Arundell.«

Die Witwe des Earl of Arundell war eine stattliche dunkelhaarige Dame mit einem leichten Doppelkinn und einer vollen Büste. Sie war eine führende Persönlichkeit der Londoner Gesellschaft und eine bekannte Anhängerin des Spiritismus. Darüber hinaus war die Countess berühmt für ihre Exzentrik, zu denen auch die Neigung gehörte, stets Trauerkleidung zu tragen und darauf zu bestehen, dass ihre unverheiratete Tochter dies ebenfalls tat.

»Miss Wychwood. Oder sollte ich sagen, Mrs Blunt?« Der Blick Ihrer Ladyschaft schweifte abschätzig über Julia, bevor er sich zu dem Haus hinter ihr bewegte. »Also, das ist Goldfinch Hall. Ein unpassender Name für einen Ort von solch vermeintlicher Macht. Als sich die Tragödie ereignete, war es, glaube ich, unter dem Namen Edgemoor House bekannt.«

Julia erhob sich aus ihrem kurzen Knicks und warf Anne einen verwirrten Blick zu.

Anne schüttelte steif den Kopf. *Später*, schien sie zu sagen.

Mr Hartford begrüßte Julia mit einer Verbeugung. Obwohl seine Gesichtszüge ernst wirkten, flackerte in seinen Augen sein üblicher Ausdruck privater Heiterkeit, als ob er die ganze Situation furchtbar amüsant fände. »Mrs Blunt. Captain. Herzlichen Glückwunsch zur Hochzeit.«

Jasper war die Stufen hinuntergestiegen und stellte sich hinter Julia. »Hartford. Meine Damen.« Seine Stimme war so eisig wie seine Miene. »Wem verdanken wir dieses unerwartete Vergnügen?«

Lady Arundell warf ihm einen entsetzten Blick zu, als könne sie seine Unwissenheit nicht fassen. »Mr Drinkwaters zweimonatlicher Kolumne. Sagen Sie nicht, Sie haben sie noch nicht gelesen?«

»Mr Drinkwater?«, wiederholte Julia und fühlte sich völlig ratlos.

»Mr Drinkwater schreibt für den *Spiritualist Herald*«, erklärte Anne. »Er hat kürzlich erfahren, dass der Schleier zwischen der Geisterwelt und den spirituell bedeutsamen Orten in den nördlichen Grafschaften in dieser Woche am dünnsten sein wird. In seiner jüngsten Kolumne nimmt er ausdrücklich Bezug auf Edgemoor House.«

Julia warf einen Blick auf Jasper. Sein Gesicht war ausdruckslos. »Goldfinch Hall war einst Edgemoor House?«

»Im siebzehnten Jahrhundert«, sagte er. »Seitdem wurde es umgebaut und umbenannt. Von der ursprünglichen Struktur ist nichts mehr übrig.«

»Nichts außer einem Teil des alten Stallgebäudes«, meldete sich Mr Beecham von seinem Platz am oberen Ende der Eingangsstufen aus. Er warf Jasper einen entschuldigenden Blick zu. »Ihr Onkel hat es gelegentlich erwähnt.«

»Ihr Diener weiß mehr über die Geschichte dieses Ortes als Sie, Captain Blunt«, sagte Lady Arundell. »Ich werde nach dem Tee mit ihm sprechen.«

Julia nahm ihre Sinne zusammen. »Gewiss. Bitte kommen Sie herein. Mr Beecham? Würden Sie bitte im Salon den Tee servieren?«

Keine fünfzehn Minuten später saßen sie im Salon und Julia schenkte allen Tee ein. Sie war sich ihrer Pflicht als Gastgeberin bewusst. Sie hatte diese Rolle im Haus ihrer Eltern oft genug gespielt. Aber dies war kein typischer Nachmittagsbesuch. Was auch immer Lady Arundells und Mr Hartfords Beweggründe sein mochten, es war klar, dass Anne nur aus Sorge gekommen war.

»Wir haben Zimmer im Gasthof im Dorf genommen«, informierte sie Lady Arundell.

»Wenn man es Gasthof nennen kann«, ergänzte Mr Hartford.

Jasper zog leicht die Augenbrauen hoch. »Beabsichtigen Sie zu bleiben?«

»Nicht länger als zwei Nächte.« Mr Hartford nahm mit einem gemurmelten Wort des Dankes von Julia eine Tasse Tee entgegen. »Ich muss bis Freitag wieder in London sein.«

»Ich bin erstaunt, dass Sie überhaupt hier sind«, sagte Jasper.

Mr Hartfords Mundwinkel zuckten, als er seine Tasse an die Lippen führte. »Ich bin selbst ziemlich erstaunt.«

Anne warf ihm einen tadelnden Blick zu. »Meine Mutter reist nie ohne einen Gentleman, um mögliche Schwierigkeiten aus dem Weg zu räumen. Da Miss Maltravers' Onkel, Mr Fielding, im Moment nicht verfügbar ist, waren wir gezwungen, uns anderweitig nach einer Begleitung umzusehen.«

Julia verstand allmählich.

Es schien, als hätte Anne ihre Mutter zu einem Besuch überredet, indem sie ihr die Spukgeschichte von Goldfinch Hall als Köder bot. Und sie hatte es geschafft, ausgerechnet Mr Hartford zu überzeugen, sie zu begleiten.

Wie sie das alles arrangiert hatte, konnte sich Julia nicht vorstellen, aber Anne musste die Situation in der Tat für schlimm halten, um einen Mann um Hilfe zu bitten, mit dem sie seit ihrer Kindheit verfeindet war.

»Hast du etwas von Evelyn gehört?«, fragte Julia.

»Bis jetzt nur in einem Brief«, sagte Anne. »Sie wartet sehnsüchtig darauf, von dir zu hören. Stella auch. Wir waren alle drei ziemlich erstaunt, als wir von deiner Heirat erfuhren.«

»Ja. Was das angeht …« Julia gab etwas Zucker in ihren Tee. Der Löffel klirrte beim Umrühren am Tassenrand. »Es ging alles ziemlich schnell.«

Annes Lippen pressten sich zusammen. »Auch ziemlich praktisch. Und jetzt bist hier in der Wildnis von North Yorkshire, unerreichbar für deine Freunde.«

»Nicht so ganz unerreichbar«, warf Jasper ein. »Sie haben schließlich hergefunden.«

Anne öffnete den Mund, um etwas zu erwidern, doch Mr Hartford kam ihr zuvor.

»Das ist ein schönes Zimmer. Mit einer herrlichen Aussicht auf Ihren Park. Sie müssen viel Zeit hier verbringen.«

Julia hob ihre Tasse an die Lippen. »Entweder hier oder in der Bibliothek. Oder draußen, wenn das Wetter es zulässt. Wir haben viel, um uns zu beschäftigen.«

»Ich spüre hier keine Vibrationen«, bemerkte Lady Arundell. »Sie haben diesen Raum wohl renoviert.«

»Das habe ich«, sagte Jasper. »Die Arbeiten wurden vor einigen Jahren durchgeführt. Sie waren notwendig, um ihn bewohnbar zu machen.«

Lady Arundell zögerte nicht, ihren Unmut zu äußern. »Sie hätten gut daran getan, es in seinem ursprünglichen Zustand zu belassen. So kann man besser mit den noch verweilenden Geistern kommunizieren.«

»Ich nehme nicht an, dass Captain Blunt mit den Toten sprechen möchte«, ließ Mr Hartford sich vernehmen.

»Warum nicht?«, fragte Lady Arundell. »Wir können viel von der Vergangenheit lernen. Wer könnte die Wahrheit besser vermitteln als diejenigen, die in ihr gelebt haben?«

Anne saß neben ihrer Mutter auf dem Sofa. Ihre Aufmerksamkeit war ganz auf Julia gerichtet, während sich Lady Arundell und die anderen unterhielten. »Ich habe gehört, dass Cossack bei dir ist.«

Julia lächelte. »Stimmt. Er ist zusammen mit Captain Blunts Hengst Quintus untergebracht. Sie sind sehr glücklich zusammen.«

»Glück ist ein Zustand, den man sich sehr wünscht.« Der Blick aus Annes bernsteinfarbenen Augen war bedeutungsschwanger. »Für Menschen ebenso wie für Pferde.«

»Glück hat nur wenig mit der Ehe zu tun«, sagte Lady Arundell. »Es gibt wichtigere Angelegenheiten, die am besten von den Eltern eines Mädchens geregelt werden sollten.« Sie sah Julia streng an. »Das hätten *Ihre* Eltern auch tun können, mein Mädchen, wenn Sie nur auf ihren Rat gehört hätten.«

»Mama«, sagte Anne leise. »Du hast es versprochen.«

»In der Tat. Vorhaltungen sparen wir uns besser für ein anderes Mal auf.« Lady Arundell stellte ihre Teetasse wieder auf das Tablett. »Wir haben Wichtigeres zu tun. Wo ist Ihr Diener, Blunt?«

Mr Beecham wurde zurückgerufen, und Lady Arundell machte sich daran, ihn über die Geschichte des Hauses zu befragen. Nach kurzer Zeit erklärte er sich bereit, sie auf das Gelände zu begleiten, um ihnen das alte Stallgebäude zu zeigen.

Julia und die anderen begleiteten sie. Sie waren nicht weiter als bis zu den Eingangsstufen gekommen, als Anne zurückblieb und Julias Arm ergriff.

Jasper blieb zusammen mit ihnen stehen.

»Ich habe ein Hochzeitsgeschenk für dich«, sagte Anne zu Julia. »Mehrere, um genau zu sein. Sie sind privater Natur. Ich hoffe, dein Mann hat nichts dagegen, dass wir einen Moment für uns haben?

»Ganz und gar nicht«, sagte Jasper.

Julia riskierte einen Blick in sein Gesicht. Seine Miene war immer noch kalt und abweisend – ein Blick, der sie in London einst erschaudern ließ. Aber sie kannte ihn jetzt. Sie konnte sehen, dass er sich über den unangekündigten Besuch ärgerte, über die Anwesenheit von Fremden, die sich auf dem Grundstück herumtrieben, und darüber, dass Anne vor ihm einen Anspruch auf Julias Zuneigung hatte.

Sie begegnete seinem Blick und musste sich daran erinnern, dass sie immer noch wütend auf ihn war. »Bitte achte darauf, dass sie die Kätzchen nicht stören«, sagte sie leise.

Er verbeugte sich starr, bevor er mit den anderen davonzog.

Annes Augen funkelten begeistert. »*Kätzchen?*«

»Ihre Mutter ist wild«, sagte Julia. »Daisy und ich haben versucht, sie zu zähmen, aber Jasper – das heißt, Captain Blunt – will nicht, dass wir in die alte Scheune gehen. Dort ist es nicht sicher.«

»Ach, *Jasper*, ja? Und Daisy? Wer ist das? Eines der Kinder, nehme ich an.« Anne stieß einen Seufzer aus und legte ihren Arm um Julias. »Meine Liebe, du hast mir so viele Sorgen bereitet. Die Dinge, die ich getan habe, um herzukommen. Die Abmachungen, die ich um deinetwillen treffen musste. Und jetzt sehe ich, dass du dir, anstatt deine Flucht vor dem berüchtigten Helden der Krim zu planen, in seinem Haus ein Nest eingerichtet hast wie ein zufriedenes kleines Huhn.«

Julias Mundwinkel verzogen sich zu einem Lächeln. »Du bist gekommen, um mich zu retten?«

»Das war mein ursprünglicher Plan. Erst als ich deine beiden Briefe erhielt, begann ich zu ahnen, aus welcher Richtung der Wind weht. Doch da war es schon zu spät. Mein Plan war bereits in vollem Gange. Mama ließ sich nicht mehr umstimmen. Ebenso wenig wie Mr Hartford, dieser abscheuliche Mann. Hast du das karierte Monstrum gesehen, das er trägt? Er hat es nur ausgesucht, um mich zu ärgern, da bin ich mir sicher.«

»Wie kommt es, dass er bei euch ist?«, fragte Julia.

Annes Miene verfinsterte sich, so wie immer, wenn jemand Mr Hartford erwähnte. Was auch immer geschehen war, um sie zu solch erbitterten Feinden zu machen, es war ein Geheimnis, das sie nicht teilen wollte.

»Mama betrachtet ihn als einen Freund der Familie«, sagte sie. »Sie kennt seinen Großvater, den Earl of March, schon lange. Und Hartford treibt sich ständig bei uns herum und ist ein einziges Ärgernis. Es war nur natürlich, dass er seine Begleitung anbot. Es ist ja nicht so, dass er irgendwelche anderen dringenden Verpflichtungen hätte. Der Mann ist so faul, wie der Tag lang ist.«

»Ich glaube, er muss dich sehr mögen«, sagte Julia.

Anne schnaubte undamenhaft. »Pah. Genug von ihm. Ich bin nicht Hunderte von Meilen in seiner Gesellschaft gereist, nur um bei meiner Ankunft ausgerechnet über ihn zu sprechen. Ich bin hier, um über *dich* zu sprechen. Was hat dich dazu bewogen, einen solchen Sprung zu wagen? Und das ausgerechnet mit Captain Blunt?«

Julia gab ihrer Freundin eine Kurzfassung der Ereignisse, die zu ihrer Heirat geführt hatten, erzählte ihr von Lord Gresham, Dr. Cordingleys Besuch und wie sie Jasper vom Krankenbett aus einen Heiratsantrag gemacht hatte.

»Es war das Beste, was ich je getan habe«, sagte sie aufrichtig. »Er hat mich so glücklich gemacht.«

Annes Blick wurde mitfühlender. »Das habe ich mir schon gedacht. Ich kann nur bedauern, dass ich es nicht selbst gesehen habe. Ich war völlig gegen ihn. Evie war da aufgeschlossener. Sie hat ihn mal bei Hatchards getroffen, als er einen Roman kaufen wollte. Das genügte, um sich ihre gute Meinung zu verdienen. Bei mir ist das schwieriger.«

»Auch jetzt noch?«

»Ich fange an, mich für den Mann zu erwärmen. Jemand, der dich so glücklich macht, muss auch gute Eigenschaften haben. Aber ich finde immer noch, dass er zu groß für dich ist und viel zu mürrisch.«

»Aber das ist er doch gar nicht«, entgegnete Julia. »Wir passen perfekt zueinander.«

»Hmm.« Anne war skeptisch. »Was ist mit dieser alten Ruine? Kannst du hier wirklich zufrieden sein? Es scheint nicht viele Bedienstete zu geben. Und das Anwesen – ich will ja nicht überkritisch sein, aber du wirst mir sicher zustimmen, dass es ein wenig schäbig ist.«

»Es ist großartig«, sagte Julia. »Alles – die Kinder, das Anwesen und mein Mann. Ich bin hier wirklich glücklich. Versprochen.«

Anne betrachtete lange ihr Gesicht, bevor sie schließlich nickte. »Wenn das so ist, sollte ich dir wohl besser deine Geschenke geben.«

Anne ließ Julias Arm los und kehrte zur Kutsche zurück. Ein Lakai half ihr, ein großes buchförmiges Paket aus dem Wageninneren zu holen. »Können wir uns irgendwo hinsetzen?«, fragte sie. »Vielleicht im Freien? Ich habe für den Rest meines Lebens genug von geschlossenen Räumen.«

Julia nahm ihre Freundin bei der Hand. »Ich weiß genau den richtigen Ort.«

Im Garten gab es eine alte Laube, die mit Wildblumen und Weinreben überwuchert war. Dorthin führte sie Anne, und die beiden setzten sich Seite an Seite in den Schatten der Blätter.

Julia riss die Verpackung ihres Geschenks auf und enthüllte das riesige Buch darin. Sie las den Titel laut vor: »Mrs Beetons Buch der Haushaltsführung.«

»Es ist erst letztes Jahr erschienen, geschrieben von einer Dame, die alles über die Führung eines Haushalts weiß. Es gibt sogar ein Kapitel über die Behandlung von Flecken.« Anne betrachtete zusammen mit Julia die Seiten, während sie das Buch durchblätterten. »Du wirst alles lernen, daran habe ich keinen Zweifel. In der Zwischenzeit habe ich meine Zofe Jeanette aus London mitgebracht. Na ja, nicht *jetzt*. Sie ist noch im Gasthaus und macht unsere Zimmer gemütlich. Aber ich werde sie mitbringen, wenn wir morgen früh zu Besuch kommen, und sie wird all deine Kleider für dich reinigen und bügeln.«

Julia stiegen Tränen der Dankbarkeit in die Augen und sie umarmte ihre Freundin ganz fest. »Ich danke dir.«

»Das ist mein zweites Hochzeitsgeschenk«, sagte Anne, als sie sich voneinander lösten. »Und das ist das dritte.« Sie öffnete das schwarze Samttäschchen, das an ihrem Handgelenk hing, und holte ein gefaltetes Stück Papier heraus. »Ich gestehe, ich habe es in der Absicht danach gesucht, Captain Blunt als Schurken zu entlarven. Jetzt, da ich weiß, dass du Gefühle für diesen Mann hegst, bin ich erleichtert, dass es mir nicht gelungen ist.«

Julia beäugte das Papier mit Besorgnis. »Was ist es?«

»Ein alter Zeitungsausschnitt aus dem *London Courant* von 1855. Der ausführlichste Bericht, den ich über die damaligen Ereignisse auf der Krim finden konnte.« Julias Zögern ließ Anne lächeln. »Keine Angst. In dem Bericht steht, dass er ein Held war. Hier, nimm. Lies ihn selbst.«

EIN HELD DER KRIM

Endlich wurden die Bemühungen Frankreichs und Englands auf der Krim mit Erfolg gekrönt: Die mächtige Festung von Sebastopol ist nun im Besitz der verbündeten Armeen. Doch der Sieg war mit einem furchtbaren Preis verbunden. Während sich außerhalb der Mauern mutige Herzen abmühten, gab es innerhalb der Mauern tapfere Verteidiger, die alles riskierten. Unter ihnen wird Captain J. Blunt der 10th Royal Hussars sicherlich als einer der größten Helden des Konflikts in die Geschichte eingehen. Zusammen mit einem Spähtrupp, dem vier seiner beherzten Männer angehörten, geriet Captain Blunt beim Fall der Stadt ins Feuer eines feindlichen Scharfschützen. Lieutenant J. Marshland, Sohn des verstorbenen Reverend Marshland, Pfarrer von Cadenham, war auf der Stelle tot. Blunts verbliebene Männer, Lieutenant R. Grainger, der Bruder von Viscount Ridgeway, und die Lieutenants T. Akers, Sohn von L. Akers aus Wimbledon, und W. Vaughn, Sohn von Mr M. Vaughn aus Newcastle, erlagen dem Kugelhagel. Als eine feindliche Patrouille auftauchte und möglicherweise wertvolle Informationen, die Lieutenant Marshland bei sich trug, erbeutet hätte, konnte Captain Blunt den Feind unter Todesgefahr eigenhändig ausschalten. Blunt erholt sich von seinen schweren Verwundungen im Krankenhaus von Skutari. Er wird für eine besondere Tapferkeitsmedaille in Betracht gezogen, die von Königin Victoria verliehen werden soll.

Das Blut wich Julia beim Lesen aus dem Gesicht. Als sie fertig war, fühlte sie sich ganz schwach, ähnlich wie nach dem Besuch von Dr. Cordingley und seinem Schröpfschnepper.

»Siehst du«, sagte Anne triumphierend. »Dein Gatte war ein Held. Ich habe den Mann falsch eingeschätzt, das gebe ich offen zu.«

»Ja, ich verstehe«, antwortete Julia.

Aber das war noch nicht alles, was sie verstanden hatte.

Ein Name war ihr aus dem Zeitungsartikel entgegengesprungen: *Lieutenant J. Marshland.*

Jasper hatte sie angelogen. J. Marshland war nicht sein Pseudonym. J. Marshland war niemandes Pseudonym. Er war einer von Jaspers Männern gewesen. Ein Soldat, der unter ihm gedient hatte. Der Sohn eines Landpfarrers.

»Er war ein Träumer. Er liebte Romane – er las und schrieb sie.«

Jaspers Worte im Garten der Claverings kamen ihr wieder in den Sinn.

Kein Wunder, dass sich der Stil der Bücher von James Marshland nach dem Krieg verändert hatte. Das lag daran, dass James Marshland sie nicht mehr schrieb.

34. KAPITEL

Jasper hielt sich zurück, während Lady Arundell das dunkle Innere des Stalls in Augenschein nahm. Er wusste sehr wohl um den unheimlichen Ruf von Goldfinch Hall. Gerüchte hatten das Anwesen schon lange vor seiner Ankunft heimgesucht und würden zweifellos noch lange nach ihm kursieren.

Das alles war natürlich Unsinn.

Es gab keine Geister in Goldfinch Hall. Keine Gespenster, die dazu verflucht waren, auf der Erde herumzuwandern. Nur Schimmel und Verfall – die Auswirkungen allzu menschlicher Vernachlässigung.

»Ich spüre es hier ganz deutlich«, erklärte Lady Arundell, als sie vor den leeren Kisten zum Stehen kam. »Da ist ein kalter Hauch. Eine Präsenz.«

»Der Boden ist verrottet«, sagte Jasper. »Das Dach auch. Was Sie spüren, ist die Feuchtigkeit.«

»Haben Sie vor, es zu reparieren?«, fragte Hartford. »Wahrscheinlich, jetzt, da Sie verheiratet sind.«

Jasper warf ihm einen irritierten Blick zu. Warum dieser Mann auch immer hier sein mochte, er war verdammt lästig. »Irgendwann, ja.« Er trat einen Schritt vor. »Mylady? Sollen wir wieder ins Haus zurückkehren? Dieses Gebäude ist nicht sicher.«

Widerwillig begleitete ihn Lady Arundell zurück auf den leeren Hof. »Haben Sie mal daran gedacht, eine Séance abzuhalten? Ich kenne keine spiritistischen Praktiker in diesem

Teil des Landes, aber ich wage zu behaupten, dass Sie ein paar Einheimische zusammenbringen könnten.«

»Davon würde ich abraten«, sagte Hartford. »Die Leute in diesem tristen kleinen Dorf sehen nicht besonders aufgeklärt aus. Offenbar waren sie es, die die ursprünglichen Bewohner des Hauses aufgeknüpft haben.«

»Es war eine politische Hinrichtung.« Jasper begleitete sie zurück zum Haus. »Eine von vielen während des Bürgerkriegs.«

»Ich interessiere mich nicht für die Geschichte der Roundheads und Cavaliers«, erwiderte Lady Arundell. »Ich beschäftige mich mit geistlichen Dingen. Und dieses Haus ist mutmaßlich eine wahre Brutstätte spiritueller Aktivitäten.«

»Ich wohne seit sechs Jahren hier, Ma'am«, sagte Jasper, »und bin noch nie einem Geist begegnet.«

Hartford grinste. »Sie haben sie wahrscheinlich verscheucht. Sie sind nicht gerade eine einladende Erscheinung.«

Jasper bestritt diese Tatsache nicht. Er hatte kein Interesse daran, jemanden hier willkommen zu heißen. Keine Geister. Keine menschlichen Wesen. Er wollte mit seiner Familie in Ruhe gelassen werden.

Einer Familie, die im Moment nirgendwo zu sehen war.

Es war schon fast eine Stunde vergangen, seit Julia mit Lady Anne weggegangen war. Sie war nicht zurückgekommen, ebenso wenig wie die Kinder.

Jasper geleitete Hartford und Lady Arundell zurück in den Salon. Er schickte Beecham in die Küche, um weiteren Tee zu holen.

Es dauerte eine weitere Viertelstunde, bis Julia und Lady Anne zurückkehrten. Lady Anne war ausgesprochen fröhlich und sprach über ein Haushaltsbuch, das sie Julia geschenkt hatte, aber Julia war still. Ihr Gesicht war fast so blass wie nach dem Aderlass.

Sofort war Jasper auf den Beinen. »Ist alles in Ordnung?«

»Alles bestens«, antwortete Lady Anne, die sich neben ihre Mutter setzte. Ihr Tonfall war bestimmt, dennoch sah sie mit kaum verhüllter Sorge zu Julia. »Das war ein schöner Besuch, nicht wahr, meine Liebe?«

»Ja. Ganz wunderbar.« Julia setzte sich kerzengerade in ihren Sessel. Sie wich Jaspers Blicken aus, während sie allen den Tee nachschenkte.

Er beobachtete sie mit wachsendem Unbehagen. Ihre Bewegungen hatten etwas seltsam Unbeteiligtes an sich. Es erinnerte ihn daran, wie er sie mit Lord Gresham auf dem Ball der Claverings hatte tanzen sehen. Als hätte sie sich in sich zurückgezogen.

Wie durch ein Wunder überstand er die nächste Stunde, ohne sie beiseite zu ziehen und sie auszufragen. Er begleitete mit ihr zusammen die Gäste hinaus und stand schweigend da, während sie Lady Anne zum Abschied umarmte und der Kutsche hinterherwinkte.

Erst als der Vierspänner außer Sichtweite war, Beecham sich ins Haus zurückgezogen hatte und Jasper und Julia allein auf der Treppe waren, sprach er endlich frei.

»Was ist passiert?«, fragte er. »Und bitte versuch nicht, mir weiszumachen, es sei alles in Ordnung. Du bist offensichtlich aufgebracht.«

Sie strich die Röcke ihres Kleides glatt und wich seinem Blick weiter aus. »Ich *bin* aufgebracht. Das habe ich dir bereits gesagt.«

»Es geht nicht um dein Vermögen. Lady Anne muss etwas gesagt haben …«

»Ja. Das hat sie.« Endlich sah ihn Julia an. Ihre saphirblauen Augen waren anklagend, ihre Miene so hart wie ein Stück Sèvres-Porzellan, das zu zerbrechen droht.

Ihm stockte der Atem.

Aber sie machte ihm keine Vorwürfe.

»Ich muss mein Reitkostüm anziehen«, sagte sie abrupt. »Ich werde mit Cossack über die Heide reiten.«

Er schaute finster drein. »Jetzt?«

»Ja, jetzt. Du kannst gerne mitkommen, wenn du willst.« Damit drehte sie sich um und kehrte ins Haus zurück.

Die North York Moors waren kahl und trostlos. So trostlos, wie sich Julia gerade fühlte. Sie gab Cossack einen sanften Ansporn mit der Ferse, und er galoppierte über die baumlose Landschaft auf die niedrigen, mit Heidekraut bewachsenen Hügel in der Ferne zu.

Sie fühlte sich auf Cossacks Rücken mutiger und stärker. Und auch jetzt empfand sie es. Deshalb hatte sie darauf bestanden, mit ihm auszureiten. Wenn sie mit Jasper dieses Gespräch führen musste, war es besser, wenn sie sich dabei so selbstbewusst wie möglich fühlte.

Er galoppierte hinter ihr auf Quintus. Er hielt den Hengst zurück und überließ Cossack die Führung. Überließ *ihr* die Führung.

Und nicht nur beim Reiten.

Es war zweifellos eine Strategie.

Jasper würde nichts sagen – nichts zugeben –, bis er genau wusste, was man ihm vorwarf.

Als sie sich den Hügeln näherten, verlangsamten sie ihre Pferde zu einem Trab. Hier war es kälter, der Wind peitschte durch die vereinzelten Bäume und über die großen Sandsteinhaufen, die den unebenen Boden bedeckten.

Jasper ritt auf Quintus neben ihr her und schwieg weiter.

Sie zwang sich, ihm in die Augen zu sehen. Ihr Herz brannte vor Schmerz über seine Unehrlichkeit. »Der Pfarrerssohn – der, den du ausgepeitscht hast, weil er einem Sterbenden Brot geben wollte –, der gern las und Romane schrieb. War sein Name James Marshland?«

Jasper zuckte vor ihren Worten zurück, als hätte sie ihn geschlagen.

Das war Antwort genug, aber Julia würde sich nicht zufriedengeben, bevor er es nicht mit seinen eigenen Worten zugab. »War das sein Name?«, fragte sie erneut.

Sein Gesicht wurde blass, und seine lange Narbe hob sich noch deutlicher ab als sonst. »Ja«, sagte er heiser. »Wie …?«

»Anne hat einen alten Zeitungsausschnitt mitgebracht. Sie wollte mir damit zeigen, wie heldenhaft du während des Krieges warst. Darin stand, dass du der einzige Überlebende eines brutalen Angriffs warst, bei dem du eine Patrouille von feindlichen Soldaten ausgeschaltet und wichtige Informationen gerettet hast. Es stand auch drin, dass der Erste, der bei dem Angriff starb, einer deiner Lieutenants war, ein Pfarrerssohn namens J. Marshland.« Ihr Griff auf Cossacks Zügel verstärkte sich. »Es ist nicht dein Künstlername, oder?«

»Nein. Ist es nicht.« Unter ihm warf Quintus ungeduldig den Kopf hin und her. Jasper machte keine Anstalten, ihn zu beruhigen. Seine Aufmerksamkeit war völlig auf Julias Gesicht gerichtet.

Sie war erstaunt, wie fest ihre Stimme blieb. »In Wirklichkeit hat James Marshland all diese Bücher geschrieben, nicht wahr?«

»Das hat er.«

»*Der Feueropal* und all die anderen, die ich so sehr geliebt habe. Bis zu seinem Tod. Dann hast du übernommen.«

Etwas flackerte in Jaspers frostgrauen Augen auf, als ob er

eine entscheidende Tatsache begriffen hätte, die ihm vorher nicht bewusst gewesen war. Das veränderte sein Verhalten. Die Farbe kehrte allmählich in sein Gesicht zurück, während er Quintus wieder unter Kontrolle brachte.

»Deshalb hat sich der Stil geändert«, sagte sie. »Du hast nach dem Krieg seinen Namen gestohlen. Aus Geldgründen, nehme ich an.«

»Das glaubst du?«

»Ich kann zu keinem anderen Schluss kommen.«

Jasper schwieg einen Moment, als würde er seine Antwort genau abwägen. »Wäre das ein Verbrechen?«

Julia verzog entsetzt das Gesicht. Dass er das überhaupt fragen musste! »Einen Mann auszunutzen, der in deinem Dienst gestorben ist? Einen Mann, den du abscheulich behandelt hast?«

»Er *wurde* abscheulich behandelt«, sagte Jasper.

»Von *dir*«, erwiderte Julia nachdrücklich. »Du bist derjenige, der ihn schlecht behandelt hat. Du hast gesagt, dass du die Vergangenheit bedauerst. Dass du es wiedergutmachen wolltest. Aber du hast dich überhaupt nicht geändert, nicht wahr? Wenn es so wäre, hättest du nicht seine Arbeit gestohlen.«

»Ich habe nichts von ihm gestohlen.«

»Du hast bereits gestanden, dass du es getan hast. Dass die Bücher von ihm geschrieben wurden. Und jetzt gibst du sie als deine eigenen aus – und kassierst auch noch seine Tantiemen! Denkst du denn gar nicht an seine Familie?«

»Marshland hatte keine Familie«, sagte Jasper. »Er hatte niemanden auf dieser Erde.«

»Jeder hat jemanden.«

»Er hatte niemanden. Und was seine Tantiemen angeht … die sind gering genug. Kaum den großen Betrug wert, den du mir vorwirfst.«

»Aber es *bleibt* Betrug.«

»Wenn es einer ist, schadet er niemandem.«

Julia konnte nicht länger ruhig bleiben. »*Mir* schadet er! Verstehst du das denn nicht? *Ich* bin diejenige, die du betrogen hast.« Sie zitterte vor Schmerz und Wut. »Worüber hast du mich noch belogen?«

Jasper antwortete nicht. Er sah sie nur an, die Brauen zu einem grüblerischen Stirnrunzeln zusammengezogen.

Sie wandte ihr Gesicht ab, weil sie befürchtete, dass ihr die Tränen in die Augen stiegen. »So ist das also? Ich bin dazu verdammt, dass mir die Wahrheit Stück für Stück offenbart wird? Ohne zu wissen, welch böse Überraschungen hinter der nächsten Ecke auf mich lauern?«

Jasper brachte Quintus näher an Cossack heran. »Julia …«

»Eine andere Mätresse vielleicht? Noch mehr Kinder? Eine weitere Grausamkeit, die du an einem Soldaten verübt hast, der sich nicht wehren konnte?«

»Grundgütiger. Ist es das, wovor du Angst hast? Ich habe keine anderen Mätressen oder Kinder. Und ich war nie …« Er fluchte leise. »Verdammt, Julia, zwing mich nicht zu diesem Gespräch. Es wird dir nicht gefallen, wie es endet.«

Julia starrte weiter über die Heide und weigerte sich, ihn anzuschauen. Ihre Kehle war wie zugeschnürt. Sie fuhr sich mit ihren behandschuhten Fingern über die Wange und wischte sich eine einzelne Träne weg.

Jasper stieß einen heiseren Laut der Verzweiflung aus. »Bitte weine nicht.«

Sie verschloss ihr Herz. Sie musste sich davor schützen, verletzt zu werden.

Als sie spürte, wie Quintus näher kam, verspürte sie den Drang, Cossack anzutreiben. So schnell wie möglich davonzugaloppieren. Sie weinte nicht, noch nicht, aber wenn Jasper es wagte, sie zu berühren, fürchtete sie, würde der Damm ihrer Gefühle brechen und sie den letzten Rest ihrer Würde verlieren.

Er musste ihre Absicht gespürt haben. Mit einer entschlossenen Bewegung ergriff er die Zügel von Cossack.

Sie drehte sich empört zu ihm um. »Wie kannst du es wagen …«

»Du wirst nicht vor mir weglaufen«, sagte er unwirsch. »Nicht hier.« In einer einzigen fließenden Bewegung stieg er von Quintus ab, packte Julia um die Taille und hob sie aus dem Damensattel. »Dein Pferd würde stolpern und du würdest dir den Kopf an den Steinen stoßen, und was wird dann aus mir?« Er setzte sie auf dem unebenen Boden ab und hielt sie fest in seinen Armen. »Weißt du denn nicht, dass ich ohne dich nicht leben kann?«

Tränen füllten ihre Augen. Sie zwang sich, sie nicht zu vergießen. »Ich würde nicht fallen. Ich kann sehr gut reiten.«

»Und ich sehr gut schreiben«, sagte er ernst, seine Hände fest um ihre Taille gelegt.

Sie starrte ihn an.

Er erwiderte unverwandt ihren Blick. Er war weiß um den Mund. »Du wolltest die Wahrheit. Hier ist sie. J. Marshland ist nicht mein Pseudonym. Es ist mein richtiger Name.«

Sie blinzelte. »*Was?*«

»Es war Captain Blunt, der beim Fall von Sebastopol starb«, sagte er. »Captain Blunt, der durch einen Gewehrschuss ins Gesicht ums Leben kam. Ich war der einzige Überlebende des Gefechts – der Mann, der die Patrouille der Russen in die Flucht schlug. Ich hatte niemanden, der zu Hause auf mich wartete. Niemanden auf dieser Welt. Blunt hatte auch niemanden, zumindest hat er das behauptet. Aber er hatte etwas anderes. Ein Anwesen. Ein abgelegenes Anwesen in Yorkshire, das er geerbt hatte und auf dem er sich nach dem Krieg zur Ruhe setzen wollte. *Eine Zuflucht* hat er es genannt.«

Julia schüttelte ungläubig den Kopf. Das konnte nicht wahr sein.

Unerbittlich fuhr Jasper fort. »Als wir geheiratet haben, habe ich dir gesagt, dass ich schon einmal egoistisch gewesen bin. Es war der Tag, an dem ich beschloss, Anspruch auf Blunts Anwesen zu erheben. Wir waren von ähnlicher Größe und Statur, hatten beide schwarzes Haar, helle Augen und einen dichten Krim-Bart. Als ich im Krankenhaus von Skutari aufwachte, hielt man mich für ihn. In den ersten Wochen sprachen sie mich mit seinem Namen an. Und ich dachte ... warum nicht? Es gab niemanden, der mich aufhalten konnte. Niemand, der geschädigt wurde. Wenn Blunt starb, würde das Anwesen an die Krone fallen. Nachdem ich mich also erholt hatte und kräftig genug für die Reise war, kam ich zurück nach England, reiste nach Yorkshire und beanspruchte Goldfinch Hall für mich.«

Ihre Knie gaben unter ihr nach.

Er stützte sie und führte sie zu einem Felsen. Er war ungefähr so hoch wie ein Stuhl.

Julia ließ sich wie betäubt darauf nieder. Ihre Gedanken waren völlig durcheinander. Es fühlte sich an, als sei sie wirklich vom Pferd gefallen. Als hätte sie einen Schlag gegen den Kopf erlitten.

Jasper ließ sie für einen Moment allein, um die Pferde an einem nahen Baum anzubinden. »Ich habe mir eingeredet, dass ich es verdient habe«, sagte er, während er die Zügel am Stamm befestigte. »Dass es das Mindeste war, was Blunt mir schuldete für all die Gewalt und das Elend, das ich durch seine Hand ertragen musste.«

»Die Spuren auf deinem Rücken ...« Sie erkannte den Klang

ihrer eigenen Stimme nicht. »Es war Captain Blunt, der dich ausgepeitscht hat?«

»Erbarmungslos.« Jasper kehrte zurück und stellte sich vor sie. Sein Gesicht war angespannt, als sei er entschlossen, seine Geschichte fortzusetzen, koste es, was es wolle. »Er war erbarmungslos, zu mir und zu allen, die unter ihm dienten. Wir befanden uns bereits in einem erbärmlichen Zustand. Es war eiskalt – wir mussten unsere Tinte auftauen, um schreiben zu können. Und unsere Kleidung war nicht für das Klima dort geeignet. Wir waren ausgemergelt und hungrig. Das Essen, das uns zugeteilt wurde, war nicht zum Verzehr geeignet. Aber Blunt machte es noch schlimmer. Er kürzte unsere Rationen für die kleinsten Vergehen. Er ließ Männer wegen Ungehorsam auspeitschen, die bereits wegen Ruhr und Entkräftung im Sterben lagen. Ich hatte Mitleid mit einem von ihnen und gab ihm mein Brot. Als Blunt das erfuhr, statuierte er ein Exempel an mir.«

Ihre Kehle schnürte sich zusammen. Sie erinnerte sich an Jaspers Worte im Garten der Claverings. Wie er den Sohn des Pfarrers beschrieben hatte, der ausgepeitscht worden war.

Er war ein tapferer Bursche. Edelmütig, könnte man sagen. Trotzdem war er nicht für den Soldatenberuf geschaffen.

Damit hatte er sich selbst beschrieben. Er war der edle junge Soldat, der einem sterbenden Gefangenen Brot gegeben hatte. Der in Bücher vernarrte Sohn eines Landpfarrers. Ein Junge, der nicht zum Soldaten geschaffen war.

»Ich wurde über Nacht in der Wachstube eingeschlossen«, fuhr Jasper fort. »Meine Wunden blieben unbehandelt. Ich war nicht in der Lage zu schlafen oder mich auch nur zu bewegen. Blunt saß bis in die frühen Morgenstunden bei mir, trank und redete und trank noch mehr. Dann erzählte er mir von seinem Nachlass. Er sagte, er sei der Letzte seines Namens. Dass er niemanden habe, der auf ihn warte. Stell dir vor, wie bestürzt ich war, als ein paar Wochen nach meiner Ankunft in Goldfinch Hall Dolly Carvel mit Daisy auf dem Arm vor der Tür stand.«

Das war der schwache Schatten eines Silberstreifens. Julia klammerte sich daran. »Sie ist nicht deine Mätresse gewesen.«

»Natürlich nicht. Ich habe nie eine Mätresse gehabt. Ich habe nie …« Er brach wieder ab und kratzte sich am Kinn. »Dolly war etwas, das völlig außerhalb meiner Erfahrung lag. So, wie ich es für sie war, daran habe ich keinen Zweifel. Sie hatte gehört, dass sich Blunt in Goldfinch Hall niedergelassen hatte, und hatte ihr letztes Geld für die Reise verwendet, in der Hoffnung, er würde etwas für sie und die Kinder tun. Aber sie war alles andere als naiv. Sie hat mich sofort durchschaut. Es dauerte keine fünf Minuten, bis sie es mit Erpressung versuchte.«

»Erpressung?« Julia hatte Mühe, ihre wirbelnden Gedanken zu ordnen. »Was wollte sie von dir?«

»Sie wollte, dass ich nach ihrem Tod die Jungen aus dem Armenhaus hole und mich um die Kinder kümmere. Wenn ich mich weigerte, wollte sie mich entlarven. Sie war die einzige Person, die das tun konnte. Blunt hatte die meiste Zeit seines Lebens in entlegenen Teilen der Welt gedient. Er hatte keine Freunde. Er war zu sprunghaft, um Beziehungen zu pflegen. Dolly war die Einzige, die ihn über längere Zeit gekannt hatte. Er gab ihr Geld, wenn er sie besuchte, aber für den langfristigen Unterhalt der Kinder hatte er keinerlei Vorsorge getroffen.«

»Du hättest einfach irgendwo anders hingehen können.«

»Das hätte ich«, räumte er ein. »Das hatte ich sogar vor, nachdem ich die Jungen aus dem Armenhaus geholt hatte. Aber Dolly lag im Sterben. Und Daisy war so klein und hilflos. Sie konnten nirgendwo anders hin, und es gab niemanden, der sich um sie kümmerte. Ich konnte den Gedanken nicht ertragen, dass Blunts Grausamkeit noch mehr Opfer forderte. Nicht, wenn ich etwas tun könnte, um ihnen zu helfen.«

»Sie wissen es nicht?«, fragte sie.

»Keiner weiß es.« Er hielt inne und runzelte die Stirn. »Ridgeway hat einen Verdacht, aber er wird wohl nichts sagen. Was alle anderen angeht … ich war vorsichtig. Das musste ich auch sein. Wenn jemand die Wahrheit herausfindet, würde das bedeuten, die Kinder zu verlieren. Sie sind der Grund, warum ich geblieben bin. Der Grund, warum ich das alles getan habe. Ich kümmere mich jetzt um sie, als wären sie meine eigenen. Deshalb kam ich nach London. Um eine reiche Frau zu finden. Es schien der einzige Weg, das Anwesen zu retten und ihre Zukunft zu sichern. Aber ich habe nicht gefunden, wonach ich gesucht habe. Ich fand etwas anderes, etwas Besseres. Ich habe dich gefunden.«

Blinzelnd kämpfte sie gegen die Tränen an.

Er ging vor ihr auf die Knie, genau wie vorhin in der Bibliothek, nur dass jetzt eine brennende Intensität in seinem Blick lag. »Ich habe dich nicht wegen der Kinder geheiratet, wegen des Anwesens oder wegen irgendetwas, das mit Blunt zu tun hat«, sagte er. »Sondern für mich selbst. Für mein *wahres* Ich. Ich habe dich geheiratet, weil ich dich liebe. Das musst du mir glauben.«

Julia starrte ihn an. »*Sind* wir verheiratet?«

35. KAPITEL

Jasper zuckte zusammen. Er hatte geahnt, dass sie diese Frage stellen würde. Das machte es aber nicht leichter, sie zu hören. Als er jetzt vor Julia kniete, allein mit ihr in der weiten, öden Heidelandschaft, über die ein rauer Wind strich, empfand er ein wachsendes Gefühl der Verzweiflung.

Sie war zu still. Zu beherrscht. Obwohl ihr die Tränen in den Augen standen, weinte sie nicht, beschimpfte ihn aber auch nicht.

Sein Betrug hatte sie schwer verletzt. Erst jetzt begann er zu begreifen, wie sehr.

»Natürlich sind wir verheiratet«, erwiderte er fast grob. »Du bist meine Frau.«

»Ich habe Captain Blunt geheiratet.«

»Das ist, wer ich jetzt bin. Wer ich für alle Zeiten sein muss.«

»Aber du bist nicht Captain Blunt. Du bist James Marshland.«

Seine Brust zog sich schmerzhaft zusammen. So manches Mal, als er sie geküsst oder mit ihr geschlafen hatte, hätte er seine Seele verkauft, um zu hören, dass sie seinen Namen aussprach. Dass sie ihn nur ein Mal James nannte.

Aber nicht jetzt.

Jetzt fühlte es sich wie eine Anklage an.

»Im Geiste vielleicht«, sagte er, »aber nicht vor dem Gesetz.«

Sie schüttelte den Kopf. »Unsere Ehe kann nicht legal sein.«

»Ist sie aber. Dafür habe ich gesorgt.«

»Wie?«

Er zögerte, es zu erklären, weil er wusste, wie kaltblütig sein Handeln erscheinen würde. »Ich habe vertrauliche Erkundigungen eingeholt, bevor wir geheiratet haben.«

Sie warf ihm einen scharfen Blick zu. »Erkundigungen bei wem?«

Er schwieg einen Moment, bevor er zugab: »Ich habe mich mit Mr Finchley beraten, an dem Tag, als er in Ridgeways Haus kam.«

Ihre Brust hob und senkte sich in einem unsicheren Atemzug. »Er kannte also die Wahrheit.«

»Nicht ganz. Ich habe es ihm als hypothetische Frage vorgelegt. Aber er wusste genug, um mir einen Rat zu geben.«

»Was hat er gesagt?«

»Er sagte, wenn die Ehe mit einer Lizenz geschlossen wird, macht es nichts, wenn der Mann einen falschen Namen benutzt. Solange die Braut, der Pfarrer und die Trauzeugen nichts von seiner wahren Identität wüssten – solange sie alle in gutem Glauben handelten –, sei die Ehe rechtmäßig.«

Diese Information schien sie nicht zu beruhigen.

»Aber wir haben nicht nur vor dem Gesetz geheiratet. Sondern in einer Kirche. Wir haben vor Gott unsere Gelübde abgelegt.«

»Ich habe alles ernst gemeint, was ich dort gesagt habe«, sagte er. »Nichts davon war gelogen.«

»Aber es war auf einer Lüge aufgebaut. Unser ganzes Leben hier ist eine. Deines, meines und das der Kinder …«

»Willst du, dass ich ihnen die Wahrheit sage? Um mein Gewissen auf ihre Kosten zu beruhigen? Welchem Zweck könnte es dienen, außer sie an ihrem Platz in der Welt zweifeln zu lassen? Sie in der Angst leben zu lassen, dass ihnen eines Tages all das genommen wird?«

Ihre Augen schimmerten vor Tränen. »Du hättest es *mir* sagen müssen.«

Er lehnte sich an sie und wünschte, den Schmerz vertreiben zu können, der sich auf ihrem Gesicht widerspiegelte. Seine Stimme klang tief vor verzweifelter Aufrichtigkeit. »Das wollte ich. So oft.«

Auf der Zugfahrt von London war der Wunsch, ihr alles anzuvertrauen, fast übermächtig stark gewesen. Und dann im Turm, als sie sein Manuskript gefunden hatte. Der Wunsch war da gewesen, als er das erste Mal mit ihr geschlafen hatte, und seitdem jede Nacht, wenn er sie in seinen Armen hielt.

Aber er hatte seine Last nicht auf ihren Schultern abladen wollen. Dafür wusste er nur zu gut, welchen Preis das kostete. Die nagende Schuld, die ihn an jenen vergangenen Tagen geplagt hatte. Die Nächte, die er damit verbracht hatte, mit seinem Gewissen zu ringen und sich zu fragen, ob es tatsächlich eine Tugend sein konnte, eine Lüge zu leben.

Er hatte sich vor langer Zeit mit der Notwendigkeit abgefunden.

Vom moralischen Standpunkt aus gesehen war die Wahrheit schön und gut. Eine edle Illusion. Aber es gab Dinge im Leben, die viel edler waren. Pflichterfüllung und Selbstaufopferung zum Beispiel.

Es gab die Liebe.

»Warum hast du es dann nicht getan?«, fragte sie. »Hattest du Angst, ich würde dein Geheimnis nicht bewahren?«

»Es geht nicht darum, das Geheimnis zu bewahren. Es geht darum, es zu ertragen. Außerdem«, fügte er hinzu, »war es nicht nur mein Geheimnis. Es ist es immer noch nicht. Das Risiko für die Kinder ist zu groß. Und die Kinder *müssen* an erster Stelle stehen. Sie verlassen sich auf mich. Wenn ich sie im Stich lasse …« Er schüttelte den Kopf und weigerte sich, diese Möglichkeit auch nur in Betracht zu ziehen. »Ich kann nicht. Ich werde es nicht tun. Nicht, wenn ich für den Rest meines Lebens die Rolle des Captain Blunt spielen muss.«

»Wie passe ich in diese Scharade?«, fragte sie. »Wir haben bereits festgestellt, dass ich nicht an erster Stelle stehe.«

Er runzelte die Stirn. »Das habe ich nicht gemeint, und das weißt du auch. Sie stehen an erster Stelle, weil sie Kinder sind. *Meine* Kinder. Es spielt keine Rolle, wer ihre Eltern waren. Familie wird nicht nur durch Blutsbande bestimmt. Und wir sind eine Familie. Wir alle, du eingeschlossen. Ich weiß, dass sie dir auch wichtig sind. Ich habe es mit eigenen Augen gesehen.«

»Sie *sind* mir wichtig. Ich kann sogar verstehen, warum ...« Ihre Worte gingen in einem unterdrückten Schluchzen unter, als ihre Fassung schließlich zerbrach. Tränen liefen ihr über die Wangen. Sie erhob sich von dem Felsen und wischte sich über das Gesicht, während sie sich von ihm abwandte und davongehen wollte. »Du magst es für egoistisch halten, aber nur ein einziges Mal will ich im Herzen von jemandem an erster Stelle stehen. *Ich* will wichtig genug sein ...«

Jasper stellte sich ihr in den Weg, packte sie an den Armen und zwang sie, sich zu ihm umzudrehen. »Du stehst in meinem Herzen an erster Stelle. In *meinem*, Julia. James Marshlands Herzen. Du bist der einzige Mensch auf dieser Welt, der wirklich zu mir gehört.«

Sie ließ den Kopf sinken und weinte. »James Marshland ist tot.«

Sie weinte so heftig, dass er sich nicht sicher war, ihre Worte richtig verstanden zu haben.

Seine Hände legten sich fester um ihre Arme. »*Sieh mich an.*« Er wollte, dass sie ihn so sah, wie er wirklich war. »Du hast mir einmal gesagt, dass du in meinen Augen einen anderen

Mann siehst. Einen besseren Mann. Genau das bin ich. Nicht Blunt, sondern ich. Ich war die ganze Zeit hier.«

»Bitte lass mich los.«

»Ich werde dich niemals loslassen.« Er zog sie fest an sich und presste seine Lippen auf ihre.

Julia wehrte sich einen Moment, bevor sie sich seinem Kuss hingab. Es war keine Kapitulation aus vollem Herzen. Sie versuchte immer noch, sich von ihm zu befreien. Nur ihre Lippen wurden weicher.

Sie waren feucht und salzig von Tränen, ihr zitternder Atem vermischte sich mit dem seinen zu einem keuchenden Schluchzen.

Er küsste sie leidenschaftlich, verzweifelt, so sehr fürchtend, sie zu verlieren, dass auch in seinen Augen Tränen brannten. »Ich liebe dich«, stieß er hervor. »*Ich liebe dich.* Das ist die Wahrheit. Die einzige Wahrheit, die zählt.«

»Und ich liebe dich«, gestand sie.

Er erbebte, schloss die Augen und klammerte sich an ihre geschluchzten Worte, als wären sie eine Rettungsleine auf stürmischer See. Seine Umarmung wurde fester, bis er befürchtete, sie zu erdrücken.

Jetzt würde alles gut werden. Wenn sie ihn liebte, würde *alles* in Ordnung sein.

Aber es war nicht alles in Ordnung.

Sie verharrte reglos in seinen Armen.

»Ich liebe dich«, sagte sie wieder. »Wenn ich es nicht täte, wäre das alles vielleicht leichter zu verzeihen.«

Als er sich ihrer Worte bewusst wurde, öffnete er die Augen. Ein beunruhigendes Frösteln stahl ihm jegliche Wärme. »Julia …«

»Lass mich los«, sagte sie leise. »Bitte. Ich kann nicht klar denken, wenn du in meiner Nähe bist.«

Widerstrebend gab er sie frei. Als sie sich aus seinen Armen gelöst hatte, empfand er das unangenehme Gefühl des Verlustes. Sie war dabei, ihm zu entgleiten, und er konnte nichts dagegen tun.

Julia tat einige Schritte von ihm fort. Ihr Reitkostüm war von seiner Umarmung zerknittert, ihre Frisur hatte sich gelöst und ebenholzschwarze Strähnen rahmten ihr Gesicht. Sie sah aus, als wäre sie von einem Tiger angefallen worden.

Er runzelte die Stirn und sah sie fragend an. »Was kann ich tun?«

»Du kannst mich in Ruhe lassen«, entgegnete sie.

Er zuckte zusammen.

»Ich brauche Zeit zum Nachdenken.«

»Wie viel Zeit?«

Sie ordnete ihr Haar, schob die Strähnen zurück in das seidene Netz. Ihre Hände zitterten. »Den Rest des Tages, für den Anfang.«

»Und was dann?«

»Ich weiß es nicht. Deshalb brauche ich Zeit.«

Es ging gegen Jaspers Instinkt, es zuzulassen. Er wollte sie nicht allein lassen und ihr so die Möglichkeit geben, sich ein noch vernichtenderes Urteil über sein Verhalten zu bilden. Er wollte sie in den Armen halten. Sie mit der Stärke seiner Gefühle für sie überwältigen. Sie küssen und mit ihr Liebe machen und ihre Vergebung erzwingen.

Aber so funktionierte Vergebung nicht.

Es war nichts, das er verlangen konnte. Julia musste sie ihm aus freien Stücken gewähren – wenn sie es überhaupt tun würde.

»Also gut«, stimmte er schließlich zu. »Wenn du Zeit brauchst, sollst du Zeit haben.« *Solange du mich nicht verlässt,* wollte er hinzufügen.

Aber er sprach diese Worte nicht aus.

Stattdessen half er ihr in den Sattel, dann wandte er sich ab, stieg auf sein Pferd und ritt nach Goldfinch Hall.

Allein.

Julia kehrte erst am frühen Abend zurück. Statt Jasper wartete nur der Reitknecht bei den Ställen auf sie. Sie überließ Cossack der Obhut Plimstocks und machte sich auf den Weg zum Haus.

Auch dort war Jasper nicht – weder erwartete er sie ungeduldig an den Eingangsstufen noch im Haus.

Er war auch nicht in der Eingangshalle, um sie zu fragen, warum sie so lange gebraucht hatte.

Das Haus fühlte sich leer an.

Julia nahm an, dass sich alle auf das Abendessen vorbereiteten. Sie selbst hatte keinen großen Appetit. Was sie wollte, war ein Buch, ein Bad und dann ihr Bett. Wenn Jasper wirklich vorhatte, ihrer Bitte nachzukommen, in Ruhe gelassen zu werden, würde er vielleicht heute Nacht woanders schlafen?

Der Gedanke tröstete sie nicht.

Erschöpft ging sie den Korridor entlang zur Bibliothek. In ihrem Schlafgemach befanden sich nur J.-Marshland-Romane, und im Moment hatte sie keine Lust, einen davon zu lesen. Was sie brauchte, war etwas anderes – etwas mit weniger Bedeutung.

Sie fand die Tür der Bibliothek halb geöffnet. Eine leise Unterhaltung drang auf den Korridor hinaus. Es waren Jasper und Daisy.

Julia zögerte auf der Schwelle und wusste nicht, ob sie hineingehen sollte.

»Was ist dann passiert, Papa?«, fragte Daisy.

»Nach dem glücklichen Ende? Das steht da nicht. Das tun solche Geschichten nie«, murmelte Jaspers tiefe Stimme als Antwort.

»Aber du musst es doch wissen.«

»Ich wage zu behaupten, dass es davon abhängt, wie man *glücklich bis an ihr Ende* definiert.« Er hielt inne. »Was meinst du, was es bedeutet?«

»Dass sie Kinder bekommen haben«, sagte sie.

»Ah.« Es klang, als würde ein Buch zugeklappt und in ein Regal zurückgestellt werden.

»Was glaubst *du*, was es bedeutet?«, fragte Daisy.

»Ich weiß es nicht. Vielleicht, dass sie sich umeinander kümmerten und aufeinander aufpassten und dass sie nie wieder einsam waren.«

»Ich bin gerne allein«, sagte Daisy.

»Allein zu sein ist nicht dasselbe wie einsam zu sein«, antwortete Jasper.

Julias Herz krampfte sich zusammen. Es war das Gleiche, was sie ihm bei Lady Cliffords Hauskonzert gesagt hatte. Es schien eine Ewigkeit her zu sein. Und doch hatte er sich daran erinnert.

Natürlich hatte er das. Er liebte sie. Das wusste sie ohne jeden Zweifel.

Das änderte aber nichts an der Tatsache, dass er sie angelogen hatte.

Sie stieß die Tür auf und betrat die Bibliothek. Jasper stand hemdsärmelig am Bücherregal, sein Haar war zerzaust, als hätte er es mit den Fingern durchgewühlt. Daisy saß in der Nähe, ihr Kittelkleid war voller Flecken, und ihr geflochtenes Haar umgab ihr Gesicht wie ein ebenholzfarbener Heiligenschein.

»Julia!« Sie sprang von ihrem Stuhl auf. »Du bist wieder da!«

Jasper drehte sich zur Tür. Ein Ausdruck der Erleichterung flackerte in seinen Augen auf, der jedoch sofort wieder verschwunden war.

Julia erinnerte sich lebhaft daran, wie er sie auf der Heide so verzweifelt geküsst hatte. Er hatte sie nicht dort lassen wollen, aber er hatte es schließlich doch getan – offensichtlich gegen sein besseres Wissen. Er musste furchtbar besorgt gewesen sein.

»Guten Abend«, sagte sie. »Ich möchte nicht stören.«

»Du störst nicht. Daisy wollte sich gerade für das Abendessen waschen.«

Daisy lief zu Julia und ergriff fordernd ihren Arm. »Machst du mir die Haare?«

»Aber gern.« Julia strich mit einer Hand über Daisys ständig zerzaustes Haar. »Geh dich schon mal waschen. Ich komme gleich nach.« Sie sah dem kleinen Mädchen hinterher und schloss die Tür hinter sich. Erst dann richtete sie ihre Aufmerksamkeit wieder auf Jasper.

Er betrachtete sie mit einem Stirnrunzeln. Er schien unschlüssig, was er sagen sollte.

Julia erging es nicht anders.

»Du siehst aus, als ginge es dir etwas besser«, bemerkte er schließlich.

»Das tut es. Ich hatte Zeit, eine Entscheidung zu treffen.«

Sein zuckender Kiefermuskel täuschte über die Ruhe in seinem Tonfall hinweg. »Möchtest du mir diese Entscheidung mitteilen?«

Julia bedachte ihre Worte sorgsam, denn sie war sich der Tragweite des Schrittes, den sie tun würde, bewusst. »Wenn Anne und ihre Mutter morgen nach London zurückkehren, werde ich sie begleiten.«

Jaspers Gesicht wurde aschfahl.

»Ich verlasse dich nicht«, erklärte sie. »Obwohl ich dazu jedes Recht hätte.«

Er erwiderte unverwandt ihren Blick. Seine grauen Augen leuchteten in einem seltsamen Licht.

Sie hatte den Eindruck, dass seine Selbstbeherrschung auf Messers Schneide stand. Sie befeuchtete ihre Lippen. »Tatsache ist, dass ich hier zu glücklich war, um irgendetwas davon aufzugeben. Glücklich mit den Kindern und dem Haus, und … und mit dir.« Röte stieg ihr in die Wangen. »Ich werde nicht so tun, als wäre es nicht so gewesen.«

»Warum dann?«

»Aus mehreren Gründen.« Sie verschränkte die Arme und ging näher zu ihm, während sie ihre Gedanken formulierte. »Ich möchte selbst mit Mr Finchley sprechen.« Angesichts Jaspers Unehrlichkeit wäre es töricht, sich auf seine Zusicherungen bezüglich der Rechtmäßigkeit ihrer Ehe zu verlassen. »Und ich muss mit meinen Eltern sprechen.«

Er schüttelte den Kopf. »Du kannst nicht …«

»Nach allem, was du zugegeben hast, habe ich noch mehr Grund, um mein Vermögen zu kämpfen. Aber ich weiß jetzt, warum es kein juristischer Kampf sein kann. Deshalb muss ich zum Belgrave Square zurück.« Julia wurde übel, wenn sie nur daran dachte, aber sie hatte sich entschieden. »Es ist die einzige Möglichkeit.«

»Was genau hast du vor?«

»Ich weiß es nicht.« Sie betrachtete sein Gesicht. Ihr wurde klar, dass sie nichts über ihn wusste. Zumindest nichts über den Mann, der er gewesen war, bevor er zu Jasper Blunt geworden war. »Ich weiß nicht einmal mehr, wie ich dich nennen soll.«

»Ich nehme an, ein Kosename kommt nicht infrage.«

Sie stieß ein humorloses Lachen aus und verstand nun, warum er sich so sehr dagegen gewehrt hatte, dass sie in ihren intimeren Momenten seinen Vornamen benutzte. Er war nicht Jasper gewesen, als er sie geküsst und im Arm gehalten hatte. Er war James gewesen, der Sohn eines Landpfarrers. Ein Mann, der gern las und Romane schrieb. Ein Mann, der nicht zum Soldaten geboren war.

Und doch war er ein Kriegsheld gewesen. Der wahre Held der Krim. Ein junger Lieutenant, der mit seiner spektakulären Heldentat nicht seinen eigenen Ruf gestärkt, sondern den des Mannes gerettet hatte, von dem er so gnadenlos ausgepeitscht worden war.

Das war ein Teil des Preises, den er für die Übernahme von Captain Blunts Identität bezahlt hatte.

Ein Preis, den er immer noch zahlte, um der Kinder willen.

»Warum bist du in den Krieg gezogen?«, fragte sie unvermittelt.

Sein Stirnrunzeln vertiefte sich. Er stützte sich mit einer Hand auf das Bücherregal hinter ihm. Seine Finger krümmten sich zu einer Faust. »Weil meine Mutter gestorben ist und ich zu wütend auf meinen Vater war, um mit ihm im selben Haus zu bleiben.«

Julia rückte näher. »Wütend worüber?«

»Er war ein frömmelnder, erbärmlicher alter Heuchler. Er sparte das Beste von sich für die Kanzel auf und das Schlimmste für meine Mutter und mich. Er wusste nicht, was Freundlichkeit ist. Als meine Mutter krank wurde … machte er ihr die letzten Monate zur Qual.«

»Hattest du ein enges Verhältnis zu ihr?«

»Ich liebte sie. Ich habe versucht, es ihr bequem zu machen – ich habe ihr Haar gebürstet und ihre Stirn abgetupft, aber …«

Julia warf ihm einen erschrockenen Blick zu. »Das war deine *Mutter?* Ich dachte …«

Seine Brauen zogen sich zusammen. »Was?«

Sie schüttelte den Kopf, als sie ihren Irrtum bemerkte. »Ich dachte, es sei Dolly, der du das Haar gebürstet hast, als sie krank war. In unserer Hochzeitsnacht hast du gesagt, dass du sie liebtest. Aber … du hast gar nicht von ihr gesprochen, oder? Sondern von deiner Mutter.«

Julia verspürte den Drang, sich zu setzen. Es war alles zu überwältigend, diese Neubewertung von allem, was sie bisher geglaubt hatte. Es veränderte sich von Sekunde zu Sekunde und machte ihr klar, wie sehr sie ihn missverstanden hatte.

»Ich hätte sie nicht erwähnen sollen«, sagte er. »Schon gar nicht in unserer ersten gemeinsamen Nacht. Aber ich wollte mich dir anvertrauen, schon damals. Ich wollte, dass du mich so kennenlernst, wie ich wirklich bin.«

»Es war nicht alles eine Lüge, oder?«

»Nein. Nicht alles. Nur mein Name und die Wahrheit über meine Vergangenheit – was es davon gab.« Er verzog sein Gesicht. »Meine Mutter war fast ein Jahr lang krank. Unser Haus glich einem Krankenzimmer, gar nicht so unähnlich dem deiner Eltern. Die Vorhänge waren immer zugezogen, und selbst im Sommer brannte ein Feuer im Kamin. Der Dorfarzt sagte, es sei wahrscheinlich Krebs. Er empfahl, sie für eine Operation nach London zu bringen, aber mein Vater weigerte sich. Er war nicht umzustimmen. Das verursachte einen nicht wiedergutzumachenden Bruch zwischen uns. Nach der Beerdigung packte ich meine persönlichen Sachen ein – meine Romansammlung und ein paar Erinnerungsstücke an meine Kindheit – und trat in die Armee ein. Das geschah weniger aus dem Wunsch heraus zu kämpfen, als mit der Absicht, meinen Vater zu bestrafen.«

»Im Zeitungsbericht stand, er sei auch gestorben.«

»Das ist er. Ich erfuhr es, kurz nachdem ich fortgegangen war. Er hat sich bei einem Spaziergang erkältet und war innerhalb von zwei Wochen tot. Eine ziemliche Ironie, wirklich.«

»Das tut mir leid. All dieser Verlust …«

»Das muss es nicht. Das ist doch längst Geschichte. Wenn ich überhaupt daran denke, dann nur, weil gelegentlich etwas passiert, das ich gerne mit meiner Mutter teilen würde.« Ein bedauerndes Lächeln umspielte seine Lippen. »Ich wünschte, sie hätte dich kennengelernt.«

»Meinst du, sie hätte mich gemocht?«

»Sie hätte dich angebetet«, sagte er. »Sie war eine sanfte Frau mit einem romantischen Gemüt. Sie war es, die mich als Junge zum ersten Mal zum Schreiben ermutigt hat.«

Julia machte einen Schritt zu ihm hin. »Hattest du die Absicht, es aufzugeben? Das Schreiben, meine ich? Als du in den Krieg gezogen bist?«

»Ich habe überhaupt nicht über meine Schriftstellerei nachgedacht. Nicht für eine lange Zeit. Als ich schließlich wieder damit anfing …« Sein Gesichtsausdruck wurde wieder ernster. »Du hast mich gefragt, warum sich der Stil meiner Romane verändert hat. Weil *ich* mich verändert habe. Ich musste jemand anderer werden. Damals begriff ich, dass vorgetäuschte Tode und geheime Identitäten nichts Aufregendes an sich haben. Sie verursachen nur Einsamkeit. Und damit hatte ich in meinem neuen Leben genug zu tun. Ich hatte keine Lust, auch noch darüber zu schreiben.«

Sie war jetzt nahe genug, um ihn zu berühren. Ihre Schulter streifte das Bücherregal, als sie sich gegenüberstanden. »Ich wünschte, ich hätte dich früher gekannt«, sagte sie. »Dein wahres Ich.«

»Du kennst mein wahres Ich«, erwiderte er schroff. Er machte einen Schritt auf sie zu. »Versprich mir, dass du mich nicht verlässt.«

Ihr Puls beschleunigte sich. »Ich habe dir gesagt, dass ich das nicht tun werde.«

»Und doch bestehst du darauf, nach London zurückzukehren.« Er ragte über ihr auf. »Ich könnte dir verbieten zu gehen.«

Sie ließ sich nicht beirren. »Das könntest du«, gab sie zu. »Aber das wirst du nicht.«

Er starrte sie mit spürbarer Frustration an.

»Ich werde morgen abreisen«, sagte sie. »Und ich habe vor, so lange in London zu bleiben, wie es dauert, die Dinge zu klären.«

»Und dann?«

»Und dann … wir werden sehen.«

36. KAPITEL

Julia wusste nicht, wo sich die Kanzlei von Mr Finchley befand. Sie war ihm nur ein Mal in Ridgeways Haus begegnet. Am Morgen nach ihrer Rückkehr nach London ging sie in die Half Moon Street, denn sie erinnerte sich, dass die Finchleys erwähnt hatten, Ridgeways Nachbarn zu sein.

Anne hatte ihr angeboten, sie dorthin zu begleiten, doch Julia hatte höflich abgelehnt. Je weniger Anne über Julias wahre Gründe für ihre Rückkehr nach London wusste, desto besser. Bislang hatte sie ihrer Freundin nur ihre Absicht mitgeteilt, die Kontrolle über ihr Vermögen wiederzuerlangen. Das reichte vollkommen aus, um ihren Besuch bei einem Anwalt zu erklären.

Die Haushälterin der Finchleys führte Julia in ein kleines Zimmer neben der Empfangshalle. Es war mit einem Mahagonischreibtisch und zwei holzgeschnitzten Stühlen mit Polstern aus grünem marokkanischem Leder ausgestattet.

Julia blieb stehen und strich ihre Röcke glatt, während sie wartete. Es dauerte nicht lange.

Innerhalb weniger Minuten erschien Mrs Finchley in Begleitung ihres Mannes.

»Mrs Blunt«, grüßte sie lächelnd. Sie trug ein modisches Morgenkleid aus Batist, und ihr prächtiges kastanienbraunes Haar war im Nacken zu einer geflochtenen Rolle zusammengesteckt. »Was für eine Überraschung.«

»Mrs Blunt.« Mr Finchley verbeugte sich. Wie seine Frau

war auch er leger gekleidet. Er trug ein locker sitzendes Sakko und eine Hose aus hellgrauem Stoff.

Julia grüßte beide und lächelte angestrengt, während sie Höflichkeiten austauschten. Die ganze Zeit über war sie sich der Aufmerksamkeit Mr Finchleys bewusst. Sein Blick durch die Brille war bemerkenswert scharf. Sie hatte den Eindruck, dass er sie erwartet hatte.

»Bitte entschuldigen Sie«, sagte sie schließlich. »Dies ist kein Höflichkeitsbesuch. Es geht um eine rechtliche Angelegenheit. Leider wusste ich nicht, wo Ihre Kanzlei zu finden ist.«

»Machen Sie sich deswegen keine Gedanken«, entgegnete Mr Finchley. »Momentan bin ich ohnehin öfter zu Hause als im Büro.«

»Dafür können Sie mir die Schuld geben.« Mrs Finchley und ihr Mann tauschten ein vertrauliches Lächeln, bevor sie sich anschickte, sich zurückzuziehen. »Soll ich Tee kommen lassen?«

»Oh nein«, lehnte Julia ab. »Ich werde nicht lange bleiben.«

Mrs Finchley schien zu verstehen. Sie erklärte, dass sie zur Verfügung stehen würde, falls jemand sie brauchen sollte, und verließ den Raum. Ihre Röcke raschelten leise.

Mr Finchley bedeutete Julia, sich zu setzen.

Sie nahm auf einem der geschnitzten Stühle Platz und faltete die Hände auf ihrem Schoß, während er sich ihr gegenüber hinsetzte.

»Wie kann ich Ihnen helfen, Ma'am?«, fragte er.

Unterdrückte Angst ließ Julias Magen verkrampfen. Es war schon schwierig genug, wieder in London zu sein, aber sich ganz allein auf den Weg zu machen, ohne Zofe oder andere Unterstützung, erforderte ein Maß an Mut, von dem sie nicht gewusst hatte, dass sie es besaß.

Sie wurde von demselben Drang angetrieben, der sie dazu

veranlasst hatte, den Ladenbesitzer in Hardholme herauszufordern – dem tiefen Wunsch, ihre Familie zu schützen. Sich selbst wollte Julia ebenfalls schützen. Sie wollte sich vergewissern, dass sie verheiratet war, sowohl rechtlich als auch im Geiste.

»Mein Mann hat mir kürzlich erzählt, dass er sich vor unserer Heirat mit Ihnen beraten hat«, begann sie. »Er erwähnte, dass er Sie in einer hypothetischen Frage um Rat gebeten hatte.«

Weder bestätigte noch dementierte Mr Finchley dies.

Julia fuhr trotz seines Schweigens fort. »Ich habe mich gefragt, ob ich Sie zu demselben Thema konsultieren könnte?«

In Mr Finchleys Blick flackerte ein Anflug von Mitgefühl auf. »Sie können mich alles fragen, was Sie wollen. Ich werde Sie so gut beraten, wie ich kann.«

»Also gut.« Sie räusperte sich. »Könnten Sie mir bitte sagen … wenn eine Person – ein Mann – jemanden unter falschem Namen heiratet, wäre diese Ehe dann legal?«

Ohne mit der Wimper zu zucken, antwortete Mr Finchley: »Das kommt darauf an. Wurde das Aufgebot veröffentlicht?«

»Spielt das eine Rolle?«

»Sehr wohl. Der Zweck der Veröffentlichung ist die Bekanntmachung. Wenn bei der Bekanntmachung ein falscher Name verwendet wird, verfehlt das den beabsichtigten Zweck der Veröffentlichung. Eine Heirat wäre unter diesen Umständen ungültig.« Er hielt inne. »Wenn es sich allerdings um eine Eheschließung mit Lizenz handelt …«

»Ja?« Sie lehnte sich vor.

»Eine Lizenz ist keine Angelegenheit von öffentlichem Interesse. Wenn eine der Parteien einen falschen Namen benutzt, um sie zu erhalten, könnte die Ehe immer noch gültig sein, wenn bestimmte Kriterien erfüllt sind.«

»Welche Kriterien?«

»Das kommt darauf an«, sagte er wieder. »Wusste die Braut des Mannes zum Zeitpunkt der Eheschließung, dass es sich um einen falschen Namen handelte?«

»Sie wusste es nicht.«

»Und der Pfarrer? Oder einer der Zeugen?«

»Nein, natürlich nicht.«

»In diesem Fall wäre die Ehe legal.«

Julia runzelte die Stirn. Das war zu einfach. Fast zu schön, um wahr zu sein. Sie wagte nicht, ihm zu vertrauen. »Wie kann das sein? Es handelt sich doch sicher um Betrug oder ein anderes Verbrechen?«

»Seitens des Ehemannes? Wahrscheinlich. Aber das Verbrechen des Ehemanns macht die Ehe nicht ungültig. Bei einer Eheschließung heiratet man eine Person, nicht einen Namen.«

Eine Person, nicht einen Namen.

Sie wollte es unbedingt glauben. »Sind Sie da absolut sicher?«

»Das bin ich. Vorausgesetzt, die Lizenz und alle anderen Vorbedingungen sind in Ordnung, wäre die Frau mit dem Mann vor dem Gesetz verheiratet.«

Ihre Hände verkrampften sich. »Und die Kinder, die aus der Ehe hervorgehen?«

»Sie wären ehelich.«

Erleichterung durchströmte sie. Aber ihr Gewissen war nicht restlos beruhigt. Noch nicht. »Was, wenn … wenn der Name, den der Ehemann benutzt hat, nicht nur falsch war? Was, wenn er einem anderen gehört?«

»Viele Menschen haben denselben Namen, Mrs Blunt«, sagte Mr Finchley sanft. »Ein Name ist nicht einzigartig.«

»Ja, aber … was wäre, wenn er mit dem Namen auch das Eigentum des anderen Mannes übernommen hätte?«

»Und es diesem anderen damit vorenthalten hätte?«

»Nein. Das heißt ... der Mann, dessen Namen er genommen hat, ist tot.«

»Also hat er die Erben des Mannes beraubt?«

»Ganz im Gegenteil.« Julia dachte an Charlie, Alfred und Daisy. Daran, was aus ihnen hätte werden können, wenn James Marshland nicht die Identität von Jasper Blunt angenommen hätte. »Indem er den Namen des Mannes angenommen hat, hat er ein großes Unrecht wiedergutgemacht. Dennoch, wenn etwas gegen das Gesetz verstößt ...«

»Das Gesetz ist ein seltsames Biest«, sagte Mr Finchley. »Wir müssen es respektieren und uns daran halten. Unsere Gesellschaft könnte nicht funktionieren, wenn wir es nicht täten. Aber Gesetze sind nicht gleichbedeutend mit Gerechtigkeit.«

»Sie glauben, da gibt es einen Unterschied?«

»Ich weiß, dass es einen gibt.« Sein Gesichtsausdruck war ernst. »Gesetze werden von Menschen gemacht und sind daher fehlbar. Gerechtigkeit ist etwas Größeres. Die meisten von uns – die Ärmsten und Schwächsten – werden sie diesseits des Grabes nicht zu Gesicht bekommen. Aber manchmal, in seltenen Fällen, gelingt es jemandem, die Waage ins Gleichgewicht zu bringen. Es kann schwierig sein, dies mit dem Gesetz in Einklang zu bringen. Das ändert nichts daran, dass es richtig ist.«

Sie runzelte die Stirn. »Sie sind also nicht dagegen? Dass jemand die Dinge selbst in die Hand nimmt?«

»In dem von Ihnen beschriebenen Szenario? Ich kann nichts Schlimmes darin sehen. Das heißt aber nicht, dass es keine Umstände gibt, die meine Meinung ändern würden.« Er lächelte. »Dazu müsste ich allerdings die gesamten Fakten kennen.«

Doch Julia hatte nicht die Absicht, die gesamten Fakten mit jemandem zu teilen. Für Jasper und die Kinder stand zu viel auf dem Spiel. Sie durfte nicht riskieren, sie zu verraten.

Sie stand auf. »Sie waren sehr hilfreich, Sir.«

Mr Finchley erhob sich. »Ich hoffe, ich konnte Sie beruhigen.«

»Das haben Sie.« Sie suchte in ihrem Handtäschchen herum. »Bitte erlauben Sie mir …«

Er legte seine Hand auf ihre. »Das wird nicht nötig sein. Ich berechne nichts für Beratungen. Schon gar nicht für hypothetische.«

Julia schenkte ihm ein dankbares Lächeln. Ihr Herz fühlte sich nach dem Gespräch mit ihm schon viel leichter an. Er war so freundlich und kompetent. So sehr kenntnisreich. Sie widerstand dem Impuls, ihm noch mehr ihrer Probleme aufzubürden.

Oder versuchte zumindest, zu widerstehen.

Kaum hatte er sich erkundigt, ob er ihr bei irgendetwas anderem behilflich sein könnte, erzählte sie ihm von ihren Schwierigkeiten, ihr Geld von Hoares zu bekommen.

»Es liegt an meinen Eltern, wissen Sie«, erklärte sie. »Mein Vater hat Druck auf die Bank ausgeübt. Er hat sogar eine Anwaltskanzlei engagiert, um die Angelegenheit zu vertreten.«

»Wissen Sie, wen er beauftragt hat?«, fragte Mr Finchley.

»Birchall, Crawley und Micklethwait«, sagte sie. »Ich nehme an, Sie haben schon mal von ihnen gehört?«

Mr Finchley kniff die Augen zusammen. »In der Tat.« Er deutete auf den Stuhl. »Vielleicht sollten Sie sich wieder hinsetzen?«

»Wann kommt Julia nach Hause?«, fragte Charlie von der Tür des Turmzimmers aus.

Jasper blickte von seinem Manuskript auf und runzelte die Stirn. Er saß an seinem Schreibtisch und überflog das letzte Kapitel von *Wiedersehen in Waterloo* zum bestimmt zwanzigsten Mal. Er hatte gedacht, die Tür geschlossen zu haben, bevor er mit seiner Arbeit begonnen hatte.

Offensichtlich nicht.

Es war nicht der erste Fehler, den er gemacht hatte, seit Julia fort war. In ihrer Abwesenheit konnte er sich einfach nicht konzentrieren. Seine Gedanken waren in Aufruhr.

»Sie ist erst gestern gefahren«, sagte er.

»Ich weiß, wann sie gefahren ist.« Charlie marschierte in den Raum, sein schmales Gesicht zu einer finsteren Miene verzogen. »Ich habe gefragt, wann sie zurückkommt.«

Nicht früh genug, dachte Jasper grimmig.

Er hatte bereits eine Nacht allein in ihrem gemeinsamen Bett verbracht. Es war eine Nacht zu viel gewesen. Von dem Moment an, in dem Julia in der Kutsche der Arundells die Auffahrt hinunter verschwunden war, hatte er sie vermisst. Sich nach ihr gesehnt. Und er konnte nichts dagegen tun. Er musste ihren Wunsch respektieren.

»*Wird* sie zurückkommen?«, fragte Charlie.

Jaspers Herz war schwer wie ein Bleiklumpen in seiner Brust. Sie hatte versprochen, ihn nicht zu verlassen, aber er konnte es nicht so recht glauben. Nicht, nachdem er sie so verletzt hatte.

Grundgütiger.

Die bloße Vorstellung, dass sie nach London zurückkehrte – in das Haus, in dem sie so unglücklich gewesen war.

Er sollte dort bei ihr sein. Nicht, um ihre Kämpfe für sie auszufechten, sondern um ihr zur Seite zu stehen. Um ihr seine

Kraft und seine Nähe anzubieten, so wie er einst neben ihr auf Lady Hollands Balkon gestanden hatte.

»Wird sie das?«, fragte Charlie erneut.

»Das wird sie.«

»Woher weißt du das?«

»Weil sie es mir gesagt hat.« Und weil ihr Pferd noch hier war und die meisten ihrer Kleider. Wenigstens die würde sie noch holen müssen.

»Wann wird sie wieder zu Hause sein?«

»In einer Woche. Möglicherweise auch erst in einem Monat. So lange es eben dauert.« Das war zu lange. Das wusste Jasper genauso gut wie Charlie.

»Ich weiß immer noch nicht, warum sie überhaupt gegangen ist«, brummte Charlie.

»Sie brauchte Zeit zum Nachdenken. Und sie hat in London etwas zu erledigen.«

»Allein.«

»Sie ist nicht allein. Sie wohnt bei Lady Arundell und Lady Anne.«

Charlie blieb neben dem Schreibtisch stehen. »Aber du bist nicht bei ihr.«

»Nein.« Jasper fuhr sich durchs Haar. »Nein, bin ich nicht.« Aber er sollte es sein. Er *sollte* es sein.

Er schob sein Manuskript in die Schublade des Schreibtisches und stand auf. Er war einfach zu unruhig, um sitzen zu bleiben. Er trat an das schmale Turmfenster.

Charlie verfolgte ihn hartnäckig. »Wie viel Zeit braucht man zum Nachdenken?«

Jasper seufzte schwer. »Ich weiß es nicht.«

»Nur ein oder zwei Stunden«, erklärte Charlie. »Keine ganze Woche. Keinen *Monat*.«

Jasper warf ihm einen sorgenvollen Blick zu.

»Man kann auch zu viel nachdenken«, meinte Charlie.

Ein Sonnenstrahl drang durchs Fenster herein. Jasper blieb stehen und stellte sich in die Wärme. »Das ist wahr.«

»Ist es«, sagte Charlie. »Ich glaube nicht, dass sie gehen wollte. Sie sah traurig aus, als sie ging.«

Traurig. Ja, so hatte sie ausgesehen, nicht wahr?

Sie hatte sich gestern Morgen ausgiebig von den Kindern verabschiedet, jedes von ihnen umarmt und sie gebeten, sich während ihrer Abwesenheit gut zu benehmen.

»Seid gut zu eurem Vater«, hatte sie gesagt. *»Und zu Mr Beecham. Und seid vorsichtig, wenn ihr schwimmt oder reitet. Ich könnte es nicht ertragen, wenn euch etwas zustoßen würde.«*

Als sich Jasper daran erinnerte, bildete sich ein Kloß in Hals.

Für ihn hatte sie keine solchen Ermahnungen übrig gehabt. Sie hatte sich von ihm in die Kutsche helfen lassen und mit der gleichen Förmlichkeit von ihm verabschiedet, mit der sie sich von einem Bekannten auf einer Abendgesellschaft verabschieden würde.

Er hatte es ertragen, weil er es musste. Weil er es verdient hatte. Sie war nicht grausam, sie wollte sich nur davor schützen, von ihm verletzt zu werden.

Sie hatte um Zeit gebeten, und er hatte ihr Zeit gegeben. Aber vielleicht hatte Charlie recht. Zu viel Zeit konnte von Nachteil sein.

»Du solltest nach London fahren und sie nach Hause holen«, meldete sich Charlie wieder zu Wort.

Jasper stieß einen weiteren Seufzer aus. »Charlie …«

»Daisy vermisst sie. Sie will, dass sie zurückkommt.«

Ein Lächeln umspielte Jaspers Mund. »Nur Daisy?«

Charlie funkelte ihn böse an und weigerte sich, eine Schwäche zuzugeben.

Aber Jasper wusste, dass sie da war – es war ein sanfter, geheimer Teil des Jungen, den Julia mit ihrer Freundlichkeit berührt hatte.

»Es ist nicht unmännlich zuzugeben, dass du sie zurückhaben willst«, sagte Jasper. »Dass du sie liebgewonnen hast.«

»Ich brauche sie nicht«, erwiderte Charlie trotzig. »Ich bin kein Baby wie Daisy und Alfred.«

Jasper legte dem Jungen eine Hand auf die Schulter. »Natürlich brauchst du sie. Das tun wir alle. Ich am allermeisten.« Er drückte sanft, bevor er die Hand zurückzog. »Ich vertraue darauf, dass du Beecham hilfst, sich um deinen Bruder und deine Schwester zu kümmern, während ich weg bin.«

Charlies Kopf zuckte hoch. »Du fährst zu ihr?«

Jasper nahm seine Jacke von der Stuhllehne. »In der Tat«, sagte er, »das tue ich.«

37. KAPITEL

Julia starrte an der imposanten Fassade des Hauses ihrer Eltern am Belgrave Square hinauf. Es war noch nicht einmal einen Monat her, dass Jasper sie von hier fortgetragen hatte. Nur ein paar Wochen waren vergangen, die sie auf dem Land verbracht hatte, um als seine Frau und Stiefmutter seiner Kinder zu leben. Nicht viel Zeit, wirklich nicht, und doch …

Es hatte sie völlig verändert.

Eine Spur von Angst brodelte immer noch in ihren Adern, aber sie überwältigte sie nicht. Sie ging die Eingangsstufen hinauf, hob die Hand und klopfte fest an die Tür.

Ihr wurde von einem Lakaien geöffnet, den sie nicht kannte. Vermutlich Jenkins Fünf, der als Nachfolger von Jenkins Vier eingestellt worden war.

Sein Blick huschte über sie hinweg. »Madam?«

Sie strich mit den Händen über ihr lobelienblaues seidenes Kutschenkleid. Dank Annes Zofe Jeanette war es frisch gereinigt und gebügelt.

Jeanette hatte sich an ihrem letzten Tag in Yorkshire um Julias Kleider gekümmert. Das erinnerte sie daran, wie unschätzbar wertvoll eine ausgebildete Zofe sein konnte.

Julia war entschlossen, während ihres Aufenthalts in London jemand Neues einzustellen. Vielleicht könnte sie sich bei einer Arbeitsagentur nach einer Gouvernante für Daisy und einem Lehrer für die Jungen erkundigen. Zunächst musste sie jedoch die Kontrolle über ihr Vermögen zurückgewinnen.

»Bitte informieren Sie Sir Eustace und Lady Wychwood, dass Mrs Blunt hier ist, um sie zu sehen«, sagte sie.

Ein Zucken im Gesicht des Lakaien verriet, dass der Name ihm etwas sagte. Zweifellos hatte er von Julias Flucht gehört. So sehr ihr Vater Klatsch und Tratsch auch verabscheute, gab es doch keine Möglichkeit, es völlig zu unterbinden.

»Mrs Blunt.« Er verbeugte sich. »Hier entlang bitte.«

Julia folgte ihm die Treppe hinauf in das Morgenzimmer. Die Vorhänge waren zugezogen, und im Kamin knisterten die Reste eines Feuers. Papa musste bereits hier gewesen sein, um sich mit jemandem zu treffen. Vielleicht mit Hicks. Oder er hatte eine Besprechung mit jemandem von seiner neuen Anwaltskanzlei.

Der Gedanke daran brachte Julia dazu, sich entschlossen aufzurichten.

»Wie ist Ihr Name, Sir?«, fragte sie den Diener.

»Jenkins, Ma'am.«

»Ihr *richtiger* Name.«

Er zupfte an seinem Kragen. »Ich heiße, äh, Cedric.«

»Cedric«, sagte sie, »Sie können meinen Eltern sagen, dass sie mich hier im Morgenzimmer sehen können, wenn sie es wünschen.«

»Ma'am?«

»Hier«, wiederholte sie. »*Nicht* in ihren Schlafgemächern.«

»Ja, Ma'am.« Der Lakai machte sich eilig davon.

Julia stand noch einen Moment in der Dunkelheit und der erdrückenden Hitze, bevor die Ungeduld sie zum Handeln anspornte. Zuerst entledigte sie sich ihrer Haube und Handschuhe, dann zog sie die Vorhänge vor den hohen Fenstern zurück, so dass die Sonne in den Raum schien.

Ob ihre Eltern einverstanden sein würden, sich zu ihr zu bequemen, wusste sie nicht. Ein Teil von ihr hoffte, dass sie es tun würden, und der andere Teil – ein Überbleibsel des schüchternen und ängstlichen Mädchens, das hier aufgewachsen war – betete, dass sie es nicht tun würden. Sie hatte keine Lust auf eine Konfrontation mit ihnen.

Aber es stand mehr auf dem Spiel als ihre eigenen Ängste.

Sie wartete am Fenster, während die Uhr tickend die Minuten herunterzählte. Schließlich ertönte ein vertrauter Schritt vor der Tür.

»Oh ho!« Die dünne Stimme ihres Vaters war voll Schadenfreude, als er das Zimmer betrat. »Nun sieh mal, wer da zurückgekrochen kommt.« Er trug Morgenmantel und Hausschuhe und hatte einen dicken Schal um den Hals gewickelt. »Habe ich dir nicht gesagt, dass du deinen Leichtsinn bald bereuen wirst?«

Hinter ihm stand ihre Mutter. Sie trug ebenfalls einen gesteppten Morgenmantel, ihr Haar wurde von einer mit Guipure-Spitze eingefassten Musselinmütze bedeckt. In der Hand hielt sie ein Taschentuch. »Und dafür wurde ich aus dem Bett geholt?« Ihre wässrigen Augen blinzelten in das Sonnenlicht. »Wer hat die Vorhänge geöffnet?«

»Das war ich«, sagte Julia. »Wir wollen offen miteinander reden, also wäre es mir lieber, dieses Gespräch würde nicht im Dunkeln stattfindet.«

»*Wir wollen offen reden?*«, wiederholte Mama. »Worüber, bitte?« Sie ließ sich auf das Sofa sinken. »Du kommst her und stellst Forderungen, als hättest du ein Recht dazu. Wäre ich nicht so geschwächt, würde ich dir für diese Unverschämtheit eine Ohrfeige geben.«

Ihr Vater setzte sich auf einen Stuhl und zog eine Decke über seine Knie. »Deine arme liebe Mama hätte das Recht, dich zu züchtigen. Keiner würde es wagen, sie aufzuhalten.«

»Ich würde sie aufhalten«, sagte Julia leise.

»Du würdest was?« Papa schaute entsetzt auf. »Was hat sie gesagt?«

»Sie sagte, *sie* würde mich aufhalten.« Mamas Augen funkelten wütend. »Du hast kein Recht, dich so aufzuspielen, Mädchen. Du hast Schande über uns gebracht und Lord Gresham zum Gespött der Leute gemacht. Er hat sich Binghams Tochter zugewandt, diesem dummen kleinen Gör. Sie wird jetzt seine Countess werden. Und du, verheiratet mit einem Ex-Soldaten zweifelhaften Ruhms, ohne Geld oder Verbindungen, die ihn empfehlen. Eine Allianz, die von Anfang an zum Scheitern verurteilt war. Ich hätte dir gleich sagen können, dass es nicht halten wird. Du kannst dich glücklich schätzen, dass wir bereit sind, dich wieder aufzunehmen.«

Julia setzte sich ihren Eltern gegenüber hin. »Ihr habt mich falsch verstanden«, sagte sie. »Ich komme nicht zurück.«

Papa lachte heiser auf. »Ich nehme an, Captain Blunt hat dabei ein Wörtchen mitzusprechen. Er kennt meine Bedingungen. Er wird keinen Shilling bekommen, wenn er dich uns nicht zurückgibt.«

»Mein Mann hat nicht die Absicht, mich aufzugeben. Niemals.« Julia spürte die Wahrheit dieser Aussage bis ins Mark. Jasper würde sie niemals gehen lassen. Er hatte sich ja bereits nur knapp dazu durchringen können, sie mit Anne nach London fahren zu lassen. Nur seine Schuldgefühle hatten ihn davon abgehalten, ihr die Abreise zu verbieten.

»Das werden wir ja sehen«, sagte Papa. »Mit deinem Geld, das nun ein paar Jahre in der Bank festsitzt, wird er bald …«

»Er hat kein Interesse an meinem Vermögen. Das musst du doch wissen. Du hast ihm gesagt, er würde keinen Shilling bekommen. Und trotzdem hat er mich geheiratet.« Julia rang sich ein Lächeln ab. »Wir kommen übrigens sehr gut miteinander aus. Die Luft in Yorkshire ist außerordentlich erfrischend.

Ich bin geritten und gewandert und sogar schwimmen gewesen.«

»Dummes Kind«, sagte Mama. »Dr. Cordingley hat dich gewarnt, dich nicht zu überanstrengen.«

»Es ist alles in Ordnung mit mir«, sagte Julia. »Außer, dass ich mehr Jahre unglücklich gewesen bin, als ich zählen kann.«

»Pah«, sagte Papa. »Du hast keine Ahnung von Unglück. Wenn du gelitten hättest, wie ich leide …«

»Dein Leiden tut mir leid, Papa. Und deines ebenfalls, Mama. Aber ich habe auch gelitten.«

Mama schniefte. »Du bist zu sehr verwöhnt worden.«

»Ja. Ihr habt viel für mich getan, was den materiellen Komfort angeht. Dafür bin ich euch sehr dankbar. Aber ein Kind braucht mehr als teure Dinge. Es braucht Liebe und Akzeptanz. Es muss wissen, dass es einen Wert hat.« Julia zwang sich, fortzufahren, obwohl ihre Eltern vor Empörung rot anliefen. »Ich hatte nie das Gefühl, dass ihr mich liebt. Und ihr habt mich oft genug daran erinnert, dass ich keinen Wert habe, außer als eure Pflegerin.«

Ihr Vater schüttelte den Kopf. »Du bist unsere Tochter. Du hast die Pflicht …«

»Eure Tochter zu sein, hat mich zu einem Schatten gemacht«, sagte Julia. »Wäre es noch länger so gegangen, ich fürchte, ich wäre gänzlich verschwunden. Ist es das, was ihr wolltet? Ein verängstigtes, unterwürfiges Gespenst, das sich den Rest eures Lebens um euch kümmert?«

Die Nasenlöcher ihrer Mutter bebten vor Empörung. »Du weigerst dich also, Verantwortung übernehmen? Obwohl du immer das Beste von allem hattest und endlos verwöhnt wurdest …«

»Ich übernehme Verantwortung«, sagte Julia. »Ihr beide habt mich klein gehalten, aber ich habe mich selbst noch kleiner gemacht, weil ich mich vor Schmerz und Enttäuschung schützen wollte. Es lag nicht in meiner Natur, für mein Glück zu kämpfen. Damals nicht. Das einzige Glück, das ich jemals in diesem Haus kannte, war das Lesen eines Romans.«

»Und genau da liegt die Wurzel des Problems«, sagte Mama in unheilvollem Ton. »Genau wie Dr. Cordingley sagte. Du hast deinen Verstand mit der Lektüre dieses Unsinns vergiftet. Jetzt, da du wieder zu Hause bist, werden wir jedes einzelne dieser abscheulichen Bücher vernichten.«

»Dies ist nicht mein Zuhause«, sagte Julia. »Mein Zuhause ist in Yorkshire bei meinem Mann. Ich bin nur zurückgekommen, um euch zu sagen, dass ich nicht zulassen werde, dass ihr euch das Geld nehmt, das ich von Tante Elinore geerbt habe.«

»Und was gedenkst du dagegen zu tun?«, ergriff ihr Vater das Wort. »Hm? Wenn du dich dagegen wehrst, wirst du am Ende nichts haben. Schlimmer als nichts. Blunt wird ruiniert sein und ihr völlig verarmt. Dafür werden meine Anwälte sorgen.«

»Du kannst nichts dagegen tun«, bestätigte ihre Mutter.

Julia stand auf, enttäuscht, dass es so weit gekommen war. »Doch, das kann ich.«

Ihre Eltern starrten sie an.

»Wenn ihr die Bank nicht informiert, dass sie mein Geld freigeben soll – wenn ihr nicht sofort aufhört, euch einzumischen, und eure Anwälte zurückpfeift –, werdet ihr mich nie wiedersehen.«

Mama schnaubte höhnisch. »Blödsinn.«

»Ich meine es ernst.« Julia schaute zwischen ihnen hin und her. »Ich werde euch für den Rest meines Lebens nicht mehr besuchen oder mit euch sprechen. Auch meine Kinder werden das nicht. Ihr werdet meine Töchter nicht kennenlernen. Meine Söhne.«

Papa verstummte. »Hat sie Söhne gesagt?«

Mama brachte ihn mit einem Wink ihres Taschentuchs zum Schweigen.

»Und darüber hinaus«, fuhr Julia fort, »werde ich euch in meiner Abwesenheit der Obhut von Pflegerinnen und Dienern überlassen, die über euch tratschen und euch ausnutzen werden. Fremde werden auf der Straße über eure Angelegenheiten flüstern.«

Papas Gesicht verlor an Farbe.

»Das ist unvermeidlich, fürchte ich.« Julia zog ihre Handschuhe wieder an. »Es wird mir leidtun, aber ich werde nicht mehr an eurem Leben teilhaben können. Es wird mir nicht möglich sein, mich für euch einzusetzen.«

»Die Anwälte deines Vaters haben die Sache gut im Griff«, erklärte Julias Mutter. »Deine Drohungen werden bald im Sande verlaufen, wenn du nicht mehr an dein Geld herankommst.«

Julia nahm ihre Haube in die Hand. »Ach, und was deine Anwälte betrifft, Papa …«

Ihr Vater war immer noch kreidebleich angesichts der doppelten Aussicht, seinen Enkel niemals kennenzulernen und als Invalide tratschenden Dienstboten ausgeliefert zu sein. »Was ist mit ihnen?«

»Ich habe kürzlich erfahren, dass Mr Micklethwaits Name bald im Zusammenhang mit einer Scheidungsklage veröffentlicht werden wird«, sagte sie. »Und zwar nicht als Anwalt, sondern als beklagte Partei.«

»*Was?*« Papas wütendes Brüllen ließ die Fensterscheiben des Morgenzimmers erzittern.

Gefasst gab Julia die Informationen wieder, die sie gestern von Mr Finchley bekommen hatte. »Der Skandal wird zweifellos in allen Zeitungen stehen. Ein endloser Strom von Klatsch und Tratsch. Stell dir das nur vor.«

Die Gesichtsfarbe ihres Vaters wechselte von Weiß zu Dunkelrot. Er machte Anstalten, sich zu erheben. »Dieser verräterische Hund!«

»Eustace«, warnte Mama. »Dein Herz.«

Er hörte nicht auf sie. Er war zu sehr von Mr Micklethwaits Verrat beschäftigt. »Der Mann versicherte mir, der Ruf seiner Kanzlei sei über jeden Zweifel erhaben. Wenn ich daran denke, dass er mich diesen Gerüchten aussetzen würde ...«

»Ganz recht.« Julia ging zu ihm. »Deshalb wirst du sie auch nicht mehr damit beauftragen, sich in meine Angelegenheiten einzumischen. Du wirst auf der Stelle einen Brief an Hoares schreiben und sie anweisen, meine Gelder freizugeben.«

»Unverschämte Göre!«, rief ihre Mutter.

»Oder du kannst mich selbst dorthin begleiten«, bot Julia unerschrocken an. »Es liegt ganz bei dir, Papa.«

Endlich schien ihr Vater ihre Entschlossenheit zur Kenntnis zu nehmen. Er schien zu begreifen, dass sie nicht nachgeben würde. Dass sie sich nicht mehr einschüchtern ließ.

Seufzend ließ er sich in seinen Stuhl zurücksinken. »Ich wünschte, ich hätte einen Sohn bekommen«, murmelte er in ohnmächtiger Wut. »Sag dem Dienstmädchen, es soll mir meinen Schreibkasten holen.«

Eine halbe Stunde später verließ Julia siegreich das Morgenzimmer, die Haube in der Hand und den Brief ihres Vaters an die Bank sicher in ihrem Retikül verwahrt.

Ein Triumphgefühl durchströmte sie.

Sie hatte es geschafft. Sie hatte tatsächlich gewonnen. Und dazu hatte sie weder Anne noch Jasper oder gar Mr Finchley gebraucht. Sie hatte sich dem Kampf allein gestellt und gesiegt.

Obwohl, so ganz allein war sie nicht gewesen. Nicht im Geiste.

Sie war durch die Unterstützung ihrer Freundinnen und die

Liebe ihres Mannes gestärkt gewesen. Menschen, die sich um sie kümmerten und sie genau so akzeptierten, wie sie war – ein kauziger, ängstlicher, romantisch veranlagter Blaustrumpf, der die Sicherheit von Romanen der Ungewissheit des echten Lebens vorzog.

Zumindest war sie früher so gewesen.

Doch jetzt nicht mehr. Jetzt sehnte sie sich nach einem glücklichen Ausgang alles Geschehenen für sich selbst. Es spielte keine Rolle, dass Jasper sie über seine Vergangenheit getäuscht hatte. Oder besser gesagt, es spielte eine Rolle, aber das hatte keinen Einfluss auf das, was sie für ihn empfand.

Das wahre Leben war komplizierter als ein Roman. Und echte Liebe war noch vielschichtiger. Nein, sie war nicht länger schwach oder kraftlos. Sie war entschlossen und stark. So unerbittlich stark. Das musste sie auch sein. Denn die Menschen waren fehlbar. Sie stolperten und fielen. Sie machten Fehler. Doch die Liebe bröckelte angesichts dieser Fehler nicht. Sie blieb fest und treu.

Ein Markstein, in der Erd' gegründet, den kein Sturm erschüttern kann.

Julia konnte es nicht so gut ausdrücken wie Shakespeare, nicht einmal in Gedanken. Sie war nicht die Schriftstellerin in der Familie. Dafür brauchte sie ihren Mann. Er würde genau verstehen, was sie in diesem Moment fühlte. Sie wünschte sich verzweifelt, er wäre hier.

Und wie durch ein Wunder … war er das plötzlich.

Als sie sich dem oberen Absatz der geschwungenen Eichentreppe näherte, sah sie ihn unten in der Empfangshalle stehen – groß, dunkel und bedrohlich. Neben ihm der unglücklich dreinschauende Diener, der ihr die Tür geöffnet hatte. »Ich frage Sie ein letztes Mal«, knurrte ihr Ehemann. »*Wo ist meine Frau?*«

Julias Herz schlug höher.

Gütiger Himmel.

Er war ihr gefolgt. Und zwar direkt vom Bahnhof, wie die lederne Gladstone-Tasche verriet, die er bei sich hatte. Er sah müde und zerzaust aus und so außerordentlich lieb.

Und sie dachte nicht nach. Sie zögerte nicht. Stattdessen stürmte sie die Stufen hinunter, rannte zu ihm und warf sich ihm direkt in die Arme. »Oh, mein Liebster. Du bist es wirklich!«

38. KAPITEL

Jasper ließ die Tasche fallen, schloss die Arme um Julia und hob sie hoch. Sie schmiegte sich an seinen Hals, und ihre bauschigen Röcke drängten gegen seine Beine. »Ein viel herzlicherer Empfang, als ich erwartet hatte«, murmelte er ihr ins Ohr. »Aber ich will mich nicht beschweren.«

Der Lakai zog sich taktvoll zurück und ließ die Eingangstür offen stehen. Julia bemerkte es kaum. Freudentränen trübten ihre Sicht. »Ich war mir sicher, ich würde träumen.«

Jasper barg sein Gesicht an ihrem Hals. Sein Atem strich warm über ihre nackte Haut. »Nicht weinen, Liebste.«

»Ich weine nicht. Ich bin nur so froh, dich zu sehen. Ich habe dich furchtbar vermisst.«

»Ich hätte hier bei dir sein sollen.« Seine Stimme klang rau und heiser. »Ich hätte dich gar nicht erst gehen lassen dürfen.«

»Jetzt bist du hier. Das ist alles, was zählt.« Sie strich mit ihren Händen über seinen Nacken. »Wann bist du in London angekommen?«

»Vor einer Stunde. Ich bin direkt von Malton aus ohne Zwischenhalt gereist. Bitte entschuldige. Ich bin ein wenig angeschlagen.«

Sie betrachtete sein Gesicht. Er sah tatsächlich erschöpft aus, als hätte er nicht gut geschlafen. »Wie hast du mich gefunden?«

»Ich war bei Lady Anne. Sie sagte mir, du würdest heute deine Eltern besuchen.« Er lehnte seine Stirn an ihre. »Ich wünschte, ich wäre rechtzeitig hier gewesen.«

»Rechtzeitig für was?«

»Um dich in die Höhle des Löwen zu begleiten.«

Sie lachte.

Jasper schien die Situation nicht komisch zu finden. »Hast du das so schnell vergessen? Das letzte Mal, als du dieses Haus verlassen hast, musste ich dich hinaustragen.«

»Ja.« Ihr Lächeln wurde sanfter. »Du warst sehr heldenhaft. Alles, was sich eine junge Dame nur wünschen kann.«

Er runzelte besorgt die Stirn. »Geht es dir gut?«

»Ich bin außerordentlich guter Dinge. Lass mich herunter, und ich zeige dir, warum.«

Er setzte sie ab, doch ließ er sie nicht ganz los. Seine großen Hände lagen um ihre geschnürte Taille, strichen über ihren Rücken und drückten sie fest.

Julia griff nach ihrem Retikül, hielt jedoch inne, als sie zu spät der Aktivitäten vor dem Haus gewahr wurde. Auf der Straße fuhr eine Barouche vorbei, deren Insassen sie unverhohlen anstarrten.

Sie waren nicht die Einzigen.

Auf dem Gehweg verweilte eine Gouvernante mit ihren drei jungen Schützlingen. Zwei wohlhabende Herren, die vorbeischlenderten, hielten ebenfalls inne, um zu gaffen.

Julia errötete vor Verlegenheit und löste sich aus Jaspers Umarmung. »Wir sollten uns nicht vor einer offenen Tür umarmen.«

»Nein. Du hast recht.« Er blickte stirnrunzelnd nach draußen. »Ist das Lady Arundells Kutsche?«

»Das ist sie. Anne hat sie mir für den Nachmittag geliehen.«

»Sehr großzügig von ihr.« Jasper hob seine Reisetasche an. »Sollen wir?«

»Ja, natürlich.«

Er legte ihr die Hand auf den Rücken und führte sie zur Tür

hinaus zur wartenden Kutsche. Der Lakai blickte geradeaus, als er ihnen die Tür öffnete und dann die Stufen ausklappte. Jasper half Julia beim Einsteigen, bevor er hinter ihr ebenfalls einstieg und sich neben sie setzte. Dann stellte er seine Reisetasche ab.

»Zurück zum Grosvenor Square?«, fragte der Lakai.

»Mit einem Umweg durch den Hyde Park«, sagte Jasper. »Und lassen Sie sich Zeit.«

»Ja, Sir.« Der Lakai schloss die Tür.

Julias Puls beschleunigte sich, als die Kutsche sich in Bewegung setzte und den Belgrave Square hinter sich ließ.

Jasper begegnete ihrem fragenden Blick. »Ich habe dir ein paar Dinge zu sagen. Und ich nehme an, dass wir in Lady Annes Haus keine Privatsphäre haben werden.«

»Wahrscheinlich nicht«, räumte Julia ein.

Sie liebte ihre Freundin, aber in der Anwesenheit Annes und deren Mutter konnte es schwierig werden, im Haus des verstorbenen Earls of Arundell Privatsphäre zu finden. Bis auf ihre Besuche bei Mr Finchley und ihren Eltern war Julia keine Sekunde allein gewesen.

Jetzt hingegen war sie es. Allein mit ihrem Mann.

Die Luft zwischen ihnen knisterte vor spürbarer Spannung.

Sie musste sich daran erinnern, zu atmen. »Was möchtest du mir sagen?«

Jasper verschlang sie mit seinen Blicken. Der Gedanke, sie wiederzusehen, hatte ihn meilenweit angetrieben, erst mit dem Zug und dann einer Mietdroschke, den ganzen Weg von North Yorkshire nach Mayfair. Er war müde und gereizt und wusste genau, dass sein Anzug dringend gebügelt werden musste. Aber all das spielte keine Rolle, jetzt, da er mit ihr zusammen war.

Ihre Röcke schmiegten sich an seine Beine, als sie nebeneinander und sich zugewandt auf der gepolsterten Bank saßen. Das Sonnenlicht schien durch die Schlitze in den Vorhängen, die die Kutschenfenster bedeckten, und ließ ihre blauen Augen und ihr ebenholzschwarzes Haar schimmern.

Sein Herz zog sich vor Liebe zu ihr zusammen. »Erstens, dass ich dich auch vermisst habe, und das ganz furchtbar. Nichts ist mehr richtig, seit du mich verlassen hast.«

»Ich habe dich nicht verlassen. Ich habe dir gesagt …«

»Du hast mich verlassen. Und das mit gutem Grund. Ich habe dir etwas Wichtiges vorenthalten, obwohl ich dir alles hätte sagen sollen, als wir beschlossen haben, zu heiraten.«

»Du konntest das Risiko nicht eingehen. Ich verstehe das. Die Kinder …«

»Ja, die Kinder. Sie waren der Grund dafür. Aber ich kann nicht so tun, als hätte ich keine anderen Motive gehabt. Tatsache ist, dass ich dich unbedingt wollte. Ich habe es nicht gewagt, das Risiko einzugehen, dass dich die Wahrheit vertreiben würde.«

Sie studierte sein Gesicht. »Hast du mir denn jetzt die ganze Geschichte erzählt?«

»Das habe ich«, sagte er. »So wahr mir Gott helfe. Das Geheimnis ist nicht leicht zu ertragen. Ich hätte dir die Last erspart, wenn ich gekonnt hätte.«

»*Du* trägst sie«, sagte sie. »In der Tat scheint mir, dass du ein wahrer Atlas warst, seit du die Identität Captain Blunts angenommen hast. Hat es dir nie widerstrebt, für die Verbrechen dieses Mannes büßen zu müssen? Schließlich bist du nicht derjenige, der sie begangen hat.«

»Das stimmt. Aber sie werden mir nur noch selten vorgeworfen, außer gelegentlich von Charlie.« Er hielt inne und sein Mund verzog sich reumütig. »Und von dir.«

Die Kutsche schaukelte sanft durch die Straßen, während der Kutscher auf dem Weg zum Park gekonnt durch den Nachmittagsverkehr steuerte.

»Ich hätte wissen müssen, dass nichts davon wahr ist«, sagte sie. »Dass es nicht dein wahres Ich war.« Sie runzelte die Stirn. »Ich glaube, irgendwie *habe* ich es auch gewusst. Es hat keinen Sinn ergeben, dass *Der Feueropal* von einem Mann geschrieben worden sein soll, der so grausam und brutal war. Nur ein Romantiker konnte sich diese Geschichte ausdenken. Jemand mit einem durch und durch romantischen Herzen und einem heroischen Geist.«

Hitze kroch seinen Hals hinauf. »Ich war jung, als ich es schrieb. Voller idealistischer Vorstellungen. Ich kannte nichts von der Welt außerhalb meines Dorfes.«

»Du warst wie ich?«

»Ja, das war ich wohl«, sagte er, obwohl er insgeheim dachte, dass niemand so war wie sie. Niemand auf dieser Welt. Sie war absolut einzigartig. Die einzige Frau, die er je geliebt hatte. Die er jemals lieben *konnte*. Eine wunderschöne Seele, die wie durch ein Wunder nur für ihn geschaffen worden war.

Grundgütiger! Was, wenn er nie zur Brautsuche nach London gekommen wäre? Was, wenn er sie nie gefunden hätte?

»Ich war gestern bei Mr Finchley«, sagte sie. »Du hattest recht. Wir *sind* verheiratet.«

»Ja«, erwiderte er ernst. »Das sind wir.«

Julia lehnte sich an ihn. Sie roch süß nach Lavendelwasser. Es war ein berauschender Duft, der seine Sinne erregte und sein Herz in einem unberechenbaren Rhythmus pochen ließ.

Sie berührte seine Wange. »Du musst mir versprechen, dass du mich nie wieder anlügst.«

Er umfasste ihre Hand. »Ich verspreche es.«

»Und du musst schwören, mir nichts mehr vorzuenthalten. Auch wenn du glaubst, es sei zu meinem Besten. Das ist nichts anderes als eine Lüge.«

»Ich schwöre es. Von jetzt an werde ich dir alles sagen.« Er nahm ihre Hand von seinem Gesicht und zog ihr den Handschuh aus, weil er die seidige Weichheit ihrer Haut spüren wollte. Als ihre Hand befreit war, drückte er ihr einen Kuss auf die Handfläche, bevor er sie wieder an seine Wange legte.

Ihre Finger schmiegten sich an sein Gesicht. »Ich will alles«, sagte sie. »Das Schöne und das Hässliche, in guten wie in schlechten Zeiten, so wie wir es uns in der Kirche geschworen haben.«

»Es gehört dir«, sagte er. »Ich gehöre dir.«

Sie hielt seinem Blick stand. Ihre blauen Augen leuchteten vor Wärme. »Ich liebe dich, James.«

James.

Sein Herz setzte aus, nur um dann weiterzuschlagen, stärker als je zuvor. Er schloss sie in seine Arme und beugte seinen Kopf zu ihr. »Julia … ich liebe dich mehr als mein Leben.«

Sie schlang einen Arm um seinen Hals, zog ihn näher zu sich heran, bis sich ihre Lippen trafen.

Es war ein sanfter Kuss, der sich schnell in etwas Leidenschaftlicheres verwandelte. Eine Bekräftigung ihrer Liebe füreinander. Ihres Vertrauens und ihrer bedingungslosen Akzeptanz.

Ein Kuss führte zu weiteren. Jeder löste sich in den nächsten auf, unterbrochen von gemurmelten Worten des Vertrauens und der Liebe.

»Komm mit mir nach Hause«, sagte Jasper.

Sie erstarrte. »Jetzt gleich?«

Er lächelte gegen ihren Mund. »Musst du noch woanders hin?«

»Ja, eigentlich schon.« Sie zog sich zurück und tastete nach ihrer Handtasche. »Ich habe dir gar nicht zu Ende erzählt, was im Haus meiner Eltern passiert ist. Mein Vater hat einen Brief an die Bank geschrieben, weißt du, und …«

Er küsste sie erneut.

Sie lachte. »Ist dir das Geld denn gar nicht wichtig?«

»*Du* bist mir wichtig. Ich bin so stolz auf dich, mein Liebste.«

»Ich bin auch stolz auf mich«, gab sie zu. »Ich hatte Angst davor, dorthin zurückzugehen, aber ich habe es trotzdem getan. Jetzt können wir das Haus reparieren und eine Gouvernante für Daisy und einen Lehrer für Charlie und Alfred einstellen. Und Dienstboten, die kochen und putzen und die Wäsche waschen. Du wirst mehr Zeit zum Schreiben haben.«

»Ah. Apropos.« Zögernd ließ er sie los und griff nach seiner Reisetasche. Er öffnete sie und holte sein Manuskript heraus. »Ich habe mein Buch fertig geschrieben.«

»Hast du?« Sie warf ihm einen unsicheren Blick zu. »Und …?«

»Ich habe einige deiner Vorschläge eingearbeitet«, sagte er. »Und auch selbst einige eigene Änderungen vorgenommen.«

»Was zum Beispiel?«

Er lächelte trocken. »Colonel Dryden wird jetzt im letzten Viertel der Geschichte für tot gehalten, Eloise ist die leibliche Tochter eines Dukes, und in den Mantel des Soldaten, den Eloise während ihrer Zeit im Kloster in Brüssel pflegt, ist ein Vermögen in Juwelen eingenäht.«

»Sie ist in einem Kloster? Aber warum?« Sie riss die Augen auf. »Ach, du meine Güte! Sie ist doch keine Nonne, oder?«

»Willst du, dass ich dir die Geschichte verderbe?«

»Nein, nein«, sagte Julia hastig und nahm ihm das Manuskript ab. »Ich werde es selbst lesen.«

Er betrachtete sie mit plötzlicher Ernsthaftigkeit. »Es ist

kein Gedicht, ich weiß. Aber es ist trotzdem für dich. Ich hoffe, das ist romantisch genug, was derartige Gesten angeht.«

Ihre Augen funkelten. »Es ist romantisch genug.«

Er zog sie wieder in seine Arme. Sie folgte bereitwillig, begierig, und schmolz in seiner Umarmung dahin.

»Ich liebe dich wirklich«, sagte sie. »So sehr.«

»Und ich liebe dich«, flüsterte er und verschloss ihren Mund mit seinem.

Daisy hatte ihn gefragt, was nach dem Märchenende geschah. Damals hatte er es nicht gewusst. Nicht mit Sicherheit. Doch jetzt wusste er es.

Es war genau das hier.

Und noch viel mehr.

Epilog

Yorkshire, England
Oktober 1862

Julia erhob sich eilig vom Sofa. »Ist das die Post?«

Auf dem silbernen Tablett in Mr Beechams Hand lag ein kleiner Stapel Briefe und etwas, das aussah, als könnte es eine Literaturzeitschrift sein. »Ist es, Ma'am. Plimstock hat sie soeben aus dem Dorf geholt.«

»Ich nehme sie«, sagte Jasper. Obwohl er es besser verbergen konnte, war er genauso gespannt auf Neuigkeiten wie Julia. Schon den ganzen Morgen war er nervös auf und ab gegangen, nur leger in Hemd und Hose gekleidet, ein schwarzes Tuch locker um den Hals geschlungen.

Seit der Veröffentlichung von *Wiedersehen in Waterloo* waren mehr als zwei Wochen vergangen.

Mr Bloxham war von dem Roman so begeistert gewesen, dass er ihn in aller Eile in Druck gegeben und versprochen hatte, bis zum fünfzehnten des Monats in einem Brief über die Ergebnisse zu berichten. Und heute war der fünfzehnte.

»Soll ich den Champagner servieren?«, fragte Mr Beecham. Julia hatte ihn angewiesen, eine Flasche davon gekühlt bereitzuhalten.

»Noch nicht«, beschied Jasper ihn grimmig. »Vielleicht ist es nicht nötig.«

»Wie Sie meinen, Sir.« Mr Beecham zog sich taktvoll zurück.

Julia ging nervös hin und her, während Jasper die Post durchsah.

Einer der Umschläge war mit großen Buchstaben an Captain J. Blunt adressiert. »Ist er das?«

»Das ist er.« Jasper starrte einen Moment lang auf den Umschlag, bevor er die übrigen Briefe überflog. »Der Rest ist für dich. Briefe von Lady Anne, Miss Maltravers und Miss Hobhouse.« Er reichte sie Julia. »Und auch einer von deinem Vater.«

Julia nahm sie entgegen und nahm sich fest vor, ihnen später ihre volle Aufmerksamkeit zu schenken. Aber nicht jetzt. Jetzt waren ihre Gedanken ganz auf Mr Bloxhams Brief gerichtet – und auf die Literaturzeitschrift, die Jasper jetzt in den Händen hielt. »Das muss meine Ausgabe der *Weekly Heliosphere sein*.«

Jasper reichte Julia das Magazin mit einem Stirnrunzeln. »Ich weiß nicht, warum du darauf bestehst, diese Zeitschrift zu abonnieren. Bilgewater hat noch nie ein gutes Wort über Liebesromane verloren, über meine schon gar nicht.«

»Bist du denn gar nicht neugierig?«, fragte sie.

»Ich bin mehr daran interessiert, was Bloxham zu sagen hat.« Jasper riss den Brief seines Verlegers auf. »Darauf habe ich gewartet, nicht auf die Meinung irgendeines Rezensenten.«

»Da hast du wohl recht.« Julia blätterte in der Zeitschrift und suchte nach der Kolumne von Mr Bilgewater. »Was mich betrifft, so gestehe ich, neugierig zu sein. Nach allem, was er über *Der Garten der Tapferkeit* gesagt hat …«

»Er ist ein Narr«, bemerkte Jasper, als er seinen Brief las. »Ein anonymer Narr. Würde er zu seinen literarischen Überzeugungen stehen, würde er seinen richtigen Namen benutzen.«

»Vielleicht *ist* Bilgewater sein richtiger Name.«

»Das bezweifle ich. Pseudonyme, die mit Wasser zu tun haben, sind im Moment sehr beliebt. Es gibt einen in jedem …« Seine Stimme erstarb. »*Grundgütiger.*«

Julia blickte abrupt auf. Die Miene ihres Mannes, die zuvor vor Besorgnis angespannt war, hatte sich in einen Ausdruck des Erstaunens verwandelt. »Was ist los?«, fragte sie besorgt. »Was schreibt er?«

Ein Lächeln breitete sich auf Jaspers Gesicht aus – zuerst über seinen vernarbten Mund, dann bis hin zu seinen Augen. Er schaute Julia mit einem schiefen Grinsen an. »Du wirst es nicht glauben. Die erste Auflage von *Wiedersehen in Waterloo* ist bereits ausverkauft.«

»*Was?*« Julia lief zu ihm.

»Hier. Überzeug dich selbst.« Er reichte ihr den Brief Bloxhams.

Während sie ihn überflog, raste ihr Herz vor Aufregung.

»Es ist ein Erfolg«, sagte Jasper. »Wenn der Verkauf so weitergeht wie bisher, sagt Bloxham voraus, dass er irgendwann sogar den Erfolg von *Der Feueropal* übertreffen wird.«

»*Das Publikum verlangt nach weiteren solcher Geschichten*«, las Julia vor. »*Ich hoffe, Sie haben Ihr Pulver noch nicht verschossen.*« Auch sie musste breit grinsen. »Oh, mein Liebster. Du hast es geschafft.« Sie schlang die Arme um seinen Hals, wobei sie Bloxhams Brief in ihrer Hand zerknitterte. »Ich wusste, dass du es schaffst.«

Jasper zog sie fest an sich. »*Wir* haben es geschafft.« Er drückte ihr einen herzhaften Kuss auf die Schläfe. »Du und ich zusammen.«

»Nun, also …« Julia bog sich zurück, um ihm in die Augen zu sehen. »Ich muss zugeben, dass wir ein außergewöhnliches Team sind.« Sie strich ihm eine widerspenstige Strähne aus der Stirn. »Wir alle. Du und ich, und die Kinder.« Sie warf einen kurzen Blick aus den Fenstern des Salons. Die Vorhänge waren offen und gaben den Blick frei auf die Gärten. »Ich hoffe, sie sind nicht zu weit geritten. Der Regen hat gerade erst aufgehört.«

»Daisy reitet auf Musket. Weit werden sie nicht kommen.«

Es stimmte. Selbst in Begleitung von Quintus und Cossack kam der alte Wallach selten über einen lethargischen Trab hinaus.

»Sie wird bald ein eigenes Pony brauchen«, sagte Julia. »Vielleicht eine kleine Stute, um ihr Selbstvertrauen zu stärken?«

»Ihr Selbstvertrauen wächst jeden Tag«, entgegnete Jasper. »Dank dir.«

Julia strahlte. Sie war stolz auf ihren Erfolg bei den Kindern. Charlie, Alfred und Daisy hatten sie nicht nur akzeptiert, sondern auch liebgewonnen. Fast so sehr, wie Julia sie lieb hatte.

Sie wünschte, die Kinder könnten an Jaspers guten Nachrichten teilhaben, aber sie wussten nichts von dem geheimen Einkommen ihres Vaters. Sie wussten nur, dass das Leben in letzter Zeit außergewöhnlich gut war. Sie fünf waren eine Familie. Eine *glückliche* Familie.

Dass noch ein paar Bedienstete hinzugekommen waren, hatte nicht geschadet. Dank Julias Erbe war es ihnen gelungen, eine kleine Schar Hauspersonal einzustellen. Außerdem hatten sie Arbeiter angeheuert, um mit der Sanierung der Pachthäuser zu beginnen und das undichte Dach von Goldfinch Hall zu reparieren.

Doch das war nur der Anfang.

Jasper löste seine Umarmung und griff nach der Ausgabe der *Weekly Heliosphere,* die Julia in der Hand hielt. »Das musst du jetzt nicht lesen.«

Sie hielt die Zeitschrift fest. »Und warum nicht?«

»Es sind die Verkaufszahlen, die zählen, nicht das Lob der Kritiker.«

Sie entfernte sich einige Schritte von ihm. »Ich werde es dir nicht vorlesen, wenn es das ist, wovor du Angst hast.«

Seine Mundwinkel verzogen sich amüsiert. »Ich habe den Fall von Sebastopol überlebt. Ich denke, ich kann eine vernichtende Kritik verkraften.« Er hielt inne und fügte hinzu: »Um mich mache ich mir keine Sorgen.«

Julia hörte gar nicht mehr zu. Sie war zu sehr damit beschäftigt, die Seiten umzublättern. »Von wegen Schund und Kitsch«, murmelte sie. »Der Mann verdient einen Tritt in den Hintern. Und wenn er auch nur ein einziges ungerechtes Wort über *Wiedersehen in Waterloo* geschrieben hat, werde ich … ah, hier ist es.« Sie runzelte verwirrt die Stirn. »Aber … es ist überhaupt keine Rezension.«

»Nein? Was dann?«

»Es scheint so etwas wie ein Abschiedsbrief zu sein.« Sie las ihm die kurze Passage vor.

»An meine geschätzten Leser: Ich verabschiede mich von Ihnen und wünsche Ihnen viel Glück auf Ihren literarischen Reisen. Leider kann ich nicht länger als Ihr Führer fungieren. Der Sirenengesang des ehelichen Glücks zwingt mich, meine wöchentliche Kolumne aufzugeben und mich anderen Dingen zuzuwenden. Wie Goethe einst schrieb …«

Julia brach ab. »Dieser lächerliche Mann. Ausgerechnet Goethe zu zitieren.« Angewidert warf sie die Zeitschrift auf den Tisch.

Jasper griff danach und überflog kurz die Seite. Seine Augen funkelten amüsiert. »*Die Leiden des jungen Werther*? Vielleicht war Bilgewater ein größerer Romantiker, als er zugeben wollte. Schade, dass er in den Ruhestand geht.«

»Ich sage, gut, dass wir ihn los sind«, erwiderte Julia. »Obwohl ich gestehen muss, dass ich mich sehr darauf gefreut habe, dass dein neuester Roman seine Ansichten widerlegt.«

»Es ist mir egal, was er denkt«, sagte Jasper. »Es ist mir egal, was *irgendjemand* denken.« Er legte den Arm um ihre Taille und zog Julia zu sich. »Abgesehen von dir.«

Julia lehnte sich an ihn. Vier Monate Ehe hatten ihre Beziehung nur noch stärker gemacht. Es war mehr als Liebe. Es war eine Freundschaft, eine echte Partnerschaft, umhüllt von Loyalität und gegenseitigem Respekt.

Und natürlich Leidenschaft. Eine Leidenschaft, die Julias Herz immer noch höher schlagen ließ, wenn sie ihn ansah.

Ob Captain Blunt oder James Marshland, er gehörte ihr. *Ganz* ihr.

Und sie gehörte ihm.

»Wollen wir jetzt den Champagner trinken?«, fragte sie.

»Unbedingt.« Er drückte sie fest an sich. »Wir haben eine Menge zu feiern.«

Anmerkung der Autorin

Als ich diesen Roman schrieb, ließ ich mich von verschiedenen Quellen inspirieren. Wie immer wandte ich mich zuerst der viktorianischen Geschichte zu. Ich recherchierte unter anderem die viktorianischen Ansichten über die Gefahren des Romanlesens, die Wirksamkeit des Aderlasses, die Legalität von Eheschließungen unter falschem Namen und die entsetzlichen Bedingungen, die Soldaten während der Belagerung von Sebastopol ertragen mussten. Ich habe mich auch stark von Mythen und Märchen inspirieren lassen – und von meinem eigenen Kampf mit der Schüchternheit als Mädchen, der mich oft dazu brachte, mich in die Sicherheit meines Bettes zurückzuziehen, um mich in den Seiten eines guten Buches zu verlieren. Weitere Informationen finden Sie in meinen Anmerkungen unten.

Literarische Inspiration

Die Liebesgeschichte von Julia Wychwood und Captain Blunt verdankt viel bekannten Mythen und Märchen, insbesondere den Geschichten über Hades und Persephone, Die Schöne und das Biest, Dornröschen und Blaubart. Darüber hinaus habe ich mich von drei historischen Romanen inspirieren lassen: Das *Gesetz und Frau* von Wilkie Collins (1875), *Das Geheimnis der Lady Audley* von Mary Elizabeth Braddon (1862) und *Das Schloss in den Wolken* von L.M. Montgomery (1926).

Wenn Sie *Gesetz und Frau* gelesen haben, werden Sie mein Easter Egg in Kapitel 18 erkannt haben. Dort erwähnt Julia, dass sie das Hochzeitsregister versehentlich mit den Namen ihres Mannes statt mit ihrem Mädchennamen unterschrieben hat, ein böses Omen für ihre Ehe. Dies ist eine direkte Anspielung auf einen Vorfall bei der Hochzeit von Valeria Brinton mit Eustace Woodville in *Gesetz und Frau*. Wie Valeria erzählt:

Die letzte noch ausstehende Zeremonie war, wie üblich, die Unterzeichnung des Eheregisters. In der Verwirrung des Augenblicks (und in Ermangelung von Informationen, die mich hätten leiten können) beging ich einen Fehler – nach Meinung meiner Tante Starkweather ein Vorbote kommenden Übels. Ich unterschrieb mit meinem Ehenamen und nicht mit meinem Mädchennamen.

Dieser Fehler ist in der Tat ein Vorgeschmack auf Schlimmeres. Wie Julia erfährt auch Valeria später, dass ihr Mann sie unter einem falschen Namen geheiratet hat.

Meine Anspielungen auf *Das Geheimnis der Lady Audley* sind ebenfalls ein Hinweis auf versteckte Identitäten und veranschaulichen die Beliebtheit von Sensationsromanen. *Das Geheimnis der Lady Audley*, in dem es um Bigamie, Mord und Wahnsinn geht, war ein enormer Erfolg für das romanlesende viktorianische Publikum. Es verschlang die Geschichte und viele weitere wie diese. Als Romanleserin war sich Julia dieses Trends wohl bewusst. Deshalb ermutigt sie Jasper, *Wiedersehen in Waterloo* zu überarbeiten, und trägt schließlich dazu bei, dass es ein Erfolg wird.

Meine Anspielungen auf *Das Schloss in den Wolken* sind etwas direkter. Wie Julia macht auch Montgomerys Heldin, Valancy Stirling, einem Mann mit schlechtem Ruf einen Heiratsantrag, um ihrer Familie zu entkommen. Barney Snaith stimmt der Heirat unter der Bedingung zu, dass sie niemals den verschlossenen Schuppen auf seinem Grundstück betritt. Am Ende des Romans gehorcht Valancy ihm schließlich nicht mehr, nur um zu entdecken, dass Barney der Autor einiger ihrer Lieblingsbücher ist.

Ich hatte schon immer die Absicht, Jasper zu einem geheimen Liebesromanautor zu machen, aber meine Faszination mit der Blaubart-Geschichte – zusammen mit der Verbindung zu *Das Schloss in den Wolken* – hat mich dazu gebracht, ihm ein verschlossenes Schreibzimmer im Turm von Goldfinch Hall zu geben. Die vagen Gerüchte, Jasper sei ein Fälscher, sind ebenfalls eine Anspielung auf Montgomerys Roman.

Viktorianische Ansichten über das Lesen von Romanen und Aderlass

Die Ansichten von Dr. Cordingley und Lady Wychwood über das Lesen von Romanen sind nicht so abwegig, wie sie heute vielleicht erscheinen mögen. Damals wurden die Auswirkungen des Romanlesens oft mit denen von Drogen oder starken Spirituosen verglichen. So wird in *Books and Reading* von Noah Porter (1871) das exzessive Lesen von Romanen »als intellektueller Opiumkonsum« bezeichnet, während *The Local Preachers' Magazine and Christian Family Record* (1875) es »geistiges Gin-Trinken« nennt.

Einige von Dr. Cordingleys Zitaten stammen aus einem Leitartikel in *The Mother's and Young Lady's Annual* (1853), in dem behauptet wurde, dass das Lesen von Romanen dazu neige, »die Leidenschaften zu entflammen, die Vorstellungskraft zu verunreinigen und das Herz zu verderben«, dass »die falschen Gefühle«, die Romane hervorriefen, die Moral schwächen würden und dass »besonders bei jungen Damen die Empfindsamkeiten und die Vorstellungskraft eher unterdrückt als angeregt werden« müsse.

Wenn man glaubte, dass das Blut überreizt oder verunreinigt war, wandten die viktorianischen Ärzte häufig den Aderlass an, um die Entzündung zum Abklingen und die Körpersäfte wieder ins Gleichgewicht zu bringen. In den 1860er Jahren galt der Aderlass als praktikable Behandlungsmethode, wobei die Ärzte entweder Blutegel, eine Lanzette oder den mechanischen Schröpfschnepper verwendeten, den Dr. Cordingley bei Julia einsetzt. Mit dem Fortschreiten des Jahrhunderts und der Einführung neuer wissenschaftlicher Methoden geriet diese Praxis allmählich in Vergessenheit.

Falsche Namen, Heirat und das Gesetz

Im viktorianischen Zeitalter gab es viele Fälle, in denen Menschen unter falschem Namen heirateten. Die Gerichte erklärten diese Ehen in der Regel für gültig – vorausgesetzt, die Eheschließung erfolgte mit einer Lizenz und nicht durch offizielle Bekanntmachung. Mr Finchleys Erklärung dieses Unterschieds wurde durch einen Artikel in Charles Dickens' Wochenzeitschrift *All the Year Round* (21. Januar 1860) inspiriert, in dem es heißt:

Der eigentliche Zweck, der mit der Veröffentlichung der Bekanntmachungen erreicht werden soll, ist die Publizität, und dieser Zweck wird völlig vereitelt, wenn die Veröffentlichung unter falschen Namen erfolgt. Andererseits ist eine Lizenz keine Angelegenheit von öffentlichem Interesse und wird von der Behörde auf Grundlage von Beweisen erteilt, die sie erhält.

Wenn also eine Heiratserlaubnis unter falschem Namen erteilt wurde, kann die Ehe dennoch einer rechtlichen Prüfung standhalten. *A Digest of the Law Relating to the Relief of the Poor (1849)* vom Anwalt Henry Walter Parker berichtet von mehreren Fällen dieser Art, darunter:

Eine Eheschließung mit einer Lizenz, bei der eine der Parteien mit einem falschen Vor- und Nachnamen bezeichnet wurde, wurde für gültig erklärt. *(Cope v. Burt, 1 Hag. 434: S. C. on appeal, 1 Phil. 224.)*

Eine Eheschließung mit Lizenz, die nicht auf den wirklichen Namen des Mannes, sondern auf den Namen lautete, den er angenommen hatte, weil er desertiert war, wobei er unter diesem Namen nur an dem Ort bekannt war, an dem er wohnte und verheiratet wurde und an dem er sich sechzehn Wochen aufgehalten hatte, wurde als gültige Ehe betrachtet. *(R. v. Burton-upon-Trent, 3 M & S. 538.)*

Sogar in der viktorianischen Belletristik wurde diese Art von Ehe aufrechterhalten. In *Gesetz und Frau* konsultiert Valeria Brinton einen Anwalt zu genau diesem Thema.

Auf meine Bitte hin legte Benjamin dem Anwalt meinen Fall als den einer Freundin vor, an der ich interessiert war. Die Antwort wurde, ohne zu zögern, gegeben. Ich hatte in dem ehrlichen Glauben geheiratet, der Name meines Mannes sei der Name, unter dem ich ihn gekannt hatte. Die Trauzeugen – mein Onkel, meine Tante und Benjamin – hatten, wie auch ich, in gutem Glauben gehandelt. Unter diesen Umständen gab es keinen Zweifel am Gesetz. Ich war legal verheiratet.

Bedeutet dies, dass sich James Marshland keines anderen Verbrechens schuldig gemacht hätte, indem er sich für den verstorbenen Captain Blunt ausgab? Wie bei den meisten juristischen Fragen lautet die Antwort, dass es darauf ankommt. In diesem Roman habe ich mich auf die grundsätzliche Rechtmäßigkeit der Ehe – und auf die moralische Rechtfertigung für die Handlungen des Helden – konzentriert, anstatt tiefer in andere Fragen der Strafverfolgung einzutauchen.

Der Fall von Sebastopol

Die Belagerung von Sebastopol dauerte fast ein ganzes Jahr, von Oktober 1854 bis September 1855. Jaspers Schilderung der Bedingungen, unter denen seine Kameraden und er währenddessen litten, stammt zum Teil aus einem Brief eines Offiziers, der im *Reading Mercury* (27. Januar 1855) abgedruckt wurde. Der Offizier schreibt:

Ich habe meine Tinte aufgetaut, um zu schreiben, in der Hoffnung, Leben zu retten ... [Ihre Soldaten] sind dem Hungertod überlassen worden. In den letzten sechs Wochen waren die ausgegebenen Rationen weder von der Art noch von der Menge her geeignet, Kraft und Gesundheit zu erhalten. Die Kleidung reicht nicht aus, um den Kreislauf in Schwung zu halten ... Die Männer sind jetzt so kränklich von Ruhr und Durchfall, von Auszehrung und Schwäche, die das Aufkommen von Skorbut und Wassersucht anzeigen, ganz zu schweigen von Erfrierungen der Füße und Finger, dass wir sie nicht schnell genug aus dem Lager schicken können.

Auch einige Zeilen des Zeitungsartikels, den Julia aus dem fiktiven *London Courant* vorliest, wurden teilweise einem tatsächlichen Bericht im *Bell's Weekly Messenger* (15. September 1855) entnommen. In dem Bericht mit dem Titel »The Fall of Sebastopol« wird der Sieg der alliierten Mächte verkündet und gleichzeitig der Verlust all der »edlen Leben« beklagt, die für diesen Sieg geopfert wurden.

Danksagungen

In einem schwierigen Jahr war das Schreiben für mich zeitweise sowohl ein Segen als auch eine Last. Während es mir eine dringend benötigte Flucht vor der düsteren Realität ermöglichte, erforderte es auch ein Maß an Konzentration, das ich nur schwer aufrechterhalten konnte. Um diese Geschichte zu Ende zu bringen, habe ich mich so sehr auf die Menschen in meinem Leben verlassen, die mich in Ruhe ließen, wenn ich arbeiten musste, die mich ablenkten, wenn ich eine Pause brauchte, und die mich ermutigten, wenn ich zu entmutigt war, um weiterzumachen.

Dazu gehörten vor allem meine Eltern, denen ich unendlich dankbar bin. Meiner Mutter für den Tee, den sie mir brachte, Medikamentenverwaltung, die Pflege der Haustiere und dass sie immer auf meiner Seite ist, selbst wenn sie darauf besteht, den Advocatus Diaboli zu spielen. Und meinem Vater für Buchhaltung, technische Unterstützung und für seine grenzenlose Geduld und positive Einstellung, selbst als es ihm gesundheitlich schlecht ging.

Außerdem bin ich meiner Verlagsfamilie unendlich dankbar. Meiner fantastischen Agentin Sarah Hershman. Danke, dass du mir zugehört und zu mir gehalten hast. Meiner brillanten Lektorin, Sarah Blumenstock. Danke, dass du an meine Geschichten glaubst und mir hilfst, sie so gut zu machen, wie sie sein können. An Yazmine Hassan, Jessica Plummer, Farjana Yazmin, Marianne Aguiar und alle bei Berkley und Penguin

Random House, die so großartige Arbeit leisten, um meine Bücher in die Welt und in die Hände der Leser zu bringen. Ich danke euch für euren Fleiß, eure Kreativität und euren Enthusiasmus.

Ein weiterer Dank geht an Rel Mollet, die als Freundin von eben solch unschätzbarem Wert ist wie als Assistentin. An Flora, Dana, Alissa, Rachel und Renee, die frühe Entwürfe dieser Geschichte gelesen und mir hilfreiches Feedback gegeben haben. Und an meine tierische Familie – Stella, Jet, Tavi und Bijou – für die emotionale Unterstützung und schriftstellerische Begleitung.

Und schließlich an Asteria, meiner neuen Andalusierstute. Sie trat in den Monaten nach dem Tod meines Andalusier-Wallachs Centelleo in mein Leben. Als kleines Fohlen mit ernstem Gesichtsausdruck schien sie zu wissen, dass sie dazu bestimmt war, ziemlich große Hufeisen zu füllen. Ihr Name bedeutet »Stern«, und das ist treffend. Sie war ein helles Licht in einer dunklen Zeit. Ich bin so dankbar für sie.

Sie kämpft für ihre Rechte und für ihre Liebe!

Evie Dunmore
DIE REBELLINNEN VON
OXFORD - VERWEGEN
Aus dem Englischen
von Corinna Wieja
464 Seiten
ISBN 978-3-7363-1542-6

Annabelle Archer ist überglücklich, dass sie als eine der ersten Frauen überhaupt in Oxford studieren darf. Als Gegenleistung für ihr Stipendium soll sie die Frauenbewegung unterstützen. Es gelingt ihr durch ein geschicktes Manöver, auf das Landgut des einflussreichen Sebastian Devereaux eingeladen zu werden – diesen für ihre Sache zu gewinnen, wäre unbezahlbar! Von Anfang an fliegen die Funken zwischen ihr und dem kühlen Herzog, der fasziniert ist von ihrer Intelligenz und Willenskraft. Aber für Annabelle wird die Anziehung zu Sebastian zur Zerreißprobe, denn er steht für alles, wogegen sie kämpft ...

»Klug, stark und leidenschaftlich! Eine Heldin, die ihr Recht auf Glück einfordert und ein Held zum Dahinschmelzen, der durch sie lernt, für was es sich wirklich zu kämpfen lohnt.« LYSSA KAY ADAMS

LYX